W0221189

Wie gut ein Schriftsteller ist, zeigt sich oft erst in der kurzen Form. Javier Marías' Erzählungen sind so fesselnd wie seine Romane, voller Erotik und Leidenschaft, Mord und Selbstmord, Spannung und Witz, immer begleitet von der existentiellen Frage, warum wir ohne Geschichten nicht leben können.

In der Erzählung ›Während die Frauen schlafen‹ wundert man sich über einen Ehemann, der wie besessen seine wunderschöne Frau filmt, das Gefilmte aber täglich löscht, um sie am nächsten Tag wieder dabei zu filmen, wie sie sich in ihrem zu knappen Bikini am Strand rekelt.

Ein Schauder läuft einem in der Geschichte ›Lanzenblut‹ über den Rücken, ein Mann und eine Frau werden tot aufgefunden, aber nicht der Tod erschreckt, sondern die Art ihres Todes: Sie wurden mittels einer afrikanischen Lanze zusammen aufgespießt.

Dass Elvis auch Schauspieler war, ist bekannt, dass er aber Spanisch dafür lernen musste, sicher weniger. In ›Böses Blut‹ gibt Javier Marías' alter Ego Roy Berry dem berühmtesten Sänger aller Zeiten am Filmset von ›Holiday in Acapulco‹ Spanischunterricht, aber was so harmlos beginnt, endet in einer rüden Schlägerei, die kein Auge trocken lässt.

Javier Marías, 1951 als Sohn eines vom Franco-Regime verfolgten Philosophen geboren, veröffentlichte seinen ersten Roman mit neunzehn Jahren. Seit seinem Bestseller ›Mein Herz so weiß‹ gilt er weltweit als beachtenswertester Erzähler Spaniens.
Sein umfangreiches Werk wurde mit zahlreichen Preisen ausgezeichnet, u.a. mit dem Nelly-Sachs-Preis sowie dem Österreichischen Staatspreis für Europäische Literatur. Seine Bücher wurden in über vierzig Sprachen übersetzt.

Susanne Lange lebt als freie Übersetzerin bei Barcelona. Sie überträgt lateinamerikanische und spanische Literatur, sowohl klassische Autoren wie Cervantes als auch zeitgenössische wie Juan Gabriel Vásquez oder Javier Marías. Zuletzt wurde sie mit dem Johann-Heinrich-Voß-Preis der Deutschen Akademie für Sprache und Dichtung ausgezeichnet.

Weitere Informationen finden Sie auf *www.fischerverlage.de*

Javier Marías

KEINE LIEBE MEHR

Akzeptierte und akzeptable
Erzählungen

Aus dem Spanischen von
Susanne Lange, Elke Wehr
und Renata Zuniga

FISCHER Taschenbuch

Die Erzählungen *Böses Blut; Kameradschaftsgefühl; Ein riesiger Gefallen; In Ungnade gefallen; Leben und Tod des Marcelino Iturriaga; Begabung, ein Fluch; Das Ende des Landesadels; Am Hof von König Jorges; Nennen wir es Sehnsucht* übersetzte Susanne Lange.

Der Nachtarzt; Das italienische Erbe; Auf der Hochzeitreise; Zerbrochenes Fernglas; Unvollendete Gestalten; Sonntag mit Fleisch; Als ich sterblich war; Alles Übel kehrt zurück; Geringere Skrupel; Lanzenblut; In der unterschiedenen Zeit; Keine Liebe mehr übersetzte Elke Wehr.

Santiestebans Abschied; Gualta; Das Lied von Lord Rendall; Eine Liebesnacht; Ein Treue-Epigramm; Während die Frauen schlafen; Was der Butler sagte; Der Spiegel des Märtyrers; Isaacs Reise übersetzte Renata Zuniga.

MIX
Papier aus verantwortungsvollen Quellen
FSC® C083411
FSC
www.fsc.org

Erschienen bei FISCHER Taschenbuch
Frankfurt am Main, Juli 2018

Die Originalausgabe erschien 2012 unter dem Titel
›Mala índole. Cuentos aceptados y aceptables‹
bei Alfaguara, Madrid 2012
©Javier Marías, 2012 published by agreement with Casanova & Lynch
Agencia Literaria S. L., Barcelona and Michi Strausfeld, Barcelona-Berlin
Die Erzählungen übersetzt von Elke Wehr sind 1999 auf Deutsch
unter dem Titel ›Als ich sterblich war‹ bei Klett-Cotta, Stuttgart
erschienen, die Erzählungen übersetzt von Renata Zuniga 1999
bei Verlag Klaus Wagenbach, Berlin

© 2016 S. Fischer Verlag GmbH,
Hedderichstr. 114, D-60596 Frankfurt am Main
Satz: Dörlemann Satz, Lemförde
Druck und Bindung: CPI books GmbH, Leck
Printed in Germany
ISBN 978-3-596-03410-9

INHALT

AKZEPTIERTE ERZÄHLUNGEN

9 Santiestebans Abschied
39 Gualta
48 Das Lied von Lord Rendall
58 Eine Liebesnacht
68 Ein Treue-Epigramm
76 Während die Frauen schlafen
110 Was der Butler sagte
127 Der Nachtarzt
140 Das italienische Erbe
145 Auf der Hochzeitsreise
152 Zerbrochenes Fernglas
167 Unvollendete Gestalten
172 Sonntag mit Fleisch
177 Als ich sterblich war
194 Alles Übel kehrt zurück
220 Geringere Skrupel
236 Lanzenblut
296 In der unentschiedenen Zeit
312 Keine Liebe mehr
319 Böses Blut oder mit Elvis in Mexiko
373 Kameradschaftsgefühl
386 Ein riesiger Gefallen
400 In Ungnade gefallen

AKZEPTABLE ERZÄHLUNGEN

423 Leben und Tod des Marcelino Iturriaga
429 Der Spiegel des Märtyrers
458 Begabung, ein Fluch
484 Isaacs Reise
489 Das Ende des Landesadels
496 Am Hof von König Jorges
500 Nennen wir es Sehnsucht

AKZEPTIERTE ERZÄHLUNGEN

Santiestebans Abschied

Für Juan Benet,
mit fünfzehn Jahren Verspätung

Vielleicht war es wegen einer dieser Ungereimtheiten, an die der Zufall uns, trotz all seiner Beharrlichkeit, nicht zu gewöhnen vermag; oder vielleicht, weil das Schicksal mit einer Prahlerei aus Argwohn und Vorsicht die Voraussetzungen und Eigenschaften des neuen Lehrers in Zweifel zog und sich gezwungen sah, sein Eingreifen aufzuschieben, um nicht das Risiko einzugehen, am Ende selbst in Verruf zu geraten; oder vielleicht, schlussendlich, weil in südlichen Ländern wie diesen sogar die Tapfersten und Kühnsten der Gabe ihrer eigenen Überredungskunst misstrauen, fest steht jedenfalls, dass der junge Mr Lilburn erst zu einem Zeitpunkt Gelegenheit fand, herauszufinden, ob an diesen sonderbaren Andeutungen, die sein unmittelbarer Vorgesetzter Mr Bayo und andere Kollegen wenige Tage nach seinem Eintritt ins Institut ihm gegenüber gemacht hatten, etwas Wahres dran sei, als der Lehrgang schon weit fortgeschritten war und er Zeit gefunden hatte, ihre mögliche Bedeutung zu vergessen, oder wenigstens zu verdrängen. In jedem Fall aber gehörte der junge Mr Lilburn zu jener Sorte Menschen, die im Laufe ihres bislang wenig ereignisreichen Lebens ihre berufliche Laufbahn früher oder später zerstört und ihre felsenfesten Überzeugungen zugrunde gerichtet, zerschlagen oder gar der Lächerlichkeit preisgegeben sehen, wenn es sich um ein Vorkommnis, mit dem wir es hier zu tun haben, handelt. Es hätte ihm demnach auch nicht viel genützt, wenn er nicht einen einzigen Abend geblieben wäre, um das Gebäude abzuschließen.

Lilburn, der kurz vor seinem dreißigsten Geburtstag stand, hatte nicht die geringsten Bedenken, die Stellung, die ihm über Mr Bayo der Direktor des Britischen Instituts von Madrid angeboten hatte, anzunehmen. Vielmehr hatte er tatsächlich eine gewisse Erleichterung verspürt, und etwas, das der verschämten Ahnung, unausgereift und lautlos, sehr ähnlich war, die in derartigen Situationen nur jene Menschen zu fühlen imstande sind, die, obwohl sie von Positionen, von denen sie von vornherein annehmen, dass sie ihnen nicht zustehen, nicht einmal zu träumen wagen, dennoch ständig darauf hoffen, dass sich ihre Lage wie das Natürlichste auf der Welt verbessert. Und obwohl seine Arbeit am Institut an und für sich keinerlei Verbesserung, weder finanzieller noch sozialer Natur, verglichen mit seiner früheren Stellung, mit sich brachte, hatte der junge Mr Lilburn, als er seine Unterschrift unter den nicht eben gewöhnlichen Vertrag setzte, den ihm Mr Bayo während seines Sommeraufenthalts in London vorlegte, durchaus die Tatsache im Auge, dass, obwohl neun Monate im Ausland einer Einladung, als Person samt seinen Fähigkeiten im Umkreis seiner Geburtsstadt in Vergessenheit zu geraten, gleichkamen und den Verlust – andererseits nicht gänzlich unwiderruflich, wie er annahm – seiner bequemen, aber über die Maßen mittelmäßigen Anstellung im Polytechnikum, im Norden von London, bedeuteten, sie doch die nicht zu unterschätzende Möglichkeit nahelegten, mit Persönlichkeiten von höherem Rang innerhalb der Verwaltung und, vor allen Dingen, mit den angesehenen Mitgliedern des diplomatischen Korps in Kontakt zu treten.

Immerhin mochten ihm diese Beziehungen mit zum Beispiel (warum nicht?) einem Botschafter, wie sporadisch und oberflächlich auch immer, in irgendeiner Zukunft, die nicht unbedingt in weiter Ferne liegen musste, von großem Nutzen sein. So traf er also, Mitte September und mit jener Gleichgültigkeit, wie sie für wenig ehrgeizige Menschen charakteristisch ist, seine Vorbereitungen, schlug einen Nachfolger, mit geringerer Qualifikation als die seine, für den Posten, der durch ihn im Polytechnikum frei wurde, vor und fand sich in Madrid ein, bereit, tüchtig zu arbeiten, falls notwendig, um Anerkennung und Vertrauen seiner Vorgesetzten, soweit ihm solches in Zukunft nützlich sein würde, zu gewinnen und sich von der Biegsamkeit des spanischen Stundenplans nicht verführen zu lassen.

Schon bald gelang es dem jungen Lilburn, sein Leben in jenem fernen Land zu ordnen, und nach wenigen Tagen des Zögerns und einem gewissen Durcheinander, hervorgerufen dadurch, dass er sich gezwungen sah, in der Wohnung des betagten Mr Bayo und dessen Gemahlin abzuwarten, bis die vorigen Mieter aus einer kleinen möblierten Mansarde, die Mr Turol, ein anderer seiner spanischen Kollegen, ab Oktober in der Calle Orellana für ihn reserviert hatte, endgültig ausgezogen waren: Der Preis für die Miete überstieg die von Lilburn veranschlagten Kosten, war aber nicht hoch, wenn man in Betracht zog, dass es sich um eine zentrale Lage handelte, was den unvergleichlichen Vorteil hatte, dass sich die Wohnung ganz in der Nähe des Instituts befand, entwarf er ein peinlich genaues und – nach Möglichkeit für die Dauer des gesamten Kurses – gültiges Tagesprogramm, das er tatsächlich, und obgleich es nur bis zum Monat März war, unverändert einhalten konnte. Um Punkt sieben stand er auf und, nachdem er zu Hause gefrühstückt und, was er in jeder Unterrichtsstunde am Morgen vorzutragen gedachte, einer kurzen Wiederholung unterzogen hatte, begab er sich ins Institut, um seinen Unterricht abzuhalten. Während der einstündigen Pause plauderte er mit Mr Bayo und Miss Ferris über den beklagenswert disziplinlosen Zustand der spanischen Schülerschaft, und während des Mittagessens ließ er Mr Turol und Mr White gegenüber noch einmal die nämlichen Kommentare verlauten. Nach Tisch ging er die Lektionen für den Nachmittagsunterricht noch einmal durch, um sie anschließend vorzutragen, wobei er sich seine Kräfte besser einteilte als am Vormittag, blieb danach von sechs bis halb acht in der Bibliothek des Instituts, konsultierte ein paar Bücher und bereitete den Unterricht für den nächsten Tag vor. Dann begab er sich in die elegante Wohnung der Witwe Giménez-Klein, in der Calle Fortuny, um ihrer achtjährigen Enkelin eine Privatstunde Englisch zu geben (diese einfache und gut bezahlte Arbeit hatte ihm Mr Bayo, sein Gönner, verschafft), und kehrte schließlich gegen halb zehn, oder unwesentlich später, in die Calle Orellana zurück, gerade rechtzeitig, um die Nachrichten im Radio zu hören: Obwohl er am Anfang fast nichts verstand, war Lilburn davon überzeugt, dass dies die beste Methode sei, um die korrekte spanische Aussprache zu lernen. Dann nahm er eine leichte Abendmahlzeit ein, ging ein oder zwei Kapitel in einem Handbuch für spanische Grammatik durch, wiederholte eilig endlose Listen von Verben und Substantiven und ging pünktlich um halb zwölf zu Bett. Der Leser, der die erwähnten Straßen in Madrid kennt und sich erinnert, wo sich die Gebäude, in denen das Institut untergebracht ist, befinden, kann sich leicht vorstellen, dass das Leben von Lilburn gar nicht anders sein konnte als methodisch und geordnet, und dass seine Füße aller Wahrscheinlichkeit nach nicht mehr als zweitausend Schritte im Verlauf eines Tages zurücklegten. Seine Wochenenden jedoch, mit Ausnahme des einen oder anderen Samstags, an denen er zu Abendessen oder Empfängen ging, die für Besucher britischer Universitäten, die sich vorübergehend in Madrid aufhielten, gegeben wurden (und, eine einmalige Gelegenheit, zu einem Cocktail in der Botschaft), blieben für seine Kollegen und Vorgesetzten ein Geheimnis, und sie vermuteten, indem sie sich einzig und allein auf die wenig aufschlussreiche Tatsache stützten, dass er an diesen Tagen niemals zum Telefon ging, dass er sie dazu nützte, um in die der spanischen Hauptstadt am nächsten gelegenen Städte kurze Ausflüge zu unternehmen. In Wahrheit, allem Anschein nach, zumindest aber bis zum Monat Januar oder Februar, verbrachte der junge Lilburn die Samstage und Sonntage eingesperrt in seiner Wohnung in der Calle Orellana und schlug sich mit den Launen und Schrullen der spanischen Konjugation herum. Und es ist anzunehmen, dass er auf diese Art und Weise auch die Weihnachtsferien zubrachte.

Derek Lilburn war ein Mann mit dürftiger Phantasie, gewöhnlichem Geschmack und unbedeutender Vergangenheit: einziger Sohn eines Ehepaares von mittelmäßigen Gelegenheitsschauspielern, die es während der ersten Jahre des Zweiten Weltkriegs mit einem elisabethanischen und jakobitischen Repertoire, das Massinger, Beaumont & Fletcher und den jungen Heywood einschloss, das jedoch Autoren von größerem Gewicht wie Marlowe, Webster oder den eigentlichen Shakespeare peinlichst umging, zu einer gewissen Popularität (nicht aber zu Ruhm) gebracht hatten, der von seinen Eltern nichts geerbt hatte, dem ähnlich, was man in früheren Zeiten als Bühnentalent zu bezeichnen pflegte; wenngleich man sich fragen muss, ob der Geist seiner Erzeuger so etwas jemals beherbergt hatte: Am Ende des Krieges, als die Bühnengrößen, gierig nach Auftritten und hungrig nach Applaus, wieder mit Macht und Regelmäßigkeit auf die Bühnen zurückdrängten und das gemächliche Werk des Wiederaufbaus sowie die Heimkehr der Soldatenmassen aus London eine, wenn schon nicht beklemmendere, so doch unbequemere Stadt als während der Bombenangriffe, gemacht hatten, sagten die Lilburns, ohne Wehmut, wie es den Anschein hat, Hauptstadt und Bühne Adieu. Sie ließen sich in der Stadt Swansea nieder und eröffneten dort ein Kolonialwarengeschäft, vermutlich von dem Geld, das sie in den Jahren ansparten, die sie der niedrigen und undankbaren Schauspielkunst geopfert hatten. Von jenen gefahrvollen Zeiten blieb nichts als ein paar Plakate, die *Philaster* und *The Revenger's Tragedy* ankündigten und das, was mich, indem ich von ihnen spreche, dazu veranlasst hat, ihren Streifzügen in das Drama ihrem wahren Talent als Händler den Vortritt einzuräumen: reine Anekdote. Weder Texte noch Belesenheit gingen mit der Kindheit des jungen Lilburn einher, und man darf sicher sein, dass er nicht einmal in den Genuss der einzigen Spur kam, die der Ausflug auf die Bretter, die die Welt bedeuten, bei den Krämern von

Swansea spontan hätte hinterlassen können: eines emphatischen, ungestümen oder ausgesuchten Tonfalls bei banalen Unterhaltungen zu Hause.

Der Tod seines Vaters, als der junge Derek gerade achtzehn geworden war, gestattete es ihm, sich selbst um das Geschäft zu kümmern, und der seiner Mutter, einige Monate später, diente ihm als guter Vorwand, das Geschäft zu verkaufen, nach London zu übersiedeln und sich dort höhere Studien zu gönnen. Nachdem er diese, mit dem zweifelhaften Nimbus des Strebers, abgeschlossen hatte, übte er den Lehrberuf – ohne dass sich während dieser kurzen Zeit auch nur die geringsten Zweifel an seiner Berufung eingestellt hätten – einige Jahre lang an öffentlichen Schulen aus, bis er 1969, dank seiner oberflächlichen und berechnenden Freundschaft mit einem der Professoren des Zentrums, die Stellung im Polytechnikum bekam, die er jetzt zugunsten eines kurzen Aufenthaltes – eine Zeitspanne, die als Übergang vorgesehen war – im Ausland aufgegeben hatte.

Alle, die dort ein- und ausgegangen sind, sei es als Lehrer, als Schüler oder nur zum Zweck, die Bibliothek zu besuchen, wissen genau, dass die Tore des Instituts um Punkt neun Uhr abgeschlossen werden (eine halbe Stunde, nachdem die letzten Abendkurse zu Ende sind). Die Verantwortung dafür trägt der Pförtner, um ihm eine herkömmliche Berufsbezeichnung zu geben, da seine Aufgaben, und das ist in derartigen Unterrichtszentren fast immer der Fall, oft über die seines eigentlichen Berufes hinausgehen und eher große Ähnlichkeit mit denen eines Bibliothekars und eines Schuldieners haben. Dieser Mann muss das Kommen und Gehen von Personen, die nicht zum Gebäude gehören, überwachen, den unterschiedlichsten Befehlen, Aufträgen und Bitten der Lehrerschaft nachkommen, Tafeln löschen, die aus Nachlässigkeit oder Vergesslichkeit am Ende des Tages mit Ziffern, berühmten Namen und wichtigen Jahreszahlen vollgeschrieben sind, aufpassen, dass niemand die Bibliothek mit einem Buch verlässt, ohne dass diese Tatsache gebührend vermerkt worden wäre, und nicht zuletzt – und ohne einige andere Aufgaben von geringerer Bedeutung zu erwähnen –, sich vergewissern, dass das Gebäude um fünf vor neun leer ist, und, wenn das der Fall ist, die Türen bis zum nächsten Morgen abschließen. Fabián Jaunedes, der Mann, der diese mühsame Stelle eines Pförtners innehatte, als der junge Derek Lilburn nach Madrid kam, übte sie seit fast vierundzwanzig Jahren mit einer Perfektion aus, als hätte er seine Arbeitsstelle selbst erfunden. Deshalb kam es, als er Anfang März, mit einer gewissen Überstürzung und einiger Dringlichkeit, ins Krankenhaus eingeliefert werden und sich einer Grauer-Star-Operation unterziehen musste und als Folge davon seinen Aufgaben nicht nachkommen konnte, zumindest für die Dauer seiner Genesung (die in jedem Fall unvollständig oder nur teilweise sein und in jedem Fall länger dauern musste, als den Verantwortlichen des Zentrums recht war) im internen Ablauf des Instituts zu größeren Störungen, als man sich anfänglich vorstellen konnte. Der Direktor und Mr Bayo verwarfen schon zu Beginn die Möglichkeit, einen Ersatzmann einzustellen, denn auf der einen Seite dachten sie, dass es schwer sein würde, in kurzer Zeit jemanden zu finden, der über ausgezeichnete Referenzen verfügte und bereit wäre, sich nur für den Rest des Schuljahres anstellen zu lassen, um dann vielleicht seinerseits ersetzt zu werden (und obwohl sie nicht an eine baldige Genesung des alten Pförtners glaubten, hatten sie den Eindruck, dass die freie Stelle für länger als fünf Monate zu vergeben, den endgültigen Verzicht auf Fabians Dienste bedeutete und daher eine hässliche Geste der Untreue ihm gegenüber sei, der seinerseits so loyal gewesen war und ihnen während so vieler Jahre so gute Dienste geleistet hatte). Andererseits hingegen meinten sie, mit dieser Gabe oder dem undurchsichtigen Bedürfnis, das Menschen in einem gewissen Alter oder mit schwerfälliger Vorstellungskraft haben, die Kündigungen oder die belanglosesten Abschiedsgesuche mit Vorgängen wahrhaft epischen Ausmaßes zu verwechseln, dass angesichts dieser überraschenden Unannehmlichkeit, die sie eher als Unglück empfanden, es nicht zu viel verlangt sei, wenn ein jeder unter den Lehrern, die sehr gut die verschiedenen Aufgaben des abwesenden Pförtners unter sich aufteilen und so gleichzeitig ihre Opferbereitschaft dem Zentrum gegenüber unter Beweis stellen könnten, ein kleines Opfer brächte. Die Bibliothekarin wurde damit beauftragt, das Kommen und Gehen von Unbekannten durch den Haupteingang zu überwachen, den sie von ihrem Platz aus ganz leicht überblicken konnte; Miss Ferris, dafür zu sorgen, dass sich die Bekanntmachungen und Ankündigungen an den Anschlagtafeln beim Eingang nicht allzu sehr häuften; Mr Turol, alle paar Stunden den Zustand der Toiletten und der Warmwasseraufbereitungsanlage zu überprüfen; jenen Lehrern, deren Unterricht um halb neun endete, wurde dringend ans Herz gelegt, dafür zu sorgen, dass einer der Schüler vor dem Nachhausegehen die Tafel löschte; und schließlich wurde für jene Mitglieder des Personals, denen keine spezielle Aufgabe zugeteilt wurde, ein ausgewogener Bereitschaftsdienst ausgearbeitet: Jemand musste immer bis neun Uhr abends im Gebäude bleiben, um sicherzustellen, dass alles in Ordnung war, und um die Türen zu verschließen. Und obwohl das für den strengen Stundenplan von Lilburn eine große Unannehmlichkeit bedeutete, blieb diesem nichts anderes übrig, als seine Verabredung mit der kleinen Giménez-Klein einmal in der Woche abzusagen und gemeinsam mit seinen Vorgesetzten und Kollegen für einen reibungslosen Ablauf im Institut zu sorgen und ab Anfang März jeden Freitag, wie es allgemein üblich war, bis neun Uhr in der Bibliothek zu bleiben.

Es war damals, am ersten Freitag, als er an der Reihe war, seiner neuen Verpflichtung nachzukommen, als ihm Mr Bayo wieder mit der gleichen Beiläufigkeit, die Lilburn damals, als er ins Institut eingetreten war, seltsam vorgekommen war und bei ihm die Frage aufgeworfen hatte, ob dieser Mann mit seinem ernsthaften Wesen und tadellosen Manieren möglicherweise einen Hang zur Sonderbarkeit haben mochte, den anfänglichen Hinweis, der damals ein gewisses Gefühl der Unruhe bei ihm ausgelöst hatte, neuerlich in Erinnerung rief:

»Heute Nacht«, sagte er zu ihm während der Pause, »Sie wissen schon: kümmern Sie sich nicht um das Gespenst. Ich glaube, dass ich es Ihnen seinerzeit ohnehin bereits erklärt habe, aber ich erinnere Sie noch einmal daran, für den Fall, dass Sie es vergessen haben sollten, da Sie heute mit dem Nachtdienst an der Reihe sind und die Geräusche von Señor Santiesteban Sie erschrecken könnten. Um Viertel vor neun werden sie hören, dass eine Tür aufgerissen wird, und sieben Schritte hin, und nach einer kurzen Pause, weitere acht retour hören. Daraufhin wird die Tür, die geöffnet wurde, weniger geräuschvoll natürlich, wieder zugemacht. Erschrecken Sie nicht und kümmern Sie sich überhaupt nicht darum. Das ist etwas, das seit wer weiß wie langer Zeit geschieht, auf jeden Fall schon länger, als das Institut seinen Hauptsitz in diesem Gebäude hat. Es hat daher auch gar nichts mit uns zu tun, und wie Sie sich vorstellen können, haben wir uns schon mehr als daran gewöhnt: Nein, sagen wir besser, der arme Fabian, der in der Regel der Einzige war, der sie hörte. Ich ersuche Sie nur, da Sie bis Montag die Schlüssel haben und daher an diesem Tag als Erster im Institut sein müssen, um aufzusperren, vergessen Sie nicht das Abschiedsgesuch von der Korktafel, direkt gegenüber von meinem Arbeitszimmer, zu entfernen. Tun Sie das gleich beim Hereinkommen, bitte. Obwohl alle über die Existenz des Señor Santiesteban informiert sind (niemand wird sie Ihnen verschweigen, glauben Sie mir, und auch niemand fühlt sich durch seine Anwesenheit, die ja eigentlich ganz diskret ist, gestört oder beunruhigt), sind wir dennoch bestrebt, dass sie auf das Leben der Schüler keinen besonderen Einfluss hat, die, da es sich um Kinder handelt, sensibler als wir auf derartige unerklärliche Vorkommnisse reagieren. Denken Sie also, wenn es Ihnen nichts ausmacht, daran, das Papier herunterzunehmen. Und werfen Sie es einfach in den nächstbesten Papierkorb. Stellen Sie sich vor, wir würden sie aufheben! Wir könnten schon ein ganzes Zimmer damit füllen. Wenn ich nur daran denke! Zu dumm! Nacht für Nacht, zur selben Stunde, derselbe Text; identisch, ohne dass ein einziges Wort, eine einzige Silbe geändert wäre. So etwas nennt man Ausdauer, finden Sie nicht auch?«

Der junge Lilburn gab keinerlei Kommentar und beschränkte sich darauf, mit dem Kopf zu nicken.

Aber bei Einbruch der Dunkelheit, während er in der Bibliothek einige Übungen korrigierte und darauf wartete, dass es Zeit wurde, das Gebäude abzuschließen und nach Hause zu gehen, hörte er tatsächlich, wie eine Tür so heftig aufgerissen wurde, dass ein paar Scheiben klirrten, und gleich darauf einige feste und entschlossene – um nicht zu sagen aufgeregte – Schritte, eine kurze Stille, die Sekunden dauerte, neuerlich eine Anzahl von Schritten, dieses Mal ruhiger und schließlich dieselbe Tür (so musste man annehmen), die leise zugemacht wurde. Er sah auf die Uhr, die von einer Wand des Zimmers hing, in dem er sich aufhielt, und sah, dass es acht Uhr und sechsundvierzig Minuten war. Eher irritiert als überrascht oder erschrocken stand er von seinem Stuhl auf und verließ die Bibliothek. Auf dem Gang blieb er stehen und war ganz still, in Erwartung, dass es noch mehr Geräusche geben würde, aber er hörte nichts. Er suchte das Gebäude nach einem Schüler ab, der zurückgeblieben war, oder einem Spaßvogel, dem er, mehr als alles andere, die Sinnlosigkeit seines Streiches vor Augen führen wollte, aber er fand niemanden. Es schlug neun, und so entschloss er sich zu gehen, ohne der ganzen Angelegenheit noch mehr Aufmerksamkeit zu schenken; als er jedoch eben hinausgehen wollte, erinnerte er sich an eine der Beobachtungen – diejenige, die ihn vielleicht am meisten beeindruckte –, von der ihm Mr Bayo erzählt hatte: Er ging in den ersten Stock und näherte sich der Korktafel, die auf dem Gang vis à vis vom Arbeitszimmer seines Vorgesetzten hing. Er sah nur ein mit vier Reißnägeln befestigtes Prospekt, das er zur Genüge kannte und in dem eine Vortragsreihe über George Darley und andere aus dem Kreis der weniger bedeutenden romantischen Dichter, die ein Gastprofessor vom Brasenose College von April an zu halten gedachte, angekündigt wurde. Und es hing dort überhaupt nichts, das wie ein Abschiedsgesuch aussah. Ruhiger und auch zufriedener machte er sich auf den Weg in die Calle Orellana und dachte nicht mehr an den Vorfall, bis ihm Montagvormittag Miss Ferris zwischen zwei Schulstunden begegnete und ihm mitteilte, dass Mr Bayo ihn in seinem Arbeitszimmer zu sprechen wünsche.

»Mr Lilburn«, sagte der alte Geschichtslehrer, als er vor ihm stand, »erinnern Sie sich daran, dass ich Sie inständig gebeten habe, dass Sie heute Morgen, bevor Sie noch etwas anderes tun, nicht vergessen, die Abschiedsgesuche des Señor Santiesteban von der Korktafel da draußen zu nehmen?«

»Ja Señor, daran erinnere ich mich genau. Aber nachdem ich die Schritte, die Sie mir ankündigten, gehört hatte, ging ich noch am Freitagabend herauf, um ihren Auftrag auszuführen, und sah nichts auf der Korktafel. Hätte ich etwa heute Morgen noch einmal nachschauen müssen?«

Mr Bayo schlug sich sanft vor die Stirn, wie jemand, dem ein Licht aufgeht und antwortete:

»Oh natürlich, das ist wirklich meine Schuld, weil ich es Ihnen nicht gesagt habe. In der Tat, Mr Lilburn, Sie hätten nur heute Morgen nachschauen müssen. Aber das ist überhaupt nicht so wichtig, es ist auch nicht das erste Mal, dass das passiert. Aber merken Sie es sich für das nächste Mal: Der Brief erscheint im Morgengrauen, obwohl anzunehmen ist, dass der Geist des Señor Santiesteban ihn um Viertel vor neun an der Korktafel befestigt. Ja, ich weiß schon, dass das unwahrscheinlich klingt, aber ist das nicht auch die bloße Anwesenheit dieses Herrn? Gut, das war alles, Mr Lilburn; und machen Sie sich keine Sorgen: den Kindern wird ihre Aufregung bereits am Nachmittag schon wieder vergangen sein.«

»Den Kindern?«

»Ja, die von der Dritten haben mich darauf aufmerksam gemacht, dass die Gesuche noch immer dort draußen hingen. Ich hörte sie auf dem Gang herumlärmen, ging hinaus, um nachzuschauen, was los war, und erwischte sie dabei, wie sie die drei Blätter ganz aufgeregt in den Händen hielten.«

Lilburn machte jetzt eine Geste der Entrüstung und sagte:

»Ich verstehe gar nichts, Mr Bayo. In Wahrheit wäre ich Ihnen sehr dankbar, wenn Sie mir jetzt auf der Stelle eine genaue und zusammenhängende Erklärung über die Vorgänge geben könnten. Was hat es zum Beispiel mit diesen drei Briefen für eine Bewandtnis? Was für eine Geschichte hat das Gespenst, wenn es denn wirklich existiert? Sie haben mir ständig von Abschiedsgesuchen erzählt, aber ich weiß noch immer nicht, wovon zum Teufel dieser Señor Santiesteban jede Nacht Abschied nimmt. Also, ich bin verwirrt und weiß nicht, was ich davon halten soll.«

Mr Bayo deutete ein wehmütiges Lächeln an und antwortete:

»Ich auch nicht, Mr Lilburn, und glauben Sie mir, dass ich nach all den Jahren, die ich hier bin, die Einzelheiten der zweifelsohne tragischen Geschichte des Señor Santiesteban nur zu gerne kennen würde. Aber wir wissen überhaupt nichts über ihn. Sein Name sagt uns nichts und erscheint natürlich auch in keinerlei Annalen, Wörterbüchern oder Enzyklopädien: Er war kein berühmter Mann, und er hat in seinem Leben nichts getan, das einer Erwähnung wert wäre. Vielleicht stand er in irgendeiner Beziehung zum früheren Besitzer des Gebäudes, dem Mann, der den Bau um 1930 in Auftrag gab, ich erinnere mich jetzt nicht an das genaue Datum. Es handelte sich um einen Herrn mit enormem Vermögen und großen künstlerischen und politischen Ambitionen; er war eine Art Beschützer für die linksgerichteten Intellektuellen in den Jahren der Zweiten Spanischen Republik und starb vollkommen verarmt. Aber wir wissen es nicht genau, und tatsächlich haben wir keine konkrete Information, die es uns erlauben würde, eine derartige Beziehung vorauszusetzen. Es könnte auch sein, dass seine enge Beziehung zum Gebäude von seiner ... Bekanntschaft, Freundschaft, beruflichen Beziehung? mit dem Architekten herrührt, eine ebenfalls interessante Persönlichkeit. Seine Werke waren für jene Zeit sehr fortschrittlich, und er beging Selbstmord, indem er sich während einer Schiffspassage in noch relativ jungem Alter ins Meer stürzte. Aber auch hier gibt es keine Möglichkeit, Näheres herauszufinden. All das, Mr Lilburn, sind nichts als Vermutungen und Hypothesen, die ich aufgrund fehlender Fakten nicht einmal ganz auszuführen wage.«

»Höchst eigenartig und seltsam, das alles«, bemerkte Mr Lilburn.

»Das will ich meinen«, sagte Mr Bayo. »Und da ich Ihnen gegenüber schon einmal so ehrlich bin, gestehe ich Ihnen, dass vor langer Zeit, als ich etwas älter war als Sie jetzt sind und gerade ans Institut gekommen war, die mysteriösen Schritte des Señor Santiesteban in mir die Neugier weckten und mir für einige Monate den Schlaf raubten; ich übertreibe nicht, wenn ich sage, dass sie für mich fast schon zur Obsession geworden waren. Tatsache ist, dass ich meine Arbeit vernachlässigte und mich damit beschäftigte, Nachforschungen anzustellen. Ich besuchte mögliche Verwandte des früheren Besitzers und des Architekten und ich befragte sie über eine mögliche Freundschaft dieser beiden Männer mit einem gewissen Leandro P. de Santiesteban, aber sie hatten diesen Namen nie gehört; ich zog das Telefonbuch zu Rate, auf der Suche nach zum Beispiel irgendeinem Pérez de Santiesteban (denn ich weiß noch immer nicht, was dieses P. bedeutet: vielleicht den ersten Teil eines Doppelnamens, vielleicht einfach Pedro, Patricio, Placido, ich weiß es nicht), aber ich fand keinen; in meinem maßlosen Trachten, die Geschichte des Gespenstes zu erfahren, ging ich aufs Meldeamt, in der Hoffnung, irgendeine Geburtsurkunde ausfindig zu machen, die mich wenigstens auf eine Spur, wenn auch auf eine falsche, führen würde – einen ähnlichen Namen, auf den ich meine Nachforschungen konzentrieren könnte; aber ich bekam kein positives Ergebnis, sondern, im Gegenteil, Probleme mit den Beamten, die mich für verrückt hielten, und mit der Polizei, denn mein Verhalten in jenen dunklen Zeiten erschien ihnen sehr verdächtig; schließlich stattete ich allen Santiestebans der Stadt einen Besuch ab, und das sind ziemlich viele. Aber nie gab es innerhalb der betreffenden Familien jemanden, der Leandro geheißen hatte, und einige wollten mich nicht einmal empfangen. Schließlich war alles umsonst, und ich sah mich gezwungen aufzugeben, erfüllt von dem unangenehmen Gefühl, Zeit vergeudet und mich der Lächerlichkeit preisgegeben zu haben. Seither beschränke ich mich darauf, wie die anderen Personen, die im Institut arbeiten, die unbestreitbare Existenz des Gespenstes hinzunehmen und ihr nicht die geringste Aufmerksamkeit zu schenken, in der Einsicht, dass das Gegenteil zu nichts führt und nur Kummer und Verdruss mit sich bringt. Deshalb, Mr Lilburn, kann ich Ihre Fragen auch nicht beantworten, und glauben Sie mir, dass mir das leidtut. Aber ich rate Ihnen, machen Sie es wie die anderen: Kümmern Sie sich nicht um Señor Santiesteban. Er stört nicht, er ist daher auch nicht gefährlich, und das Einzige, das er tut, ist, dass er jede Nacht ein Abschiedsgesuch hinterlässt, welches am nächsten Tag herunterzunehmen für uns überhaupt keine Mühe verursacht.«

»Genau darüber«, sagte Lilburn, »wollte ich noch einmal mit Ihnen sprechen. Dieses Abschiedsgesuch. Darin erklärt er doch etwas, nicht? Wovon nimmt er seinen Abschied? Und warum waren es heute, das haben Sie vorhin erwähnt, drei?«

Mr Bayo beugte sich zum Papierkorb hinunter, der neben ihm stand, und nahm einige zerknüllte Blätter heraus, die er vor dem jungen Lilburn glattstrich, während er sagte:

»Heute waren es aus dem einfachen Grund drei, weil heute Montag ist und wie immer am Wochenende niemand im Gebäude war, um das vom Freitag, das vom Samstag und das von gestern, Sonntag, herunterzunehmen. Sie hätten sie heute zeitig in der Früh von der Korktafel herunternehmen müssen, aber es war, wie schon gesagt, meine Schuld und nicht die Ihre, dass Sie es nicht so gemacht haben. Nehmen Sie.«

Lilburn nahm die Blätter aus ganz gewöhnlichem Papier und las sie aufmerksam durch. Sie waren mit der Hand und mit einer Füllfeder geschrieben, und der Text war in allen drei Fällen, ohne die geringste Abweichung, derselbe. Er lautete folgendermaßen:

Lieber Freund:
In Anbetracht der bedauerlichen Vorkommnisse während der letzten Tage, die aufgrund ihrer Beschaffenheit nicht nur im Widerspruch zu meinen Gepflogenheiten, sondern auch zu meinen Prinzipien stehen, sehe ich für mich, obwohl ich mir der großen Unannehmlichkeiten, die Ihnen meine Entscheidung verursacht, bewusst bin, keine andere Möglichkeit, als meinen unwiderruflichen Abschied von meinem Posten zu nehmen. Außerdem erlaube ich mir, Sie wissen zu lassen, dass ich die Haltung, die Sie im Zusammenhang mit den genannten Vorkommnissen eingenommen haben, aufs Tiefste missbillige und verurteile.

Leandro P. de Santiesteban

»Wie Sie sehen«, sagte Mr Bayo, »erklärt das Schreiben gar nichts. Es macht vielmehr das Ganze noch unverständlicher, da dieses Gebäude ein Wohnhaus war und keine Kanzlei oder etwas Derartiges, also kein Ort, an dem es Menschen mit Ämtern, von denen sie zurücktreten konnten, gegeben hätte. Wir müssen uns damit zufriedengeben, das Rätsel zu beobachten, ohne zu versuchen, es zu lösen.«

Es vergingen die Monate März und April, und der junge Lilburn hörte jeden Freitag von der Bibliothek aus die immer gleichen Schritte des Señor Santiesteban im oberen Stockwerk. Er bemühte sich, den Rat von Mr Bayo zu befolgen und den mysteriösen Schritten keine Beachtung zu schenken, aber von Zeit zu Zeit ertappte er sich ganz unwillkürlich dabei, dass er über die Persönlichkeit und die Geschichte des Gespenstes nachdachte oder dass er mechanisch die Anzahl der Schritte in die eine und in die andere Richtung mitzählte. Diesbezüglich hatte er festgestellt, dass, so wie ihm sein Vorgesetzter bei einer Gelegenheit erzählt hatte, Señor Santiesteban tatsächlich zuerst sieben Schritte und dann, nach einer Pause, acht machte, um daraufhin die Türe zu schließen. Und es war während der Ferien in der Karwoche, die er in Toledo verbrachte, als ihm eine mögliche Erklärung für diesen Umstand einfiel. Diese kleine Entdeckung, in Wahrheit nicht mehr als eine Vermutung, deren Richtigkeit er nicht bestätigen konnte, regte ihn in einer Weise auf, dass er mit Ungeduld auf den Zeitpunkt seiner Rückkehr wartete, um sie Mr Bayo erzählen zu können.

Und tatsächlich, am ersten Schultag nach den Ferien bat der junge Lilburn, anstatt die Pause im Hof zu verbringen und sich mit Miss Ferris und Mr Bayo über das beklagenswerte Betragen seiner Schüler zu unterhalten, Letzteren, ihn an einen Ort zu begleiten, wo sie ungestört miteinander reden könnten, und als sie im Arbeitszimmer des alten Geschichtslehrers waren, erzählte er diesem von seiner Entdeckung.

»Meiner Meinung nach«, sagte er mit einer gewissen Nervosität, »macht Señor Santiesteban aus folgendem Grund zuerst sieben Schritte und dann, im Gegensatz dazu, acht: aufgeregt wegen der Vorgänge, auf die er sich in seinem Schreiben, bezieht, die es ihm, da er ein Mann mit Prinzipien ist, verbieten, sein Amt weiterhin auszuüben, geht er aufgebracht aus dem Zimmer, in dem er sich befindet, und macht sieben Schritte, oder besser gesagt, Riesenschritte zur Korktafel. Er befestigt sein Schreiben, und dann, schon ruhiger, weil er weiß, dass er seiner Verpflichtung nachgekommen ist, weil er mit dem Freund, der ihn hintergangen hat, fertig ist, weil sein Gewissen rein ist, geht er in das Zimmer zurück und macht acht Schritte, anstatt sieben, weil er nicht mehr so wütend oder aufgeregt ist, sondern vielleicht sogar mit sich selbst zufrieden. Ein Beweis dafür, Mr Bayo, ist außerdem die Tatsache, dass er anschließend die Tür leise zumacht, ohne die Wut, auf die das Aufreißen, als er sie öffnet, schließen lässt.«

»Das haben Sie sehr gut dargestellt, Mr Lilburn«, antwortete Mr Bayo mit unmerklicher Ironie. »Und Sie haben recht, glaube ich. Auch ich bin vor vielen Jahren zu diesem Ergebnis gekommen, als ich mich für die Angelegenheit interessierte. Aber damit, dass ich annahm, dass die unterschiedliche Anzahl der Schritte in die eine und in die andere Richtung auf eine leichte Veränderung im Gemütszustand von Señor Santiesteban zurückzuführen war, erreichte ich nichts. Hier stehe ich vor Ihnen, genauso unwissend wie am ersten Tag. Hören Sie auf mich. Das Rätsel des Institutsgespenstes ist wirklich ein Rätsel. Es gibt überhaupt keine Möglichkeit, es zu lösen.«

Mr Lilburn war nachdenklich und von Mr Bayos kühler Antwort enttäuscht. Aber nach einigen Sekunden hob er den Kopf und fragte:

»Und kann man nicht mit ihm sprechen?«

»Mit ihm? Sie meinen mit Señor Santiesteban? Oh, nein. Schauen Sie: An den Freitagen um Viertel vor neun hören Sie, was Sie an jedem anderen Tag der Woche genauso hören würden, wenn Sie zu dieser Zeit hier wären, dass die Tür zu diesem Zimmer lautstark aufgerissen wird; dann hören Sie die Schritte und zuletzt die Tür, die zugemacht wird, ist es nicht so?«

»In der Tat.«

»Und wo pflegen Sie sich aufzuhalten, wenn das geschieht?«

»In der Bibliothek.«

»Nun gut, wenn Sie, anstatt in der Bibliothek, hier in diesem Zimmer wären oder draußen auf dem Gang, würden Sie genau das Gleiche hören, aber Sie würden auch sehen, dass die Türe überhaupt nicht aufgeht. Man hört, wie sie auf- und zugemacht wird, aber man sieht, dass sie weder auf- noch zugemacht wird; sie bewegt sich überhaupt nicht, es zittern nicht einmal die Scheiben, wenn sie das erste Mal aufgerissen wird.«

»Ach so. Und sind Sie vollkommen sicher, dass es diese Tür ist und nicht eine andere, die das Gespenst aufmacht?«

»Ja. Es besteht nicht der geringste Zweifel, dass es diese Glastür hinter Ihnen ist. Ich habe es überprüft, glauben Sie mir. Als ich die Gewissheit hatte, dass es so war, legte ich mich einige Nächte lang auf die Lauer und beobachtete sie. Wie Sie vorhin gesagt haben, geht Señor Santiesteban hier hinaus bis zur Korktafel, befestigt sein Schreiben und kommt zurück. Das Schreiben erscheint jedoch nicht, während er das tut, sondern irgendwann während der Nacht, oder bereits im Morgengrauen, ich weiß es nicht. Die beiden einzigen Male, die es mir gelang wachzubleiben, ohne auch nur ein einziges Mal einzunicken, was Señor Santiesteban hätte ausnützen können, um sein Schreiben erscheinen zu lassen, hörte ich die Schritte so wie immer, aber das Schreiben erschien nicht. Das heißt, dass er mich sah (er sah, dass ich wach war, und deshalb erschien das Schreiben nicht). Aber er spricht nicht, oder er kann nicht sprechen. Nach diesen beiden Nächten, als ich begriffen hatte, dass ich meinerseits von ihm beobachtet wurde (oder besser gesagt, während ich ihn nicht einmal sehen konnte, er meine Bewegungen beobachtete), richtete ich bei verschiedenen Gelegenheiten und im unterschiedlichsten Tonfall das Wort an ihn: An einem Tag grüßte ich ihn respektvoll, am nächsten überfreundlich, und wieder am nächsten gereizt. Ich bin sogar so weit gegangen, ihn zu beschimpfen, nur, um zu sehen, ob er reagiert. Aber er hat nie geantwortet; alles war umsonst, und ich tat das Beste, was ich tun konnte: meine dummen und versponnenen Nachtwachen einzustellen und zu tun, was all die anderen Personen tun, die von seiner Existenz wissen und in Don Leandro P. de Santiesteban nichts anderes sehen als ›das einzigartige Gespenst des Instituts‹.«

Der junge Mr Lilburn wurde wieder für einige Augenblicke nachdenklich und sagte dann mit aufrichtiger Sorge:

»Aber, Mr Bayo … Wenn alles, was Sie mir da erzählen, stimmt, muss Señor Santiesteban in diesem Zimmer wohnen, und wenn das der Fall ist, hört er uns jetzt vielleicht zu, nicht wahr?«

»Möglicherweise, Mr Lilburn«, antwortete Mr Bayo. »Möglicherweise.«

Von diesem Tag an sprach der junge Lilburn weder mit Mr Bayo noch irgendeiner anderen Person jemals wieder über das Gespenst des Instituts. Der alte Professor nahm mit einer gewissen Erleichterung an, dass er eingesehen hatte, dass jede Überlegung in dieser Angelegenheit reine Zeitverschwendung sei, und sich schließlich entschlossen hatte, seinem Ratschlag, der auf Erfahrung beruhte, Folge zu leisten. Dem war aber nicht so.

Der junge Lilburn hatte hinter dem Rücken seines Vorgesetzten und ein wenig überstürzt die Entscheidung getroffen, ganz alleine die Motive herauszufinden, die Señor Santiesteban dazu bewogen, jede Nacht seinen Abschied zu nehmen, und da er am Wochenende die Schlüssel für das Gebäude hatte und er daher an diesen Tagen kommen und gehen konnte, wie es ihm beliebte, ohne irgendjemandem Rechenschaft ablegen zu müssen, hatte er damit begonnen, die Nächte von Freitag auf Samstag und von Samstag auf Sonntag im ersten Stock auf dem Sofa auf dem Gang zu verbringen, einem Ort, von dem aus er sogar im Liegen den ganzen, andererseits nicht gerade riesigen, Schauplatz der nächtlichen Spaziergänge des unsichtbaren Gespenstes überblicken konnte; genaugenommen waren das: die Tür von Mr Bayos Arbeitszimmer, die Korktafel vis à vis und natürlich der Abstand dazwischen.

Es waren drei Gründe – oder vielmehr, Gefühlsregungen –, die ihn dazu bewegten, seine Untersuchungen im Geheimen durchzuführen: das Misstrauen, die Anziehungskraft des Verbotenen und die Herausforderung. Die ausführliche Erzählung von Mr Bayo und die Lehren, die sich aus seinem Scheitern ziehen ließen, kamen ihm sehr zugute, aber gleichzeitig spürte er, dass, wenn er seinen Wunsch, das Geheimnis zu lüften, erfüllt sehen wollte, er nicht umhinkam, zumindest einige der Rückschläge, die die Phantasie seinem Vorgesetzten in der Vergangenheit gespielt hatte, selbst zu untersuchen. Andererseits entdeckte er während der langen Wachen das Vergnügen, das darin liegt, das Verbotene oder das, wovon der Rest der Menschheit nichts weiß, auszukosten. Und schließlich genoss er schon im voraus den Moment, wenn seine Anstrengungen von Erfolg gekrönt sein würden, der nicht nur in der Entdeckung und im ewigen Besitz der ersehnten

Wahrheit bestand, sondern auch in der persönlichen Befriedigung – welche letzten Endes der Eitelkeit am liebsten ist –, die der Sieg über einen Gegner, der einem überlegen ist oder über größeres Wissen verfügt, mit sich bringt.

So geschah es, dass der junge Lilburn während der folgenden Monate, der letzten des Schuljahres, dieselben Rückschläge erlitt, die den alten Geschichtslehrer in seiner Jugend heimgesucht hatten. Er versuchte, ohne den geringsten Erfolg, mit Señor Santiesteban zu sprechen; er wartete ein ums andere Mal geduldig darauf, dass das Schreiben an der Korktafel erschien, aber in der Regel übermannte ihn der Schlaf früher oder später, gezwungen wie er war, stundenlang den Blick auf denselben Punkt zu richten; und bei den zwei oder drei Gelegenheiten, wo es ihm gelang, die Augen bis zum nächsten Morgen offen zu halten, erschien der Brief nicht.

Die Zeit verging wie im Fluge und die Gelegenheit, sein Ziel zu erreichen, schmolz dahin. Unzufrieden mit dem abscheulichen Betragen der spanischen Kinder und mit seiner Arbeit, die ihm nur wenig Möglichkeiten geboten hatte, seine Position kurzfristig zu verbessern, hatte er beschlossen, seinen Vertrag für das nächste Jahr nicht zu verlängern und am Ende des Schuljahres nach London und in seine Stellung am Polytechnikum zurückzukehren. Und je näher das Ende des Schuljahres rückte, umso mehr bereute Lilburn, diese Entscheidung getroffen zu haben. Nun, da er sein Rückflugticket in Händen hatte, war Umkehr nicht mehr möglich, und er beklagte ein ums andere Mal, vorschnell gehandelt zu haben, als er, ohne irgendeinen Grund, der dies gerechtfertigt hätte, selbstgefällig angenommen hatte, dass das Erreichen seines Zieles höchstens eine Frage von Wochen sei. Er sah schon den Tag kommen, an dem er abreisen musste, um wahrscheinlich nie wiederzukommen, und er verfluchte ohne Unterlass seine vorschnelle Entscheidung und die kalte Gleichgültigkeit von Señor Santiesteban, der ihm gegenüber genauso hochmütig war wie Mr Bayo und – das war es, was ihn kränkte – allen anderen Sterblichen gegenüber. In seinem Wahn, und als er zum x-ten Mal das Geräusch der Schritte auf dem Holzboden hörte, versuchte er das Gespenst zu packen, oder er schrie es an und nannte es Heuchler, Angeber, Feigling, Schurke; er überhäufte es mit Schimpfworten.

Aber es war bei einer dieser Gelegenheiten, als ihm ein eventuelles Mittel gegen seine Verzweiflung einfiel, eine Lösung für seine Unwissenheit. Er hatte gerade eine dieser peinlichen Szenen zum Besten gegeben, die ihm die Verbitterung eingab, und verzweifelt, ein Gefangener der hysterischen Wut, in die Situationen lang anhaltender Ohnmacht führen, hatte er sich mit dem Gesicht nach unten auf das Sofa auf dem Gang geworfen. Es war acht Uhr siebenundvierzig Minuten. Und plötzlich, inmitten seiner Verzweiflung, schien es ihm, als höre er, wie die Glastür von Mr Bayos Arbeitszimmer neuerlich geöffnet wurde und Señor Santiesteban noch einmal seine ewig gleichen fünfzehn Schritte machte, um sie gleich darauf in der üblichen Weise zu schließen. Überrascht richtete er sich auf und strich sich sein zerrauftes Haar glatt. Er sah zur Tür und gleich darauf zur Korktafel. Und in diesem Moment begriff er, dass er in Wirklichkeit beim zweiten Mal nichts gehört hatte, sondern dass, wie die Musik auf einer Platte, die man sich im Verlauf eines Tages unzählige Male anhört, sich die Schritte (ihr Rhythmus, ihre Intensität) in seinem Gehirn eingenistet hatten und sich wiederholten –

wie eine eindringliche und komplizierte Stelle, an die man sich genau erinnert, die man aber trotzdem nicht wiedergeben kann –, ohne sein Zutun, ganz von selbst, in seinem Inneren. Er kannte sie auswendig, und obwohl er nicht einmal versuchen konnte, sie mit seiner Stimme wiederzugeben, konnte er es jedoch mit seinen eigenen Füßen tun. Voll neuer Hoffnungen und großer Erwartungen verließ er das Gebäude. Und an jenem Samstag im Juni schlief er, was schon seit vielen Wochenenden nicht mehr der Fall gewesen war, in seiner Wohnung in der Calle Orellana.

Mit einem Mal fühlte er sich wie der Schauspieler, der seit mehreren Monaten dasselbe Stück mit bemerkenswertem Erfolg spielt, und der um die Salve des Applauses, mit der das Publikum seine Darstellung belohnen wird, weiß und es überhaupt nicht eilig hat, die Bühne zu betreten und seine Rolle zu rezitieren, sondern der, ganz im Gegenteil, sich den Luxus leistet, sich hinter dem Vorhang herumzudrücken, und mit einigen Sekunden Verspätung auftritt, um das Publikum zu beunruhigen und seine Szenenkollegen zu verwirren. Das heißt, Lilburn fühlte sich seines Sieges wieder sicher und, anstatt seinen Plan sofort in die Tat umzusetzen, fand er, ohne zu erlauben, dass sich Zweifel einschlichen und ihn bedrückten, am Glück, das ihm das Schicksal, so vermutete er, zum Geschenk machen würde, Gefallen. Er verbrachte nur noch eine Nacht im Institut: den Abend vor seinem Treffen mit Señor Santiesteban, der gleichzeitig auch der seiner Abreise war. Er hatte sich tatsächlich entschlossen abzuwarten, bis der Unterricht und die Prüfungen zu Ende waren, um sein Experiment auszuführen, und er nahm an, dass das geeignetste Datum jenes seiner Abreise war, und zwar aus folgendem Grund: Wenn ihm etwas … Transzendentales zustoßen sollte, würde ihn niemand vermissen, und daher würden auch keine vielleicht komplizierten und heiklen Nachforschungen angestellt, da ihn alle, Mr Bayo eingeschlossen, in London wähnten und seine Abwesenheit niemandem seltsam vorkommen würde. Und obwohl an diesem Tag zwischen acht und halb zehn die alljährliche Theatervorstellung stattfand, die die Schüler des Zentrums traditionsgemäß aufführten, um das Ende des Schuljahres zu feiern, und er sich deshalb an diesem Samstag alles andere als allein im Gebäude befinden würde, dachte er, dass ihm dieser Umstand in Wahrheit nur zugutekommen würde (niemand würde ihn stören, denn um Viertel vor neun wären Eltern, Lehrer, Schüler und Putzfrauen im Festsaal versammelt, und außerdem wäre für den Fall, dass er überrascht würde, seine Anwesenheit während dieser Stunden im Institut mehr als gerechtfertigt), und er bekräftigte aufs Neue seinen Entschluss. Nichts überließ er dem Zufall: Ohne Schwierigkeiten erfand er einen Vorwand, damit ihm Mr Bayo in irgendeinem Moment den Schlüssel für sein Arbeitszimmer gab und er einen Nachschlüssel anfertigen lassen konnte; er stellte seine Uhr exakt ein wie die des Instituts und vergewisserte sich, dass weder die eine noch die andere vor- oder nachging; und wie vorhin schon gesagt, übte er die ganze Nacht vor dem nämlichen Datum, bis ihm eine in jeder Hinsicht vollkommene Imitation gelang.

Und es kam der Tag. Lilburn traf kurz vor acht ein und erntete viel Lob, weil er ins Institut gekommen war, um sich die Theateraufführung anzuschauen, obwohl sein Flugzeug in der selben Nacht um halb zwölf startete. Er nützte diesen Umstand, um darauf aufmerksam zu machen, dass er genau aus diesem Grund gezwungen sei, er bedauerte das sehr, in der Mitte der Aufführung zu gehen, und er fügte hinzu, dass er trotzdem sehr froh sei, vor seiner Abreise zumindest in den Genuss eines Teils der Aufführung zu kommen. Kurz bevor diese begann, verabschiedete er sich von seinen Kollegen und Mr Bayo, zu dem er sagte: »Sie werden von mir hören.«

Die Schüler führten in diesem Jahr eine gekürzte Fassung von *Julius Caesar* auf. Sowohl die Darstellung als auch die englische Aussprache waren entsetzlich, aber Lilburn, ganz in Gedanken versunken, nahm davon kaum Notiz. Exakt um zweiundzwanzig Minuten vor neun, zu Beginn des dritten Akts, stand er auf und verließ, bestrebt, keinen Lärm zu machen, den Festsaal, um in den ersten Stock zu gehen. Er sperrte mit seinem Schlüssel die Tür von Mr Bayos Arbeitszimmer auf und ging hinein.

Dort wartete er noch zwei Minuten und schließlich, als seine Uhr genau acht Uhr fünfundvierzig Minuten anzeigte, und man in der Ferne eine Kinderstimme hörte, die sprach »I know not, gentlemen, what you intend, who else must be let blood, who else is rank«, riss der junge Derek Lilburn ruckartig die Tür auf, dass die Scheiben klirrten, machte sieben entschlossene Schritte bis zur Korktafel vis à vis und befestigte dort mit einem Reißnagel ein Blatt gewöhnliches Papier, machte eine halbe Drehung, im Anschluss daran acht Schritte in die entgegengesetzte Richtung, betrat schließlich wieder das Arbeitszimmer und machte die Tür leise hinter sich zu.

Während des Sommers verlor der alte Fabián Jaunedes sein Augenlicht endgültig, und Mr Bayo und dem Direktor des Instituts blieb keine andere Wahl, als einen neuen Pförtner einzustellen. Als dieser sich am 1. September im

Zentrum vorstellte, um seinen Dienst anzutreten, setzte ihn Mr Bayo von Señor Santiesteban und dessen Abschiedsgesuch in Kenntnis. Wie üblich, und in dieser Angelegenheit außerdem besorgt, dass der Neue erschrecken und kündigen könnte, war er bestrebt, ihr keine Bedeutung beizumessen und möglichst wenig auf Details einzugehen. Der neue Angestellte, der, außer dass er über die besten Referenzen verfügte, ein Mann mit sehr guten Manieren, der wusste, was sich gehörte, war, beschränkte sich darauf, respektvoll mit dem Kopf zu nicken und Mr Bayo zu versichern, dass er nicht einen einzigen Morgen versäumen würde, das Schreiben von der Korktafel abzunehmen. Der alte Geschichtslehrer atmete erleichtert auf und fand bei sich, die Inanspruchnahme der Dienste dieses Mannes sei ein Glücksfall. Daher war seine Überraschung riesig, als der neue Pförtner am nächsten Morgen sein Arbeitszimmer betrat und zu ihm sagte:

»Ich habe Ihren Auftrag, den Brief von der Korktafel herunterzunehmen, ausgeführt, Señor, aber ich wollte Ihnen sagen, dass die Information, die Sie mir gestern gegeben haben, nicht korrekt war. Gestern Nacht habe ich tatsächlich gehört, wie die Tür aufgemacht wurde sowie noch einige Schritte, aber ich habe auch ganz deutlich die Stimmen von zwei Personen gehört, die sich angeregt unterhielten. Und heute Morgen nahm ich das Schreiben, das Sie erwähnt haben, herunter. Aus Neugierde, die Sie mir hoffentlich verzeihen werden, habe ich es gelesen, und ich muss Ihnen außerdem sagen, dass es nicht nur nicht von einer Person, wie Sie mir gestern zu verstehen gaben, geschrieben ist, sondern dass es von zwei unterschrieben wurde ... Bitte, sehen Sie selbst.«

Mr Bayo nahm den Brief und las ihn. Und während er

das tat, nahm sein Gesicht den Ausdruck eines Meisters an, der eines Tages unverhofft feststellt, dass sein Schüler über ihn hinausgewachsen ist, und der sich, heimgesucht von einer eigenartigen Mischung aus Neid, Stolz und Angst, nur noch verwirrt die Frage stellen kann, ob er von dem, der von nun an das Regiment ausübt, in Zukunft gedemütigt oder erhoben werden wird.

(1975)*

* Die Jahreszahlen beziehen sich auf das Entstehungsjahr

Gualta

Bis zu meinem dreißigsten Lebensjahr lebte ich still und rechtschaffen und im Einklang mit meiner eigenen Biographie, und mir war nie die Vorstellung gekommen, dass in Vergessenheit geratene Figuren der Lektüre aus meiner Jugendzeit in meinem Leben auftauchen könnten, nicht einmal in dem der anderen. Natürlich hatte ich von vorübergehenden Identitätskrisen gehört, die in der Jugend entdeckte Namensgleichheiten auslösen können (zum Beispiel litt mein Freund Rafa Zarza unter Selbstzweifeln, nachdem ihm ein anderer Rafa Zarza vorgestellt worden war). Aber ich hatte weder erwartet, mich in einen blutleeren William Wilson, noch in ein entdramatisiertes Bild von Dorian Gray, noch in einen Jekyll, dessen Hyde nichts weiter als ein anderer Jekyll wäre, zu verwandeln.

Er hieß Xavier de Gualta, war Katalane, wie sein Name sagt, und arbeitete in der barcelonesischen Niederlassung des Unternehmens, bei dem auch ich arbeitete. Der Rang seiner Position (gehoben) war meinem in der Hauptstadt ähnlich, und wir lernten uns in Madrid anlässlich eines Abendessens kennen, das geschäftlicher Natur und gleichzeitig ein gemütliches Beisammensein war, der Grund, weshalb wir in Begleitung unserer jeweiligen Ehefrauen dort waren. Unsere Namen stimmten nur im ersten Teil überein (ich heiße Javier Santín), aber dafür war die Übereinstimmung in allem Übrigen vollkommen. Ich erinnere mich noch an das verblüffte Gesicht von Gualta (das zweifelsohne meines war), als der Maitre, der vorausging, ihnen unseren Tisch zeigte, zur Seite trat, und als er zum ersten Mal in mein Gesicht sah. Gualta und ich waren körperlich identisch, wie Zwillinge im Kino, aber nicht nur das: Wir machten auch dieselben Bewegungen zur selben Zeit, und wir verwendeten dieselben Worte (wir nahmen uns die Worte aus dem Mund, wie es umgangssprachlich heißt), und unsere Hände griffen stets unisono simultan nach der Weinflasche (vom Rhein), oder nach der vom Mineralwasser (ohne Kohlensäure), oder an die Stirn, oder zum Löffelchen von der Zuckerdose, oder zum Brot, oder stachen mit der Gabel auf den Boden des Fondues. Es war schwierig, nicht zusammenzustoßen. Es war, als würden unsere äußerlich identischen Köpfe auch zur selben Zeit dasselbe denken. Es war, als speise man vor einem Körper gewordenen Spiegel. Überflüssig zu erwähnen, dass wir in allem übereinstimmten, und dass – obwohl ich bestrebt war, nicht viel von ihm zu erfahren, so groß waren mein Ekel und mein Entsetzen – unsere Lebenswege, sowohl beruflich als auch privat, ganz gleich verlaufen waren. Diese außergewöhnliche Ähnlichkeit wurde natürlich von unseren Ehefrauen und von uns bemerkt und kommentiert (»Das ist außergewöhnlich«, sagten sie. »Ja, das ist außergewöhnlich«, sagten wir), aber da uns allen vieren, aufgrund dieser so überaus außergewöhnlichen Situation leicht verkrampft, bewusst war, dass an diesem Abend das Unternehmen, das uns zusammengeführt hatte, im Mittelpunkt des Interesses stand, übergingen wir nach anfänglichem Staunen den bemerkenswerten Umstand und taten, als sei alles normal. Wir widmeten uns eher dem geschäftlichen als dem gemütlichen Beisammensein. Das Einzige, worin wir nicht übereinstimmten, waren unsere Frauen (aber in Wirklichkeit sind sie kein Teil von uns, wie wir keiner von ihnen). Meine ist ein Superweib, wenn mir dieser Gemeinplatz gestattet ist, während die von Gualta, ein Mädchen aus gutem Haus, dagegen nichts als ein vorübergehend herausgeputztes und vom Erfolg ihres tollen Ehegatten aufgekratztes Mauerblümchen war.

Das Schlimme war aber nicht die Ähnlichkeit als solche (es gab Schlimmeres). Ich hatte mich, bis zu diesem Zeitpunkt, noch nie selbst gesehen. Ich möchte sagen, dass uns ein Foto bewegungslos macht und wir uns im Spiegel immer verkehrt sehen (ich trage zum Beispiel den Scheitel rechts wie Cary Grant, aber im Spiegel bin ich ein Individuum mit einem Linksscheitel, wie Clark Gable); und ich hatte mich auch noch nie im Fernsehen oder auf Video gesehen, da ich weder berühmt bin, noch jemals eine Leidenschaft für Filmkameras hatte. In Gualta sah ich mich deshalb zum ersten Mal sprechen, mich bewegen, Gesten machen, Pausen machen, lachen, im Profil, mir mit einer Serviette den Mund abwischen und mir die Nase reiben. Es war meine erste und vollkommene Personifizierung, etwas, woran sich nur jene erfreuen können, die berühmt sind oder Video haben, um damit zu spielen.

Und ich verabscheute mich. Das heißt, ich verabscheute Gualta, der mit mir identisch war. Dieses geschniegelte katalanische Subjekt fand ich nicht nur nicht gutaussehend (obwohl meine Frau – die ein steiler Zahn ist – mir später zu Hause sagte, dass sie ihn attraktiv fand, ich nehme an, um mir zu schmeicheln), sondern affektiert, maßlos übertrieben, ungerecht in seinem Urteil, gekünstelt in seinen Manieren, eingebildet auf seine Ausstrahlung (die Ausstrahlung eines Geschäftsmannes natürlich), menschenverachtend rechtsgerichtet in seinen Meinungen (beide wählten wir natürlich dieselbe Partei), aufgeblasen in seiner Sprache und skrupellos bei seinen Geschäften. Wir waren sogar Anhänger der konservativsten Fußballmannschaften in unseren jeweiligen Städten: er von Español, ich von Atletico. In Gualta sah ich mich, und in Gualta sah ich ein lästiges Subjekt, das zu allem fähig war, jemanden, der es nicht wert war, überhaupt gelebt zu haben. Wie ich bereits gesagt habe, ich hasste mich einfach.

Und es war seit dieser Nacht, dass ich – ohne sogar meine Frau in meine Absichten eingeweiht zu haben – damit begann, mich zu verändern. Ich hatte nicht nur entdeckt, dass in der Stadt Barcelona ein Wesen existierte, das gleich wie ich war und das ich verabscheute, sondern dass ich außerdem befürchtete, dass jenes Wesen in allen und jedem einzelnen der Lebensbereiche und während aller und jedem der einzelnen Augenblicke des Tages ganz dasselbe denken, tun und sagen könnte wie ich. Ich wusste, dass wir die selben Bürozeiten hatten, dass er – ohne Kinder – nur mit seiner Frau, so wie ich, lebte. Nichts hinderte ihn daran, dasselbe Leben wie ich zu führen. Und ich dachte, »Alles, was ich tue, jeden Schritt, den ich mache, jede Hand, die ich reiche, jeden Satz, den ich sage, jeden Brief, den ich diktiere, jeden Gedanken, den ich habe, jeden Kuss, den ich meiner Frau gebe, macht, reicht, sagt, diktiert, hat, gibt Gualta seiner Frau. Das darf nicht sein.«

Ich wusste nach diesem widrigen Zusammentreffen, dass wir uns in vier Monaten, beim großen Fest des fünften Jahrestages der Gründung des Unternehmens – amerikanische Filiale – in unserem Land, wiedersehen würden. Während dieser Zeit nun widmete ich mich der Aufgabe, mein Äußeres zu verändern: Ich ließ mir einen Schnurrbart wachsen, der sich Zeit ließ zu sprießen; ich begann damit, nicht immer eine Krawatte zu tragen, und ersetzte sie – das schon – mit eleganten Halstüchern; ich begann zu rauchen (englischen Tabak); und außerdem getraute ich mich, meine Geheimratsecken mit einer dezenten japanischen Haartransplantation auffüllen zu lassen (Koketterie und Unmännlichkeit, die sich weder Gualta noch mein früheres Ich jemals erlaubt hätten). Was meine Manieren anbelangt, so sprach ich lauter, ich vermied Ausdrücke wie »Konstellation der Zinssätze«, oder »Dynamik von Tafelgeschäften«, die Gualta und ich so sehr liebten; ich hörte damit auf, den Damen beim Abendessen Wein nachzuschenken, ich hörte damit auf, ihnen in den Mantel zu helfen; von Zeit zu Zeit fluchte ich.

Vier Monate später traf ich beim barcelonesischen Fest einen Gualta mit einem mickrigen Schnurrbart, der volleres Haar zu haben schien als in meiner Erinnerung; er rauchte eine JPS nach der anderen und trug keine Krawatte, sondern eine Fliege; er schlug sich beim Lachen auf die Schenkel, fuchtelte mit seinen Ellenbogen herum und sagte häufig: »Herrgott Sakrament«. Aber er war mir immer noch gleich verhasst wie früher. An diesem Abend trug auch ich eine Fliege.

Seit damals kannte der Veränderungsprozess meiner verabscheuenswerten Person keine Grenzen mehr. Mit Absicht suchte ich all jene Dinge, die ein so affektierter, verweichlichter, angepasster und pedantischer Typ wie Gualta (auch fromm) niemals hätte tun können, alles zu

Zeiten und an Orten, von denen es in höchstem Grade unwahrscheinlich war anzunehmen, dass sich Gualta in Barcelona zu denselben Zeiten und an denselben Orten denselben Ausschweifungen hingeben würde wie ich. Ich fing an, später ins Büro zu kommen und es früher zu verlassen, meinen Sekretärinnen Grobheiten zu sagen, wegen jeder Kleinigkeit einen Wutanfall zu bekommen, das Personal, das mir unterstellt war, häufig zu beschimpfen, und sogar kleine, unbedeutende Fehler zu machen, die ein Mann wie Gualta dennoch niemals gemacht hätte, so vorsichtig und perfektionistisch wie er war. So viel zu meiner Arbeit. Was meine Frau betrifft, der ich immer treu war und die ich über alle Maßen verehrte (bis in die Dreißiger), gelang es mir mit List, sie nach und nach nicht nur davon zu überzeugen, dass wir unversehens und an dafür ungeeigneten Orten kopulierten (»Das traut sich Gualta sicher nicht«, dachte ich, als wir eines Nachts auf dem Dach eines Kiosks in der Calle Principe de Vergara – in aller Eile – den Beischlaf ausübten), sondern dass wir uns auf sexuelle Abweichungen einließen, die wir nur wenige Monate früher als sexuelle Qualen und sexuelle Grausamkeiten empfunden hätten, wenn wir den wenig wahrscheinlichen Fall annehmen, dass wir (über Dritte) davon gehört hätten. Wir haben Akte wider die Natur vollzogen, diese Schönheit und ich.

Nach weiteren drei Monaten wartete ich ungeduldig auf ein neuerliches Treffen mit Gualta, sicher, wie ich mir war, dass er sich jetzt stark von mir unterscheiden würde. Aber diese Gelegenheit kam nicht gleich, und so entschloss ich mich, für ein Wochenende, auf eigene Kosten und auf eigene Faust, nach Barcelona zu fahren, in der Absicht, das Eingangstor seines Hauses zu beobachten und mich von den möglicherweise stattgefundenen Veränderungen – wenigstens aus der Ferne – zu überzeugen. Oder, besser gesagt, um die Wirksamkeit der an mir selbst vorgenommenen Veränderungen zu überprüfen.

Achtzehn Stunden lang (verteilt zwischen Samstag und Sonntag) hatte ich mich in einem Cafe, von dem aus man das Haus von Gualta sehen konnte, verkrochen und wartete darauf, dass er herauskommen würde. Aber er tauchte nicht auf, und erst als ich mir nicht mehr sicher war, ob ich am Boden zerstört nach Madrid zurückfahren oder in die Wohnung hinaufgehen sollte, obwohl mich das verraten hätte, sah ich das Mauerblümchen aus dem Haustor kommen. Sie war mit einer gewissen Nachlässigkeit gekleidet, als ob der Erfolg ihres Ehemannes nicht mehr ausreichte, um sie künstlich zu verschönern, oder als ob die Wirkung nicht bis zum Wochenende hielt. Dennoch bot sich mir, als sie im Licht des dunklen Mondes, der mich verbarg, vorbeiging, der Anblick einer sehr viel begehrenswerteren Frau als der, der ich beim Abendempfang in Madrid und auf dem Fest in Barcelona begegnet war. Der Grund dafür war sehr einfach und genügte mir, um zu verstehen, dass meine Originalität weder ausreichend noch meine Maßnahmen effizient genug gewesen waren: An ihrem Gesichtsausdruck erkannte ich eine geile und sexbesessene Frau. Bei allem Unterschied hatte sie den gleichen leicht schielenden (so verführerisch) aufregenden und bedrohlich amutenden Blick wie mein Superweib.

Ich kehrte nach Madrid zurück, überzeugt davon, dass wenn Gualta das ganze Wochenende lang sein Haus nicht verlassen hatte, dieser Umstand darauf zurückzuführen war, dass er an jenem Wochenende nach Madrid gefahren war und in La Orovata, dem Cafe vis à vis von meinem

Haus, stundenlang auf der Lauer gelegen und mein mögliches Herauskommen beobachtet hatte, welches nicht erfolgte, da ich in Barcelona auf das seine wartete, das nicht erfolgte, weil er in Madrid auf meines wartete. Es gab keinen Ausweg.

Ich machte noch einige Versuche, aber schon ohne den rechten Glauben. Kleine Details, um die Veränderung zu vervollständigen, wie Mitglied von Real Madrid zu werden, in der Annahme, dass einer von Español bei Barça nicht aufgenommen würde; oder ich trank Aniskorn und Anislikör aus Cazalla – Getränke, die ich verabscheue – in den Vierteln am Stadtrand, in der Überzeugung, dass ein Snob wie Gualta nicht bereit wäre, ein solches Opfer zu bringen; außerdem erdreistete ich mich, überzeugt davon, dass sich mein inbrünstig katholischer Rivale das nie trauen würde, in aller Öffentlichkeit den Papst zu beschimpfen. Aber in Wirklichkeit war ich von nichts überzeugt, und ich glaube, dass ich es nie wieder sein werde. Eineinhalb Jahre nachdem ich Gualta kennengelernt habe, ist es mit meiner steilen Karriere im Unternehmen, für das ich immer noch arbeite, total vorbei, und ich warte jede Woche auf meine Kündigung (mit Abfindung, das schon). Meine Frau – ich weiß nicht, ob der Perversitäten überdrüssig, oder wegen des Gegenteils, weil ihr meine Phantasie nicht mehr genügte und sie sich neue Zügellosigkeiten suchen musste – verließ mich vor kurzer Zeit ohne Erklärung. Hat das Mauerblümchen mit Gualta das Gleiche gemacht? Ist seine Position im Unternehmen ebenso schwach wie meine? Wie schon gesagt, ich werde es nicht erfahren, weil ich es lieber gar nicht wissen möchte. Denn es ist ein Moment gekommen, in dem, wenn ich mit Gualta zusammentreffe, zwei Dinge passieren können, beide fürchterlich, oder fürchterlicher als die Ungewissheit: Es kann sein, dass ich einen Mann treffe, der das Gegenteil von dem ist, den ich kennengelernt habe, und der mit meinem jetzigen Ich identisch ist (liederlich, mutlos, heruntergekommen, mit schlechten Manieren, blasphemisch, pervers), der mir aber vielleicht trotzdem noch immer genauso verabscheuenswert erscheinen würde wie der Xavier de Gualta, den ich beim ersten Mal kennengelernt hatte. Was die zweite Möglichkeit betrifft, so ist sie noch schlimmer: dass ich mich möglicherweise mit dem gleichen, unveränderten Gualta treffe, den ich kennengelernt habe: unerschütterlich, freundlich, angeberisch, herausgeputzt, unterwürfig und siegessicher. Und wenn dem so wäre, müsste ich mich mit einer Bitterkeit, die ich nicht ertragen könnte, fragen, warum von den beiden ich es war, der seine eigene Biographie verraten und aufgeben musste.

(1986)

Das Lied von Lord Rendall

Für Julia Altares,
die mich noch nicht entdeckt hat

James Ryan Denham (1911–1943), geboren in London, Studium in Cambridge, war eines jener Talente, die der Zweite Weltkrieg zerstört hat. Aus einer wohlhabenden Familie stammend, schlug er eine diplomatische Laufbahn ein, die ihn nach Birma und nach Indien führte (1934 bis 1937). Sein bekannt gewordenes literarisches Werk ist kurz und spärlich und besteht aus fünf Titeln, die alle im Selbstverlag veröffentlicht wurden und nicht mehr auffindbar sind, da er das Schreiben allem Anschein nach als reinen Zeitvertreib betrachtete. Befreundet mit Malcolm Lowry, mit dem gemeinsam er die Universität besuchte, und dem berühmten Kunstsammler Edward James kam er selbst in den Besitz einer hervorragenden Sammlung französischer Malerei aus dem XVIII. und XIX. Jahrhundert.

Sein letztes Buch, *How to Kill* (1943), dem die hier übersetzte Erzählung *Lord Rendall's Song* entnommen ist, war das einzige, mit dem er den Versuch unternahm, in einem kommerziellen Verlag zu veröffentlichen, aber kein einziger Verleger wollte es, aufgrund der Annahme, es könnte die Kriegsteilnehmer und die Zivilbevölkerung, noch mitten im Krieg, verschrecken, sowie aufgrund der ungewohnt erotischen Aufgeladenheit in einigen der Erzählungen. Denham hatte bereits einen Gedichtband, *Vanishings* (1932), einen weiteren Gedichtband, *Knives and Landscapes* (1934), einen Kurzroman, *The Night-Face* (1938), und *Gentle Men and Women* (1939), eine Reihe mit kurzen Lebensbeschreibungen von berühmten Persönlichkeiten, unter ihnen Chaplin, Cocteau, die Tänzerin Tilly Losch und der Pianist Dinu Lipatti, veröffentlicht. Dehnham starb im Alter von zweiunddreißig Jahren, er fiel während der Kämpfe in Nordafrika.

Obwohl die vorliegende Erzählung (eine schwindelerregende *mise en abîme*) keiner zusätzlichen Erklärung bedarf, mag es nützlich sein, wenn man weiß, dass das englische Volkslied *Lord Rendall* der Dialog zwischen dem jungen Lord Rendall und seiner Mutter ist, nachdem dieser von seiner Verlobten vergiftet worden ist. Auf die letzte Frage der Mutter, »Was wirst Du Deiner Liebe zurücklassen, mein Sohn?«, antwortet dieser: »Einen Strick, um sie zu hängen, Mutter, einen Strick, um sie zu hängen.«

Ich wollte Janet überraschen, deshalb teilte ich ihr den Tag meiner Rückkehr nicht mit. Vier Jahre sind eine so lange Zeit, dachte ich mir, dass es auf einige Tage der Ungewissheit mehr oder weniger, nicht ankäme. An einem Montag aus einem Brief zu erfahren, dass ich am Mittwoch komme, wird für sie weniger ergreifend sein, als es gleich am Mittwoch zu erfahren, wenn sie die Tür aufmacht und ich vor ihr stehe. Der Krieg, die Gefangenschaft, all das lag hinter mir. So weit hinter mir, dass ich schon begann, es zu vergessen. Ich war mehr als bereit, es auf der Stelle zu vergessen, zu bewerkstelligen, dass mein

Leben mit Janet und dem Kind von meiner Leidensgeschichte nicht in Mitleidenschaft gezogen würde, es wiederaufnehmen, so als sei ich nie fort gewesen und als hätten die Front, die Befehle, die Schlachten, die Läuse, die Truppenbewegungen, der Hunger, der Tod nie existiert. Die Angst und die Folter im deutschen Konzentrationslager. Sie wusste, dass ich am Leben war, davon hatte man sie in Kenntnis gesetzt, sie wusste, dass ich in Gefangenschaft geraten war und dass ich daher am Leben war, dass ich zurückkehren würde. Jeden Tag musste sie die Benachrichtigung von meiner Rückkehr erwarten. Ich würde ihr eine Überraschung und keinen Schrecken bereiten, und das war die Mühe wert. Ich würde an die Tür klopfen, sie würde aufmachen und sich dabei die Hände mit der Schürze abtrocknen, und da wäre ich, endlich in Zivil, ich würde nicht sehr gesund aussehen und abgemagert sein, aber mit einem Lächeln und dem Wunsch, sie zu umarmen, sie zu küssen. Ich würde sie in meine Arme nehmen, ich würde ihr die Schürze herunterreißen, sie würde, ihr Gesicht an meine Schulter gelegt, weinen. Ich würde bemerken, dass ihre Tränen den Stoff meiner Jacke durchnässten, eine Feuchtigkeit, die sich so sehr von der der Arrestzelle mit ihrer undichten Stelle im Dach, dem eintönigen Regen, der während der Märsche und in den Schützengräben auf die Helme tropfte, unterschied.

Seit ich die Entscheidung getroffen hatte, sie nicht zu benachrichtigen, genoss ich es so sehr, mir die Szene meiner Ankunft vorzustellen, dass ich es, als ich vor dem Haus stand, bedauerte, dass diese süße Erwartung nun zu Ende ging. Das war der Grund, warum ich mich heimlich von der Rückseite näherte und versuchte, irgendein Geräusch zu hören oder etwas von außen zu sehen. Ich wollte mich aufs Neue an die alltäglichen Geräusche gewöhnen, an die anderen Familienmitglieder, die ich so schmerzlich vermisst hatte, als es nicht möglich war, ihnen zu lauschen: die Geräusche der jungen Hunde in der Küche, das Knarren der Badezimmertür, die Schritte von Janet. Und die Stimme des Kindes. Das Kind war gerade einen Monat alt geworden, als ich fortging, und hatte nur eine Stimme zum Weinen und Schreien. Jetzt, mit vier Jahren, würde es eine richtige Stimme haben, eine eigene Art zu sprechen, vielleicht der seiner Mutter ähnlich, mit der es so viel Zeit verbracht hatte. Es hieß Martin.

Ich wusste nicht, ob sie zu Hause waren. Ich ging zur Hintertür und hielt, begierig, etwas zu hören, den Atem an. Das Weinen des Kindes war das Erste, was ich hörte, und ich war erstaunt. Es war das Weinen eines kleinen Kindes, so klein, wie Martin war, als ich an die Front ging. Wie war das möglich? Ich fragte mich, ob ich mich im Haus geirrt hatte, und auch, ob Janet und das Kind umgezogen sein konnten, ohne dass ich davon erfahren hätte, und jetzt eine andere Familie hier lebte. Das Weinen des Kindes klang, als käme es aus der Ferne, aus unserem Schlafzimmer. Ich wagte es zu schauen. Da war die Küche, leer, ohne Menschen, ohne Essen. Es wurde gerade dunkel, und es war Zeit, dass sich Janet etwas zum Abendessen herrichtete, vielleicht würde sie es tun, sobald sich das Kind beruhigt hatte. Aber ich konnte nicht warten und ging die Hauswand entlang, um zu versuchen, von der Vorderseite aus etwas zu sehen. Rechts war das Wohnzimmerfenster; das zu meiner Linken, auf der anderen Seite der Eingangstür, war das von unserem Schlafzimmer. Ich ging rechts um das Haus herum, dicht an der Wand und halb geduckt, um nicht gesehen zu werden. Dann richtete ich mich langsam auf, bis ich mit meinem linken Auge das Innere des Wohnzimmers sah. Es war ebenfalls leer, das Fenster geschlossen, und ich hörte immer noch das Weinen des Kindes, des Kindes, das jetzt nicht mehr Martin sein konnte. Janet musste im Schlafzimmer sein, um dieses Kind zu beruhigen, was für eines es auch immer sein mochte, und wenn sie sie war. Ich wollte mich soeben zum Fenster auf der linken Seite begeben, als die Wohnzimmertür geöffnet wurde und ich Janet eintreten sah. Ja, das war sie, ich hatte mich weder im Haus geirrt noch waren sie ohne mein Wissen umgezogen. Sie trug eine Schürze, wie ich es vorhergesehen hatte. Sie trug immer eine Schürze, sie sagte, sie abzunehmen sei verlorene Zeit, denn immer, so sagte sie, müsse sie sie sich aus irgendeinem Grund wieder umbinden. Sie war sehr hübsch, sie hatte sich nicht verändert. Aber das sah und dachte ich in Sekundenschnelle, denn unmittelbar hinter ihr betrat ein Mann das Zimmer. Er war sehr groß, und von meiner Perspektive aus war sein Kopf vom oberen Teil des Fensterrahmens abgeschnitten. Er war in Hemdsärmeln, hatte aber eine Krawatte umgebunden, als wäre er gerade von der Arbeit gekommen und hätte soeben erst Zeit gefunden, sich die Jacke auszuziehen. Er machte den Eindruck, bei sich zu Hause zu sein. Als er das Zimmer betreten hatte, war er hinter Janet hergegangen, so wie Ehemänner bei sich zu Hause hinter ihren Frauen hergehen. Hätte ich mich tiefer hinuntergebeugt, so hätte ich gar nichts mehr gesehen, also beschloss ich, darauf zu warten, dass er sich setzte, um sein Gesicht sehen zu können. Er wandte mir ein paar Sekunden lang den Rücken zu, und ich sah ganz aus der Nähe sein weißes Hemd, die Hände waren in den Hosentaschen. Als er vom Fenster wegging, ließ er Janet wieder in meinem Blickfeld erscheinen. Sie sprachen nicht miteinander. Sie schienen verärgert zu sein, inmitten einer dieser momentanen spannungsgeladenen Pausen, die auf einen Streit zwischen Eheleuten folgen. Schließlich setzte sich Janet auf das Sofa und schlug die Beine übereinander. Es war selten, dass sie durchsichtige Strümpfe und Schuhe mit hohen Absätzen trug, wenn sie sich die Schürze umgebunden hatte. Sie bedeckte ihr Gesicht mit den Händen und begann zu weinen. Er beugte sich zu ihr hinunter, aber nicht, um sie zu trösten, sondern er beschränkte sich darauf, ihr Unglück zu beobachten. Und bei dieser Gelegenheit, als er sich hinunterbeugte, sah ich sein Gesicht. Sein Gesicht war mein Gesicht. Der Mann dort in Hemdsärmeln sah genauso aus wie ich. Nicht, dass große Ähnlichkeit bestanden hätte, sondern die Gesichtszüge waren identisch, es waren meine, als sähe ich mich in einem Spiegel, oder, besser gesagt, als sähe ich mich in einem dieser Familienfilme, die wir kurz nach Martins Geburt gedreht hatten. Janets Vater hatte uns eine Kamera geschenkt, damit wir Bilder von unserem Kind hätten, wenn es kein Kind mehr wäre. Janets Vater hatte vor dem Krieg Geld gehabt, und ich vertraute darauf, dass Janet, aller Knappheit zum Trotz, etwas aus jenen Jahren mit Martin, die mir entgangen waren, hatte filmen können. Ich überlegte, ob es nicht vielleicht das war, was ich sah, ein Film. Ob ich nicht vielleicht gerade in dem Moment zurückgekommen war, als Janet in wehmütiger Stimmung im Wohnzimmer eine Szene von vor meinem Aufbruch an die Wand projizierte. Aber so war es nicht, denn das, was ich sah, war in Farbe und nicht in Schwarzweiß, und außerdem hat es nie jemanden gegeben, der sie und mich von diesem Fenster aus gefilmt hatte, denn was ich sah, sah ich aus diesem

Winkel, den ich in diesem Moment einnahm. Der Mann dort war real; hätte ich die Scheibe eingeschlagen, ich hätte ihn berühren können. Dort stand er also, hinuntergebeugt, mit denselben Augen wie ich, mit derselben Nase wie ich, mit denselben Lippen wie ich, dem blonden und gewellten Haar, ja er hatte sogar die kleine Narbe am Ende der linken Augenbraue, ein Stein, den mir mein Cousin Derek in der Kindheit an den Kopf geworfen hatte. Ich berührte meine kleine Narbe. Es war bereits dunkel geworden.

Jetzt redete er, aber durch das geschlossene Fenster konnte ich die Worte nicht verstehen, und das Weinen von Martin hatte, seit sie das Zimmer betreten hatten, aufgehört. Jetzt war es Janet, die schluchzte, und der Mann, der so war wie ich, redete auf sie ein, hinuntergebeugt auf ihre Höhe, aber an seinem Ausdruck sah man, dass es keine Worte des Trostes waren, sondern vielleicht des Spotts, oder er machte ihr Vorwürfe. Ich war ganz durcheinander, aber dennoch fielen mir zwei, drei Ideen ein, eine absurder als die andere. Ich dachte, dass sie einen Mann, der ganz genauso aussah wie ich, gefunden hätte, damit er mich während meiner langen Abwesenheit vertrat. Ich dachte auch, dass eine unerklärliche Störung oder Aufhebung der Zeit stattgefunden hätte, dass diese vier Jahre wirklich vergessen, ausgelöscht worden wären, so wie ich es jetzt wollte, zugunsten des Neubeginns meines Lebens mit Janet und dem Kind. Die Jahre des Krieges und der Gefangenschaft hat es nicht gegeben, und ich, Tom Booth, bin weder im Krieg gewesen, noch bin ich in Gefangenschaft geraten, und deshalb war ich dort, wie an jedem anderen Tag stritt ich mich mit Janet nach der Arbeit. Ich hatte diese vier Jahre mit ihr verbracht. Ich, Tom Booth, war nicht einberufen worden, war zu Hause geblieben. Aber wer war dann ich, der durch das Fenster schaute, der bis zu diesem Haus gegangen war, der gerade aus einem deutschen Konzentrationslager heimgekehrt war? Wem gehörten all die vielen Erinnerungen? Wer hatte gekämpft? Und ich dachte noch etwas anderes: dass die Aufregung über meine Heimkehr in mir eine Szene aus der Vergangenheit aufleben ließ, irgendeine Szene aus der Zeit vor meinem Weggehen, vielleicht die letzte, etwas, das ich vergessen hatte und das mich jetzt mit der Macht der Rückeroberung heimsuchte. Vielleicht hatte Janet am letzten Tag, weil ich fortging und sie mich töten konnten, geweint, und ich hatte es nicht ernst genommen. Das könnte das Weinen des Kindes, Martin, der noch ein Baby war, erklären. Aber fest steht, dass alles keine Sinnestäuschung war, ich bildete es mir weder ein, noch erinnerte ich mich wieder daran, sondern ich sah es. Und außerdem hatte Janet vor meinem Abschied nicht geweint. Sie war eine sehr charakterfeste Frau, die bis zum letzten Moment lächelte, sie hörte nicht auf, sich natürlich zu benehmen, so als wurde ich nicht fortgehen, sie wusste, dass mir das Gegenteil alles viel schwerer gemacht hätte. Heute hätte sie geweint, aber an meine Schulter gelehnt, während sie mir die Tür aufmachte, mir die Jacke nass machte.

Nein, nein, ich sah nichts aus der Vergangenheit, nichts, das ich hätte vergessen haben können. Endgültig sicher war ich mir, als ich sah, dass der Mann, der Ehemann, der Mann, der ich war, Tom, plötzlich aufstand und Janet, seine Frau, meine Frau, die auf dem Sofa saß, am Hals packte. Er packte sie mit beiden Händen am Hals, und ich wusste, dass er damit begann, zuzudrücken, obwohl das, was ich sah, wieder der Rücken von Tom war, mein Rücken, das riesige weiße Hemd, das Janet, die auf dem Sofa saß, verdeckte. Von ihr sah ich nur die ausgebreiteten Arme, die Arme, die in der Luft herumschlugen und dann hinter dem Hemd verschwanden, vielleicht in einem verzweifelten Versuch, meine Hände, die nicht meine waren, zu öffnen; und dann, nach einigen Sekunden, tauchten die Hände von Janet wieder auf, zu beiden Seiten des Hemdes, das ich von hinten sah, aber jetzt, um schlaff hinunterzusinken. Ich hörte wieder, durch das geschlossene Fenster, das Weinen des Kindes. Dann ging der Mann nach links aus dem Wohnzimmer, wahrscheinlich ging er in unser Schlafzimmer, wo das Kind war. Und als er sich entfernte, sah ich Janet tot, erwürgt. Ihr Rock war nach oben gerutscht, während sie sich gesträubt hatte, sie hatte einen der Schuhe mit dem hohen Absatz verloren. Ich sah ihre Strumpfbänder, an die ich während dieser vier Jahre nicht hatte denken wollen.

Ich war gelähmt, aber sogar noch in diesem Zustand dachte ich: Der Mann, der ich bin, der Mann, der sich während dieser ganzen Zeit nicht aus Chesham fortbegeben hatte, wird auch Martin umbringen, oder das neue Kind, wenn Janet und ich während meiner Abwesenheit noch ein Kind bekommen haben. Ich muss die Scheiben einschlagen und hinein und diesen Mann umbringen, bevor er Martin umbringt oder sein eigenes Neugeborenes. Ich muss es verhindern. Ich muss mich auf der Stelle umbringen. Trotzdem, ich bin auf dieser Seite der Scheibe, und die Gefahr wird innen weiterbestehen.

Während ich all das dachte, hörte das Weinen des Kindes auf, und es hörte abrupt auf. Es gab nicht das Schluchzen einer allmählichen Beruhigung, die Ruhe, die sich nach und nach bei Kindern einstellt, wenn man sie auf den

Arm nimmt oder sie wiegt oder ihnen etwas vorsingt. Vor meiner Abreise sang ich Martin das Lied von Lord Rendall vor, und manchmal gelang es mir, dass er sich beruhigte und aufhörte zu weinen, aber es gelang mir nur sehr langsam, indem ich es ihm wieder und wieder vorsang. Sein Schluchzen wurde immer schwächer, bis er eingeschlafen war. Dieses Kind aber hatte sich auf der Stelle, ohne irgendeinen Übergang beruhigt. Und ohne dass es mir bewusst wurde, inmitten der Stille, begann ich vor dem Fenster das Lied von Lord Rendall zu singen, das ich Martin vorzusingen pflegte, und das mit den Worten beginnt: »Wo bist du den ganzen Tag gewesen, Rendall, mein Sohn?« Ich aber sang ihm vor: »Wo bist du den ganzen Tag gewesen, Martin, mein Sohn?« Und als ich, vor dem Fenster, dieses Lied zu singen begann, hörte ich die Stimme des Mannes, aus unserem Schlafzimmer, die sich mit meiner vereinigte, um den zweiten Reim zu singen: »Wo bist du den ganzen Tag gewesen, mein lieber Tom?« Aber das Kind, mein Kind Martin, oder sein Kind, das auch Tom hieß, weinte jetzt nicht mehr. Und als der Mann und ich das Lied von Lord Rendall zu Ende gesungen hatten, kam ich nicht umhin, mich zu fragen, welcher von uns beiden den Gang zum Galgen würde antreten müssen.

(1989)

Eine Liebesnacht

Die sexuelle Beziehung zu meiner Frau, Marta, ist sehr unbefriedigend. Meine Frau ist nicht besonders sinnlich und nicht gerade phantasievoll, sie sagt mir nichts Nettes und gähnt, sobald ich ihr in galanter Weise nähertrete. Deshalb gehe ich manchmal zu den Nutten. Aber die werden immer ängstlicher und immer teurer, und außerdem sind sie so routiniert. Wenig begeisterungsfähig. Mir wäre es lieber, wenn meine Frau, Marta, sinnlicher und phantasievoller wäre und wenn nur sie mir genügte. Ich war eine Nacht lang glücklich, in der allein sie mir genügte.

Zu den Dingen, die mein Vater mir bei seinem Tod vererbt hat, zählt ein Bündel Briefe, das immer noch einen leichten Duft nach Eau de Cologne verströmt. Ich glaube nicht, dass der Absender sie parfümiert hat, sondern vielmehr, dass mein Vater sie im Laufe seines Lebens irgendwann einmal in der Nähe eines Flakons aufbewahrt hat und dieser über ihnen ausgelaufen ist. Man sieht noch den Flecken, außerdem ist es zweifellos der Duft nach jenem Eau de Cologne, das mein Vater gewöhnlich benutzte und dann nicht mehr (vorausgesetzt, es war ausgelaufen), und nicht derjenige der Frau, die die Briefe abgeschickt hatte. Dieser Geruch ist zudem sehr typisch für ihn; ich kannte ihn sehr gut, er veränderte sich nie, und ich habe ihn nicht vergessen, immer derselbe Geruch während meiner Kindheit, während des Heranwachsens und während eines guten Teils meiner Jugend, die ich immer noch verbringe oder die ich noch nicht abgeschlossen habe. Deswegen habe ich mich, bevor das Alter meinem Interesse für diese Dinge – das Galante oder das Leidenschaftliche – in die Quere kommt, entschlossen, das Briefbündel durchzusehen, das er mir vererbt hat, wenn ich auch bisher keine Neugier darauf verspürte.

Eine Frau, die Mercedes hieß oder noch so heißt, hat diese Briefe geschrieben. Sie benutzte bläuliches Papier und schwarze Tinte. Ihre Schrift ist groß und mütterlich schnell hingeworfen, so als habe sie nicht vorgehabt, damit einen großen Eindruck zu hinterlassen, zweifellos weil sie wusste, dass sie ihn schon bis in alle Ewigkeit hinterlassen hatte. Denn die Briefe sind geschrieben wie von jemandem, der schon tot war, als er sie schrieb, sie lesen sich wie Botschaften aus dem Jenseits. Ich kann mir nur denken, dass es sich um ein Spiel handelte, eines jener Spiele, denen Kinder und Verliebte so zugetan sind und bei denen es im Wesentlichen darum geht, sich als jemand anderer auszugeben, als man ist, oder, anders ausgedrückt, sich erfundene Namen zu geben und erfundene Existenzen zu schaffen, sicher aus der Angst heraus (nicht bei den Kindern, wohl aber bei den Verliebten), die übermächtigen Gefühle könnten sie zugrunde richten, wenn sie sich eingestehen würden, dass sie selbst es sind, die solche Erfahrungen durchleiden. Es ist ein Kunstgriff, die größte Leidenschaft, das zutiefst Empfundene zu mildern, so zu tun, als geschehe es jemand anderem, und es ist zugleich der beste Trick, all das zu beobachten, auch Zuschauer zu sein und sich der Dinge bewusst zu werden. Nicht allein sie zu erleben, sondern sich ihrer bewusst zu werden.

Diese Frau, die mit Mercedes unterschrieb, hatte sich für die Fiktion entschieden, meinem Vater ihre Liebe von jenseits des Grabes zu übermitteln, und sie schien von dem ewigen Augenblick oder dem Ort, den sie einnahm, während sie schrieb, so überzeugt zu sein (oder so sicher, der Empfänger werde diese Vorgaben akzeptieren), dass es ihr wenig oder gar nichts ausmachte, ihre Umschläge der Post anzuvertrauen oder dass sie mit normalen Briefmarken versehen waren und den Poststempel von Gijon trugen. Sie waren datiert, und das Einzige, was fehlte, war der Absender, für eine heimliche Beziehung (die Briefe stammten alle aus der Zeit, als mein Vater bereits Witwer war, aber er hatte mir nie von dieser späten Leidenschaft erzählt) allerdings eine Selbstverständlichkeit. Auch wäre allein die Existenz dieses Briefwechsels, von dem ich nicht weiß, ob mein Vater auf normalem Wege antwortete oder nicht, nichts Besonderes gewesen, denn nichts findet man häufiger als Witwer, die verwegenen und feurigen (oder desillusionierten) Frauen hörig sind. Andererseits sind die Erklärungen, Versprechungen, Forderungen, Erinnerungen, das Ungestüme, die Einwände, das Feuer und die Obszönitäten in diesen Briefen (vor allem die Obszönitäten) konventionell und zeichnen sich weniger durch ihren Stil als durch ihre Kühnheit aus. Nichts von alledem wäre etwas Besonderes gewesen, meine ich, wenn ich nicht selbst, einige Tage nachdem ich mich entschieden hatte, das Bündel zu öffnen und – eher gelassen als empört – einen Blick auf die bläulichen Blätter zu werfen, einen Brief von der Frau namens Mercedes erhalten hätte, von der ich allerdings nicht mitteilen kann, ob sie noch lebt, denn sie schien vielmehr von Anfang an tot gewesen zu sein.

Der Brief, den Mercedes an mich richtete, war überaus korrekt, sie nahm sich aufgrund der Tatsache, dass sie mit meinem Vater eine intime Beziehung unterhalten hatte, weder irgendwelche Vertraulichkeiten heraus, noch verfiel sie auf die Geschmacklosigkeit, ihre Liebe zu meinem Vater nun, da er tot war, in eine krankhafte Liebe zum Sohn umzuwandeln, der lebte und der weiterlebt und der ich war und der ich bin. Mit einer gewissen Scham darüber, dass ich über ihre Beziehung Bescheid wusste, beschränkte sie sich darauf, mir eine Sorge und eine Beschwerde vorzutragen und die Anwesenheit des Geliebten einzufordern, der, entgegen den immer wieder gegebenen Versprechen, sechs Monate nach seinem Tod noch nicht an ihrer Seite war. Er hatte sich nicht am vereinbarten Ort mit ihr getroffen oder vielleicht sollte es besser heißen: zur vereinbarten Zeit. Aus ihrer Sicht konnte dies nur auf zwei mögliche Gründe zurückzuführen sein: auf eine plötzliche und letzte Lieblosigkeit im Angesicht des Todes, die den Verstorbenen veranlasst hatte, nicht Wort zu halten, oder aber darauf, dass, im Gegensatz zu dem von ihm Verfügten, sein Körper beerdigt und nicht eingeäschert worden war, was – so Mercedes, die das ganz ungezwungen erklärte – die Begegnung oder Wiederbegegnung im Jenseits wenn nicht unmöglich gemacht, so doch erschwert haben könnte.

Es stimmte, dass mein Vater, wenn auch nicht mit allzu großem Nachdruck (vielleicht weil es schon dem Ende zuging, mit geschwächter Willenskraft), seine Einäscherung gewünscht hatte und dass er dennoch neben meiner Mutter beerdigt worden war, da noch ein Platz im Familiengrab frei gewesen war. Marta und ich hielten das für angebrachter, vernünftiger und bequemer. Den Scherz empfand ich als geschmacklos. Ich warf Mercedes' neuen Brief in den Papierkorb und war versucht, dasselbe mit den alten Briefen zu tun. Der neue Umschlag war mit gültigen Briefmarken versehen und trug ebenfalls den Stempel von Gijon. Er roch nach nichts. Ich war nicht bereit, die sterblichen Überreste exhumieren zu lassen, um sie anschließend dem Feuer zu übergeben.

Bald darauf kam der nächste Brief, und Mercedes bat mich darin, so als wisse sie Bescheid über den Stand meiner Überlegungen, meinen Vater einäschern zu lassen, denn sie könne in der Ungewissheit nicht weiterleben (so sagte sie: weiterleben). Ihr sei es lieber zu wissen, dass mein Vater beschlossen hätte, sich schließlich doch nicht mit ihr zu vereinen, als weiterhin in alle Ewigkeit auf ihn zu warten, vielleicht vergebens. Jetzt siezte sie mich. Ich kann nicht verhehlen, dass mich dieser Brief vorübergehend bewegte (das heißt, während ich ihn las, länger nicht), aber der wohlbekannte Poststempel aus Asturien war zu ernüchternd, als dass ich hinter der ganzen Angelegenheit etwas anderes als einen makabren Scherz vermuten konnte. Der zweite Brief wanderte ebenfalls in den Papierkorb. Meine Frau, Marta, sah, wie ich ihn zerriss, und fragte: »Was hat dich denn so wütend gemacht?« Meine Bewegungen mussten sehr heftig gewesen sein. »Nichts, gar nichts«, sagte ich und sammelte sorgfältig die Schnipsel auf, damit sie den Brief nicht wieder zusammensetzen konnte.

Ich wartete auf einen dritten Brief, und gerade weil ich auf ihn wartete, kam er viel später als vorgesehen, oder aber die Wartezeit kam mir länger vor. Er unterschied sich sehr von den vorherigen und glich eher denen, die mein

Vater eine Zeitlang erhalten hatte: Mercedes duzte mich und bot mir ihren Körper, nicht ihre Seele, an: »Du kannst mit mir machen, was Du willst«, sagte sie, »alles, was Du Dir vorstellst und was Du nicht wagst, Dir vorzustellen, was man mit einem fremden Körper machen kann, mit dem Körper des anderen. Wenn Du meiner Bitte nachkommst, Deinen Vater zu exhumieren und einzuäschern, ihm erlaubst, sich mit mir vereinen zu können, wirst Du mich Dein ganzes Leben lang nicht vergessen, nicht einmal im Tod, denn ich werde Dich verschlingen, und Du wirst mich verschlingen.« Ich glaube, ich bin rot geworden, als ich das zum ersten Mal las, und für den Bruchteil einer Sekunde schoss mir der Gedanke durch den Kopf, nach Gijon zu fahren, um gleich loslegen zu können (das Ungewöhnliche zieht mich an, ich bin ein Ferkel, was Sex angeht). Aber sofort dachte ich: »Wie absurd. Ich weiß nicht einmal ihren Nachnamen.« Dennoch wanderte dieser dritte Brief nicht in den Papierkorb. Ich verstecke ihn immer noch.

Zu jener Zeit begann Marta, ihr Verhalten zu ändern. Nicht etwa, dass sie sich von einem Tag auf den anderen in eine feurige Frau verwandelt und nicht mehr gegähnt hätte, aber ich bemerkte ein größeres Interesse und eine stärkere Neugier mir oder meinem nicht mehr ganz jungen Körper gegenüber, so als vermutete sie einen Seitensprung und belauerte mich, oder aber sie war es, die ihn begangen hatte, und nun wollte sie herausfinden, ob das, was sie gerade entdeckt hatte, auch mit mir möglich wäre »Komm her«, sagte sie manchmal, und sie hatte mich nie begehrt. Oder aber sie redete ein wenig, sagte zum Beispiel: »Ja, ja, jetzt, ja.«

Jener dritte so verheißungsvolle Brief ließ mich auf

einen vierten warten, mehr noch als mich der verwirrende zweite auf einen dritten hatte warten lassen. Aber dieser vierte Brief kam nicht, und ich stellte fest, dass ich mit jedem Tag ungeduldiger auf die Post wartete. Ich merkte, dass ich jedes Mal zusammenzuckte, wenn ein Umschlag keinen Absender trug, und dann huschten meine Augen zum Poststempel, um zu sehen, ob er aus Gijon kam. Aber niemand schreibt jemals aus Gijon.

Die Monate vergingen, und zu Allerseelen brachten Marta und ich Blumen zum Grab meiner Eltern, das auch das meiner Großeltern und meiner Schwester ist.

»Ich weiß nicht, was aus uns werden soll«, sagte ich zu Marta, während wir, auf einer Bank in der Nähe unseres Familiengrabs sitzend, die klare Friedhofsluft atmeten. Ich rauchte eine Zigarette, und sie kontrollierte ihre Nägel, wobei sie die Finger ein wenig von sich wegstreckte, wie jemand, der einer Menschenmenge Ruhe gebietet. »Ich meine, wenn wir sterben, ist hier kein Platz mehr.«

»Du kommst auf merkwürdige Gedanken.«

Ich blickte in die Ferne, um einen träumerischen Ausdruck anzunehmen, der rechtfertigen sollte, was ich sagen wollte, und ich sagte: »Ich möchte gern beerdigt werden. Das gibt einem eine Vorstellung von Ruhe, anders als die Einäscherung. Mein Vater wollte, dass wir ihn einäschern, erinnerst du dich, und wir haben seinen Wunsch nicht erfüllt. Ich glaube, wir sollten ihm jetzt nachkommen. Mich würde es stören, wenn sich mein Wunsch, beerdigt zu werden, nicht erfüllte. Was meinst du? Wir sollten ihn exhumieren. So hätten wir außerdem Platz für mich im Familiengrab, wenn ich sterbe. Du könntest in das deiner Eltern gehen.«

»Lass uns von hier weggehen, du machst mich krank.«

Wir gingen auf der Suche nach dem Ausgang zwischen den Gräbern umher. Die Sonne schien. Aber nach zehn oder zwölf Schritten blieb ich stehen, betrachtete die Asche meiner Zigarette und sagte: »Glaubst du nicht, dass wir ihn einäschern sollten?«

»Mach, was du willst, aber lass uns endlich von hier weggehen.«

Ich warf die Zigarette zu Boden und begrub sie mit dem Schuh in der Erde.

Marta hatte kein Interesse, an der Zeremonie teilzunehmen, bei der keinerlei Gefühl aufkam und ich der einzige Zeuge war. Die gerade noch wiederzuerkennenden Überreste meines Vaters in einem Sarg verwandelten sich in gar nicht mehr wiederzuerkennende in einer Urne. Ich fand nicht, dass es nötig sei, sie zu verstreuen; außerdem ist das verboten.

Als ich nach Hause kam, es war schon spät, fühlte ich mich deprimiert; ich setzte mich in den Sessel, ohne den Mantel auszuziehen oder das Licht einzuschalten, und ich verharrte dort wartend, murmelnd, nachdenkend, ich hörte von weitem Marta unter der Dusche. Vielleicht bürdete sie mir die schwere Verantwortung dafür auf, dass ich etwas getan hatte, was seit langer Zeit anstand, einen Wunsch erfüllt zu haben (einen fremden Wunsch). Nach einer Weile kam meine Frau Marta, in ihren Bademantel gehüllt, der blassrosa ist, aus dem Badezimmer, die Haut noch feucht. Das Licht aus dem Badezimmer, das voller Dampf war, beschien sie. Sie setzte sich auf den Boden, zu meinen Füßen, und stützte den feuchten Kopf auf meine Knie. Nach einigen Augenblicken sagte ich: »Solltest du dich nicht besser abtrocknen? Du machst meinen Mantel und meine Hose ganz feucht.«

»Ich werde dich überall feucht machen«, sagte sie, und sie hatte nichts an unter dem Bademantel. Das Licht aus dem Bad beschien uns aus der Ferne.

In dieser Nacht war ich glücklich, weil meine Frau Marta sinnlich und phantasievoll war, mir etwas Nettes sagte, nicht gähnte und nur sie mir genügte. Das werde ich niemals vergessen. Es hat sich nicht wiederholt. Es war eine Liebesnacht. Es hat sich nicht wiederholt.

Einige Tage später erhielt ich den vierten, so lang erwarteten Brief. Ich habe noch immer nicht gewagt, ihn zu öffnen, und manchmal bin ich versucht, ihn einfach zu zerreißen, ihn niemals zu lesen. Zum Teil, weil ich zu wissen glaube und fürchte, was in diesem Brief steht, der, im Unterschied zu den dreien, die mir Mercedes zuvor geschickt hat, einen Duft an sich hat, er riecht ein wenig nach Eau de Cologne, nach einem Eau de Cologne, das ich nicht vergessen habe und das ich gut kenne. Ich habe keine Liebesnacht mehr erlebt, und deshalb, weil es sich nicht wiederholt hat, habe ich manchmal das merkwürdige Gefühl, wenn ich mich sehnsüchtig daran erinnere, dass ich in jener Nacht meinen Vater betrogen habe oder dass meine Frau Marta mich mit ihm betrogen hat (vielleicht weil wir uns erfundene Namen gaben oder uns Existenzen schufen, die nicht unsere waren), obwohl außer Zweifel steht, dass in jener Nacht, im Haus, in der Dunkelheit, auf dem Bademantel, nur Marta und ich waren. Wie immer, Marta und ich.

Ich habe keine Liebesnacht mehr erlebt, und es ist auch nicht wieder vorgekommen, dass nur sie mir genügte, und deshalb gehe ich auch weiter zu den Nutten, die jedes Mal teurer und ängstlicher werden; ich weiß nicht, ob ich es mal mit Transvestiten versuchen sollte. Aber all das interessiert mich wenig, es bedrückt mich nicht und geht vorüber, obwohl es noch andauern wird. Manchmal denke ich zu meiner eigenen Überraschung, es wäre, wenn die Zeit gekommen ist, am einfachsten und auch wünschenswert, wenn Marta zuerst stürbe, denn dann könnte ich sie auf dem frei gebliebenen Platz im Familiengrab beerdigen. Auf diese Art und Weise müsste ich ihr keine Erklärungen über meinen Sinneswandel abgeben, denn jetzt wünsche ich, dass man mich einäschert und nicht beerdigt, dass man mich auf keinen Fall beerdigt. Ich weiß zwar nicht, ob mir das etwas bringt – denke ich zu meiner eigenen Überraschung –, denn mein Vater hält sicher seinen Platz neben Mercedes besetzt, meinen Platz, für alle Ewigkeit. Wenn ich erst eingeäschert bin, ja dann – denke ich zu meiner eigenen Überraschung – würde ich versuchen, meinen Vater zu erledigen, aber ich weiß nicht, wie man jemanden erledigt, der schon tot ist. Manchmal frage ich mich, ob dieser Brief, den ich noch nicht geöffnet habe, nicht etwas anderes sagen wird als das, was ich mir vorstelle und was ich befürchte, ob sie mir nicht die Lösung verraten könnte, ob sie mich ihm nicht vorziehen wird. Dann denke ich: »Wie absurd. Wir haben uns noch nicht einmal gesehen.« Dann schaue ich den Brief an und rieche daran und drehe und wende ihn in meinen Händen, und schließlich verstecke ich ihn wieder, ohne ihn bisher geöffnet zu haben.

(1989)

Ein Treue-Epigramm

Für Montse Mateu

Herr James Lawson hob den Blick. An diesem Vormittag hatte er das Schaufenster der Buchhandlung umdekoriert, deren Geschäftsführer er war, Bertram Rota Ltd., Long Acre, Covent Garden, eines der angesehensten und feinsten Antiquariate der Stadt London. Er pflegte das Schaufenster nicht vollzustellen, allerhöchstens zehn Bücher oder Manuskripte, alle von hohem Wert und klug ausgewählt. Die Art von Ausgaben, welche die Aufmerksamkeit seiner Stammkunden auf sich lenken konnte, alles äußerst vornehme Herren und die eine oder andere elegante bibliophile Dame. An jenem Vormittag hatte er voll Stolz Titel ausgestellt wie *Salmagundi* von William Faulkner, der seit der Ausgabe des Jahres 1932 (525 numerierte Exemplare) nie wieder aufgelegt worden war, und die Erstausgabe von *Jakobs Zimme*r von Virginia Woolf, die zweitausend Pfund kostete. Obwohl er selbst die Preise je nach dem Markt festsetzte, hatte er sich nie daran ge-

(Hinweis: Obwohl diese Episode aus dem Leben des Schriftstellers John Gawsworth ein neuer und eigenständiger Text ist, möchte ich darauf hinweisen, dass nur die Leser meines Romans *Alle Seelen* [1989] über alle Angaben zu seinem uneingeschränkten Verständnis verfügen. J. M.)

wöhnt, dass ein Buch so viel wert sein konnte. Aber das war gar nichts neben der maschinengeschriebenen und von Beckett eigenhändig korrigierten Fassung seines Romans *Watt*, deren Preis auf fünfzigtausend Pfund geschätzt worden war. Er hatte gezögert, als er das Manuskript in das Schaufenster legte, es war ein allzu wertvolles Objekt, aber dann hatte er sich doch dazu entschlossen. Es erfüllte ihn mit großer Genugtuung, und schließlich und endlich würde er da sein, an seinem Tisch, den ganzen Vormittag und den ganzen Nachmittag, ohne sich fortzurühren, und das Schaufenster überwachen. Dennoch war er nervös, und deshalb hob er den Blick vom Tisch, sobald er bemerkte, dass jemand, irgendeine Gestalt, vor der Auslage stehen geblieben war. Sogar wenn die Passanten vorbeigingen, hob er den Blick (obwohl sie nicht stehen blieben). Jetzt verharrte er mit erhobenem Blick, denn er sah einen wild aussehenden Bettler vor sich stehen. Er trug längeres Haar und einen rötlichen wenige Tage alten Bart, war korpulent und hatte eine große Nase, die wie gebrochen aussah. Seine Kleidung war abgerissen, und in der rechten Hand hielt er eine bereits halb leere Bierflasche. Aber er trank nicht, das heißt, er führte sie nicht ab und zu an den Mund, sondern starrte versunken in das Schaufenster von Bertram Rota. Herr Lawson fragte sich, was er wohl anschaute. Camus? Er hatte ein vom Autor eigenhändig gewidmetes und an der entsprechenden Seite aufgeschlagenes Exemplar von *Der Fall* in die Auslage gelegt. Aber nein, er hatte *Der Fall* auf die rechte Seite platziert, neben den maschinengeschriebenen Text von *Watt*, und der Bettler hatte den Blick auf die linke Seite geheftet. Dort hatte er *Salmagundi* ausgelegt und die zweite Ausgabe von *Oliver Twist*, zu dreihundert Pfund, aus dem

Jahr 1839. Dickens mochte den Bettler vielleicht mehr interessieren als Faulkner. Dickens konnte er in der Schule gelesen haben, Faulkner nicht, denn dieser Mann dürfte nicht weniger als sechzig sein, vielleicht älter.

Herr Lawson senkte kurz den Blick, im (gedankenlosen) Glauben, der Bettler würde auf diese Weise vielleicht verschwinden. Er hob ihn gleich wieder und entdeckte zu seiner Überraschung, dass der Mann nicht mehr da war, keine Gestalt befand sich mehr vor dem Schaufenster. Er stand auf, reckte sich ein wenig in die Höhe und stellte mit einem kontrollierenden Blick fest, dass in der Auslage alles in Ordnung war. Vielleicht sollte er *Watt* herausnehmen, fünfzigtausend Pfund, oder nur die ersten Seiten dortlassen. Er kehrte an seinen Platz zurück, und einige Minuten lang richtete er seine Aufmerksamkeit auf den neuen Katalog, den er gerade zusammenstellte, aber wieder bemerkte er, dass es weniger hell war (jemand dämpfte das Licht, das von der Straße hereinfiel), und sah sich genötigt, die Augen zu heben. Dort stand abermals der Bettler mit seiner Flasche in der Hand (das Bier darin hatte schon keinen Schaum mehr), jetzt in Begleitung von zwei anderen, einer zerlumpter als der andere. Der eine war jung, ein Neger mit grünen Pulswärmern und einem sehr auffälligen Ohrring im linken Ohr; der andere, im gleichen Alter wie der Erste, hatte einen gewölbten Schädel, der die fleckige Jockey-Mütze (dunkelviolett und weiß, aber das Violett war verblasst und das Weiß war Gelb), mit der er ihn zu bedecken suchte, noch kleiner wirken ließ. Der Bettler mit dem rötlichen Bart drängte sie, näher zu treten, und als er sie überzeugt hatte, blickten alle drei in das Schaufenster, wieder zur linken Seite gewandt, und der erste Bettler zeigte etwas mit seinem rußschwarzen Finger. Er zeigte es mit Stolz, denn nachdem er es gezeigt hatte, lächelte er und schaute mit offenkundiger Befriedigung seine Kumpane an, zuerst den Neger, dann den Jockey. *Salmagundi*? Dickens? In diesem Teil des Schaufensters befand sich auch ein kurioses Schriftstück: ein achtseitiges Pamphlet, das Lawson in der Beschreibung des letzten Katalogs *Ein Treue-Epigramm* betitelt hatte. Es handelte sich um drei Gedichte von Dylan Thomas, die nirgendwo sonst publiziert waren. Er öffnete eine Schublade und holte den Katalog heraus, in dem es angekündigt wurde, Nr. 250 seit der Gründung von Rota, und überflog rasch die Beschreibung: »Privater Druck für den Hofstaat des Reiches von Redonda, (1953).« Vor siebzehn Jahren. »Dreißig Gedankenexemplare, nummeriert von John Gawsworth. Sehr selten. Die drei Gedichte, die in der Dylan-Bibliographie von Rolph nicht aufgeführt sind, sind Bekenntnisse der ›Treue‹ des Dichters zu John Gawsworth, Juan I., King of Redonda, der Thomas 1947 den Titel ›Herzog von Gweno‹ verliehen hatte. £500.« Fünfhundert Pfund, nicht schlecht für ein paar gedruckte Blätter, dachte Lawson. Vielleicht war es das, was die Bettler anschauten. Er sah, dass der mit dem rötlichen Bart jetzt auf sich selbst zeigte, indem er seinen Zeigefinger ein paarmal gegen die Brust stieß. Die beiden anderen zeigten auch auf ihn, aber sie taten es so, wie man, ebenfalls mit dem Zeigefinger, aber von weitem, auf jemanden zeigt, der Anlass zu Spott ist. Die drei redeten und stritten sich jetzt, Lawson hörte nichts, aber sie machten ihn nervös, warum hatten sie beschlossen, so lange vor seinem Schaufenster stehen zu bleiben? Nicht, dass die Verkäufe bei Rota von den Passanten abhängig wären, aber mit ihrer furchteinflößenden Gegenwart verschreckten sie zweifellos jeden etwaigen vornehmen Kunden. Nur vornehme Leute kauften bei Rota. Er konnte sie aber auch nicht verjagen, sie vergingen sich gegen kein Gesetz, sie betrachteten nur ein Schaufenster mit antiquarischen Büchern. Aber in diesem Schaufenster lag *Watt*, und *Watt* war fünfzigtausend Pfund wert.

Lawson stand auf und näherte sich ihnen, auf seiner Seite der Fensterscheibe. Wenn sie bemerkten, dass er sie vom Innern her überwachte, würden sie vielleicht endlich fortgehen. Er verschränkte die Arme und fixierte sie mit seinen blauen Augen. Er wusste, dass er laue blaue, kalte Augen hatte, er wusste, dass er mit dem Blick abschrecken konnte, er würde sie einfach mit dem Blick abschrecken. Aber die drei Bettler waren noch immer in ihren Streit vertieft, sie achteten nicht auf ihn, oder seine Anwesenheit war ihnen gleichgültig, obwohl er näher an sie herangerückt war. Ab und zu wies der erste Bettler erneut auf das Schaufenster, und jetzt hegte Lawson keinen Zweifel mehr, dass sein Interesse dem *Treue-Epigramm* galt. Lawson konnte sich nicht länger zurückhalten. Er öffnete die Tür und wandte sich von der Schwelle aus an sie.

»Kann ich Ihnen behilflich sein?«

Der Bettler mit dem rötlichen Bart betrachtete ihn von oben bis unten, wie einen Eindringling. Er war einiges größer als Lawson, recht korpulent trotz seiner Jahre und seiner jammervollen äußeren Erscheinung. Lawson dachte, dass dieser Mann ihn mit Leichtigkeit schlagen könnte, oder dass die beiden anderen ihn festhalten könnten, während er rasch die Hand ausstreckte und das *Treue-Epigramm* an sich nahm, oder, was schlimmer war, den maschinengeschriebenen *Watt*, fünfzigtausend Pfund. Er bereute es, die Tür geöffnet zu haben. Er setzte sich einem Überfall aus.

»Ja, ja, können Sie«, sagte nach einigen Sekunden der korpulente Bettler. »Erzählen Sie diesen Freunden, wer der König von Redonda ist. Sagen Sie es ihnen. Sie werden es wissen.«

Lawson schaute ihn verblüfft an. So gut wie niemand wusste etwas über den König von Redonda, außer ein paar Bibliophilen und Gelehrten, hochgebildete Leute, Experten. Er sah jedoch keinen Grund, weshalb er nicht antworten sollte.

»Er hieß John Gawsworth, aber das war nicht sein richtiger Name, sondern Armstrong. Er erbte zufällig den Titel des Königs von Redonda oder Redundo, einer unbewohnten Antilleninsel, aber er nahm sie nie in Besitz. Trotzdem ließ er es sich nicht nehmen, Adelswürden zu schaffen, ein paar fiktive Titel für seine Freunde, wie dieser hier, den er dem Dichter Dylan Thomas verlieh.« Und Lawson zeigte auf das Pamphlet zu seiner Linken. »Er war ein sehr unbedeutender Schriftsteller. Warum interessiert Sie das?«

»Seht ihr, was ich euch erzählt habe? Wie hätte ich das alles wissen können?«, sagte der große Bettler, an die beiden anderen gewandt. Dann wandte er sich an Lawson: »Für wie viel wird dieses *Epigramm* verkauft?«

»Ich weiß nicht, ob Sie es kaufen könnten«, sagte Lawson mit väterlichem Ton und gespieltem Zögern. »Es kostet fünfhundert Pfund.«

»Denk dir, fünfhundert hast du verloren«, schaltete sich der Jockey mit dem gewölbten Schädel witzelnd ein. »Warum verleihst du uns nicht ein paar Titel, und wir verkaufen sie an diesen Herrn?«

»Halt den Mund, du Trottel, ich sag' euch die Wahrheit. Dieses Pamphlet hat mir gehört, die Treue gilt mir.«

Und der Mann mit dem rötlichen Bart fügte hinzu, von neuem an Lawson gewandt: »Wissen Sie, was aus John Gawsworth geworden ist?«

Lawson wurde diese Unterhaltung allmählich leid.

»Um die Wahrheit zu sagen, nein. Ich glaube, er ist gestorben. Seine Gestalt ist dunkel.« Und Lawson schaute zu *Watt* hin, das glücklicherweise noch immer an seinem Platz lag (niemand hatte es im Innern des Ladens gestohlen, keiner der Angestellten, während er absurderweise draußen, in der Tür, bei ein paar Bettlern stand).

»Nein, mein Herr, Sie irren sich«, sagte der Bettler. »Es stimmt, dass er ein unbedeutender Schriftsteller war und dass seine Gestalt dunkel ist, aber es stimmt nicht, dass er gestorben ist. Diese beiden wollen mir nicht glauben, aber ich bin John Gawsworth. Ich bin der König von Redonda.«

»Himmel«, sagte Lawson ungeduldig. »Stören Sie nicht länger, entfernen Sie sich endlich von diesem Schaufenster, Sie sind betrunken, und wenn Sie hinfallen, könnten Sie es zerbrechen und sich verletzen. Gehen Sie schon!« Und mit einer raschen Bewegung trat er wieder in den Laden und verriegelte die Tür.

Er kehrte an seinen Tisch zurück und setzte sich hin. Der korpulente Bettler betrachtete ihn jetzt kalt auf der anderen Seite der Auslage. Er wirkte verletzt. Er war zornig. Diese kastanienbraunen Augen waren wirklich lau, kalt, abschreckend, mehr als seine blauen abschreckenden, kalten. Die anderen beiden Bettler lachten und schubsten den Korpulenten, als sagten sie zu ihm: »Komm schon, gehen wir« (aber Lawson hörte es nicht). Doch der Bettler stand noch immer still da, als wäre er mit dem Pflaster verwachsen, und schaute Lawson starr und kalt und verletzt an. Und dieser konnte seinem Blick nicht standhalten, senkte die Augen und versuchte, sich wieder in die Zusammenstellung des nächsten Katalogs zu vertiefen, der Nr. 251 seit der Gründung von Rota, der exquisiten Buchhandlung, deren Geschäftsführer er war. So würde er vielleicht von neuem verschwinden, dachte er. Wenn ich ihn weder anschaue noch sehe, wird er verschwinden, wie beim ersten Mal. Aber dann ist er wiedergekommen, dachte er.

Er verharrte mit gesenktem Blick, bis er bemerkte, dass es heller war. Dann wagte er, die Augen zu heben, und sah, dass das Schaufenster frei war. Er stand auf, ging hin und kontrollierte abermals die Auslage. Er sah die zerbrochene Bierflasche auf dem Bürgersteig. Aber da lagen, unversehrt, in Erwartung bibliophiler, vornehmer Käufer, *Salmagundi*, dreihundertfünfzig Pfund, und *Oliver Twist*, dreihundert, und *Der Fall* mit der Widmung, sechshundert, und Jakobs Zimmer, zweitausend, und *Ein Treue-Epigramm*, fünfhundert, und *Watt*, fünfzigtausend. Er atmete erleichtert auf und griff nach dem maschinengeschriebenen Text von *Watt*. Beckett, der niemals anderen Händen traute, hatte ihn eigenhändig auf der Maschine geschrieben. Vielleicht sollte er ihn herausnehmen, fünfzigtausend Pfund. Er trug ihn zu seinem Tisch, um darüber nachzudenken, und dort gestattete er sich einen Augenblick lang einen absurden Gedanken. Mit Gawsworths Unterschrift versehen, hätte sich der Preis des *Treue-Epigramms* verdoppelt. Tausend Pfund, dachte er.

Lawson hob den Blick, aber das Schaufenster war noch immer frei.

(1989)

Während die Frauen schlafen

Für Daniella Pittarello –
mit ihren vielen praktischen Kenntnissen

Drei Wochen lang sah ich sie jeden Tag, und jetzt weiß ich nicht, was aus ihnen geworden ist. Wahrscheinlich werde ich sie nicht mehr wiedersehen, zumindest sie nicht, denke ich, ganz selbstverständlich nimmt man an, dass Unterhaltungen und sogar vertrauliche Mitteilungen während der Sommerzeit keinerlei Bedeutung haben müssen. Niemand hat etwas gegen diese Annahme, nicht einmal ich selbst, jetzt, da ich an sie denke, oder sie gar ein wenig vermisse. Vage vermisse, wie alles, was verschwindet.

Fast immer sah ich sie am Strand, wo es prinzipiell schwierig ist, dass einem nicht jemand auffällt. Ganz besonders mir, obwohl ich kurzsichtig bin und lieber verschwommen sehe, als aufgrund mangelhafter Bräune im Gesicht mit einer Art weißen Maske vor den Augen nach Madrid zurückzukehren, und die Linsen nehme ich nie mit in den Sand und ans Wasser, wo sie für immer verloren gehen könnten. Trotzdem spürte ich vom ersten Augenblick an die Versuchung, die Brille, die meine Frau Luisa in einem Etui in ihrer Tasche aufbewahrte, zu suchen und herauszunehmen, und diese Versuchung ging in Wahrheit von ihr aus, die, um es so zu sagen, die eigenartigsten Bewegungen der eigenartigsten Strandbesucher in unserer Umgebung bis zu mir aussandte.

»Ja, ich sehe es, aber verschwommen, ich kann die Gesichter nicht unterscheiden«, sagte ich, wenn sie mich, mit leiser Stimme, was wegen dem Lärm am Strand gar nicht nötig gewesen wäre, belustigt auf irgendeine Person aufmerksam machte. Ich zwinkerte ein-, zweimal mit den Augen, und beim Gedanken daran, meine Brille zu suchen, um sie gleich darauf, wenn meine Neugier gestillt wäre, wieder an ihren geheimen Platz zu legen, spürte ich eine faule Müdigkeit. Bis mir Luisa, die die sonderbarsten und ausgefallensten Dinge weiß und mich mit ihren praktischen Kenntnissen immer wieder überrascht, ihren Hut aus geflochtenem Stroh reichte – schneller zur Hand als die versteckten Augengläser, weil auf ihrem Kopf – und mir den Rat gab, durch die winzigen Zwischenräume zu schauen. Durch sie hindurch, stellte ich tatsächlich fest, sah ich *fast* so gut, als hätte ich die Brille auf, schärfer, obwohl mit eingeschränktem Blickfeld. Vom Zeitpunkt dieser Entdeckung an muss ich selbst mich in einen der eigenartigsten oder verschrobensten Strandbesucher verwandelt haben, denn man stelle sich vor, dass ich ständig einen Frauenhut mit Bändern vor meinem Gesicht hatte, den ich mit meiner rechten Hand hielt und durch den ich den ganzen Strand bei Fornells, wo wir wohnten, entlangspähte.

Luisa musste sich einen anderen Hut, der ihr weniger gut gefiel, kaufen, was sie ohne Murren oder Anzeichen von Missbilligung tat, denn der ihre, mit dem sie sich ihr Gesicht schützen musste – ihr schönes weißes, noch faltenloses Gesicht –, wurde ausschließlich von mir verwendet, nie auf dem Kopf, sondern vor den Augen getragen, mein Sehhut.

Einen Tag lang hatten wir unseren Spaß daran, die Heldentaten eines kleinen italienischen Matrosen zu verfolgen, ein schlimmer Junge, der kaum ein Jahr alt war und mit ganzem Stolz eine Seemannsmütze trug und der, so nahmen wir an, die Sandburgen seiner Brüder und älteren Cousins, und wahrscheinlich auch die dicksten Freundschaften seiner Erzeuger, mit der gleichen Selbstverständlichkeit ruinierte, wie er bei der geringsten Unaufmerksamkeit der ihn begleitenden Familienmitglieder Salzwasser trank (ich glaube, er soff es literweise). Die Mütze verlor er andauernd und lag dann, ganz nackt und hingeworfen, wie ein verzauberter Liebesgott, am Ufer. An einem anderen Tag verfolgten wir die sonderbaren Bemerkungen und lahmen Unternehmungen eines Engländers in den besten Jahren, der ununterbrochen Kommentare über Temperatur, Sand, Wind und Wellen so pathetisch und geschwollen von sich gab, als würde er jedes Mal eine tiefgründige Maxime oder einen sorgfältig bedachten Aphorismus aussprechen. Jener Mann hatte die selten gewordene Gabe zu glauben, dass alles, was von einem selbst kommt, wichtig ist, das heißt, er verfügte über die Gabe, sich einzigartig zu fühlen. Sein träges Wesen konnte man an der Stellung seiner Beine ablesen – stets asymmetrisch ausgestreckt – sowie an der Tatsache, dass er sein grünes Leibchen, mit dem er seinen rundlichen Brustkorb vor der Sonne schützte, nicht einmal dann auszog, wenn er ins Wasser ging, Er schwamm natürlich nicht, und wenn er ein Stück hineinging, im Meer spazierte, dann nur, um einen weiteren Spross seiner Rasse zu verfolgen und in Aktion zu fotografieren, aus einer besseren Perspektive oder aus größerer Nähe. Danach ging er, mit benetztem grünen Bauch, aber die Brust noch trocken, ans Ufer zurück, unvergessliche

Erkenntnisse vor sich hinmurmelnd, die der Wind davontrug, während er, wohl nicht ganz sicher, ob seine Kamera nicht doch einen Spritzer abbekommen hatte, sie ans Ohr legte, als wäre sie ein Radio, ich nehme an, um mit dieser primitiven Methode festzustellen, dass sie nicht beschädigt worden war. Vielleicht aber, dachten wir, handelte es sich gar um ein Fotoradio.

Eines Tages sahen wir sie, ich möchte damit sagen, unsere Aufmerksamkeit fiel auf sie, in Wahrheit zuerst die von Luisa, dann, durch meinen Sehhut, auch die meine. Von diesem Moment an verwandelten sie sich in unsere Favoriten, und, ohne dass wir es uns eingestanden, suchte unser Blick sie jeden Morgen, bevor wir unseren Platz auswählten, und wir wählten stets einen in ihrer Nähe. Nur einmal waren wir vor ihnen am Strand, aber bald erblickten wir sie, wie sie auf einer gigantischen Harley-Davidson vorfuhren, er hinter der Lenkstange mit seinem schwarzen Helm (aber nicht zugebunden), sie mit im Wind flatternder Mähne, an seinen Rücken geklammert. Ich glaube, was uns dazu veranlasste, ihre Nachbarschaft zu suchen, war die Tatsache, dass sie uns etwas boten, was man selten zu sehen bekommt und wovon man, wenn sich die Gelegenheit bietet, den Blick nur schwer losreißen kann, nämlich die Inszenierung der Anbetung. Wie es die alte, nicht obligatorische Regel vorschreibt, war er es, der Mann, der anbetete, und sie, die Frau, die Angebetete, als solche teilnahmslos (vielleicht auch gelangweilt, vom Wunsch nach irgendeiner Art von Misshandlung beseelt). Sie war schön, matt, untätig, von bewegungsunwilliger Natur. Während der drei Stunden, die wir am Strand verbrachten (sie blieben länger, hielten dort vielleicht ihre Siesta und wer weiß, vielleicht blieben sie bis zum Sonnenuntergang), bewegte sie sich kaum, und selbstverständlich tat sie nichts, was nicht ihrer eigenen Verschönerung und Pflege diente. Stets lag sie im Halbschlaf, mit geschlossenen Augen, auf dem Rücken, auf dem Bauch, auf einer Seite, auf der anderen Seite, mit Cremes eingerieben, glänzend, Arme und Beine immer ausgestreckt, damit weder Falten in der Haut noch die Achseln, nicht einmal die Leistenbeugen (und natürlich die Hinterbacken) von der Bräunung verschont blieben, denn ihr Höschen war winzig und ließ sie unbedeckt, ohne dass seitlich auch nur die geringste Spur von Haar zu sehen war, was zur Vermutung Anlass gab (oder mich vermuten ließ), dass das Schamhaar frisch abrasiert worden war. Manchmal richtete oder setzte sie sich auf, und dann verweilte sie lange mit angewinkelten Beinen, während sie sich die Nägel lackierte oder polierte oder, mit einem kleinen Spiegel in der Hand, ihr Gesicht und ihre Schultern nach Hautunreinheiten oder einer Spur von unerwünschtem Haarwuchs absuchte. Es war sehenswert, wie sie mit dem Spiegel die unwahrscheinlichsten Körperteile erforschte (sicher ein Vergrößerungsspiegel), nicht nur die Schultern, sondern auch die Ellenbogen, die Waden, die Hüften, die Brüste, die Innenseite der Schenkel, sogar den Nabel. In diesen Nabel, da bin ich mir sicher, hätte sich nie auch nur der kleinste Fremdkörper verirrt, und vielleicht hätte seine Herrin nichts lieber getan, als ihn sich auszudrücken. Außer ihrem winzigen Badeanzug trug sie Armbänder und mehrere Ringe, von diesen nie weniger als acht auf vier Finger verteilt, nur selten sah ich sie ins Wasser gehen. Ihre Schönheit hätte man mit konventionell beschreiben können, aber das wäre einer unzulänglichen, einer zu weitläufigen oder zu vagen Definition gleichgekommen.

Vielmehr handelte es sich um eine unwirkliche Schönheit, was in diesem Fall so viel wie ideal heißt. Es war die Art von Schönheit, an die Kinder denken, also fast immer (außer die, die schon von der Norm abweichen) eine makellose Schönheit, ohne Unebenheiten, ruhig, sanft, bewegungslos, mit sehr weißer Haut und sehr großen Brüsten, runden Augen – zumindest nicht geschlitzt – und identischen Lippen – ich meine damit Ober- und Unterlippe beide identisch, als wären beide Unterlippen eine Trickfilmschönheit oder, wenn man so will, eine Reklameschönheit, aber nicht aus irgendeiner Reklame, sondern aus einer von denen, die man in Apotheken zu sehen bekommt, absichtlich ohne einen Anflug von Sinnlichkeit, um weder Frauen noch ältere Menschen, die häufigsten Besucher von Apotheken, zu verwirren. Irgendwie jungfräulich war sie, eine milchige Schönheit, obwohl ich es so nicht ausdrücken möchte, sahnig jedenfalls, die schwer einen gebräunten Teint annehmen würde (ihre Haut war glänzend, aber nicht getönt), wie Luisa bereits einen besaß; sie war eine glatte Schönheit, die dennoch den Tastsinn nicht anregte (angezogen vielleicht eher), als würde sie sich beim geringsten Druck, bei der leichtesten Berührung in Luft auflösen, als ob sogar eine Zärtlichkeit oder ein sanfter Kuss bei ihr zu Gewalt und Missbrauch würden.

Diesen Eindruck musste sie auch auf ihren Begleiter, den Mann, zumindest während der Stunden des Tages, gemacht haben. Er war das, was man einen Dicken nennt, einen unsympathischen Dicken, oder auch einen Fettwanst, und er war bestimmt nicht weniger als dreißig Jahre älter als das Mädchen. Wie so viele Glatzköpfe glaubte er, seinen Makel mit einer Römerfrisur, nach vorne gekämmt, (hoffnungslos, passt nie) und einem buschigen und gepflegten Schnurrbart ausgleichen und sein vorgerücktes Alter, in dieser Umgebung, mit einer zweiteiligen Badehose kaschieren zu können, einer zweifarbigen, meine ich, das rechte Hosenbein an diesem ersten Tag limonengrün, das linke maulbeerfarben, denn sowohl er als auch sie trugen jeden Tag etwas anderes. Nie machten die beiden Farben (das Modell war immer das gleiche, es waren die Farben, die sich änderten) auf mich einen gut kombinierten Eindruck, obwohl es sich um originelle Farben handelte: persischblau und aprikose, pfirsich und malven, ultramarinblau und nilgrün. Die Badehose war so klein, wie es der Umfang seines Körpers zuließ, was bewirkte, dass seine Bewegungen etwas steif waren, der Stoff schien jeden Moment reißen zu können, von Shorts konnte man nicht sprechen. Und dann war er pausenlos in Bewegung, überaus flink und mit einer Videokamera in den Händen. Während seine Begleiterin stundenlang vollkommen unbeweglich oder reglos verweilte, hörte er nicht auf damit, sie zu umkreisen und unermüdlich zu filmen, er richtete sich steil auf, beugte sich hinunter, legte sich nieder, auf den Bauch, auf den Rücken, Totale, Halbtotale, Großaufnahme, bewegte und Rundum-Aufnahme, Zoom-ins, Zoom-outs, er filmte sie von vorne, von der Seite und von hinten (von beiden Seiten), er filmte ihr bewegungsloses Gesicht, die abgerundeten Schultern, die großen Brüste, die ziemlich breiten Hüften, die sehr festen Schenkel, die nicht kleinen Füße mit den ebenfalls lackierten Nägeln, die Fußsohlen, die Waden, die Leistenbeugen und die vollkommen glattrasierten Achselhöhlen. Er filmte ihre Schweißperlen, die die Sonne an die Oberfläche trieb, sogar ihre Poren, obwohl gerade diese ebene und glatte

Haut keine Poren zu haben schien, keine Falten, keine Narben, und es gab nicht einen einzigen Streifen auf ihren Hinterbacken. Der Dicke filmte jeden Tag, stundenlang, mit kurzen Unterbrechungen, und er filmte immer den gleichen Anblick, die Ruhe und die Langeweile der unwirklichen Schönheit, die ihn begleitete. Ihn interessierten weder der Sand noch das Wasser, die ihre Farbe mit dem Vergehen des Tages änderten, noch die Bäume oder die Felsen in der Ferne, ein Drachen im Flug, ein Schiff weit draußen, die anderen Frauen, das italienische Seemännlein, der sonderbare Engländer oder Luisa. Von dem Mädchen verlangte er nichts, keine Spiele, Fertigkeiten, Posen, ihm schien es zu genügen, den statuenhaften und nackten Körper, das ruhende und gefügige Fleisch, das ausdruckslose Gesicht und die geschlossenen und ängstlichen Augen, ein Knie, das sich abbog, oder eine Brust, die sich zur Seite neigte, oder einen Zeigefinger, der sich langsam einen Fremdkörper von der Wange strich, Tag für Tag aufs Neue zu filmen. Für ihn war dieser monotone Anblick ohne jeden Zweifel immer und in jedem Augenblick Wunderwerk und Neuigkeit. Dort wo Luisa oder ich, oder wer auch immer, nur Wiederholung und Langeweile sahen, muss er in jedem Moment ein ungewöhnliches Schauspiel erblickt haben, vielgestaltig, abwechslungsreich, fesselnd, wie ein Bild, wenn der Betrachter vergisst, dass ihn auf seinem Weg noch andere erwarten, und das Gefühl für die Zeit verliert, und deshalb auch die Gewohnheit zu schauen, die ersetzt wird oder verdrängt – oder vielleicht aufgehoben – von der Fähigkeit zu ›sehen‹, was wir fast nie tun, weil es im Gegensatz zum Zeitlichen steht. Dann geschieht es, dass er alles ›sieht‹, die Figuren und den Hintergrund, das Licht, die Komposition und die Schatten, das Körperhafte und die Fläche, den Farbkörper und die Linie und jeden Pinselstrich. Das heißt, er sieht das Bild und auch das Sinnbild, und er ist dann imstande, mit seinem Blick das Bild noch einmal zu malen.

Sie sprachen wenig, von Zeit zu Zeit kurze Sätze, die sich nicht zu einer Unterhaltung, einem Gespräch zusammenfügen ließen, jedes Anzeichen dafür erstarb auf natürliche Weise, unterbrochen von der Aufmerksamkeit der Frau für ihren Körper, in den sie sich versenkte, oder von der – indirekten – Aufmerksamkeit, die ihm auch der stets über seine Kamera gebeugte Mann widmete. In Wahrheit erinnere ich mich nicht, dass er jemals aufgestanden wäre, um sie direkt zu bewundern, mit eigenen Augen, ohne etwas davor. Darin war er wie ich, der ich meinerseits die beiden durch den Schleier meiner Kurzsichtigkeit oder durch meinen Vergrößerungshut sah. Luisa war die einzige von uns vieren, die alles ohne Beschränkung und ohne Hilfsmittel sah, denn ich glaube nicht, dass die Frau jemanden sah oder irgendjemanden anschaute, und was sie selbst betraf, so verwendete sie meist ihren Spiegel, um sich peinlich genau zu untersuchen und zu inspizieren, und oft setzte sie sich futuristische Sonnenbrillen auf.

»Wie die Sonne heute brennt, findest du nicht? Du solltest dir etwas mehr Creme auftragen, pass auf, dass du keinen Sonnenbrand bekommst«, sagte der Dicke während einer der Pausen zwischen seinen Dreharbeiten rund um den Körper seiner Angebeteten; und wenn er nicht sofort eine Antwort bekam, rief er sie beim Namen, so wie Mütter ihre Kinder: Inés. Inés.

»Ja, mehr als gestern, aber ich habe mich schon mit Faktor zehn eingecremt, ich bekomme schon keinen Sonnenbrand«, antwortete der Körper Inés unwillig und mit kaum hörbarer Stimme, während sie sich mit einer Pinzette ein winziges Härchen vom Kinn zupfte.

Eine Fortsetzung gab es nicht.

Eines Tages sagte Luisa, mit der ich sehr wohl Gespräche führte:

»Ehrlich, ich weiß nicht, ob ich mich gerne so filmen lassen würde wie die arme Inés. Ich würde nervös dabei, obwohl ich mich, so wie der Dicke die Sache betreibt, am Ende wahrscheinlich daran gewöhnen würde. Vielleicht würde ich mich ja auch so pflegen wie sie, vielleicht tut sie es gerade deshalb, weil sie dauernd gefilmt wird, sie pflegt sich, weil sie sich später wiedersieht, oder für die Nachwelt.«

Luisa suchte in ihrer Tasche, zog einen kleinen Spiegel hervor und betrachtete aufmerksam ihre Augen, die in der Sonne die Farbe von Pflaumen hatten und schillerten. »Obwohl ich nicht weiß, welche Nachwelt ihre Zeit damit verbringen soll, sich diese langweiligen Videos anzusehen. Ich frage mich, ob er sie auch die restliche Zeit des Tages filmt.«

»Das ist anzunehmen«, sagte ich. »Aus welchem Grund sollte er sich nur auf den Strand beschränken? Ich glaube nicht, dass er diesen Vorwand braucht, um sie nackt zu sehen.«

»Ich glaube, er filmt sie nicht nur, weil sie nackt ist, sondern bei jeder Gelegenheit, wer weiß, vielleicht sogar wenn sie schläft. Es ist rührend, man sieht, dass er nur an sie denkt. Aber ich weiß nicht, ob mir das gefallen würde. Arme Inés. Ihr scheint es nichts auszumachen

An diesem Abend, als wir uns in das Doppelbett in unserem Hotelzimmer legten, beide gleichzeitig, jeder auf seiner Seite, erinnerte ich mich an die Sätze, die wir gesprochen hatten und an die ich mich jetzt wieder beim Schreiben erinnert habe, und das hinderte mich daran einzuschlafen, und ich beobachtete lange, wie Luisa schlief, ohne ein Licht, außer den Mond, im Dunkeln. Arme Inés, hatte sie gesagt. Ihre Atmung war ruhig, obwohl man sie in der Stille des Zimmers und des Hotels und der Insel hören konnte, und ihr Körper war reglos, mit Ausnahme der Augenlider, hinter denen es zweifellos die Augen waren, die sich in Wirklichkeit bewegten, als könnten sie sich während der Nacht nicht daran gewöhnen, mit dem aufzuhören, was sie tagsüber taten. Der Dicke, dachte ich, ist vielleicht auch wach und filmt die ruhigen Augenlider von Inés, der Schönheit, oder vielleicht zog er ihr die Laken weg und rückte ihren Körper mit großer Behutsamkeit in verschiedene Positionen, um sie schlafend zu filmen. Mit hochgeschobenem Nachthemd vielleicht, zum Beispiel, oder mit gespreizten Beinen, falls sie weder Nachthemd noch Pyjama trug. Luisa trug weder Nachthemd noch Pyjama, im Sommer, aber sie wickelte sich in die Laken, als wären sie eine Toga, sie zog sie mit beiden Händen um ihren Hals herum und ließ dennoch manchmal eine Schulter und den Rücken entblößt. Ich deckte sie ihr zu, wenn ich es bemerkte, und ich musste auch ein wenig kämpfen, um mich auf meiner Seite zudecken zu können. Das passierte uns nur im Sommer.

Ich stand auf und ging hinaus auf den Balkon, um mir die Zeit zu vertreiben, bis ich einschlafen konnte, und von dort, auf das Geländer gestützt, schaute ich zuerst empor zum Himmel und dann nach unten und glaubte auf einmal den Dicken zu erkennen, allein neben dem Schwimmbecken sitzend, es war schon dunkel, im Wasser spiegelte sich nichts als die Sterne. Ich erkannte ihn nicht sofort, denn es fehlte ihm der Schnurrbart, mit dem ich ihn täglich gesehen hatte, heute Morgen noch, und weil sich das Auge an den bekleideten Anblick eines Menschen, der einem bisher immer unbekleidet begegnet war, erst gewöhnen muss. Seine Kleider waren genauso hässlich und schlecht zusammenpassend wie seine zweifarbigen Badehosen. Er trug ein weites Hemd, von meiner Terrasse aus schwarz (aus der Ferne), aber sicherlich gemustert, und helle Hosen, die sehr hellblau aussahen, vielleicht ein unmerklicher Farbeffekt, hervorgerufen durch das Wasser in der Nähe. Es war tatsächlich so nahe, dass er angespritzt worden wäre, hätte es Wellen gegeben. An den Füßen trug er rote Mokassins, und die Socken (Socken, hier auf der Insel) schienen von gleicher Farbe wie die Hosen, aber vielleicht war es wirklich das Mondlicht im Wasser. Er hatte den Kopf in eine Hand gelegt und den dazugehörigen Ellenbogen auf die Armlehne eines geblümten Liegestuhls gestützt, nicht eines gestreiften, die beiden Ausführungen, die es am Beckenrand gab. Die Kamera hatte er nicht dabei. Ich wusste nicht, dass sie im selben Hotel wohnten wie wir; außerhalb des benachbarten Strands, bei Fornells, im Norden, am Morgen, waren wir uns nie begegnet. Er war allein, regungslos, als wäre er Inés, obwohl er von Zeit zu Zeit die sorglos dösende Haltung des Kopfes und des Ellenbogens veränderte und eine andere, die den gegenteiligen Eindruck machte, annahm: das Gesicht in beide Hände vergraben, die Füße angezogen, als wäre er niedergeschlagen oder angespannt, oder aber er lachte allein mit sich selbst. In einem bestimmten Moment zog er sich einen Schuh aus, oder er verlor zufällig den Mokassin, auf jeden Fall streckte er das Bein nicht aus, um ihn wiederzubekommen, sondern er blieb so, den Fuß in Socken auf dem Gras, was ihm, von meinem Balkon im vierten Stock aus, in meinen Augen sofort einen Nimbus von Hilflosigkeit verlieh. Luisa schlief, und Inés gewiss auch, ohne Zweifel benötigte sie zur Bewahrung ihrer stets gleichbleibenden Schönheit ein Minimum von zehn Stunden Schlaf. Ich zog mich im Dunkeln an, ohne den geringsten Lärm zu machen, und vergewisserte mich, dass Luisa gut in ihre Laken-Toga eingewickelt war. Obwohl sie nicht wusste, dass ich nicht im Bett war, hatte sie es in ihrem Schlaf gespürt, denn sie hatte sich quergelegt, und ihre Beine waren auf meinem Platz. Ich fuhr mit dem Lift hinunter. Wie spät es war, wusste ich nicht, ich hatte nicht nachgeschaut. Der Nachtportier schlief mit dem Kopf auf seiner Theke, in der unbequemen Haltung eines Menschen, der gleich geköpft wird; ich hatte die Uhr oben gelassen, alles war ruhig, meine schwarzen Mokassins, ohne Socken, machten ein kleines Geräusch. Ich öffnete die Glastüre, die zum Schwimmbecken führte, trat hinaus auf den Rasen und machte sie leise wieder zu. Der Dicke hob den Blick und schaute herüber; sofort bemerkte er meine Anwesenheit, obwohl er mich in der Dunkelheit eigentlich unmöglich erkennen oder identifizieren konnte. Da er mich aber sofort bemerkt hatte, redete ich gleich los, während ich zu ihm hinging, und die Reflexe des Mondlichts im Wasser begannen mein Bild zu entwickeln und meine Farben zu bleichen, je näher ich kam.

»Sie haben sich den Schnurrbart abrasiert«, sagte ich und strich mir mit dem Zeigefinger über die Stelle, wo der Schnurrbart ist, ohne sicher zu sein, ob ich mir eine derartige Bemerkung erlauben durfte. Bevor er antwortete, war ich schon herangekommen und hatte auf einem anderen Liegestuhl, neben dem seinen, Platz genommen, meiner war gestreift. Er hatte sich aufgerichtet, die Hände auf den Armlehnen seines Liegestuhls, und sah mich ein wenig verwirrt an, aber ohne Misstrauen, so als würde ihn mein Erscheinen an diesem Ort, wessen Erscheinen auch immer, nicht wundern. Ich glaube, dass ich zum ersten Mal sein Gesicht von vorne sah, ohne Kamera vor seinen oder Hut vor meinen Augen, einfach aus der Nähe; meine Augen hatten sich bereits an das spärliche Licht gewöhnt, während ich vom Balkon herabgeschaut hatte. Er hatte ein freundliches Gesicht mit klugen Augen, seine Züge waren nicht hässlich, nur dick, ein gutaussehender Glatzkopf, fand ich, wie der Schauspieler Piccoli oder der Pianist Richter. Ohne Schnurrbart wirkte er jünger, oder machten das die roten Mokassins, von denen einer umgedreht im Gras lag? Er war nicht jünger als fünfzig.

»Ah, Sie sind das. Ich habe Sie nicht gleich erkannt, so angezogen, wir sehen uns immer in der Badehose.«

Er hatte ausgesprochen, was ich vorher, als ich noch oben war, gedacht hatte. Seit fast drei Wochen sahen wir uns, es war unmöglich, dass sein wie auch immer beschäftigter Blick trotz allem kein einziges Mal bei uns hängen geblieben war, bei mir und Luisa. »Schlafen Sie nicht?«

»Nein«, sagte ich. »Die Klimaanlage im Zimmer hilft nicht immer. Hier unten ist es angenehmer, scheint mir. Haben Sie etwas dagegen, wenn ich ein Weilchen bleibe?«

»Nein, natürlich nicht. Ich heiße Alberto Viana«, und er streckte mir seine Hand entgegen. »Ich bin aus Barcelona«, sagte er.

»Ich bin aus Madrid«, und ich nannte ihm meinen Namen. Dann war es still, und ich war mir nicht sicher, ob ich eine nebensächliche Bemerkung über die Insel und den Urlaub machen sollte, oder besser irgendeine andere, fast genauso nebensächlich, über seine Gewohnheiten, die ich am Strand beobachtet hatte. Es war nämlich die Neugierde für diese, die mich zum Schwimmbecken getrieben hatte, an seine Seite, vielleicht noch meine Schlaflosigkeit, aber die hätte ich auch oben besiegen können, ich hätte sogar Luisa aufwecken können, ich hatte es nicht getan. Ich sprach mit gedämpfter Stimme. Es war unwahrscheinlich, dass uns jemand hörte, aber der Anblick der schlafenden Luisa und danach der des schlafenden Nachtportiers gaben mir das Gefühl, ich könnte sie aufwecken, wenn ich lauter spräche, und mein ruhiger Tonfall hatte den von Viana sofort angesteckt oder verursacht.

»Sie haben eine große Leidenschaft für Videofilme, habe ich gesehen«, sagte ich nach einer Pause und einem Zögern.

»Für Videofilme?«, sagte er leicht überrascht, oder um Zeit zu gewinnen. »Ah, jetzt verstehe ich. Nein, glauben Sie das nicht, ich bin kein Sammler. In Wahrheit ist es nicht das Video, das mich interessiert, so viel ich es auch verwende, sondern meine Freundin, Sie haben sie gesehen. Nur sie filme ich mit dem Video, alles Übrige interessiert mich nicht, ich mache keine Abzüge davon. Ich glaube, dass man das merkt, Sie haben es bemerkt«, und er lachte ein wenig, eine Mischung aus Amüsement und Verlegenheit.

»Ja, natürlich, meine Frau und ich haben es bemerkt, ich weiß nicht, ob es sie nicht ein wenig eifersüchtig macht, die ganze Aufmerksamkeit, die Sie Ihrer Freundin schenken. Das fällt auf. Ich habe nicht einmal einen Fotoapparat. Wir sind schon eine Zeitlang verheiratet.«

»Sie haben keine Kamera? Macht es Ihnen keine Freude, sich an die Dinge zu erinnern?« Viana hatte mich das mit echter Verwunderung gefragt. Auf seinem Hemd waren tatsächlich bunte Abbildungen von Palmen und Ankern, Delphinen und Bugwellen, aber dennoch überwog der schwarze Farbton, den ich aus der Ferne wahrgenommen hatte; die Hosen und die Socken sahen noch immer hellblau aus, blauer als meine weißen Hosen, die jetzt, wie die seinen, nicht nur dem Mondlicht ausgesetzt waren, sondern auch seinem schwachen Reflex im Wasser.

»Doch, natürlich macht mir das Spaß, aber man erinnert sich an die Dinge doch sowieso, nicht wahr? Man trägt die eigene Kamera in der Erinnerung, es ist nur so, dass man sich weder immer an das erinnert, was man möchte, noch das vergisst, was man will.«

»Blödsinn«, sagte Viana. Ein geradliniger Mann, gar nicht vorsichtig, und er konnte, was er gesagt hatte, vorbringen, ohne dass sein Gesprächspartner deshalb gekränkt gewesen wäre. Er lachte kurz. »Wie können Sie das, an das man sich erinnert, mit dem, was man sieht, vergleichen, mit dem, das man wiedersehen kann, so wie es war. Mit dem, das man ein ums andere Mal wiedersehen kann, unendlich oft, das man sogar anhalten kann, was man nicht tun konnte, als man es wirklich gesehen hat? Was für ein ungeheurer Blödsinn«, wiederholte er.

»Ja, da haben Sie recht«, gab ich zu. »Aber Sie werden mir doch nicht sagen wollen, dass Sie die ganze Zeit über Ihre Freundin filmen, um sich an sie zu erinnern, wenn Sie sie wieder auf der Leinwand sehen. Oder ist sie vielleicht Schauspielerin? Dafür bleibt ihr sicher keine Zeit, Sie filmen sie ja täglich, soviel ich gesehen haben. Und wenn Sie sie täglich filmen, bleibt keine Zeit, damit das Gefilmte beginnt, in Vergessenheit zu geraten, und Sie irgendwann die Notwendigkeit verspüren, es so naturgetreu wiederzusehen, indem Sie es noch einmal sehen. Es sei denn, dass Sie unbegrenzt Material sammeln, damit Sie, wenn Sie alt sind und wenn Sie es denn wollen, Stunde für Stunde eines jeden Tages Ihres Aufenthalts auf Menorca wieder erleben können.«

»Oh, ich sammle nicht, glauben Sie nicht, dass ich mehr als nur ganz kurze Fragmente sammle, sagen wir, alles in allem, eine Kassette alle drei oder vier Monate. Aber die sind alle in Barcelona archiviert. Sie ist keine Schauspielerin, sie ist noch sehr jung. Was ich hier mache (also gut, und dort) ist, die Kassette von einem Tag nicht zu löschen, ehe der nächste vergangen ist, ich weiß nicht, ob Sie mich verstehen. Während dieser ganzen Zeit habe ich nicht mehr als zwei Kassetten verwendet, immer dieselben. Ich nehme heute eine auf, hebe sie auf, nehme morgen eine andere auf, hebe sie auf, und dann nehme ich die erste wieder übermorgen auf und lösche sie bei dieser Gelegenheit. Und so nach und nach, ich weiß nicht, ob Sie mich verstehen. Obwohl das nur so gesagt ist, ich weiß nicht, ob ich morgen viel werde aufnehmen können, wir fahren nach Barcelona zurück, mein Urlaub ist zu Ende.«

»Ja, verstehe. Aber dann, wenn Sie einmal dort sind. Was machen Sie damit, schneiden Sie das ganze gefilmte Material? Ich weiß nicht, ob ich Sie verstehe.«

»Nein, Sie verstehen mich nicht. Eine Sache sind die künstlerischen Bänder, die mit der Absicht, aufbewahrt, archiviert zu werden, hergestellt werden. Die sind eine Sache, eine, ungefähr alle vier Monate. Eine andere Sache sind die täglichen Aufnahmen. Die werden gelöscht, sobald wieder ein Tag vergangen ist.«

Vielleicht hatte ich wegen der späten Stunde (aber ich hatte die Uhr obengelassen) das Gefühl, dass ich noch immer nicht alles genau verstand, besonders den zweiten Teil dessen, was er mir zuletzt erklärt hatte. Außerdem interessierte mich der Verlauf, den das Gespräch genommen hatte, nicht sehr, über künstlerische Kassetten (so hatte er gesagt, das hatte ich gehört) und Kassetten, die täglich gelöscht wurden. Ich war mir nicht sicher, ob ich mich verabschieden und zurück aufs Zimmer gehen sollte, obwohl ich bemerkte, dass ich noch immer nicht schläfrig war, und ich dachte, wenn ich jetzt hinaufginge, dann, damit alles enden würde, indem ich Luisa aufweckte, damit sie sich mit mir unterhielt. Das kam mir ungerecht vor, und so fand ich, es sei besser, wenn sich jemand mit mir unterhielt, der bereits wach war.

»Aber«, gelang es mir zu sagen, »warum filmen Sie sie dann jeden Tag, wenn Sie es dann gleich wieder löschen?«

»Ich filme sie, weil sie sterben wird«, sagte Viana. Er hatte seinen Fuß, den ohne Schuh, ausgestreckt und die große Zehe seines Sockens im Wasser befeuchtet, langsam bewegte er es mit seiner Zehe hin und her, langsam, den Fuß ganz durchgestreckt, fast konnte er es nicht erreichen, berührte er das Wasser. Ich schwieg einige Sekunden lang, dann fragte ich, und beobachtete wie sich das Wasser sanft bewegte:

»Ist sie krank?«

Viana schürzte die Lippen und fuhr sich mit einer Hand über die Glatze, als hätte er Haare und würde sie glattstreichen, eine Geste aus seiner Vergangenheit. Er dachte nach. Ich ließ ihn weiter nachdenken, aber er ließ sich übermäßig lange Zeit. Ich ließ ihn nachdenken. Schließlich sprach er weiter, aber er antwortete nicht auf meine Frage, sondern noch auf die von vorher.

»Ich filme sie jeden Tag, weil sie sterben wird und ich

ihren letzten Tag aufbewahren möchte, auf jeden Fall den letzten, um mich an ihn wirklich erinnern zu können, um ihn in der Zukunft wiedersehen zu können, so oft ich will, gemeinsam mit den künstlerischen Kassetten, wenn sie schon gestorben ist. Ich mag es, mich an die Dinge zu erinnern.«

»Ist sie krank?«, insistierte ich.

»Nein, sie ist nicht krank«, sagte er jetzt ohne das geringste Zögern. »Zumindest nicht, dass ich wüsste. Aber sie wird sterben, an irgendeinem Tag. Sie wissen es, jeder weiß es, jeder wird sterben, Sie und ich, und ich möchte ihr Bild bewahren. Der letzte Tag im Leben eines Menschen ist wichtig.«

»Natürlich«, sagte ich und schaute auf den Fuß. »Sie sind vorsichtig, denken Sie an irgendeinen Unfall?«, und ich dachte (aber kurz), dass wenn Luisa bei einem Unfall sterben würde, ich ihr Bild nicht hätte, um mich an sie, wie sie in Wirklichkeit ist, zu erinnern, fast überhaupt kein Bild. Es gab das eine oder andere Foto zu Hause, Gelegenheitsfotos, daher auch keine künstlerischen, und nur wenige. Und ich hatte kein Bild von ihr, auf dem sie sich bewegte. Unfreiwillig hob ich den Blick und schaute hinauf zum Balkon, von dem aus ich Viana beobachtet hatte, unserem Balkon. Die Lichter in allen Zimmern waren gelöscht. Also auch die von Inés und Viana. Ich war nicht mehr dort, auf unserem Balkon, niemand war dort. Viana war wieder in sein langes Nachdenken versunken, obwohl er den Socken jetzt aus dem Wasser genommen hatte und ihn wieder, nass und dunkler an der Spitze, auf das Gras gestellt hatte. Mir kam der Gedanke, dass ihm die Richtung, die die Unterhaltung genommen hatte, nicht gefallen könnte, und wieder überlegte ich, ob ich mich verabschieden und aufs Zimmer gehen sollte; plötzlich wollte ich aufs Zimmer gehen und das Bild von Luisa wiedersehen, schlafend – nicht tot –, eingehüllt in ihre Laken, vielleicht war ihre Schulter entblößt. Aber einmal begonnene Unterhaltungen kann man nicht einfach so beenden, abbrechen, indem man eine Zerstreutheit oder ein Schweigen ausnützt, es sei denn, einer der beiden Gesprächspartner ist verärgert. Viana machte keinen verärgerten Eindruck, obwohl seine lebhaften Augen noch lebhafter und intensiver erschienen, es war schwierig, ihre Farbe bei Mondlicht im Wasser zu erkennen: Ich glaube, sie waren kastanienbraun. Er wirkte nur etwas geistesabwesend. Irgendetwas murmelte er jetzt, nicht mehr mit gedämpfter Stimme, sondern zwischen den Zähnen.

»Entschuldigen Sie, ich verstehe Sie nicht«, sagte ich deshalb.

»Nein, ich denke nicht an einen Unfall«, antwortete er, plötzlich mit viel zu lauter Stimme, als hätte er den Unterschied der Lautstärke von jemandem, der mit sich selbst spricht, zu jemandem, der ein Gespräch führt, nicht einkalkuliert.

»Sprechen Sie leiser«, sagte ich erschrocken, obwohl es in Wahrheit überhaupt keinen Grund zum Erschrecken gab, es war unwahrscheinlich, dass uns jemand hörte. Ich blickte wieder zu den Balkons, alles war dunkel, niemand war aufgewacht.

Meine Aufforderung hatte Viana erschreckt, und er sprach augenblicklich leiser, aber er war nicht erschrocken genug, um nicht mit dem fortzufahren, was er so laut begonnen hatte.

»Ich will sagen, ich denke nicht an einen Unfall. Sie wird früher als ich sterben, wenn Sie verstehen, was ich meine.«

Ich schaute Viana ins Gesicht, aber er schaute nicht mich an, er schaute zum Himmel hinauf zum Mond, er kümmerte sich nicht um meinen Blick. Wir waren auf einer Insel.

»Warum sind Sie da so sicher, wenn sie nicht krank ist? Sie sind viel älter als sie. Normal wäre im Gegenteil, dass Sie vor ihr sterben.«

Viana lachte wieder und streckte erneut das Bein aus, diesmal tauchte er den ganzen Fuß mit dem Socken in das Wasser und bewegte es wieder langsam, schwerfälliger als vorhin, denn jetzt handelte es sich um den ganzen Fuß – den schweren und fetten Fuß – der eingetaucht war.

»Normal, normal«, sagte er und lachte wieder leise.

»Normal«, wiederholte er. »Nichts zwischen ihr und mir ist normal. Oder besser gesagt, nichts von mir zu ihr ist normal, ist es nie gewesen. Im Gegenteil, alles war immer außergewöhnlich. Ich kenne sie, seit sie ein Kind war. Ich bete sie an, verstehen Sie nicht?«

»Doch, ich verstehe, und außerdem springt es einem ins Auge, dass Sie sie anbeten. Ich bete meine Frau Luisa auch an«, fügte ich hinzu, um den außergewöhnlichen Charakter, den er seiner Anbetung zuschrieb, abzuschwächen. »Aber wir sind fast gleich alt, daher ist es schwer zu sagen, wer als Erster sterben wird.«

»Sie beten sie an? Dass ich nicht lache. Sie haben ja nicht einmal eine Kamera. Sie wollen sich nicht an sie erinnern, wie sie wirklich war, wenn Sie sie verlieren. Sie wollen sie nicht wiedersehen, wenn es eines Tages nicht mehr möglich sein sollte, sie zu sehen.«

Dieses Mal ärgerte mich die Bemerkung des dicken Viana schon ein wenig, ich empfand sie als impertinent. Ich merkte es, weil mein plötzliches Schweigen etwas Verletztes, Unfreiwilliges hatte, auch etwas Verschrecktes, als wagte ich es mit einem Mal nicht mehr, ihn weiter auszufragen, und hätte jetzt keine andere Wahl mehr, als mich darauf zu beschränken, einzig dem zuzuhören, was er mir erzählen wollte. Es war, als hätte er, mit jener taktlosen, schroffen Bemerkung, die Unterhaltung ganz an sich gerissen. Und mir fiel auf, dass meine Angst mit seiner Verwendung der Vergangenheit einherging. Er hatte gesagt ›so wie sie war‹, als er von Luisa sprach, er hätte ›so wie sie ist‹ sagen müssen. Ich beschloss, aufzustehen, und aufs Zimmer zu gehen. Ich wollte Luisa sehen und neben ihr schlafen, mich niederlegen, meinen Platz im Ehebett zurückgewinnen, das sicher so war wie jenes, das Inés und Viana teilten, in modernen Hotels wiederholen sich die Zimmer. Ich konnte die Unterhaltung beenden, leicht verärgert, wie ich war. Aber das Schweigen dauerte nur ein paar Sekunden, denn Viana sprach weiter, ohne die Pause zu machen, die ich beim Schreiben gemacht habe, zu spät, um ihm nicht zuzuhören.

»Und Sie haben eine große Wahrheit ausgesprochen, Sie haben es auf den Punkt gebracht. Wie soll man wissen, wer als Erster sterben wird? Sie erheben auf nichts Geringeres Anspruch, als darauf, die Reihenfolge des Todes zu kennen. Um diese Reihenfolge zu kennen, muss man ein Teil von ihr werden, ich weiß nicht, ob Sie mich verstehen. Sie zu unterbrechen, nein, das geht nicht, aber ein Teil von ihr zu werden, das ja. Hören Sie, wenn ich sage, dass ich Inés anbete, meine ich das wörtlich. Dabei handelt es sich nicht um irgendeine Redewendung, irgendeinen gewöhnlichen Ausdruck ohne Bedeutung, die wir, Sie und ich zum Beispiel, teilen könnten. Was Sie anbeten nennen, hat mit dem, was ich genauso nenne, nicht das Geringste zu tun, wir teilen die Vokabel, weil es keine andere gibt, nicht aber die Sache. Ich bete sie an, und ich habe sie angebetet, seit ich sie kennengelernt habe, und ich weiß, dass ich sie noch viele Jahre lang anbeten werde. Deshalb kann es jetzt nicht mehr lange dauern, weil alles schon zu viele Jahre lang in meinem Inneren gleich ist, ohne sich zu verändern, ohne schwächer zu werden. Von mir aus wird es nicht dazu kommen, es wird unerträglich werden, ist es bereits, und weil für mich alles unerträglich werden wird, wird sie vor mir sterben müssen, eines Tages, wenn ich meine Anbetung nicht mehr ertragen kann. Eines Tages werde ich sie umbringen müssen, ich weiß nicht, ob Sie mich verstehen.«

Nachdem er das gesagt hatte, zog Viana den Fuß aus dem Wasser, tropfend stellte er ihn behutsam und vorsichtig ins Gras. Die nasse Seide auf dem Trockenen.

»Sie werden sich erkälten«, sagte ich. »Ziehen Sie sich den Socken lieber aus.«

Viana gehorchte und zog sich den nassen Socken auf der Stelle mit einer mechanischen Geste aus, ohne der Sache größere Bedeutung beizumessen. Er hielt ihn einige Sekunden angeekelt zwischen zwei Fingern und hängte ihn dann über die Rückenlehne seines Liegestuhls, wo er zu tropfen begann (der Geruch des nassen Stoffes). Jetzt hatte er einen nackten Fuß und den anderen mit seinem hellblauen Socken und seinem grellroten Mokassin. Der nackte Fuß war nass, der Fuß mit dem Schuh ganz trocken. Nur mit Mühe konnte ich meinen Blick losreißen, aber ich glaube, mein unverwandtes Starren bot die Möglichkeit, das Gehör zu täuschen, so zu tun, als wären das Wichtige die Füße von Viana und jener triefend nasse Socken, und nicht, dass er gesagt hatte, er werde Inés eines

Tages umbringen müssen. Mir wäre es lieber gewesen, er hätte es nicht gesagt.

»Was reden Sie denn da? Sind Sie verrückt?« Ich wollte die Unterhaltung nicht fortsetzen, aber ich hatte gerade das entgegnet, was dazu zwang, sie fortzusetzen.

»Verrückt? Was ich Ihnen gleich sagen werde, hat in meinen Augen eine strenge Logik«, antwortete Viana, und er strich sich sein nicht vorhandenes Haar glatt. »Ich kenne Inés, seit sie ein Kind war, seit sie sieben Jahre alt war. Jetzt ist sie dreiundzwanzig. Sie ist die Tochter von Leuten, die bis vor fünf Jahren enge Freunde von mir waren, jetzt nicht mehr, Eltern werden böse, wenn ein achtzehnjähriges Mädchen mit einem ihrer Freunde, von dem sie die beste Meinung hatten, zusammenlebt, das gilt als nicht normal, jetzt wollen sie nichts mehr von mir wissen, und von ihr auch nicht mehr viel. Ich besuchte meine Freunde sehr oft zu Hause, sah das Mädchen und betete es an. Sie betete mich auch an, anders natürlich. Sie konnte noch nicht wissen, ich aber wusste es sofort, und ich beschloss, mich vorzubereiten, elf Jahre zu warten, bis sie volljährig wäre, bis es so weit war, keinesfalls wollte ich etwas überstürzen und damit alles verderben, während der letzten Monate musste ich sie im Zaum halten. Das pflegen die Leute Fixierung zu nennen; ich, im Unterschied dazu, nenne es Anbetung. Glauben Sie, es war nicht leicht, von zwölf oder dreizehn Jahren an gibt es Buben, die ihnen den Hof machen, blödsinnige Buben, die schon sehr früh den Erwachsenen spielen wollen. Sie können sich nicht beherrschen, sie können ihnen weh tun. Wenn sie achtzehn wäre, so rechnete ich mir aus, wäre ich fast fünfzig, und ich gab auf mich acht, ich gab sehr auf mich acht, für sie, bis auf die Korpulenz, das konnte ich nicht verhindern, der Stoffwechsel verändert sich, und auch die Kahlköpfigkeit – es wurde bisher nichts Zufriedenstellendes erfunden, und Sie werden verstehen, dass ein Haarteil unmöglich wäre, ausgeschlossen. Aber ich ging elf Jahre lang in Fitnessstudios, ernährte mich gesund und ließ alle drei Monate ärztliche Untersuchungen vornehmen, die Chirurgie machte mir Angst; ich machte einen Bogen um Frauen, ich vermied Ansteckungen; und dann, natürlich, die geistige Vorbereitung: Ich hörte die Platten, die sie hörte, lernte Spiele, sah viel Fernsehen, Nachmittagsprogramme und die ganze Werbung aus all den Jahren, ich kenne die Lieder. Meine Lektüre können Sie sich vorstellen, zuerst las ich Bilderbücher, dann Abenteuerbücher, Liebesromane, das eine oder andere aus der spanischen Literatur, was in der Schule dran war, katalanische Literatur, Manelic, Llop, auch jetzt lese ich immer noch, was sie liest, amerikanische Romanciers, es gibt Hunderte. Ich habe viel Tennis gespielt, auch Squash, etwas Ski, an vielen Wochenenden musste ich nach Madrid oder San Sebastian fahren, damit sie auf die Rennbahn gehen konnte, hier sind wir von einer Fiesta zur anderen gezogen, auf jedes Dorffest, um die Reiter zu sehen. Vielleicht haben sie mich auf dem Motorrad gesehen. Notfalls wusste ich sogar Namen und Größe von sämtlichen Basketballspielern, jetzt ist ihr das vergangen. Sie sehen ja, wie ich mich anziehe, obwohl sich im Sommer alles als viel tragbarer herausstellt«, und Viana machte mit seiner rechten Hand eine vielsagende Bewegung, als würde er in alten Kleidern wühlen. »Ich weiß nicht, ob Sie mich verstehen, ich habe während all dieser Jahre parallel zu meinem Leben ein Kinderleben geführt (ich bin Rechtsanwalt, wissen Sie? Schwerpunkt Scheidungen), dann das Leben eines Jugendlichen, ich war der König der Videospiele, und wenn ich sie nicht begleiten konnte, ging ich und sah mir alleine alle diese Filme mit Jugendlichen, Halbstarken und Außerirdischen an. Ich habe eine Parallelexistenz geführt, die, nebenbei, nicht von Dauer war, es ist überaus schwierig, auf dem letzten Stand dieser Altersgruppen zu sein, die Interessen passen nie ganz zusammen. Davon können Sie nichts wissen, Sie meinten vorhin, Ihre Frau sei fast genauso alt wie Sie, also werden Ihre Berührungspunkte die gleichen oder ganz ähnliche sein. Sie werden dieselben Lieder zur selben Zeit gehört haben, Sie werden dieselben Filme gesehen, dieselben Bücher gelesen, die gleichen Moden mitgemacht haben, Sie werden sich an dieselben Vorfälle, die Sie mit der gleichen Intensität erlebt haben, und an dieselben Jahre erinnern. Für Sie ist es leicht. Können Sie sich vorstellen, dass dem nicht so wäre, die endlosen Pausen, die sich in Ihren Unterhaltungen breitmachen würden? Und das Schlimmste, die Notwendigkeit, alles zu erklären, jeden Bezug, jede Anspielung, jeden Scherz, der sich auf die eigene Vergangenheit oder die eigene Epoche, die eigene Zeit, bezieht. Besser verdrängen. Ich habe lange warten müssen, und außerdem habe ich meine Vergangenheit ablegen und mir eine andere erschaffen müssen, die mit ihrer, mit der, die die ihre sein wird, nach Möglichkeit übereinstimmt.«

Viana unterbrach sich einen Moment, eine sehr kurze Unterbrechung, als hätte ihn eine Fliege berührt. Es war Nacht, die Augen hatten sich an die Dunkelheit und an das Licht des Wassers gewöhnt. Wir waren auf einer Insel, ich hatte keine Uhr. Luisa schlief, und auch Inés schlief wohl, jede in ihrem Zimmer, in Ehebetten, querliegend, da weder Viana noch ich an ihrer Seite waren. Vielleicht vermissten sie uns im Schlaf. Oder vielleicht nicht und waren erleichtert.

»Aber diese ganze Mühe ist vorbei und ist auch nicht das Schlimme. Das Schlimme ist die Anbetung, meine stets gleichbleibende Anbetung. Die seit sechzehn Jahren unverändert geblieben ist, so unverändert, dass ich nicht damit rechne, dass sich in nächster Zukunft etwas ändern wird. Und wehe, wenn sich etwas ändern würde. Ich habe zu lange ganz auf sie konzentriert gelebt, ihr Heranwachsen, ihre Heranbildung, ich könnte gar nicht anders. Aber für sie ist es anders. Für sie ist ein Traum in Erfüllung gegangen, auf den sie schon als Kind fixiert war, vor fünf Jahren war sie genauso glücklich, wenn nicht glücklicher als ich, als sie bei mir einzog, mein Haus war vorbereitet, sie aufzunehmen, es fehlt ihr dort an nichts. Aber ihr Charakter ist noch nicht ganz ausgereift, sie ist noch von Neuem abhängig, das Außen zieht sie an, sie ist fasziniert von dem, was es gibt und was nach mir auf sie wartet, ich glaube, sie ist ein wenig müde. Nicht nur meiner müde, auch unserer sonderbaren und außergewöhnlichen Situation, ihr fehlt das Alltägliche, die gute Beziehung zu ihren Eltern. Glauben Sie nicht, dass ich das nicht verstehe, mehr noch, ich sehe es voraus. Aber Verstehen hilft gar nichts. Jeder hat sein eigenes Leben, und wir haben nur eines, niemand ist bereit mitanzusehen, dass es sich nicht wunschgemäß erfüllt, mit Ausnahme derer, die keine Wünsche haben, die Mehrheit also.

Die Leute reden so daher und sprechen von Opferbereitschaft, Verzicht, Großzügigkeit, Nachgiebigkeit und Selbstlosigkeit, aber das alles ist falsch, normal ist, dass die Leute glauben, sich das, was ihnen ohnehin passiert, was ihnen zustößt, was sie erreichen oder was ihnen in den

Schoß fällt, zu wünschen, ohne dass vorher in Wahrheit überhaupt Wünsche bestanden hätten. Aber ob vorher oder gar nicht, jeder interessiert sich für sein eigenes Leben, das der anderen ist nur in dem Maße wichtig, wie es mit dem eigenen verwoben und Teil von ihm ist, in dem Maße, wie rücksichtsloses, skrupelloses Verfügen darüber das eigene beeinflussen kann, es gibt Gesetze, es kann Bestrafung geben. Meine Anbetung ist exzessiv, aber deshalb ist es Anbetung. Exzessiv war auch mein Warten. Und ich warte immer noch, nur dass sich das Wesen dieses Wartens umgekehrt hat. Früher wartete ich auf den Erfolg, jetzt warte ich auf die Auflösung. Früher wartete ich auf das Geschenk, jetzt warte ich auf den Verlust. Früher wartete ich auf das Wachsen, jetzt warte ich auf das Vergehen. Nicht nur auf meines, verstehen Sie mich, auch auf ihres, und darauf bin ich nicht vorbereitet. Sie denken, dass ich die Dinge zu sehr als Tatsachen hinnehme, dass nichts restlos vorhersehbar ist, so wie es die Reihenfolge des Todes nicht ist, das habe ich Ihnen vorhin gesagt. Ebenso wenig die des Lebens, denken Sie jetzt, und Sie denken, dass Inés vielleicht meiner gar nicht müde werden wird, mich nie verlassen will. Sie denken, ich irre mich vielleicht, wenn ich der Zeit misstraue, dass sie und ich vielleicht gemeinsam alt werden, wie Sie vorhin andeuteten und wie es für Sie und Ihre Frau vorgesehen ist, ich habe Ihre Worte gehört, mir ist von dem, was Sie gesagt haben, nichts entgangen. Aber wäre es so, lägen vor uns so viele gemeinsame Jahre, meine Anbetung liefe auf dasselbe hinaus, in diesem Fall. Oder glauben Sie, ich könnte mir, so, wie die Dinge liegen, das Ende meiner Anbetung erlauben? Glauben Sie, ich könnte ihr Vergehen, ihren Verfall mitansehen, ohne das einzige Mittel anzuwenden, das es dagegen gibt, dass sie vor mir stirbt? Glauben Sie, dass ich, der ich sie kennengelernt habe, als sie sieben Jahre alt war (sieben Jahre), es ertragen könnte, Inés als Vierzigjährige zu sehen, ja, als Fünfzigjährige, ohne eine Spur ihrer Kindheit? Machen Sie sich nicht lächerlich. Ebenso könnten Sie von einem alten Vater verlangen, dass er das Alter seiner eigenen Kinder erträgt und ehrt. Eltern weigern sich zu sehen, wie sich ihre Kinder in alte Leute verwandeln, sie treffen sich nicht mehr mit ihnen, sie können sie nicht ausstehen, sie überspringen sie, sehen nur noch ihre Enkelkinder, wenn sie welche haben. Die Zeit ist immer gegen das, was sie erschaffen hat. Gegen das, was ist.«

Viana vergrub das Gesicht in seinen Händen, wie ich es ihn von oben vom Balkon aus hatte tun sehen, hier unten am Becken bisher noch nicht. Ich sah, dass die Geste nicht mit einem unterdrückten Lachen einherging, sondern mit einem Zustand der Bedrückung, was ihn freilich seine Gelassenheit nicht verlieren ließ. Vielleicht war ebendiese Geste nötig, damit er sie nicht verlor. Ich schaute noch einmal hinauf zu meinem Balkon und zu den anderen, alles blieb ruhig, dunkel und leer, als wäre hinter ihnen, auch hinter den Scheiben und Stores, im Inneren der einander wiederholenden und identischen Zimmer niemand, als schliefe dort weder Luisa noch Inés, noch irgendjemand. Aber ich wusste, dass sie schliefen und dass die Welt schlief, ihr schwaches Rad stillstand. Viana und ich waren das Produkt ihrer Trägheit, zumindest solange wir uns unterhielten. Ohne dass er mir wieder das Gesicht zuwandte, sprach er weiter:

»Also gibt es keine Lösung, nicht in der Zeit«, sagte er. »Bevor ich mir selbst gestehen müsste, dass ich sie nicht länger anbete, würde ich sie umbringen, ich weiß nicht, ob Sie sehen, worum es geht; bevor ich erlauben würde, dass sie mich eines Tages verlässt, bevor ich es zulassen würde, dass ich sie weiterhin anbete, dass mir aber das Objekt dazu fehlt, würde ich sie ebenfalls umbringen. Alles hat, meiner Meinung nach, eine strenge Logik. Deshalb weiß ich, was ich eines Tages zu tun haben werde, eines fernen Tages, vielleicht, ich kann ihn so lange wie möglich hinauszögern, alles ist eine Frage der Zeit. Aber für alle Fälle filme ich sie täglich, ich weiß nicht, ob Sie mich verstehen.«

»Haben Sie nie in Erwägung gezogen, sich selbst umzubringen?«, sagte ich plötzlich, ohne dass ich es sagen wollte. Schon seit einer ganzen Weile hörte ich zu, weil ich den Eindruck hatte, dass ich es nicht verhindern konnte, nicht weil ich es wollte, und die beste Art und Weise, nicht am Gespräch teilzunehmen, war, nichts zu sagen, mich rein als Zuhörer seiner vertraulichen Mitteilungen zu verhalten, ohne Einwände zu machen, ohne Ratschläge zu erteilen, ohne Behauptungen zu widerlegen oder ihnen beizupflichten oder mich aufzuregen. Es schien mir immer weniger möglich, die Unterhaltung zu beenden, der Verlauf, den sie genommen hatte, war endlos, so kam es mir vor. Mir brannten die Augen. Ich wünschte, dass Luisa sich bloßstrampelte und aufwachte, dass sie meine Abwesenheit bemerkte und vom Balkon herabschaute, wie ich herabgeschaut hatte. Dass sie mich erblickte, unten, am Becken, im matten Licht des Mondes, das sich im Wasser reflektierte, und mich hinaufkommen hieß, indem sie nach mir rief, dass sie meinen Namen rief und mich so aus der Unterhaltung mit Viana befreite, es genügte, mich zu rufen. Von nun an werde ich die Zeitungen aufmerksam lesen müssen, hatte ich gedacht, während ich ihm zuhörte, jedes Mal, wenn in einer Schlagzeile steht, dass eine Frau von einem Mann umgebracht wurde, werde ich die ganze Nachricht lesen müssen, bis ich auf die Namen stoße, zu dumm, ich werde von jetzt an stets befürchten, dass es sich um Inés, die Tote, und Viana, den Mörder, handeln könnte. Obwohl alles eine Lüge sein konnte, hier, auf dieser Insel, während die Frauen schlafen.

»Ich mich umbringen? Das passt nicht zu mir«, antwortete Viana und ließ das Gesicht zwischen den Händen zum Vorschein kommen. Er sah mich mit einem mehr belustigten als überraschten Ausdruck an, die Winkel seiner Augenlider lächelten, oder fast, so kam es mir vor in der Nacht.

»Noch weniger würde es zu Ihnen passen, sie umzubringen, um die Anbetung der Toten auf einer Kassette zu bewahren, wenn ich Sie recht verstanden habe.«

»Nein, Sie verstehen mich nicht, es passt durchaus zu mir, sie für das, was ich Ihnen erklärt habe, umzubringen, niemand verzichtet auf die Form des eigenen Lebens, wenn er eine ziemlich klare Vorstellung hat, wie er es leben will, und ich habe eine, was nicht oft vorkommt. Und, wie soll ich es Ihnen sagen?, Mord ist eine höchst männliche Domäne, wie die Hinrichtung, nicht aber der Selbstmord, der Männern und Frauen im gleichen Maße entgegenkommt. Vorhin habe ich Ihnen gesagt, dass sie mit dem spekuliert, was nach mir kommt, aber ausschlaggebend ist, dass es in Wahrheit nach mir nichts gibt. Für sie nichts gibt; möglich, dass sie sich dessen nicht bewusst ist, sie sollte sich dessen bewusst sein. Brächte ich mich um, würde sich das nicht erfüllen, nach mir darf es nichts geben, ich weiß nicht, ob Sie mich verstehen.«

Der Fuß von Viana schien bereits trocken zu sein, aber der Socken, der auf der Lehne seines Liegestuhls hing, tropfte noch immer mit einem schnellen Rhythmus ins Gras. Ich meinte, seine Feuchtigkeit auf meinen Füßen in den Schuhen zu spüren, ich stellte mir vor, was für ein Gefühl es wäre, sich diesen nassen Socken anzuziehen. Ich zog mir den linken Schuh aus, um mir die Sohle an der Spitze meines schwarzen Mokassins, des rechten, zu kratzen.

»Warum erzählen Sie mir das alles? Haben Sie keine Angst, dass ich Sie anzeigen könnte? Oder dass ich morgen mit Inés spreche?«

Viana kreuzte seine Hände hinter dem Nacken, lehnte sich wieder im Liegestuhl zurück und berührte dabei mit der Glatze den aufgehängten Socken. Er reagierte sofort und richtete seinen Körper auf, wie wenn man von einer Fliege gestreift wird. Er zog sich den roten Mokassin an, den er sich schon lange vorher ausgezogen hatte, als ich noch auf dem Balkon war, und das nahm ihm jene Aura von Verlassenheit; mir schien plötzlich, die Unterhaltung könnte gleich zu Ende gehen.

»Absichten zeigt man nicht an«, sagte er. »Morgen schon fahren wir nach Barcelona, wir werden uns nicht wiedersehen, wir brechen früh auf, gehen nicht mehr zum Strand. Morgen werden Sie das alles vergessen haben, Sie werden sich nicht daran erinnern wollen, Sie werden das Ganze weder ernst nehmen, noch werden Sie sich an mich oder diese Stunde erinnern, und Sie werden auch nicht versuchen, irgendetwas herauszufinden. Sie werden sich nicht im Hotel nach uns erkundigen, ob wir zusammen abgereist sind, ob wir die Rechnung bezahlt haben, ob in dieser Nacht nichts vorgefallen ist, in der Sie, der Einzige, der wach gewesen ist, sich mit mir unterhalten haben. Sie werden nicht einmal Ihrer Frau erzählen, was wir miteinander gesprochen haben, warum sie beunruhigen, im Grunde genommen wollen Sie mir nicht glauben, und es wird Ihnen gelingen, seien Sie unbesorgt.« Viana zögerte einen Moment, fuhr aber gleich darauf fort. »Und bedenken Sie, falls Sie Inés warnen sollten, würden Sie den Ablauf nur beschleunigen, ich müsste sie morgen umbringen, ich weiß nicht, ob Sie den Grund sehen.«

Er zögerte neuerlich, machte eine Pause, sah zum Himmel, zum Mond, dann zum Wasser, dann machte er wieder seine bedrückte Geste, »das ist es«, er vergrub sein Gesicht und sprach in dieser Haltung weiter. »Und wer sagt Ihnen, dass Sie morgen mit ihr sprechen können, wer sagt Ihnen, dass ich es nicht schon getan habe, heute Nacht, vor einer Weile und bevor ich hier heruntergekommen bin, wer sagt Ihnen, dass sie nicht schon tot ist und dass ich deswegen mit Ihnen spreche, jeder kann jeden Augenblick sterben, das haben wir in der Schule gelernt, das wissen wir alle, seit Kindesbeinen, dafür genügt es, ein Teil in der Reihenfolge des Todes zu werden. Sie selbst haben Ihre schlafende Frau allein gelassen, aber wer versichert Ihnen, dass sie nicht gestorben ist, während Sie mit mir sprachen, vielleicht ringt sie gerade in diesem Moment mit dem Tod, Sie hätten nicht mehr genug Zeit hinaufzukommen, auch wenn Sie laufen würden. Wer sagt Ihnen, dass es nicht Inés ist, die von mir umgebracht worden ist, und dass ich mir deshalb den Schnurrbart abrasiert habe, vor einer Weile schon, bevor Sie heruntergekommen sind, bevor ich heruntergekommen bin. Oder beide. Wer sagt Ihnen, dass nicht beide gestorben sind, während sie schliefen.«

Ich glaubte ihm nicht. Inés, die makellose Schönheit, schlief sicherlich, ihre acht Ringe auf dem Nachtkästchen, ihre großen Brüste gut auf die Laken gebettet, ihre Atmung ruhig, die gleichförmigen Lippen halbgeöffnet, wie bei einem Kind, ihr glattrasierter Venushügel machte einen kleinen Fleck, diese eigenartige nächtliche Absonderung der Frauen. Luisa schlief, ich habe sie gesehen, ihr schönes und weißes und noch faltenloses Gesicht, ihre unruhigen Augen, die sich hinter den Lidern bewegten, als könnten sie sich während der Nacht nicht daran gewöhnen, mit dem aufzuhören, was sie tagsüber taten, im Gegensatz dazu die von Inés, die jetzt wahrscheinlich bewegungslos waren, während des Schlafes, den sie zur Konservierung ihrer makellosen Schönheit brauchten. Beide schliefen, deshalb wachten sie nicht auf, und schauten auch nicht herunter, Luisa war während meiner Abwesenheit nicht gestorben, ich hatte nicht auf die Uhr geschaut, wie lange es gedauert hatte. Instinktiv blickte ich hinauf, zu den Zimmern, zu meinem Balkon und zu den anderen, und auf einem von ihnen sah ich eine Gestalt erscheinen, eingewickelt in eine Toga aus Laken, die zweimal nach mir rief, sie rief mich beim Namen, so wie Mütter, die ihre Kinder rufen. Ich stand auf. Auf dem Balkon von Inés jedoch, welcher immer es auch war, erschien niemand.

(1990)

Was der Butler sagte

Für Domitilla Cavalletti

Unlängst widerfuhr mir während eines kurzen Aufenthalts in New York eines der zwei Erlebnisse, die wir Europäer in dieser Stadt am meisten fürchten: Ich blieb eine halbe Stunde lang im Fahrstuhl eines Wolkenkratzers stecken, zwischen dem 25. und 26. Stockwerk. Aber ich möchte nicht von meiner Angst sprechen noch von dem überaus berechtigten klaustrophobischen Gefühl, das mich alle paar Minuten schreien ließ (ich gestehe es), sondern von der Person, die sich bei mir befand, als der Fahrstuhl stecken blieb, und mit der ich diese halbe Stunde der Vertraulichkeit und der Furcht teilte. Es war ein Mann von tadellosem Äußeren und größter Würde (in einer derart bedrängten Lage rief er nur ein einziges Mal und hörte auf, sobald er wusste, dass wir gehört und lokalisiert worden waren). Er wirkte wie ein aus einem Film entsprungener Butler, und es stellte sich heraus, dass er auch im wirklichen Leben ein Butler war. Im Austausch für einige zusammenhanglose, verstreute Informationen über mein Land erzählte er mir Folgendes, während wir in dem geräumigen senkrechten Sarg warteten: Er arbeitete für ein vermögendes junges Ehepaar, das aus dem Präsidenten einer der berühmtesten und größten amerikanischen Kosmetikfirmen und seiner kürzlich erworbenen europäischen Frau bestand. Sie wohnten in einem fünfstöckigen Anwesen; sie bewegten sich durch die Stadt in einer achttürigen Limousine mit Vorhängen vor den Fenstern (wie die des verstorbenen Präsidenten Kennedy, präzisierte er), und er, der Butler, war einer der vier bei ihnen angestellten Dienstboten (alle der weißen Rasse angehörig, präzisierte er). Die Lieblingsbeschäftigung jener Person war die schwarze Magie, und es war ihm bereits gelungen, sich in Besitz einer Haarsträhne seiner jungen Herrin zu bringen, die er ihr abgeschnitten hatte, als sie an einem höchst sommerlichen und höchst schläfrigen Nachmittag in einem Sessel eingenickt war. All dies erzählte er mit großer Unbefangenheit, und meine eigene Panik bewirkte, dass ich ihm ebenfalls mit relativer Unbefangenheit zuhörte. Ich fragte ihn, weshalb er diese Haarsträhne so grausam abgeschnitten habe, ob sie ihn vielleicht sehr schlecht behandelte.

»Noch nicht«, antwortete er, »aber früher oder später wird sie es tun. Es ist eine Vorsichtsmaßnahme. Außerdem, wenn was passiert, wie könnte ich mich anders rächen? Wie kann sich ein Mann heutzutage rächen? Und überhaupt, schwarze Magie ist große Mode (is very fashionable, sagte er) in diesem Land. In Europa nicht?« Ich sagte ihm, ich glaube nicht, mit Ausnahme von Turin, und fragte ihn, ob er nicht etwas mit seiner schwarzen Magie anstellen könnte, damit wir aus dem Fahrstuhl herauskämen. »Was ich praktiziere, dient nur der Rache. An wem sollen wir uns denn rächen, an der Fahrstuhlfirma, am Architekten des Gebäudes, am Bürgermeister Koch? Vielleicht gelingt uns das, aber das wird uns hier nicht herausbringen. Sie werden bald kommen.« Sie kamen tatsächlich bald, und als wir uns wieder in Bewegung gesetzt hatten und im Erdgeschoss angelangt waren, wünschte mir der Butler einen schönen Aufenthalt in seiner Stadt und verschwand, als hätte die halbe Stunde, die uns vereint hatte, niemals existiert.

So begann ein Artikel, den ich unter dem Titel ›Die Rache und der Butler‹ am 21. Dezember 1987 in der Tageszeitung El País veröffentlicht hatte. Im weiteren Verlauf verlor der Text diesen Butler aus den Augen und beschäftigte sich nur mehr mit der Rache. Er war daher nicht der geeignete Ort, um sämtliche Worte meines Weggefährten bis ins Detail wiederzugeben, und außerdem erlaubte ich mir bei jener Gelegenheit, eine der Angaben zu verändern, die er mir anvertraut hatte, und, um die Wahrheit zu sagen, die meisten zu verschweigen. Vielleicht veranlasste mich dazu die Tatsache, dass die Staatsangehörigkeit der Kosmetikkönigin die gleiche war wie die meine. Ich dachte, dass diese Person womöglich die Zeitung lesen könnte, entweder selbst oder weil irgendein Bekannter aus Spanien sie wiedererkannte, falls ich mich allzu genau an die Umstände hielte, und ihr meinen Artikel zukommen ließe. Ich gebe zu, dass mich mehr der Wunsch leitete, meinen Butler nicht in Bedrängnis zu bringen, als der Wunsch, die gefährdete Königin zu warnen. Jetzt ist vielleicht der Moment, da meine Dankbarkeit dem ersten gegenüber diffuser ist, obwohl die Wahrscheinlichkeit, dass dieser andere Text der zweiten unter die Augen kommt, unendlich viel geringer ist. Ich habe jedoch keine andere Möglichkeit, sie zu warnen, zumindest keine, die nicht zuviel Aufsehen erregen würde. Mag diese Dame auch Zeitungen lesen, so glaube ich doch nicht, dass sie Bücher liest und noch weniger Erzählungen eines Landsmannes von ihr. Aber das wird nicht meine Schuld sein: Die Bücher, die wir nicht lesen, sind voller Warnungen; wir werden nie von ihnen erfahren oder sie werden zu spät kommen. Jedenfalls wird mein Gewissen ruhiger sein, wenn ich ihr die Möglichkeit biete – mag sie auch noch so entfernt sein –, Vorsichtsmaßnahmen zu ergreifen, ohne mich deshalb als Verräter zu fühlen gegenüber der Person des Butlers, der so viel dazu beitrug, mich zu besänftigen und mein Warten in dem Aufzug zu verkürzen. Die in jenem Artikel veränderte Tatsache bezog sich darauf, dass die Ehe nicht so jung war, wie dort behauptet wurde, und dass der Butler infolgedessen nicht, wie ich ihm in den Mund legte, künftiges Unrecht von seiner Herrin erwartete, sondern, ihm zufolge, dieses bereits ständig erlitt. Dies waren seine Worte, soweit ich mich ihrer entsinne und sie niederzuschreiben weiß; jedenfalls ohne große Ordnung, denn ich fühle mich nicht imstande, eine regelrechte Unterhaltung wiederzugeben, sondern nur, einige der Dinge zu erinnern, die er damals sagte.

J. M.

* * *

Der Butler sagte:

»Ich weiß nicht, ob alle Frauen in Spanien gleich sind, aber das Exemplar, das das Leben mir zugedacht hat, ist entsetzlich. Eitel, von geringer Intelligenz, schlecht erzogen, grausam, und verzeihen Sie mir bitte, dass ich so von einer Frau aus Ihrer Heimat spreche.«

»Nur zu, machen Sie sich deswegen keine Sorgen, sagen Sie, was Sie wollen«, antwortete ich großzügig, ohne ihm noch allzu große Aufmerksamkeit zu schenken.

Der Butler sagte:

»Ich verstehe, dass das, was ich hier sage, kein großes Gewicht und keinen großen Wert hat und dass es so aussehen kann, als wollte ich mir Luft machen. Ich wünschte, die Welt wäre so beschaffen, dass eine direkte Konfrontation zwischen ihr und mir, zwischen meinen Anschuldigungen und ihrer Verteidigung nicht unmöglich wäre und dass dies keine gravierenden Folgen für mich hätte, ich meine damit meine Entlassung. Glauben Sie nicht, dass es gegenwärtig viele Familien gibt, die einen Butler einstellen können, nicht einmal in der Stadt New York, wir haben nicht zu viele Angebote, wenige Leute können sich einen Dienstboten leisten und schon gar nicht vier, wie sie. Alles war ziemlich perfekt, bis sie kam, der Herr des Hauses ist sehr angenehm und fast nie zu Hause, er war Junggeselle, als ich vor fünf Jahren in seine Dienste trat. Gut, er war geschieden, und das ist die größte Hoffnung, dass er sich früher oder später auch von ihr scheiden lässt. Es kann aber später sein, und man muss sich entsprechend einstellen. Jetzt bin ich mit meinen Kursen in schwarzer Magie fertig, zuerst als Fernkurs und dann einige praktische Lektionen, ich habe den Titel. Ich habe noch nicht viel gemacht, um die Wahrheit zu sagen. Wir treffen uns manchmal, um ein Huhn zu töten, Sie wissen ja, das ist sehr unangenehm, wir sind voll mit Federn, das Tier kämpft seinen Teil, aber man muss es ab und zu tun, sonst würde unserer Organisation jedes Ansehen abgehen.«

Ich erinnere mich, dass diese Äußerung mich einen Augenblick lang beschäftigte und mich veranlasste, meine Aufmerksamkeit zu erhöhen, und deshalb, damit meine Furcht durch die andere, stärkere Furcht, zerstreut würde, schlug ich abermals an die Türe des Fahrstuhls, drückte heftig auf den Alarmknopf und die Knöpfe aller Stockwerke und schrie ein paarmal: »He! He! Hallo! He! Wir sind immer noch hier eingeschlossen! Wir sind immer noch hier!«

Der Butler sagte:

»Immer mit der Ruhe, es wird uns nichts passieren. Dieser Fahrstuhl ist sehr groß, wir haben viel Luft zum Atmen, und sie wissen schon, dass wir hier sind. Die Leute sind rücksichtslos, aber doch nicht so sehr, dass sie zwei Personen vergessen, die in einem Fahrstuhl eingeschlossen sind, und außerdem brauchen sie ihn ja auch. Die Dame des Hauses, Ihre Landsmännin, ist rücksichtslos, sie behandelt uns alle schlecht, oder, was noch schlimmer ist, sie übersieht uns. Sie hat die Fähigkeit, die vielleicht in Europa häufiger ist als in den Vereinigten Staaten, mit uns zu sprechen, als stünden wir nicht vor ihr, ohne uns anzusehen, ohne uns zu beachten, sie spricht mit uns, ohne das Wort an uns zu richten, genauso wie sie es tun könnte, wenn sie statt mit uns mit einer Freundin über uns sprechen würde. Vor kurzem war eine italienische Freundin von ihr hier, und obwohl sie in ihren Sprachen redeten, die ich nicht verstehe, weiß ich, dass ein guter Teil ihrer Unterhaltung uns betraf, mich vor allem, ich bin am längsten da, eine Art Vorsteher oder Chef der ganzen Dienerschaft. Sie weiß ganz genau, wie sie in meiner Gegenwart etwas über mich sagen kann, ohne dass auch nur das geringste Zeichen darauf hindeutet, dass sie von mir spricht, aber nicht ihre Freundin, die konnte nicht vermeiden, dass ihre grünen Augen mir den einen oder anderen schiefen Blick zuwarfen inmitten ihres Geschwätzes in romanischer Sprache, in welcher auch immer. Trotzdem war sie in den Wochen, in denen ihre Freundin bei ihr war, mehr abgelenkt und beschäftigte sich weniger mit mir. Sie werden verstehen, sie ist schon drei Jahre hier, sie spricht noch immer sehr schlecht Englisch, mit starkem Akzent, manchmal kostet es mich Mühe, sie zu verstehen, und das macht sie wütend, sie glaubt, ich tue es absichtlich, um sie zu ärgern; zum Teil ist das auch so, aber ich versichere Ihnen, dass ich mich darauf beschränke, mich nicht so anzustrengen, wie ich eigentlich müsste, um sie zu verstehen, mir nicht die Mühe des Verstehens, Hörens, Erratens mache. Freilich, nach drei Jahren Aufenthalt ermüdet und langweilt selbst eine Stadt wie New York, wenn man nichts in ihr zu tun hat. Der Herr des Hauses geht jeden Morgen zur Arbeit und kommt erst spät, zur spanischen Abendessenszeit zurück, die hat sie durchgesetzt. Sie wissen das vielleicht nicht, aber die Kosmetikartikel machen viel Arbeit, sie sind wie die Medizin, man muss forschen und vervollkommnen, man kann nicht bei einer festen Skala von Produkten stehenbleiben. Es gibt unglaubliche Fortschritte jedes Jahr, jeden Monat, und man muss auf dem Laufenden sein, genau wie in der Medizin, so sagt der Herr des Hauses. Der Herr geht aus dem Haus, arbeitet zwölf Stunden lang oder länger, ist nur abends und am Wochenende zu Hause, wenig mehr. Sie langweilt sich ziemlich, das ist normal, sie hat alle Einkäufe gemacht, die sie für das Haus machen konnte, obwohl sie weiter in der Erwartung aller möglichen Neuheiten lebt: ein neues Produkt, ein neuer Apparat, eine neue Erfindung, eine neue Mode, ein neues Stück am Broadway, eine neue Ausstellung, ein neuer wichtiger Film, jede Neuheit konsumiert sie sofort, auf der Stelle, rascher noch, als sogar eine Stadt wie diese sie ihr bieten kann.«

Ich hatte mich auf den Boden des Fahrstuhls gesetzt.

Er hingegen, so tadellos wie würdevoll, blieb stehen, im Mantel und mit Handschuhen, eine Hand an die Wand gestützt und einen Fuß graziös über den anderen gekreuzt. Seine Schuhe glänzten mehr als normal.

Der Butler sagte:

»Sie ist also im Allgemeinen zu Hause, ohne etwas zu tun, sie sieht fern oder ruft ihre Freundinnen in Spanien an und lädt sie ein, sie kommen nicht viel, das ist nicht verwunderlich. Wenn sie nicht mehr reden kann, wenn ihr die Zunge weh tut vom vielen Reden und die Augen weh tun vom vielen Fernsehen, dann bleibt ihr nichts anderes übrig, als mich zu beachten, ich bin immer oder fast immer zu Hause, ich weiß, wo die Dinge sind und wo man sie bekommen kann, wenn man sie ins Haus kommen lassen muss. Sie beachtet mich, verstehen Sie?, und es gibt nichts Schlimmeres, als für jemand eine Quelle der Zerstreuung zu sein. Manchmal verrät sie sich selbst, ich meine ihre verächtliche Haltung: Ohne sich dessen bewusst zu sein, hat sie mir einige Minuten lang keinen Befehl erteilt noch nützliche Fragen gestellt, sondern sich mit mir unterhalten, stellen Sie sich das vor, mit mir unterhalten.«

Ich erinnere mich, dass ich an diesem Punkt aufstand und erneut mit meiner flachen linken Hand an die Tür schlug. Ich wollte abermals rufen, aber ich beschloss, mir ein Beispiel an dem Butler zu nehmen, der mit großer Ruhe sprach, als stünden wir auf der anderen Seite und würden auf den Fahrstuhl warten. Ich blieb stehen, wie er, und fragte ihn:

»Und worüber unterhalten Sie sich?«

Der Butler sagte:

»Oh, sie macht mir gegenüber irgendeinen Kommentar

über etwas, das sie in einer Zeitschrift gelesen hat, oder über irgendein Quiz, das sie im Fernsehen gesehen hat, sie ist ganz verrückt nach einem, das jeden Abend um halb acht gesendet wird, kurz bevor der Herr des Hauses zurückkommt, sie ist verrückt nach *Family Freud*, sie lässt alles stehen und liegen, um es mit äußerster Aufmerksamkeit anzuschauen. Sie macht das Licht aus, nimmt den Telefonhörer von der Gabel, in der halben Stunde, die *Family Freud* dauert, könnten wir sonst was tun im Haus, es anzünden, sie würde es nicht bemerken; wir könnten in ihr Schlafzimmer gehen, wo sie fernsieht, und hinter ihrem Rücken das Bett verbrennen, sie würde es nicht bemerken. In diesen Augenblicken existiert nur der Bildschirm, ich habe diese Fähigkeit, sich in etwas zu versenken, nur bei Kindern gesehen, sie ist ein wenig infantil. Während sie *Family Freud* sieht, könnte ich hinter ihrem Rücken einen Mord begehen, ich könnte einem unserer Hühner die Kehle durchschneiden und die Federn verstreuen und ihre Laken mit dem Blut beflecken, sie würde es nicht bemerken. Nach ihrer halben Stunde würde sie aufstehen, um sich blicken und Zeter und Mordio schreien, wo kommt dieses Blut her, woher diese Federn, was ist hier passiert? Aber sie hätte überhaupt nicht gesehen, wie ich dem Huhn die Kehle durchschnitt. Wir könnten stehlen, Bilder, Möbel, Schmuck, wir könnten unsere Freundinnen oder Freunde mitbringen und eine Orgie in ihrem eigenen Bett feiern, während sie *Family Freud* sieht. Natürlich tun wir das nicht, denn es ist auch das Bett des Hausherrn, den wir alle mögen und achten. Aber stellen Sie sich vor, und ich übertreibe nicht, während sie *Family Freud* sieht, könnten wir sie vergewaltigen, und sie würde es nicht bemerken. Solange ich das nicht herausgefunden hatte, musste ich nach günstigen Gelegenheiten suchen, wie ich Ihnen schon erklärte, um ihr eine Haarsträhne abzuschneiden oder ihr irgendein Kleidungsstück zu entwenden, egal ob intim oder nicht, ein Taschentuch oder Strümpfe. Wenn ich jetzt mehr persönliche Gegenstände von ihr haben wollte, müsste ich montags bis freitags nur bis halb acht warten und sie ihr entwenden, solange sie ihr Programm sieht. Ich werde Ihnen etwas gestehen, damit Sie sehen, dass ich nicht übertreibe:

Einmal habe ich die Probe aufs Exempel gemacht, deshalb sage ich Ihnen, wir könnten sie vergewaltigen, ohne dass sie es bemerken würde. Einmal näherte ich mich ihr von hinten, während sie *Family Freud* sah, sie sieht es von ganz nah, dabei sitzt sie sehr aufrecht auf einer Art niedrigem Schemel, wahrscheinlich sucht sie die Unbequemlichkeit, damit die Aufmerksamkeit nicht nachlässt. Eines Abends näherte ich mich ihr von hinten und berührte ihre Schulter mit meiner behandschuhten Hand, als wollte ich ihr etwas mitteilen. Sie zwang mich, ständig Handschuhe zu tragen, wissen Sie?, die Livree muss ich nur anziehen, wenn Gäste zum Abendessen kommen, aber sie will, dass ich immer meine weißen Seidenhandschuhe trage, Sie wissen ja, dahinter steckt die Idee, dass der Butler mit den Fingern überall langfährt, über die Möbel und die Geländer, um zu sehen, ob es Staub gibt, wenn es welchen gibt, werden die weißen Handschuhe sofort schmutzig, immer trage ich meine Handschuhe, sie sind sehr fein, bei der Berührung ist es, als würde ich nichts in Händen tragen. Ich berührte also ihre Schulter mit meinen empfindsamen Fingern, und als ich sah, dass sie es nicht bemerkte, ließ ich etliche Sekunden lang meine Hand auf ihr ruhen und verstärkte nach und nach meinen Druck. Bis zu diesem Augenblick hätte ich eine Entschuldigung gehabt. Sie drehte sich nicht um, sie rührte sich nicht einmal, nichts. Daraufhin ließ ich die Hand weiterwandern, ich stand, streichelte ihre Schulter und ihr Schlüsselbein eher, als dass ich Druck ausübte, und sie blieb unbeweglich. Ich begann mich zu fragen, ob sie mich vielleicht aufforderte weiterzumachen, und ich gebe zu, dass ich diesen Zweifel noch nicht ganz zerstreut habe; aber ich glaube, dass es nicht so war, dass sie versunken war in die Betrachtung von *Family Freud*, dass sie nichts bemerkte. Ich ließ also vorsichtig meine (behandschuhte) Hand in ihren Ausschnitt gleiten, sie trägt für meinen Geschmack immer einen zu großen Ausschnitt, dem Herrn des Hauses hingegen gefällt das, ich habe gehört, wie er es sagte. Ich berührte ihren Büstenhalter, der, offen gesagt, sich etwas rau anfühlte, und das war es und nicht so sehr mein eigenes Verlangen, was mich dazu brachte, ihn zu meiden oder, sagen wir, so vorzugehen, dass die Rauheit des Stoffes wenigstens nur die Rückseite der Hand streifte, die weniger empfindsam ist als die Innenfläche, obwohl ich meine Handschuhe trug. Glauben Sie nur nicht, die Frauen sagten mir viel, ich habe kaum Umgang mit ihnen, aber Haut ist Haut, Fleisch ist Fleisch. Ich streichelte also während langer Minuten die eine und die andere Brust, die rechte und die linke, sehr angenehm, Brustwarze und Brust, sie bewegte sich nicht, noch sagte sie etwas, sie änderte nicht einmal die Haltung, während sie ihr Programm sah. Ich glaube, ich hätte ewig dort so verweilen können, wenn *Family Freud* länger gedauert hätte, aber plötzlich sah ich, dass der Ansager bereits dabei war, sich zu verabschieden, und zog die Hand zurück. Ich konnte noch das Zimmer verlassen, bevor ihr Trancezustand aufhörte, auf Zehenspitzen rückwärts. Der

Herr des Hauses kam Punkt acht, im Fernseher erklang noch die Schlussmelodie des Programms.«

»Sind Sie sicher, dass man uns hier rausholen wird? Mir scheint allmählich, dass es zu lange dauert«, lautete meine ganze Antwort, und dann begann ich erneut zu rufen und an die metallische Tür zu schlagen. »He! He! Hallo, hallo!«

Der Butler sagte:

»Sie werden bald kommen, das hab ich Ihnen doch schon gesagt. Uns kommt es vor, als würde jede Minute eine Stunde dauern, aber eine Minute dauert immer eine Minute in Wirklichkeit. Wir sind noch nicht so lange hier, wie Sie glauben, immer mit der Ruhe!«

Ich ließ mich von neuem die Wand entlang auf den Boden gleiten (ich hatte meinen Mantel ausgezogen und trug ihn über dem Arm) und blieb dort sitzen.

»Haben Sie sie nicht wieder berührt?«, fragte ich ihn.

Der Butler sagte:

»Nein. Das war vor dem Tod des Mädchens, seitdem empfinde ich zu großen Ekel vor ihr, ich könnte nicht einmal einen Finger von ihr streicheln. Vor zwölf Monaten wurde sie schwanger, der Herr des Hauses hatte keine Kinder gehabt in seiner vorherigen Ehe, es würde also das erste sein. Sie können sich schon vorstellen, wie die Schwangerschaft war, ein Alptraum für mich, meine Arbeit verdoppelte sich, und es verdoppelte sich die Aufmerksamkeit, die sie mir immer schenkt, sie rief mich ständig, um die unnötigsten und blödesten Dinge von mir zu verlangen. Ich dachte daran, um meine Entlassung zu bitten, aber ich sagte Ihnen ja schon, die Arbeit ist knapp. Als sie niederkam, freute ich mich, nicht nur für den Herrn des Hauses, sondern auch, weil das Mädchen jetzt die Hauptquelle ihrer Zerstreuung wäre und mir die Dinge erleichtern würde. Aber das Mädchen kam sehr krank zur Welt, mit einem schweren Schaden, der sie wenige Monate später töten sollte, davon möchte ich lieber nicht sprechen. Man wusste sogleich, dass das Mädchen verurteilt war, dass es nicht länger als ein paar Monate, drei, vier, höchstens sechs würde leben können, ein Jahr wäre unwahrscheinlich. Ich verstehe, dass das sehr hart ist, ich verstehe, dass eine Mutter, die das weiß, ihr Kind nicht liebgewinnen will, aber es stimmt auch, dass dieses Kind, solange es lebt, Pflege und ein wenig Zuwendung empfangen muss, finden Sie nicht? Schließlich und endlich unterschied sich dieses Mädchen nur darin von uns, von den anderen, dass der Zeitpunkt ihrer Annullierung bekannt war, denn man wird uns ja doch alle annullieren. Sie wollte von nichts wissen, als sie erfuhr, was geschehen würde. Praktisch kann man sagen, dass sie das Mädchen uns überließ, den Dienstboten, sie ließ eine Frau kommen, die sie fütterte und ihr die Windeln wechselte, wir waren fünf im Hause während dieser Monate, jetzt werden wir wieder vier sein. Der Herr hat sich auch nicht viel gekümmert, aber sein Fall ist anders gelagert, er arbeitet zu viel, er hätte nie Zeit für irgendetwas gehabt, auch wenn das Mädchen gesund gewesen wäre. Sie hingegen war viel zu Hause, wie immer, mehr als ihr wahrscheinlich lieb war, und doch ging sie niemals in das Zimmer des Mädchens, viele Abende ging sie nicht einmal mit ihrem Mann hinein, um Gute Nacht zu sagen, fast nie. Der Herr dagegen ging abends in das Zimmer, bevor er sich schlafen legte, allein. Ich begleitete ihn und blieb auf der Schwelle stehen, bei angelehnter Tür, meine weiße Hand hielt sie, damit ein wenig Licht hereinfiel, von draußen, der Herr wagte nicht, das Licht im Zimmer anzuknipsen, sicher, um sie nicht zu wecken, aber auch, glaube ich, um sie nur im Halbdunkel zu sehen. Aber er sah sie wenigstens. Der Herr näherte sich der Wiege, nicht zu sehr, immer blieb er etwa zwei Meter vor ihr stehen und schaute von dort zu ihr hin und hörte sie atmen, eine kleine Weile, eine Minute oder weniger, genug, um ihr Gute Nacht zu sagen. Wenn er herauskam, trat ich zur Seite, ich öffnete ihm die Türe mit meiner behandschuhten Hand und begleitete ihn mit meinem Blick, ich sah, wie er auf sein Schlafzimmer zuging, wo sie auf ihn wartete. Ich dagegen ging in das Zimmer des Mädchens hinein, und manchmal blieb ich eine ganze Weile bei ihr. Ich sprach mit ihr. Ich habe keine Kinder, aber sehen Sie, es fiel mir leicht, mit ihr zu sprechen, obwohl sie mich nicht verstehen würde und ich auch nicht die Entschuldigung hatte, dass dieses Mädchen sich an die menschliche Stimme gewöhnen musste. Das Schlimme war, dass sie sich an überhaupt nichts gewöhnen musste, sie hatte keine Zukunft und nichts erwartete sie, man brauchte sie an nichts zu gewöhnen, es war verlorene Zeit. Im Haus wurde nicht von ihr gesprochen, sie wurde nicht erwähnt, als hätte sie schon vor ihrem Tod zu existieren aufgehört, das ist der Nachteil, wenn man die Zukunft kennt. Auch unter uns, ich meine unter den Dienstboten, haben wir nicht von ihr gesprochen, aber die meisten von uns besuchten sie, allein, wie jemand, der ein Heiligtum betritt. Meine schwarze Magie half natürlich nicht, sie zu heilen, sie dient nur zur Rache, das sagte ich Ihnen ja schon. Sie, die Mutter, führte ihr Leben weiter, telefonierte mit Madrid, mit Sevilla, sie stammt aus Sevilla, unterhielt sich mit ihrer Freundin, als die hier war, ging aus, zum Einkaufen und ins Theater, sah fern und *Family*

Freud von Montag bis Freitag, um halb acht. Ich weiß nicht, wie soll ich sagen, seit jener Gelegenheit, bei der ich sie berührt hatte, ohne dass sie es bemerkte, hatte ich ein wenig Zuneigung zu ihr gefasst, Berührung führt zu Zuneigung, ein wenig, auch wenn es eine winzige Berührung ist, vielleicht stimmen Sie dem zu.«

Der Butler machte eine Pause, lang genug, um diese letzte Äußerung nicht rhetorisch erscheinen zu lassen, so dass ich aufstand und ihm erwiderte:

»Ja, dem stimme ich zu, und deshalb muss man aufpassen, wen man berührt.«

Der Butler sagte:

»Das ist wahr, da hat man keine gute Meinung von jemandem oder sogar eine sehr schlechte, und plötzlich eines Tages ertappt man sich dabei, wie man diese Person, von der man eine so schlechte Meinung hatte, durch Zufall oder Laune oder Schwäche oder Einsamkeit oder Furcht oder Betrunkenheit zärtlich berührt. Deshalb ändert man seine Meinung nicht, aber man fasst Zuneigung zu dem, was man gestreichelt hat und nun nicht mehr streichelt. Ich hatte ein bisschen diese elementare Zuneigung zu ihr gefasst, seitdem ich mit meinen weißen Handschuhen ihre Brüste gestreichelt hatte, während sie *Family Freud* sah. Aber das war zu Beginn ihrer Schwangerschaft, während der ich eben aufgrund dieser Zuneigung geduldiger als sonst war und ihr alles, was sie von mir verlangte, verschaffte, ohne das Gesicht zu verziehen. Dann kam mir diese Zuneigung abhanden, nach der Geburt des Mädchens im Grunde. Was sie jedoch endgültig zum Verschwinden brachte und mir Ekel verursachte, war der Tod des Mädchens, der sogar früher kam als angekündigt, nach zweieinhalb Monaten, nicht einmal drei. Der Herr des Hauses befand sich auf Reisen, er ist noch immer auf Reisen, ich habe ihm gerade gestern telefonisch den Tod mitgeteilt, er sagte nichts, er sagte nur: ›Ah, es ist schon passiert.‹ Dann bat er mich, ich solle mich der Sache annehmen, der Einäscherung oder Beerdigung, das überließ er mir, vielleicht weil er begriff, dass in Wirklichkeit ich die Person war, die trotz allem dem Mädchen am nächsten stand. Ich war es, der sie aus ihrer Wiege nahm und den Arzt rief, ich war es, der heute Morgen ihre Laken und ihre Kissen abzog, man stellt winzige Laken für Neugeborene her, ich weiß nicht, ob Sie das wissen, winzige Kissen. Ich habe ihr, der Mutter, heute Morgen gesagt, dass ich das Mädchen hierherbringen würde, um sie einäschern zu lassen, in den 32. Stock, dort befindet sich ein hervorragendes Unternehmen, eines der besten der Stadt New York, sie kennen ihr Handwerk, ihr Unternehmen nimmt das ganze Stockwerk des Gebäudes ein. Ich habe es ihr heute Morgen gesagt, und wissen Sie, was sie mir geantwortet hat? Sie antwortete: ›Ich will nichts davon wissen.‹ ›Ich habe mir gedacht, dass Sie mich vielleicht begleiten, sie vielleicht auf ihrer letzten Reise begleiten möchten‹, sagte ich zu ihr. Und wissen Sie, was sie mir geantwortet hat? Sie antwortete: ›Red keinen Unsinn.‹ Dann beauftragte sie mich, ich solle ihr, da ich schon in dieser Gegend sei, Karten für die Oper besorgen, für einige Freunde, die in einem Monat kommen, sie hat ihr Abonnement. Sie hat eine Zukunft, im Unterschied zu dem Mädchen, verstehen Sie? So bin ich also allein hergekommen, mit dem Körper des Mädchens in einem winzigen Sarg, weiß wie meine Seidenhandschuhe, ich hätte ihn mit meinen eigenen Händen tragen können, weiß auf weiß, meine Handschuhe auf dem Sarg. Aber das war nicht nötig, dieses kompetente

Unternehmen im 32. Stockwerk sorgt für alles, und sie haben das Mädchen und mich heute Morgen in einem Leichenwagen abgeholt und uns hierhergebracht. Sie, die Mutter, trat oben an die Treppe, im vierten Stock, genau in dem Augenblick, da ich mich anschickte, mit dem Mädchen das Haus zu verlassen, unten, mit dem Sarg, ich stand schon an der Eingangstür, im Mantel und mit Handschuhen. Und wissen Sie, was ihre letzten Worte waren? Sie rief mir von hoch oben an der Treppe mit ihrem spanischen Akzent zu: ›Man soll ja die Nelken nicht vergessen, viele Nelken, und Orangenblüten!‹ Das war ihre einzige Anweisung. Jetzt kehre ich mit leeren Händen zurück, die Einäscherung hat gerade stattgefunden.«

Der Butler blickte zum ersten Mal, seit wir stecken geblieben waren, auf die Uhr und fügte hinzu: »Vor wenig mehr als einer halben Stunde.«

Orangeblossoms, hatte er gesagt – in Andalusien die Blume der Verliebten, fiel mir ein; aber in diesem Augenblick setzte sich der Fahrstuhl wieder in Bewegung, und als wir im Erdgeschoss angelangt waren, wünschte mir der Butler einen schönen Aufenthalt in seiner Stadt und verschwand, als hätte die halbe Stunde, die uns vereint hatte, niemals existiert. Er trug schwarze Lederhandschuhe, und er hatte sie nicht einen Augenblick ausgezogen.

(1990)

Der Nachtarzt

Für LB, in der Gegenwart,
und DC, in der Vergangenheit

Jetzt, da ich weiß, dass meine Freundin Claudia durch den natürlichen Tod ihres Mannes Witwe geworden ist, kann ich nicht umhin, mich an einen Abend in Paris vor sechs Monaten zu erinnern: Ich war nach dem Abendessen, bei dem wir sieben bei Tisch gewesen waren, ausgegangen, um eine der Eingeladenen, die kein Auto besaß, aber in der Nähe wohnte, fünfzehn Minuten zu Fuß hin und fünfzehn zurück, nach Hause zu begleiten. Sie war mir als eine leicht überkandidelte und ziemlich sympathische junge Person erschienen, eine italienische Freundin meiner Gastgeberin Claudia, ebenfalls Italienerin, in deren Wohnung in Paris ich wie schon andere Male ein paar Tage zu Gast war. Es war der letzte Abend meiner Reise. Die junge Frau, an deren Namen ich mich nicht mehr erinnern kann, war mir zum Gefallen eingeladen worden, und um den Tisch ein wenig abwechslungsreich zu gestalten oder, besser gesagt, damit die beiden gesprochenen Sprachen besser verteilt wären.

Während des Spaziergangs war ich abermals gezwungen, italienisch zu radebrechen, wie ich es das halbe Abendessen lang getan hatte. Während der anderen Hälfte war es französisch gewesen, was ich noch schlimmer geradebrecht hatte, und jetzt war ich es ehrlich gesagt leid, mich niemandem gegenüber richtig ausdrücken zu können. Ich hatte Lust, mich schadlos zu halten, aber an diesem Abend würde es keine Möglichkeit mehr geben, dachte ich, denn bei meiner Rückkehr hätte sich meine Freundin Claudia, die ein überzeugendes Spanisch spricht, bereits mit ihrem reifen, riesigen Ehemann zu Bett begeben, und bis zum nächsten Morgen würde es keine Gelegenheit geben, ein paar gut zurechtgelegte und ausgesprochene Worte zu wechseln. Ich verspürte einen Drang nach sprachlichem Ausdruck, aber ich musste ihn unterdrücken. Während des Spaziergangs schaltete ich ab; ich ließ die italienische Freundin meiner italienischen Freundin richtig in ihrer Sprache sprechen und beschränkte mich gegen meinen Wunsch und Willen darauf, zu nicken und ab und zu ein »Certo, certo« zu äußern, ohne Aufmerksamkeit, müde vom Wein und der sprachlichen Anstrengung überdrüssig. Während wir so liefen, Atemwölkchen ausstoßend, bekam ich nur mit, dass sie etwas über unsere gemeinsame Freundin sagte, was im Übrigen normal war, da wir abgesehen von der siebenköpfigen Zusammenkunft, von der wir kamen, nichts hatten, über das wir uns verständigen konnten. Zumindest glaubte ich das. »Ma certo«, kommentierte ich weiter ohne jeden Sinn, während sie, der meine Unterlassungen gewiss nicht entgangen waren, ein wenig für sich selbst oder vielleicht aus Höflichkeit weitersprach. Bis plötzlich, ebenfalls in Bezug auf Claudia, ein Satz kam, den ich als Satz sehr gut, aber von der Bedeutung her überhaupt nicht verstand, denn ich verstand ihn ungewollt und losgelöst von jedem Zusammenhang. »Claudia sarà ancora con il dottore« war es, was ihre Freundin nach meinem Verständnis sagte. Ich achtete nicht besonders darauf, denn wir gelangten gerade vor ihre Haustür, und ich hatte es eilig, meine Sprache zu sprechen oder zumindest allein zu sein und an sie zu denken.

Vor dieser Haustür wartete eine Gestalt, und sie fügte hinzu: »Ah no, ecco il dottore«, oder etwas Ähnliches. Ich verstand, dass dieser Arzt ihren Mann besuchen kam, der sie wegen Unwohlseins nicht zu dem Abendessen begleitet hatte. Der Arzt war ein Mann in meinem Alter oder fast jung, der sich als Spanier herausstellte. Vielleicht war nur dies der Grund, dass wir einander vorgestellt wurden, wenn auch nur kurz (sie sprachen französisch miteinander, mein Landsmann mit unverwechselbarem Akzent), und obwohl ich gern noch eine Weile mit ihm geplaudert hätte, um mein Verlangen nach korrektem sprachlichem Ausdruck zu befriedigen, forderte die Freundin meiner Freundin mich nicht auf, hinaufzukommen, sondern verabschiedete sich eilig, wobei sie zu verstehen gab oder sagte, dass Dr. Noguera bereits einige Minuten lang dort auf sie gewartet habe. Dieser Arzt und Landsmann trug einen schwarzen Koffer, wie aus einer anderen Zeit, und hatte ein altmodisches Gesicht, wie den dreißiger Jahren entsprungen: ein gutaussehender, aber knochiger, blasser Mann, mit dem blonden, nach hinten gekämmten Haar eines Jagdbomberpiloten. Wie ihn, dachte ich einen Augenblick, muss es in Paris nach dem Krieg viele gegeben haben, republikanische Ärzte im Exil.

Bei meiner Rückkehr in die Wohnung war ich überrascht, noch Licht im Arbeitszimmer brennen zu sehen, an dessen Tür ich auf dem Weg zum Gästezimmer vorbeigehen musste. Ich steckte meinen Kopf hinein in der Annahme, es handle sich um eine Vergesslichkeit, bereit, es auszuknipsen, und da sah ich, dass meine Freundin noch auf war, zusammengekauert in einem Sessel, in Nachthemd und Morgenmantel. Nie hatte ich sie in Nachthemd und Morgenmantel gesehen, obwohl sie mich seit so vielen Jahren jedes Mal, wenn ich für ein paar Tage nach Paris kam, in ihren verschiedenen Wohnungen beherbergte: Beide Kleidungsstücke waren lachsfarben, ein Luxus. Obwohl der riesige Mann, den sie seit sechs Jahren hatte, sehr vermögend war, war er aufgrund seines Charakters, seiner Nationalität oder seines im Vergleich zu Claudia relativ fortgeschrittenen Alters auch geizig, und meine Freundin hatte oft darüber geklagt, dass sie nie etwas kaufen konnte, es sei denn für die Verschönerung der Wohnung, die groß und bequem und ihr zufolge der einzig sichtbare Ausdruck ihres Reichtums war. In allem Übrigen lebten sie bescheidener, als sie es sich erlauben konnten, das heißt, unter ihren Verhältnissen.

Ich hatte fast keinen Umgang mit ihm gehabt, abgesehen von dem einen oder anderen Essen wie dem jenes Abends, Essen, die hervorragend dazu geeignet sind, um mit niemandem Umgang zu haben oder Bekanntschaft zu schließen, den man nicht zuvor schon kennt. Dieser Ehemann, der auf den extravaganten, zweideutigen Namen Hélie hörte (leicht feminin in meinen Ohren), war für mich so etwas wie ein Anhängsel, die Art erträgliches Anhängsel, die sich viele noch immer attraktive, alleinstehende oder geschiedene Frauen gerne zulegen, wenn sie auf die vierzig oder vielleicht fünfundvierzig zugehen: ein verantwortungsvoller und um einiges älterer Mann, mit dessen Interessen sie nichts zu tun haben und mit dem sie nie lachen, der ihnen indes dazu dient, weiterhin Geltung im gesellschaftlichen Leben zu besitzen und Essen mit sieben Tischgästen wie das jenes Abends zu veranstalten.

Hélie war auffallend seiner Größe wegen: Er maß fast zwei Meter und war dick, vor allem um die Brust herum, eine Art zyklopischer Kreisel, der in zwei Beinen endete, die so mager waren, dass sie wie ein einziges wirkten; wenn ich ihm im Flur begegnete, schwankte er immer und hielt die Hände weit ausgebreitet, in Wandnähe, um einen Stützpunkt zu haben, wenn er ins Stolpern geriete; bei den Abendessen musste er zwangsläufig an einem Tischende Platz nehmen, denn sonst wäre die Seite, an der er sich niedergelassen hätte, von seiner maßlosen Gestalt mit Beschlag belegt worden und unausgeglichen gewesen, er allein gegenüber vier eng sitzenden Tischgästen. Er sprach nur französisch, und Claudia zufolge war er eine Leuchte auf seinem Gebiet, welches der Anwaltsberuf war. Nach sechs Jahren Ehe sah ich meine Freundin nicht etwa enttäuscht, denn nie hatte sie Begeisterung gezeigt, sondern außerstande, selbst vor Außenstehenden die Gereiztheit zu verbergen, die uns immer jene einflößen, die in unseren Augen überflüssig sind.

»Was ist los? Du bist noch wach?«, sagte ich, erleichtert, mich endlich in meiner Sprache ausdrücken zu können.

»Ja. Mir geht es sehr schlecht. Gleich kommt ein Arzt.«

»Zu dieser Zeit?«

»Ein Nachtarzt, einer, der Bereitschaftsdienst hat. Ich muss ihn oft nachts rufen.«

»Aber was hast du denn? Du hast mir nichts gesagt.«

Claudia dämpfte die dimmbare Lampe, die neben dem Sessel brannte, so als wollte sie im Halbschatten sein, bevor sie antwortete, oder dass ich ihr unfreiwilliges Mienenspiel nicht erkennen konnte, unsere Gesichter, wenn sie sprechen, sind voll unfreiwilligem Mienenspiel.

»Nichts, Frauengeschichten. Aber es tut mir sehr weh,

wenn es kommt. Der Arzt gibt mir eine Spritze, die den Schmerz lindert.«

»Aha. Und Hélie könnte nicht lernen, sie dir zu geben?«

Claudia sah mich übertrieben reserviert an, und was sie jetzt dämpfte, war die Stimme, um auf diese Frage zu antworten, sie hatte sie nicht gedämpft, um auf die anderen zu antworten.

»Nein, das kann er nicht. Ihm zittert die Hand zu sehr, ich trau ihm nicht. Wenn er sie mir geben würde, würde sie nicht wirken, da bin ich sicher, vielleicht würde er sich irren und mir etwas anderes spritzen, irgendein Gift. Der Arzt, den sie gewöhnlich schicken, ist sehr nett, und außerdem sind die vom Bereitschaftsdienst dazu da, um spät in der Nacht zu den Leuten nach Hause zu kommen. Er ist übrigens Spanier. Er wird jeden Moment kommen.«

»Ein spanischer Arzt?«

»Ja, ich glaube, aus Barcelona. Na ja, ich weiß nicht, ob er nicht vielleicht die französische Staatsangehörigkeit besitzt, er muss sie wohl haben, um seinen Beruf auszuüben. Er ist schon viele Jahre hier.«

Claudia hatte ihre Frisur verändert, seit ich das Haus verlassen hatte, um ihre Freundin zu begleiten. Vielleicht hatte sie sich darauf beschränkt, vor dem Schlafengehen den Haarknoten zu lösen, aber was sie jetzt trug, kam mir wie eine Frisur vor, nicht wie das gelöste Haar am Ende des Tages.

»Soll ich dir Gesellschaft leisten, während du wartest, oder bist du lieber allein, wenn du Schmerzen hast?«, fragte ich rhetorisch, denn da sie nun einmal wach war, war ich nicht bereit, ins Bett zu gehen, ohne meinen Wunsch erfüllt zu sehen, ein paar Worte zu wechseln und mich von den abscheulichen Sprachen und vom Wein des

Abends zu erholen. Und bevor sie antwortete, fügte ich hinzu, damit sie mir nicht antworten konnte: »Sehr angenehm, deine Freundin. Sie hat mir gesagt, ihr Mann sei krank, eine arbeitsreiche Nacht für die Ärzte dieses Viertels.«

Claudia zögerte einige Sekunden, und mir schien, als schaute sie mich erneut reserviert an, während sie nichts sagte. Dann sagte sie, wobei sie mich nicht mehr anschaute: »Ja, sie hat einen Mann, der noch unerträglicher ist als meiner. Ihrer ist jung, wenig älter als sie, aber sie hat ihn seit zehn Jahren, und er ist genauso geizig. Sie verdient nicht genug mit ihrer Arbeit, so wie ich, und er rationiert ihr sogar noch das heiße Wasser. Einmal benutzte er das schon verwendete Wasser der Badewanne, um die Pflanzen zu gießen, die kurz darauf eingingen. Wenn sie zusammen ausgehen, lädt er sie nicht einmal zu einem Kaffee ein, jeder muss seinen bezahlen, weshalb sie manchmal gar nichts bestellt, während er sich einen Imbiss genehmigt. Sie verdient wenig, und er ist einer dieser Männer, die denken, dass derjenige, der in einer Ehe weniger verdient, zwangsläufig den anderen ausnutzt. Er ist besessen davon. Er überwacht ihre Telefonanrufe, in den Apparat hat er eine Vorrichtung eingebaut, die daran hindert, Anrufe außerhalb der Stadt zu machen, wenn sie also mit ihrer Familie in Italien sprechen möchte, dann muss sie in eine Kabine gehen, mit Münzen oder mit der Telefonkarte.«

»Warum trennt sie sich nicht?«

Claudia zögerte mit der Antwort.

»Ich weiß nicht, aus dem gleichen Grund, aus dem auch ich mich nicht trenne, obwohl meine Lage nicht so schlimm ist. Ich nehme an, dass es wahr ist, dass sie weniger verdient, ich nehme an, dass es stimmt, dass sie ihn ausnutzt; ich nehme an, dass die Männer recht haben, wenn sie von dem Geld besessen sind, das sie mit ihren weniger verdienenden Frauen ausgeben oder zu sparen vermögen; aber dafür ist die Ehe da, alles findet seinen Ausgleich und wird bezahlt.« Claudia dämpfte noch mehr das Licht der Lampe, wir saßen fast im Dunkeln da. Ihr Nachthemd und ihr Morgenmantel wirkten jetzt rot durch die zunehmende Dunkelheit. Auch die Stimme dämpfte sie noch mehr, bis sie nur noch ein zorniges Gemurmel war. »Warum, glaubst du wohl, habe ich diese Schmerzen und muss einen Arzt rufen, damit er mir ein Beruhigungsmittel spritzt? Ein Glück noch, dass es nur an Abenden mit Essen oder Festen passiert, wenn er isst und trinkt und in guter Stimmung ist. Wenn er gesehen hat, dass andere mich gesehen haben. Er denkt an die anderen und an ihre Augen, an das, was die anderen nicht wissen, aber für ausgemacht halten oder vermuten, und dann will er es wirksam werden lassen, nicht ausgemacht oder vermutet oder nicht gewusst. Nicht imaginär. Dann genügt es ihm nicht, es sich vorzustellen.« Sie schwieg einen Augenblick und fügte hinzu: »Dieser Fleischberg ist eine Tortur.«

Obwohl unsere Freundschaft schon viele Jahre dauerte, war es zwischen uns nie zu derartigen Vertraulichkeiten gekommen. Nicht, dass es mich gestört hätte, im Gegenteil, nichts habe ich lieber, als zu dieser Art von Enthüllungen zu gelangen. Aber bei ihr war ich nicht daran gewöhnt, deshalb wurde ich vielleicht ein wenig rot (aber sie konnte mich nicht sehen) und antwortete ungeschickt, das heißt, ich brachte sie vielleicht davon ab, weiterzusprechen, das Gegenteil von dem, was ich wollte.

»Ich verstehe.«

Die Türklingel ertönte, ein schwaches Klingeln, nur gerade so laut, wie man an einer Wohnung klingelt, in der man darauf eingestellt ist oder auf den Besucher wartet.

»Das ist der Nachtarzt«, sagte Claudia.

»Ich lass dich allein. Gute Nacht und gute Besserung.«

Wir verließen gemeinsam das Arbeitszimmer, sie ging zum Eingang und ich in die entgegengesetzte Richtung, in die Küche, wo ich vor dem Schlafengehen noch eine Weile Zeitung lesen wollte, nachts war es der wärmste Raum der Wohnung. Aber bevor ich um die Ecke des Flurs bog, der mich dorthin führen würde, blieb ich einen Augenblick stehen und drehte mich um und schaute zur Eingangstür, die Claudia in diesem Moment öffnete, wobei sie mit ihrem lachsfarbenen Rücken die Gestalt des eintreffenden Arztes verdeckte. Ich hörte, wie sie auf Spanisch zu ihm sagte: »Guten Abend«, und sehen konnte ich nur, in der linken Hand des Arztes, die hinter dem umgedrehten Körper meiner italienischen Freundin hervorragte, einen Koffer, der haargenau dem des anderen Arztes glich, der mir an der Haustür ihrer ebenfalls italienischen Freundin vorgestellt worden war, an deren Namen ich mich nicht erinnern kann. Er wird mit dem Wagen gekommen sein, dachte ich von dem Arzt.

Sie schlossen die Tür und gingen den Flur entlang, ohne mich zu sehen, Claudia voraus, und ich begab mich in die Küche. Dort nahm ich Platz und schenkte mir Gin ein (blödsinnige Mischung) und faltete die spanische Zeitung auseinander, die ich am Nachmittag gekauft hatte. Sie war vom Vortag, aber für mich waren die Nachrichten neu.

Ich hörte, wie meine Freundin und der Arzt in das Zimmer der Kinder gingen, die das Wochenende mit anderen Kindern in einer anderen Wohnung verbrachten. Dieses Zimmer lag, durch ein langes Stück Flur getrennt, der Küche genau gegenüber, weshalb ich nach einigen Minuten den Stuhl verrückte, auf den ich mich gesetzt hatte, bis ich, aus dem Augenwinkel, den Rahmen seiner Tür sehen konnte. Sie war angelehnt, sie hatten ein sehr schwaches Licht eingeschaltet, so schwach, sagte ich mir, wie das Licht, das das Arbeitszimmer erhellt hatte, während sie und ich uns unterhielten und sie wartete. Ich sah sie nicht, ich hörte auch nichts. Ich vertiefte mich wieder in meine Zeitung und las, aber nach einer Weile wandte ich abermals den Blick ab, weil ich spürte, dass es jetzt eine Anwesenheit im Rahmen seiner Tür, ihrer angelehnten Tür gab. Und in diesem Augenblick sah ich den Arzt, im Profil, mit einer Spritze in seiner linken, erhobenen Hand. Ich sah die Gestalt nur einen Augenblick, denn sie stand im Gegenlicht, ich konnte sein Gesicht nicht sehen. Ich sah, dass er Linkshänder war: Es war der Augenblick, in dem die Ärzte und Praktikanten ihre Spritze in die Höhe halten und ein wenig Druck auf sie ausüben, um festzustellen, dass Flüssigkeit austritt und nicht die Gefahr eines Verschlusses besteht, oder, schlimmer noch, die Gefahr, Luft zu spritzen. So machte es Cayetano, der Praktikant, bei mir zu Hause, als ich Kind war. Nachdem er diese Bewegung vollführt hatte, tat er einen Schritt nach vorne und verschwand wieder aus meinem Gesichtsfeld. Claudia musste sich auf das Bett eines der Kinder gelegt haben, von dem sicher das Licht kam, das so schwach für mich war und ausreichend für den Arzt. Ich nahm an, dass die Spritze in die Hinterbacken gesetzt wurde.

Ich kehrte zu meiner Zeitung zurück, und es verging zuviel Zeit, bevor sie erneut im Türrahmen erschienen, sie oder der republikanische Arzt, keiner. In diesem Augenblick erfasste mich ein vages Gefühl von Einmischung, mir kam der Gedanke, dass sie womöglich genau darauf warteten, dass ich mich in mein Zimmer zurückzöge, um herauszukommen und sich zu trennen. Ich dachte auch, dass sie vielleicht, vertieft, wie ich gewesen war in die Lektüre einer polemischen Sportmeldung, in aller Stille herausgekommen waren und ich es nicht gemerkt hatte. Ich versuchte, keinen Lärm zu machen, um auf keinen Fall den alten Hélie zu wecken, der gewiss seit einer Weile schlief, und machte Anstalten, mich zurückzuziehen. Bevor ich mit meiner Zeitung unter dem Arm die Küche verließ, löschte ich das Licht, und das gelöschte Licht und mein sekundenlanges Stillstehen (die Sekunde vor dem ersten Schritt in den Flur) fielen zusammen mit dem erneuten Auftauchen der beiden Gestalten, der meiner Freundin Claudia und der des Nachtarztes, in ihrem Türrahmen. Sie blieben auf der Schwelle stehen, und von meinem Dunkel her sah ich, wie sie forschend in meine Richtung blickten, oder das glaubte ich. In diesem Augenblick, in dem das, was sie sahen, das gelöschte Licht der Küche war, und ich noch nicht die geringste Bewegung gemacht hatte, dachten sie ohne Zweifel, dass ich bereits in mein Zimmer gegangen war, ohne dass sie es gemerkt hatten. Wenn ich sie das glauben ließ, wenn ich tatsächlich, nachdem ich sie gesehen hatte, auch weiterhin nicht die geringste Bewegung machte, dann deshalb, weil der Arzt, noch immer im Gegenlicht, abermals eine Spritze in seiner linken Hand hochhielt und Claudia in ihrem Nachthemd und ihrem Morgenmantel seinen anderen Arm gefasst hatte, als wollte sie ihm Mut durch ihre Berührung einflößen oder Sicherheit durch ihren Atem. So, ganz im Bann des unmittelbar bevorstehenden Geschehens, taten sie einige Schritte aus dem Kinderzimmer heraus, und ich konnte sie nicht mehr sehen, aber ich hörte, wie die Tür zum ehelichen Schlafzimmer aufging, in dem Hélie sicher schlief, und ich hörte, wie sie geschlossen wurde. Ich dachte, ich würde danach vielleicht die Schritte des Arztes hören, der seinen Weg fortsetzte, nachdem er Claudia an ihr Zimmer gebracht hatte, um die Wohnung zu verlassen, da er seine heilende Aufgabe erfüllt hatte. Aber so war es nicht, das Vorletzte, was ich in jener Nacht hörte, war, wie sich die Tür des ehelichen Schlafzimmers schloss, in das sich ruhigen Schrittes und mit einer Spritze in der linken Hand auch ein Nachtarzt hineinbegeben hatte.

Mit großer Vorsicht (ich zog mir die Schuhe aus) ging ich den ganzen Flur entlang, bis ich zu meinem Zimmer kam. Ich zog mich aus, legte mich ins Bett und las die Zeitung zu Ende. Bevor ich das Licht löschte, wartete ich ein paar Sekunden, und in diesen kurzen Sekunden des Wartens hörte ich schließlich die Wohnungstür und die Stimme Claudias, die den Arzt mit den spanischen Worten verabschiedete: »Also bis in zwei Wochen. Gute Nacht und danke.« Um die Wahrheit zu sagen, ich hatte noch immer Lust, ein wenig mehr in meiner Sprache zu sprechen in jener Nacht, in der ich zweimal die Gelegenheit versäumt hatte, es mit einem Arzt und Landsmann zu tun.

Am nächsten Vormittag kehrte ich nach Madrid zurück. Bevor ich die Wohnung verließ, konnte ich Claudia fragen, wie es ihr ging, und sie sagte, gut, die Schmerzen seien vorbei. Hélie dagegen fühle sich unwohl infolge der verschiedenen Exzesse des Vorabends und bitte um Entschuldigung dafür, dass er sich nicht von mir verabschieden könne.

Später sprach ich am Telefon mit ihm (das heißt, er nahm einmal den Hörer ab, als ich in den nächsten Monaten Claudia von Madrid aus anrief), aber das letzte Mal, dass ich ihn sah, war, als ich an jenem Abend seine Wohnung verließ, nach dem Abendessen mit sieben Tischgästen, um die italienische Freundin zu begleiten, an deren Namen ich mich jetzt nicht erinnern kann. Eben weil ich mich nicht an ihn erinnern kann, weiß ich nicht, ob ich mich das nächste Mal, wenn ich in Paris bin, trauen werde, Claudia nach ihr zu fragen, denn jetzt, wo Hélie tot ist, möchte ich nicht das Risiko eingehen, womöglich zu erfahren, dass auch sie seit meiner Abreise Witwe geworden ist.

(1991)

Das italienische Erbe

Lo stesso

Ich habe zwei italienische Freundinnen, die in Paris leben. Bis vor zwei Jahren kannten sie sich nicht, hatten sie sich nie gesehen, ich stellte sie einander während eines Sommers vor, ich war das Bindeglied, und ich fürchte, dass ich es noch immer bin, obwohl sie sich nicht wiedergesehen haben. Seitdem sie sich kennen, oder besser gesagt, seitdem sie sich gesehen haben und beide wissen, dass ich beide kenne, hat ihr Leben sich zu rasch verändert, nicht so sehr parallel als nacheinander. Ich weiß nicht mehr, ob ich mit der einen brechen soll, um die andere zu befreien, oder meine Beziehung mit der anderen verändern soll, damit diese aus dem Leben jener verschwindet. Ich weiß nicht, was ich tun soll, ich weiß nicht, ob ich reden soll.

Zu Beginn verband sie nichts miteinander, außer ihr gemeinsames beträchtliches Interesse für Bücher und folglich ihre jeweiligen Bibliotheken, die beide das Ergebnis von Geduld, Hingabe und Sorgfalt waren. Giulia, die Freundin, die ich länger kannte, war indes eine Amateurin: Tochter eines alten Botschafters (ein *misino,* das heißt ein Neofaschist), war sie verheiratet, hatte zwei Kinder, vermietete einige ihr gehörende Wohnungen in Rom, lebte davon und arbeitete nicht und verfügte fast über ihre ganze

Zeit, um sich ihrer Leidenschaft, dem Lesen, zu widmen und, als Nonplusultra der Geselligkeit, in blasser Nachahmung französischer *salonnières* des 18. Jahrhunderts wie Madame Deffand (die Zeiten geben nicht mehr her) Schriftsteller zu empfangen. Silvia, die Freundin, die ich weniger lange kannte, war dagegen ein Profi: Sie gab eine Buchreihe heraus, war etwas jünger, unverheiratet, unvermögend und hielt sich mit Interviews und Buchkritiken für die Presse ihres Landes über Wasser; sie empfing niemanden, sondern ging aus, um sich mit den Schriftstellern in Cafés, im Kino, zuweilen zum Abendessen zu treffen. Was mich selbst angeht, obwohl Ausländer für sie und Ausländer in der Stadt, so ging Silvia aus, um mich zu treffen, und Giulia empfing mich bei ihr zu Hause. Wenn Giulia mich empfing, pflegte der Ehemann während dieser Stunden auszugehen, denn er hasste alles Spanische. Er war ein älterer Mann, zwanzig Jahre älter als seine Frau, ebenfalls Schriftsteller (wenn auch Verfasser von Abhandlungen zum Ingenieurswesen), und besaß ein ungewisses Vermögen, dessen Giulia sich mit Maßen bediente. Es gab einen Sommer, in dem der Ehemann längere Zeit aus beruflichen Gründen verreisen musste. Vom Küchenfenster aus begann Giulia einen jungen Mann zu beobachten, der ein Stockwerk tiefer lebte. Sie sah ihn immer an einem Tisch sitzen, mit Brille und ohne Hemd, anscheinend in sein Studium vertieft. Später begegnete sie ihm im Treppenhaus, und bevor der Ehemann zurückkehrte, waren beide ein Liebespaar, sie schrieben sich Briefe von Briefkasten zu Briefkasten, ohne Absender. Nur einen Monat später verlangte der Mann die Scheidung und verließ die Wohnung. Der Nachbar pendelte hinauf und hinunter.

Zu jener Zeit geschah es, dass die andere Freundin, Silvia, mir ankündigte, dass sie heiraten würde. Einer der älteren Schriftsteller, mit denen sie ins Café oder ins Kino ging, war ihr zu sehr zur Gewohnheit geworden, als dass sie auf ihn hätte verzichten wollen. Er war zwanzig Jahre älter als sie, sehr intelligent (sagte sie), schrieb Abhandlungen über den Islam, besaß ein gewisses Renommee und ein persönliches Vermögen, das er von seiner ersten, vor zehn Jahren verstorbenen Frau geerbt hatte. Das Einzige, was mich bereits damals aufhorchen ließ, war, dass er, wie Silvia mir lachend erzählte, alles Spanische hasste, weshalb sie mich vielleicht weiterhin in Cafés oder Kinos würde sehen müssen, wenn ich nach Paris käme. Ich dachte, jener Hass könnte islamisch sein.

Währenddessen führte Giulia, die erste Freundin, mit dem falschen Studenten (die Brille verjüngte ihn, er war ein Mann in den Dreißigern, in ihrem Alter, und hatte eine gute Arbeit als Psychologe eines multinationalen Unternehmens) die Art Leben, die ihr Ehemann aufgrund seines Alters und Charakters nicht hatte führen können oder wollen: Nicht nur im Sommer, wie ein guter Teil der Weltbevölkerung, sondern zu allen Ferienzeiten unternahmen sie komplizierte Reisen zu fernen Orten; im Verlauf von neun Monaten besuchten sie Bali, Malaysia, schließlich Thailand. Es war in Thailand, wo der Psychologe oder falsche Student aus unbekannten Gründen krank wurde, wobei sein Fall so großes Interesse bei den Ärzten des Krankenhauses auslöste, dass sogar der Leibarzt der Königin sich bei ihm einfand, um einen Blick auf ihn zu werfen. Niemand wusste, was er gehabt hatte, aber nach zwei angsterfüllten Wochen wurde er gesund, und sie konnten nach Paris zurückkehren.

Mehr oder weniger zu jener Zeit geschah es, dass Silvia

(die Ehe hatte Monate, nicht Jahre gedauert), während ihr islamischer Ehemann infolge eines Sturzes im Treppenhaus ihrer neuen ehelichen Wohnung (so viele Wohnungen in Paris ohne Fahrstuhl) zur Unbeweglichkeit verurteilt war, in einem Kino (in das sie dieses Mal alleine ging) unverhofft einen jungen Mann ihres Alters kennenlernte, für den sie nach einigen Wochen mehr Kino und Cafés und ehemännlicher Unbeweglichkeit eine so starke Leidenschaft entwickelte, dass ihr nichts anderes übrig blieb, als eine rasche Scheidung ins Auge zu fassen und ihren Irrtum zuzugeben (das heißt, ihre Ungeduld oder ihre Schwäche oder ihre Unterwerfung unter die Gewohnheit oder ihre Resignation). Jener junge Mann war um einiges reicher als der alte Schriftsteller; er war stellvertretender Direktor einer Muschel- und Thunfischkonservenfabrik und musste ständig in ferne Länder reisen, um Käufe zu tätigen oder obskure Geschäfte zu machen. Mit ihm reiste Silvia nach China und dann nach Korea und später nach Vietnam. Es war in diesem letzten Land, wo der stellvertretende Direktor der Konservenfabrik aus unbekannten Gründen schwer erkrankte, so dass er seine zahlreichen Kauf- und Verkaufsaktionen die zwei unvorhergesehenen Wochen, die seine Rückkehr auf sich warten ließ, aufschieben musste.

Ich habe nie mit Giulia über Silvia oder mit Silvia über Giulia gesprochen, denn keine der beiden interessiert sich für das Leben anderer Leute; auch scheint es mir nicht zum guten Ton zu gehören, fremden Ohren etwas zu erzählen, was ursprünglich nur für meine bestimmt gewesen ist. Jetzt sind mir jedoch Zweifel gekommen, denn in diesem Sommer habe ich Giulia in Paris besucht, und ihre Lage ist leicht bedrohlich: Seitdem sie vor drei Monaten beschlossen haben, in einer einzigen Wohnung zu leben, hat sich der falsche Student oder Psychologe als ein Typ mit sehr schlechtem Charakter entpuppt; jetzt hasst er Bücher und hat Giulia gezwungen, ihre Bibliothek aufzulösen; er schlägt sie, er ist gewalttätig; und in der letzten Zeit hat sie ihn, während sie sich schlafend stellte, zweimal am Fuß des Bettes gesehen, wo er mit den Fingern die Klinge eines Rasiermessers prüfte (einmal, sagt sie, wetzte er es an einem Abziehriemen, wie früher die Barbiere). Giulia vertraut darauf, dass es etwas Vorübergehendes ist, eine Folgeerscheinung der rätselhaften thailändischen Krankheit oder eine Störung infolge der unerträglichen Hitze dieses endlosen Sommers. Hoffentlich ist es so, aber angesichts der Tatsache, dass Silvia und ihr Konservenfabrikant daran denken, in nur einer Wohnung zu leben, sollte ich vielleicht jetzt mit ihr reden, damit sie wenigstens die Bibliothek rettet und ihren Mann zu überzeugen sucht, dass er einen Rasierapparat benutzt.

(1991)

Auf der Hochzeitsreise

Meine Frau hatte sich unwohl gefühlt, und wir waren in aller Eile in das Hotelzimmer zurückgekehrt, wo sie sich mit Schüttelfrost und leichter Übelkeit und leichtem Fieber hingelegt hatte. Wir wollten nicht gleich einen Arzt rufen, sondern abwarten, ob es vorbeigehen würde, auch weil wir uns auf der Hochzeitsreise befanden, und auf dieser Reise will man keine Einmischung eines Fremden, auch wenn es sich um eine Untersuchung handelt. Bestimmt war es eine leichte Magenverstimmung, eine Kolik, irgendetwas. Wir befanden uns in Sevilla, in einem Hotel, das durch eine Esplanade, die es von der Straße trennte, vor dem Verkehrslärm geschützt war. Während meine Frau einschlief (sie schien einzuschlafen, kaum dass ich sie ins Bett gelegt und zugedeckt hatte), beschloss ich, mich still zu verhalten, und die beste Art, das zu erreichen und nicht in Versuchung zu geraten, Lärm zu machen oder aus Langeweile mit ihr zu sprechen, war, auf den Balkon hinauszutreten und mir anzusehen, wie die Leute, die Sevillaner, vorbeigingen, wie sie liefen und wie sie gekleidet waren, wie sie sprachen, obwohl ich aufgrund der relativen Entfernung zur Straße nur ein Gemurmel hörte. Ich schaute, ohne zu sehen, wie jemand schaut, der zu einem Fest kommt und weiß, dass die einzige Person, die ihn interessiert, nicht dort sein wird, weil sie zu Hause bei ihrem Mann geblieben ist. Diese einzige Person war bei mir, in meinem Rücken, bewacht von ihrem Ehemann. Ich schaute nach draußen und dachte an drinnen, aber plötzlich machte ich eine einzelne Person aus, und ich machte sie deshalb aus, weil diese Person sich im Unterschied zu den anderen, die einen Augenblick auftauchten und verschwanden, nicht von ihrem Platz rührte. Es war eine Frau von etwa dreißig Jahren, aus der Ferne gesehen, bekleidet mit einer blauen, fast ärmellosen Bluse und einem weißen Rock und hohen, ebenfalls weißen Schuhen. Sie wartete, ihre Haltung drückte eindeutig Warten aus, denn ab und zu tat sie zwei oder drei Schritte nach rechts oder nach links und ließ beim letzten Schritt leicht den spitzen Absatz über den Boden schleifen, eine Bewegung verhaltener Ungeduld. Über dem Arm trug sie eine große Tasche, wie sie in meiner Kindheit die Mütter trugen, meine Mutter, eine große schwarze Tasche, die altmodisch am Arm hing, nicht über der Schulter, wie sie heute getragen werden. Sie hatte kräftige Beine, die sich fest in den Boden rammten jedes Mal, wenn sie nach der winzigen Entfernung von zwei oder drei Schritten und dem über den Boden schleifenden Absatz des letzten Schritts wieder an dem für das Warten erwählten Punkt stehen blieben. Sie waren so kräftig, dass sie von diesen Absätzen absehen konnten oder sie gleichsam assimilierten, sie waren es, die sich in das Pflaster bohrten, wie ein Messer in nasses Holz. Ab und zu winkelte sie ein Bein an, um hinten an sich herunterzublicken und den Rock glattzustreichen, als fürchtete sie eine Falte, die ihren Hintern entstellen könnte, oder vielleicht zupfte sie durch den Stoff hindurch, der ihn bedeckte, ihren rebellischen Slip zurecht.

Die Dämmerung brach herein, und im allmählich schwindenden Licht erschien sie mir immer einsamer, immer isolierter, immer mehr dazu verurteilt, vergeblich zu warten. Ihre Verabredung würde nicht kommen. Sie blieb in der Mitte des Bürgersteigs, sie lehnte sich nicht an die Hausmauer, wie es Wartende gewöhnlich tun, um die nicht Wartenden und Vorbeigehenden nicht beim Vorbeigehen zu stören, und deshalb hatte sie Schwierigkeiten, den Passanten auszuweichen, jemand sagte etwas zu ihr, sie antwortete zornig und drohte mit der riesigen Tasche.

Plötzlich hob sie den Blick zum dritten Stock, in dem ich mich befand, und mir schien, dass sie zum ersten Mal die Augen auf mich heftete. Sie blickte angestrengt, als wäre sie kurzsichtig oder trüge schmutzige Kontaktlinsen, sie blinzelte ein wenig mit den Augen, um besser sehen zu können, mir schien, dass ich es war, den sie anschaute. Aber ich kannte niemanden in Sevilla, mehr noch, es war das erste Mal, dass ich in Sevilla war, auf meiner Hochzeitsreise mit der, die erst so kurze Zeit meine Frau war, krank in meinem Rücken, hoffentlich war es nichts Ernstes. Ich vernahm ein Murmeln, das vom Bett kam, aber ich wandte den Kopf nicht, denn es war ein Klagen, das aus dem Schlaf kam, man lernt sofort, den Schlafton der Person zu erkennen, mit der man das Bett teilt. Die Frau hatte ein paar Schritte getan, jetzt in meine Richtung, sie überquerte die Straße, den Autos ausweichend, ohne eine Ampel zu suchen, als wollte sie rasch näher kommen, um sich zu vergewissern, um mich besser auf meinem Balkon zu sehen. Sie ging jedoch mühsam und langsam, als wäre sie nicht an die Absätze gewöhnt, oder als wären ihre so auffallenden Beine nicht für sie gemacht, oder als brächte die Tasche sie aus dem Gleichgewicht, oder als wäre ihr schwindlig. Sie ging, wie meine Frau gegangen war, als sie sich unwohl gefühlt hatte, als sie ins Zimmer getreten war, ich hatte ihr geholfen, sich auszuziehen und ins Bett zu legen, ich hatte sie zugedeckt. Die Frau auf der Straße war auf die andere Seite gelangt, jetzt war sie näher, aber noch immer in einiger Entfernung, vom Hotel durch die weite Esplanade getrennt, die es vor dem Verkehrslärm schützte. Sie hatte den Blick noch immer erhoben und schaute zu mir oder in meine Höhe, die Höhe des Gebäudes, in der ich mich befand. Und dann machte sie eine Bewegung mit dem Arm, eine Gebärde, die weder Gruß noch Annäherung war, ich meine, Annäherung an einen Fremden, sondern Aneignung und Erkennen, als wäre ich die Person, auf die sie gewartet und mit der sie sich verabredet hatte. Es war, als wollte sie mich packen mit dieser Armbewegung und dem Geflatter der schnellen Finger, und als würde sie sagen: »Du, komm her« oder »Du gehörst mir«. Gleichzeitig rief sie etwas, das ich nicht verstehen konnte, anhand der Bewegung ihrer Lippen verstand ich nur das erste Wort, das »He!« lautete, mit Empörung ausgesprochen, wie der Rest des Satzes, der mich nicht erreichte. Sie kam weiter auf mich zu, jetzt fasste sie sich mit mehr Grund hinten an den Rock, denn es schien, dass derjenige, der ihre Gestalt bewerten sollte, endlich vor ihr war, der Erwartete konnte jetzt den Fall jenes Rockes würdigen. Und in diesem Augenblick konnte ich hören, was sie sagte: »He! Was machst du denn da?« Der Ruf war deutlich vernehmbar jetzt, und ich konnte die Frau besser sehen. Vielleicht war sie älter als dreißig, die noch immer blinzelnden Augen erschienen mir hell, grau oder pflaumenfarben, die Lippen dick, die Nase etwas breit, die Nasenflügel bebten heftig vor Unmut, sie musste lange Zeit gewartet haben, sehr viel mehr Zeit, als vergangen war, seit ich sie ausgemacht hatte. Dann taumelte sie, stolperte und fiel auf den Boden der Esplanade und machte sich sogleich den weißen Rock schmutzig und verlor einen ihrer Schuhe. Mühsam richtete sie sich auf, darum bemüht, nicht mit dem schuhlosen Fuß auf das Pflaster zu treten, als fürchtete sie, sich auch noch die Fußsohle zu beschmutzen, jetzt, da ihre Verabredung da war, jetzt, da ihre Füße sauber sein mussten für den Fall, dass der Mann sie sah, mit dem sie sich verabredet hatte. Es gelang ihr, den Schuh anzuziehen, ohne den Fuß auf den Boden zu stützen, sie klopfte sich den Rock ab und rief. »Was machst du denn da! Warum hast du mir nicht gesagt, dass du schon raufgegangen bist? Siehst du nicht, dass ich schon seit einer Stunde auf dich warte?« (sie sagte es mit deutlichem sevillanischem Akzent, lispelnd). Und während sie dies sagte, machte sie abermals die Gebärde des Packens, ein heftiger Stoß mit dem nackten Arm in die Luft und das Geflatter der raschen Finger, das ihn begleitete. Es war, als würde sie zu mir sagen: »Du gehörst mir« oder »Ich bring dich um«, und als könnte sie mich mit dieser Bewegung ergreifen und fortschleppen, eine Klaue. Dieses Mal rief sie so laut und war so nah, dass ich fürchtete, sie könnte meine Frau im Bett wecken.

»Was ist?«, sagte meine Frau schwach.

Ich wandte mich um, sie hatte sich im Bett aufgerichtet, mit erschreckten Augen, wie die einer Kranken, die aufwacht und noch nichts sieht und nicht weiß, wo sie ist, noch, warum sie sich so verwirrt fühlt. Das Licht war gelöscht. In diesen Augenblicken war sie eine Kranke.

»Nichts, schlaf weiter«, antwortete ich.

Aber ich ging nicht zu ihr hin, um ihr über das Haar zu streichen oder sie zu beruhigen, wie ich es in jeder anderen Situation getan hätte, denn ich konnte mich nicht vom Balkon entfernen und kaum den Blick von jener Frau wenden, die überzeugt war, mit mir verabredet zu sein. Jetzt sah sie mich deutlich, und es gab keinen Zweifel, dass ich die Person war, mit der sie eine wichtige Verabredung vereinbart hatte, die Person, die sie hatte warten und leiden lassen, die sie mit ihrer langen Abwesenheit beleidigt hatte. »Hast du nicht gesehen, dass ich seit einer Stunde hier auf dich warte? Warum hast du mir nichts gesagt!«, kreischte sie jetzt wütend, vor meinem Hotel und unter meinem Balkon stehend. »Du kriegst was von mir zu hören! Ich bring dich um«, rief sie. Und abermals machte sie die Bewegung mit dem Arm und den Fingern, die Bewegung, die mich packte.

»Aber was ist denn los?«, fragte meine Frau erneut betäubt vom Bett her.

In diesem Augenblick trat ich zurück und lehnte die Balkontüren an, aber bevor ich das tat, konnte ich sehen, wie die Frau auf der Straße mit ihrer riesigen altmodischen Tasche und ihren Stöckelschuhen und ihren kräftigen Beinen und ihrem wiegenden Gang aus meinem Gesichtsfeld verschwand, weil sie bereits das Hotel betrat, entschlossen, zu mir heraufzukommen und die Verabredung stattfinden zu lassen. Ich spürte Leere beim Gedanken daran, was ich meiner kranken Frau sagen könnte, um die Einmischung zu erklären, die stattfinden würde. Wir befanden uns auf unserer Hochzeitsreise, und auf dieser Reise will man keine Einmischung eines Fremden, obwohl ich, glaube ich, kein Fremder war für die Person, die bereits die Treppen heraufkam. Ich spürte Leere und schloss die Balkontür. Dann schickte ich mich an, die Zimmertür zu öffnen.

(1991)

Zerbrochenes Fernglas

Für Mercedes López-Ballesteros
in San Sebastian

Am Palmsonntag hatten fast alle meine Freunde Madrid verlassen, und ich ging zur Pferderennbahn, um dort den Nachmittag zu verbringen. Während des zweiten Rennens, das noch nicht weiter von Interesse war, stieß eine Person, die sich mir zur Linken befand, unabsichtlich mit dem Ellbogen gegen meinen Ellbogen, als sie mit einer jähen Bewegung das Fernglas an die Augen hob, um die Schlussgerade besser sehen zu können. Ich schaute bereits, ich hatte meines schon vor den Augen, und der Stoß bewirkte, dass es zu Boden fiel (immer vergesse ich, es mir um den Hals zu hängen, und dafür bezahle oder bezahlte ich an jenem Tag, denn eines der Gläser zerbrach, das Fernglas auf den Stufen, obwohl es nicht weiterrollte, es blieb auf dem Boden liegen, still und zerbrochen). Der Mann bückte sich noch vor mir, um es aufzuheben, er war es, der mir den Schaden meldete, während er sich gleichzeitig entschuldigte.

»Oh, entschuldigen Sie«, sagte er. Und dann: »Ach Gott, es ist zerbrochen, so ein Pech.«

Ich sah ihn gebückt, und das Erste, was ich an ihm bemerkte, war, dass er Manschettenknöpfe trug, was man heutzutage selten sieht, nur Leute, die sehr spießig oder altmodisch sind, wagen es, sie anzulegen. Als Zweites sah ich, dass er eine Pistole mit dem dazugehörigen Futteral trug, rechts am Oberkörper (er war wohl Linkshänder), beim Bücken bauschten sich die Schöße des Jacketts, und ich konnte den Griff sehen. Das sieht man noch seltener, er wird ein Polizist sein, dachte ich sogleich. Dann, als er sich aufrichtete, stellte ich fest, dass er ein sehr hochgewachsener Mann war, er überragte mich um einen Kopf; er mochte etwa dreißig Jahre alt sein und trug Koteletten, gerade, aber zu lang, noch ein altmodischer Zug, vor fünfzehn Jahren oder aber vor einem Jahrhundert wären sie mir nicht aufgefallen. Vielleicht trug er sie, um seinen Kopf, der länglich und klein war, einzurahmen und zu vergrößern, er wirkte wie ein Streichholz.

»Ich werde Ihnen die Reparatur bezahlen«, sagte er bestürzt. »Da, erst mal leihe ich Ihnen meines. Wir sind erst beim zweiten Rennen.«

Das zweite Rennen war in Wirklichkeit bereits beendet. Wir hatten nicht mitbekommen, wer gewonnen hatte, daher wagte ich nicht, meine Wettscheine einzureißen, die ich, wie wir alle, in der Hand hielt, um sie sogleich zu zerreißen und auf den Boden zu werfen, wenn wir verloren haben, und auf diese Weise sofort die irrtümliche Vorhersage zu vergessen. In diesem Augenblick hielt ich auch mein zerbrochenes Fernglas in der Hand (ich hatte es unlängst in einem Flugzeug gekauft, mitten im Flug) und das heile des Mannes, er hatte es mir im gleichen Augenblick überreicht, da er mir die Leihgabe ankündigte, ich hatte es automatisch entgegengenommen, damit es nicht auch noch auf die Stufen fiele. Als er meine Verlegenheit bemerkte, nahm er mir die Wettscheine ab, steckte sie mir in die äußere Brusttasche meines Jacketts und klopfte dann leicht mit der Hand dagegen, wie um mir zu verstehen zu geben, dass sie in Sicherheit waren.

»Aber wenn Sie mir Ihres geben, was machen Sie dann?«, sagte ich zu ihm.

»Wir können es uns teilen, wenn es Ihnen nichts ausmacht, dass wir die Rennen zusammen sehen«, antwortete er. »Sind Sie allein?«

»Ja, ich bin allein gekommen.«

»Es ist nur so«, fügte der Mann hinzu, »dass wir sie alle von hier aus sehen müssten. Ich habe Wacheinsatz, heute muss ich hier sein, ich kann mich nicht fortrühren.«

»Sind Sie Polizist?«

»Nein, ach wo, ich würde Hungers sterben, ein Drecksjob, ich kenne einige, glauben Sie, ich könnte diese Kleidung tragen, wenn ich Polizist wäre? Schauen Sie mich an.«

Und bei diesen Worten breitete der Mann die Arme aus und trat einen Schritt zurück, die Hände offen wie die eines Zauberers. In Wahrheit war er sehr schlecht gekleidet (für meinen Geschmack), wenn auch mit teurer Kleidung: ein zweireihiger Anzug (aber mit offenem Jackett, wie ich schon sagte) in einem unglaublichen grünlichen Grau, allem Anschein nach schwer zu bekommen; das Hemd, das für diese Zeiten sehr steif wirkte, rosenholzfarben, so fürchte ich, nicht hässlich an sich, aber unpassend für einen so großen Mann; die Krawatte ein unbegreifliches Durcheinander (Vögel, Insekten, hässliche Mirós, Katzenaugen), in dem Gelb vorherrschte; das Merkwürdigste war das Schuhwerk: weder geschnürte Schuhe noch Mokassins, sondern kindliche Stiefelchen, die ihm bis zum Knöchel reichten, er hielt sie vermutlich für modern, der Rest sollte wahrscheinlich halbklassisch sein. Die Manschettenknöpfe waren anscheinend gut, vielleicht von Durán, sie glänzten ordentlich, sie hatten die Form eines Blattes. Er war kein diskreter Mensch, auch kein Original, bestimmt hatte man ihm nicht beigebracht, die Dinge zu kombinieren, das war alles.

»Ich sehe«, sagte ich, ohne zu wissen, was ich sagen sollte. »Und was müssen Sie bewachen?«

»Ich bin Leibwächter«, antwortete er.

»Aha, und wen bewachen Sie?«

Der Mann nahm mir das Fernglas aus der Hand, das er mir gerade geliehen hatte, und schaute mit ihm zur offiziellen Tribüne, die sich in geringer Entfernung befand (das Glas war eigentlich nicht nötig, um sie auszumachen). Dann gab er es mir zurück. Er wirkte erleichtert.

»Nein, er ist noch nicht da, es ist noch Zeit. Wenn er kommt, dann erst zum vierten Rennen, um die Freunde zu begrüßen. Was ihn wirklich interessiert, ist das fünfte, wie alle hier, und er hat keine Zeit, um sie totzuschlagen, ich meine, Sie sind bestimmt früh gekommen, um sich die Zeit zu vertreiben. Er dagegen macht bestimmt Geschäfte per Telefon oder hält einen Mittagsschlaf, um auf Draht zu sein. Ich bin vorausgegangen, um zu sehen, wie der Nachmittag ist, um zu sehen, ob dicke Luft herrscht, und Stellung zu beziehen.«

»Dicke Luft? Was meinen Sie damit? Was kann denn hier passieren?«

»Höchstwahrscheinlich nichts, aber es muss immer jemand vorausgehen. Und jemand hinterher, mit ihm, natürlich. Ich gehe gewöhnlich eher voraus. Zum Beispiel, wenn wir in ein Restaurant oder in ein Kasino gehen oder auf ein Bier in ein Lokal an der Landstraße einkehren, ich gehe immer als Erster hinein, um zu sehen, wie die Lage ist. Man weiß nie, wenn man in ein öffentliches Lokal geht, in diesem Augenblick können sich zwei Typen gerade den Schädel einschlagen. Normal ist es nicht, aber Sie wissen ja, ein Kellner, der den Wein verschüttet hat, und ein Gast mit schlechtem Charakter, der ihm vielleicht an die Gurgel fährt. He, Sie werden doch nicht wollen, dass mein Chef das sieht oder in die Affäre hineinverwickelt wird. So eine Flasche fliegt rasch durch die Luft, wissen Sie. Im Laufe des Tages fliegen in Madrid sehr viel mehr Flaschen, als Sie sich vorstellen können, Messer werden gezückt, die Leute prügeln sich, die Leute sind äußerst reizbar. Und wenn mitten in alldem der Reichtum auftaucht, dann halten alle inne und denken: ›Der Reichtum soll bezahlen.‹ Die Kerle, die sich in den Haaren liegen, sind imstande, sich im Nu zu einigen und auf den Reichtum einzuschlagen. ›Zum Teufel mit dem Reichtum.‹ Man muss höllisch aufpassen, höllisch.«

Der Mann hob den Finger an sein Auge.

»Ja?«, sagte ich. »So reich ist Ihr Chef? Sieht man es ihm so sehr an?«

»Es steht ihm ins Gesicht geschrieben, er hat das Gesicht eines reichen Mannes. Auch wenn er sich drei Tage lang den Bart stehen ließe und sich wie ein Bettler kleidete, würde man an seinem Gesicht sehen, dass er reich ist. Was gäbe ich nicht für dieses Gesicht. Wenn wir ein Luxusgeschäft betreten, dann gehe ich voraus, wie immer. Und obwohl ich gut gekleidet bin, sehen mich die Angestellten schief an, sobald sie mich erblicken, oder sie beachten mich nicht, sie tun, als hätten sie mich nicht gesehen, sie machen sich daran, andere Kunden zu bedienen, um die sie sich bis zu diesem Augenblick auch keinen Dreck gekümmert hatten, oder in Schubladen zu wühlen, als wären sie mit der Inventur befasst. Ich richte nicht das Wort an sie, ich kontrolliere, ob alles in Ordnung ist, und dann gehe ich zur Tür zurück, um sie dem Chef aufzumachen, damit er hereinkommen kann. Und sobald sie sein Gesicht sehen, lassen die Angestellten von den Kunden und den Schubladen ab, um ihn mit ihrem Lächeln zu bedienen.«

»Liegt es nicht daran, dass Ihr Chef berühmt ist, wenn er so reich ist, und sie ihn erkennen?«

»Ja, kann sein«, sagte der Leibwächter, als hätte er nicht daran gedacht. »Er wird allmählich ein bisschen berühmt. Er ist von der Bank, wissen Sie? Ich sage nicht, wer, aber er ist von der Bank. Aber hören Sie, gehen wir ein bisschen zum Paddock, wir müssen allmählich unsere Wetten für das dritte abschließen.«

Wir gingen hin, und auf dem Weg rissen wir endlich unsere Wettzettel ein, aus, auf den Boden, nachdem wir festgestellt hatten, dass wir verloren hatten. Ich begegnete einem Philosophen, der keinen Sonntag fehlt, auch dem Admiral Almira (sein schicksalhafter, unvollständiger Name) und seiner hübschen, unverdienten Ehefrau, die mich mit einer Kopfbewegung grüßten, ohne das Wort an mich zu richten, vielleicht schämten sie sich, mich in Gesellschaft jenes leicht riesenhaften Individuums zu sehen, ich reichte ihm nur bis an die Schultern. Ich trug jetzt sein Fernglas um den Hals und in der Hand mein zerbrochenes, meines ist klein und stark, seines war ziemlich groß und sehr schwer, der Riemen zog an meinem Hals, aber ich konnte nicht das Risiko eingehen, dass es ebenfalls zu Boden fiel. Während wir zusahen, wie die Pferde im Kreis geführt wurden, sah ich dem Leibwächter an, dass er mich fragen wollte, was ich im Leben tat, und da ich keine Lust hatte, über mich zu reden, kam ich ihm zuvor und sagte:

»Na, was meinen Sie zu Nummer 14?«

»Sieht rassig aus«, sagte er. So äußern sich immer diejenigen über Pferde, die nichts davon verstehen. »Ich glaube, ich werde auf es setzen.«

»Also ich nicht, ich finde es ein bisschen nervös. Es kann sogar in den Startboxen zurückbleiben.«

»Ja? Glauben Sie?«

»Hier gilt das Gesicht des Reichen nicht.«

Der Mann brach in Lachen aus. Es war ein unvermitteltes Lachen, ohne den geringsten vorherigen Gedanken daran, das Lachen eines noch ungeschliffenen Mannes, das Lachen eines Mannes, der nicht an Schicklichkeit denkt. Es war nicht besonders komisch, was ich gesagt hatte. Gleich darauf nahm er mir sein Fernglas ab, ohne mich um Erlaubnis zu bitten, und schaute mit ihm rasch in Richtung offizielle Tribüne, die man vom Paddock aus nicht sehen konnte. Mein Nacken bekam es zu spüren, der Mann zog zu sehr am Riemen, eine Spur.

»Na, er ist nicht gekommen«, sagte ich.

»Nein, zum Glück«, antwortete er intuitiv, nehme ich an.

»Macht er Ihnen viel Arbeit? Ich meine, ob Sie oft eingreifen müssen, im Ernst, mit Gefahr.«

»Nicht so oft, wie ich es gern wollte, sehen Sie, das ist eine Arbeit, bei der man sehr angespannt ist und zugleich untätig, man muss ständig auf der Hut sein, schnell sein ist alles, ein paarmal habe ich mich auf illustre Personen gestürzt, die nichts anderes wollten, als meinen Chef zu begrüßen. Ich habe ihnen die Arme auf den Rücken gedreht und sie ohne jeden Grund festgehalten, sie haben auch schon mal tüchtig was abgekriegt. Ich habe mir Ärger damit eingehandelt. Man muss also sehr aufpassen, man darf auch nicht vorschnell handeln. Man muss Absichten erraten, das ist es. Dann passiert fast nie etwas, und es wird schwierig, ständig wachsam zu sein, wenn man das Gefühl hat, dass es in Wirklichkeit nicht nötig ist.«

»Klar, Sie werden in Ihrer Wachsamkeit nachlassen.«

»Nein, ich lasse nicht nach, aber es kostet mich Mühe, mich zu zwingen. Mein Kollege, der mit ihm kommt, wenn ich vorausgehe, lässt sehr viel mehr nach, ich merke das. Manchmal schimpfe ich ein bisschen mit ihm. Er lässt sich von tragbaren Videospielen ablenken, während er wartet, er hat dieses Laster. Und das darf nicht sein, verstehen Sie?«

»Ich verstehe. Und er, der Chef, wie behandelt er Sie beide?«

»Na ja. Für ihn sind wir unsichtbar, er versagt sich nichts, nur weil wir dabei sind. Ich habe ihn sogar Schweinereien machen sehen.«

»Schweinereien? Was denn für welche?«

Der Leibwächter fasste mich am Arm, um zu den Wettschaltern zu gehen. Jetzt war ich es, der sich schämte, in dieser Weise mit einem so großen Mann zu gehen. Seine Art, mich am Arm zu fassen, war beschützend, vielleicht war er unfähig, mit den Leuten eine andere Form von Kontakt zu knüpfen: Er beschützte. Er schien einen Augenblick zu zögern. Dann sagte er:

»Na ja, mit Weibern, im Auto, zum Beispiel. Um die Wahrheit zu sagen, er ist ziemlich schmutzig, sein Kopf ist ein bisschen schmutzig, wissen Sie?« Er berührte seine Stirn. »Sagen Sie mal, Sie sind doch wohl nicht Journalist.«

»Nein, das versichere ich Ihnen.«

»Schön.«

Ich setzte auf Nummer 8 und er auf Nummer 14, er war ein eigensinniger oder abergläubischer Mensch, und wir kehrten zu den Stufen zurück. Wir setzten uns hin, in Erwartung des Beginns des dritten Rennens.

»Wie machen wir es mit dem Fernglas?«

»Ich sehe mir den Start an und Sie den Zieleinlauf, wenn Sie einverstanden sind«, antwortete er. »Ich bin in Ihrer Schuld.«

Er nahm mir abermals das Fernglas ab, ohne es zuvor über meinen Kopf zu heben, aber jetzt waren wir dicht nebeneinander, und er musste nicht am Riemen ziehen. Er schaute eine Sekunde lang zur Tribüne und legte es dann wieder auf meine Knie. Ich sah seine Stiefelchen an, sie waren unpassend, sie gaben seinen sehr großen Füßen ein kindliches Aussehen. Er erregte sich während des Rennens und rief der Nummer 14 zu: »Los, *Narnia*, zeig's ihnen!« Es war nicht in den Startboxen geblieben, hatte jedoch einen schlechten Start und ging nur als vierter ins Ziel. Meine Nummer 8 wurde zweiter, weshalb wir unsere Wettzettel mit saurer Miene einrissen, wie man es tun muss: zum Teufel damit.

Plötzlich sah ich ihn niedergeschlagen, es konnte nicht wegen der Wette sein.

»Ist etwas mit Ihnen?«, fragte ich ihn.

Er antwortete nicht gleich. Er sah auf den Boden, auf die zerrissenen Wettzettel, den so langen Brustkorb vorgeneigt, den Kopf fast zwischen den gespreizten Beinen, als wäre ihm übel geworden und als träfe er Vorkehrungen, um, wenn er sich übergeben müsste, nicht die Hosen zu beflecken.

»Nein«, sagte er schließlich. »Nur, das war das dritte Rennen, mein Chef wird jeden Augenblick mit meinem

Kollegen kommen, wenn sie kommen. Und wenn sie kommen, bin ich dran.«

»Sie müssen hierbleiben, um zu wachen, nicht?«

»Ja, ich muss hierbleiben. Macht es Ihnen was aus, mir Gesellschaft zu leisten? Na ja, wenn Sie zum Paddock zurückgehen und wetten möchten, dann gehen Sie ruhig und kommen dann zum Rennen zurück. Ich behalte inzwischen das Fernglas, falls was passiert.«

»Ich werde schnell wetten gehen. Ich brauche die Pferde nicht zu sehen.«

Er gab mir zehntausend Peseten für ein Doppel und fünftausend für den Gewinner, ich ging hinunter, um meine Wetten abzuschließen, ich brauchte nicht lange, es gab noch keine Schlange. Als ich zu den Stufen zurückkehrte, saß der Leibwächter noch immer mit hängendem Kopf da, er wirkte nicht wach. Er strich sich gedankenverloren über die Koteletten.

»Ist er schon da?«, fragte ich, um etwas zu sagen.

»Nein, noch nicht«, antwortete er, den Blick hebend und gleich darauf das Fernglas in Richtung Tribüne. Das hatte sich in eine fast automatische Geste verwandelt. »Es kann noch immer sein, dass ich nicht dran bin.«

Der Mann war nach wie vor niedergeschlagen, er hatte auf einmal seine ganze Offenherzigkeit verloren, als wäre er trübsinnig geworden. Er plauderte nicht mehr mit mir, noch beachtete er mich. Ich war versucht, ihm zu sagen, dass ich mir dieses Rennen lieber vom Rand der Rennbahn aus anschauen würde, wo ich gut ohne Fernglas auskäme, und ihn zu verlassen. Aber ich fürchtete um seine Arbeit. Er war abwesend, alles, nur nicht wachsam, gerade als er dran war.

»Sind Sie sicher, dass nichts mit Ihnen ist?«, sagte ich und dann, vor allem, um ihn an seine unmittelbar bevorstehende Aufgabe zu erinnern: »Möchten Sie, dass ich für Sie aufpasse, wenn Ihnen nicht wohl ist? Wenn Sie mir sagen, wer Ihr Chef ist …«

»Es gibt nichts aufzupassen«, antwortete er. »Ich weiß, was heute Nachmittag passieren wird. Oder vielleicht ist es schon passiert.«

»Was denn?«

»Sehen Sie, man fasst keine Zuneigung zu dem, der einen bezahlt, damit man ihn beschützt. Mein Chef, das habe ich Ihnen schon gesagt, weiß nicht mal, dass ich existiere, er kennt kaum meinen Namen, für ihn bin ich Luft gewesen in den letzten beiden Jahren, und ab und zu hat er mir die Leviten gelesen, weil ich in meinem Eifer zu weit gegangen war. Er gibt Befehle, und ich führe sie aus, er sagt mir, wo und wann er mich will, und da geh ich hin, zur angegebenen Zeit und zum angegebenen Ort. Das ist alles. Ich sorge dafür, dass ihm nichts passiert, aber ich fühle keine Zuneigung für ihn. Mehr als einmal habe ich daran gedacht, mich an ihm zu vergreifen, um die Spannung zu mildern und mich notwendig zu fühlen, um selbst die Gefahr zu schaffen. Nichts Ernstes, eine kleine Abreibung in der Garage, mit ein bisschen Komödie, mich in meiner Freizeit auf die Lauer legen und den Angreifer spielen. Ihm einen Schrecken einjagen. Ich konnte mir nicht vorstellen, dass ein Tag kommen würde, an dem wir ihm wirklich den Garaus machen müssten.«

»Den Garaus? Wer?«

»Mein Kollege und ich. Na ja, entweder er oder ich. Vielleicht hat er es ja schon getan, hoffentlich. Wenn es so ist, dann wird der Chef auch zu diesem Rennen nicht erscheinen, er wird nicht aus dem Haus gegangen sein, sondern auf dem Teppich liegen oder im Kofferraum. Aber wenn er kommt, sehen Sie, dann deshalb, weil er es nicht gekonnt hat, und dann bin ich dran, nach dem Pferderennen, im Wagen, während mein Kollege fährt. Ein Strick oder ein Schuss fernab von der Straße. Hoffentlich kommen sie nicht, ich sag Ihnen ja, ich fühle keine Zuneigung für ihn, aber die Vorstellung, die Sache zu übernehmen … Das macht mir zu schaffen.«

Ich dachte, er würde scherzen, aber bis zu diesem Augenblick war er mir nicht als ein Mensch erschienen, der zu Scherzen neigte, eher wirkte er unfähig dazu, deshalb – hatte ich flüchtig gedacht – hatte er so heftig gelacht, als ich einen machte, der nicht besonders komisch war. Leute, die keine Scherze zu machen verstehen, sind ganz überrascht, dass andere welche machen, und reagieren dankbar.

»Ich weiß nicht, ob ich Sie verstehe«, sagte ich.

Der Leibwächter zupfte sich noch immer ohne jede Scham die Koteletten. Er schaute mich aus dem Augenwinkel an und verharrte so: den Blick auf mich geheftet, aber aus dem Augenwinkel.

»Natürlich verstehen Sie mich, es ist doch recht deutlich, was ich gesagt habe. Ich sage Ihnen noch einmal, ich fühle keine Zuneigung für ihn, aber ich wäre erleichtert, wenn sie nicht kämen, wenn mein Kollege es bereits getan hätte.«

»Warum tun Sie das?«

»Das ist eine lange Geschichte. Für Geld, na ja, nicht nur, manchmal bleibt nichts anderes übrig, manchmal muss man Dinge tun, die einen anwidern, aber man muss sie tun, weil es schlimmer ist, sie nicht zu tun, ist Ihnen das nie passiert?«

»Doch, das ist mir passiert«, sagte ich, »aber nicht so schwerwiegende Dinge, nehme ich an.« Ich schaute verstohlen zur offiziellen Tribüne, eine vergebliche Geste von meiner Seite. »Wenn all das wahr ist, warum erzählen Sie es mir dann?«

»Bah, das ist doch gleich. Sie werden das niemandem erzählen, auch wenn Sie es morgen in der Zeitung lesen. Niemand holt sich gern Schwierigkeiten an den Hals; wenn Sie mit der Geschichte kommen, dann haben Sie die Scherereien und den Ärger. Und vielleicht die Drohungen. Niemand erzählt etwas, wenn er nicht irgendeinen Nutzen daraus zieht. Deshalb hilft der Polizei kein Schwein, die sollen allein zurechtkommen, denken alle. Und keiner sagt was. Sie werden es genauso machen, heute hab ich keine Lust, Geheimnisse zu haben.«

Ich nahm ihm das Fernglas ab und schaute abermals zur Tribüne, jetzt mit der Naheinstellung. Sie war fast leer, bestimmt waren sie alle in der Bar oder am Paddock, es fehlten noch ein paar Minuten bis zum Start. Die Geste war noch vergeblicher, denn ich kannte seinen Chef nicht, obwohl ich ihn vielleicht am Gesicht eines reichen Mannes erkennen könnte, wenn ich es sah.

»Ist er da?«, fragte er mich furchtsam, während er auf die Rennbahn schaute.

»Ich glaube nicht, es ist fast niemand da. Schauen Sie.«

»Nein, ich warte lieber. Wenn das Rennen beginnt, wenn alle kommen. Sagen Sie mir Bescheid?«

»Ja, ich sage Ihnen Bescheid.«

Wir schwiegen. Ich schaute abermals seine Stiefel an (jetzt die Füße dicht zusammen), und er schaute sich die Manschettenknöpfe an, rosenholzfarben das Hemd, die Manschettenknöpfe einzelne Tabakblätter. Plötzlich ertappte ich mich bei dem Wunsch, dass ein Mensch gestorben sein möge, dass sein Chef schon tot sein möge. Ich ertappte mich dabei, dass mir dies lieber war, damit er ihn nicht umzubringen brauchte. Wir bemerkten allmählich, dass sich die Stufen füllten, die Leute umdrängten uns, wir mussten aufstehen, um Platz zu machen.

»Nehmen Sie das Fernglas«, sagte ich zu ihm, »wir hatten ausgemacht, dass Sie den Start anschauen.« Und ich reichte es ihm.

Der Leibwächter nahm es und hob es jäh an die Augen, mit der gleichen Bewegung, wie sie meines zuschanden gemacht hatte. Ich sah, wie er es auf die Startboxen einstellte, und als die Pferde kurz davor waren, herauszuschießen, richtete er das Fernglas ein paar Sekunden lang auf die Tribüne. Ich hörte ihn zählen:

»Eins, zwei, drei, vier, fünf, sechs, sieben, acht, neun, zehn. Er ist nicht gekommen«, sagte er.

»Sie starten schon«, sagte ich.

Er schaute wieder auf die Rennbahn, und als die Pferde in die erste Kurve gingen, hörte ich ihn rufen:

»Los, *Caronte*, los! Auf, *Caronte*, vorwärts!«

Trotz seiner fröhlichen Erregung war er gewissenhaft genug, um mir das Fernglas zu reichen, als die Pferde in die letzte Kurve gingen. Er war ein rücksichtsvoller Mann, er hielt sich an sein Versprechen, mich den Zieleinlauf sehen zu lassen. Ich hob es an die Augen und sah, wie *Caronte* mit einer halben Länge vor *Heart So White* gewann, der Zweiter wurde: Gewinner und Doppel meines Begleiters an jenem Nachmittag. Ich dagegen würde einmal mehr meine Wettzettel einreißen müssen, auf den Boden damit.

Ich ließ das Fernglas sinken und war überrascht, keinen Freudenruf von ihm zu hören.

»Sie haben gewonnen«, sagte ich.

Aber er hatte den letzten Teil des Rennens wohl nicht verfolgt, er hatte es wohl nicht mitbekommen. Er schaute mit seinen eigenen Augen, ohne fremde Hilfe, zur Tribüne. Er war still. Er wandte sich mir zu, ohne mich anzusehen, als wäre ich ein Unbekannter. Ich war ein Unbekannter. Er knöpfte sich das Jackett zu. Sein Gesicht hatte sich abermals verdüstert, es war fast verzerrt.

»Da sind sie, sie sind gekommen. Sie sind zum fünften gekommen«, sagte er. »Tut mir leid, ich muss zu ihnen gehen, er wird mir Instruktionen geben wollen.«

Er sagte nichts weiter, er verabschiedete sich nicht. In wenigen Sekunden drängte er sich durch die Leute, und ich sah ihn von hinten, wie er sich mit seinem riesigen Körper zur Tribüne hin entfernte. Im Gehen befühlte er das Jackett seitlich über der Taille, er trug die Pistole in ihrem Futteral. Er hatte mir sein Fernglas dagelassen. Ich riss meine Wettzettel ein, aber nicht die seinen, die gewonnen hatten. Ich steckte sie in die Tasche, ich dachte, er würde sie nicht einlösen wollen.

(1992)

Unvollendete Gestalten

Ich weiß nicht, ob ich erzählen soll, was Custardoy kürzlich passiert ist. Soviel ich weiß, war es das einzige Mal, dass er Skrupel hatte, oder vielleicht war es Mitleid. Na ja, ich werde es tun.

Custardoy ist Kopist und Bilderfälscher. Die Aufträge für seine zweite Tätigkeit, die besser bezahlte, werden immer weniger, weil die neuen Untersuchungstechniken den Betrug fast unmöglich machen, zumindest gegenüber Museen. Vor ein paar Monaten trat ein Privatmann an ihn heran: Ein ruinierter Neffe wollte seiner Tante, die, versteckt in ihrem Haus am Meer, einen kleinen, unvollendeten Goya besaß, eine Fälschung unterschieben. Er konnte nicht einmal mehr ihren Tod abwarten, denn die Tante hatte ihm mitgeteilt, dass sie ihm das Haus hinterlassen würde, während sie beschlossen habe, den Goya einem kleinen Hausmädchen zu vererben, das bei ihr aufgewachsen war. Dem Neffen zufolge war die Tante schwachsinnig.

Custardoy war bereit, ausgehend von Fotografien und von dem Gutachten zu arbeiten, das Jahre zuvor ein Experte angefertigt hatte, aber er bat darum, das Bild wenigstens einmal sehen zu dürfen, um zu prüfen, ob der

Tausch machbar wäre, und zu diesem Zweck wurde er von dem Neffen, der Cámara hieß und die Tante selten besuchte, eingeladen, ein Wochenende in dem Haus am Meer zu verbringen. Die Tante lebte allein mit dem jungen Dienstmädchen, fast noch ein Kind, dem sie die Schulbücher und die Federbüchsen kaufte; das Mädchen ging jeden Morgen in die Schule in Port de la Selva, kehrte zum Mittagessen zurück und verbrachte den Rest des Tages und den Abend damit, darauf zu warten, dass es der Hausherrin einfallen könnte, ihr irgendeine Verrichtung aufzutragen. Die Tante, deren Familienname Vallabriga lautete, verbrachte die Tage und Abende vor dem Fernseher oder mit Telefongesprächen mit längst verblassten Freundinnen aus Barcelona. Mehr als ihren vor zehn Jahren verstorbenen Ehemann vermisste sie denjenigen, den sie auch zu Lebzeiten des Ehepartners schon vermisst hatte, einen schmachtenden Verehrer, der in ihrer Jugend mit einer anderen fortgegangen war, eine winzige, ferne Obsession. Sie hatte einen dreibeinigen Hund, das rechte Hinterbein hatte man ihm amputiert, nachdem er eine Nacht mit ihm zerquetscht in einer Kaninchenfalle gelegen hatte. Niemand hatte ihn befreit, die Leute der Umgebung hatten sein Geheul für das des Wolfs gehalten. Vom Blick dieses Hundes, so der Neffe, sagte die Tante, dass er sie an den des verlorenen, leidenden Liebsten erinnere. »Völlig schwachsinnig«, fügte der Neffe hinzu. Mit diesem Tier und mit dem kleinen Dienstmädchen pflegte Señora Vallabriga lange Spaziergänge am Meer zu machen, drei unvollendete Gestalten, das Mädchen seines kindlichen Alters wegen, der Hund seiner Verstümmelung wegen, die Tante ihrer falschen und ihrer echten Witwenschaft wegen.

Obwohl Custardoy sein Haar in einem Pferdeschwanz und lange Koteletten und Schuheinlagen trug (eine schlecht verstandene Modernität, ein verwerflicher Anblick außerhalb der Städte), wurde er freundlich aufgenommen; die Tante konnte in altmodischer Weise kokettieren, und das Mädchen hatte was zu tun. Nach dem Abendessen ging die Tante mit Custardoy und dem Neffen Cámara den Goya anschauen, den sie in ihrem Schlafzimmer aufbewahrte, *Dona Maria Teresa de Vallabriga,* eine entfernte Vorfahrin ohne die geringste Ähnlichkeit mit ihrer ungeraden Nachfahrin. »Ist es möglich?«, fragte Cámara Custardoy mit leiser Stimme. »Ich sag's dir morgen«, sagte Custardoy und lauter: »Es ist ein gutes Bild, schade nur, dass der Hintergrund unfertig ist«, und er examinierte es aufmerksam, obwohl das Licht nicht gut war. Dieses Licht erhellte besser das Bett. ›Dieses Bett wird seit zehn Jahren unbesucht sein‹, dachte er, ›oder vielleicht schon länger.‹ Custardoy denkt immer an das, was die Betten enthalten.

In dieser Nacht gab es ein Unwetter, und Custardoy hörte von seinem Zimmer im zweiten Stock aus den lahmen Hund bellen. Er erinnerte sich an die Falle, aber dieses Mal lag es wohl nicht daran, sondern an den Donnerschlägen. Er ging ans Fenster, um zu sehen, ob der Hund in Sichtweite war, und da sah er ihn, dicht am verregneten Meer – Schrotkörner gegen eine unruhige Leinwand –, aufgepflanzt wie ein Dreifuß, den Zickzack der Blitze anbellend, als erwartete er sie. ›Vielleicht gab es auch ein Unwetter in der Nacht, die er in der Falle verbrachte‹, dachte er, ›und er hat für immer die Angst vor ihnen verloren.‹ Das hatte er gerade gedacht, als er das kleine Dienstmädchen herbeilaufen sah, im Nachthemd, in der Hand eine

Leine, um den Hund anzubinden und zu versuchen, ihn fortzuziehen. Er sah, wie sie sich abmühte, ihr Körper deutlich sichtbar unter dem feuchten Kleidungsstück, und hörte eine angstvolle Stimme unter seinem eigenen Fenster: »Du wirst dir den Tod holen, du wirst dir den Tod holen!«, sagte die Stimme. ›Niemand schläft in diesem Haus‹, dachte er. ›Nur Cámara, vielleicht.‹ Er öffnete geräuschlos das Fenster und steckte ein wenig den Kopf hinaus, denn er wollte nicht gesehen werden. Er spürte den heftigen Regen im Nacken, und was er von oben sah, war ein aufgespannter schwarzer Regenschirm, die Señora Vallabriga, die ungeduldig der Rückkehr ihrer unvollendeten Gestalten harrte, es war ihre Stimme, und es war ihr Arm, der nackte Arm, der ab und zu verkrampft unter dem Regenschirm auftauchte, als wollte er sie heranzerren oder packen, das Tier und das Mädchen, die miteinander kämpften, der Hund mit dem fehlenden Bein konnte schlecht fortrennen oder entwischen, er bellte noch immer die Blitze an, die seinen hartnäckigen, schmachtenden Verehrerblick und den Körper erhellten, der erwachsener war als er angezogen wirkte – den plötzlich vollendeten Körper. Custardoy fragte sich, wessen Tod die Tante fürchtete, und kurz darauf wusste er es, als das Mädchen schließlich zur Tür kam, den Hund hinter sich her zerrend, und alle drei verschwanden, zunächst unter dem kuppelartigen Regenschirm und dann im Haus. Er schloss das Fenster; dann, schon von innen her, hörte er nur noch zwei Sätze, beide von der Tante, das Mädchen musste die Sprache verloren haben: »Dieser Köter«, sagte sie. Und dann: »Sofort ins Bett, Mädchen, zieh das aus.« Custardoy hörte die müden Schritte, die zu seinem Stockwerk hinaufkamen, und dann, als er wieder lag und als nach dem letzten Geräusch einer einzigen Tür, die geschlossen wurde – einer einzigen Tür – Stille eingetreten war, fragte er sich, ob er sich nicht womöglich getäuscht hatte in Bezug auf das Bett, das den Goya beschützte und das angeblich niemand besuchte. Er ging der Frage nicht weiter nach, aber er beschloss, dass er am nächsten Morgen Verrat begehen würde; in dem Gutachten, das er Cámara über die Möglichkeiten einer Fälschung überreichen musste, würde stehen, dass es sich nicht lohnte, eine Kopie zu fälschen. Die Erbin des Goya hatte ihn sich verdient. Er würde zu Cámara sagen: »Vergessen wir die Sache.«

Anmerkung: Das Herrin-Dienerin-Verhältnis und der angedeutete Lesbianismus dieser Minierzählung sind darauf zurückzuführen, dass die fünf obligaten Elemente, die mit dem Auftrag verbunden waren (eine chinesische Folter), mich sogleich an ›Rebecca‹ von Alfred Hitchcock oder Daphne du Maurier denken ließen.

(1992)

Sonntag mit Fleisch

Wir waren im Hotel de Londres abgestiegen, und während der ersten vierundzwanzig Stunden in der Stadt hatten wir das Zimmer nicht verlassen, wir waren nur auf die Terrasse hinausgetreten, um von dort aus die Bucht La Concha zu sehen, zu voll, um einen erfreulichen Anblick zu bieten. Angenehm ist nur, was nicht massig, was unterscheidbar ist, und dort konnte man unmöglich mit dem Blick auf jemandem verweilen, trotz des Fernglases, ein Übermaß an Fleisch ebnet ein und macht gleich. Wir hatten es mitgenommen, falls wir an einem Sonntag nach Lasarte gehen würden, zur Pferderennbahn, es gibt nicht viel zu tun in San Sebastián an den Sonntagen im August, wir würden drei Wochen da sein, unser Urlaub, vier Sonntage, aber drei Wochen, denn jener zweite Tag unseres Aufenthalts war ein Sonntag, und wir würden an einem Montag abreisen.

Ich trat mehr hinaus als meine Frau, Luisa, immer mit dem Fernglas in der Hand, oder besser gesagt, um den Hals gehängt, damit es mir nicht entgleiten und von der Terrasse hinunterfallen und zerbrechen konnte. Ich versuchte, jemanden am Strand auszumachen, jemanden auszuwählen, aber es gab zu viele Menschen, um irgendeinem treu zu sein, ich machte Schwenks mit der Naheinstellung, sah Hunderte von Kindern, Dutzende von Dicken, ebenso viele junge Mädchen (keine mit bloßen Brüsten, in San Sebastián ist das noch selten), junges und reifes und altes Fleisch, Kinderfleisch, das noch kein Fleisch ist, Mutterfleisch, das dagegen am meisten Fleisch ist, weil es sich bereits reproduziert hat. Schon bald wurde ich es leid zu schauen und kehrte zum Bett zurück, wo Luisa ruhte, ich gab ihr ein paar Küsse, dann kehrte ich zur Terrasse zurück und schaute abermals durch das Fernglas. Vielleicht langweilte ich mich, und deshalb war ich ein wenig neidisch, als ich sah, dass zwei Zimmer weiter, zu meiner Rechten, ein Mann stand, der, ebenfalls mit einem Fernglas, dieses fest auf irgendeinen interessanten Punkt gerichtet hielt und es erst nach einer ganzen Weile sinken ließ und es nicht bewegte, solange er schaute; er hielt es vor die Augen, reglos, ein paar Minuten lang, dann ließ er den Arm ausruhen, und nach kurzer Zeit hob er ihn wieder, immer in der gleichen Position, er wich nicht im mindesten ab von seiner Blickrichtung. Er war nicht hinausgetreten, im Gegenteil, er beobachtete vom Innern des Zimmers her, und deshalb konnte ich nur seinen behaarten Arm sehen, wohin, wohin genau schaute er wohl, fragte ich mich voll Neid, ich wollte meinen Blick gern fest auf etwas richten, nur dann ruht man wirklich aus und verknüpft Interesse mit dem, was man betrachtet, ich machte nur Schwenks, Fleisch und noch mehr Fleisch, das nicht als Einzelnes hervortrat, wenn wir schließlich das Zimmer verlassen würden, Luisa und ich, und zum Strand hinuntergingen (wir warteten ab, dass er ein wenig leerer wurde, voraussichtlich zur Zeit des Mittagessens), wären auch wir Teil des Konglomerats aus Fleisch, das aus der

Ferne identisch war, unsere erkennbaren Körper würden untergehen in der Gleichförmigkeit, die der Sand und das Wasser und die Badekleidung schaffen, vor allem die Badekleidung. Und jener Mann zu meiner Rechten würde uns nicht wahrnehmen, niemand, der von oben schaute – wie er und ich es taten –, würde uns wahrnehmen, wären wir erst einmal Teil des unangenehmen Schauspiels. Vielleicht deshalb, um nicht ausgemacht zu werden, um nicht aufs Korn genommen noch unterschieden zu werden, finden die Sommerurlauber Gefallen daran, sich ein wenig auszuziehen und sich in Sand und Wasser unter andere Halbnackte zu mischen.

Ich versuchte zu berechnen, auf welchen Punkt die festen Augen des Mannes, meines Nachbarn, gerichtet sein konnten, und es gelang mir, einen Raum zu begrenzen, der nicht klein genug war, um meinen Blick völlig zur Ruhe kommen und Interesse an dem Interessanten aufkommen zu lassen, aber auf diese Weise, indem ich seinen Blick nachahmte oder versuchte, diesen zu erraten, konnte ich den größten Teil der vor mir liegenden Fläche – ein Strand – ausschließen.

»Was schaust du an?«, fragte mich meine Frau vom Bett her. Es war sehr heiß, und sie hatte sich ein feuchtes Handtuch auf die Stirn gelegt, es verdeckte ihr fast die Augen, die sich für nichts interessierten.

»Das weiß ich noch nicht«, sagte ich, ohne mich umzudrehen. »Ich versuche zu sehen, was ein Mann sieht, der hier neben mir ist, auf einer anderen Terrasse.«

»Warum? Das kann dir doch egal sein. Sei nicht neugierig.«

Es war mir gleich, in der Tat, aber im Sommer geht es vor allen anderen Dingen darum, Zeit zu verlieren, sonst hat man nicht das Gefühl, in dieser Jahreszeit zu sein, die langsam sein muss und ohne Ziel.

Meinen Berechnungen und Beobachtungen zufolge musste der Mann zu meiner Rechten eine von vier Personen anschauen, die sich alle ziemlich dicht beieinander befanden, nebeneinander in der letzten Reihe, weit vom Wasser entfernt. Rechts von diesen Personen tat sich eine leere Stelle auf, links ebenfalls, das war es, was mich auf den Gedanken brachte, dass er eine dieser vier anschaute. Die Erste (von links nach rechts, wie bei den Fotos) zeigte mir oder zeigte uns das Gesicht, da sie der Sonne den Rücken zugewandt hatte; es war eine noch junge Frau, sie las eine Zeitung, sie hatte das Oberteil des Bikinis aufgeknüpft, nicht ausgezogen (das wird in San Sebastián noch immer ungern gesehen). Die Zweite, ebenfalls eine Frau, älter, korpulenter, in einem Badeanzug und mit einem Strohhut, saß und cremte sich ein; bestimmt eine Mutter, aber ihre Kinder hatten sie verlassen, vielleicht spielten sie zusammen am Ufer. Die dritte Person war ein Mann, möglicherweise ihr Ehemann oder ihr Bruder, er war schlanker, er zitterte aus Laune auf seinem Handtuch stehend, als sei er gerade aus dem Wasser gekommen (er zitterte aus Laune, weil das Meer nicht kalt sein konnte). Die Vierte war mehr als unterscheidbar, weil sie bekleidet war, zumindest der Oberkörper war bedeckt; es war ein älterer Mann (der Nacken grau), der mit dem Rücken zu mir saß, aufrecht, als wäre er seinerseits damit beschäftigt, jemanden am Ufer oder ein paar Reihen weiter vorne zu beobachten oder zu überwachen, der Strand als Theater. Ich richtete meinen Blick auf ihn; er war zweifellos allein, er hatte nichts zu tun mit dem, der sich links von ihm befand, dem unecht zitternden Mann. Er trug ein grünes kurzärmeliges Hemd, ich konnte nicht sehen, ob er eine Badehose oder eine lange Hose darunter trug, ob er bekleidet war, unpassend an diesem Ort, wenn, dann würde er deshalb auffallen. Er kratzte sich den Rücken, er kratzte sich die Taille, die Taille war dick, sie musste schwer sein, bestimmt war er einer dieser Männer, die es große Mühe kostet, aufzustehen, zu diesem Zweck musste er die Arme nach vorne schwingen, mit ausgestreckten Fingern, als würde einer an ihnen ziehen. Er kratzte sich den Rücken, ein wenig so, als würde er auf sich zeigen. Ich fand keine Zeit, um festzustellen, ob er so aufstand, mühsam, oder um zu sehen, ob er lange Hosen oder eine Badehose trug, wohl aber, um zu erkennen, dass er das Ziel meines Nachbarn war, denn plötzlich sah ich, mein Fernglas endlich auf seine dicke Taille und seinen breiten Rücken gerichtet, wie er zusammensackte, er fiel nach vorn, sitzend, wie es die Marionetten tun, wenn die Hand sie loslässt, die sie führt. Ich hatte einen kurzen, gedämpften Knall gehört und konnte gerade noch sehen, dass das, was von der Terrasse zu meiner Rechten verschwand, nicht mehr der Arm meines Nachbarn mit dem Fernglas war, sondern sein Arm und der Lauf einer Waffe. Ich glaube, niemand bemerkte etwas, obwohl der zitternde Mann jetzt stillstand, denn ihm war nicht mehr kalt.

(1992)

Als ich sterblich war

Ich habe oft vorgegeben, an Gespenster zu glauben, und ich gab vor, feierlich daran zu glauben, und jetzt, da ich selbst eines bin, verstehe ich, warum sie traditionell leidend dargestellt werden und mit dem hartnäckigen Wunsch, an die Orte zurückzukehren, die sie kannten, als sie sterblich waren. Es stimmt, dass sie zurückkehren. Selten werden sie oder wir wahrgenommen, die Häuser, die wir bewohnen, haben sich verändert, und in ihnen gibt es Bewohner, die nicht die geringste Ahnung von unserer vergangenen Existenz haben, sie sich nicht einmal vorstellen können: Genau wie die Kinder glauben diese Männer und Frauen, dass die Welt mit ihrer Geburt begonnen hat, und sie fragen sich nicht, ob der Boden, auf den sie treten, zu einer anderen Zeit leichtere Tritte oder vergiftete Schritte erlebt hat, ob zwischen den Wänden, die sie beherbergen, andere Flüstern oder Lachen hörten, ob jemand mit lauter Stimme einen Brief las oder den Hals dessen zusammendrückte, den er am meisten liebte. Es ist absurd, dass der Raum bleibt und die Zeit ausgelöscht wird für die Lebenden, oder vielleicht ist es in Wirklichkeit so, dass der Raum Verwahrer der Zeit ist, nur dass sie stumm ist und nichts erzählt. Es ist absurd, dass es so für die Lebenden ist, denn was danach kommt, ist das Gegenteil, und dafür ermangeln wir der Vorbereitung. Das heißt, jetzt vergeht die Zeit nicht, sie läuft nicht ab, sie fließt nicht, sondern sie verewigt sich gleichzeitig und mit allen Einzelheiten, und »jetzt« zu sagen ist womöglich Trug. Das ist das Zweitschlimmste, die Einzelheiten, denn das, was wir gelebt haben und was kaum Spuren in uns hinterlassen hat, als wir sterblich waren, stellt sich jetzt mit dem entsetzlichen Element dar, dass alles Bedeutung und Gewicht besitzt: die leichthin gesagten Worte und die automatischen Gesten; die Nachmittage der Kindheit, die wir als ein angehäuftes Ganzes sahen, ziehen jetzt einzeln, einer nach dem anderen, an uns vorbei; die Anstrengung eines ganzen Lebens – eine Routine zu erreichen, die die Tage und auch die Nächte einebnet – erweist sich als vergeblich, und jeder Tag und jede Nacht werden mit übermäßiger Deutlichkeit und Einzigartigkeit und einem Grad an Realität erinnert, der unpassend ist für unseren Status, der den Takt nicht mehr kennt. Alles ist konkret und maßlos, und es ist eine Qual, die Schneide der Wiederholungen zu erleiden, denn der Fluch besteht darin, *alles* zu erinnern, die Minuten jeder Stunde jedes gelebten Tages, die der Langeweile und die der Arbeit und die der Fröhlichkeit, die des Lernens und der Schwermut und der Niedertracht und des Traums, und auch die des Wartens, welche die meisten waren.

Aber ich habe schon gesagt, dass dies nur das Zweitschlimmste ist, es gibt etwas noch Quälenderes, und das besteht darin, dass ich mich jetzt nicht nur an das erinnere, was ich sah und hörte und wusste, als ich sterblich war, sondern dass ich es vollständig erinnere, das heißt einschließlich dessen, was ich damals nicht sah noch wusste oder hörte und was mir auch nicht zugänglich war, mich jedoch betraf oder jene, die mir wichtig waren oder mich vielleicht gestalteten. Man entdeckt jetzt das ganze Ausmaß dessen, was man erahnt in dem Maß, in dem man lebt, je mehr, desto erwachsener man wird, ich kann nicht sagen, älter, weil ich es nicht wurde: dass man nur einen Bruchteil von dem kennt, was einem geschieht, und dass man, wenn man glaubt, sich das, was einem bis zu einem bestimmten Tag widerfahren ist, erklären oder erzählen zu können, zu vieler Daten ermangelt, es fehlen einem die fremden Absichten und die Beweggründe der Handlungen, es fehlt einem das Verborgene: Wir sehen die Menschen, die uns am nächsten sind, wie Schauspieler erscheinen, die plötzlich vor den Vorhang eines Theaters treten, ohne dass wir wüssten, was sie bis zur Sekunde davor getan haben, als sie nicht vor uns standen. Vielleicht präsentieren sie sich als Othello oder als Hamlet verkleidet und rauchten noch vor einem Augenblick eine unmögliche, anachronistische Zigarette hinter den Kulissen und schauten ungeduldig auf eine Uhr, die sie abgenommen haben, um sich den Anschein zu geben, andere zu sein. Desgleichen fehlen uns die Ereignisse, bei denen wir nicht dabei gewesen sind, und die Gespräche, die wir nicht gehört haben, diejenigen, die hinter unserem Rücken stattfinden und uns erwähnen oder uns kritisieren oder über uns richten und uns verurteilen. Das Leben ist barmherzig, alle Leben sind es oder dies ist die Norm, und deshalb betrachten wir diejenigen als böse, die nicht verschleiern noch verbergen noch lügen, die erzählen, was sie wissen und hören, auch, was sie tun und was sie denken. Wir sagen, sie seien grausam. Und es ist dieser Zustand der Grausamkeit, in dem ich mich jetzt befinde.

Ich sehe mich zum Beispiel als Kind kurz vor dem Einschlafen in meinem Bett während so vieler Abende einer Kindheit ohne Schrecken oder voll Zufriedenheit, bei angelehnter Tür, um das Licht zu sehen, bis der Schlaf mich überwältigen würde, und bei den Unterhaltungen zwischen meinem Vater und meiner Mutter und irgendeinem Gast schläfrig zu werden, der zum Abendessen oder zum Nachtisch geladen worden ist, Letzteres fast immer Dr. Arranz, ein angenehmer Mann, der stets lächelte und murmelnd sprach und der zu meiner Freude eintraf, kurz bevor ich einschlief, gerade rechtzeitig, um in mein Zimmer zu kommen und zu sehen, wie es mir ging, das Privileg einer fast täglichen Kontrolle und die Hand des Arztes, die beruhigt und unter dem Schlafanzug tastet, eine laue, unwiederholbare Hand, die berührt, wie später keine mehr im Lauf unserer Leben zu berühren weiß, während das furchtsame Kind fühlt, dass jede Anomalie oder Gefahr von ihr entdeckt und damit eingedämmt wird, es ist die Hand, die rettet; und von den Ohren herabhängend das Stethoskop mit seiner gesunden, kalten Berührung auf der eingesunkenen Brust, und bisweilen auch der ererbte Silberlöffel mit Initialen umgedreht auf der Zunge, der Griff, der sich einen Augenblick lang in unseren Hals rammen zu wollen schien, um dann nach der ersten Berührung der befreienden Erinnerung Raum zu geben, dass es Arranz war, der ihn hielt, seine schützende, sichere Hand, Herrin über metallische Gegenstände, nichts konnte passieren, solange er abhörte oder mit seiner Lampe auf der Stirn schaute. Nach seinem raschen Besuch und seinen zwei oder drei Scherzen – manchmal wartete meine Mutter auf ihn, in den Türrahmen gelehnt, während er mich untersuchte und mich leicht zum Lachen brachte, auch sie amüsiert – war ich noch ruhiger und begann halb einzuschlafen, während ich ihr Geplauder im nahe gelegenen Wohnzimmer hörte oder hörte, wie sie eine Weile Radio hörten oder ein wenig Karten spielten, in einer Zeit, in der die Zeit fast nicht verging, es scheint unglaublich, denn es ist nicht so lange her, auch wenn von damals bis heute Zeit genug gewesen ist für mein Leben und meinen Tod. Ich höre das Lachen derer, die noch jung waren, obwohl ich sie damals nicht so sehen konnte, wohl aber jetzt: Mein Vater lachte am wenigsten, ein schweigsamer, gepflegter Mann mit einer Spur ständiger Melancholie in den Augen, vielleicht weil er Republikaner gewesen war und den Krieg verloren hatte, und das muss etwas sein, wovon man sich niemals erholt, einen Krieg gegen die Landsleute und die Nachbarn zu verlieren. Er war ein gutmütiger Mann, der nie mit uns zankte, weder mit mir noch mit meiner Mutter, und er verbrachte viel Zeit zu Hause und schrieb Artikel und Buchkritiken, die er für die Zeitungen zumeist mit falschen Namen unterzeichnete, denn es war besser, wenn er seinen nicht benutzte; oder aber er las, ein Frankreichliebhaber, an Romane von Camus und Simenon erinnere ich mich am meisten. Dr. Arranz war frohsinniger, ein spöttischer Mann mit seiner schleppenden Stimme, voller Erfindungsgabe und Redensarten, der Typ, den Kinder vergöttern, weil er Tricks mit den Karten machen kann und sie mit unerwarteten Reimen amüsiert und ihnen vom Fußball erzählt – Kopa, Rial, Di Stefano, Puskas und Gento damals – und ihm Spiele einfallen, mit denen er sie auf die Probe stellt und ihre Phantasie weckt, denn in Wirklichkeit hat er nie Zeit, um zu bleiben und sie tatsächlich zu spielen. Und meine Mutter, immer gut gekleidet, obwohl wahrscheinlich nicht viel Geld im Haus eines Verlierers des

Krieges war – tatsächlich gab es keines –, besser gekleidet als mein Vater, weil sie noch ihren eigenen Vater hatte, der sie kleidete, mein Großvater, klein und lächelnd und den Ehemann zuweilen voll Kummer anschauend, mich immer mit Begeisterung, auch solche Blicke gibt es später nicht mehr viele, je mehr man heranwächst. Das alles sehe ich jetzt, aber ich sehe es vollständig, ich sehe, dass das Lachen aus dem Wohnzimmer niemals von meinem Vater kam, während ich langsam in den Schlaf sank, wohingegen das Hören des Radios seine und nur seine Sache war, ein unmögliches Bild bis vor kurzem, das jetzt so deutlich ist wie die alten, die, als ich sterblich war, sich verdichteten und verschwammen, je mehr, desto länger ich lebte. Ich sehe, dass an manchen Abenden Dr. Arranz und meine Mutter ausgingen, und jetzt verstehe ich so viele Hinweise auf die guten Eintrittskarten, die ich in meiner damaligen Vorstellung immer vom Türsteher des Stadions oder der Stierkampfarena eingerissen sah – Orte, zu denen ich nicht ging – und über die ich mir keine weiteren Fragen stellte. An anderen Abenden gab es keine guten Karten oder man sprach nicht darüber, oder es waren Regenabende, die nicht zu einem Spaziergang einluden oder zu einem Besuch der Kirmes, und jetzt weiß ich, dass Dr. Arranz und meine Mutter ins Schlafzimmer gingen, wenn feststand, dass ich eingeschlafen war, nachdem ich an Brust und Bauch von denselben Händen berührt worden war, die danach sie berühren würden, nicht mehr lau und drängender, die Hand des Arztes, die beruhigt und erkundet und überzeugt und fordert; und nachdem ich auch von denselben Lippen auf die Wange oder die Stirn geküsst worden war, die später die murmelnde, ungezwungene Stimme küssen und zum Schweigen bringen würden. Und ob sie nun ins Theater oder ins Kino oder ins Tanzlokal gingen oder nur ins Nebenzimmer wechselten, mein Vater stellte alleine das Radio an, während er wartete, um nichts zu hören, aber nach einiger Zeit und Routine – nach der Einebnung der Abende, die sich immer einstellt, wenn die Abende darauf beharren, sich zu wiederholen – auch, um sich eine halbe oder eine Dreiviertelstunde lang zu zerstreuen (Ärzte haben es immer eilig), denn mit der Zeit fand er Zerstreuung durch das, was er hörte. Der Doktor ging fort, ohne sich von ihm zu verabschieden, und meine Mutter kam nicht mehr aus dem Zimmer heraus, sie blieb dort und wartete auf meinen Vater, sie zog sich ein Nachthemd an und wechselte die Laken, er fand sie niemals mit ihren hübschen Röcken und Strümpfen vor. Und jetzt sehe ich die Unterhaltung, die diesen Zustand herbeiführte, der für mich nicht einer der Grausamkeit war, sondern ein barmherziger, der mein Leben lang angedauert hat, und bei dieser Unterhaltung trägt Dr. Arranz den kleinen schmalen Schnurrbart, den ich später bei den Abgeordneten der Cortes bis zum Tode Francos gesehen habe, und nicht nur bei ihnen, sondern auch bei Militärs und Notaren, bei Bankiers und bei Professoren, bei Schriftstellern und bei so vielen Ärzten, nicht bei ihm jedoch, er kam den anderen zuvor, als er ihn sich abnahm. Mein Vater und meine Mutter sitzen im Esszimmer, und ich habe noch kein Bewusstsein und auch keine Erinnerung, ich bin ein Kind, das weder läuft noch spricht und das in seiner Wiege liegt und das nie hätte davon zu erfahren brauchen; sie hält die ganze Zeit den Blick gesenkt und sagt kein Wort, er hat zunächst ungläubige, dann entsetzte Augen; entsetzt und furchtsam eher als empört. Und eines der Dinge, die Arranz sagt, ist folgendes:

»Sieh mal, León, die Polizei bekommt viele Berichte von mir, und die meinen sind alle hieb- und stichfest, nie haben sie ihren Zweck verfehlt. Es hat gedauert, bis ich dich gefunden habe, aber ich weiß genau, was du im Krieg getan hast, du hast nach Herzenslust die Milizsoldaten informiert, damit sie die Leute im Morgengrauen abholen und erschießen konnten. Aber auch wenn es nicht so gewesen wäre. In deinem Fall brauche ich nicht viel zu erfinden, es genügt, wenn ich übertreibe und sage, dass du die Hälfte unserer Nachbarschaft in den Straßengraben geschickt hast, das wäre nicht allzu weit von der Wahrheit entfernt, auch mich hättest du geschickt, wenn du gekonnt hättest. Es sind mehr als zehn Jahre vergangen, aber dich erwartet das Erschießungskommando, wenn ich damit komme, und ich habe keinen Grund, den Mund zu halten. Jetzt entscheide also du, was du willst: Entweder es geht dir ein wenig schlecht mit meinen Bedingungen, oder es geht dir überhaupt nicht mehr, weder schlecht noch gut und auch nicht leidlich.«

»Und was sind das für Bedingungen?«

Ich sehe Dr. Arranz eine Bewegung mit dem Kopf zu meiner stummen Mutter hin machen – eine Bewegung, die sie verdinglicht –, die er ebenfalls aus dem Krieg und schon vorher kannte, ebenfalls aus dieser Nachbarschaft, die so viele Nachbarn verlor.

»Sie langlegen. Jede Nacht, bis ich es leid bin.«

Arranz wurde es leid, wie wir alle alles leid werden, wenn man uns Zeit lässt. Er wurde es leid, als ich noch in einem Alter war, in dem dieses so wichtige Verb nicht zum Wortschatz gehört und auch sein Inhalt nicht vorstellbar ist. Das Alter meiner Mutter dagegen war das Alter, in dem sie zu welken begann und nicht mehr lachte und mein

Vater anfing, Erfolg zu haben und sich besser zu kleiden und die Artikel und Kritiken mit seinem Namen zu unterzeichnen – seinem Namen, der nicht León war – und ein wenig die Melancholie aus seinen getrübten Augen zu verlieren; und abends mit guten Karten auszugehen, während meine Mutter zu Hause blieb und Patiencen legte oder Radio hörte oder wenig später, angemessener, Fernsehen sah.

Wer über das Jenseits oder die Fortdauer des Bewusstseins über den Tod hinaus spekuliert hat – wenn wir denn das sind, Bewusstsein –, hat nicht die Gefahr oder besser gesagt den Horror berücksichtigt, sich an alles zu erinnern, sogar an das, was wir nicht wussten: alles zu wissen, was uns betrifft oder an dem wir beteiligt oder dem wir auch nur nahe waren. Ich sehe mit absoluter Deutlichkeit Gesichter, denen ich ein einziges Mal auf der Straße begegnet bin, einen Mann, dem ich ein Almosen gab, ohne ihm ins Gesicht zu blicken, eine Frau, die ich in der Metro betrachtete und an die ich nie wieder dachte, die Gesichtszüge eines Briefträgers, der mir ein bedeutungsloses Telegramm brachte, die Gestalt eines kleinen Mädchens, das ich an einem Strand sah, als auch ich ein Kind war. Es wiederholen sich die langen Minuten, die ich in den Flughäfen wartete oder in der Schlange eines Museums verbrachte oder damit, an jenem fernen Strand aufs Wasser zu schauen, oder Koffer zu packen und später wieder auszupacken, die langweiligsten, die niemals zählen und die wir als tote Zeit zu bezeichnen pflegen. Ich sehe mich in Städten, in denen ich vor langer Zeit und auf der Durchreise war, mit freien Stunden, dazu da, mit Spaziergängen verbracht und dann aus meinem Gedächtnis gelöscht zu werden: Ich sehe mich in Hamburg und in

Manchester, in Basel und in Austin, an Orten, zu denen ich nicht gereist wäre, wenn mich nicht die Arbeit hingeführt hätte. Ich sehe mich auch in Venedig vor langer Zeit, auf meiner Hochzeitsreise mit meiner Frau Luisa, mit der ich diese letzten Jahre der Ruhe und Zufriedenheit verbracht habe, ich sehe mich in ihnen, in meinem jüngsten Leben, obwohl es schon weit entfernt ist. Ich kehre von einer Reise zurück, und sie erwartet mich am Flughafen, es gab kein einziges Mal in unserer Ehe, an dem sie nicht dorthin gekommen wäre, um mich abzuholen, auch wenn ich nur zwei Tage fort gewesen war, trotz des fürchterlichen Verkehrs und der entbehrlichen Tätigkeiten, welche die anstrengendsten sind. Ich war gewöhnlich so müde, dass ich nur die Kraft hatte, zwischen den Kanälen des in all unseren Ländern gleichen Fernsehens hin und her zu wechseln, während sie mir ein leichtes Abendessen zubereitete und mir mit gelangweiltem, aber geduldigem Gesicht Gesellschaft leistete, wohl wissend, dass ich nur den tiefen Schlaf und die Ruhe der bevorstehenden Nacht brauchte, um mich zu erholen und am nächsten Tag der Gleiche wie immer zu sein, ein aktiver, zu Scherzen aufgelegter Typ, der die Worte ein wenig in sich hineinmurmelte, eine wohleinstudierte Form, die Ironie zu betonen, die allen Frauen gefällt, sie haben das Lachen im Blut und können nicht verhindern, in Lachen auszubrechen, auch wenn sie den, der den Scherz macht, nicht ausstehen können, wenn der Scherz witzig ist. Und am folgenden Nachmittag, nunmehr erholt, pflegte ich María zu besuchen, meine Geliebte, die noch mehr lachte, denn bei ihr waren meine Einfälle noch nicht abgenutzt.

Ich habe immer sehr sorgsam darauf geachtet, mich

nicht zu verraten, nicht zu verletzen und barmherzig zu sein, María sah ich nur bei ihr zu Hause, damit niemand mich jemals mit ihr irgendwo sehen und dann fragen oder grausam sein und später erzählen oder einfach darauf warten konnte, vorgestellt zu werden. Ihre Wohnung lag in der Nähe, und ich ging viele Nachmittage auf dem Weg zu meiner dort vorbei, nicht jeden Tag, es bedeutete eine Verspätung von nur einer halben oder einer Dreiviertelstunde, manchmal ein wenig mehr, manchmal hielt ich mich damit auf, aus ihrem Fenster zu sehen, das Fenster der Geliebten hat einen Reiz, den das unsere nie haben wird. Nie habe ich einen Fehler gemacht, denn in diesen Fragen sind Fehler eine Form von Rücksichtslosigkeit oder, schlimmer noch, Bosheit. Einmal bin ich María begegnet, als ich mit Luisa in einem überfüllten Kino war, bei einer Premiere, und meine Geliebte nutzte das Gedränge, um sich uns zu nähern und einen Augenblick lang meine Hand zu fassen, als sie an mir vorbeiging; ohne mich anzusehen, streifte sie mich mit dem Oberschenkel, den ich gut kannte, und fasste und streichelte meine Hand. Luisa konnte diese zarte, flüchtige, heimliche Berührung weder sehen noch bemerken noch im Geringsten ahnen, dennoch beschloss ich, María ein paar Wochen lang nicht zu sehen, nach deren Ablauf, und nachdem ich im Büro nicht ans Telefon gegangen war, sie mich eines Nachmittags bei mir zu Hause anrief, zum Glück war meine Frau nicht da.

»Was ist los?«, fragte sie.

»Du sollst mich hier nie anrufen, das weißt du doch.«

»Ich würde dich nicht anrufen, wenn du im Büro ans Telefon gehen würdest. Ich habe zwei Wochen gewartet«, sagte sie.

Und ich antwortete ihr, wobei ich mich bemühte, die Wut zurückzurufen, die ich vor diesen zwei Wochen gefühlt hatte:

»Und ich werde auch nie wieder rangehen, wenn du mich noch einmal anfasst, wenn Luisa dabei ist. Tu das bloß nicht.«

Sie schwieg.

Man vergisst fast alles im Leben und erinnert alles im Tod oder in diesem Zustand der Grausamkeit, aus dem das Gespensterdasein besteht. Aber im Leben vergaß ich und sah sie an einem und am anderen Tag, so wie man alles endlos auf bald verschiebt, und immer glauben wir, dass es weiterhin ein Morgen gibt, an dem es möglich sein wird, das anzuhalten, was heute und gestern vergeht und abläuft und fließt, was sich unmerklich in eine weitere Routine verwandelt, die auf ihre Weise ebenfalls unsere Tage und unsere Nächte einebnet, bis diese am Ende nicht mehr vorstellbar sind ohne jedes der Elemente, die sich in ihnen eingerichtet haben, die Nächte und Tage sollen zumindest im Wesentlichen identisch sein, damit es weder Verzicht noch Opfer gibt, wer will sie schon und wer erträgt sie. Alles wird jetzt erinnert, und deshalb erinnere ich mich genau an meinen Tod, das heißt an das, was ich von meinem Tod wusste, als er stattfand, was wenig und nichts war, wenn ich es mit der Totalität meines jetzigen Wissens vergleiche und mit der Schneide der Wiederholungen.

Ich kehrte wieder einmal von einer meiner erschöpfenden Reisen zurück, und Luisa war zuverlässig, sie kam mich abholen. Wir redeten nicht viel im Auto, auch nicht, während ich automatisch meinen Koffer auspackte und flüchtig die Post durchsah, die sich angesammelt hatte, und die bis zu meiner Rückkehr gespeicherten Anrufe auf dem Anrufbeantworter abhörte. Einer versetzte mich in Unruhe, denn ich erkannte sofort die Stimme Marías, die einmal meinen Namen sagte, dann abbrach, und dies bewirkte, dass meine Unruhe gleich wieder nachließ, eine Frauenstimme, die meinen Namen sagte und sich unterbrach, bedeutete nichts, sie musste Luisa nicht irritiert haben, wenn sie sie gehört hatte. Ich legte mich vor dem Fernseher aufs Bett und schaute Sendungen an, Luisa brachte mir kalten Braten mit geraspeltem Ei, den sie im Geschäft gekauft hatte, bestimmt hatte sie keine Lust oder keine Zeit gehabt, mir eine Tortilla zu machen. Es war noch früh, aber sie löschte für mich das Licht im Zimmer, um mir in den Schlaf zu helfen, und so lag ich da, schläfrig und beruhigt durch die vage Erinnerung an ihre Liebkosungen, die Hand, die besänftigt, auch wenn sie die Brust zerstreut und vielleicht mit Ungeduld berührt. Dann verließ sie das Schlafzimmer, und ich schlief schließlich ein, während die Bilder weiterliefen, in einem bestimmten Augenblick hatte ich aufgehört, zwischen den Kanälen hin und her zu wechseln.

Ich weiß nicht, wie viel Zeit verging, aber ich lüge, denn jetzt weiß ich es genau, es waren dreiundsiebzig Minuten tiefen Schlafs mit Träumen, die sich noch im Ausland abspielten, aus dem ich einmal mehr heil zurückgekehrt war. Dann wachte ich auf und sah das bläuliche Licht des laufenden Fernsehers, sein Licht, das den Fußteil des Bettes erhellte, und nicht so sehr eines seiner Bilder, denn dazu fand ich keine Zeit. Ich sehe und sah, wie etwas Schwarzes auf meine Stirn fiel, ein schwerer Gegenstand, der zweifellos kalt war wie das Stethoskop, aber er war nicht gesund, sondern voll Gewalt. Er fiel einmal nieder und hob sich wieder, und in diesen Zehntelsekunden, bevor er, schon blutbespritzt, abermals niedersauste, dachte ich, dass Luisa mich wegen dieses Anrufs umbrachte, der nur meinen Namen nannte und dann abbrach und vielleicht sehr viel mehr Dinge gesagt hatte, die sie gelöscht hatte, nachdem sie sie alle gehört hatte, damit ich bei meiner Rückkehr nur den Anfang hörte, nur die Ankündigung dessen, was mich tötete. Das schwarze Ding fiel erneut nieder, und dieses Mal tötete es, und mein letztes Bewusstsein zu Lebzeiten veranlasste mich, keinen Widerstand zu leisten, nicht zu versuchen, ihr Einhalt zu gebieten, denn sie war unaufhaltbar, vielleicht auch deshalb, weil es mir kein schlechter Tod zu sein schien, von der Hand der Person zu sterben, mit der ich in Ruhe und Zufriedenheit gelebt hatte, ohne uns weh zu tun, bis wir es taten. Das Wort ist schwierig und irreführend, aber vielleicht fühlte ich, dass dies ein gerechter Tod war.

Das alles sehe ich jetzt, und ich sehe es vollständig, mit einem Nachher und einem Vorher, obwohl das Nachher mich im strengen Sinne nicht direkt betrifft und deshalb nicht so schmerzhaft ist. Wohl aber das Vorher oder die Verneinung dessen, was ich ahnte und denken wollte zwischen dem Niederfahren und Auffahren und dem erneuten Niederfahren des schwarzen Dings, das mir den Garaus machte. Jetzt sehe ich, wie Luisa mit einem Mann spricht, den ich nicht kenne und der ebenfalls einen Schnurrbart trägt, wie Dr. Arranz ihn seinerzeit trug, wenn auch nicht schmal, sondern weich und dicht und leicht angegraut. Er ist ein Mann mittleren Alters, wie es meines war und vielleicht auch das Luisas, obwohl sie in meinen Augen immer jung war, so wie ich meine Eltern und Arranz nie sehen konnte. Sie befinden sich im Wohnzimmer einer

Wohnung, die ich ebenfalls nicht kenne und die seine ist, ein vollgestopfter Ort, voller Bücher und Bilder und Dekorationsgegenstände, eine wohleinstudierte Wohnung. Der Mann heißt Manolo Reyna und besitzt Geld genug, um sich nie die Hände schmutzig machen zu müssen. Sie sprechen flüsternd, auf einem Sofa sitzend, es ist nachmittags, und ich besuche in diesen Augenblicken María, zwei Wochen zuvor, zwei vor meinem Tod bei der Rückkehr von einer Reise, und diese Reise hat noch nicht begonnen, es ist noch die Zeit der Vorbereitungen. Das Geflüster ist jetzt deutlich, es besitzt einen Grad an Realität, der unpassend ist, nicht mehr für meinen Zustand, der den Takt nicht kennt, sondern für das Leben selbst, nichts in ihm ist jemals so konkret, nichts atmet so sehr. Aber es gibt einen Augenblick, in dem Luisa die Stimme hebt, wie man sie hebt, um sich zu verteidigen oder jemanden zu verteidigen, und was sie sagt, ist folgendes:

»Aber er hat sich immer sehr gut mir gegenüber verhalten, ich habe ihm nichts vorzuwerfen, und so ist es sehr schwer.«

Und Manolo Reyna antwortet mit schleppender Stimme: »Es wäre nicht leichter, und es würde dich auch nicht weniger Überwindung kosten, wenn er dir das Leben zur Hölle gemacht hätte. Wenn es darum geht, jemanden zu töten, zählt nicht, was er getan hat, es wirkt immer wie eine maßlose Tat, egal, wie man sich verhalten hat.«

Ich sehe, wie Luisa den Daumen zum Mund hebt und ein wenig an ihm knabbert, eine Geste, die ich oft bei ihr gesehen habe, wenn sie zögert, oder besser gesagt, bevor sie sich zu etwas entschließt. Es ist eine triviale Geste, und es ist verletzend, dass sie auch bei einer Unterhaltung erscheint, an der wir nicht teilnehmen, die hinter unserem

Rücken stattfindet und uns erwähnt oder kritisiert oder sogar verteidigt oder über uns richtet und uns zum Tode verurteilt.

»Dann bring du ihn doch um, du wirst nicht wollen, dass ich diese maßlose Tat begehe.«

Jetzt sehe ich auch, dass die Person, die neben meinem laufenden Fernseher das schwarze Ding schwingt, nicht Luisa ist, auch nicht Manolo Reyna mit seinem folkloristischen Namen, sondern jemand, der gedungen und bezahlt wurde, um es zweimal auf meine Stirn niederfahren zu lassen, das Wort ist Meuchelmörder, im Krieg wurden viele Milizsoldaten in dieser Weise benutzt. Mein Meuchelmörder schlägt zweimal zu, und er schlägt leidenschaftslos zu, und dieser Tod erscheint mir nicht mehr gerecht, auch nicht angemessen und natürlich nicht barmherzig, wie es das Leben zu sein pflegt und meines es war. Das schwarze Ding ist ein Hammer mit Holzgriff und eisernem Kopfstück, ein ganz normaler Hammer. Es ist unserer, ich erkenne ihn.

Dort, wo die Zeit abläuft und fließt, ist schon viel Zeit vergangen, so viel, dass keiner übrig ist von denen, die ich kannte oder regelmäßig sah oder erlitt oder liebte. Jeder von ihnen, nehme ich an, wird, ohne wahrgenommen zu werden, in diesen Raum zurückkehren, in dem sich die vergessenen Zeiten ansammeln, und dort nichts als Fremde sehen, Männer und Frauen, die wie die Kinder glauben, dass die Welt mit ihrer Geburt begann, und für die es sinnlos ist, sich nach unserer vergangenen und ausgelöschten Existenz zu fragen. Jetzt wird Luisa das erinnern und wissen, was sie zu Lebzeiten und auch bei meinem Tod nicht gewusst hat. Ich kann jetzt nicht von Nächten oder Tagen sprechen, alles ist eingeebnet, ohne dass Anstrengung oder Routine erforderlich wären, in der ich, wie ich sagen kann, vor allem Ruhe und Zufriedenheit kannte: als ich sterblich war, vor schon so langer Zeit, dort, wo es noch Zeit gibt.

(1993)

Alles Übel kehrt zurück

Für den Nachtarzt,
der nicht fiktiv sein wollte

Heute habe ich einen Brief erhalten, der mich an einen Freund erinnert hat. Geschrieben hat ihn eine Unbekannte, sowohl für mich als auch für meinen Freund.

Ihn lernte ich vor fünfzehn oder sechzehn Jahren kennen, und vor zwei Jahren hörte ich auf, Kontakt mit ihm zu haben, aufgrund seines Todes und nichts anderem, obwohl wir uns nie viel sahen, da er in Paris lebte und ich in Madrid. Ich besuchte seine Stadt mit einiger Häufigkeit, er sehr selten die meine. Gleichwohl lernten wir uns in keiner der beiden kennen, sondern in Barcelona, und bevor wir uns das erste Mal sahen, hatte ich schon einen Text von ihm gelesen, den mir der Madrider Verlag zugeschickt hatte, den ich damals beriet (schlecht bezahlt, wie üblich). Jener Roman, oder was immer es war, war sehr schwer publizierbar, und ich kann mich fast nicht an ihn erinnern, nur, dass in ihm sprachliche Erfindungskraft, ein ausgeprägtes Gefühl für Rhythmus und umfangreiche Bildung zum Ausdruck kamen (der Autor kannte das Wort »Auswrack«) und dass er im Übrigen fast unverständlich war, zumindest für mich: Wenn ich Kritiker wäre, müsste ich sagen, dass es sich um jemanden handelte, der Joyce fortführte und übersteigerte, wenn auch weniger infantil oder senil als der letzte Joyce, dem er in einiger Entfernung folgte. Dennoch empfahl ich ihn und äußerte meine relative Wertschätzung in einem Gutachten, und dies bewirkte, dass seine Agentin mich anrief (zum unveröffentlichten Schriftsteller berufen, hatte er gleichwohl eine Agentin), um anlässlich einer Reise des von ihr Vertretenen nach Barcelona, wo seine Familie lebte und auch ich vor fünfzehn oder sechzehn Jahren lebte, eine Verabredung zu treffen.

Er hieß Xavier Comella, und ich fragte mich immer, ob die Geschäfte, auf die er sich ab und zu in verschleierter Form als »die Geschäfte der Familie« bezog, die in dieser Stadt ansässige Bekleidungs-Fadenkette gleichen Namens waren (vornehmlich Pullover). Angesichts des bilderstürmerischen Charakters seines Textes erwartete ich, ein bärtiges, wildes Individuum oder aber einen Erleuchteten mit leicht polynesischer Kleidung und metallenen Ohrringen vor mir zu haben, aber dem war nicht so: Aus dem Metroausgang am Tibidabo, wo wir uns verabredet hatten, kam ein Mann, der wenig älter war als ich, damals achtundzwanzig oder neunundzwanzig, und sehr viel besser gekleidet (ich bin ein ordentlicher Mensch, aber er trug Krawatte und Manschettenknöpfe, was seltsam war für unser Alter und die Zeit, eine Krawatte mit schmalem Knoten); mit einem sehr altmodischen Gesicht ausgestattet, schien er denselben Zwischenkriegsjahren entsprungen zu sein, denen seine Literatur entstammte: das krapprote Haar nach hinten gekämmt und leicht gewellt wie das eines Jagdbomberpiloten oder eines französischen Schwarzweißfilmschauspielers – Gérard Philippe oder Jean Marais in ihrer Jugend –; die Iris sherryfarben mit einem dunklen Fleck im Weiß des linken Auges, der seinem Blick etwas

Verwundetes gab; der Kiefer ausgeprägt, als presse er ihn immer zusammen, angenehme, kräftige Zähne, ein Schädel, der gut sichtbar war durch die freie Stirn, einer dieser Schädel, die ständig kurz vorm Explodieren zu stehen scheinen, nicht so sehr ihrer Größe wegen, die normal war, als deshalb, weil die straff gespannte Haut den Stirnknochen kaum fassen zu können schien, vielleicht lag es an ein paar waagerechten Adern, die zu vorspringend und blau waren. Er war gefällig und freundlich oder mehr noch, außerordentlich höflich, ebenfalls für sein Alter und die eher grobe Zeit, einer dieser Männer, bei denen man ahnt, dass man sich keine Vertraulichkeiten herausnehmen, wohl aber Vertrauen in sie haben kann. Er hatte ein deutlich ausländisches oder vielleicht nicht inländisches Aussehen, das seine Entfremdung von seiner Epoche verstärkte, ein Aussehen, das bestimmt die sieben oder acht Jahre bewirkt hatten, die er nunmehr außerhalb unseres Landes lebte; er sprach spanisch mit dem angenehmen Tonfall der Katalanen, die kaum katalanisch gesprochen haben (weich das C und das Z, weich das G und das J), und mit einem leichten Zögern vor den Sätzen, als müsste er zuvor eine minimale geistige Übersetzung vornehmen, die drei oder vier ersten Worte jeder Rede. Er sprach mehrere Sprachen und las sie, einschließlich Latein, tatsächlich erwähnte er, er habe im Flugzeug aus Paris Ovids *Tristia* gelesen, und er erwähnte es nicht so sehr aus Pedanterie als mit der Befriedigung, die entsteht, wenn etwas Schwieriges gelingt. Er besaß eine gewisse Weitläufigkeit, und es gefiel ihm, sie zu besitzen und zu zeigen; während der langen Unterhaltung, die wir in der Bar eines nahe gelegenen Hotels führten, sprachen wir zu viel über Literatur und Malerei und Musik, das heißt über Dinge, die man leicht wieder vergisst, aber etwas erzählte er mir auch von seinem Leben, über das er sowohl bei jener Gelegenheit als auch in den späteren Jahren, in denen wir Kontakt hatten, immer mit einer widersprüchlichen Mischung aus Diskretion und Schamlosigkeit sprach. Das heißt, er erzählte alles oder fast alles, sehr intime Dinge, aber mit einer ernsten Unbefangenheit – vielleicht war es auch Takt –, die in gewissem Sinne die Bedeutung des Erzählten minderte, wie jemand, der meint, dass alles Seltsame und Schreckliche und Beängstigende und Traurige, das einem widerfahren kann, nichts anderes ist als die Regel und das Schicksal aller, also auch desjenigen, der zuhört, der nicht überrascht sein kann. Darum entbehrte er jedoch nicht des vertraulichen Gestus, aber vielleicht mehr als Teil des mimischen Rüstzeugs des gequälten Menschen als deshalb, weil er wirklich ein Bewusstsein davon gehabt hätte, was grundsätzlich nicht erzählbar war oder man für nicht erzählbar halten würde. Bei jener ersten Gelegenheit erzählte er mir Folgendes: Er hatte Medizin studiert, aber er übte sie nicht aus, sondern lebte, mit Leib und Seele der Literatur verschrieben, von einem umfangreichen Erbe oder familiären Einkommen, das vielleicht von einem Großvater in der Textilbranche stammte, ich erinnere mich nicht mehr genau. Er verfügte darüber und hatte daraus geschöpft die sieben oder acht Jahre, die er in Paris lebte, wohin er dank dieses Geldes gezogen war, auf der Flucht vor dem für ihn mittelmäßigen und faden geistigen Leben Barcelonas, das er im Übrigen aus zeitlichen Gründen nur aus der Presse kannte, angesichts seines jugendlichen Alters bei seinem Fortgang. (Er wuchs in Barcelona auf, war jedoch in Madrid geboren, da seine Mutter aus dieser Stadt stammte.) In Paris hatte er eine Frau namens Éliane geheiratet (immer nannte er sie so, nie habe ich ihn sagen hören »meine Frau«), deren Geschmack für Farben, so sagte er, der exquisiteste sei, den man bei einem menschlichen Wesen finden könne (ich fragte nicht nach, aber ich vermutete, dass sie in diesem Fall Malerin sein dürfte). Er arbeitete an einem umfangreichen, ehrgeizigen literarischen Projekt, von dem er bereits zwanzig Prozent verwirklicht habe, wie er präzisierte, obwohl noch nichts veröffentlicht sei; abgesehen von seinen Vertrauten sei ich die erste Person, die sich für seine Schriften interessiere, die nicht nur Romane umfassten, sondern auch Essays, Sonette, Theater und sogar ein Stück für Marionetten. Es war offensichtlich, dass er sehr darauf vertraute, dass innerhalb des Verlages mein Urteil den Ausschlag geben würde, wobei er nicht wusste, dass meine Stimme nur eine von vielen war und angesichts meines jugendlichen Alters nicht zu den qualifiziertesten gehörte. Ich hatte den Eindruck, dass er recht glücklich sein musste oder das, was man gewöhnlich darunter versteht; er schien sehr in seine Frau verliebt zu sein, er lebte in Paris, während wir in Spanien gerade die Franco-Zeit hinter uns gelassen hatten, wenn wir sie denn hinter uns gelassen hatten, er brauchte nicht zu arbeiten, noch hatte er mehr Pflichten als die, die er sich selbst auferlegte, wahrscheinlich führte er ein interessantes oder unterhaltsames gesellschaftliches Leben. Und doch war schon bei jenem ersten Treffen etwas Trübes und Kummervolles an ihm, als ginge eine Wolke von Leid von ihm aus, oder vielleicht war es eine Staubwolke, die sich verdichtete und die er dann abschüttelte und zurückließ. Als er mir erzählte, wie sehr er an seinen Texten arbeite, die zahllosen Stunden, die er gebraucht habe, um jede der Seiten zu schreiben, die ich gelesen hatte, glaubte ich, es sei nur das, eine Auffassung von der Literatur, die so altmodisch war wie er selbst, beinahe pathetisch, ein Rückgriff auf den Schmerz, der nötig war, um zu erreichen, dass die Worte ungeachtet ihrer Bedeutung eine gewisse Erschütterung vermitteln, wie es die Musik oder die gestaltlose Farbe vermögen oder die Mathematik es vermögen müsste, sagte er. Ich fragte ihn, ob auch eine seiner leichter zu behaltenden Seiten, auf der nur fünfmal pro Zeile das Partizip »reitend« erschien: »reitend, reitend, reitend, reitend, reitend«, und so fort in jeder Zeile, ihn Stunden gekostet habe. Er schaute mich überrascht an – arglose Augen – und brach nach ein paar Sekunden in Lachen aus: »Nein«, antwortete er, »für diese Seite habe ich natürlich nicht Stunden gebraucht. Was dir aber auch einfällt«, fügte er mit unerwarteter Schlichtheit hinzu und lachte abermals.

Es dauerte immer ein wenig, bis ihn die Scherze erreichten, oder besser gesagt, die leichten Neckereien, die ich mir vor allem später erlaubte, um dem, was er mir gelegentlich erzählte oder sagte, etwas von seiner Intensität zu nehmen. Es war, als ob er nicht auf Anhieb das ironische Register begriffe, als müsste er auch in diesem Fall eine Übersetzung vornehmen; nach ein paar Augenblicken der Verwirrung oder der Verarbeitung brach er offen in Lachen aus, ein fast weibliches Gelächter in seiner Großzügigkeit, wie verwundert darüber, dass jemand inmitten einer ernsthaften, wenn nicht feierlichen oder sogar dramatischen Unterhaltung fähig war, Witze zu machen, und er dies sehr schätzte, den Witz und die Fähigkeit. Dies passiert gewöhnlich Personen, die glauben, nicht die winzigste Spur von Frivolität zu besitzen; er besaß sie, aber er wusste es nicht. Als ich seine Reaktion sah, wagte ich eine weitere spöttische Bemerkung (vielleicht soll ich sagen, dass ich hauptsächlich auf diese Weise Sympathie und Zuneigung bekunde) und sagte zu ihm: »Eigentlich fehlt dir nur noch, publizieren zu können, um ein idyllisches Leben zu haben, wie in einer Erzählung von Scott Fitzgerald, bevor den Figuren alles schiefzugehen beginnt.« Das ließ ihn ein wenig düster werden, mir kam der Gedanke, dass es vielleicht an der Erwähnung eines Autors lag, der ihn überhaupt nicht interessieren dürfte, weniger noch als mich. Er antwortete mir mit großem Ernst: »Etwas habe ich auch zu viel.« Er machte eine theatralische Pause, als würde er für sich klären, ob er mir das, was ihm bereits auf der Zunge lag, erzählen würde oder nicht. Ich schwieg. Er ertrug es (er ertrug das Schweigen besser als jeder andere); ich nicht. Ich fragte: »Und was?« Er wartete noch ein wenig und antwortete dann: »Ich bin melancholisch.« – »Na«, sagte ich, ohne ein Lächeln vermeiden zu können, »das nehmen gewöhnlich die in Anspruch, die übermäßige Privilegien genießen, für die sie um Entschuldigung bitten müssen. Aber es ist eine alte Krankheit und wird daher nicht so schlimm sein, nehme ich an; nichts Klassisches ist sehr schlimm, nicht wahr?«

Bei ihm gab es fast nie Hintergedanken, und er beeilte sich, das aufzuklären, was er für einen Irrtum hielt. »Ich leide fast ständig unter melancholischer Depression«, sagte er, »ich stehe unter Medikamenten, und das dämpft sie, und wenn ich die Medikamente absetzen würde, würde ich mich umbringen, das ist so gut wie sicher. Bevor ich nach Paris ging, habe ich es schon einmal versucht. Nicht, dass mir etwas Konkretes, irgendein Unglück zugestoßen wäre, ich litt einfach und konnte das Leben nicht ertragen. Das kann mir jeden Augenblick wieder passieren, natürlich würde es mir passieren, wenn ich die Medikamente absetzen würde. Das sagt man mir und wahrscheinlich zu Recht, ich bin Arzt.« Er dramatisierte nicht, er sprach absolut leidenschaftslos darüber, im gleichen Ton, in dem er mir alles Übrige erzählt hatte. »Wie war das damals?«, fragte ich. »Im Landhaus meines Vaters, in Gerona, in der Nähe von Cassá de la Selva. Ich habe mit einem Karabiner auf die Brust gezielt und den Kolben zwischen die Knie geklemmt. Sie zitterten, sie gaben nach, die Kugel schlug in eine Wand ein. Ich war zu jung«, fügte er wie zur Entschuldigung hinzu und lächelte freundlich. Er war ein sehr aufmerksamer Mann und ließ mich nicht bezahlen.

Wir schrieben uns, wir begannen uns zu sehen, wenn ich nach Paris reiste, es kann sein, dass ich wenige Monate später hinreiste, um mich von einer missheiligen Erfahrung zu erholen, dort konnte ich bei einer italienischen Freundin wohnen, deren Gesellschaft mich immer amüsiert und folglich getröstet hat. Die von Xavier Comella interessierte und zerstreute mich damals, später verwandelte sie sich in etwas, das nach Wiederholung verlangte, wie es mit der Gesellschaft der Personen geht, mit denen man auch in ihrer Abwesenheit rechnet.

Xavier lebte zeitweise bei seinem Schwiegervater, mit seiner Frau Éliane, einer geborenen Französin mit chinesischen Gesichtszügen, zart bis zum Übermaß, wie es jeder orientalischen Frau gebührt, die sich für raffiniert hält, und sie war es außerdem. Ihr phantastischer Geschmack für Farben, den ihr Ehemann so sehr gerühmt hatte, ging in keine Leinwand ein, sondern in die Dekoration, bis zum damaligen Zeitpunkt, so schien mir, eher von Wohnungen von Freunden und Bekannten als von wirklichen

Kunden, auch die des Restaurants ihres Vaters, des Schwiegervaters, das ich nie besuchte, das jedoch Xavier zufolge »das erlesenste chinesische Restaurant Frankreichs« war, was auch nicht zu viel besagte oder zumindest rätselhaft war. In Gegenwart seiner Frau nahmen die Aufmerksamkeiten dessen, der zu meinem Freund wurde, extreme Ausmaße an, was so weit ging, dass sie zuweilen leicht lästig wurden: Er bat mich, nicht zu rauchen, da der Rauch ihr Übelkeit verursachte; in den Cafés mussten wir uns aus dem gleichen Grund und weil dort die Luft besser zirkulierte, immer auf die verglasten Terrassen setzen und uns in einer Weise verteilen, dass sie mit dem Rücken zur Straße saß, denn der Anblick des Verkehrs machte sie benommen; man konnte nicht in ein Lokal oder in ein Kino gehen, das halbvoll war, denn Éliane ängstigten die Massen, und natürlich auch in keinen Keller und in keine Kaschemme, denn sie verursachten bei ihr Klaustrophobie; man musste gleichfalls sehr weite Räume wie die Place Vendôme meiden, denn sie litt ebenso unter Agoraphobie; sie konnte nicht länger stehen ohne zu gehen, als eine Ampelphase dauert, und wenn man für ein Theater oder ein Museum Schlange stehen musste, sei es auch nur wenige Minuten, begleitete Xavier Éliane zu irgendeinem nahe gelegenen Café und deponierte sie dort – nachdem er festgestellt hatte, dass keine Gefahren lauerten, was bei deren Vielfalt seine Zeit brauchte –, damit sie sitzend und geschützt warten konnte; das eine gab das andere, und wenn er an meine Seite zurückkehrte, um sich mit meinem langsamen Vorrücken zu solidarisieren, hatte ich die Karten oder Eintrittskarten schon gelöst, und man musste zurück, um sie zu holen; in der Zwischenzeit hatte sie einen Tee bestellt, und man musste warten, bis sie ihn getrunken hatte, mehr als einmal begann die Vorstellung ohne uns oder mussten wir das Museum im Sturmschritt besichtigen. Mit beiden auszugehen, war etwas lästig, nicht nur dieser Zwänge und Unannehmlichkeiten wegen, sondern weil das Schauspiel der Anbetung niemals angenehm ist, noch weniger, wenn der Anbetende jemand ist, für den man Wertschätzung empfindet: Es flößt Unbehagen ein, Scham, im Fall von Xavier Comella war es, als würde man der Offenlegung – oder einem Teil – seiner leidenschaftlichsten Intimität beiwohnen, etwas, das wir nur bei uns selbst dulden – wie unser eigenes Blut, wie unsere abgeschnittenen Fingernägel. Und vielleicht war es noch peinlicher, weil man, wenn man Éliane sah, es verstehen oder sich vorstellen konnte: Nicht, dass sie eine außergewöhnliche Schönheit gewesen wäre, und sie war auch eher schweigsam (natürlich bat sie weder um etwas noch protestierte sie wegen etwas, denn das war nicht vereinbar mit der Raffinesse, und sie brauchte es auch nicht: Xavier war ein eifriger und vollkommener Interpret ihrer Bedürfnisse); in der Erinnerung ist sie für mich eine völlig verschwommene Gestalt, aber ihr größter Reiz – und dieser war sehr ausgeprägt – bestand wahrscheinlich darin, dass man sie auch bei ihrer Anwesenheit, in der Gegenwart, bereits wie eine Erinnerung empfand, eine diffuse, schwache Erinnerung und als solche harmonisch und friedlich, beruhigend und ein wenig wehmütig und ungreifbar. Sie in den Armen zu halten musste sein, als würde man umarmen, was man verloren hat, bisweilen geschieht das in Träumen. Xavier sagte mir einmal, er sei seit dem vierzehnten Lebensjahr in sie verliebt; ich wagte nicht zu fragen, wie und wo er sie so früh kennengelernt hatte, ich frage nicht viel. Ein Bild von beiden zusammen, das alle anderen beherrscht, hat sich mir eingeprägt: Auf einem Blumen- und Pflanzenmarkt unter freiem Himmel setzte eines Vormittags heftiger Regen ein, aber der Ausflug war unternommen worden, damit Éliane die ersten Pfingstrosen des Jahres und noch andere Sträuße auswählen konnte, so dass es niemandem einfiel noch Anlass gab, sich unterzustellen, vielmehr spannte Xavier seinen Regenschirm auf und trug Sorge dafür, dass während ihres ausführlichen und unveränderlichen Rundgangs kein Tropfen auf sie fiel, ihr im Abstand von zwei Schritten mit seiner undurchlässigen Kuppel folgend, während er sich wie ein ergebener und daran gewöhnter Diener durchnässen ließ. Ein paar Schritte hinter ihnen ging ich, ohne Regenschirm, aber ohne zu wagen, aus dem Gefolge zu desertieren, Diener niedrigeren Ranges, weniger inbrünstig und ohne Belohnung.

Wenn wir uns ohne sie verabredeten, redete und erzählte er mehr, auch mehr als in den Briefen, die herzlich waren, aber sehr nüchtern, bisweilen von einer Bündigkeit, die so angespannt war, dass sie eine Explosion ankündigte – wie seine Stirn mit der straff gespannten Haut und den hervortretenden Adern –, die außerhalb des Umschlags stattfinden würde. Es war in ihrer Abwesenheit, dass er mir von seinen heftigen Wutanfällen erzählte, die so schwer vorstellbar waren, im Lauf von dreizehn oder vierzehn Jahren erlebte ich keinen einzigen, wenn es auch stimmt, dass wir uns nur von Zeit zu Zeit sahen und sein Leben mir jetzt wie ein abgegriffenes Buch mit zahlreichen unbedruckten Seiten erscheint, oder wie eine Stadt, die man nur nachts und auf der Durchreise gesehen hat, wenn auch viele Male. Einmal erzählte er mir, dass er bei einem kürzlichen Besuch in Barcelona schweigend die spöttischen Ermahnungen seines Vaters erduldet habe, der sich von seiner Mutter getrennt und erneut geheiratet hatte, bis er in einer plötzlichen Anwandlung begonnen habe, ihm die Wohnungseinrichtung zu zertrümmern, er habe Möbel gegen die Wände geworfen und Kronleuchter heruntergerissen, Gemälde aufgeschlitzt und Bücherregale umgeworfen und natürlich den Fernseher in Stücke geschlagen. Niemand habe ihn aufgehalten; er habe sich nach einigen zerstörerischen Minuten beruhigt. Er erzählte es ohne Selbstgefälligkeit, aber auch ohne Reue oder Betrübnis. Diesen Vater lernte ich in Paris kennen, mit seiner neuen holländischen Frau, die einen Brillanten an einem ihrer Nasenflügel trug (sie war ihrer Zeit voraus). Mit Namen Ernest, glich er Xavier nur in der knochigen Stirn; er war sehr viel größer und hatte schwarzes Haar ohne eine graue Strähne, vielleicht gefärbt, ein eingebildeter Mann, nachgiebig und sorglos, leicht hochmütig seinem eigenen Sohn gegenüber, den er ganz offensichtlich nicht ernst nahm, obwohl dies vielleicht nichts Besonderes war, da er nichts in dieser Weise zu nehmen schien. Er wirkte wie ein in sich verkapseltes Herrensöhnchen, das seine Zeit noch immer damit verbrachte, Pferderennen zu sehen, Tontauben zu schießen und – in jener Saison – in Abhandlungen zur hinduistischen Philosophie zu blättern, eines dieser immer seltener werdenden Individuen, die ständig einen seidenen Hausmantel zu tragen scheinen. Xavier nahm ihn gleichfalls nicht ernst, aber er konnte sich nicht ebenso hochmütig geben, zum Teil, weil er ihn zur Weißglut reizte, auch, weil er diesen Charakterzug nicht geerbt hatte.

Es war ebenfalls in Élianes Abwesenheit, dass Xavier mir zwei oder drei Jahre nach unseren ersten Begegnungen vom Tod seines neugeborenen Kindes erzählte, ich erinnere mich nicht, ob erwürgt durch seine eigene Nabelschnur, oder wahrscheinlich nicht, denn woran ich mich sehr wohl erinnere, ist einer seiner wortkargen Kommentare (er hatte mir nicht einmal gesagt, dass sie es erwarteten): »Für Éliane war es schlimmer als für mich«, sagte er. »Ich weiß nicht, wie sie reagieren wird. Das Schlimmste ist, dass das Kind existiert hat, wir können es also nicht vergessen, wir hatten ihm schon einen Namen gegeben.« Ich fragte ihn nicht, was für einen Namen, um mich nicht auch an es erinnern zu müssen. Jahre später, in einem anderen Zusammenhang – aber vielleicht dachte er an nichts anderes –, schrieb er mir: »Es ist widerwärtig, das begraben zu müssen, was gerade geboren wurde.« Er hatte sich noch nicht von Éliane getrennt – oder Éliane von ihm – an dem Tag, an dem er mir von einem literarischen Projekt erzählte, das ein Experiment erforderlich machte, er sagte zu mir: »Ich werde einen Essay über den Schmerz schreiben. Ich dachte zuerst daran, eine streng medizinische Abhandlung zu verfassen und ihr den Titel *Schmerz, Anästhesie und Dysästhesie* zu geben, aber ich muss weiter gehen, was mich wirklich am Schmerz interessiert, ist das Geheimnis, das er darstellt, sein ethischer Charakter und seine Beschreibung durch Worte, und all das ist etwas, das in meiner Reichweite liegt; ich habe geplant, in ein paar Tagen mit meinen Medikamenten gegen die melancholische Depression auszusetzen und zu sehen, was passiert, zu sehen, wie lange ich aushalten kann, und den Prozess meines geistigen Schmerzes zu untersuchen, der am Ende in verschiedener Form körperlich wird, vor allem jedoch durch unvorstellbare Migräneanfälle. Das Wort Migräne wirkt immer leicht; Schuld daran sind die unbefriedigten oder menschenscheuen Ehefrauen, aber es beinhaltet eines der größten Leiden, die der Mensch erfahren kann, das steht fest. Es gibt die Möglichkeit, dass es zu spät ist, wenn ich das Experiment einstellen möchte, aber ich muss diese Erforschung einfach durchführen.« Xavier Comella hatte noch mehr Romane und noch mehr Gedichte und eine Reihe von *Nachtwachen* und eine Epistemologie geschrieben, und wir hatten es geschafft, dass der Madrider Verlag, der uns zusammengeführt hatte, von all dem schließlich die Publikation seines Romans *Vivisektion* akzeptierte, der sehr viel umfangreicher war als der, den ich gelesen hatte; er hatte jedoch noch nicht das Licht der Öffentlichkeit erblickt aufgrund endloser Verzögerungen, und er arbeitete an einer Übersetzung von Burtons *Anatomie der Melancholie* im Auftrag desselben Verlags, der ihn auch seines Berufs wegen für diese Aufgabe ausgewählt hatte. Er war nach wie vor ein unveröffentlichter Schriftsteller, und von Zeit zu Zeit fasste er verzweifelt den Entschluss, es für immer zu bleiben; er annullierte Verträge, die man dann wieder zusammenstellen musste, zum Glück war der Verleger ein geduldiger, risikofreudiger und herzlicher Mensch, etwas, das es fast nicht gibt. »Dir liegt gar nichts daran, dass dein Buch veröffentlicht wird«, sagte ich zu ihm. »Doch, natürlich«, antwortete er, »aber ich kann nicht warten, und mit dem Essay über den Schmerz werde ich sechzig Prozent meines Werkes vollendet haben«, erklärte er einmal mehr mit der gewohnten Genauigkeit. »An dem Tag, an dem ich dich kennenlernte, hast du mir gesagt, dass du dich ohne deine Medikamente höchstwahrscheinlich umbringen würdest, und wenn das passieren würde, dann bliebe dein Werk bei nur fünfzig Prozent oder weniger stehen, das hängt von dem Prozentsatz ab, den dein Essay einnimmt. Und fünfzig Prozent ist wenig, oder?« Er brach in Lachen aus, wie üblich mit Verspätung, und sagte mit der seltsamen sprachlichen Schlichtheit, in die er manchmal verfiel: »Du hast vielleicht Einfälle …« Ich machte mir keine allzu großen Sorgen, ich dachte immer, seine Wahrheit sei übertrieben, wenn er mir die dramatischsten und spektakulärsten Episoden erzählte.

Während der folgenden Monate wurden seine Briefe noch karger als gewöhnlich und seine kindliche Schrift noch hastiger. Nur, wenn er sich verabschiedete, sagte er irgendeinen Satz über sich selbst oder seinen Zustand oder über den Fortgang seines Experiments: »Heutzutage ist die maximale Geschwindigkeit zur Zukunft hin nach wie vor unzureichend, und wir altern nicht im Verhältnis zu ihr, sondern im Verhältnis zu unserer Vergangenheit. Meine vollendete Zukunft hat es eilig; meine vollendete Vergangenheit hat keine Zügel.« Oder: »Immer habe ich in der Furcht gelebt, eines Tages endgültig verstummen zu müssen. Tja, mein Freund, ich bin verzagter denn je.« Aber wenig später: »Ich werde innerlich immer unverwundbarer und äußerlich immer brennbarer.« Und nach einiger Zeit: »Nicht leben oder sterben, sondern dauern ist vielleicht das Heroischste am Menschen.« Und im nächsten Brief: »Was wird man von uns denken? Was denken wir von uns? Was magst du von mir denken? Ich will es nicht wissen. Aber die Frage erzeugt eine gewisse Niedergeschlagenheit. Nicht mehr und nicht weniger.« – »Wie ich dir bei unserem Gespräch gegenüber dem Luxembourg sagte«, schrieb er einmal in Bezug auf das Werk, dessen Heraufkunft er beschwor, »besteht mein Zugang darin, einen Rückfall in die endogene Kolik herbeizuführen, und wenn die Mäander der ersten siebzig Glossen dich zur letzten führen, wirst du den Grund verstehen, um so mehr, wenn du dich an das erinnerst, was ich dir über die privilegierten Bedingungen gesagt habe, die meine Krankheit bietet. Natürlich ist diese Rückkehr in den Hades ein wenig brutal, und ich bin der Erste, der es mir vorwirft, aber wieso sich mit Thunfischen begnügen, wenn man das Angelgerät für einen Hai besitzt?« Und weiter: »Es geht mir nicht ein weiteres Mal schlecht. Es ist dasselbe Mal.« Er musste das Experiment eher als erwartet abbrechen; er rechnete damit, dass er sechs Monate brauchen würde, um den Kulminationspunkt zu erreichen, und nach vier musste er für zwei Wochen ins Krankenhaus, außerstande, ohne seine Medikamente auszukommen und noch immer ohne Mittel, um mit dem Schreiben zu beginnen. Ich weiß, dass seine Familie und die Ärzte sehr mit ihm gezankt haben.

Wenig später kam es zu einer Kette von Rückschlägen und Veränderungen, obwohl er sie mir in Abständen übermittelte, sicher aus Taktgefühl: Erst einige Zeit, nachdem es dazu gekommen war, teilte er mir die Trennung von Éliane mit. Er gab mir keine eindeutigen Erklärungen, aber im Verlauf unseres Gesprächs – dieses Mal in Madrid, während eines Besuchs bei einem Bruder, der jetzt dort lebte – machte er Andeutungen darüber, und ich verstand vier: Ein totes Kind verbindet nicht unbedingt, sondern trennt bisweilen, wenn das Gesicht des einen den anderen nur an diesen Tod erinnert; die Jahre des Wartens auf etwas Konkretes, ein Buch und seine Veröffentlichung, werden gerade dann zunichte, wenn das Erwartete eintrifft; was in der Kindheit entsteht, geht nie zu Ende, aber es erfüllt sich auch nicht; der eigene Schmerz ist nicht etwas, das man ertragen kann, sondern etwas, das man ertragen muss, was man aber nicht kann, ist verlangen, dass wir dem Schmerz beiwohnen, den andere sich auferlegen, denn nie werden wir dessen Notwendigkeit sehen. Dieser Bruch bedeutete indes nicht das Ende der Anbetung: Xavier vertraute darauf, dass die Scheidung Zeit brauchte, auch darauf, dass Éliane Paris nicht verlassen würde, man bot ihr eine ausgezeichnete Arbeit als Dekorateurin in Montreal an.

Später teilte er mir mit, dass sein Erbe oder sein Einkommen an ihr Ende gelangt seien (vielleicht waren es Beträge, die der Vater von den Familiengeschäften abzweigte, und er war es leid geworden, mit der Praxis fortzufahren). Bislang war seine einzige bezahlte Arbeit die monumentale Übersetzung von Burton gewesen, von der er noch keine fünfzig Prozent fertiggestellt hatte; er kannte keine festen Arbeitszeiten, natürlich nicht das frühe Aufstehen. Er beschloss daraufhin, seinen vergessenen Beruf auszuüben, und unternahm Schritte, um es in Paris zu tun, das er in keinem Fall verlassen wollte, solange Éliane dort sein würde. Er wartete auf die Staatsangehörigkeit und den staatlichen Doktortitel, er musste am Anfang als Krankenwärter arbeiten, dann in einer Poliklinik (»Männer und Frauen, Alte und Junge, verwandelt in ein Elektrogeschäft; dort gehe ich hin, um zwischen Fürchterlichkeiten und Nichtigkeiten zu entscheiden«). Er war kurz davor, sich Médecins du Monde oder Médecins sans Frontières anzuschließen, Organisationen, die ihn eine Zeitlang nach Afrika oder Mittelamerika geschickt hätten, bei bezahlten Unkosten, aber ohne Gehalt, von dort wäre er ohne einen Pfennig in der Tasche zurückgekommen. Er verfügte nicht mehr über seine ganze Zeit, um zu schreiben, und verlangsamte die Geschwindigkeit, mit der er sein berühmtes Hundert vollmachen wollte. Über Éliane wollte er nicht viel sprechen, wohl aber über andere junge oder nicht so junge Frauen, darunter meine italienische Freundin, die ich ihm vor Jahren vorgestellt hatte: ihm zufolge war sie sehr grausam gewesen; ihr zufolge hatte sie sich nur verteidigt. Nach einer gemeinsam verbrachten Nacht verließ er ihre Wohnung, um wenige Stunden später mit seinem Gepäck wiederzukommen, bereit, dort zu leben. Er wurde mit weiblicher Empörung hinausgeworfen. Ich hörte beide Versionen und äußerte keine Meinung, nur Bedauern.

Er war kein unveröffentlichter Autor mehr, aber sein Roman verkaufte sich nicht in Spanien und wurde kaum rezensiert, wie vorauszusehen war. Wenn ich nach Paris kam, verabredeten wir uns gewöhnlich zum Abend- oder zum Mittagessen im Balzar oder Chez Lipp, und daran änderte sich nichts, aber jetzt ließ er zu, dass ich einlud, wo er doch immer das Gesetz der Gastfreundschaft durchgesetzt hatte: Du bist ein Fremder, und das ist meine Stadt. Nach wie vor kleidete er sich gut – ich erinnere mich an ihn vor allem in einem eleganten Regenmantel –, als könnte er aus Höflichkeit nicht darauf verzichten, womöglich das einzige Erbe des Vaters. Aber vielleicht kombinierte er die Farben nicht mehr so passend, als hätte dies von Élianes außergewöhnlichem Sinn für sie und für alles Ornamentale abgehangen. Einmal erwähnte er sie in einem Brief. »Aus der von Éliane abgetrennten Wurzel entfahren Blitze wie wilde Triebe, durch die mir die Hälfte des Lebens entweicht«, schrieb er. In den zwei Jahren, in denen wir uns nicht sahen, änderte er sich äußerlich ein wenig und bereitete mich mit seinem üblichen Takt darauf vor: »Ich bin nicht nur geistig erschöpft, sondern auch in schlimmer körperlicher Verfassung. Zeuge dafür ist die galoppierende Kahlheit, die mich zwingt, eine Mütze zu tragen, um mich vor dem übellaunigen Herbst dieser Breiten zu schützen.« Er musste in ein eher nordafrikanisches Stadtviertel umziehen. Bei einer meiner Reisen nahm er nicht das Telefon ab, obwohl ich wusste, dass er in Paris war. Ich dachte, dass man es ihm womöglich abgestellt hatte, nahm die Metro und präsentierte mich in seiner abgelegenen und unbekannten Wohnung, das heißt, wie sich herausstellte, in seinem winzigen und spärlich möblierten Zimmer, Bleibe der Trostlosigkeit. Aber in Wirklichkeit ist mir von dieser Szene nur sein freudiges Gesicht in Erinnerung geblieben, als er mich auf der Schwelle sah. Auf seinem Arbeitstisch stand ein Glas Wein.

Die Dinge wurden ein wenig besser, während ich mich entfernte und nach Italien und nicht mehr nach Paris reiste, wenn ich reiste. Xavier Comella fand schließlich die perfekte Arbeit für seine Pläne, wenn sie ihm auch – im Einklang damit – nicht allzu viel Geld einbrachte: stellvertretender oder Ersatz-Arzt in einem Krankenhaus, er arbeitete fast nur, wenn er es brauchte oder es wollte; sofern er nur ein Minimum an Vertretungen im Monat absolvierte, stand es ihm frei, die Zahl je nach seinen Kräften oder Bedürfnissen zu erhöhen, und dies erlaubte ihm, wieder Zeit zu haben für die ungeduldige Ausführung seines Werkes. Diese Ungeduld verstand ich nicht so recht, hatte doch nach *Vivisektion* nichts anderes das Licht der Öffentlichkeit erblickt: weder sein Roman *Hekate* noch der mit dem Titel *Das Schwert ohne Schneide*, noch seine *Abhandlung über den Willen*, noch seine Gedichte, die er mir manchmal schickte, wurden von irgendeinem Verlag angenommen. Ich erinnere mich an zwei Verse aus einer *Nachtwache*, die ich erhielt: »Wache deines gepaarten Geistes/Es ist der Schlaf, in dem ich, weil Körper, mich verneine.« Was er schrieb, war nach wie vor schwer verständlich, was er schrieb, besaß Glanz. Ich las ihn wenig, er arbeitete weiter an der Übersetzung der *Anatomie*.

Wir kannten uns bereits zehn oder elf Jahre, als wir eines Vormittags wieder einmal auf der verglasten Terrasse eines Cafés in Saint-Germain saßen. Sein Aussehen war gepflegter geworden, und er hatte gelernt, sich das allmählich spärlicher werdende Haar so zu kämmen, als sei es blonder geworden. Er wirkte gut gestimmt nach all den Jahren, in denen er unter so vielen Übeln gelitten hatte, und informierte mich über die bedeutenden Fortschritte seiner Schriften, er habe dreiundachtzigeinhalb Prozent der Gesamtheit seines Werkes erreicht, wie er mir sagte, wobei er meine diesbezügliche Ironie schon einkalkulierte. Dann nahm er seine vertrauliche Haltung an und wurde ernster: Ihm fehlten nur noch zwei Texte, um das Ganze zu beenden, ein Roman, der den Titel *Saturn* haben würde, und der aufgeschobene Essay über den Schmerz. Der Roman wäre der letzte, seiner technischen Komplikationen wegen, und jetzt fühlte er Kraft genug, um zu seinem Experiment zurückzukehren und erneut die Medikamente abzusetzen. Er vertraute darauf, dieses Mal lange genug auszuhalten, um mit dem Schreiben beginnen zu können, mit allem Wissen, das er haben musste. »In diesen Jahren, in denen ich meinen Beruf ausgeübt habe, habe ich viel Schmerz gesehen, und ich habe ihn sogar verwaltet; ich habe ihn bekämpft, und ich habe ihn zugelassen, je nachdem, was vorteilhafter für den Patienten war; ich habe ihn völlig ausgeschaltet mit Morphium und anderen Medikamenten und Drogen, die man nicht auf dem Markt findet und zu denen nur wir Ärzte Zugang haben, viele sind ein Geheimnis, das so wohlgehütet wird, als wäre es ein Kriegsgeheimnis, was die Apotheken und Polikliniken ausgeben, ist ein winziger Teil dessen, was es gibt; aber für alles gibt es einen schwarzen Markt. Den Schmerz habe ich gesehen, habe ich beobachtet, habe ich abgestuft, habe ich gemessen, aber jetzt ist es an mir, ihn erneut zu erleiden, nicht nur den körperlichen, den man leicht findet, sondern den psychischen, den Schmerz, der bewirkt, dass der denkende Kopf nichts anderes will, als mit dem Denken aufzuhören, und nicht kann. Ich bin der Überzeugung, dass der größte Schmerz der des Bewusstseins ist, gegen den es kaum ein Mittel und für den es kaum Linderung gibt, und kein anderes Ende als den Tod, und nicht einmal dessen sind wir sicher.« Dieses Mal versuchte ich nicht, ihn davon abzubringen, nicht einmal in der indirekten und leichten Art, in der ich es angesichts seiner ersten Ankündigung der persönlichen Forschung getan hatte. Wir hatten großen Respekt voreinander, ich sagte nur: »Gut, halt mich auf dem Laufenden.«

Man kann nicht behaupten, dass er es tat, das heißt, er informierte mich nicht über seinen Prozess noch über seine Gedanken, vielleicht, weil er nur indirekt und mittels Gefühlen und Symptomen und Gemütszuständen darüber sprechen konnte, auf die er sich ohne Schwierigkeiten bezog, und so erzählte er in seinen Briefen der folgenden Monate – ich war in Madrid oder in Italien – nicht viel von dem, was ihm widerfuhr oder was er dachte, Briefe, die bündiger waren als gewöhnlich, aber dann und wann gab er einen Satz von sich, der mich betrübte, einen Satz, der deutlich war oder rätselhaft, vertraulich oder kryptisch, je nachdem; von den zweiten, die gewöhnlich am Ende des Briefes erschienen, kurz vor der Abschiedsfloskel oder sogar danach, als Postskriptum, habe ich heute einige wieder gelesen: »Schmerz, Denken, Lust und Zukunft sind die vier notwendigen und hinreichenden Chiffren meines Interesses.« – »Nichts befleckt mehr als ein Übermaß an Scham: Bezahl, bevor du dein eigener Shylock wirst.« – »Setzen wir alles daran, um nicht den Schlusswaggon fahren zu lassen.« – »Wenn du nicht die Verlassenheit verlässt, wird die Verlassenheit transitiv werden und dich verlassen, und transitiv nicht im *dich*, sondern darin, dich verlassen zu machen.« – »Ich umarme Dich, und lass Du keinen in Ruhe. Sie könnten Dich dafür bezahlen lassen.« Solche Dinge schrieb er. Unter den ersten gibt es Kontinuität, sogar Fortschritt: »Ich habe weder Lust zu schreiben noch Lust zu arbeiten, zu reisen, zu denken, nicht einmal zu verzweifeln«, schrieb er, und im nächsten: »Ich lese, weil ich mir den Anschein der Beschäftigung gebe.« Etwas später dachte ich, er habe sich ein wenig erholt, denn er erwähnte offen – dieses einzige Mal – den Versuch, dem er sich unterzog: »Was meine ethische Erfahrung des endogenen Schmerzes betrifft, so warte ich nach wie vor darauf, dass die Zeitbombe explodiert, die ich zu Beginn des Sommers gebaut habe, aber ich kenne weder den Tag noch die Stunde. Du siehst also, aber schau nicht zu genau hin, es ist zu erbärmlich, um Beachtung zu verdienen, und wenn etwas Titanisches an dem Ganzen ist, dann fühle ich mich ehrlich gesagt schlicht wie ein Zwerg.« Ich weiß nicht, was ich ihm antwortete, auch nicht, ob ich ihm Fragen stellte, man vergisst seine eigenen Briefe, sobald man sie in den Briefkasten wirft oder noch vorher, wenn man den Umschlag anleckt und zuklebt. Er fuhr fort, mir knapp Bericht über seine Tatenlosigkeit zu erstatten: »Ein wenig Medizin, sehr wenig Feder, etwas mehr Rückzug. Feuchtes Laub.« Ich erinnerte mich, dass er bei seinem ersten und gescheiterten Versuch von sechs Monaten gesprochen hatte, die er ohne seine Medikamente hätte aushalten müssen, um zu erreichen, wonach er strebte, und deshalb erwartete ich, dass mit Beginn des Winters seine Zeitbombe explodieren würde oder aber er sie entschärfen müsste, wäre es auch, um geradewegs wieder im Krankenhaus zu landen. Aber diese Jahreszeit trug nur zu seiner Verschlimmerung bei, die er aber wohl nicht für ausreichend hielt: »Ich bin gleichsam blutleer seit zwei Monaten. Weder schreibe ich, noch lese ich, noch höre ich, noch sehe ich. Ich höre Donner, das wohl, aber ich weiß nicht, ob es ein Gewitter ist, das sich entfernt oder sich nähert, auch nicht, ob es vergangen oder zukünftig ist. Hier ende ich: Der Geier pickt schon auf der linken Hemisphäre herum.« Ich nahm an, dass er die Migräne meinte, die ihn quälte.

Dann vergingen fast zwei Monate ohne jede Nachricht, und nach dieser Zeit erhielt ich in Madrid einen Anruf von Éliane. Nach ihrer Trennung hatte ich keinerlei Kontakt mit ihr gehabt, aber ich war nicht fähig zur Überraschung, sondern dachte sofort an das Schlimmste. »Xavier hat mich gebeten, dich anzurufen«, sagte sie in Französisch mit dieser Zeitform, die so wenig darüber aussagt, wann das Geschehene geschehen ist, und bevor sie fortfuhr, überlegte ich, ob er sie vor seinem Tod darum gebeten hatte oder in diesem Augenblick, wenn er lebte. »Er hat einen sehr schweren Rückfall gehabt und ist im Krankenhaus, vielleicht für einige Zeit; vorläufig kann er dir nicht schreiben, und er wollte nicht, dass du dir zu große Sorgen machst. Es ging ihm schlecht, aber es geht schon besser.« Es gab in ihren Worten so viel Konvention, wie statthaft war bei einem solchen Anruf, aber ich wagte, sie zwei Dinge zu fragen, obwohl dies bedeutete, eine Erinnerung zu verletzen, das heißt denjenigen, der schon zweifach Erinnerung war: »Hat er versucht, sich umzubringen?« – »Nein«, antwortete sie, »das war es nicht, aber es ging ihm sehr schlecht.« – »Wirst du zu ihm zurückkehren?« – »Nein«, antwortete sie, »das ist unmöglich.«

In den beiden letzten Jahren unserer Freundschaft schrieben wir uns weniger und sahen wir uns weniger, ich reiste nur einmal nach Paris, er kehrte nicht mehr nach Madrid zurück. Er hörte allmählich auf, meine Briefe zu beantworten, oder nahm sich zu viel Zeit dafür, und alles erfordert einen Rhythmus. Es gibt noch mehr sehr trostlose Dinge, die ihn betrafen, aber ich will sie jetzt nicht erzählen, ich habe sie nicht erlebt und erfuhr nur durch seine vertraulichen Mitteilungen von ihnen. Das letzte Mal sahen wir uns anlässlich einer sehr kurzen Reise von mir, wir aßen im Balzar zu Mittag; er hatte ein wenig zugenommen – die Brust gewölbt –, und das stand ihm nicht schlecht. Er lächelte oft, wie jemand, für den es ein Ereignis darstellt, zum Mittagessen auszugehen. Er erzählte mir vorsichtig und mit wenigen Worten, dass er während unseres Schweigens endlich den Essay über den Schmerz geschrieben habe. Er glaubte, dass man ihn veröffentlichen würde, aber über den Text sagte er nichts weiter. Jetzt war er bereits mit dem letzten beschäftigt, *Saturn*, und er schrieb ohne Pause, aber mit großen Schwierigkeiten an ihm. All das kam mir etwas fremd vor; sein Leben war für mich noch fragmentarischer, noch phantomhafter geworden, so als würden auf den letzten Seiten des abgegriffenen Buches nur noch die Interpunktionszeichen erscheinen, oder als hätte ich begonnen, auch ihn als Erinnerung zu empfinden oder vielleicht als fiktive Person. Er war fast kahl, aber sein Gesicht war noch immer angenehm. Ich dachte, dass seine Adern, jetzt noch sichtbarer, wie Hochreliefs wirkten. Dort verabschiedeten wir uns, in der Rue des Écoles.

Danach erhielt ich nur noch einen Brief und ein Telegramm, ersteren nach etlichen Monaten, und darin schrieb er: »Ich schreibe Dir nicht, weil ich Dir am Ende etwas zu sagen hätte, sondern gerade weil die Zeit vergeht und mir immer weniger zu erzählen übriglässt. Nichts Positives. Schrecklicher Winter, zahlloses Zurückweichen, voller Wirbel. Ablagerungen und Chaos. Ein Schweigen der Verlage, das entmaterialisiert. Eine Scheidung von Éliane. Und Ekel angesichts jeder Schöpfung. Die vergangene Woche war von einem Überdruss, der alles eindickte. Vorgestern Nacht war es schlimmer: Ein Schrei weckte mich, er kam von mir.« Und im Postskriptum nach der Unterschrift stand: »Ich werde also nur meine aschgraue Materie ein wenig mehr einschwärzen.«

Ich machte mir keine besonderen Sorgen und antwortete nicht, weil ich nach zwei Wochen erneut nach Paris reisen würde. Das war vor zwei Jahren oder etwas mehr. Ich war schon drei Tage in der Stadt, wie immer bei meiner italienischen Freundin, und ich hatte ihn noch nicht angerufen, denn ich wollte erst meine dortigen Beschäftigungen hinter mich bringen. Ich war drei Tage da, als ich von der Straße in die Wohnung kam und die italienische Freundin, die grausam zu ihm gewesen war oder sich gegen ihn verteidigt hatte, mir die Nachricht seines freiwilligen Todes, vorgestern, gab. Er war nicht mehr zu jung, es ging nicht schief; er war Arzt, er war genau; und er vermied jeden Schmerz. Tage später gelang es mir, mit seiner Mutter zu sprechen, die ich nie kennengelernt hatte; sie sagte mir, Xavier habe den *Saturn* zwei Nächte vor vorgestern beendet (hundert Prozent, das Leben war zu Ende, als das Papier zu Ende war). Er hatte zwei Kopien gemacht, er hatte drei Briefe geschrieben, die auf dem Tisch lagen, neben einem Glas Wein: für sie, für die Agentin, die keinen Erfolg gehabt hatte, für Éliane. In dem Brief an die Mutter erklärte er das Ritual: Er hatte vor, ein paar Seiten zu lesen, etwas Musik zu hören, etwas Wein zu trinken, bevor er sich hinlegen würde. Am Telefon konnte sie mir nicht sagen, welche Musik oder welche Zeilen, und ich habe nicht noch einmal danach gefragt, um mich nicht auch daran erinnern zu müssen. Von den mehr als tausend Seiten von Burtons *Anatomie* hatte er siebenhundert übersetzt – zweiundsechzig Prozent –, und der Rest wartet noch darauf, dass jemand sich entschließt, die Arbeit zu Ende zu führen. Ich weiß nicht, was mit seinem Essay über den Schmerz geschehen ist.

Das Telegramm fand ich bei meiner Rückkehr nach Madrid. Ein Lebender hatte es verfasst, aber ich las einen Toten. Sein Inhalt lautete: »ALLES GUTE GEHT NICHTS GEHT GUT ALLES ÜBEL KEHRT ZURÜCK ICH UMARME DICH FEST XAVIER.«

Heute habe ich einen Brief bekommen, der mich an diesen Freund erinnert hat. Geschrieben hat ihn eine Unbekannte, sowohl für mich als auch für ihn.

(1994)

Geringere Skrupel

Meine Geldnot war so groß, dass ich mich zwei Tage zuvor für die Probeaufnahmen zu diesem Pornofilm gemeldet hatte, und ich war verblüfft, als ich sah, wie viele Leute sich um eine dieser Rollen ohne Dialoge oder, na ja, nur mit Ausrufen bemühten. Ich war bedrückt und voll Scham hingegangen und hatte mir gesagt, die Kleine müsse was in den Magen bekommen und es sei unwahrscheinlich, dass jemand, der mich kannte, sich diesen Film anschauen würde, obwohl ich weiß, dass am Ende immer alle alles erfahren, was passiert. Aber ich glaube nicht, dass ich es jemals zu etwas bringen werde, so dass man in Zukunft auf die Idee kommen könnte, mich mit meiner Vergangenheit zu erpressen. Außerdem tut man das schon genug.

Als ich die Schlangen in dem Chalet sah, auf der Treppe und im Warteraum (die Probeaufnahmen wie die Dreharbeiten fanden in einem dreistöckigen Chalet in der Gegend von Torpedero Tucumán statt, die ich nicht kenne), bekam ich Angst, dass sie mich nicht nehmen würden, wo doch bis zu diesem Augenblick meine eigentliche Befürchtung das Gegenteil gewesen war, und die andere meine Hoffnung: dass sie mich nicht hübsch oder nicht üppig genug finden würden. Letzteres war eine vergebliche Hoffnung, ich habe mein ganzes Leben lang Aufmerksamkeit erregt, ohne Übertreibung, aber so war es, es hat nicht viel genützt. ›Verflixt, auch diese Arbeit werde ich nicht bekommen‹, dachte ich, als ich all diese Frauen sah, die sich darum bewarben. ›Es sei denn, in dem Film kommt eine Massenorgie vor, und sie brauchen haufenweise Statisten.‹ Es gab viele junge Frauen in meinem Alter und noch jüngere, auch ältere, Frauen mit allzu hausfraulichem Aussehen, Mütter wie ich ohne Zweifel, aber Mütter ganzer Kinderscharen, mit unwiderruflich verlorener Taille, alle mit ein wenig kurzen Röcken und hochhackigen Schuhen und engen Pullovern, genau wie ich, schlecht geschminkt, in Wirklichkeit war es absurd, wir würden ja nackt auftreten, wenn wir denn auftreten würden. Die eine oder andere hatte die Kinder mitgebracht; sie rannten die Treppe hinauf und hinunter, und die Frauen scherzten mit ihnen, wenn sie vorbeikamen. Es gab auch viele Studentinnen in Jeans und T-Shirt, sie dürften Eltern haben, was würden die Eltern denken, wenn man sie nähme und sie eines Tages zufällig den Film sehen würden; auch wenn das Ganze nur als Video in den Handel käme, machen sie später doch, was sie wollen, am Ende bringen sie die Filme im Fernsehen spät in der Nacht, und ein schlafloser Vater ist zu allem fähig, eine Mutter weniger. Die Leute haben kein Geld, und es gibt viele Arbeitslose; sie setzen sich vor den Fernseher und sehen sich irgendwas an, um die Zeit totzuschlagen oder die Leere, sie empören sich über nichts, wenn man nichts hat, erscheint alles akzeptabel, das Ungeheuerliche wirkt normal, und die Skrupel gehen zum Teufel, und diese Schweinereien richten letztlich keinen Schaden an, man sieht sie bisweilen sogar mit Neugier. Man entdeckt was.

Zwei Typen kamen aus dem oberen Zimmer, in dem die Probeaufnahmen stattfanden, ein Stück weit vom Warteraum entfernt, und als sie die Schlange sahen, schlugen sie die Hände über dem Kopf zusammen und beschlossen, sie langsam abzugehen – Stufe für Stufe – und sie zu dezimieren. »Du kannst gehen«, sagten sie zu einer Frau. »Du passt nicht, du taugst nicht, du brauchst nicht zu warten«, sagten sie zu den matronenhaftesten, auch zu den jungen, die eher schüchtern oder naiv wirkten, und duzten alle. Von einer verlangten sie den Ausweis an Ort und Stelle. »Ich hab ihn nicht bei mir«, sagte sie. »Dann raus, wir wollen keine Scherereien mit Minderjährigen«, sagte der Größere, den der andere Mir nannte. Der Kleinere trug einen Schnauzbart und wirkte höflicher oder rücksichtsvoller. Sie reduzierten die Schlange auf ein Viertel, wir waren nur noch acht oder neun, und sie ließen uns nacheinander vor. Eine von denen, die vor mir standen, kam nach ein paar Minuten weinend heraus, ich wusste nicht, ob es deshalb war, weil man sie abgelehnt oder weil man etwas Demütigendes von ihr verlangt hatte. Vielleicht hatten sie sich über ihren Körper lustig gemacht. Aber wenn man sich zu solchen Sachen meldet, dann weiß man doch, was einen erwartet. Mir taten sie nichts, nur, was zu erwarten war, sie sagten mir, ich solle mich ausziehen, stückweise zunächst. Hinter einem Tisch saßen Mir und der Kleine und noch einer mit Pferdeschwanz wie ein Triumvirat; dann waren noch ein paar Techniker da, und ein Typ mit einem Affengesicht und roten Hosen stand mit verschränkten Armen herum, von dem ich nicht weiß, was er dort verloren hatte, es konnte ein Freund sein, der sich zu der Sitzung eingefunden hatte, ein Voyeur, ein geiler Bock, das Gesicht war das eines geilen Bocks. Sie machten ein paar Videoaufnahmen, sie schauten mich genau an, hier und dort, in natura und auf dem Bildschirm, dreh dich um, heb die Arme, normal, ein bisschen habe ich mich natürlich geniert, aber ich hätte fast losgelacht, als ich sah, dass sie ganz ernst Notizen auf ein paar Karteikarten machten, wie Lehrer bei einer mündlichen Prüfung, heiliger Himmel. »Du kannst dich anziehen«, sagten sie dann. »Übermorgen hier, um zehn Uhr. Aber komm gut ausgeschlafen, schlepp uns nicht diese Augenringe an, du weißt nicht, wie die auf dem Bildschirm rauskommen.« Das sagte Mir, und es stimmte, das mit den Augenringen, ich hatte im Gedanken an die Probeaufnahme kaum ein Auge zugetan. Ich wollte schon rausgehen, als der Typ mit dem Pferdeschwanz, den sie Custardoy nannten, mich einen Augenblick mit der Stimme zurückhielt. »Hör mal«, sagte er, »damit es keine Überraschungen oder Probleme gibt und du uns nicht im letzten Moment sitzenlässt: die Sache ist französisch, kubanisch und Nummer, klar?« Er drehte sich zu dem Großen um, um sich Gewissheit zu holen: »Griechisch nicht, oder?« – »Nein, nein, mit der nicht, die ist Anfängerin«, antwortete Mir. Der Magnat löste die Arme und verschränkte sie erneut, verdrossen, was für eine Vogelscheuche mit seinen roten Hosen. Ich versuchte, mich rasch zu erinnern; ich hatte diese Begriffe gehört oder sie in den Kontaktanzeigen der Zeitungen gelesen, vielleicht hatte ich gewusst, was sie bedeuteten, mehr oder weniger. ›Griechisch nicht‹, hatten sie gesagt, das war mir also egal, zumindest im Augenblick. ›Französisch‹, da glaubte ich mich zu erinnern. Aber ›kubanisch‹?

»Was ist kubanisch?«, fragte ich.

Der kleine Mann sah mich vorwurfsvoll an.

»Aber gute Frau«, sagte er und hob die Hände an die

Brüste, die er nicht hatte. Ich war nicht sicher, ob ich es recht verstand, aber ich wagte nur, etwas anderes zu fragen: »Ist mein Kollege schon ausgewählt?« Ich hatte Lust gehabt, ›mein Schauspielkollege‹ zu sagen, aber ich dachte, sie könnten es als Spott auffassen.

»Ja, du wirst ihn übermorgen kennenlernen. Mach dir keine Sorgen, er hat Erfahrung und wird dich gut führen.« Das war der Ausdruck, den der Kleine benutzte, als spräche er von einem alten Tanz, einem engen Tanz, als es noch Sinn hatte zu sagen, ›ich führe‹.

Jetzt befand ich mich erneut in dem Wartezimmer und wartete auf die Dreharbeiten, wartete mit meinem Kollegen, dem man mich gerade vorgestellt hatte, er gab mir die Hand. Wir hatten uns auf das Sofa gesetzt, das etwas eng war, so dass er sogleich auf einen kleinen dazu passenden Sessel wechselte, um es bequemer zu haben. Der große Typ und der kleine Typ und der mit dem Pferdeschwanz und die Techniker drehten mit einem anderen Paar (ich hoffte, dass der geile Bock nicht da sein würde, sie machten Angst, seine Glupschaugen und die abgeflachte Nase, die tödlichen Hosen). Beim Film dauert alles eine Ewigkeit und verspätet sich, wie ich gehört habe, und man hatte uns gesagt, wir sollten warten und uns kennenlernen. Das war absurd. ›Ich kenne diesen Mann überhaupt nicht, und gleich werde ich ihm einen blasen‹, dachte ich, und ich konnte nicht umhin, es mit diesen Worten zu denken. Was hat das für einen Sinn, dass wir uns ein bisschen kennenlernen, dass wir reden.‹ Ich wagte kaum, ihn anzusehen, ich tat es verstohlen, ein Anfall von Scham, höchst unpassend. Als sie ihn mir vorstellten, hatten sie zu mir gesagt: »Das ist Loren, dein Partner.« Mir wäre lieber gewesen, sie hätten ihn *partenaire* genannt, aber dieses Wort kennt niemand mehr. Er mochte etwa dreißig Jahre alt sein, trug Cowboyhosen, -hut und -stiefel, die Schauspieler sind alle amerikanisiert, auch wenn sie Pornodarsteller sind. So fangen viele an, vielleicht käme ja eines Tages der große Erfolg. Er war alles andere als hässlich, trotz der äußeren Aufmachung, einer von diesen athletischen Typen, die ins Fitnessstudio gehen, mit einer leicht hakenförmigen Nase und grauen ruhigen und kalten Augen; die Lippen waren angenehm, aber ihn würde ich vielleicht nicht küssen müssen, den angenehmen Mund. Er wirkte überhaupt nicht befangen, er hatte die Beine übereinandergeschlagen wie ein Cowboy und blätterte in einer Zeitung, er beachtete mich nicht besonders. Er hatte mich angelächelt, als man uns vorstellte, seine Zähne standen auseinander, das gab seinem Gesicht etwas Kindliches. Er hatte sich dabei den Hut abgenommen, aber dann hatte er ihn wieder aufgesetzt, vielleicht würde er ihn während der Szenen aufbehalten. Er bot mir Lakritzbonbons an, ich wollte nicht, er lutschte zwei auf einmal, vielleicht wäre es besser, wir würden uns nicht küssen. Am Handgelenk trug er ein Band aus Leder oder Elefantenhaut, sehr eng, ich würde es nicht Armband nennen. Ich nehme an, das war modern, ich fühlte mich auf einmal altmodisch mit meinem engen Rock, meinen schwarzen Strümpfen und meinen hohen Absätzen, ich weiß nicht, warum zum Teufel ich mir die höchsten angezogen hatte, die ich besitze, vielleicht würden sie nicht wollen, dass ich sie ausziehe, wenn sie es sähen, vielen Männern gefällt es, uns so zu sehen, nackt und mit hochhackigen Schuhen, ein bisschen infantil, diese ganze Phantasie, er mit Hut und ich mit Schuhen. Mir wurde bewusst, dass ich meinen Rock ein wenig herunterzog, er rutschte zu sehr hoch, wenn ich saß, und das kam mir schon albern vor. Nicht einmal mein *partenaire* beachtete meine Schenkel, und er tat gut daran, noch eine Weile, und es würde weder Rock noch sonst was geben.

»Entschuldige«, sagte ich zu ihm, »du hast schon vorher in so was gearbeitet, nicht?«

Er hob den Blick von der Zeitung, legte sie jedoch nicht zur Seite, als wäre er noch nicht sicher, eine regelrechte Unterhaltung beginnen zu wollen, oder als wäre er eher vom Gegenteil überzeugt.

»Ja«, antwortete er, »aber nicht oft, zwei-, nein, dreimal, seit kurzem erst. Aber mach dir keine Sorgen, man vergisst die Kamera sofort. Man hat mir schon gesagt, dass du Debütantin bist.« Ich war dankbar, dass er ›Debütantin‹ statt ›Anfängerin‹ sagte, wie Mir, groß und kahl. »Sei bloß nicht gehemmt, das ist das Schlimmste, folge mir und genieß, so viel du kannst, und die anderen gar nicht beachten.«

»Tja, das sagt sich leicht«, antwortete ich. »Ich hoffe, sie haben Geduld, wenn ich nervös werde. Ich bin ein bisschen nervös.«

Der Schauspieler Loren lächelte mit seinen auseinanderstehenden Zähnen. Er las die Sportseite. Er wirkte sehr selbstsicher, denn er sagte zu mir:

»Schau, du wirst nicht einmal merken, dass sie drehen. Ich sorg schon dafür.« Er sagte es eher mit Naivität als mit Großspurigkeit, deshalb störte es mich nicht, wohl aber, dass er nicht auf den Gedanken kam, dass nicht die Zeugen die Hauptursache meiner wahrscheinlichen Nervosität bei der Szene sein würden.

»Schön«, antwortete ich, ohne zu wagen, dies in Zweifel zu ziehen, vielleicht eingeschüchtert. »Aber es wird doch Unterbrechungen geben, oder? Für die verschiedenen Einstellungen und so, oder? Und was ist dann? Was macht man da?«

»Nichts, du ziehst dir einen Morgenmantel an, wenn du willst, und trinkst eine Coca-Cola. Mach dir keine Sorgen«, wiederholte er. »Es gibt Schlimmeres. Und wenn du es brauchst, dann haben sie bestimmt Koks.«

»Ach ja, es gibt Schlimmeres?«, sagte ich jetzt leicht gereizt angesichts seiner übertriebenen Unbekümmertheit. »Das werde ich dann wohl noch nicht kennen. Auf, nenn mir mal was.« Er legte endlich die Zeitung beiseite, und ich beeilte mich hinzuzufügen: »Also, ich sag das nicht wegen dir, dass das klar ist, ja? Ich meine nicht dich, du verstehst schon, nicht? Es ist für Geld, aber du wirst zugeben, dass das nicht so leicht zu verkraften ist. Na ja, bei dir weiß ich nicht, aber für mich ist es so.«

Loren ging nicht auf meine Erklärungen ein, dass ich ihn nicht verletzen wollte, sondern blieb bei meinen vorausgehenden Sätzen. Er schaute mich mit seinem ruhigen Ausdruck an, aber leicht erregt jetzt, als hätte ich ihn provoziert und als wäre er jemand, dem die Fähigkeit dazu abgeht, sich provoziert zu fühlen, und als sähe er sich außerstande, den passenden Ton zu finden. Auch seine grauen Augen standen leicht auseinander, beide ziemlich weit entfernt von seiner hakenförmigen Nase, die die Lippen nach oben zu ziehen schien, die Art Nasenlöcher, die immer erkältet aussehen.

»Ich werde dir sagen, was schlimmer ist«, sagte er. »Ich werde es dir sagen. Was ich vorher gemacht habe, war sehr viel schlimmer. Nicht, dass ich vorhabe, für immer in diese Sache hier einzusteigen, aber es ist gut, um über die Runden zu kommen, bis sich etwas anderes bietet, und du weißt nicht, wie wunderbar das ist verglichen mit dem, was ich vorher gemacht habe.«

»Und was hast du vorher gemacht? Haben sie dich im Zirkus mit Messern beworfen?«

Ich weiß nicht, warum ich das zu ihm sagte. Ich vermute, es klang beleidigend, so als müsste der Schauspieler Loren zwangsläufig aus dem armseligsten Bereich des Showgeschäfts kommen. Schließlich und endlich war ich in der gleichen Lage wie er, und ich hatte bloß vor nun schon zwei Jahren meine Arbeit verloren und hatte einen Exmann, der verschwunden war, *missing*, und die Kleine bei mir. Vielleicht hatte auch er ein kleines Kind. Und außerdem gibt es keine solchen Shownummern mehr, das ist etwas Altmodisches, sogar Zirkus gibt es kaum noch.

»Nein, du Oberschlaue«, sagte er, aber ohne Vorwurf und ohne den Versuch einer Retourkutsche, ich weiß nicht, ob es daran lag, dass er ein Geduldsmensch war oder weil er dazu nicht fähig gewesen wäre. Er sagte es, wie es die Kinder in der Schule sagen: »Nein, du Oberschlaue. Ich war Beschützer.«

»Beschützer? Wie, Beschützer? Beschützer von was?« Es war das letzte Wort, das ich von seinen Lippen erwartet hätte, und ich konnte mich nicht verstellen, vielleicht war auch meine Überraschung beleidigend. Ich sah ihn jetzt sehr direkt an, ein Beschützer, er schien einem Spaghetti-Western entsprungen zu sein.

Er fasste sich leicht befangen an die Krempe seines Hutes, als wollte er ihn zurechtrücken.

»Na ja, ich meine, ich hatte jemanden, der meinem Schutz unterstand, meiner Protektion. Wie ein Leibwächter, aber anders.«

»Ach so, Leibwächter, aha«, sagte ich herablassend und

als würde ich ihn in eine niedrigere Kategorie einstufen. »Und, war das so schlimm? Musstest du dich oft zwischen deinen Chef und die Kugeln werfen oder was?« Ich hatte keinen Grund, fies zu ihm zu sein, aber die Unverschämtheiten entschlüpften mir, vielleicht machte mich die Vorstellung krank, dass ich ihm demnächst einfach so einen würde blasen müssen, der Zeitpunkt rückte immer näher. Unfreiwillig schaute ich ihm zwischen die Beine, gleich wandte ich wieder den Blick. Ich dachte es abermals mit diesem Verb, das Alter macht uns vulgär, oder es macht uns weniger aus, es zu sein, oder es ist die Armut: je weniger da ist, desto geringer die Skrupel. Wenn wir älter werden, wird auch das Leben geringer, es ist nicht mehr so viel da.

»Nein, so ein Leibwächter war ich nicht, ich bin kein Gorilla«, sagte er, ohne sich über meine sarkastischen Äußerungen zu ärgern, ernst und ohne Hintersinn und voll Klarheit. »Ich musste eine Person bewachen, die krank war, um zu verhindern, dass sie sich etwas antat, es ist sehr schwer, das zu verhindern. Man muss vierundzwanzig Stunden im Einsatz sein, die ganze Zeit hellwach, und nie kann man es völlig verhindern.«

»Wer war das? Was war mit der Person?«

Loren nahm den Hut ab und begann, den Stulp mit dem rechten Vorderarm zu streicheln, wie es die Cowboys in den Filmen tun. Vielleicht war es eine respektvolle Geste. Sein Haar begann sich zu lichten.

»Es war die Tochter eines reichen Typs, eines Multimillionärs, du kannst dir das nicht vorstellen, einer von diesen Unternehmern, die nicht mal wissen, was sie haben. Du wirst den Namen schon mal gehört haben, aber ich sag ihn besser nicht. Die Tochter war übergeschnappt, eine Hysterikerin mit Selbstmordneigungen, alle Augenblicke versuchte sie es. Sie konnte wochenlang ein scheinbar normales Leben führen, und dann, plötzlich, ohne Vorwarnung, schnitt sie sich die Pulsadern in der Badewanne auf. Sie war wirklich verwirrt. Sie wollten sie nicht in eine Anstalt sperren, denn das ist sehr hart und außerdem erfährt es am Ende Gott und die Welt, die Selbstmordversuche nur ein paar wenige, die in ihrer Nähe waren. So stellten sie also mich ein, damit ich sie daran hinderte, ja, wie ein Leibwächter, aber nicht, um sie vor anderen zu schützen, wie es üblich ist, sondern vor sich selbst. Ihre Freunde hielten mich für einen normalen Leibwächter, aber das war ich nicht. Meine Arbeit war etwas anderes, wie ein Hüter.«

Ich dachte, er kannte dieses Wort wohl deshalb, weil er sich die Mühe gemacht hatte, eines zu suchen, um sich zu definieren. Er hatte es bestimmt bei der Suche kennengelernt.

»Hm«, sagte ich. »Und das war schlimmer. Wie alt war sie? Warum hat man nicht besser einen Krankenwärter für sie angestellt?«

Loren fuhr sich mit dem Handrücken über das Kinn, gegen den Strich, als entdeckte er plötzlich, dass er nicht gut rasiert war. Er würde mich überall küssen müssen. Aber er wirkte gut rasiert, ich war versucht, ihn mit meiner Hand zu berühren, ich traute mich nicht, er hätte es für eine Liebkosung halten können.

»Weil ein Krankenwärter mehr auffällt, aus dem Grund, was macht ein junges Mädchen den ganzen Tag mit einem Krankenwärter auf den Fersen. Dass sie einen Leibwächter hatte, das verstand man, bei dem steinreichen Vater. Sie konnte ihr normales Leben führen, ich sagte dir ja schon, sie ging zur Universität, zwanzig Jahre, sie ging zu ihren Partys und ihren Schickimickigeschichten und zum Psychiater, natürlich, aber es war nicht so, dass sie den ganzen Tag deprimiert war und so, nein. Sie war eine Zeitlang normal, und sie war sympathisch, ja. Plötzlich bekam sie einen Anfall, und der Anfall war immer selbstmörderisch, und es war unvorhersehbar, wann. Kein einziger spitzer Gegenstand in ihrem Zimmer, weder Schere noch Taschenmesser noch sonst was, keine Gürtel, mit denen sie sich hätte aufhängen können, keine Tabletten in ihrer Nähe, nicht mal Aspirin; sogar bei ihren Stöckelschuhen sorgte die Mutter dafür, dass sie nicht sehr spitz waren, seit sie sich einmal eine Wange mit einem aufgerissen hatte, man musste ihr eine Schönheitsoperation machen, man merkte es nicht, aber sie hatte sich einen ganz schönen Schnitt beigebracht, bestialisch. Solche, wie du sie trägst, hätten sie ihr nicht erlaubt, was für eine Waffe. In dieser Hinsicht behandelten sie sie wie die Häftlinge, nicht ein gefährlicher Gegenstand. Der Vater hätte ihr beinahe auch noch die Sonnenbrille fortgenommen, nachdem er *Der Pate*, Teil III gesehen hatte, darin gibt es einen, den sie mit einer Brille umbringen, mit dem schärfsten Teil des Bügels, Wahnsinn, den Typen hatten sie von oben bis unten durchsucht, und der geht hin und schneidet dem anderen damit die Kehle durch. Hast du *Der Pate*, Teil III gesehen?«

»Ich glaube nicht, ich hab den ersten gesehen.«

»Wenn du willst, leih ich ihn dir, auf Video«, sagte Loren freundschaftlich. »Er ist der beste der drei, schlicht grandios.«

»Ich hab kein Video. Erzähl weiter«, antwortete ich, in der Furcht, jeden Augenblick könnte die Tür aufgehen und das lange Gesicht Mirs oder das knochige Custardoys oder der kleine Schnauzbart erscheinen, um uns hereinzubitten, damit wir unsere Szenen aufnahmen. Wir würden dabei nicht sprechen können oder nicht in derselben Weise, sie würden Konzentration von uns fordern, auf unsere Sache.

»Na ja, ich musste eben den ganzen Tag hinter ihr her sein und mit einem offenen Auge schlafen, ich in dem Zimmer daneben, meines und ihres durch eine Tür verbunden, für die ich den Schlüssel hatte, weißt du, wie in den Hotels manchmal, das Haus war riesig. Aber es gibt natürlich unzählige Möglichkeiten, sich etwas anzutun, wenn jemand wirklich entschlossen ist, sich umzubringen, wird er es am Ende immer schaffen, genauso wie ein Mörder, wenn jemand jemanden kaltmachen will, wird er ihn am Ende kaltmachen, so beschützt er auch sein mag, auch wenn er der Staatspräsident ist, auch wenn er der König ist, wenn jemand es darauf anlegt, zu töten, und die Folgen ihm egal sind, wird er am Ende töten, wen er will, da ist nichts zu machen, er hat alle Vorteile, wenn ihm egal ist, was danach passiert. Sieh dir Kennedy an, sieh dir Indien an, da gibt es keinen lebendigen Politiker mehr. Und so ist es auch bei dem, der sich selbst mordet, ich kann nur lachen über die misslungenen Selbstmordversuche. Die Prinzessin stürzte sich plötzlich kopfüber die Rolltreppe im Corte Inglés hinunter, und wir hoben sie mit einer klaffenden Stirnwunde und Fleischwunden an den Beinen hoch, und sie hatte Glück, weil meine Hand dazwischen war. Oder sie warf sich gegen eine Glasscheibe, gegen eine Schaufensterscheibe mitten auf der Straße, du weißt nicht, was das ist, voller Schnitte am ganzen Körper und mit Hunderten von kleinen Glassplittern, die sich in sie hineingebohrt hatten, ein Wahnsinn, sie schrie vor Schmerzen, denn wenn du dich nicht umbringst, tut die Sache weh. Man konnte sie auch nicht einsperren, so wäre sie nicht gesund geworden. Ich gewöhnte mich daran, überall Gefahren zu sehen, und das ist der Horror, die ganze Welt als Bedrohung zu sehen, nichts ist unschuldig, alles ist feindselig, im Harmlosesten sah ich einen Feind, meine Vorstellungskraft musste ihrer zuvorkommen, sie am Arm packen jedes Mal, wenn wir eine Straße überqueren wollten, versuchen, sie nicht in die Nähe eines hohen Fensters kommen zu lassen, in den Schwimmbädern äußerste Aufmerksamkeit an den Tag legen, sie von einem Arbeiter fernhalten, der vielleicht mit einer Eisenstange vorbeilief, sie war imstande, den Versuch zu unternehmen, sich auf ihr aufzuspießen, jedenfalls gewöhnte ich mir an, so zu denken, dass sie alles nur Mögliche tun konnte, man misstraut allem, den Menschen, den Dingen, den Wänden.« – ›So lebte ich, als das Mädchen klein war‹, dachte ich, ›noch jetzt lebe ich ein bisschen so, nie ganz ruhig. Ich kenne das. Ja, es ist schrecklich.‹ – »Einmal versuchte sie, sich auf der Schlussgeraden den Pferden vor die Hufe zu werfen, auf der Pferderennbahn, ich hatte das Glück, sie am Knöchel zu fassen zu kriegen, als sie schon kurz davor war, auf die Bahn zu gelangen, sie nutzte aus, dass ich mit den Wetten beschäftigt war, und entkam mir, Minuten voll Panik, bis ich sie erwischte, sie rannte schon auf die Pferde zu.« Der Schauspieler Loren machte eine nur verbale, nicht geistige Pause, ich sah, wie er über das nachsann, was er erzählte oder erzählen würde. »Das war viel schlimmer als das hier, das versichere ich dir, eine schreckliche Anspannung, eine ständige Angst, vor allem, seit ich sie flachgelegt hatte, zweimal hab ich sie flachgelegt:

die Verbindungstür, der Schlüssel in meinem Besitz, die Nächte immer halbwach und unruhig, du verstehst, das war ein bisschen unvermeidlich. Außerdem, wenn ich mit ihr zusammen war, bestand keine Gefahr, wenn ich auf ihr lag und sie umarmte, konnte ihr nichts passieren, wenn ich auf ihr lag, war sie geschützt, verstehst du.« – ›Sex als sicherster Ort‹, dachte ich, man kontrolliert den anderen, ›man hält ihn unbeweglich und geschützt.‹ Schon lange war ich nicht an diesem sicheren Ort. »Aber, klar, du legst eine Tussi zweimal flach, und schon fasst du Zuneigung zu ihr. Na ja, nicht sehr, ich habe meine Freundin, nicht zwangsläufig, aber es ist etwas anderes, du hast sie berührt, du hast sie geküsst, und du siehst sie nicht mehr wie vorher, und sie wird zärtlich zu dir.« Ich fragte mich, ob ich zärtlich zu ihm werden würde nach der Sitzung, die uns erwartete. Oder ob er deshalb Zuneigung zu mir fassen würde. Ich unterbrach ihn nicht. »So hatte ich also außer der Anspannung der Arbeit auch noch Sorge, na ja, Panik, ich wollte nicht, dass ihr was zustößt. Kurz, ein schöner Schlamassel, damit verglichen ist das hier das reinste Schlaraffenland.«

›Schöner Schlamassel‹ und ›Schlaraffenland‹, diese Wörter hört man immer weniger, sie wirken wie ein Witz.

»Hm«, sagte ich. »Und was passierte, wurdest du die Sache leid?«, fragte ich, ohne zu erwarten, dass er die Frage bejahen würde. In Wirklichkeit hatte er mir schon erzählt, was geschehen war, durch seine Art, zu sinnieren und mir den Rest zu erzählen.

Loren setzte sich wieder den Hut auf und atmete kräftig durch die Nasenlöcher ein, die feucht wirkten, als schöpfte er Energie für eine Anstrengung. Die Hutkrempe verdeckte seinen grauen kalten Blick, sein Gesicht bestand jetzt aus Nase und Lippen, die angenehmen Lippen, die ich nicht küssen würde, es gibt keine Küsse auf den Mund in den Pornofilmen.

»Nein, ich verlor die Stellung. Ich habe versagt, die Prinzessin hat sich vor drei Wochen in der Küche ihres Hauses die Kehle durchgeschnitten, mitten in der Nacht, ich hörte sie nicht einmal aus dem Zimmer gehen, wie findest du das. Ich habe niemanden mehr, um den ich mich kümmern kann. Eine Katastrophe, was für eine Katastrophe.« Einen Augenblick lang fragte ich mich, ob der Schauspieler Loren mir nicht etwas vorspielte, um mich abzulenken und mir die Nervosität zu nehmen. Ich dachte einen Moment an die Kleine, ich hatte sie bei einer Nachbarin gelassen. Er stand auf, machte ein paar Schritte durch das Zimmer, während er sich gleichzeitig die Cowboyhosen hochzog. Er blieb vor der geschlossenen Tür stehen, durch die wir bald würden hindurchgehen müssen. Ich glaubte, er würde ihr einen Schlag versetzen, aber er tat es nicht. Er sagte nur missgelaunt: »Also, vielleicht fangen wir verdammt noch mal endlich an, ich habe nicht den ganzen Tag Zeit.«

(1994)

Lanzenblut

Für Luis Antonio de Villena

Ich verabschiedete mich für immer von meinem besten Freund, ohne zu wissen, dass ich es tat, denn am folgenden Abend entdeckte man ihn, zu spät, auf seinem Bett mit einer Lanze in der Brust und einer unbekannten Frau an seiner Seite, die ebenfalls tot war, aber ohne Mordwaffe im Körper, denn die Waffe war dieselbe, man musste sie ihr herausgerissen haben, nachdem man sie in sie hineingebohrt hatte, um ihr Blut mit dem meines besten Freundes zu vermischen. Das Licht und der Fernseher waren eingeschaltet, und so hatten sie wohl den ganzen Tag dort gelegen, den ersten meines Freundes ohne Leben oder der Welt ohne seine irdische Gegenwart seit neununddreißig Jahren, Glühlampen, die unpassend waren angesichts der strengen Sonne des Vormittags und vielleicht weniger angesichts des stürmischen Himmels des Nachmittags, aber Dorta hätte die Verschwendung missbilligt. Ich weiß nicht, wer die Ausgaben der Toten bestreitet.

Seine Stirn war geschwollen durch einen Schlag, den man ihm vorher versetzt hatte, es war keine Beule, oder wenn es eine war, dann nahm sie die gesamte Oberfläche ein, die Haut straff gespannt über dem von Elephantiasis befallenen Schädel, als hätte er sich im Tod frankensteinisiert, der Haaransatz mit einer kleinen Kahlheit, die er nie gehabt hatte. Dieser Schlag dürfte ihn außer Gefecht gesetzt haben, aber er hatte ihn wohl nicht völlig bewusstlos gemacht, denn seine Augen standen offen, und er trug seine Brille, obwohl der Lanzenmörder sie ihm später aufgesetzt haben konnte, zur Abschreckung, man braucht keine Brille mehr, wenn es sicher ist, dass man nichts mehr sehen wird: da, vier Augen, damit du den Weg zur Hölle schön deutlich siehst. Er trug den Bademantel, den er immer als Morgenmantel benutzte, er kaufte alle paar Monate einen neuen, und dieser letzte war gelb, vielleicht hätte er die Farbe meiden sollen, wie die Stierkämpfer. Er trug seine Hausschuhe, harte und steife Hausschuhe wie die eines Amerikaners, eine Art über dem Spann weit ausgeschnittener Mokassins, ohne Besatz und mit sehr flachem Absatz, man fühlt sich sicherer, wenn man seine eigenen Schritte hört. Die beiden nackten Beine schauten zwischen den Schößen des Bademantels hervor, ich sah, dass seine Schienbeine kahl waren, obwohl er sonst ein behaarter Mann war, manche Leute verlieren das Haar an diesen Stellen durch die ewige Reibung der Hosen oder der Socken, wenn sie lang sind, Sportstrümpfe heißen sie, und er trug sie immer, nie sah man bei ihm einen Streifen Fleisch, wenn er in der Öffentlichkeit die Beine übereinanderschlug. Das Blut war die Stunden über lange genug geströmt – bei eingeschaltetem Licht und geschäftigen Zeugen auf dem Bildschirm –, um den Morgenmantel und die Laken zu durchtränken und den Holzboden zu ruinieren. Das Bett, ohne Bettdecke, der Hitze wegen, war nicht berührt worden, der umgeschlagene Teil des Betttuchs war unversehrt. Er sah bleich aus auf den Fotos, wie alle Leichen, mit einem Ausdruck, der bei ihm ungewohnt war, denn er war ein fröhlicher, heiterer und witziger Mann, und das Gesicht wirkte eher ernst als erschreckt oder verblüfft mit einem bitteren Zug oder zeigte vielleicht – noch überraschender – bloße Missbilligung oder Verärgerung, als hätte er sich zu etwas gezwungen gesehen, was nicht allzu schwerwiegend war, aber doch seinen Neigungen zuwiderlief. Da Sterben dem, der weiß, dass er stirbt, schwerwiegend erscheint, ließ sich nicht ausschließen, dass man ihm die Lanze hineingestoßen hatte, als er so sehr durch den vorherigen Schlag betäubt war, dass er kein großes Bewusstsein von dem Geschehen hatte, und das könnte erklären, warum er auch nicht reagiert hatte, als man zuvor die Waffe der Unbekannten in die Brust gestoßen und wieder herausgezogen hatte. Die Lanze gehörte ihm, er hatte sie vor ein paar Jahren von einer Reise nach Kenia mitgebracht, die ihm grauenhaft erschienen war und über die er sich beklagt hatte, wie üblich, wenn er verreiste. Ich hatte sie mehr als einmal gesehen, nachlässig in den Schirmständer gestellt, Dorta dachte immer, man sollte sie eines Tages an die Wand hängen, einer dieser erträumten Dekorationsgegenstände, wenn man sie in fremden Händen sieht, die uns dann nicht mehr so gefallen, wenn sie schließlich zu Hause ankommen. Dorta sammelte sie nicht, aber von Zeit zu Zeit gab er dem Impuls einer Laune nach, vor allem in Ländern, von denen er wusste, dass er nicht in sie zurückkehren würde. Wer ihm schlecht gesonnen war, sah etwas Sarkastisches in der Form seines Todes, ihm gefielen die metallischen, spitz zulaufenden Stöcke, von denen besaß er einige. Wenig Originalität, eine pedantische Angewohnheit.

Die Frau war fast nackt, nur mit einem Slip bekleidet, im Haus keine Spur von den übrigen Kleidungsstücken, mit denen sie gekommen sein musste, als hätte der Lanzenmörder sie nach seinen Morden sorgsam eingesammelt und mitgenommen, niemand bewegt sich so auf der Straße oder im Taxi, so heiß es auch sein mag, ich meine, in einer solchen Nacktheit. Vielleicht war auch das eine Abschreckung: Nackt sollst du hier liegen bleiben, du Nutte, so wird man dich vögeln auf dem Weg zur Hölle. Eine unnötige Last für einen Mörder jedenfalls, alles, was bleibt, klagt an, was in unseren Händen bleibt. Die Frau war etwa dreißig Jahre alt, sowohl von ihrem Aussehen her als auch dem gerichtsmedizinischen Gutachten nach, wie es hieß, und sie konnte eine Immigrantin sein dieses Aussehens wegen, Kubanerin oder Dominikanerin oder Guatemaltekin zum Beispiel, die Haut braun und die Lippen rissig und dick und die Wangenknochen kühn, aber es gibt auch viele Spanierinnen, die so sind, im Süden und in der Mitte und sogar im Norden, von den Inseln ganz zu schweigen, die Leute unterscheiden sich weniger, als ihnen lieb ist. Ihre Augen waren, anders als seine, geschlossen, und ein Ausdruck von Schmerz lag auf ihrem Gesicht, als wäre sie nicht sofort gestorben und hätte Zeit gehabt, die unfreiwillige Gebärde zu machen, der furchtbare Schmerz des Eisens im Fleisch beim Eindringen und danach, die Zähne instinktiv zusammengepresst und der Blick blind, ihre Nacktheit plötzlich wie eine zusätzliche Schutzlosigkeit, es ist nicht dasselbe, ob eine Stichwaffe zuerst einen Stoff durchstößt, so dünn er auch sein mag, oder direkt auf die Haut trifft, obwohl das Ergebnis sich in nichts unterscheidet. Oder das glaube ich, ich bin nie in dieser Weise verletzt worden, dreimal Holz, gekreuzte Finger. Bei der Frau konnte man den Einstich in der Höhe des Ansatzes der linken Brust sehen, sowohl die eine als auch die andere erschienen mir schlaff, in dem Maße, in dem man sie erkennen konnte und ich sie zum ersten Mal auf Fotos sah, und beides war oberflächlich. Aber man ist gewohnt, sich die Textur und das Volumen und die Berührung der Frauen beim ersten Anblick vorzustellen, mehr noch in diesen trügerischen Zeiten, wenn sie reich gewesen wäre, hätte sie ihnen mit Silikon nachgeholfen, in ihrem Alter vor allem, eine Art angeborene Schlaffheit, die nicht von den Jahren abhängt. Sie waren befleckt, das trockene Blut. Ihr Haar war lang, zerzaust und lockig, ein Teil der Mähne verdeckte ihre rechte Wange in wenig natürlicher Weise, als hätte sie Zeit für den Versuch gehabt, das Gesicht mit dem Haar zu bedecken, es mit der Hand darüberzuschieben, eine letzte Geste der Schamhaftigkeit oder Scham für ihre anonyme Nachwelt. In gewissem Sinne tat sie mir mehr leid, ich hatte das Gefühl, dass ihr Tod sekundär war, dass es in Wirklichkeit nicht um sie ging oder dass sie nur Teil einer Dekoration war. Im Mund hatte sie Reste von Samen, und der Samen stammte von Dorta, wie es hieß. Es hieß auch, sie habe Karies, das Gebiss einer Armen oder Opfer der Süßigkeiten. Es hieß auch, in beiden Organismen gebe es Substanzen, das war das Wort, aber es wurde nicht gesagt, welche. Es bereitet mir keine großen Schwierigkeiten, sie mir vorzustellen.

Beide saßen sie oder besser gesagt, sie lagen nicht ganz, eher waren sie zurückgelehnt, obwohl man mir im Fall meines Freundes nicht eine unangenehme Einzelheit ersparte: Die rostige Lanze war mit einer solchen Gewalt eingedrungen, dass die seit ihrer Ankunft aus Kenia nie geschärfte noch polierte noch überhaupt gesäuberte – aber sehr schneidende – Spitze sich in die Wand gebohrt hatte, nachdem sie seinen Brustkorb durchschlagen hatte, so dass er wie ein Insekt auf den Kalk gespießt war. Wenn man Dorta das von einem anderen erzählt hätte, wäre er erschauert im Gedanken an den Gips, der durch die Entfernung der Lanze im Körper geblieben wäre, jemand musste sie ja herausziehen, sicher mit größerer Anstrengung als derjenige, der sie in die beiden Brüste, die weibliche und die männliche, hineingestoßen hatte. Die Waffe war nicht aus irgendeiner Entfernung geworfen worden, sondern man hatte sie eher von unten nach oben eingerammt, vielleicht im Laufschritt, vielleicht nicht, aber im zweiten Fall musste die Person, die sie in Händen hielt, sehr stark oder daran gewöhnt sein, mit Bajonetten zuzustechen. Das Schlafzimmer war geräumig, es erlaubte einem, Anlauf zu nehmen, die ganze Wohnung Dortas war geräumig, eine renovierte Altbauwohnung, von seinen Eltern geerbt, er vernachlässigte alles, außer zwei Räumen, Wohnzimmer und Schlafzimmer, es war groß für ihn. Er war gerade neununddreißig geworden, er klagte über die vierzig, die nahe Schwelle, er lebte allein, aber er lud oft Leute ein, immer einzeln.

»Das Schlimmste an diesem Alter ist, dass es einem fremd vorkommt«, hatte er mir am Abend vor seinem Tod gesagt, während des Abendessens. Sein Geburtstag war eine Woche vorher gewesen, aber ich hatte ihm nicht gratulieren können, da er an jenem Tag in London war. Ich hatte deshalb nicht die üblichen Scherze mit ihm treiben können, ich war drei Monate jünger und erlaubte mir, ihn in dieser Zeit ›Alter‹ zu nennen. Jetzt bin ich zwei Jahre älter als er jemals war, ich habe die Schwelle überschritten. »Vor ein paar Tagen habe ich eine Nachricht in der Zeitung gelesen, in der die Rede von einem siebenunddreißigjährigen Mann war, und die Verbindung dieses Alters mit dem Wort Mann erschien mir in der Tat passend, zumindest für diese Person. Für mich hingegen wäre es das nicht. Ich erwarte noch immer unbewusst, dass man von mir als einem ›jungen Mann‹ spricht, und natürlich rechne ich damit, dass man mich duzt, und, stell dir vor, ich bin zwei Jahre älter als dieser Mann in der Nachricht. Älter sollten immer die anderen werden, diesen Gefallen sollten sie uns tun. Mehr noch: So wie früher die Reichen einen Armen bezahlten, damit er an ihrer Stelle den Militärdienst leistete oder in den Krieg zog, müsste es möglich sein, jemanden zu kaufen, der für uns älter wird. Dann und wann würden wir ein Jahr behalten, dieses Jahr ist meines, ich habe es satt, neununddreißig zu sein. Findest du nicht, dass das eine ausgezeichnete Idee ist?«

Keiner von uns konnte auf den Gedanken kommen, dass neununddreißig in seinem Fall die feste Zahl sein würde, derer er bis zum Ende aller Zeiten überdrüssig sein könnte, ohne sie ändern zu können, ohne Ausweg. Solche Ideen hatte Dorta, wenn er angeregt und gut gelaunt war, wenig ausgezeichnete und absurde Ideen, bisweilen albern und immer kindlich, und Letzteres hatte zumindest mir gegenüber seine Berechtigung, denn wir kannten uns von Kind auf, und es ist schwer, sich nicht weiter ein wenig so zu verhalten, wie man es am Anfang bei jeder Person tat, die man kennt: Wenn man launisch war, muss man es unbegrenzt von Zeit zu Zeit sein; wenn man grausam war, wenn man leichtfertig war, wenn man rätselhaft, ungesellig oder schwach war oder geliebt wurde, jedem gegenüber hat man sein Repertoire, bei dem Variationen zulässig sind, aber kein Verzicht, wenn jemand einmal gelacht hat, wird er immer lachen müssen, oder er wird abgelehnt. Und deshalb nannte ich Dorta immer Dorta, und so erinnere ich mich an ihn, in der Schule kennt man sich beim Familiennamen bis zur Adoleszenz. Und wie man beim Erwachsenen, wenn man weiterhin Umgang hat, immer das Gesicht des Kindes sieht, mit dem man die Schulbank teilte, als wären die späteren Änderungen oder die Ausprägung bestimmter Züge Maske und Spiel, um das Wesen zu verschleiern, so erscheinen die Erfolge oder Niederlagen der Lebensalter des anderen als unwirklich oder vielmehr fiktiv, wie Pläne oder Phantasien oder Einbildungen oder Ängste, mit denen die Kindheit bevölkert ist, als würde zwischen diesen Freunden alles Geschehen einem Warten gleichen und wie ein Warten gelebt werden – der hauptsächliche Zustand der Kindheit, nicht das Wünschen –, das gegenwärtige und auch das vergangene und sogar das ferne. Wenig oder nichts kann zwischen dieser Art von Freunden allzu ernst genommen werden, denn man ist daran gewöhnt, dass alles Vorspiegelung ist, ausdrücklich eingeleitet von jenen Formeln, die man später aufgibt, um in die Welt hinauszugehen, ›lass uns das spielen‹, ›lass uns tun, als ob‹, ›jetzt befehle ich‹ (man gibt sie nur verbal auf, in Wirklichkeit geht alles weiter). Deshalb kann ich von seinem Tod leidenschaftslos sprechen, als wäre es etwas, das noch nicht geschehen ist, das in der ewigen Erwartung dessen verharrt, was nicht wahrscheinlich und nicht möglich ist. ›Nimm an, man tötet mich mit einer Lanze.‹ Eine Lanze, in Madrid. Aber zuweilen überkommt mich wohl Leidenschaft – oder es ist Zorn –, aus genau dem gleichen Grund, denn ich kann mir die Angst und die Panik jener Nacht bei dem vorstellen, den ich noch immer wie das furchtsame und resignierte Kind sehe, das ich oft auf dem Schulhof verteidigen musste und das sich dann entschuldigte und mir irgendein Buch oder ein Comic-Heft schenkte, weil es mich gezwungen hatte, mich den Schlägern zum Kampf zu stellen, wenn es nicht um mich ging – obwohl er mich nie um Hilfe bat, er ließ sich schlagen und herumstoßen, das war alles; aber ich sah es –, meine Energie für jemanden einzusetzen, der körperlich niemals siegen konnte und dessen Brille fast jeden Tag so vieler Schuljahre zu Boden fiel. Es ist nicht verzeihlich, dass er gewaltsam sterben musste, auch wenn er sich seines eigenen Todes nicht bewusst war. Aber das ist rhetorisch, wer wird sich nicht bewusst. Ich war nicht da, um es zu sehen und mich zum Kampf zu stellen, wenn auch wenig fehlte.

Während seines Aufenthalts in London hatte bei Sotheby's eine literarische und historische Versteigerung stattgefunden, und Freunde, die Diplomaten waren, ermunterten ihn, daran teilzunehmen. Es wurden alle möglichen Papiere und auch Gegenstände zum Verkauf geboten, die Schriftstellern und Politikern gehört hatten. Briefe, Postkarten, Billetdoux, Telegramme, vollständige Manuskripte, Entwürfe, Archive, Fotos, eine Haarsträhne von Byron, eine lange Pfeife, die Peter Cushing in ›Der Hund von Baskerville‹ geraucht hatte, Zigarrenstummel von Churchill, die nur kurz angeraucht waren, Zigarettenetuis mit Inskriptionen, Stöcke mit Geschichten, Amulette mit Erfahrung. Es war nicht ein auffallender Stock gewesen, der während der Gebote seinen Impuls als unsteter Käufer geweckt hatte, sondern ein Ring, der Crowley gehört hatte, Aleister Crowley, erklärte er mir wohlwollend, ein mittelmäßiger und bewusst geisteskranker Schriftsteller, der sich ›Das große Tier‹ und ›Der perverseste Mensch seiner Zeit‹ nennen ließ, in all seine privaten Gegenstände war die Zahl *666* eingraviert, die Zahl des Tieres, der Apokalypse zufolge, heute spielen mit dieser Zahl sich dämonisch gebärdende Rockgruppen, scheinbar ist sie auch in vielen Computern versteckt, immer die Zahl der Witzbolde, die Lebenden wissen nicht, wie alt alles ist, sagte Dorta, wie schwierig es ist, neu zu sein, was wissen die Jungen von Crowley dem Orgiastischen und Satanischen, sicher ein einfältiger, naiver Konservativer für heutige Zeiten, ein im Grunde frommer Mann, der seinen Schüler Victor Neuburg in ein Zebra verwandelte, weil der sich wiederholt bei einer Teufelsanrufung in der Sahara vertan hatte, erzählte mir Dorta, und auf ihm bis nach Alexandria ritt, wo er es einem Zoo verkaufte, der sich zwei Jahre lang um den ungeschickten Schüler oder das Zebra kümmerte, bis Crowley ihm schließlich erlaubte, die menschliche Gestalt zurückzugewinnen, im Grunde ein mitfühlender Mann. Neuburg wurde später Verleger.

»Ein Zauberring, so wurde er im Katalog bezeichnet, mit einem wunderschönen ovalen Smaragd, eingelassen in den Platinreif mit der Inschrift ›Iaspar Balthazar Melcior‹, es gab den Zweifel, ob er mir passen würde, aber trotzdem bot ich wie ein Verrückter, über meine Verhältnisse.« All das hatte Dorta erzählt, solange er Lust dazu hatte, wenn er zufrieden war, redete er unermüdlich, dann pflegte er zu verstummen und fragte mich nach meiner Person und meinem Leben, ließ zu, dass ich es war, der sprach, zwei aufeinanderfolgende Monologe eher als ein wirklicher Dialog. »Die Käufer schieden nach und nach aus, außer einem Typ mit deutschem Gesicht, mit einer dieser Nasen, von deren Spitze immer gleich ein Tropfen fallen zu wollen scheint, man hatte Lust, ihm ein Taschentuch zu reichen und ihn in eine Ecke zu schicken, eine Tapir-Nase, ein Typ mit irritierenden Gesichtszügen, er war gut gekleidet, aber mit Cowboystiefeln aus Krokodilsleder, stell dir die Wirkung vor, es war unmöglich, sie zu übersehen und nicht in Rage zu geraten. Ich ging mit dem Preis hoch, und er ging mit dem Preis hoch, unveränderlich und ohne einen Muskel zu bewegen, er beschränkte sich darauf, die Nase zu heben, als wäre sie ein mechanisches Spielzeug, ich schaute verstohlen zu ihm hin jedes Mal, wenn er mich überbot, und sah die falsch feuchte Nase, hochgereckt wie das Fähnchen der prähistorischen Ampeln, oder waren es die Taxen, die eines hatten? Na ja, er stellte sich mir jedes Mal in den Weg und zwang mich, im Geist rasch Pfund in Peseten umzurechnen, so dass ich mir bewusst wurde, dass ich bereits eine Geldsumme bot, über die ich nicht verfügte.«

»Nein? So teuer konnte dieser Zauberring doch nicht sein, Dorta«, sagte ich spöttisch. Er hatte nicht allzu viel Geld, aber er schien es zu haben, er gebärdete sich wie ein Verschwender und pflegte nicht auf seine Launen zu verzichten, zumindest nicht vor Zeugen, Schäbigkeit als Gebrechen. Natürlich waren seine Launen nicht exzessiv und erforderten keine großen Auslagen, wie man früher sagte, oder das glaubte ich, ich kenne nicht alle Preise. Jedenfalls fehlte es ihm nicht an Geld, um seine existentiellen Vergnügungen zu bezahlen.

»Na ja, gut, ich hätte noch etwas weitermachen können, aber das hätte später kleine Opfer von mir verlangt, die ich am meisten hasse, es sind die kleinen, die bewirken, dass man sich erbärmlich fühlt. Und im Sommer kostet es einen größere Mühe, auf etwas zu verzichten. So hob dieser Typ also wieder und wieder die Nase, wie bei einem kaputten Bahnübergang, bis einer meiner Begleiter mich am Ellbogen fasste und mich daran hinderte, die

Hand zu heben. ›Du kannst dir das nicht erlauben, Eugenio, du wirst es bereuen‹, sagte er leise zu mir, ich weiß wirklich nicht, warum er es mir leise sagte, dort verstand niemand Spanisch. Aber es stimmte, und ich schüttelte seine Hand nicht ab und fühlte mich erbärmlich, eine schreckliche Depression überfiel mich sogleich und dauert bis heute, ich musste noch sehen, wie die tropfende Nase sich ein Stück höher reckte und mich herausfordernd betrachtete, als würde sie zu mir sagen: ›Ich hab dich besiegt, was hast du dir eingebildet?‹ Er ist sofort gegangen und hat Lärm mit seinen Krokodilcowboystiefeln gemacht, er blieb nicht für den Rest der Versteigerung, oder vielleicht kam er später zurück, wegen anderer Posten, das weiß ich nicht, denn ich war es, der ging, nach ein paar Geboten mehr. Es war eine Demütigung, wie ich wenige erlebt habe, Víctor, und noch dazu im Ausland.«

Er nannte mich ›Víctor‹ und nicht ›Francés‹, beim Nachnamen, wie sonst. Er nannte mich nur ›Víctor‹, wenn es ihm nicht gut ging oder er sich hilflos fühlte. Ich nannte ihn nie ›Eugenio‹, in keinem Fall. Dorta hatte nicht nur viel vom Kind Dorta, sondern auch von seiner Mutter und seinen Tanten, die ich so oft bei Schulschluss oder in seinen verschiedenen Wohnungen gesehen hatte, eingeladen vom Sohn oder Neffen. Ab und zu kam aus seinem Mund irgendein Satz, der zweifellos diesen altmodischen, treuherzigen Damen gehörte, die seine Welt weitgehend beherrscht hatten. Sie rutschten ihm heraus, er mied sie nicht, sondern fand wahrscheinlich Gefallen daran, sie so, verbal, mit seinen verirrten Ausdrücken zu verewigen: ›Und noch dazu im Ausland.‹

»Warum zum Teufel wolltest du den Ring?«, fragte ich ihn. »Du wirst doch jetzt nicht darauf verfallen, an Zaubereien zu glauben, hoffe ich. Oder willst du jemanden in eine Giraffe verwandeln?«

»Nein, keine Sorge. Ich hatte Lust darauf, er gefiel mir, er war auffallend und hatte eine Geschichte, ihn hier zu tragen, hätte viele Leute veranlasst, mich danach zu fragen, alles ist gut, um sich in den Kneipen näherzukommen. Wenn ich an Zaubereien glaube, dann bei den anderen, nicht bei mir, natürlich; ich habe mich mein Lebtag von keinem Zauber berührt gefühlt, wie du weißt.« Und er fügte schmunzelnd hinzu: »Nachdem ich den Ring verloren hatte, bereute ich, dass ich nicht in deinem Namen für den Posten davor geboten hatte, er war nicht so teuer. ›Magischer Talisman Crowleys für sexuelle Potenz und Macht über Frauen‹, stand im Katalog, wie findest du das, ein hübsches Silbermedaillon mit der unerlässlichen 666. Das hat auch der Deutsche oder was er war mitgenommen, nur dass er dabei nicht gegen mich konkurrieren musste, vielleicht war es deshalb weniger teuer. Mir bleibt der Trost, ihn gezwungen zu haben, bei dem Ring mehr auszugeben. Wie findest du das, ›Macht über Frauen‹? Es trug die Initialen ›AC‹, außer der eingravierten Zahl. Es hätte dir geholfen.«

Ich lachte über seine Bosheit, die mir gegenüber immer wohlwollend war, nicht notwendig gegenüber anderen, seine Zunge war seine einzige Waffe.

»In ein paar Jahren, bestimmt, das sehe ich schon voraus. Aber ich kann mich in beiderlei Hinsicht noch nicht allzu sehr beklagen.«

»Ach, nein? Erzähl, erzähl mal.«

Vielleicht war dies der Augenblick, in dem ich bei jenem letzten Abendessen zu sprechen begann und er mit Interesse, aber auch mit einer leichten Niedergeschlagenheit zuhörte; allzu langes Schweigen bedeutete bei ihm gewöhnlich, dass er wegen irgend etwas besorgt oder vorübergehend unzufrieden mit sich selbst oder seinem Leben war, das passiert uns allen von Zeit zu Zeit, aber es dauert nicht lange, wenn die Gründe nicht schwerwiegen, wie die Sorge angesichts der ungenauen Zukunft oder die alltägliche Reue, für die nicht viel Zeit ist, wahre Reue braucht Dauer und Zeit. Wenn ein Freund stirbt, möchten wir uns an das letzte Mal, als wir ihn sahen, in allen Einzelheiten erinnern, das Abendessen, als eines von vielen erlebt, nimmt plötzlich einen unverdienten Rang ein und besteht darauf, mit einem Glanz zu glänzen, der nicht seiner war; wir versuchen, Bedeutung in dem zu sehen, was keine hatte, wir versuchen, Zeichen und Hinweise und womöglich Zaubereien zu sehen. Wenn der Freund einen gewaltsamen Tod gestorben ist, dann versuchen wir vielleicht Spuren zu sehen, ohne uns bewusst zu sein, dass an jenem Abend auch nichts hätte geschehen können, und dann wären sie alle falsch. Ich erinnere mich, dass er nach dem Essen mit Genuss ein paar nach Nelken riechende und schmeckende indonesische Zigaretten rauchte, die er aus London mitgebracht hatte. Er schenkte mir ein Päckchen, das ich noch immer habe, *Gudang Garam* die Marke, ein rotes schmales Päckchen, *12 kretek cigarettes*, ich weiß nicht, was ›kretek‹ heißt, es wird ein indonesisches Wort sein. Die Warnung war unverblümt: *Smoking kills*, stand da einfach, ›Rauchen tötet‹. Dorta natürlich nicht, ihn tötete eine afrikanische Lanze. Als ich aufhörte, meine nichtssagenden Geschichten zu erzählen, bemächtigte er sich wieder mit neuem Elan der Unterhaltung, nachdem er aus dem Badezimmer zurückgekehrt war, aber ohne jede Heiterkeit jetzt. Er fuhr mit dem Zeigefinger über die kleine reliefartige Zeichnung auf dem Päckchen, sie sah aus wie ein Schienenstrang, der in einer Kurve verlief, eine Eisenbahnlandschaft, links ein paar kindliche Häuser mit dreieckigen Dächern, vielleicht ein Bahnhof, alles in Schwarz, Gold und Rot.

»Diesen Sommer wird es mir nicht gutgehen, glaube ich«, sagte er. Wir hatten Ende Juli, später dachte ich, dass es seltsam war, dass der ganze Sommer ihm an jenem Abend noch als Zukunft erschien. »Er wird mich schwer ankommen, ich bin ein bisschen aus dem Gleichgewicht, und das Schlimmste ist, dass das, was mir immer Spaß gemacht hat, mich langweilt. Sogar Schreiben langweilt mich.« Er machte eine Pause und fügte mit einem schwachen Lächeln hinzu, als hätte er einen ungebührlichen Fehler gemacht: »Das letzte Buch war ein ziemlicher Misserfolg, mehr, als du dir denken kannst. Ich bin gerade dabei, in aller Eile etwas Neues zu beenden, Misserfolgen darf man keine Zeit lassen, das ist das Schlimmste, was man tun kann, denn sofort durchdringen und kontaminieren sie alles, jeden Aspekt des Lebens, selbst den entferntesten, selbst den, der am weitesten weg ist von der Sphäre, in der das Desaster stattgefunden hat, wie ein Blutfleck. Obwohl man Gefahr läuft, gleich den nächsten folgen zu lassen und am Ende noch befleckter zu sein. Es gibt Leute, die auf diese Weise zugrunde gehen. Heute abend muss ich einen Verleger treffen, mit dem ich das schon vertraglich ausgehandelt habe, ohne es fertig zu haben, ich habe mich zum ersten Drink mit ihm verabredet, er ist auf der Durchreise in Madrid, und jetzt fordert er, dass ich ihn zerstreue. Ein Typ ohne Skrupel und etwas wortfaul, ein Ballast. Aber er hat sich nicht abschrecken lassen, es hat ihm Spaß gemacht, mich den anderen auszuspannen. Das ist eine Redensart, ausspannen, so wie die Dinge liegen. Bald wird mir nicht einmal mehr der gute Name bleiben. Was man eben einen ›guten Namen‹ nennt, einen bekannten Schriftsteller.«

Seine Abende begannen in Wahrheit erst nach dem Abendessen. Nach dem Verleger käme der fröhlichste Teil, Caféterrassen und Diskotheken und Cliquen von Nachtschwärmern bis zum Morgengrauen oder fast, es war nicht verwunderlich, dass er erwartete, noch als junger Mann betrachtet zu werden. Tatsächlich wirkte er älter, nehme ich an, mir fiel es schwer, es zu entscheiden, aber die Leute, die uns beide kannten, waren überrascht, wenn sie erfuhren, dass wir Klassenkameraden gewesen waren, und es ist nicht so, dass man mir mein Alter nicht ansieht. Ich fand ihn besorgt, pessimistisch, unsicher, vielleicht beherrscht von der noch frischen Entdeckung, dass das, was spät kommt, außerdem nicht von Dauer ist, ein relativer Erfolg in seinem Fall, der mehr hätte werden sollen und der zu rasch weniger geworden war und ihn gerade nur ein wenig an das Gute gewöhnt hatte. Ich sage lieber nichts über seine Romane, nach zwei Jahren liest sie niemand mehr, der Autor ist nicht mehr auf der Welt, um sie zu verteidigen und weiter zu produzieren, obwohl sein gewaltsamer Tod zur Folge hatte, dass dieses postume, unabgeschlossene Werk sich am Anfang phantastisch verkaufte, es hatte seine außerliterarischen Schlagzeilen einige Wochen lang, der Verleger ohne Skrupel beeilte sich, es herauszubringen. Ich wollte es nicht mehr lesen.

Nach kurzer Zeit gab es weder Schlagzeilen noch Kleingedrucktes noch überhaupt etwas, Dorta wurde sogleich vergessen, seine seltsamen Bücher ohne wahren Wert und seine unaufgeklärte und deshalb vergessene Ermordung, was nicht vorankommt oder weiter produziert, ist zu einer raschen Auflösung verurteilt. Die Polizei legte den Fall ad acta oder nicht, ich weiß nicht, wie ihre Bürokratie funktioniert, vom ersten Augenblick an kam es mir nicht so vor, als hätten sie großes Interesse, etwas herauszufinden – faule Leute, die Strafe des Jüngsten Gerichts ist ihnen fern –, als sie erst einmal wussten, dass das Mysteriöseste und Merkwürdigste eine einfache Erklärung hatte, diese touristische Lanze. Aber das war nicht das Mysteriöseste oder Merkwürdigste, sondern die unbekannte Frau an seiner Seite mit seinem Samen am Zahnfleisch, denn Dorta war homosexuell, wie soll ich sagen, ein Homosexueller ohne Brüche, und ich nehme an, dass er es rückblickend vom ersten Tag auf dem Schulhof und im Klassenzimmer an gewesen war, obwohl weder er noch ich damals oder in den darauffolgenden Jahren von der Existenz dieses Wortes oder des von ihm Bezeichneten wussten. Vielleicht wussten und ahnten es eher die Schläger der Schule, und deshalb misshandelten sie ihn. Ich würde zu behaupten wagen, dass er in seinem Leben mit keiner Frau zusammen gewesen ist, abgesehen von dem einen oder anderen bemühten Geknutsche in der Pubertät, in der es schlimm ist, aus der Uniformität auszuscheren, wenn man nicht isoliert bleiben will, und sich alle bemühen, aufzufallen und sich zugleich anzupassen. Seine Nächte waren oft der Suche gewidmet, aber die Annäherung in den Kneipen, für die alles gut war, hatte nicht gerade Frauen zum Ziel. Er war auch nicht geil genug, um Ausnahmen zu machen oder sich zufriedenzugeben, wenn eine ihm in die Schusslinie geriet und sich ihm anbot, es war unwahrscheinlich, dass so was passierte, die Frauen spüren das Verlangen des anderen, auch wenn es zögerlich und lau ist und keine je das Ihre spüren konnte. Das Absurdeste seines Todes war das, absurder noch als die Gewalt, deren Opfer er zwei- oder dreimal in geringfügigem Ausmaß geworden war, mit Unbekannten ins Bett zu gehen, die immer stärker, jünger und ärmer sind, bringt seine Gefahren mit sich, nehme ich an. Nie sagte er mir, ob er dafür bezahlte oder nicht, und ich fragte ihn nicht, vielleicht musste er es tun in dem Maße, in dem er sich, zu seiner Verwunderung, in ›einen Mann‹ verwandelte; ich weiß, dass er Geschenke machte und Launen befriedigte im Rahmen seiner Möglichkeiten und seiner Begeisterung, eine Form des Kaufs, die weniger krude ist als die mit Geldscheinen, im Grunde altmodisch, respektvoll und aufmerksam, und die ihm ermöglicht haben dürfte, sich bisweilen Illusionen zu machen. Wenn man ihn neben irgendeinem Jungen gefunden hätte, wäre mir die Sache nicht seltsam erschienen, in dem – sehr knapp bemessenen – Maße, wie der Tod von jemandem, der immer in unserem Leben war, nicht seltsam ist. Nicht einmal das Alter der Dominikanerin oder Kubanerin passte zu seinen Vorlieben, sogar ein Typ in diesem Alter hätte Dorta wenig interessiert, zu alt. Ich zweifelte einen Augenblick, ob ich es dem Inspektor sagen sollte, der mich fragte und mir jene postumen Fotos zeigte. Dorta war vorsichtig gewesen, solange seine Mutter lebte, er war es noch immer ein wenig, da seine Tanten lebten, obwohl sie nichts erfuhren; in seinen Büchern gab es keine deutlichen Geständnisse, nur Andeutungen. Ich zweifelte, ob ich es diesem Inspektor sagen sollte, aus einem absurden männlichen Stolz heraus, glaube ich; vielleicht war es nicht schlecht, wenn er glaubte, dass mein bester Freund seine letzte Nacht aus Neigung und Gewohnheit mit einer Frau verbracht hatte, als wäre dies ehrenwerter und verdienstvoller. Ich schämte mich sogleich der Versuchung, ja mehr noch, ich dachte, dass die Frau ein weiteres Element der Abschreckung sein konnte, wie die aufgesetzte Brille: im Mund einer Tussi bis zum Ende aller Zeiten, du schwules Schwein. Und ich teilte dem Inspektor das Unglaubliche des Umstands mit, diese so unerklärliche Inszenierung, Dorta neben einer Frau im Bett, Reste seines Samens in den Zwischenräumen zwischen den angefaulten Zähnen oder auf den Rissen und Falten der dicken Lippen. Aber der Inspektor sah mich vorwurfsvoll und spöttisch an, als würde er mich plötzlich für einen schlechten Freund oder für einen Spinner halten, der das Andenken Dortas mit offensichtlichen Lügen beschmutzen wollte, jetzt, da er nicht mehr da war, um sich zu verteidigen oder mir zu widersprechen, jener Inspektor Gómez Alday hatte Teil am nämlichen männlichen Stolz, nur dass er bei ihm nicht verborgen war.

»Ich versichere es Ihnen«, beharrte ich, als ich seinen Blick sah, »mein Freund war in seinem Leben mit keiner Frau zusammen.«

»Na, dann hatte er eben den Einfall, mit einer in seinem Tod zusammen zu sein, es war gerade noch Zeit, es auszuprobieren«, antwortete er schlecht gelaunt und verächtlich. Er zündete jede Zigarette an der Kippe der vorherigen an, niedrig der Schwefel- und Nikotingehalt. »Was erzählen Sie mir da eigentlich, hm? Ich finde einen Typ, den ein Ehemann oder ein Zuhälter aufgespießt haben wird, weil er die Frau oder die Nutte mit nach Hause genommen hat, damit sie ihm einen bläst. Und Sie erzählen mir, dass er eine Tunte war. Kommen Sie«, sagte er.

»So erklären Sie sich das? Ein Ehemann oder ein Zuhälter? Und wieso denn das, ein Zuhälter.«

»Das wissen Sie nicht, was, Sie wissen wenig. Manchmal drehen sie durch wie jedermann. Sie schicken sie auf die Straße, und dann werden sie verrückt beim Gedanken an das, was sie mit dem Freier anstellen. Und dann töten sie auf die bestialische Art, manche sind sehr sentimental, mir können Sie nichts erzählen. Die Sache scheint klar zu sein, kommen Sie mir nicht mit Geschichten, es wurde nicht einmal was gestohlen, nur ihre Kleidung, womöglich ein fetischistischer Zuhälter. Nur wissen wir nicht, wer die zungenfertige Tussi war und werden es auch sicher nicht erfahren. Ohne Papiere, ohne Kleidung und dann noch Südamerikanerin, dem Aussehen nach, da gibt es bestimmt nirgendwo Gewissheit ihrer Existenz, der einzige, der die Gewissheit gehabt hat, wird der sein, der ihr die Lanze hineingestoßen hat.«

»Ich sagen Ihnen, es ist unmöglich, dass mein Freund eine Tussi abgeschleppt hat.« Polizisten schüchtern immer ein, am Ende reden wir wie sie, um uns anzubiedern, und sie reden wie die Unterwelt.

»Was wollen Sie, mir Arbeit machen? Soll ich in die Schwulenkaschemmen gehen und eng tanzen und mir an den Arsch fassen lassen, wo ich es hier mit einer Nutte zu tun habe? Kommen Sie, ich werde meine Zeit und meine Laune doch nicht mit so was vertun. Wenn Ihrem Freund die Kerle gefielen, dann erklären Sie mir, was passiert ist. Und auch wenn es so war: in der Nacht, die für mich zählt, verfiel er darauf, sich eine Nutte zu suchen, Sie sehen ja, daran gibt es wenig Zweifel, es ist auch Zufall, wie unpassend. Was er in allen anderen Nächten seines Lebens gemacht hat, ist mir egal, von mir aus hätte er seinen Großvater vögeln können.« Jetzt war ich es, der ihn vorwurfsvoll und ohne jeden Spott anschaute. Er hatte mit diesen Dingen sicher jeden Tag zu tun, aber ich nicht, und er sprach von meinem besten Freund. Er war ein dicklicher, großer Mann mit römischer Kahlheit und schläfrigen Augen, die bisweilen wie aus einem schlechten Traum erwachten, ein plötzliches Aufblitzen, bevor sie zu ihrem scheinbaren Schlummer zurückkehrten. Er merkte es und fügte in versöhnlicherem, geduldigerem Ton hinzu: »Nun denn, erklären Sie mir, was Ihrer Meinung nach passiert ist, erzählen Sie Ihre Geschichte, ich bitte darum.«

»Ich weiß es nicht«, sagte ich geschlagen. »Aber es wirkt wie ein Arrangement, das sagte ich Ihnen schon. Sie müssten es herausfinden, es ist Ihre Arbeit.«

Der Inspektor Gómez Alday fragte auch den Verleger ohne Skrupel, mit dem Dorta einen Drink im Chicote genommen hatte, er war mit seiner Frau gekommen, die drei verließen das Lokal gegen zwei Uhr und verabschiedeten sich. Die Kellner, die Dorta vom Sehen und vom Namen kannten, bestätigten die Uhrzeit. Dort hatten sie einen anderen Freund von mir getroffen, den nur Dorta kannte, er nennt sich Ruibérriz de Torres, aber der hatte nur fünf Minuten mit ihnen gesprochen, bis zwei Frauen kamen, mit denen er sich verabredet hatte. Auch er sah sie gegen zwei Uhr durch die Drehtür hinausgehen, er winkte ihnen zum Abschied mit der Hand zu, er erzählte mir, der Verleger sei ein Trottel und seine Frau sehr sympathisch, Dorta habe kaum den Mund aufgemacht, was seltsam war. Das Ehepaar nahm ein Taxi auf der Gran Via und begab sich zu seinem Hotel, nicht ohne vorher darüber zu erschrecken, dass Dorta, wie er ihnen ankündigte, zu Fuß gehen würde, er erzählte ihnen, er habe es nicht weit, und sie sahen, wie er die Straße hinaufging, in Richtung des Gebäudes der Telefongesellschaft oder der Plaza del Callao, mit einer Fauna hier und da, die ihnen, den Barcelonesen, grauslig erschien und nicht geeignet, auch nur zwei Schritte zu tun. Es ging kein Lüftchen.

Im Hotel, reine Routine, bestätigte man die Ankunftszeit des Verlegers und seiner Ehefrau, gegen zwei Uhr fünfzehn; leicht lächerlich, das Fehlen von Skrupeln würde ihn bestimmt nicht so weit treiben. Dorta wurde zwischen fünf und sechs Uhr umgebracht, ebenso wie sein unwahrscheinliches, letztes Verhältnis. Ich fragte auf eigene Rechnung die paar Freunde Dortas, die ich ein wenig kannte, Freunde, mit denen er auf Kneipentour ging und die er aus Schwulenkaschemmen kannte, keiner war in dieser Nacht an den üblichen Orten mit ihm zusammengetroffen, ›*le tour en rose*‹, wie er es nannte. Sie fragten ihrerseits die Kellner dieser Lokale, niemand hatte ihn gesehen, und es war seltsam, dass er im Lauf der Nacht nicht in dem einen oder anderen gewesen sein sollte. Vielleicht war es doch eine in jeder Hinsicht besondere Nacht gewesen. Vielleicht hatte er sich unverhofft auf der Straße mit ungewöhnlichen Leuten aus anderen Kreisen eingelassen. Vielleicht hatten sie ihn entführt und ihn gezwungen, mit den Entführern nach Hause zu gehen. Aber sie hatten nichts mitgenommen, nur jemand die Kleidung der Frau, die vielleicht zu der Bande gehörte. Der Lanzenmörder. Ich wusste nicht, was ich denken sollte, und deshalb dachte ich Absurditäten. Vielleicht hatte Gómez Alday recht, vielleicht war er auf die Idee verfallen, sich eine Nutte zu greifen, eine, die Anfängerin und verzweifelt war, eine Immigrantin auf der Suche nach Geld, mit einem Ehemann, der dies womöglich nicht duldete und Verdacht geschöpft hatte. Pech einfach, zu viel Pech.

Der Inspektor zeigte mir die Fotos, die ich flüchtig

anschaute. Außer denen, die den gesamten Schauplatz zeigten, gab es zwei von jeder Leiche, die aus größerer Nähe aufgenommen waren, was man im Kino amerikanische Einstellung nennt. Die Brüste der Frau waren eindeutig schlaff, wohlgeformt und verlockend, aber schlaff, Schauen und Berühren geraten uns am Ende durcheinander, Männer sehen bisweilen, als würden sie berühren, bisweilen verletzen wir damit. Trotz der zusammengepressten Augen und dem Ausdruck von Schmerz sah sie hübsch aus, obwohl man das bei einer nackten Frau nie weiß, man muss sie auch bekleidet sehen, wenig taugen die Strände, um etwas darüber zu wissen. Ihre Nasenflügel waren geweitet, ihr Kinn war kurz und rundlich, ihr Hals lang. Meine Blicke flogen rasch über die sechs oder sieben Fotos hinweg, und doch wagte ich, Gómez Alday um einen Abzug von der Nahaufnahme der Frau zu bitten, er schaute mich jetzt misstrauisch und überrascht an, als hätte er eine Anomalie bei mir entdeckt.

»Wozu wollen Sie den?«

»Ich weiß nicht«, antwortete ich verwirrt. Ich wusste es wirklich nicht, es war auch nicht so, dass ich das Foto zu diesem Zeitpunkt ausgiebiger anschauen wollte, einen blutigen Körper, einen Einstich, die dichten Wimpern, der schmerzvolle Ausdruck, die schlaffen, toten Brüste, es war nicht angenehm. Aber ich dachte, ich würde es gerne haben, um es vielleicht später anzuschauen, vielleicht nach Jahren, schließlich und endlich war sie die letzte Person, die Dorta lebend gesehen hatte, vom Mörder abgesehen. Und sie hatte ihn aus der Nähe gesehen. »Es interessiert mich.« Es war dürftig als Argument, sogar grotesk.

Gómez Alday schaute mich jetzt mit einem Aufblitzen in seinen Augen an, es dauerte den Bruchteil einer Sekunde, dann kehrten sie wieder zu ihrem schläfrigen Ausdruck zurück. Ich dachte, dass er bestimmt dachte, ich sei ein Perverser, ein Kranker, aber vielleicht verstand er meine Bitte und den Wunsch, schließlich besaßen wir die gleiche Art von Stolz. Er stand auf und sagte:

»Das ist vertrauliches Material, es wäre völlig unzulässig, Ihnen einen Abzug zu geben.« Und während er das sagte, tat er das Foto in den Fotokopierer, der in seinem Büro stand. »Aber Sie können hier in meiner Abwesenheit eine Fotokopie gemacht haben, als ich einen Augenblick hinausging, ohne dass ich es gemerkt habe.« Und er reichte mir das Blatt mit der unvollkommenen, verschwommenen Reproduktion, aber Reproduktion trotz allem. Sie würde nur ein paar Jahre halten, Fotokopien verschwinden am Ende, man merkt nicht, wie sie verblassen.

Jetzt sind zwei dieser Jahre vergangen, und nur in den ersten Monaten nach Dortas Tod kreisten meine Gedanken weiter um diese Nacht, das Entsetzen dauerte bei mir etwas länger als das Frohlocken und die Grausamkeit der ungeduldigen Zeitungen und der vergesslichen Fernsehsender, es ist nicht viel zu machen, wenn es weder Hilfe noch Fortschritte gibt und die Medien nicht einmal als Gedächtnishilfe dienen. Nicht, dass ich es in persönlicher Hinsicht brauchte, wenige Dinge verblassen in mir; es gibt keinen Tag, an dem ich nicht in irgendeinem Augenblick aus dem einen oder anderen Grund an ihn denke, in Wirklichkeit kann man nicht aufhören, mit den Leuten zu rechnen, nur weil man sie zufällig nicht sehen kann. Bisweilen glaube ich, dass diese Tatsache nicht nur zufällig, sondern unbedeutend ist, die Gewohnheit und das, was sich angesammelt hat, genügen, um das Gefühl der Anwesenheit immer stärker werden und nicht vergehen zu lassen, wie könnte man sonst vermissen. Wohl aber verschwimmt das Ende, wenn man nichts Klares daraus schließen kann, und außerdem kann es alles, was vorher war, einfärben. Dieses Ende kennt man, aber es erscheint nicht im Vordergrund. Nicht so in den ersten Monaten, wenn die Albträume sich des Schlafs bemächtigen und die Tage alle mit demselben hartnäckigen Bild beginnen, das Einbildung zu sein scheint und doch dem Geschehenen angehört, man wird sich bewusst, während man sich die Zähne putzt und sich rasiert: ›Wie dumm ich bin, es ist doch wahr.‹ Ich ging in Gedanken oft das Gespräch des letzten Abendessens durch, und der Faden der Wiederholungen ließ mich sehen, dass nichts bedeutsam war, nachdem ich allem eine Zeitlang Bedeutung zugemessen hatte. Dorta amüsierte sich damit, Exzentrizitäten vorzuspiegeln, aber er glaubte nicht an irgendwelche Zaubereien noch an Jenseitiges, nicht einmal an Zufälle, nicht mehr als ich, und ich glaube an fast nichts. Die Geschichte der Versteigerung in London war rein anekdotisch, das sah ich bald klar, wenn ich einmal Zweifel gehabt hatte, die Art von Dingen, die er gerne erfand oder tat, vor allem, um sie dann mir oder anderen zu erzählen, seinen vergötterten Ignoranten oder seinen Damen der Gesellschaft, weil er wusste, dass sie amüsant waren. Dass er für einen Zauberring dieses übergeschnappten Dämonologen Crowley geboten hatte, war nur der Beweis: Es machte mehr her, das Gerangel um diesen Gegenstand zu erzählen als um einen handschriftlichen Brief von Wilde oder Dickens oder Conan Doyle. Ein Zebra. Und außerdem hatte er ihn nicht bekommen, das Absurdeste wäre gewesen, wenn der Scherz ihn eine ansehnliche, unvorhergesehene Summe gekostet hätte. Vielleicht hatte nicht einmal der germanische Typ mit den Cowboystiefeln existiert, was für ein Einfall. Und selbst wenn er sich des Smaragds bemächtigt hätte: Man kann unmöglich an Verfolgungen oder Sekten denken, an Rachen à la Tutanchamun oder Verschwörungen nach Art von Fu-Manchu, alles hat seine Grenze, sogar das Unerklärliche.

Zwei Monate später – die Presse interessierte sich nicht mehr, und es war zweifelhaft, dass die Polizei es tat – fiel mir eine Möglichkeit ein, die so akzeptabel war, dass ich nicht begriff, wieso ich nicht eher an sie gedacht hatte. Ich rief Gómez Alday an und sagte ihm, dass ich ihn sehen wollte. Er tat gelangweilt und versuchte, mich dazu zu bringen, dass ich ihm am Telefon von der Entdeckung erzählte, er habe wenig Zeit. Ich insistierte, und er bestellte mich für den nächsten Vormittag in sein Büro, zehn Minuten, so warnte er mich vor, er habe nicht mehr, um sich Vermutungen anzuhören, die ihm das Leben schwermachten. Was immer es auch sei, er würde es mit Skepsis aufnehmen, warnte er mich auch, für ihn war die Sache klar, nur dass es nicht einfach war, diesen Lanzenmörder zu finden: Auf der Lanze gab es viele Abdrücke, darunter sicher die meinen, fast alle Besucher der Wohnung berührten sie oder wogen sie in der Hand oder legten sie kurz in Anschlag, wenn sie sie aus dem Schirmständer am Eingang herausragen sahen. Ich traf den Inspektor mit gesunder Gesichtsfarbe und mehr Haar an, ich wusste nicht, ob es sich um eine Implantation handelte, zu der er den Ferienmonat August ausgenutzt hatte, oder um eine aufgebauschtere, künstlerischere Verteilung seiner römischen Frisur. Während ich zu ihm sprach, waren seine Augen undurchsichtig, wie bei einem schlafenden Tier, dessen Pupillen durch die Lider hindurchscheinen.

»Schauen Sie, ich weiß nicht allzu viel von den Abenteuern meines Freundes, manchmal erzählte er mir etwas, ohne in Einzelheiten zu gehen. Aber ich schließe nicht aus, dass er einige von den Jungen, mit denen er zusammen war, bezahlte. Anscheinend geschah es nicht selten, dass einige darauf pochten, heterosexuell zu sein, sie akzeptierten die Exkursion als Ausnahme oder sagten das zumindest, sie bestanden darauf, klarzustellen, dass sie es mit Frauen hatten. In jener Nacht hat mein Freund sich möglicherweise in so einen verguckt, und der kleine Macho hat zu ihm gesagt, entweder er verschaffe ihm auch eine Frau oder es sei nichts drin. Ich kann mir vorstellen, wie mein Freund den Jungen in ein Taxi steckt und geduldig die Castellana abfährt. Ich sehe ihn sogar amüsiert, wie er ihn fragt, was er zu dieser oder jener meint, wie er selbst seine Meinung sagt, als wären sie zwei Kumpane, die auf Abenteuer gehen, zwei Hurenböcke in einer Samstagnacht. Schließlich nehmen sie die Kubanerin und gehen alle drei nach Hause. Der Junge besteht darauf, dass Dorta sie flachlegt, damit er zusehen kann, oder so was. Mein Freund gibt sich nicht zu allem her, seine Neigungen sind, die sie sind, aber er lässt es sich von der Frau machen, passiv, alles, um dem anderen zu Gefallen zu sein und später seinen Willen zu bekommen. Der kleine Macho wird hysterisch, als die Reihe an ihm ist, er wird gewalttätig, er holt die Lanze, die ihm witzig erschienen ist, als er in die Wohnung kam, oder vielleicht hatten sie sie schon im Schlafzimmer auf Anweisung von Dorta selbst, damit der Junge wie eine Statue mit ihr posierte, solche Spiele mochte er. Und er macht sie beide kalt, weil er sich in der Falle fühlte, auch wenn es freiwillig war. So was passiert oft, sie bereuen es, nicht? Sie machen einen Rückzieher, wenn es kein Zurück gibt. Sie werden solche Fälle kennen. Ich habe daran gedacht, und es erscheint mir möglich, das würde ein paar Dinge erklären, die nicht zusammenpassen.«

Der Blick Gómez Aldays war noch immer nebulös und träge, aber seine Stimme klang gereizt und verächtlich:

»Sie sind ja ein schöner Freund. Was haben Sie gegen ihn, wollen Sie nur Scheiße auf seinen Leichnam häufen oder was, nette Geschichten, Sie haben ja einen kranken Geist«, sagte er. Nicht, dass ich mich gut auskannte, aber der Inspektor hatte nicht die geringste Ahnung von den gängigen nächtlichen Praktiken und Tauschgeschäften. Den Erfordernissen. Sein Stolz ist wohl reiner als meiner, dachte ich. »Aber es taugt noch nicht mal als an den Haaren herbeigezogene Scheiße, ihnen fehlt eine Tatsache, die wir damals nach wenigen Tagen erfuhren. Ihr Freund kam in der Tat in einem Taxi und in Begleitung nach Hause, aber er kam nur mit der Nutte, beide in skandalträchtigem Zustand, die Tussi mit entblößten Brüsten und er, der sie anfeuerte, wie der Taxifahrer sagte. Er kam her, um uns das zu erzählen, nachdem er von dem Mord gelesen und das Foto von Dorta in der Zeitung gesehen hatte. Der Lanzenmörder muss also später gekommen sein: der Zuhälter, der der Nutte, oder der Ehemann, der der Ehefrau folgte, oder beides zusammen, Ehemann und Zuhälter, Ehefrau und Nutte. Ich hab es Ihnen schon gesagt.«

»Oder er konnte schon in der Wohnung sein«, antwortete ich, pikiert durch den ungerechten Tadel. »Vielleicht zwang ihn der kleine Macho, nachdem sie sich ohne Erfolg an die Arbeit gemacht hatten, allein auf die Jagd zu gehen und ihm das Stück Wild zu bringen.«

»Hm. Und Ihr Freund wäre durch die Straßen gelaufen und hätte ihn allein in der Wohnung gelassen?«

Ich überlegte. Dorta war furchtsam und vorsichtig. Er mochte eine Nacht den Narren spielen, aber doch nicht so weit, dass er sich von einem Strichjungen berauben ließ, während er auf die Suche nach einem Mädchen für ihn ging.

»Ich glaube nicht«, antwortete ich überfordert. »Was weiß ich, vielleicht rief er den Strichjungen an, ließ ihn später kommen, die Zeitungsannoncen sind voll mit Angeboten für jede Uhrzeit.«

In Gómez Aldays Augen blitzte es jetzt auf, aber es war eher der Ungeduld als etwas anderem geschuldet.

»Und wozu dann die Tussi, sagen Sie mir das mal, hm? Warum hat er sie dann wohl mitgebracht, wie? Was versteifen Sie sich denn so darauf, eine Tunte zu beschuldigen. Was haben Sie gegen sie?«

»Ich habe nie etwas gegen sie gehabt. Mein bester Freund war das, was Sie gesagt haben, ich meine, so hat man ihn oft genannt. Sie glauben mir nicht, fragen Sie herum, fragen Sie bei den Schriftstellern, sie werden reden, sie sind klatschsüchtig. Fragen Sie in den Kaschemmen, auch das ist Ihr Terminus. Ich habe ihn mein ganzes Leben lang verteidigt.«

»Es kostet mich Mühe zu glauben, dass Sie sein Freund waren. Außerdem, ich habe Ihnen schon gesagt, dass mich nur seine letzte Nacht interessiert, keine andere. Es ist die einzige, die mich angeht. Auf, verschwinden Sie.«

Ich ging zur Tür. Schon mit der Hand auf dem Türknauf wandte ich mich um und fragte:

»Wer entdeckte die Leichen? Man hat sie abends gefunden, nicht?, am folgenden Abend. Wer ist in die Wohnung hinaufgegangen? Warum ist jemand hinaufgegangen?«

»Wir«, sagte Gómez Alday. »Die Stimme eines Mannes

sagte uns Bescheid, er sagte, dass wir dort zwei tote Tiere hätten, die verfaulten. So sagte er, zwei Tiere. Wahrscheinlich bekam der Ehemann Angst bei dem Gedanken, dass seine Nutte dort lag, mit einem Loch, ohne dass jemand etwas davon wusste. Er wird sentimental geworden sein. Er hängte sofort ein, nachdem er die Adresse genannt hatte, es hilft nicht besonders weiter.« Der Inspektor drehte sich mit seinem Sessel um und wandte mir den Rücken zu, als hätte er mit seiner Antwort einen Schlusspunkt unter unser Gespräch gesetzt. Ich sah seinen breiten Nacken, während er wiederholte: »Verschwinden Sie.«

Ich hörte auf, über die Sache nachzudenken, ich nahm an, dass die Polizei niemals etwas herausfinden würde. Ich hörte zwei Jahre lang auf, darüber nachzudenken, bis jetzt, bis zu einem Abend, an dem ich mich mit einem anderen Freund, Ruibérriz de Torres, zum Abendessen verabredet hatte, der ganz anders als Dorta ist und nicht so langjährig, er ist immer mit Frauen zusammen, die ihn gut behandeln, und er ist nicht verzagt und schon gar nicht resigniert. Er ist ein schamloser Kerl, mit dem ich mich gut verstehe, obwohl ich weiß, dass ich eines Tages die Treulosigkeit zu spüren bekomme, die er allen gegenüber an den Tag legt, und damit wird die Freundschaft ein Ende haben. Er ist auf dem Laufenden über das, was in Madrid passiert, bewegt sich in allen Kreisen, kennt, wen er kennen will, oder richtet es so ein, er ist ein findiger Mensch, sein einziges Problem besteht darin, dass es in seinem Gesicht geschrieben steht, die Fähigkeit zum Betrug und der Wille zur arglistigen Täuschung.

Wir aßen zu Abend in La Ancha, auf der Sommerterrasse, einer dem anderen gegenüber, sein Kopf und sein Körper verdeckten für mich den nächsten Tisch, es gab keinen Grund, mich für ihn zu interessieren, bis die Frau, die an ihm den Platz von Ruibérriz einnahm, das heißt, den, der meinem gegenüberlag, sich seitlich bückte, um ihre Serviette aufzuheben, die mit dem leichten Wind, der sich beim Nachtisch erhoben hatte, davongeflogen war. Sie neigte sich zur Linken herab und schaute nach vorne, wie man es tut, wenn man etwas aufhebt, das in Reichweite ist und von dem man genau weiß, wohin es gefallen ist. Aber sie verließ sich und vertat sich, und deshalb musste sie ein paar Sekunden lang mit den Fingern herumtasten, immer das Gesicht uns zugewandt, ich meine, in unsere Richtung, denn ich glaube nicht, dass sie ihren Blick auf etwas heftete. Es waren ein paar Sekunden – eins, zwei, drei und vier; oder fünf –, genug, damit ich ihr Gesicht sehen konnte und den langen Hals, den sie bei der kleinen Anstrengung des Wiederfindens oder Suchens reckte – die Zungenspitze in einem Mundwinkel –, ein sehr langer Hals oder länger vielleicht durch den sommerlichen Ausschnitt, ein kurzes, rundliches Kinn und geweitete Nasenflügel, dichte Wimpern und Augenbrauen wie Pinselstriche, der Mund groß und die Wangenknochen hoch, die Haut dunkel von Natur aus oder durch Schwimmbad oder Strand, das war schwer zu sagen auf Anhieb, auf den ersten Blick, obwohl mein erster Blick bisweilen wie eine Liebkosung ist, andere Male wie ein wirklicher Hieb. Das Haar war schwarz und vom Friseur gerichtet und lockig, ich sah ein Halsband oder eine Kette, ich erspähte den viereckigen Ausschnitt, ein Kleid mit Schulterträgern, weiß die Träger und auch das Kleid, ich hörte das Geklingel von Armreifen. Es waren die Augen, die ich am wenigsten sah, oder vielleicht übersah ich sie, weil ich gewöhnt war, sie nie auf der Fotografie zu sehen, zusammengepresst dort, geschlossen dort mit dem schmerzhaften Ausdruck von jemandem, der unter großer Qual gestorben war. Oh ja, im Sommer gleichen die Frauen einander mehr als im Winter und im Frühjahr, vor allem für die Europäer, wenn sie Amerikanerinnen sind oder zu sein scheinen, wir können sie alle sehen, als wären sie ein und dieselbe, im Sommer passiert das oft, manche Nächte machen wir keinen Unterschied. Aber sie sah wirklich ähnlich aus. Das war eine gewagte Behauptung, das weiß ich wohl, die Ähnlichkeit zwischen einer sich bewegenden Frau aus Fleisch und Blut und einer bloßen Fotokopie vom Polizeirevier, zwischen den leuchtenden Farben und dem verschwommenen Schwarzweiß, zwischen dem lauten Lachen und der Erstarrung, zwischen schimmernden Zähnen und fauligen Backenzähnen, die nie gesehen, nur beschrieben worden waren, zwischen einer, die ohne sichtbare Geldsorgen gekleidet war und einer nackten Dahergelaufenen, zwischen einer Lebendigen und einer Toten, zwischen einem sommerlichen Ausschnitt und einem Einstich in der Brust, zwischen der gelösten Zunge und dem ewigen Schweigen der rissigen Lippen, zwischen den offenen Augen und den geschlossenen Augen, heiter, wie sie waren. Und dennoch war sie ähnlich, sie war so ähnlich, dass ich den Blick nicht mehr abwenden konnte, ich rückte sofort meinen Stuhl zur Seite, nach rechts, und da ich sie trotzdem nur halb und mit Unterbrechungen sah – sie war verdeckt durch Ruibérriz und durch ihren Begleiter, beide bewegten sich –, wechselte ich geradewegs den Stuhl, unter dem Vorwand, mich belästige der Wind, und setzte mich, nachdem ich meinen Nachtisch und mein Besteck und meine Gläser neu plaziert hatte, zur Linken des Freundes, um ohne Hindernisse zu sehen, und schaute pausenlos. Ruibérriz merkte es sofort, ihm kann man nicht viel vormachen, und so sagte ich zu ihm, da ich wusste, wie verständnisvoll er bei dergleichen Anfällen ist:

»Da ist eine Frau, die mir einfach den Atem raubt. Auch wenn es viel verlangt ist, dreh dich nicht um, bis ich es dir sage. Und noch etwas, ich sage es dir schon jetzt: Wenn sie und der Mann, mit dem sie isst, aufstehen, werde ich mich wie der Blitz an ihre Fersen heften, und wenn nicht, werde ich warten, so lange es sein muss, bis sie fertig sind und dann das Gleiche tun. Wenn du willst, dann komm mit, wenn nicht, dann bleib da, und wir rechnen später ab.«

Ruibérriz de Torres glättete sich kokett das Haar. Es genügte ihm zu wissen, dass eine bemerkenswerte Frau in der Nähe war, um Männlichkeit abzusondern und sich aufzuplustern. Auch wenn er sie nicht sähe und sie ihn nicht; alles ein bisschen tierhaft, sein Nicki schwoll an.

»Ist es so schlimm?«, fragte er mich beunruhigt, sein Hals wollte ihm nicht gehorchen. Von jetzt an würde es nicht mehr möglich sein, über etwas anderes zu sprechen, und das war meine Schuld, ich ließ kein Auge von der Frau.

»Für dich vielleicht nicht«, antwortete ich. »Für mich womöglich ja. So schlimm und schlimmer.«

Jetzt sah ich auch im Halbprofil den Begleiter, einen Mann von etwa fünfzig Jahren, der nach Geld aussah und leicht ungeschlacht wirkte, wenn sie eine Nutte war, dann war der Typ unerfahren und wusste nicht, dass er gleich hätte zur Sache kommen können, ohne die Formalität des Abendessens auf der Terrasse. Wenn sie es nicht war, dann war die Formalität berechtigt, weniger jedoch der Umstand, dass die Frau sich bereitgefunden hatte, mit einem so wenig attraktiven Individuum auszugehen, obwohl die Entscheidungen der Frauen in Bezug auf ihre Liebeleien und ihre Lieben für mich immer ein Geheimnis gewesen sind, bisweilen eine Verirrung, meinem Urteil nach. Sicher war, dass sie nicht verheiratet waren noch verlobt oder sonstwas, ich meine, es war klar, dass sie noch nicht beieinandergelegen hatten, wie man einst sagte. Der Mann war allzu sehr bemüht, sich unterhaltsam und aufmerksam zu zeigen; er füllte pünktlich ihr Glas, gab im Plauderton Anekdoten und Meinungen von sich, um nicht in ein Schweigen zu verfallen, das von jedem Kontakt abschreckt, zündete ihr die Zigaretten mit einem windgeschützten Feuerzeug an, mit einer Glut, wie sie die Anzünder in den Autos haben, das alles machen Spanier nicht, wenn sie nicht auf etwas aus sind, sie pflegen ihr Verhalten nicht.

In dem Maße, wie ich sie anschaute, schwächte sich meine anfängliche Überzeugung ab, wie es bei allem geschieht: Auf die Sicherheit folgt Ungewissheit und auf die Unsicherheit Bestätigung, im Allgemeinen, wenn es zu spät ist. Ich nehme an, dass das Bild der lebendigen Frau, je mehr die Minuten verstrichen, das der toten überlagerte, es verdrängte oder verschwimmen ließ und damit den Vergleich immer weniger ermöglichte, die Ähnlichkeit verringerte. Sie benahm sich natürlich wie ein leichtes Mädchen, was nicht bedeutete, dass sie es sein musste, für mich konnte sie es nicht sein in dem Maße, wie sich vor sie noch die Trostlosigkeit der Lichter und des Fernsehens schob, die einen ganzen Tag lang eingeschaltet gewesen waren, und des unverdienten Samens im Mund und des Lochs in der Brust, das sie noch weniger verdiente. Ich schaute sie an, schaute ihre Brüste an, schaute sie aus Gewohnheit an und auch, weil sie das waren, was ich an der Ermordeten am meisten kannte, außer dem Gesicht, ich versuchte mich auch hier am Wiedererkennen, aber es war unmöglich, sie waren von Büstenhalter und Kleid bedeckt, obwohl ihr Ansatz in dem weder zurückhaltenden noch übertriebenen Ausschnitt erkennbar war. Wie ein Blitz ging mir der unanständige Gedanke durch den Kopf, dass ich um jeden Preis diese Brüste sehen musste, ich war sicher, dass ich sie wiedererkennen würde, wenn ich sie entblößt sehen könnte. Das würde nicht einfach sein, schon gar nicht an diesem Abend, an dem ihr Begleiter die gleichen Absichten hatte und mir nicht seinen Platz überlassen würde.

Plötzlich roch ich den Geruch, einen süßlichen, schweren Geruch, ein unverwechselbares Aroma, ich wusste nicht, ob er zum ersten Mal zu mir kam, weil der Wind sich gedreht hatte – umgesprungen war –, oder ob es die erste Zigarette mit Nelkengeschmack war, die an unserem Nebentisch geraucht wurde, eine gute, besondere Zigarette zum Kaffee oder zum Branntwein, so wie jemand, der sich eine Zigarre gönnt. Ich blickte rasch auf die Hände des Mannes, ich sah die rechte, er spielte mit dem Feuerzeug herum. Es war die Frau, die eine Zigarette in der linken Hand hielt, und der Mann hob nun den linken Arm, um den Kellner mit einer Geste um die Rechnung zu bitten, die Hand leer, also rauchte nur sie in diesem Augenblick exotischen Geruchs, sie rauchte eine indonesische *Gudang Garam*, die knistert, während sie langsam verbrennt, ich hatte vor zwei Jahren ein Päckchen gehabt, das Letzte, was ich von Dorta erhalten hatte, und ich war sparsam damit umgegangen, aber nicht zu sehr, einen Monat, nachdem er es mir geschenkt hatte, war es aufgebraucht, ich rauchte die letzte Zigarette zu seinem Angedenken, na ja, jede einzelne und alle, ich bewahrte die leere rote Packung auf, *Smoking kills* steht darauf. Wie war es möglich, dass es bei ihr – wenn sie es war – so lange gehalten hatte, das Päckchen, das mein Freund wohl auch ihr geschenkt hatte, in der gleichen Nacht. Zwei Jahre, die ›kretek‹-Zigaretten dürften trocken wie Sägemehl sein, ein offenes Päckchen, und doch war dieser Geruch durchdringend.

»Riechst du, was ich rieche?«, fragte ich Ruibérriz, der langsam ungeduldig wurde.

»Darf ich sie jetzt anschauen?«

»Riechst du es?«, beharrte ich.

»Ja, irgend jemand raucht da Weihrauch oder so was, nicht?«

»Nelke«, antwortete ich. »Tabak mit Nelke.«

Die Geste des Mannes gegenüber dem Kellner erlaubte mir, einem anderen gegenüber die gleiche Geste des Schreibens zu machen und bereit zu sein, als das Paar aufstand. Erst in diesem Augenblick gestattete ich Ruibérriz, sich umzudrehen; er drehte sich um, er beschloss, mich zu begleiten. Wir folgten ihnen in ein paar Schritten Abstand, ich sah die Frau zum ersten Mal aufrecht – der Rock kurz, Schuhe, die die Zehen frei ließen, lackierte Fußnägel –, und während dieser Schritte hörte ich auch ihren Namen, den sie nie für mich gehabt hatte, auch nicht für Gómez Alday oder, wer weiß, für Dorta. »Kaum zu glauben, wie gut du dich bewegst, Estela«, sagte der Ungeschlachte zu ihr, nicht so ungeschlacht, um nicht recht zu haben mit seiner Äußerung, die mehr Bewunderung als Schmeichelei enthielt. Wir trennten uns einen Augenblick, Ruibérriz und ich, er ging zum Wagen, um mich abzuholen, sobald sie in ihren stiegen, es waren keine Leute, die Taxi fuhren. Als sie es taten, stieg ich in den unseren, und wir fuhren in geringer Entfernung hinter ihnen her, es herrschte kein starker Verkehr, aber doch genug, dass sie keinen Anlass hatten, uns zu bemerken. Die Fahrt war kurz, sie gelangten zu einer Gegend mit Chalets, Torpedero Tucumán hieß die Straße, ein komischer Name, um einen Brief dorthin zu senden. Sie parkten und gingen in eines davon hinein, ein dreistöckiges, in jedem Stock brannten Lichter, als wären eine Menge Leute im Haus, vielleicht gingen sie zu einem Fest, nach dem Abendessen das Fest, wirklich, mit was für Formalitäten dieser Typ aufwartete.

Ruibérriz und ich parkten, ohne vorerst den Wagen zu verlassen, von dort aus sahen wir die Lichter, aber mehr nicht, die meisten Rollläden waren halb heruntergelassen, und es gab Gardinen, die der Wind nicht bewegte, man hätte sich einem Fenster im Erdgeschoss nähern und durch einen Spalt hindurchspähen müssen, möglich, dass wir das am Ende noch tun, dachte ich rasch. Aber sogleich schien uns, dass es sich nicht um ein Fest handeln konnte, denn es kam keine Musik aus den offenen Fenstern, auch nicht die Geräusche einer anarchischen Unterhaltung oder Gelächter. Nur bei zwei Zimmern im dritten Stock waren die Rollläden hochgezogen, und dort war niemand zu sehen, nur eine Stehlampe, Wände ohne Bücher oder Bilder.

»Was meinst du?«, fragte ich Ruibérriz.

»Dass es nicht lange dauert, bis sie rauskommen. Da gibt es nicht viel Unterhaltung, es sei denn private, und diese beiden werden die Nacht nicht zusammen verbringen, zumindest nicht hier, was immer das auch für ein Haus sein mag. Hast du gesehen, wer aufgemacht hat, ob sie einen Schlüssel hatten oder geklingelt haben?«

»Ich konnte nicht, aber ich glaube, sie haben nicht geklingelt.«

»Es kann sein Haus sein, und wenn es so ist, wird sie in zwei Stunden rauskommen, spätestens. Es kann ihres sein, und dann wird er rauskommen, nach kürzerer Zeit, sagen wir, einer Stunde. Es kann ein Massagesalon sein, so nennt man sie jetzt gern, und dann wird auch er es sein, der geht, aber gib ihm nur eine halbe oder eine Dreiviertelstunde. Und schließlich könnte es da drinnen ein paar ausgewählte Glücksspiele geben, aber das glaube ich nicht. Nur in diesem Fall könnten sie die Nacht da drin verbringen und damit, zu verlieren und zurückzugewinnen. Mir will auch nicht in den Kopf, dass es ihr Haus ist. Nein, das wird es nicht sein.«

Ruibérriz kennt sie gut, die Territorien der Stadt, er hat Übung und ein gutes Auge. Er stellt nicht viele Fragen und ist imstande, durch zwei Anrufe und vielleicht noch einmal so viele seitens seiner Gesprächspartner egal was herauszubekommen und egal wen ausfindig zu machen.

»Warum findest du nicht für mich heraus, was das für ein Haus ist? Ich bleibe hier und warte, falls die beiden oder einer von ihnen früher als erwartet rauskommen. Du wirst nicht lange brauchen, das in Erfahrung zu bringen, da bin ich sicher, vielleicht genügt ja ein Blick in das Straßenverzeichnis.«

Er schaute mich an, die gebräunten Arme auf dem Lenkrad.

»Was ist mit dieser Tussi? Was hast du vor? Ich habe sie nicht besonders gut gesehen, aber vielleicht ist es am Ende doch nicht so weit her mit ihr.«

»Für dich nicht, wahrscheinlich, ich hab es dir schon gesagt. Lass mich sehen, was heute Nacht passiert, ein andermal erzähle ich dir die ganze Geschichte. Ich muss wenigstens herausfinden, wo sie bleibt, wo sie wohnt oder wo sie heute Nacht schläft, wenn ihr danach ist, zu schlafen.«

»Es ist nicht das erste Mal, dass du mich bittest, dass ich auf eine Geschichte von dir warte, ich weiß nicht, ob dir das klar ist.«

»Aber vielleicht ist es das letzte Mal«, antwortete ich. Wenn ich ihm gleich erzählen würde, dass ich glaubte, eine Tote zu sehen, dann würde er mir möglicherweise nicht helfen, solche Dinge machen ihn nervös, wie mich auch, normalerweise, wir glauben an fast nichts.

Ich stieg aus dem Wagen, und Ruibérriz fuhr mit ihm davon, um seine Nachforschungen anzustellen. In dieser Gegend gab es weder Geschäfte noch Kinos, noch Kneipen, eine langweilige, baumbestandene Wohnstraße fast ohne Beleuchtung, ohne etwas, vor dem man das Warten hätte bemänteln oder verkürzen können. Wenn mich ein Anwohner sähe, würde er mich zweifellos für einen Herumtreiber halten, es gab überhaupt keinen Vorwand, um dort zu stehen, allein, schweigend, rauchend. Ich ging auf die andere Straßenseite, für den Fall, dass ich von dort etwas im oberen Stock sehen könnte, dem einzigen mit freien Fensteröffnungen. Ich sah etwas, aber es war sehr schnell, wie eine große Frau, die nicht Estela war, vorbeiging und verschwand und nach ein paar Sekunden wieder in der Gegenrichtung vorbeiging und abermals verschwand, wobei sie mir die Sicht nahm, da sie beim Hinausgehen die Lampe löschte: als wäre sie einen Moment hereingekommen, um etwas zu holen. Ich ging wieder auf die andere Straßenseite und näherte mich verstohlen, wie ein alter Dieb, der Gittertür; ich stieß sie auf, und sie gab nach, sie war offen, so lässt man sie, wenn ein Fest stattfindet oder wenn viele Leute an dem Ort aus- und eingehen. Ich ging weiter, so vorsichtig, dass, wäre ich auf Sand getreten, meine Füße keinen Abdruck hinterlassen hätten, ich näherte mich langsam einem der Fenster im Erdgeschoss, dem, das sich von mir aus gesehen links neben der Eingangstür befand. Wie bei fast allen war der Rollladen heruntergelassen, aber so, dass der warme Wind durch die Spalten eindringen konnte – der sich inzwischen gelegt hatte –, das heißt, er schloss nicht völlig. Dahinter hingen unbewegliche Gardinen, dieses Zimmer musste eine Klimaanlage haben oder eine Sauna sein. Die Schritte, die man als möglich sieht, tut man oft, ohne es zu wollen, nur, weil sie möglich, weil sie uns in den Sinn gekommen sind, so werden viele Handlungen und viele Morde begangen, bisweilen führt die Idee zur Tat, als könnte sie nicht als bloße Idee fortdauern und leben, als gäbe es gewisse Möglichkeiten, die sich nicht halten und verschwinden, wenn sie nicht sofort umgesetzt werden, ohne dass wir gewahr werden, dass sie auch auf diese Weise verschwunden und gestorben sind, sie werden keine Möglichkeiten mehr sein, sondern Vergangenheit. Ich befand mich in der Situation, die ich im Wagen vorhergesehen hatte, mit den Augen dicht an dem Spalt, der in der Höhe meines Blickes lag, der blickte, forschte und versuchte, etwas durch einen so schmalen Zwischenraum und durch den durchsichtigen, weißen Stoff zu erkennen, der die Unterscheidung noch mehr erschwerte. Auch dort gab es nur das Licht einer niedrigen Lampe, ein großer Teil des Zimmers lag im Halbdunkel, es war, als versuchte man, eine Geschichte zu ergründen, deren hauptsächliche Elemente einem vorenthalten werden und von der man nur einzelne Gegebenheiten weiß, meine verschwommene Sicht und die so reduzierte Perspektive.

Aber mir schien, als sähe ich sie, und ich sah sie, beide, sie beide, Estela und den ungeschlachten Mann, einer auf dem anderen, außerhalb des Lichtkegels, es war aus mit den Formalitäten, auf einem Bett oder vielleicht war es eine Matratze oder es war der Boden, am Anfang unterschied ich nicht einmal, wer wer war, zwei dunkle, verschlungene Fleischmassen, dort gab es Nacktheit, sagte ich mir, die Frau hatte bestimmt ihre Brüste entblößt, die ich sehen musste, oder vielleicht nicht, vielleicht nicht, sie konnte noch immer den Büstenhalter tragen. Es gab Bewegung oder eher Gerangel, aber es drang kaum ein Geräusch zu mir, weder Grunzen noch Schreie noch Lustlaute noch Lachen, wie eine Stummfilmszene, die nie in den anständigen Stummfilmkinos gesehen wurde, eine düstere, erstickte Anstrengung von Körpern, die gewiss eher einer weiteren Formalität hingegeben waren – dem Akt – als dem wirklichen Begehren, ohne Begehren nicht nur der ihre, sondern auch der seine, aber es war schwierig zu sagen, wo der eine aufhörte und der andere anfing oder wer wer war, eine groteske Situation, die durch das Dunkel und den Schleier verursacht war, wie ist es möglich, den Körper einer jungen Frau nicht von dem eines ungeschlachten Mannes zu unterscheiden. Plötzlich richtete sich eindeutig ein Brustkorb auf und ein Kopf mit Hut, sie gelangten kurz in den Lichtkegel, bevor sie wieder versanken, der Mann hatte sich für seine Nummer einen Cowboyhut aufgesetzt, heiliger Himmel, dachte ich, was für eine Witzfigur. Also lag er oben oder auf ihr, beim Aufrichten war mir, als sähe ich auch seinen behaarten schwärzlichen, unangenehmen Oberkörper, breit und ohne Biegung, wenig beweglich. Ich wanderte mit meinen Augen zum nächsten Spalt hinunter, um zu sehen, ob ich in dieser Höhe die Frau und ihre Brüste erkennen könnte, aber dort verlor ich jede Sicht und kehrte zum oberen Zwischenraum zurück, in der Erwartung, dass er vielleicht müde würde und unten ausruhen wollte, es war seltsam, nicht zu wissen, ob es ein Bett oder eine Matratze oder der Boden war, und noch seltsamer die Dämpfung der Geräusche, ein Schweigen wie von einer Knebelung. Dann bemerkte ich Regsamkeit bei dem schwitzenden, zweiköpfigen Tier, in das sie sich vorübergehend verwandelt hatten, sie werden die Position verändern, dachte ich, sie werden die Plätze vertauschen, um die Dauer der Formalität zu verlängern, was wiederum eine weitere Formalität ist, da die Elemente in Wirklichkeit nicht variieren.

Ich hörte das Türschloss und verdrückte mich nach links, es gelang mir, um die Ecke des Hauses zu biegen, bevor eine Frauenstimme diejenigen verabschiedete, die gingen (»Leben Sie wohl, und gehen Sie mit Gott«, als wäre sie Mexikanerin), ein Literaturkritiker, den ich vom Sehen kenne, das Gesicht eines reinrassigen Primaten und rote plumpe Hosen, wie ein Ausflügler, eine zweite Witzfigur, wenn das ein Bordell war, dann wunderte mich nicht, dass dieser Typ es aufsuchen musste, immer bezahlen, genau wie der andere, ein grauhaariger Typ mit Bürstenhaarschnitt und einem umgekehrten Eierkopf und Reptilienmund, dick und mit Brille und Krawatte. Sie traten selbstgefällig heraus und klopften großspurig auf das Gitter, niemand würde sie sehen, die Straße so verlassen und dunkel, der zweite Typ hatte einen kanarischen Akzent und war von seinem Aussehen und Gebaren her eine dritte Witzfigur, ein aufgeblasener Angeber. Als ich ihre Schritte nicht mehr hörte, kehrte ich zu meinem Spalt zurück, es waren zwei oder drei oder vier Minuten vergangen, und jetzt waren der Mann und Estela nicht mehr ineinander verschlungen, sie hatten nicht die Gestalt verändert, sondern die Sache unterbrochen, das Ende oder eine Pause. Der Typ stand oder kniete auf der Matratze, der Lichtkegel erleuchtete ihn, sie weniger, zurückgelehnt oder sitzend, ich sah ihr Haar von hinten, der ungeschlachte Mann hielt mit beiden Händen ihren Kopf gepackt und drehte ihn ein wenig, jetzt sah ich das Gesicht von beiden und den aufrechten Körper von ihm mit seinem üppigen Haar und seinem lächerlichen Hut, mir schien, als beginne er, mit seinen beiden Daumen Estelas Gesicht zu drücken, was für eine Kraft können zwei Daumen haben, es war, als liebkoste er sie und täte ihr zugleich weh, als bohrte er sich in ihre hohen Wangenknochen oder verabreichte ihr eine grausame, immer tiefer intensive Massage, er drückte ihre Wangen nach innen, als wollte er sie in sie hineinstülpen. Ich war besorgt, einen Augenblick dachte ich, er werde sie umbringen und könne sie nicht umbringen, weil sie schon tot war, und weil ich ihre Brüste sehen und mit ihr reden musste, sie nach jener Lanze oder jenem Einstich fragen musste – die Waffe war nicht in ihr, sie war herausgezogen – und nach meinem Freund Dorta, der ihr Blut an der Lanze empfangen hatte. Der Mann lockerte seinen Druck, ließ sie los, ließ seine Knöchel knacken, indem er sie zusammenpresste, murmelte ein paar Worte und entfernte sich einige Schritte, vielleicht war es nichts, vielleicht erinnerten einige Männer einige Frauen auf diese Weise daran, dass sie ihnen weh tun können, wenn sie wollen. Er nahm den Hut ab, warf ihn zu Boden, als bräuchte er ihn nicht mehr, begann, seine Kleidung auf einem Stuhl zusammenzusuchen, er würde es sein, der ginge. Sie ließ sich fallen und blieb reglos liegen, sie wirkte nicht beschädigt oder war womöglich daran gewöhnt, gewalttätig behandelt zu werden.

»Víctor.« Ich hörte die Stimme von Ruibérriz, der mich leise von der anderen Seite des Gitters her rief. Ich hatte ihn nicht kommen hören, auch nicht seinen Wagen.

Den Kopf in Richtung Chalet gewandt – manchmal fällt es schwer, den Kopf zu wenden –, ging ich so luftig, wie ich hereingekommen war, zu ihm hinaus, fasste ihn am Ärmel und zog ihn mit mir auf die andere Straßenseite.

»Was ist?«, sagte ich. »Was hast du rausgefunden?«

»Was zu erwarten war, ein Bordell, jederzeit geöffnet, annonciert in der Zeitung, Supergirls, Europäerinnen und Amerikanerinnen und Asiatinnen, heißt es unter anderem. Es werden aber nicht mehr als ein paar sein. Das Telefon ist auf den Namen Calzada Fernández, Mónica, eingetragen. Also wird er rauskommen, wenn er noch nicht rausgekommen ist.«

»Er muss gleich so weit sein, sie sind fertig, er zieht sich gerade an. Zwei Hurenböcke sind rausgekommen, die als Literaten hier herumlaufen, sie werden glauben, sie sind Waffen und Worte«, sagte ich. »Wir müssen uns einen Moment von hier entfernen, denn wenn er rauskommt, gehe ich rein.«

»Was sagst du, bist du verrückt geworden, willst du dich nach diesem Trottel in die Schlange stellen? Was hast du nur mit dieser Frau?«

Ich fasste ihn wieder am Ärmel und führte ihn weiter fort, unter ein paar Bäume, bis zu einer Stelle, wo wir für jeden, der herauskäme, unsichtbar wären. Ein träger Hund bellte in der Nachbarschaft und verstummte sogleich. Erst in diesem Augenblick antwortete ich Ruibérriz:

»Ich hab nichts von dem, was du glaubst, aber ich muss heute Nacht noch ihre Brüste sehen, das ist das Einzige, worauf es ankommt. Und wenn sie eine Nutte ist, um so besser: Ich bezahle sie, sehe sie mir gewissenhaft an, vielleicht reden wir eine Weile, und damit hat es sich.«

»Vielleicht reden wir eine Weile, und damit hat es sich? Das glaubst du doch selber nicht. Es ist nicht so schlimm, aber für mehr als schauen reicht es schon. Was ist mit ihren Brüsten?«

»Nichts, ich erzähl es dir morgen, vielleicht gibt es aber auch nichts zu erzählen. Wenn du dem Typ im Wagen folgen willst, wenn er losfährt, schön, obwohl ich nicht glaube, dass das wichtig ist. Wenn nicht, danke für die Nachforschung, und jetzt lass mich, ich komme schon allein zurecht. Dir widersteht wahrhaftig nichts.«

Ruibérriz schaute mich ungeduldig an, trotz des Lobes zum Schluss. Aber er erträgt mich normalerweise, er ist ein Freund. Bis er es nicht mehr ist.

»Der Typ ist mir egal und sie auch, in diesem Fall. Wenn du bereit bist, dann bleib hier, morgen erzählst du mir dann. Sei vorsichtig, du besuchst solche Orte normalerweise nicht.«

Ruibérriz ging, und jetzt hörte ich im Gegensatz zu vorher den Motor seines Wagens in der Ferne, während die Haustür geöffnet wurde (vielleicht wieder »Gehen Sie mit Gott«, es konnte nicht bis zu mir dringen). Ich sah den ungeschlachten Mann nun außerhalb des Geländes, das Geräusch der Gittertür drang wohl zu mir. Er lief müde in die Richtung, die meiner entgegengesetzt war – zu Ende die Nacht der Verstellung und der Anstrengung –, ich konnte mich schon in seinem Rücken vorwärtsbewegen, während er sich im schwarzen Laubwerk verlor, auf der Suche nach seinem Wagen. Ich war sehr ungeduldig, aber trotzdem wartete ich ein paar Minuten und rauchte noch eine Zigarette, bevor ich die Gittertür aufstieß. In dem Zimmer der Formalitäten brannte noch immer Licht, dieselbe Lampe, der heruntergelassene Rolladen mit seinen Spalten, sie lüfteten nicht sofort.

Ich drückte auf die Klingel, die altmodisch schrillte, nicht eine Glocke ertönen ließ. Ich wartete. Ich wartete, und eine große Frau öffnete mir die Tür, ich hatte sie im dritten Stock gesehen, sie wirkte wie eine unserer Tanten, als wir klein waren, Tanten von Dorta oder Tanten von mir, aus den sechziger Jahren gekommen, ohne ihre blonde Fliegende-Untertasse-Frisur oder ihr Make-up mit Pinsel und Puder und sogar mit Wimpernzange zu verändern.

»Ja, guten Abend?«, sagte sie fragend.

»Ich möchte gerne Estela sehen.«

»Sie duscht gerade«, sagte sie ungezwungen und fügte ohne Arg hinzu, nur ihr gutes Gedächtnis zur Schau tragend: »Sie sind noch nicht hier gewesen.«

»Nein, ein Freund hat mir von ihr erzählt. Ich bin auf der Durchreise in Madrid, ein Freund hat mir in hohen Tönen von ihr gesprochen.«

»Na daaann.« Sie zog die Vokale tolerant in die Länge, sie hatte einen galizischen Akzent. »Mal sehen, was sich tun lässt. Sie werden ein bisschen warten müssen, das ist sicher. Kommen Sie herein.«

Ein kleiner Salon im Halbdunkel mit zwei Sofas, die einander gegenüberstanden, man betrat ihn gleich vom Eingang her, man brauchte nur weiterzugehen. Die Wände fast leer, weder ein Buch noch ein Bild, nur ein großformatiges Foto im Querformat, das auf ein dickes Brett geklebt war, wie es sie früher in den Flughäfen und Reiseagenturen gab. Das Foto zeigte weiße Wolkenkratzer, die Aufschrift ließ keinen Raum für Vermutungen, ›Caracas‹, ich bin nie in Caracas gewesen. Vielleicht war Estela Venezolanerin, dachte ich sofort, aber Venezolanerinnen haben normalerweise keine schlaffen Brüste, sondern sind für das Gegenteil bekannt. Estela vielleicht auch nicht, vielleicht war sie nicht die Tote, und alles war eine alkoholische, sommerliche, nächtliche Fata Morgana, viel Bier mit Zitrone und große Hitze, hoffentlich ist es so, dachte ich, Geschichten, die man sich einmal in der Zeit zu eigen gemacht hat, dürfen nicht mehr geändert werden, obwohl sie ihrerzeit ohne Erklärung übernommen wurden: Ihr Mangel an Erklärung wird am Ende zur Geschichte selbst, das ist die Geschichte, wenn man sie sich in der Zeit zu eigen gemacht hat. Ich setzte mich, Tante Mónica ließ mich allein. »Ich werde mich erkundigen, wann sie Zeit hat«, sagte sie. Ich wartete auf ihre Rückkehr, ich wusste, dass sie vor der gewünschten Erscheinung stattfinden müsste, ein Adjutant, die Dame.

Und doch war es nicht so, die Dame ließ auf sich warten, sie kam nicht zurück, ich hatte Lust, das Badezimmer zu suchen, in dem sich die Nutte duschte, und hineinzugehen und sie zu sehen, ohne länger zu warten, aber ich würde sie erschrecken, und nach zwei Zigaretten war sie es, die mit nassem, wildem Haar die Treppe herunterkam, im Bademantel, aber mit ihren Straßenschuhen, die Fußzehen frei, die Nägel lackiert, die Schnallen gelöst als einziges Zeichen, dass auch ihre Füße zu Hause waren, sich zurückgezogen hatten. Der Bademantel war nicht gelb, sondern himmelblau.

»Haben Sie es sehr eilig?«, fragte sie mich ohne Umstände.

»Sehr.« Es war mir egal, was sie sich dabei denken mochte, nach einer Weile würde sie es gut verstehen, sie war es, die mir Erklärungen geben musste. Sie schaute ohne Neugier, ohne richtig zu schauen, nicht wie Gómez Alday, wohl aber wie jemand, der keine Überraschungen in seiner Situation erwartet. Sie war eine unvollkommen hübsche Frau, oder sie war hübsch trotz ihrer Unvollkommenheiten, zumindest für den Sommer.

»Soll ich mich anziehen oder ist es dir recht so?« Sie ging zum Du über, vielleicht fühlte sie sich im Recht, nachdem sie von meiner Eile wusste. Sich anziehen, um sich auszuziehen, dachte ich, für den Fall, dass ich Letzteres sehen wollte.

»Es ist recht so.«

Sie sagte nichts mehr, machte eine Kopfbewegung zu einer der Türen im Erdgeschoss und ging wie eine Büroangestellte, die ein Schriftstück sucht, auf sie zu und öffnete sie. Ich stand auf und folgte ihr sofort, sie musste meine zweideutige Ungeduld spüren, sie schien sie nicht zu erschrecken, ihr eher Überlegenheit über mich zu verleihen, ihr Gebaren war herablassend, wie falsch sie lag, wenn sie es war und Rechenschaft über eine alte, vielleicht schon vergessene Nacht ablegen musste. Wir traten ein, es war dasselbe, noch nicht gelüftete Zimmer, in dem sie mit dem ungeschlachten Typen gerungen hatte, ein saurer Geruch hing dort, der jedoch erträglicher war, als ich gedacht hätte. Ein Ventilator drehte sich an der Decke, von meinem Spalt aus hatte ich ihn nicht sehen können. Da war der Cowboyhut, auf den Boden geworfen, zur Benutzung vielleicht für Kunden mit Komplexen oder umgekehrten Eierköpfen, auch der Hut war zu mieten. Ein Cowboy-Element in Dortas letzter Nacht, er hatte mir von unglaubwürdigen Stiefeln erzählt, aus Krokodilsleder.

Sie setzte sich auf das Bett, das weder Matratze noch Bett war, eines dieser niedrigen japanischen Betten, von denen ich nicht mehr weiß, wie sie heißen, ich glaube, sie sind Mode.

»Hat man dir schon den Preis gesagt?« Die Frage war lustlos, mechanisch.

»Nein, aber das macht nichts, wir reden später darüber. Es wird keine Probleme geben.«

»Mit der Señora«, sagte Estela. »Red mit der Señora darüber.« Und sie fügte hinzu: »Also, wie willst du es haben? Außer schnell.«

»Schlag den Bademantel auseinander.«

Sie gehorchte, knüpfte den Gürtel auf, wobei sie etwas sehen ließ, aber es genügte mir nicht. Sie wirkte gelangweilt, sie wirkte überdrüssig, wenn es zuvor kein Begehren gegeben hatte, dann dürfte es jetzt stillschweigende Ablehnung geben. Ihr Akzent war mittelamerikanisch oder karibisch, sicher schon verhärtet durch ein jahrelanges Leben in Madrid.

»Schlag ihn weiter auseinander, ganz, weit auf, damit ich dich sehen kann«, sagte ich, und meine Stimme muss zornig geklungen haben, denn sie schaute mich zum ersten Mal richtig an, mit aufblitzender Furcht. Aber sie schlug ihn so weit auseinander, dass auch die Schultern entblößt waren, wie bei einem alten Filmstar am Abend einer Galaveranstaltung, verfluchte Gala heute Nacht, hier waren sie, die in Schwarzweiß wohlbekannten Brüste, hier erkannte ich sie wieder in Farbe, ohne einen Moment zu zweifeln, trotz des Halbdunkels, die verlockenden und wohlgeformten, aber von der Konsistenz her schlaffen Brüste, sie würden wie mit Wasser gefüllte Tüten unter den Händen nachgeben, sie war noch immer zu arm, um sie mit Plastik füllen zu lassen, zwei Jahre lang hatte ich sie blutüberströmt auf einer immer hinfälligeren Fotokopie angeschaut, öfter, als es gut gewesen wäre, öfter, als ich mir vorgestellt hatte, in dem Augenblick, da ich meine extravagante, morbide Bitte an Gómez Alday richtete, er war ein verständnisvoller Mann. An den Brüsten, die etwas weniger braun waren als der Rest, gab es keinerlei Einstich noch Riss noch Narbe noch Schnitt, die ganze Haut gleichförmig und glatt und ohne jede Verletzung, abgesehen von den Brustwarzen, die zu dunkel waren für meinen Geschmack, man gewöhnt sich daran, auf Anhieb, auf den ersten Blick zu wissen, was einem gefällt und was nicht.

Und sofort überstürzten sich in meinem Kopf zu viele Gedanken, die lebende und folglich immer lebende Frau, der schmerzvolle Ausdruck auf dem Foto, die zusammengepressten Augen und Zähne, diese geschlossenen Augen waren nicht die Augen einer Toten, denn die Toten machen keine Anstrengung mehr, alles hört auf, wenn sie den Geist aufgeben, selbst der Schmerz, wieso war mir nicht in den Sinn gekommen, dass dieser Ausdruck einem Lebenden gehörte oder jemandem, der im Sterben lag, aber niemals jemandem, der bereits tot war. Und dieser Slip, warum trug ihre Leiche den Slip, warum ein Kleidungsstück anbehalten, wenn man so weit geht, den Slip behält nur jemand an, der lebt. Und wenn sie am Leben war, konnte es auch mein bester Freund sein, Dorta, der Witzbold und der Resignierte, was für einen Scherz hatte er mit mir getrieben, indem er mich an seine Ermordung und an seine Verurteilung glauben ließ, was für einen Scherz, wenn er am Leben war.

»Wo hast du die Zigaretten her?«, sagte ich.

»Was für Zigaretten?« Estela war plötzlich auf der Hut und wiederholte, um Zeit zu gewinnen: »Was für Zigaretten?«

»Die du vorhin geraucht hast, in dem Restaurant, mit Nelkengeschmack. Lass mich das Päckchen sehen.«

Instinktiv zog sie den Bademantel zusammen, ohne den Gürtel zu knoten, als wollte sie sich vor ihrer Entdeckung schützen, sie hatte einen Typen vor sich, der sie beobachtet hatte und ihr seit La Ancha gefolgt war oder vielleicht vorher schon, die ganze Zeit. Mein Ton muss ziemlich nervös und gereizt gewesen sein, denn sie zeigte auf ihre Handtasche, die auf einem Stuhl lag, dem Stuhl, der die Kleidung des ungeschlachten Mannes ausgehalten hatte.

»Sie sind da. Ein Freund hat sie mir gegeben.«

Ich hatte ihr Angst eingejagt, ich merkte, dass sie Angst vor mir hatte und dass sie deshalb tun würde, was ich von ihr verlangte. Es gab keine Überlegenheit oder Herablassung mehr, nur Angst vor mir und meinen Händen oder vor einer Waffe, die stechen oder ritzen könnte. Ich nahm die Handtasche, machte sie auf und holte das schmale rote und goldene und schwarze Päckchen heraus mit seinem reliefartigen kurvigen Schienenstrang und der Aufschrift *Smoking kills*, Rauchen tötet. ›Kretek‹.

»Was für ein Freund? Der eben bei dir war? Wer ist das?«

»Nein, ich weiß nicht, wer der ist, er wollte heute Abend zum Essen ausgehen, ich war schon mal mit ihm zusammen, ein einziges Mal.«

Ach, wie ich die Männer verabscheue, die den Frauen weh tun, und wie ich mich selbst verabscheute – oder es war später –, als ich Estela am Arm packte und ihr mit der Hand den Bademantel auseinanderriss, sie schutzlos machte und ihr mit meinem Daumen durch die Mulde ihrer Brüste fuhr, als wollte ich dort etwas herausholen, ich fuhr mehrmals mit ihm auf und ab, Druck ausübend, während ich sagte:

»Wo ist der Einstich, hm? Wo ist die Lanze, hm? Wo ist das ganze Blut, was ist mit meinem Freund passiert, wer hat ihn umgebracht, du hast ihn umgebracht. Wer hat ihm die Brille aufgesetzt, sag, hast du sie ihm aufgesetzt, von wem war die Idee, von dir?«

Ich hatte sie bewegungsunfähig gemacht mit dem verdrehten, dem auf den Rücken gedrehten Arm, und mit der anderen Hand, mit meinem so kräftigen Daumen, drückte ich auf ihr Brustbein, hinauf und hinunter, oder presste es ihr zusammen oder rieb es ihr und spürte zu beiden Seiten die wirkliche Berührung der Brüste, die ich so oft mit meinen taktilen Augen gesehen hatte.

»Ich weiß nicht, was passiert ist, sie haben mir nichts gesagt«, sagte sie wimmernd, »er war schon tot, als ich kam. Mich haben sie nur gerufen, um die Fotos zu machen.«

»Sie haben dich gerufen? Wer hat dich gerufen? Wann?«

Man weiß nie, was unsere Daumen anstellen können, jemand, der mich durch den Spalt des Rollladens hätte sehen können, wäre beunruhigt gewesen, Daumen, die nicht uns gehören, wirken immer unaufhaltsam oder unkontrollierbar, als wäre es für sie immer zu spät. Aber diese gehörten mir. Mir wurde klar, dass es nicht nötig war, sie noch mehr zu erschrecken oder ihr noch mehr weh zu tun, ich hörte auf damit, ließ sie los, ich spürte, dass meine Finger heiss geworden waren durch die Reibung, als würden sie vorübergehend brennen, dieses gleiche Brennen musste sich in der Mulde ihrer Brüste ausbreiten, wie eine Warnung und eine Erinnerung, sie würde erzählen, was sie wusste. Aber bevor sie sprach, bevor sie sich fasste und sprach, ging mir der Gedanke durch den Kopf, warum man sie am folgenden Abend entdeckt hatte, so spät, mit viel zu großer Verspätung, die beiden Leichen, die nur eine war, vielleicht, um zu planen und alles vorzubereiten und die Fotos zu machen, und wer hatte diese Fotos gemacht, die nie veröffentlicht wurden, auch nicht das Ihre, nicht einmal das Gesicht, halbverdeckt durch ihr von der eigenen, lebendigen Hand nach vorn gezogenes Haar, nur Bilder meines Freundes Dorta aus besseren Tagen, ein Arrangement dieses Haar, das verhüllte, in der Nachricht stand, was die Polizei sagte, es gab keine Version von Nachbarn, und die Fotos hatte nur ich gesehen, nur im Büro von Gómez Alday, er dürfte sie höchstens einem Richter gezeigt haben.

»Die Polizei rief mich. Der Inspektor rief mich, er sagte, er brauche mich, um mit einer Leiche zu posieren, die eines gewaltsamen Todes gestorben war. Manchmal muss man eben alles machen, sogar sich mit einem Toten ins Bett legen, ich versichere dir, ich habe nichts mit ihm gemacht.«

Dorta war tot. Ein paar Augenblicke lang hatte er aufgrund meines Verdachts wieder gelebt, nicht verwunderlich in Wirklichkeit: Die Gewohnheit und das, was sich angesammelt hat, genügen, damit das Gefühl der Anwesenheit sich niemals verflüchtigt, jemanden nicht zu sehen, kann zufällig sein, sogar bedeutungslos, und es gibt keinen Tag, an dem ich mich nicht an meinen Kindheitsfreund erinnere, mit dem keine Frau je etwas gemacht hat, weder tot noch lebendig, das bereitete Estela Sorgen, der Armen: »Er war schon tot, der Tote, das versichere ich dir«; weder vermischtes Blut noch Samen noch sonst was, all das hatte Gómez Alday erfunden, um es mir oder jedem anderen Neugierigen oder Vorwitzigen zu erzählen, damit ich es mir in der Zeit zu eigen machte, die Zeitungen werden es rasch leid, sie brachten nicht so viele Einzelheiten, nur, dass es Sex zwischen zwei Leichen gegeben hatte, als sie noch keine waren.

»Und sie haben dich schön beschmiert, nicht? Mit ihrem falschen Blut und allem.«

»Ja, sie haben mir die Brust mit Ketchup beschmiert und gewartet, bis es trocken wurde, und dann haben sie die Fotos gemacht. Es dauerte nicht lange, wegen der Hitze ging es schnell, der junge Typ machte sie. Sie gaben mir ein paar Tausender und sagten, ich solle schön den Mund halten.« Mit ihrem Daumen machte sie die Geste, sich den Mund zu verschließen, wie ein Reißverschluss. Sie sprach weiter, aber sie verlor allmählich die Angst vor mir, sie würde deshalb nicht mit dem Sprechen aufhören, obwohl sie bestimmt gespürt hatte, dass mir der Ausdruck oder der Gedanke ›die Arme‹ durch den Kopf gegangen war, wir alle spüren das, und es beruhigt uns. »Das ist schon ziemlich lange her. Wenn du redest, schicke ich dich mit Peitschenhieben nach Kuba zurück, auf einem Sklavenschiff, sagte er zu mir, das sagte der Inspektor. Und was ist jetzt damit, was jetzt, er wird mich nach Kuba zurückschicken.«

»Der junge Typ«, sagte ich, und meine Stimme klang

noch gereizt, man konnte noch nicht ganz sicher vor mir sein, »was für ein junger Typ. Was für ein junger Typ.«

»Der Junge, der die ganze Zeit bei ihm war, er machte seinen Militärdienst, er musste in die Kaserne zurück, darüber redeten sie.« Und obendrein wagte Gómez Alday, dachte ich, obendrein wagte er zu sagen, der Lanzenmörder könnte jemand sein, der gewohnt war, mit Bajonetten zu stechen, hier verfaulst du mit dem Herzen voll Eisen, auch wenn wir nicht im Krieg sind, ein Sack mehr, Mehlsack Federsack Fleischsack, kretek kretek. »Mehr weiß ich nicht, ich bin am Nachmittag hingekommen und gegangen, mit meinem Geld und den Zigaretten, die habe ich aus der Wohnung gestohlen, im Hinausgehen, als sie mich nicht sahen, zwei Stangen. Mir bleiben noch drei oder vier Päckchen, ich rauche sie sparsam, die Leute sind beeindruckt, sie riechen noch immer stark.«

Der Grund, sie zu rauchen, unterschied sich nicht sehr von dem Dortas, etwas hatten sie gemeinsam, er und Estela. Ich setzte mich neben sie auf das niedrige Bett und legte ihr die Hand auf die Schulter.

»Es tut mir leid«, sagte ich. »Der Tote war mein Freund, und ich habe diese Fotos gesehen.«

Er hat viel zu oft recht, Ruibérriz de Torres, er kennt uns alle gut. Schließlich und endlich hatte ich seit langer Zeit immer wieder dieses schmerzvolle Gesicht und diese reglosen, toten, blutüberströmten Brüste gesehen, und es machte mich froh, sie in Bewegung und lebendig und frisch geduscht zu sehen, obwohl mein Freund unverändert tot war und so viel Betrug mitgespielt hatte. Es war auch eine Form, die Frau zu bezahlen und sie für die unangenehmen Augenblicke zu entschädigen, obwohl ich ihr das Geld für nichts oder nur für die Information hätte geben können. Und nicht zuletzt würde ich ohnehin nicht schlafen können bis zur Öffnung der Büros und der Polizeireviere, obwohl einige von denen die Nacht schlaflos verbringen.

Ich ließ Geld in dem kleinen Salon, als ich hinausging, vielleicht zu viel, vielleicht zu wenig, Tante Mónica war gewiss schon vor Stunden zu Bett gegangen. Als ich ging, schlief die Frau. Ich dachte nicht, dass man sie nach Kuba zurückschicken würde, wie sie sagte.

Gómez Alday sah noch besser aus als das letzte Mal, da ich ihn gesehen hatte, vor fast zwei Jahren. Er hatte gewonnen mit der Zeit, bestimmt hatte man ihn befördert, er war sicher ruhiger geworden. Jetzt, da ich wusste, dass er nicht meinen dummen Stolz teilte, begriff ich, dass er auf der Hut war, wir, die wir ihn haben, sind weniger auf der Hut; ich hatte weder Zeit noch Lust für freundliche Fragen. Er weigerte sich nicht, mich zu empfangen, er erhob sich nicht von seinem Drehstuhl, als ich in sein Büro trat, er beschränkte sich darauf, mich mit seinen verschleierten Augen anzusehen, die keine große Überraschung verrieten, vielleicht Unmut. Er erinnerte sich an mich.

»Was gibt's?«, sagte er.

»Es gibt, dass ich mit Estela gesprochen habe, Ihrer Toten, aber nicht mittels ihrer Fotografie. Mal sehen, was Sie mir jetzt über Ihren Lanzenmörder erzählen.«

Der Inspektor fuhr sich mit einer Hand über den römischen Kopf, der jedes Mal mehr Haar zu haben schien, er gewann durchaus mit seinen Implantationen, dachte ich eine Sekunde, unpassende Gedanken kommen in jedem Augenblick. Er nahm einen Bleistift von seinem Schreibtisch und klopfte mit ihm auf das Holz. Er rauchte nicht mehr.

»Sie hat also geredet«, antwortete er. »Als sie ankam, hieß sie Miriam, wenn Sie die kubanische Nutte meinen.«

»Was ist passiert? Sie werden es mir erzählen müssen. Sie wollten nicht bei den Tunten nachforschen, wozu sollten Sie die Zeit verlieren. Ich weiß nicht, wie Sie überhaupt gewagt haben, sie so zu nennen.«

Gómez Alday lächelte ein wenig, vielleicht ein Anflug von Scham. Er wirkte nicht beunruhigter als ein kleiner Junge, den man bei einer Flunkerei ertappt hatte. Eine geringfügige Flunkerei, etwas, das über das Ausschimpfen hinaus keine Folgen haben wird. Vielleicht wusste er, dass ich mit der Geschichte zu niemandem sonst gehen würde, vielleicht wusste er es, bevor ich selbst es wusste. Er ließ sich Zeit mit der Antwort, aber nicht, weil er zögerte: Es war, als wäge er ab, ob ich das Geständnis verdiente.

»Na ja, man muss sich verstellen, nicht«, sagte er schließlich und machte eine Pause, er hatte sich noch nicht entschlossen. Dann fuhr er fort: »Ich weiß nicht, ob Sie diese Jungen kennen, etwas hat Ihnen Ihr Freund erzählt, nicht. Wenn sie sehr jung sind, dann haben sie keinerlei Sinn für Treue, auch nicht für Anstand, sie gehen mit jedem in der Nacht, wenn man sie mit ein paar Schmeicheleien verführt oder gar mit ein wenig Berühmtheit oder einer guten Tour durch die teuren Lokale. Sie gehen aus, sie haben sonst nichts zu tun, sie gehen aus mit der Bereitschaft, sich verführen zu lassen. Sie haben keine Ahnung, sie sind sehr viel eitler als Frauen.« Gómez Alday hielt inne, er sprach, als sei nichts von alldem weiter von Bedeutung und gehöre einer fernen Vergangenheit an, es stimmt, dass die Vergangenheit immer schneller fern rückt. »Na ja, der, der damals mit mir zusammen war. Ihn schleppte Ihr Freund eines Nachts ab, auf der Straße, ich hatte Wachdienst. Ich will ja nicht schlecht von ihm sprechen, er war Ihr Freund, aber er ging zu weit bei dem Jungen, die verflixte Lanze, und der bekam Angst und wurde nervös bei seinen Spielchen, Sie sagten es ja, ich erinnere mich, das passiert zuweilen, die Reuigen, sie können aus vielen Gründen bereuen, sie bekommen auch Angst bei dem, was nicht zum Programm gehört. Er verlor den Kopf und verpasste ihm einen Schlag auf die Stirn, und dann spießte er ihn auf, ein gewaltiger Lanzenstich, als wär's ein Bajonett. Er war kein schlechter Junge, glauben Sie mir, er war beim Militär, obwohl ich schon lange nichts mehr von ihm gehört habe, sie verschwinden, wie sie auftauchen, sie sind nicht sentimental, im Unterschied zu den Zuhältern der Nutten und zu den Ehemännern. Er rief mich voll Panik an, man musste etwas arrangieren und den Verdacht ablenken.« Gómez Alday wirkte einen Augenblick lang hilflos und schwach, die Vergangenheit rückt plötzlich fern, wenn die Person aus unserem Leben verschwindet, die die Gegenwart ausmachte, der Faden der Kontinuität zerreißt, und auf einmal ist gestern sehr weit. »Was soll ich Ihnen sagen, was konnte ich anderes tun als ihm helfen, was ist gewonnen, wenn man zwei Leben ruiniert statt eines, vor allem, wenn es mit dem ersten ganz und gar aus ist.«

Ich betrachtete seine etwas beleibte Gestalt, sie wirkte groß, sogar so, in seinem Sessel sitzend. Ihm fiel es nicht schwer, meinem Blick standzuhalten, seine schläfrigen Augen hatten möglicherweise niemals geblinzelt oder sich abgewandt, bis zur Hölle seine vernebelten Augen. Es lag keine Schwäche mehr in diesem Gesicht, es war nur eine Sekunde.

»Wer hat ihm die Brille aufgesetzt?«, sagte ich schließlich. »Wer hat den Einfall gehabt, sie ihm aufzusetzen?«

Der Inspektor machte eine ungeduldige Geste, als habe meine Frage ihm den Gedanken eingegeben, dass ich die Erklärung und die Erzählung letztlich nicht verdiente.

»Lassen Sie den Quatsch«, sagte er. »Fragen Sie mich nicht nach Kindereien bei einem Mordfall. Stellen Sie nur wichtige Fragen.«

»Wie ist das möglich«, – ich hörte auf ihn –, »niemand wollte den Körper der so lebendigen Toten sehen? Der Richter, der Gerichtsarzt.«

Er zuckte die Schultern.

»Seien Sie doch nicht naiv. Hier und in der Leichenhalle machen wir, was wir wollen. Man ermittelt das, was einen interessiert, niemand stellt demjenigen Fragen, bei dem es sich nicht gehört. Zu etwas mussten sie ja nütze sein, die vierzig Jahre, in denen wir tun konnten, was wir wollten, ohne jemandem Rechenschaft abzulegen, eine lange Lehrzeit. Ich meine Franco, ich weiß nicht, ob Sie sich erinnern. Obwohl es überall gleich ist, man lernt auf vielerlei Weise.«

Gómez Alday fehlte es nicht an Humor. Er war nicht jemand, dem man eine solche Frage stellen durfte, aber ich stellte sie ihm:

»Warum haben Sie dem Jungen so geholfen? Trotz allem haben Sie viel riskiert.«

Es gab ein kurzes Aufblitzen in den schlafenden Augen, bevor er eine Geste wiederholte, die ich schon früher bei ihm gesehen hatte: Er drehte sich mit seinem Stuhl und wandte mir den Rücken zu, als setzte er damit einen Schlusspunkt unter seinen so sporadischen Umgang mit mir. Ich sah seinen breiten Nacken, während er sagte:

»Ich habe alles riskiert.« Er schwieg einen Augenblick, und dann fügte er herausfordernd hinzu: »Wie, sind Sie nie verliebt gewesen?«

Ich drehte mich um und öffnete die Tür, um zu gehen. Ich antwortete nichts, aber ich glaubte mich zu erinnern, dass ich es gewesen war.

(1995)

In der unentschiedenen Zeit

Ich sah ihn zweimal persönlich, und das erste Mal war das heiterste und das unglücklichste, obwohl letzteres nur im Rückblick, das heißt, jetzt ist es so, aber damals war es nicht so, daher sollte ich das eigentlich nicht sagen. Es war in der Diskothek Joy ziemlich spät nachts, vor allem für ihn, man nimmt an, Fußballspieler müssen früh im Bett liegen, ständig konzentriert auf das nächste Spiel, oder trainieren und schlafen, sich Videos von anderen Mannschaften oder von ihrer eigenen anschauen, sich selbst anschauen, ihre Erfolge und ihre Fehler und die verpassten Gelegenheiten, die in diesen Filmen bis zum Ende aller Zeiten immer wieder verpasst werden, schlafen und trainieren und sich ernähren, ein Leben verheirateter Babys, es ist gut, dass sie eine Frau haben, damit sie bei ihnen die Mutter spielt und ihren Zeitplan überwacht. Die meisten achten überhaupt nicht darauf, sie hassen es zu schlafen und hassen das Training, und die Großen denken nur an das Spiel, wenn sie aufs Spielfeld hinauslaufen und sehen, dass es besser für sie ist zu gewinnen, denn dort sind hunderttausend Personen, die sich in Gedanken sehr wohl seit einer Woche mit dem Kampf beschäftigen oder Rache an den verhassten Gegnern verlangen. Für die Großen existieren die Gegner nur neunzig Minuten lang und nur aus einem einzigen Grund: Sie sind da, um sie daran zu hindern, das zu erreichen, was sie anstreben, das ist alles. Danach könnten sie einen trinken gehen mit diesen Gegnern, wenn das nicht schlecht angesehen wäre. Ressentiment ist Sache der mittelmäßigen Spieler.

Er war natürlich nicht mittelmäßig, eine Zeitlang dachte man, er würde ein Großer sein, wenn er reifer würde und integrierter wäre, was niemals eintrat, oder vielleicht zu spät. Er war Ungar, wie Kubala und Puskas und Kocsis und Czibor, aber sein Nachname war sehr viel unaussprechlicher für uns, er schrieb sich Szentkuthy, und die Leute nannten ihn am Ende ›Kentucky‹, sehr viel vertrauter und spanischer, und daher kam es, dass man ihm bisweilen unpassenderweise den Spitznamen ›Brathuhn‹ gab (er passte nicht zu seinem athletischen Körperbau), die kühnsten und vehementesten Radiosprecher erlaubten sich Missgriffe, wenn er das Spielfeld betrat: ›Achtung, Kentucky kann den Barça in die Pfanne hauen.‹ Oder: ›Vorsicht, Brathuhn kann die Friteuse zum Explodieren bringen, er will mal wieder ein bisschen fritieren, Achtung, alles Öl, kochend heißes Öl, Vorsicht, das brennt. Vorsicht, das ist glitschig, das vermischt sich nicht!‹ Es bot den Journalisten reiche Möglichkeiten, aber sie vergessen rasch.

Als ich in der Diskothek *Joy* mit ihm zusammentraf, war er seit einer und einer halben Saison in Madrid und sprach schon ein gutes Spanisch, sehr korrekt, wenn auch beschränkt, mit einem unleugbaren, aber erträglichen Akzent, es scheint, dass die Mitteleuropäer immer sprachbegabt sind, wir Spanier stellen uns am wenigsten geschickt an, wenn es gilt, andere Sprachen gut zu lernen oder auszusprechen, das sagten schon die römischen Geschichtsschreiber, dieses Volk, das unfähig ist, das stimmhafte ›s‹ auszusprechen, das von Scipio wie von Schillaci wie von Szentkuthy: Escipión, Esquilache, Kentucky, die linguistischen Tendenzen haben sich verändert. Szentkuthy (ich werde ihn bei seinem richtigen Namen nennen, da ich ihn schreibe und ihn nicht auszusprechen brauche) hatte bereits Zeit gehabt, die Faszination angesichts eines neuen Landes zu überwinden, das fröhlich und luxuriös war verglichen mit seiner vorherigen stahlharten Erfahrung, aber noch nicht, um es als etwas Selbstverständliches und Angemessenes hinzunehmen. Vielleicht erlebte er diesen Moment, der auf jede wichtige Errungenschaft folgt, in dem einem das Erreichte nicht mehr als bloßes Geschenk oder als Wunder erscheint (man glaubt es bereits) und man beginnt, um seine Fortdauer zu fürchten oder, besser gesagt, die mögliche Rückkehr in die Vergangenheit, mit der man einmal einverstanden war und die man daher auszulöschen trachtet – ich bin nicht der, der ich war, ich bin allein jetzt, ich komme nirgendwoher, und ich kenne mich nicht –, als Horror zu erahnen.

Gemeinsame Bekannte brachten uns am gleichen Tisch zusammen, obwohl er sich eine ganze Weile nur näherte, um eine Sekunde sein Glas zu greifen und zwischen den Tänzen einen Schluck zu nehmen, eine Form zu trainieren, ein unermüdlicher Athlet, es dürfte mindestens für neunzig Minuten und eine Verlängerung reichen. Er tanzte schlecht, mit zu großer Begeisterung und zu wenig Rhythmus, ohne das minimale Können, das nötig ist, um die Bewegungen zu harmonisieren, und einige am Tisch lachten über ihn, in diesem Land gibt es ein Element der Grausamkeit in allen Situationen, obwohl nichts dazu zwingt, es macht Spaß, weh zu tun oder zu glauben, dass man es tut. Er kleidete sich besser als zu dem Zeitpunkt, da er zur Mannschaft stieß, den Fotos zufolge, die ich in der Presse gesehen hatte, aber nicht gut genug, verglichen mit seinen spanischen Mitspielern, die sich eifriger mit der Kleidung, das heißt mit den Anzeigen befassen. Er war einer dieser Männer, die den Eindruck vermitteln, immer mit aus der Hose gerutschtem Hemd herumzulaufen, obwohl sie es eingesteckt tragen, das Trikot trug er natürlich draußen auf dem Spielfeld, wenn der Schiedsrichter es ihm gestattete. Schließlich setzte er sich und befahl allen mit viel Getue und Gelächter, sie sollten tanzen gehen, damit er ihnen zusehen konnte, während er sich ausruhte, jetzt wollte er sich amüsieren, aber gewiss ohne Bosheit, ohne jede Grausamkeit, vielleicht wollte er von anderen Bewegungen lernen, die weniger unerfahren waren als die seinen. Ich war der Einzige, der nicht auf ihn hörte, ich tanze nie, ich schaue nur. Er drängte mich nicht weiter, weniger, weil er nicht wusste, wer ich war, weil er mich nicht kannte – das schien ihm wenig auszumachen, in der Gewissheit, dass ihn dagegen alle kannten –, als aufgrund meiner eindeutig ablehnenden Geste. Ich schüttelte den Kopf, so wie wir Bewohner der Städte es gewöhnlich tun, wenn wir einem Bettler ein Almosen verweigern, ohne den Schritt zu verlangsamen. Der Vergleich stammt nicht von mir, er kam von ihm:

»Es scheint, als hätten Sie mir ein Almosen verweigert«, sagte er, als wir allein zurückblieben, die anderen auf der Tanzpiste, um ihm zu Gefallen zu sein. Er benutzte das ›Sie‹ als guter Ausländer, dem die Regeln noch präsent sind, sein Vokabular war nicht schlecht, das Wort ›Almosen‹ ist nicht so häufig.

»Woher weißt du das? Hat man es dir mal verweigert?«,

sagte ich und duzte ihn dagegen, wegen des Altersunterschieds und wegen irgendeines unbewussten Überlegenheitskomplexes, dessen ich mir gleich bewusst wurde, weshalb ich hinzufügte: »Wir können uns duzen.« Und doch fügte ich es hinzu wie jemand, der eine Erlaubnis erteilt.

»Wem nicht? Es gibt viele Arten von Almosen. Ich bin Szentkuthy«, sagte er, während er mir die Hand reichte. »Hier stellt einen niemand vor.«

Er war ein schlauer Typ: Er verhielt sich realitätsgerecht (alle wussten, wer er war), leugnete dieses Verhalten jedoch durch seine Worte. Das heißt, er unterschied zwischen beidem, was nicht so leicht ist, ohne maßlos heuchlerisch oder unausstehlich naiv zu erscheinen. Ich sagte ihm meinen Namen, fügte meinen Beruf hinzu, schüttelte ihm die Hand. Er fragte mich nicht nach diesem Beruf, der seinem so fernstand, er interessierte ihn nicht einmal, um eine ungeplante und sicher unerwünschte Unterhaltung zu füllen, er hatte damit gerechnet, allein am Tisch zurückzubleiben und dem Tanzen zuzuschauen. Sein blondes Haar war in zwei gewellte und fast symmetrische Blöcke geteilt, die nach hinten gekämmt waren, als wäre er ein Dirigent, ein quadratisches Lächeln wie aus einem Comicstrip, die Nase ein wenig breit, blaue, sehr kleine und sehr leuchtende Augen, wie kleine Jahrmarktslämpchen.

»Mit welcher bist du da?«, sagte ich, während ich mit dem verneinenden Kopf auf die Frauen auf der Tanzpiste wies, sie waren alle als Gruppe tanzen gegangen. »Welche ist deine Freundin? Mit welcher von ihnen bist du zusammen?«, beharrte ich, um die Frage deutlicher zu machen.

Es schien ihm zu gefallen, dass ich nicht gleich über die Mannschaft oder den Trainer oder die Meisterschaft redete, und deshalb antwortete er ohne Scham und mit einem fast kindlichen Lächeln. Sein Stolz war weder beleidigend noch quälend, nicht einmal für die Frauen, er sagte es, als hätten sie ihn gewählt, nicht umgekehrt, und vielleicht war es so gewesen:

»Von den sechs am Tisch«, sagte er, »bin ich schon mit dreien zusammengewesen, wie finden Sie das?« Und er hob drei Finger der linken Hand, bei dem Lärm war es nicht leicht, sich zu verstehen. Er siezte mich weiterhin, die Wiederholung bewirkte, dass ich mir ein wenig alt vorkam.

»Und heute«, antwortete ich, »geht es darum, zu wiederholen oder zu erneuern.«

Er lachte.

»Wiederholen nur, wenn es nicht anders geht.«

»Ein Sammler, was? Was sammelst du noch? Von Toren abgesehen.«

Er überlegte einen Augenblick.

»Genau, Tore und Frauen, weiter nichts. Jedes Tor eine andere Frau, das ist meine Art, sie zu feiern«, sagte er so heiter, dass es wie ein bloßer Scherz wirkte, nicht wie Wahrheit.

Er hatte etwa zwanzig geschossen in der bisherigen Saison, nur in der Landesmeisterschaft, sechs oder sieben mehr beim Pokalwettbewerb und bei der Europameisterschaft. Ich verfolge den Fußball gewöhnlich, in Wirklichkeit hätte ich mit ihm lieber über das Spiel geredet, ihn wie ein Bewunderer mehr ausgefragt, wie ein Fan. Aber ihn langweilte das Thema bestimmt.

»War es immer so? Auch in Ungarn, beim Honved?« Man hatte ihn aus dieser Mannschaft in Budapest abgeworben, wo er geboren war.

»Oh nein, in Ungarn nicht«, sagte er ernst. »Da hatte ich eine Braut.«

»Was ist aus ihr geworden?«, fragte ich.

»Sie schreibt mir«, sagte er knapp und ohne jedes Lächeln.

»Und du?«

»Ich öffne ihre Briefe nicht.«

Szentkuthy war damals dreiundzwanzig Jahre alt, er war ein Kind, mich wunderte, dass er die Willenskraft oder den nötigen Mangel an Neugier dafür besaß. Auch wenn er den wahrscheinlichen Inhalt dieser Briefe kannte, ist es doch schwer, nicht wissen zu wollen, wie er gesagt wird. Er musste auch Härte besitzen.

»Warum? Und sie schreibt dir trotz allem weiter?«

»Ja«, antwortete er, als sei nichts Seltsames daran. »Sie liebt mich. Ich kann mich nicht mit ihr beschäftigen, aber sie versteht es nicht.«

»Was versteht sie nicht?

»Sie sieht die Dinge für immer, sie versteht nicht, dass die Dinge sich ändern, sie versteht nicht, dass ich nicht die Versprechen erfülle, die ich ihr einmal gemacht habe, vor vielen Jahren.«

»Versprechen ewiger Liebe.«

»Ja, wer hat sie nicht gemacht, niemand erfüllt sie. Wir alle reden viel, die Frauen verlangen, dass man mit ihnen redet, deshalb lerne ich die Sprache des Landes sehr schnell, sie wollen immer, dass man mit ihnen redet, vor allem danach, ich würde lieber nichts sagen, weder vorher noch nachher, wie beim Fußball, du schießt ein Tor und schreist, es ist nicht nötig, irgendetwas zu sagen oder zu versprechen, man weiß, du wirst mehr Tore schießen, das ist alles. Sie versteht nicht, sie glaubt, dass ich ihr gehöre, für immer. Sie ist sehr jung.«

»Vielleicht lernt sie mit der Zeit.«

»Nein, das glaube ich nicht, Sie kennen sie nicht. Für sie werde ich immer ihr gehören. *Immer.*«

Dieses letzte Wort sagte er mit ominöser Stimme und mit Respekt, als wüsste dieses ›Immer‹, das nicht ihm, sondern ihr gehörte, das er täglich durch die Tatsachen und durch die Entfernung leugnete, trotz allem, dass es mehr Kraft besaß als jede seiner Verhandlungen, als jedes seiner Madrider Tore und jede seiner flüchtigen, austauschbaren Frauen. Als wüsste es, dass man nichts gegen einen bejahenden Willen vermag, wenn der eigene nur ein Wille ist, der sich entzieht und verneint, die Leute reden sich ein, dass sie etwas wollen, als wirksamstes Mittel, es zu erreichen, und diese Leute werden immer im Vorteil sein gegenüber jenen, die nicht wissen, was sie wollen, oder nur das klar sehen, was sie nicht wollen. Wir, die wir so sind, sind wehrlos, wir leiden unter einer außerordentlichen Schwäche, derer wir uns nicht immer bewusst sind, und so kann uns leicht eine andere, größere Kraft vernichten, die uns gewählt hat, der wir nur eine Zeitlang entkommen, es gibt welche, die unendlich entschlossen und unendlich geduldig sind. Durch die Art, in der Szentkuthy ›immer‹ gesagt hatte, wusste ich, dass er am Ende diese junge Frau seines Landes, die ihm schrieb, heiraten würde, das dachte ich in jenem Augenblick ohne große Intensität, im Grunde war es ein flüchtiger, anekdotischer Gedanke, er war mir gleichgültig, ich würde Szentkuthy nur im Fernsehen oder im Stadion sehen, allerdings sooft ich konnte, ich liebte sein Spiel.

Einige der Tänzer kehrten an den Tisch zurück, daher sagte ich zu ihm:

»Vorsicht, Kentucky, eine der drei Frauen, mit denen du nicht zusammengewesen bist, ist mit mir da.«

Er ließ ein elementares, schallendes Gelächter vom Stapel, das die Musik übertönte, und ging wieder auf die Piste. Von dort aus rief er mir zu, bevor er erneut zu tanzen begann:

»Und sie gehört Ihnen, nicht wahr? Sie gehört Ihnen für immer!«

Sie gehörte mir nicht, aber sie und ich gingen, bevor er die Verlängerung seines Tanzes ausschöpfen und sehen konnte, ob er heute Abend erneuern konnte oder wiederholen musste. Am Nachmittag hatte er drei Tore gegen Valencia geschossen. Ich dachte einen Moment an seinen Landsmann Kocsis, einen Mittelstürmer des F. C. Barcelona mit dem Spitznamen ›Goldköpfchen‹, wenn ich nicht irre, er beging Selbstmord vor Jahren, einige Jahre, nachdem er sich zurückgezogen hatte. Ich weiß nicht, warum ich an ihn dachte und nicht an Kubala oder an Puskas, die es verstanden, sich zu amüsieren und später eine Karriere als Trainer zu machen. Schließlich und endlich amüsierte sich Szentkuthy an jenem Abend.

Ich sah ihn noch zwei Spielzeiten weiterspielen, in denen er Höhen und Tiefen erlebte, aber mehrere Bilder hinterließ, die im Gedächtnis blieben. In meiner Erinnerung herrscht das Bild vor, das bei allen vorherrscht, die es sahen: Bei einem Europapokalspiel gegen Inter Mailand, bei dem ein Tor fehlte, um das Halbfinale zu erreichen, blieben nur noch zehn oder zwölf Minuten zu spielen, als Szentkuthy den Ball in seinem Feld bekam, nach der Abwehr eines Eckstoßes gegen sein Tor. Er allein musste zum Gegenangriff antreten, und es gab noch zwei Verteidiger, die zwischen ihm und dem gegnerischen Torhüter zurückgeblieben waren; er entledigte sich des einen dadurch, dass er schneller war, und des anderen durch eine Ausweichbewegung, bevor er zum Strafraum gelangte; der Torwart kam ihm dort in letzter Verzweiflung entgegen, er umspielte auch ihn und entging seinem Versuch, ihn zu foulen: In diesem Augenblick hob er den Blick zu dem völlig leeren Tor, er brauchte nur noch den Ball vom Rand des Strafraums aus zu stoßen, um das Tor zu schießen, das bereits das ganze Stadion sah und dem es mit diesem Rest von Angst entgegenfieberte, der immer zwischen dem unmittelbar Bevorstehenden und Sicheren und seinem tatsächlichen Eintreffen existiert. Das erregte Gemurmel verwandelte sich plötzlich in Stille, sie verbarg einen in hunderttausend Kehlen erstickten Schrei, der nicht herauskam: »Schieß! Schieß doch, um Himmels willen!«, alles wäre endgültig mit dem Ball im Netz, nicht vorher, man musste ihn da drinnen sehen. Szentkuthy schoss nicht, sondern setzte seinen Weg fort mit dem Ball dicht am Fuß, dem kontrollierten Ball, bis zur Torlinie, und dort stoppte er ihn mit der Sohle seines Stiefels. Eine Sekunde lang hielt er ihn still, drückte ihn mit seinem Stiefel gegen den Rasen oder den Kalk der Linie, ohne ihn hinüberrollen zu lassen. Zwei weitere italienische Verteidiger liefen wie der Blitz auf ihn zu, auch der wieder zur Besinnung gekommene Torwart. Sie konnten unmöglich rechtzeitig eintreffen, Szentkuthy brauchte ihn nur loszulassen, damit er über diese Linie rollte, aber beim Fußball sieht man nichts als sicher an, solange es nicht geschieht. Ich kann mich nicht erinnern, jemals eine so erstickte Stille in einem Stadion erlebt zu haben. Es war nur eine Sekunde, aber ich glaube nicht, dass sie aus dem Gedächtnis eines einzigen Zuschauers verschwunden ist. Sie markierte den abgrundtiefen Unterschied zwischen dem Unvermeidbaren und dem nicht mehr Vermiedenen, zwischen dem, was noch Zukunft ist, und dem, was schon vergangen ist, zwischen dem ›noch nicht‹ und dem ›schon passiert‹, dessen greifbaren Übergang zu erleben uns sehr selten vergönnt ist. Als der Torwart und die beiden Verteidiger auf ihn zustürzten, rollte Szentkuthy den Ball sanft mit der Sohle ein paar Zentimeter weiter und stoppte ihn, nachdem er die Torlinie überquert hatte. Er schoss ihn nicht ins Netz, er stieß ihn gerade nur so weit an, dass das, was noch kein Tor war, eines wurde. Niemals war die unsichtbare Wand, die ein Tor abschließt, so deutlich geworden. Es war Verachtung und Angeberei, das Stadion erdröhnte vor stürmischem Beifall und füllte sich mit Taschentüchern, die Bewunderung für das ganze Manöver verband sich mit der Erleichterung nach dem überflüssigen Leiden, zu dem Szentkuthy hunderttausend Personen und noch ein paar Millionen mehr, die das Ganze zu Hause verfolgten, verurteilt hatte. Die Radiosprecher mussten ihren Schrei in der Schwebe lassen, sie gaben ihn erst von sich, als er es wollte, nicht eine Sekunde früher. Er leugnete das unmittelbare Bevorstehen, und es war nicht so sehr, dass er die Zeit anhielt, als dass er sie markierte und unentschieden machte, als würde er sagen: ›Ich bin der Urheber, und es wird geschehen, wann ich es sage, nicht, wann ihr wollt. Denn ich bin es, der entscheidet.‹ Man mag nicht daran denken, was geschehen wäre, wenn der Torwart rechtzeitig gekommen wäre und ihm den Ball unter dem Stiefel weggenommen hätte. Man mag nicht daran denken, weil es nicht geschehen ist und weil es große Angst macht, niemand verzeiht demjenigen, der das Glück auskostet, wenn das Glück ihm zur Strafe den Rücken kehrt, nachdem es völlig auf seiner Seite gewesen ist. Jeder andere Spieler hätte vom Rand des Strafraums her in das leere Tor geschossen, als es keine Hindernisse mehr gab, mit seinem bejahenden Willen, das Ausscheidungsspiel zu gewinnen und es so rasch wie möglich zu gewinnen. Szentkuthys Wille war zumindest wankend, so als wollte er betonen, dass es nichts Unvermeidbares gibt: Es wird ein Tor sein, aber seht her, es könnte auch keines sein.

Die Saison war in ihrer Gesamtheit nicht gut, trotz dieses Manövers oder vielleicht wegen ihm, und die folgende war verheerend. Szentkuthy wirkte lustlos, er schoss kaum Tore und spielte nur anfallweise, er verletzte sich im Januar und erholte sich während der ganzen Meisterschaft nicht mehr, er ließ sie praktisch aus.

Einmal wurde ich eingeladen, ein Spiel in der Präsidentenloge anzuschauen, und neben mir saß Szentkuthy, zu meiner Linken; an seiner Seite eine junge, leicht altmodisch aussehende Frau, ich hörte, dass sie ungarisch sprachen, ich sagte mir, dass sie wohl Ungarin war, ich verstand kein Wort. Er erkannte mich nicht, was normal ist, er schaute mich kaum an, er war in das Spiel vertieft, als befände er sich auf dem Rasen mit seinen Mitspielern, in Hochspannung. Ab und zu schrie er ihnen etwas auf Spanisch zu, denn von dort aus sah er ganz deutlich, was sie bei jeder verpassten Gelegenheit zu tun hatten. Es war offensichtlich, dass er litt, weil er nicht unten bei ihnen war. Wenn ihm keine Tore mehr bleiben, werden ihm nur noch Frauen bleiben, dachte ich. Wenn er sich zurückzöge, wäre er immer zu jung.

In der Pause kehrte er in die Wirklichkeit zurück, aber er rührte sich nicht vom Platz, trotz des kalten, sonnigen Nachmittags. In diesem Augenblick wagte ich, das Wort an ihn zu richten. Er war besser gekleidet, mit Krawatte und Mantel mit hochgeschlagenem Kragen, er hatte mehr

Anzeigen gesehen. Er rauchte eine Zigarette in jeder Halbzeit, vor seinen Vorgesetzten und den Kameras.

»Wann sehen wir dich wieder in kurzen Hosen, Kentucky?«, fragte ich ihn.

»Zwei Wochen«, sagte er und hob zwei Finger, als wollte er es durch Tatsachen bestätigen. Es war Februar.

Die junge Frau, die wahrscheinlich wenig, aber genug verstand, machte eine zweifelnde Geste, begleitet von einem bescheidenen Lächeln, und hob drei Finger, dann einen vierten, als wollte sie ihn zur Wahrheit auffordern. Ihre Einmischung erlaubte mir, ihn zu fragen:

»Ist deine Frau auch Ungarin?«

»Ja, sie ist Ungarin«, antwortete er, »aber sie ist nicht meine Frau.« Er hatte einen Sinn für Wörtlichkeit, wie er typisch ist für Leute, die eine Sprache sprechen, die nicht die eigene ist. »Sie ist meine Braut.«

»Sehr angenehm«, sagte ich und gab ihr die Hand und fügte meinen Namen hinzu, stellte mich vor, dieses Mal ohne Beruf.

»Sehr erfreut, Señor«, brachte sie unsicher hervor, vielleicht ein einzelner Satz, den sie ohne Zusammenhang gelernt hatte, so wie man sogleich »Auf Wiedersehen« und »Danke« lernt. Mehr sagte sie nicht, sie versank abermals auf ihrem Platz, geradeaus schauend, auf das gedrängt volle und an jenem Sonntag leicht schläfrige Stadion. Etwas über sie zu sagen, wäre zu gewagt von mir, ich sah sie nur im Profil, und ich hörte sie noch weniger. Nur, dass sie sehr jung war und recht gefällig, irgendwie schüchtern und zugleich überzeugt, ein bejahender Wille. Alles andere als spektakulär, wenn man sie mit den Mädchen der Diskothek *Joy* verglich, selbst mit der Frau, die an jenem Abend mit mir gekommen war, seit einer ganzen Weile schon sah ich sie nicht mehr, wer weiß, ob sie sich wieder getroffen hatten, Szentkuthy und sie, eine weitere durchfeierte Nacht, in der es mir nichts mehr bedeutet hätte, mit wem sie gegangen wäre. Ich weiß nichts von ihr, und recht wenig wusste ich schon damals, an jenem Nachmittag in der Loge.

Das Spiel stand null zu null, und die Mannschaft spielte schlecht, bemüht, aber überhaupt nicht inspiriert. An solchen Tagen vermisste man Szentkuthy, obwohl er bis zu seiner Verletzung nicht geglänzt hatte.

»Na, wie wird das enden?«, fragte ich ihn.

Er schaute mich mit einer Miene momentaner Überlegenheit an, wahrscheinlich, weil ich ihn um seine Meinung bat, aber diese Miene habe ich oft bei frisch verheirateten Männern gesehen, obwohl er noch nicht geheiratet hatte. Manchmal ist sie Ausdruck eines Bemühens um Achtbarkeit, dem Lebemänner sich hingeben, um ihren Frauen oder Bräuten zu schmeicheln, wenn sie gerade geheiratet haben oder kurz davor stehen. Dann geben sie es auf, das Bemühen.

»Wir können leicht gewinnen, wir können schwer verlieren.«

Ich verstand nicht recht, was er sagen wollte, und dachte darüber nach während der zweiten Halbzeit. Würden sie gewinnen, dann mit Leichtigkeit; würden sie verlieren, dann mit Schwierigkeit; oder aber, es war leicht für sie zu gewinnen, und schwer zu verlieren, vielleicht war es das, unmöglich, es zu wissen. Er war nicht zum Plaudern aufgelegt, und ich wollte nicht insistieren. Er wandte sich gleich wieder seiner Braut zu, sie sprachen ungarisch und mit fast leiser Stimme. Sie war eine jener Frauen, die, um die Aufmerksamkeit des Ehemanns oder Bräutigams auf sich zu lenken, ihn mit zwei Fingern am Ärmel ziehen oder ihm die Hand in die Manteltasche stecken, ich könnte es nicht anders ausdrücken, ich darf es auch nicht.

In der zweiten Halbzeit wurde drei zu null gewonnen, und die Mannschaft spielte ab diesem Zeitpunkt fast immer sehr gut. Szentkuthy wurde daher kaum vermisst. Sein Knie entwickelte sich sehr viel schlimmer, als man am Anfang gedacht hatte, sehr viel schlimmer, als man im Februar und im März und im April und im Mai dachte. Oder aber er war nicht gehorsam bei seiner Genesung nach der Operation. Er hatte einen Konflikt mit dem Trainer, und am Ende der Saison gab man ihn frei, trat ihn an den französischen Fußball ab, zu dem die Großen gehen, wenn es scheint, dass sie es nicht ganz und gar werden und man sie auch nicht als solche in Erinnerung behalten wird. Er spielte noch drei Jahre in Nantes, ohne groß zu renommieren, hier hörte man wenig von ihm, die Journalisten vergessen schnell, so schnell, dass die Nachricht von seinem Tod etwas ausführlicher nur in der Sportpresse erschien, die ich gewöhnlich nicht kaufe, ein Neffe zeigte mir den Ausschnitt. Es ist schon acht Jahre her, dass Szentkuthy Madrid verließ, sicher fünf, dass er nicht mehr Fußball spielte, es sei denn, er hätte sich durch die unbekannten Mannschaften seines Landes geschleppt, hier weiß man fast nichts über Ungarn. Ein dreiunddreißigjähriger Mann im Augenblick seines Todes, ein junger Mann ohne neue Tore und mit seinen zu oft angeschauten Videos, er könnte nur Frauen sammeln im heimatlichen Budapest, dort würde er weiterhin ein Idol sein, der Junge, der fortging und in der Ferne triumphierte und für alle Zeit von der stolzen Erinnerung an seine weit zurückliegenden, immer mehr verschwimmenden Glanzleistungen leben wird.

Er lebt nicht mehr, denn man hat ihn in die Brust geschossen, und vielleicht gab es eine Sekunde, in der seine schüchterne und überzeugte Frau in ihrem bejahenden Willen schwankte und zögerte, ob sie mit ihren zwei zarten Fingern auf den so harten Abzug drücken sollte, obwohl sie gleichzeitig wusste, dass sie es tun würde. Vielleicht gab es einen Augenblick, in dem das unmittelbare Bevorstehen geleugnet und die Zeit markiert wurde, in dem sie unentschieden wurde und Szentkuthy klar die Trennlinie und die normalerweise unsichtbare Wand sah, die Leben und Tod trennen, das einzige ›noch nicht‹ und das einzige ›schon passiert‹, die zählen. Manchmal haben die geringfügigsten Dinge Macht darüber, ein paar Finger ohne Kraft, die es leid sind, eine Tasche zu suchen und an einem Ärmel zu ziehen oder an der Sohle eines Fußballstiefels.

(1995)

Keine Liebe mehr

Es ist sehr gut möglich, dass Gespenster, wenn sie denn noch existieren, es sich zur Regel machen, den Wünschen der sterblichen Hausbewohner entgegenzuwirken und zu erscheinen, wenn ihre Anwesenheit nicht willkommen ist, und sich verborgen zu halten, wenn man sie erwartet und erhofft. Obwohl es zuweilen auch Pakte gegeben hat, wie man dank der Dokumentation weiß, die von Lord Halifax und Lord Rymer in den dreißiger Jahren zusammengetragen worden ist.

Einer der bescheidensten und anrührendsten Fälle ist der einer alten Frau aus der Ortschaft Rye, um das Jahr 1910: ein günstiger Ort für diese Art unvergänglicher Beziehungen, da in ihm und im selben Haus, Lamb House, einige Jahre lang Henry James und Edward Frederic Benson lebten (jeder für sich und zu verschiedenen Zeiten, der zweite wurde sogar Bürgermeister), zwei der Schriftsteller, die sich am meisten und am besten mit solcherlei Besuchen und Erwartungen oder vielleicht Sehnsüchten befasst haben. Diese alte Frau war in ihrer Jugend (Molly Morgan Muir war ihr Name) Gesellschafterin einer älteren, vermögenden Frau gewesen, der sie neben anderen Diensten, die sie ihr erwies, mit lauter Stimme Romane vorlas, um die Langeweile ihrer mangelnden Bedürfnisse und einer frühen Witwenschaft zu zerstreuen, gegen die es kein Mittel gegeben hatte: Misses Cromer-Blake hatte nach ihrer kurzen Ehe eine unerlaubte Enttäuschung in der Liebe erlebt, wie man im Dorf sagte, und dies hatte sie zweifellos – mehr als der Tod des wenig oder kaum denkwürdigen Ehemannes – schroff und verschlossen gemacht in einem Alter, in dem diese Eigenschaften nicht mehr spannend, aber auch noch nicht Gegenstand von Spott und liebenswert sein können. Aus lauter Überdruss wurde sie so träge, dass sie schwerlich imstande war, für sich und in der Stille und allein zu lesen, daher forderte sie von ihrer Gesellschafterin, ihr mit lauter Stimme die Abenteuer und Gefühle nahezubringen, die sich jeden Tag, den sie älter wurde – und sie wurde rasch und in monotoner Weise älter –, mehr von diesem Haus zu entfernen schienen. Die Hausherrin hörte immer stumm und in sich versunken zu, und nur dann und wann bat sie Molly Morgan Muir, ihr irgendeinen Passus oder irgendeinen Dialog zu wiederholen, von dem sie sich nicht ohne den Versuch, ihn im Gedächtnis zu behalten, für immer verabschieden wollte. Am Ende pflegte ihr einziger Kommentar zu lauten: ›Molly, du hast eine schöne Stimme. Mit ihr wirst du die Liebe finden.‹

Und während dieser Sitzungen geschah es, dass das Gespenst des Hauses in Erscheinung trat: Jeden Nachmittag, während Molly die Worte von Stevenson oder Jane Austen oder Dumas oder Conan Doyle aussprach, sah sie verschwommen die Gestalt eines jungen, ländlich aussehenden Mannes, ein Stallbursche oder ein Knecht. Als sie ihn das erste Mal sah, stehend und die Ellbogen auf die Rückenlehne des Sessels gestützt, in dem die Hausherrin saß, als hörte er aufmerksam dem Text zu, den sie vorlas, war sie kurz davor, vor Schreck zu schreien. Aber der junge Mann hob sogleich den Zeigefinger an die Lippen und gab ihr durch beschwichtigende Handbewegungen zu verstehen, sie solle fortfahren und seine Anwesenheit nicht verraten. Sein Gesicht war unschuldig, mit einem steten schüchternen Lächeln in den spöttischen Augen, das sich nur in einigen schwermütigen Momenten der Lektüre mit einem besorgten und naiven Ernst abwechselte, wie er dem eigen ist, der nicht ganz zwischen dem Geschehenen und dem Vorgestellten zu unterscheiden vermag. Die junge Frau gehorchte, obwohl sie an jenem Tag nicht vermeiden konnte, den Blick allzu oft zu heben und ihn auf eine Stelle über dem Dutt von Misses Cromer-Blake zu richten, die ihrerseits besorgt hochblickte, als wäre sie nicht sicher, ob ein eingebildeter Hut richtig saß oder eine Aureole in gehöriger Weise leuchtete. ›Was ist, Mädchen?‹, sagte sie irritiert. Was schaust du da oben an?‹ – ›Nichts‹, antwortete Molly Muir, ›es ist nur, um die Augen auszuruhen und sie dann wieder auf das Buch richten zu können. Zu lange Zeit würde sie ermüden.‹ Der junge Mann nickte mit seinem Tuch um den Hals, und die Erklärung genügte, um der Gesellschafterin zu ermöglichen, in der Folgezeit ihre Gewohnheit beizubehalten und zumindest die Neugier ihrer Augen zu befriedigen. Denn von diesem Zeitpunkt ab las sie Nachmittag für Nachmittag, mit wenigen Ausnahmen, für ihre Herrin und auch für ihn, ohne dass diese sich jemals umwandte noch von seinen unerlaubten Anwesenheiten wusste.

Der junge Mann ging weder herum noch erschien er in irgendeinem anderen Augenblick, weshalb Molly Muir in all den Jahren niemals Gelegenheit hatte, mit ihm zu sprechen oder ihn zu fragen, wer er war oder gewesen war und warum er ihr zuhörte. Sie dachte an die Möglichkeit, dass er der Verursacher der unerlaubten Enttäuschung war, die ihre Herrin in der Vergangenheit erlebt hatte, aber von deren Lippen kam nie Vertrauliches, trotz der Anregungen so vieler vorgelesener Seiten und durch Molly selbst bei den schleppenden abendlichen Unterhaltungen eines halben Lebens. Vielleicht war jenes Gerücht falsch, und die Hausherrin hatte in Wahrheit nichts zu erzählen, was der Erzählung wert war, und deshalb bat sie, die fernen und fremden und unwahrscheinlichsten zu hören. Mehr als einmal war Molly versucht, sich zu erbarmen und ihr zu erzählen, was jeden Nachmittag hinter ihrem Rücken geschah, sie an ihrer kleinen täglichen Aufregung teilhaben zu lassen, ihr die Existenz eines Mannes zwischen jenen Wänden mitzuteilen, die immer geschlechtsloser und schweigsamer wurden und in denen nur, bisweilen Tag für Tag und Nacht für Nacht, ihre weiblichen Stimmen ertönten, immer älter und wirrer die der Hausherrin, jeden Morgen etwas weniger schön, schwächer und flüchtiger die von Molly Muir, die ihr entgegen den Voraussagen keine Liebe gebracht hatte oder zumindest keine bleibende, die man berühren konnte. Aber immer, wenn sie kurz davor war, der Versuchung zu erliegen, erinnerte sie sich sogleich an die diskrete Geste des jungen Mannes – der Zeigefinger auf den Lippen, zuweilen wiederholt mit leichtem Spott in den Augen – und schwieg. Das Letzte, was sie wollte, war, ihn zu verärgern. Vielleicht war es nur so, dass die Gespenster sich langweilen, genau wie die Witwen.

Als Misses Cromer-Blake starb, blieb sie im Haus und hörte einige Tage mit dem Lesen auf, betrübt und verwirrt: Der junge Mann erschien nicht. Überzeugt, dass jener ländliche Bursche die Bildung zu haben wünschte, die er sicher zu Lebzeiten entbehrt hatte, aber auch fürchtend, dass es nicht so sein könnte und dass seine Anwesenheit in mysteriöser Weise nur mit der Hausherrin verbunden war, beschloss sie, erneut mit lauter Stimme zu lesen, um ihn heraufzubeschwören, und nicht nur Romane, sondern auch geschichtliche und naturwissenschaftliche Abhandlungen. Es dauerte einige Zeit, bis der junge Mann wieder erschien – wer weiß, ob Gespenster nicht trauern, aus triftigerem Grund als jeder andere –, aber schließlich tat er es, vielleicht angelockt durch den neuen Stoff, dem er mit der gleichen Aufmerksamkeit zuhörte, wenn auch nicht mehr stehend auf die Rückenlehne gestützt, sondern bequem in dem leeren Sessel sitzend, bisweilen mit übereinandergeschlagenen Beinen und einer brennenden Pfeife in der Hand, wie der Patriarch, der er gewiss niemals gewesen war.

Die junge Frau, die allmählich älter wurde, sprach mit immer größerem Vertrauen zu ihm, aber ohne jemals eine Antwort zu erhalten: Nicht immer können oder wollen Gespenster sprechen. Und mit diesem immer größeren und einseitigen Vertrauen vergingen die Jahre, bis ein Tag kam, an dem der junge Mann nicht erschien, und er tat es auch nicht an den folgenden Tagen und Wochen. Die junge Frau, die schon fast alt war, sorgte sich am Anfang wie eine Mutter, fürchtete, ihm sei irgendein schweres Missgeschick oder Unglück geschehen, ohne sich bewusst zu sein, dass dieses Verb nur unter Sterblichen angebracht ist und dass jene, die es nicht sind, außer Gefahr sind. Als sie es merkte, wich ihre Sorge der Verzweiflung: Nachmittag für Nachmittag betrachtete sie den leeren

Sessel und schalt die Stille, stellte dem Nichts schmerzerfüllte Fragen, schleuderte der unsichtbaren Luft Vorwürfe entgegen, fragte sich, welchen Fehler oder Irrtum sie begangen hatte, und suchte voll Eifer neue Texte, die die Neugier des Jungen wecken und ihn zurückholen könnten, neue Materien und neue Romane, und erwartete gierig jede neue Lieferung von Sherlock Holmes, dessen Geschicklichkeit und lyrischer Art sie mehr als jedem anderen wissenschaftlichen oder literarischen Köder vertraute. Und sie las weiter täglich mit lauter Stimme, um zu sehen, ob er sich einfinden würde.

Eines Nachmittags, nach Monaten der Trostlosigkeit, entdeckte sie, dass das Lesezeichen im Buch von Dickens, das sie ihm geduldig in Abwesenheit vorlas, nicht dort steckte, wo sie es gelassen hatte, sondern viele Seiten weiter vorn. Sie las aufmerksam dort, wo er es eingelegt hatte, und auf einmal begriff sie voll Bitterkeit und erfuhr die Desillusionierung jedes Lebens, so verborgen und still es auch sein mag. Ein Satz des Textes lautete: ›Und sie alterte und bekam Falten, und ihre gebrochene Stimme war ihm nicht mehr angenehm.‹ Lord Rymer erzählt, dass die alte Frau sich wie eine verstoßene Ehefrau empörte und nicht etwa resignierte und schwieg, sondern dem Nichts mit großem Vorwurf entgegentrat: ›Du bist ungerecht. Du alterst nicht und willst angenehme, jugendliche Stimmen und glatte, strahlende Gesichter betrachten. Glaub nicht, dass ich es nicht verstehe, du bist jung und wirst es immer sein. Aber ich habe dich jahrelang gebildet und zerstreut, und wenn du durch mich so viele Dinge und auch das Lesen gelernt hast, dann nicht, um mir jetzt mit Hilfe meiner Texte, die ich immer mit dir geteilt habe, beleidigende Botschaften zu senden. Bedenke, dass ich, als die Hausherrin starb, still für mich hätte lesen können, und ich habe es nicht getan. Ich verstehe, dass du dich auf die Suche nach anderen Stimmen begeben kannst, nichts bindet dich an mich, und es ist wahr, dass du nie etwas von mir verlangt hast, also schuldest du mir auch nichts. Aber wenn du weißt, was Dankbarkeit ist, dann bitte ich dich, dass du wenigstens einmal in der Woche kommst, um mir zuzuhören, und Geduld mit meiner Stimme hast, die nicht mehr schön und dir nicht mehr angenehm ist, denn sie wird mir keine Liebe mehr bringen. Ich werde mich bemühen und so gut wie nur möglich weiterlesen. Aber komm, denn jetzt, da ich alt bin, bin ich es, die deine Zerstreuung und Anwesenheit braucht.‹

Lord Rymer zufolge war das Gespenst des ewig jungen Bauern nicht völlig rücksichtslos und ließ sich überzeugen oder wusste, was Dankbarkeit war: Fortan und bis zu ihrem Tod wartete Molly Morgan Muir voll Freude und Ungeduld auf die Ankunft des erwählten Tages, an dem ihre ungreifbare, stumme Liebe bereit war, in die Vergangenheit ihrer Zeit zurückzukehren, in der es in Wirklichkeit keine Vergangenheit mehr noch überhaupt irgendeine Zeit gab, die Ankunft eines jeden Mittwoch. Und man denkt, dass es vielleicht das war, was sie noch recht viele Jahre am Leben hielt, das heißt, mit Vergangenheit und Gegenwart und auch Zukunft, oder vielleicht sind es Sehnsüchte.

(1995)

Böses Blut oder mit Elvis in Mexiko

Für jemanden, der mir ins Ohr lacht

Niemand weiß, was es bedeutet, verfolgt zu werden, wenn er es nicht am eigenen Leib erfahren hat und die Verfolgung nicht beharrlich und unerbittlich war, ausgeführt mit Bedacht und Entschlossenheit, mit Eifer und ohne Rast, hartnäckig oder fanatisch, als hätten die Verfolger nichts anderes im Leben zu tun, als uns zu packen, nachdem sie uns gesucht, verfolgt, gehetzt und ausfindig gemacht haben und höchstens noch auf eine bessere Gelegenheit warten, die Rechnung mit uns zu begleichen. Es geht nicht darum, dass uns jemand aufs Korn genommen hat, dass er bereit ist, uns zu vernichten, wenn wir ihm über den Weg laufen oder die Chance dazu geben, es geht um niemanden, der uns Rache geschworen hat und wartet, wartet, einfach nur wartet, also passiv bleibt oder seine Attacken erst ausbrütet, die noch keine Attacken sind, solange sie Pläne bleiben, wir rechnen mit ihnen, aber vielleicht treten sie niemals ein, vielleicht erleidet unser Feind einen Herzinfarkt, bevor er sich tatsächlich ans Werk machen kann, bevor er sich wirklich ins Zeug legt, um uns zu schaden oder zu zerstören. Vielleicht vergisst er es auch, beruhigt sich, wird abgelenkt und vergisst es, und wenn wir ihm nicht wieder über den Weg laufen, kommen wir womöglich davon, die Rache ermüdet, und oft verblasst der Hass, ein zerbrechliches, flüchtiges Gefühl, wenig dauerhaft und schwer aufrechtzuerhalten, sogleich weicht es dem Groll oder der Erbitterung, leichter zu ertragende, leichter abzurufende Gefühle, weit weniger gewaltsam und schon gar nicht dringlich, jetzt, jetzt sofort, ich will ihn tot sehen, bringt mir den Kopf dieses Hurensohns, zieht ihm das Fell über die Ohren, teert und federt ihn, das Fell über die Ohren und den Kopf gleich mit, ein Haufen Dreck, damit er niemand mehr ist und der Hass aufhört, der mich so quält.

Nein, es geht um niemanden, der uns aufs Korn nimmt, wenn wir in sein Schussfeld geraten, es sind nicht diese zivilisierten Feindschaften, bei denen man sich schadlos hält, indem man einen Namen von der Gästeliste des Botschaftsballs streicht, bei denen man seiner Redaktion die Erfolge des Widersachers verschweigt oder ihn nicht zu einem Kongress einlädt, weil man früher einmal von ihm übergangen wurde. Es ist auch nicht der Gehörnte, der sich um Revanche bemüht oder um das, was er für Revanche hält, es ist nicht einmal der Mann, der dir seine Ersparnisse anvertraut hat und übers Ohr gehauen wurde, der im Voraus für ein Haus bezahlt hat, das niemals gebaut wurde, oder der alles Geld in einen Film gesteckt hat, von dem niemals auch nur ein Meter gedreht werden sollte, unglaublich, wie viele der Film umgarnt und betrügt. Es ist auch nicht der Schriftsteller oder Maler, der nicht den Preis bekommen hat, den du gewonnen hast, und glaubt, sein Leben wäre anders verlaufen, wenn es damals gerecht zugegangen wäre, vor zwanzig Jahren schon; es ist nicht einmal der einfache Tagelöhner, tausendmal geschlagen vom Vorarbeiter, gewalttätig, erbarmungslos, mit Rückendeckung des Besitzers, und der sich nach einem Befreier, einem neuen Zapata sehnt, in dessen Schatten er unbemerkt ein Messer in den Bauch seines Peinigers stoßen kann und nebenbei gleich in die Halsschlagader des Großgrundbesitzers, denn dieser Tagelöhner ist ebenfalls im Modus des Wartens, um nicht zu sagen, in dem des kindlichen Phantasierens, in den wir alle ab und an verfallen, um uns unsere Sehnsüchte in Erinnerung zu rufen, ja, genau, um sie nicht zu vergessen, die Wiederholung dient nur zum Schein dem Gedächtnis, aber in Wahrheit verwischt und täuscht sie es, beschwichtigt es auch, verweist die Bedürfnisse in die Sphäre der Heilserwartung, und so scheint nichts mehr von uns abzuhängen, nichts hängt mehr von den Tagelöhnern ab, und der Vorarbeiter weiß, dass eine vage oder unwirkliche Drohung über ihm schwebt, er leidet unter seiner eigenen Phantasie, der Angstphantasie, die bloß dazu führt, dass er Brutalität und Wut auf die Spitze treibt und sich im Voraus für den Messerstich in den Bauch revanchiert, den er nur im Traum erhält, in seinem und in dem des anderen.

Nein, verfolgt zu werden, ist nichts davon, ist nicht das Wissen um die Möglichkeit, nicht das Wissen um den Mörder, der kommen wird, wenn wieder ein Bürgerkrieg in unseren so schnell gekränkten, unbeherrschten Ländern ausbrechen sollte, ist nicht die Gewissheit, dass uns jemand auf die Hand treten würde, wenn wir uns an den Rand eines Abgrunds klammern (gewöhnlich gehen wir dieses Risiko nicht ein, nicht in Gegenwart der Unbarmherzigen), ist nicht die Furcht vor einer unliebsamen Begegnung, die man vermeiden kann, indem man andere Straßen frequentiert, andere Bars, andere Wohnungen, es ist nicht die Furcht vor dem Zufall, der uns verhöhnt, vor dem Blatt, das sich eines Tages gegen uns wendet, es sind nicht die möglichen oder wahrscheinlichen, nicht einmal die gewissen, jedoch stets künftigen Feinde, die man sich schafft, nicht die Beleidigung, deren Vergeltung in eine noch nicht eingetroffene Zeit verbannt ist, für fast alles gibt es Aufschub, fast nichts ist unmittelbar, ist nicht einmal existent, wir leben mit der Verzögerung, der Ankündigung, den Plänen, Projekten und Absichten, wir vertrauen auf die unendliche Trägheit und Lethargie eines jeden, auf die Trägheit der Dinge beim Vollziehen, Verwirklichen, Ausführen.

Aber manchmal gibt es keine Trägheit, keine Lethargie, keine kindlichen Phantasien, manchmal – obwohl selten – gibt es die Dringlichkeit des Hasses, die Verweigerung der Waffenruhe, der List, der Strategie, und kommen sie doch ins Spiel, dann nur ungewollt, weil sich der Verfolgte so zäh widersetzt, es gibt sie bloß als störenden Zwischenfall, und die vorgesehene Flugbahn einer Kugel wird nur berichtigt, weil das Ziel sich bewegt hat und ihr ausgewichen ist. Für dieses Mal. Nur für dieses, so hofft man zumindest, und wenn der Schuss danebengegangen ist, bleibt nur noch, erneut zu feuern, und immer so weiter und weiter, bis die Jagdbeute zu Boden geht und man ihr den Gnadenschuss verpasst. Wenn jemand auf diese Art verfolgt wird, hat er das Gefühl, dass seine Jäger nichts anderes zu tun haben, als ihn zu verfolgen, ihn rund um die Uhr zu hetzen. Man ist überzeugt, dass sie weder schlafen noch essen, weder trinken noch jemals innehalten, ihre vergifteten Schritte sind unaufhaltsam, unermüdlich, es gibt keine Rast; sie haben weder Frau noch Kinder, keine Bedürfnisse, gehen nicht auf die Toilette, plaudern nicht, vögeln nicht, sehen keinen Fußball, haben keinen

Fernseher zu Hause, höchstens Autos, um einen zu verfolgen. Es geht nicht um das Wissen, dass einem etwas Schlimmes zustoßen wird, eines Tages oder wenn man sich vorwagt, wohin man nicht sollte, sondern man sieht und weiß, dass einem das Schlimmste, das Furchterregendste bereits geschieht, und dann trinkt und isst und verweilt auch der Verfolgte nicht mehr; doch, manchmal hält er still, eher aus Panik als dem Gefühl der Gewissheit, geschützt und in Sicherheit zu sein, es ist eher Lähmung als Stillhalten, wie bei einem Insekt, das nicht losfliegt, oder wie bei einem Soldaten im Schützengraben. Doch auch dann schläft er nur, wenn die Müdigkeit dem, was bereits geschieht, die Wirklichkeit und Bedrohung nimmt, wenn all die Jahre vergangenes Leben ihr Recht einfordern – wie lange braucht es, bis sich die Gewohnheiten verabschieden, dieses Leben ohne Gnadenfrist – und er für einen Augenblick beschließt, dass die Gegenwart der Trug ist, eine Phantasie, ein Albtraum, und er sie als das Abnorme von sich weist. Dann schläft er, isst und trinkt, vögelt, wenn er Glück hat oder dafür bezahlt, plaudert eine Weile und hat vergessen, dass die vergifteten Schritte niemals innehalten, stetig vorrücken, während seine harmlosen zum Stillstand gekommen sind, die Füße ihm nicht gehorchen, ja sogar barfuß sind. Das ist das Schlimmste, die größte Gefahr, denn man darf nicht vergessen, dass man auf der Flucht niemals die Schuhe ausziehen darf, man darf weder fernsehen noch in die Augen dessen blicken, der uns über den Weg läuft und aufhalten, kurz weich werden lassen könnte, meine Augen blicken nur rückwärts, die meiner Verfolger vorwärts, auf meinen dunklen Rücken, und deshalb haben sie die besten Chancen, mich zu packen.

Alles kam wegen Herrn Presley, und das ist keiner dieser schwachsinnigen Sätze, die die Platte meinen, die gerade aufgelegt wurde, als wir abgelenkt waren, nicht aufgepasst haben oder uns die Hand ausgerutscht ist, ebenso wenig ist das Idol derjenigen gemeint, die uns alles eingebrockt hat, indem sie uns dazu zwang, einem Konzert beizuwohnen, um sie zu verführen oder wenigstens zufriedenzustellen. Alles kam wegen Elvis Presley persönlich oder wie ich ihn immer nannte, bis er mir sagte, bei der Anrede komme er sich vor wie sein eigener Vater: wegen Herrn Presley. Alle Welt nannte ihn bloß Elvis, plump vertraulich, und Verehrer wie Neider nennen ihn selbst nach seinem Tod noch so, obwohl sie ihn weder leibhaftig vor sich gesehen noch ein Wort mit ihm gewechselt haben, und natürlich auch jeder, der ihn zum ersten Mal traf, als hätte sein Ruhm ihn in einen unfreiwilligen Freund verwandelt, unbewusst allen zu Diensten; doch vielleicht war das normal, ja sogar entschuldbar, sosehr es mir auch missfallen mochte: Kannte ihn damals nicht die ganze Welt? Noch heute tut sie das. Ich wollte ihn aber lieber Herr Presley nennen, dann einfach nur beim Nachnamen, Presley, nachdem er mir befohlen hatte, auf den seiner Ansicht nach all zu feierlichen Zusatz zu verzichten, obwohl er diesen Befehl vielleicht bereut haben mag, meiner Meinung nach gefiel es ihm, einmal im Leben so genannt zu werden, Mr Presley oder Herr Presley, je nach Sprache, im Alter von siebenundzwanzig, achtundzwanzig. Ausgerechnet die Sprache und was mit ihr zu tun hat, die Sprache als bloßes Ornament, hatte mich zu ihm geführt, zu meinem Engagement und der Aufnahme ins Regiment seiner Mitarbeiter, Assistenten und Berater, eigentlich für sechs Wochen, so lange sollte der Dreh seines Films *Fun in Aca-*

pulco dauern, ich glaube, in Spanien wurde sein Titel wie gewohnt geändert, so dass er nicht *Spaß in Acapulco* oder *Party in Acapulco* hieß, sondern *Das Idol von Acapulco*. In Spanien habe ich ihn nie gesehen.

Dafür habe ich hier vor kurzem die Platte gekauft, den Originalsoundtrack, der mir in einem Laden ins Auge sprang, als ich etwas von Previn suchte. Ich fand das lustig und nahm sie mit, beschwor Erinnerungen herauf, die ich lange Zeit lieber vergessen hätte, wie zweifellos all die anderen im Team, und sie hatten es wahrhaftig geschafft: Im Begleitheft der Platte wird immer noch der alte, inzwischen eingebürgerte Schwindel, die falsche Geschichte erzählt. Darin heißt es, Presley habe während der Dreharbeiten keinen Fuß nach Acapulco gesetzt, alle Szenen mit ihm seien in Los Angeles gedreht worden, in den Paramount Studios, um ihm Fahrten und Beschwerlichkeiten zu ersparen, während ein zweites Team nach Mexiko fuhr, um leblose Landschaften aufzunehmen oder Einheimische in Bewegung, die später als Hintergrundfolie benutzt werden sollten, ein ausgeschnittener Presley vor Meer und Strand, vor den Straßen, auf dem Fahrrad und mit einem Kind auf den Schultern vor den Klippen von La Perla, vor dem Hotel, in dem seine Figur arbeitet oder arbeiten will, ein ehemaliger Trapezkünstler mit Trauma, Mike Windgren genannt, schon immer konnte ich mir Namen besser merken als Gesichter. Die offizielle Version hat sich durchgesetzt, wie fast immer, doch sie ist gefälscht, wie die meisten, einerlei, wer sie verbreitet, ein Einzelner oder eine Regierung, die Polizei oder eine Filmgesellschaft. Es stimmt, alles Material, das im Film vorkommt – bei der Premiere und nun auf Video –, wurde in Hollywood gedreht, sofern Presley in der Szene mitspielt, und zugegeben, den ganzen Film lang verliert ihn die Kamera kaum aus dem Auge. Sie hatten wohlweislich dafür gesorgt, keine Einstellung mit ihm zu benutzen oder hineinzumontieren, die nicht ihren Studios entsprungen war, nicht eine einzige, die der Version der Produktionsfirma und Herrn Presleys Umgebung widersprochen hätte. Das heißt jedoch nicht, dass es kein aussortiertes Material gegeben hätte, in diesem Fall peinlich genau und wohlüberlegt aussortiert, womöglich ins Feuer geworfen oder zerschnippelt, in eine Zelluloidmasse verwandelt, bestimmt ist keine Spur mehr übrig, kein Millimeter, kein Standfoto, da bin ich mir sicher. Denn in Wirklichkeit hat Presley sehr wohl in Mexiko gedreht, zwar nicht drei Wochen lang, aber zehn Tage, nach denen er nicht nur das Land verließ, ohne sich von jemandem zu verabschieden, sondern beschlossen wurde, dass er es niemals betreten hatte, niemals dort gewesen war, weder zehn Tage noch fünf noch einen einzigen, Herr Presley hatte sich nicht aus Kalifornien fortbewegt oder aus Tennessee oder Missouri, einerlei, hatte nie den Fuß nach Mexiko gesetzt und somit auch nicht nach Acapulco, und was die Touristen, Acapulcaner – oder wie immer man sie nennen mag – während jener Februartage gesehen hatten, war bloß eines seiner zahllosen Doubles gewesen, die immer gebraucht wurden, vor allem in dieser Produktion, denn der Sänger spielt jemanden, der das bittere Erlebnis überwinden muss, seinen Bruder vom Trapez fallen gelassen zu haben, was ihn moralisch zerlegt, den fliegenden Bruder aber physisch – er verunglückt tödlich –, und um darüber hinwegzukommen, muss sich der andere von der Höhe der ungeheuerlichen Klippen von La Perla werfen, in der letzten oder vorletzten Szene von *Spaß in Acapulco,* ein Titel, für den sich niemand das Gehirn zermartert hat. So lautete die offizielle Version von Presleys Aufenthalt oder vielmehr Nicht-Aufenthalt in Mexiko; und sie behauptet sich, wie ich sehe, immer noch, was in gewisser Weise verständlich ist. Doch vielleicht ist es simpler, vielleicht lässt sich etwas Gesagtes niemals auslöschen, mag es nun wahr sein oder falsch, sobald es in der Welt ist, all die Anklagen und Lügengeschichten, die Verleumdungen, die Märchen und Mythen, sie zu widerrufen reicht nicht, das löscht sie nicht aus, sondern verstärkt sie, es wird eher tausend widersprüchliche und unmögliche Versionen eines Sachverhalts geben, als dass man einen bereits erzählten Sachverhalt rückgängig machen könnte; die Dementi und die verschiedenen Versionen koexistieren mit dem, was sie bestreiten oder verneinen, sie potenzieren sich, kommen hinzu und tilgen es nie, im Grunde legitimieren sie es, solange darüber geredet wird. Auslöschen lässt sich etwas nur durch Schweigen, durch konstant aufrechterhaltenes Schweigen.

Dreiunddreißig Jahre sind seitdem vergangen, und seit bereits achtzehn ist Herr Presley tot, mausetot, sosehr ihn auch noch alle Welt kennen, hören und vermissen mag. Jedenfalls habe ich ihn leibhaftig kennengelernt, und wir waren in Acapulco, das will ich meinen, er war dort, ich ebenso, und auch in Mexiko-Stadt, wohin wir allzu oft in seinem Privatjet flogen, Ausflüge von einigen Stunden, zur unpassendsten Zeit, er war dort, ich ebenso, ich allerdings länger, allzu lang, zumindest für mein Gefühl, die Zeit der Verfolgung zieht sich wie keine andere, denn jede Sekunde wird gezählt, eins, zwei und drei und vier, noch haben sie mich nicht eingeholt, noch haben sie mich nicht getötet, hier bin ich noch und atme, eins, zwei und drei und vier.

Natürlich waren wir dort gewesen, allesamt, das ganze Filmteam und das komplette Team von Herrn Presley, das noch weitaus größer war, immer reiste er – reisen ist vielleicht zu viel gesagt: Er verlegte seinen Standort – mit einer Legion im Schlepptau, ein Bataillon von mehr oder weniger unentbehrlichen Schmarotzern, jeder mit seiner bestimmten oder unbestimmten Funktion, Anwälte, Manager, Maskenbildner, Musiker, Friseure, Backgroundsänger – die unvermeidlichen The Jordanaires –, Sekretärinnen, Trainer, Sparringspartner – seine Schwäche für das Boxen –, Prokuristen, Imageberater, Modeschöpfer und eine Schneiderin, Tontechniker, Fahrer, Elektriker, Piloten, Steuerberater, Werbemanager, Propagandabeauftragte, Presseagenten, offizielle und offiziöse Sprecher, die Präsidentin seines nationalen Fanclubs als autorisierte Beobachterin oder auf rein informativem Besuch, und vor allem Bodyguards, Choreographen, eine Stimmlehrerin, Mischingenieure, ein Lehrer für Ausdruck und Gestik (recht erfolglos), gelegentlich Ärzte, Krankenschwestern und ein fester Apotheker mit unvorstellbarem Gepäck, so eine Reiseapotheke hatte man noch nicht gesehen. Die einen hingen in einer genau geregelten Hierarchie von den anderen ab, wie erzählt wurde, aber es war gar nicht einfach herauszubekommen, wer von wem oder wie viele Abteilungen und Unterabteilungen, Ressorts und Stäbe es gab, dafür hätte man einen Stammbaum zeichnen müssen oder so etwas wie ein Organigramm. Dennoch gab es Einzelne, die sicherlich niemand kontrollierte und die jeder unter dem Befehl eines anderen wähnte, Leute, die kamen und gingen, herumstrichen oder -wimmelten, ohne dass man genau wusste, worin ihre genaue Aufgabe bestand, obwohl man davon ausging, dass sie eine hatten, damals war das Misstrauen noch nicht sehr groß, noch war Kennedy nicht ermordet worden. Alle trugen auf ihren Jacken, Hemden, T-Shirts, Overalls oder Blusen die Initialen EP gestickt, in Blau, Rot oder Weiß, je nach Farbe des Kleidungsstücks, so dass ein spontan Entschlossener seine Mutter die Nadel hätte schwingen lassen und sich ohne große Schwierigkeiten unter das Team hätte mischen können. Niemand stellte Fragen, wir waren allzu viele, um uns gegenseitig zu kennen, und ich glaube, der Einzige, der einen minimalen Überblick hatte und das Ganze überwachte, war Colonel Tom Parker, Presleys Entdecker, Mentor, Pate oder derlei, wie man mir erzählte (niemand wusste über irgendetwas sicher Bescheid), dessen Name in allen Filmen des Sängers als »technischer Berater« auftaucht, eine vagere Funktion gibt es wohl kaum. Er sah recht distinguiert und streng, ja sogar ein wenig geheimnisvoll aus in dieser buntgemischten Umgebung, immer mit Krawatte und tadellos gekleidet, mit angespannten Kiefern, als ruhte er niemals aus, er sprach sehr leise, aber mit fester Stimme, beugte sich dabei zum Gesicht seines Gegenübers, so dass kein anderer ihn hören konnte, auch wenn er in einem Zimmer voller Leute mit ihm sprach, die meist wenig zu tun hatten und gern klatschten. Woher das Colonel kam, weiß ich nicht, ob er wirklich beim Militär oder der Zusatz bloß erfunden war und er sich so nennen ließ, um sich wenigstens dem Namen nach irgendeinen verhinderten Lebenstraum zu erfüllen. Aber weshalb dann nicht gleich General, nichts hätte ihn daran gehindert. Seine spröde Erscheinung, sein geschniegeltes graues Haar geboten fast allen Respekt, ja sogar Furcht, so dass sich jeder Ort, wenn er sich auf dem Set, in einem Büro oder einem Zimmer blicken ließ, unmerklich, aber rasch leerte, als brächte er Unheil oder als wollte niemand zu lange seinem nordischen Auge ausgesetzt sein, einem durchscheinenden Auge, dessen Blick man nur schwer standhielt. Auch wenn er in Zivil gekleidet ging und eher nach Senator denn nach Militär aussah, nannten ihn jedenfalls alle Colonel, sogar Herr Presley.

Meine Funktion war mit Sicherheit nicht unverzichtbar, sondern einer Laune Presleys entsprungen, und ich wurde aus diesem Anlass engagiert, nur dieses eine Mal. Also waren wir alle dort, die Stammbesetzung seiner schablonenhaften Filme, einer wie der andere – *Fun* war sein dreizehnter –, und auch die Neuen, alle beim lustlosen Dreh eines unsinnigen Films ohne Hand und Fuß, wie mir schien, ich wundere mich immer noch, dass der Drehbuchautor Geld dafür bekam, ein gewisser Weiss, der sich nicht die geringste Mühe gegeben hatte, ihn interessierte bloß die Musik, das heißt, sofern Presley sang, überall und jederzeit, mit seinen unzertrennlichen Jordanaires oder mit den anderen Backgroundsängern mit geradezu blamablem Namen: The Four Amigos. Ich könnte nicht genau sagen, worum sich die Handlung drehte, nicht, weil sie so kompliziert gewesen wäre, ganz im Gegenteil, es ist mühselig, einer Handlung zu folgen, wenn es keine Handlung gibt, noch ein Stil an ihre Stelle tritt, der sie ersetzen könnte oder unterhaltsam wäre; ja, obwohl ich nachher einer Vorführung beiwohnen durfte – kurz vor der Premiere war man uns gegenüber so entgegenkommend –, könnte ich die mutmaßliche Geschichte nicht nacherzählen. Ich weiß nur, dass Elvis Presley, wie gesagt, ein gebeutelter Trapezkünstler – allerdings nur zeitweise, denn er geht ausführlich und ungeniert im Meer schwimmen und flirtet hemmungslos –, in Acapulco umherstreicht, ich weiß nicht mehr, ob aus einem bestimmten Grund, anscheinend will er seine schwarze Vergangenheit austreiben oder flieht vor dem FBI, falls ihn dieses tatsächlich für einen Brudermörder hält (ich weiß nicht mehr, vielleicht bringe ich Filme durcheinander, das ist schon dreiunddreißig Jahre her). Es versteht und gebietet sich von selbst, dass er singt und tanzt, zudem an verschiedenen Schauplätzen, in einer Cantina, einem Hotel, auf einer Terrasse über der prächtigen Steilküste. Ab und an schaut er voller Komplexe oder Neid auf die Schwimmer – oder Turmspringer –, die von einem wenig beeindruckenden Sprungbrett springen, sich aber mächtig viel darauf einbilden. Es gibt eine einheimische Stierkämpferin, die ihn für sich beansprucht, und eine andere, die PR-Frau des Hotels oder etwas in der Art, die mit der Torera konkurriert, Herr Presley hat immer Glück bei den Frauen, im Film wie im Leben. Es gibt auch einen mexikanischen Rivalen mit Namen Moreno, der allzu oft vom Sprungbrett hüpft, wie rasend und ohne Unterlass, nur um Windgren zu ärgern und ihn anschließend als Feigling zu beschimpfen. Mit ihm konkurriert Presley um die PR-Frau, keine andere als die Schweizer Schauspielerin Ursula Andress im Bikini oder mit Blusen, die verspielt auf Nabelhöhe verknotet sind, im nassen Haar Bänder von gleicher Farbe, sie war gerade erst zum Objekt der Begierde und zur Berühmtheit geworden – vor allem unter Halbwüchsigen und Ehemännern mit Wampe –, nachdem sie im weißen Bikini im ersten James-Bond-Abenteuer aufgetaucht war, *007 jagt Dr. No* oder wie auch immer er in Spanien heißen mag. Ihre Acapulco-Bikinis waren jedoch ein Reinfall und konnten nicht mithalten, sie waren weitaus züchtiger als der jamaikanische zuvor, vielleicht eine Auflage von Colonel Tom Parker, der den Eindruck eines sittsamen Herrn machte, oder vielleicht duldete er keinen unlauteren Wettbewerb mit seinem Schüler. Ebenso tollte da ein pseudomexikanischer Junge mit allzu flinkem Mundwerk herum, mit dem Windgren sich anfreundet – the two amigos –, ohne dass man Grund oder Zweck erfahren hätte. Der Junge war eine plappernde Plage, und man musste ihm sogar im Fahrstuhl noch ausweichen, was wir tatsächlich jedes Mal taten, wenn er schwatzend auf uns zukam, im Glauben, der Film gehe weiter, denn darin war er der enge Freund des ehemaligen Trapezkünstlers, verbittert vom Verhängnis seines Bruders und dem perversen Turmspringer Moreno. Das war die ganze Geschichte, wenn man das Geschichte nennen kann.

Ebenso gab es zwei deprimierte Veteranen, deren halb gedemütigte, halb skeptische Haltung von der fröhlichen Atmosphäre dieser dreizehnten Produktion abstach. (Die Zahl gab uns zu denken.) Der eine war der Regisseur Richard Thorpe, der andere der Schauspieler Paul Lukas, ungarischer Abstammung, der mit wahrem Namen Lukács hieß. Der erste war um die siebzig, der zweite an die achtzig, und beide mussten sich am Ende ihrer Laufbahn nun in Acapulco lächerlich machen. Thorpe war ein gütiger, geduldiger Mann, vielleicht überdrüssig und bezwungen, und führte lustlos Regie, als zwänge ihn nur eine von Parker gehaltene Pistole im Nacken, vor jeder Aufnahme »Action« zu rufen. »Cut« kam dagegen mit mehr Schwung und Erleichterung heraus. Er hatte fabelhafte oder sehr ehrenwerte Abenteuerfilme gedreht wie *Ivanhoe* und *Die Ritter der Tafelrunde*, *Die schwarze Perle*, *Das Haus der sieben Falken* und *Quentin Durward*, hatte sogar mit Presley bei seinem dritten Film gearbeitet, in weniger routinierten Zeiten, hatte bei *Jailhouse Rock* oder *Rhythmus hinter Gittern* Regie geführt, »das war noch etwas anderes, in Schwarzweiß«, entschuldigte er sich bei Lukas in einer Pause; aber heimlich, er wollte niemandem zu nahetreten, nicht einmal dem Provinzmagnaten McGraw und auch nicht dem ebenfalls ehrwürdigen Produzenten Hal Wallis. Lukas oder Lukács war seinerseits fast nur in Nebenrollen aufgetreten, hatte jedoch einen Oscar in der Tasche und unter der Regie von Cukor, Hitchcock, Minelli und Houston, Tourneur und Walsh, Whale, Mamoulian und Wyler gespielt, diese Namen führte er ständig im Mund, als wollte er mit ihnen und seinen noblen Erinnerungen die Schande bannen, die er bei dieser letzten Blamage befürchtete: In *Spaß in Acapulco* spielt er den irgendwie europäischen Vater von Ursula Andress, einen Diplomaten oder Minister oder vielleicht auch einen Aristokraten, so heruntergekommen, dass er im Hotel die Stelle des Kochs innehat. Die haushohe weiße Mütze, die das Klischee seines Berufs ist – mit der Höhe hatten sie es übertrieben, man musste sie extra stärken –, durfte er während des gesamten Drehs nicht abnehmen, das heißt, während er auf dem Set war und Gemeinplätze losließ, die ihn beschämten, denn sobald Thorpe mit einem Gähnen »Cut« murmelte, sei es auch nur, um die Aufnahme sogleich zu wiederholen, riss sich Paul Lukas wütend die infame Mütze vom Kopf, besah sie sich mit womöglich ungarischer Verachtung – zumindest unbekannt in Amerika – und zischte hörbar: »Keine einzige Einstellung, Himmel nochmal, keine einzige Einstellung in meinem Alter mit meiner glänzenden Glatze.« Ich freute mich, als ich zwei Jahre später erfuhr, dass dies nicht sein letzter, sondern sein vorletzter Film gewesen war und er sich von seinem Beruf mit einer großen Rolle, einer hervorragenden Darstellung verabschieden konnte, der des Herrn Stein in *Lord Jim*, neben wirklich Ebenbürtigen wie Eli Wallach und James Mason. Er war höflich zu mir, und es hätte ihn geschmerzt, seinen Abschied an der Seite von Herrn Presley geben zu müssen.

Aus dieser letzten Bemerkung soll man aber nicht schließen, dass ich Herrn Presley verachtet hätte oder verachte. Ganz im Gegenteil. Wenige hat es wohl gegeben, die ihn mehr bewundert hätten und bewundern als ich (ohne Fanatismus), und ich weiß, wie viel Konkurrenz ich da habe. Wie seine Stimme gab es keine zweite, keinen Sänger mit so viel Talent und so breitem Register, und zudem war er ein angenehmer Mensch, umgänglich, weit weniger eingebildet, als er zu Recht hätte sein können. Aber nicht im Kino. Er hatte begonnen, es ernst zu nehmen, und anfangs waren die Filme gar nicht so schlecht gewesen, *King Creole* zum Beispiel (er bewunderte James Dean so sehr, dass er alle seine Dialoge auswendig konnte). Aber das Problem von Herrn Presley, wie das von so vielen anderen mit übermäßigem Erfolg, war die Verausgabung, zu der man ihn zwang: Je mehr Erfolg jemand hat und je mehr Geld er einfährt, desto mehr Arbeit und desto weniger Freiheiten hat er. Vielleicht, weil auch andere Leute dank ihm Geld einfahren, und so beuten sie ihn aus, zwingen ihn zu produzieren, zu komponieren, zu schreiben, zu malen oder zu singen, sie melken, nötigen ihn, mittels Gefühlen, mittels Freundschaft, mittels Einfluss, mittels Bitten, da Drohungen wenig taugen bei jemandem, der auf dem Gipfel ist. Nun ja, Drohungen kann es immer geben, versteht sich. Also hatte Elvis Presley in sechs Jahren zwölf Filme gedreht und sich in tausenderlei anderen

Aktivitäten erschöpft, letztlich war der Film in seinem Laden ein Nebengewerbe. Hinter solchen Persönlichkeiten stehen immer Geschäftsmänner und Unternehmer, die nur schwer akzeptieren können, dass die Ware ihrer Fabrik gelegentlich eine Pause einlegt. Tatsächlich weiß ich von niemandem, der so sehr ausgebeutet wurde, sich so sehr anstrengte wie Herr Presley, und sein Naturell bewahrte ihn kaum davor, er war weder böse noch unfreundlich, ja nicht einmal arrogant – manchmal allerdings streitlustig –, sondern liebenswürdig, konnte schlecht Nein sagen, sich schlecht widersetzen. So wurden seine Filme immer erbärmlicher, und Presley musste sich immer lächerlicher machen, was traurig anzusehen war für jemanden wie mich, der ihn bewunderte.

Er merkte es nicht, so schien es zumindest; oder wenn er es merkte, dann nahm er die Lächerlichkeit unverdrossen in Kauf, ja sogar mit einer Prise Stolz, als Teil seiner Aufgabe. Da er bei der Arbeit bemüht, ernst und zudem leidenschaftlich war, konnte er nicht über seinen Rollen stehen oder sich über sie lustig machen. Vermutlich ließ er sich in den Siebzigern mit dem gleichen disziplinierten und fügsamen Geist Rowdykoteletten wachsen und erklärte sich bereit, als Schießbudenfigur herausgeputzt die Bühne zu betreten, in Kostümen voller Pailletten oder bunten Fransen, in Schlaghosen mit Schlitz, samt dem breiten Gürtel unerfahrener Huren, in Koboldstiefelchen mit Absatz und kurzem Umhang – wie die Capa der Toreros –, womit er eher der Supermaus als dem vermutlich imitierten Modell Superman glich. Zum Glück hatte ich zu der Zeit keinen Umgang mehr mit ihm, nicht einmal für zehn Tage, und in den sechziger Jahren, in denen ich ihn kennenlernte, musste er sich nicht so weit erniedrigen, war aber dennoch nicht sicher vor Spinnereien, die anderen einfielen, und ich fürchte, in *Fun in Acapulco* halste man ihm am meisten Unsinn auf.

Immer, wenn ich beim Drehen einer neuen Szene dabei war, dachte ich: »O nein, Himmel, das nicht, Herr Presley«, und das Erstaunliche war, dass Herrn Presley all das nichts auszumachen schien, ja dass er das Entsetzliche sogar genoss, mit unzweifelhaftem Sinn für Humor. Ich glaube nicht, dass er selbstzufrieden oder eingebildet war, sondern dass er es nicht wagte, mit Einwänden oder Weigerungen einen Nahestehenden zu enttäuschen, der gerade wieder eine verrückte Idee gehabt hatte, ob es nun Colonel Tom Parker war, der Choreograph O'Curran oder der Produzent Hal Wallis persönlich, ja sogar dieses Quartett mit dem blamablen Namen, The Four Amigos, denen die Einfälle paarweise kamen. Oder vielleicht vertraute er so sehr auf seine Talente, dass er glaubte, bei jeder Posse eine gute Figur zu machen, und es stimmt, dass er während seiner ganzen Karriere alles sang und in allen Sprachen – wofür er weiß Gott nicht begabt war –, ohne dass sein Ansehen gelitten hätte. Aber das wussten wir damals noch nicht. »O nein, Himmel, erspart ihm doch wenigstens das«, dachte ich, wenn ich sah, dass Presley die Schellentrommel schlagen und inmitten von Jahrmarktmariachis – die Gruppen Mariachi Águila und Mariachi Los Vaqueros, für mich nicht zu unterscheiden – mit einem Sombrero hantieren würde, während alle im Chor in einer Cantina Wein, Geld und Liebe besangen: *Vino, dinero y amor.* »Mein Gott, lass das nicht zu«, dachte ich, als man mir verkündete, Herr Presley werde als Torero gehen, im kurzen Jäckchen, mit Rüschenhemd und scharlachroter Schärpe, um das feierliche Lied *El Toro* zum Besten zu geben und dazu ordentlich mit den Füßen zu stampfen. »O nein, bitte, was wird sein Vater denken, wenn er das sieht«, dachte ich, als er *The Bullfighter Was a Lady* in Angriff nahm, in einem großzügig nachempfundenen Charro-Kostüm, wobei er über seinem sorgfältig gekämmten Kopf ein Torerotuch schwenkte oder es sich um die Schultern legte, die gelbe Seite nach außen, als wäre es ein Umhang. »O nein, das geht nun wirklich zu weit, das ist Königsmord«, dachte ich, als ich im Drehbuch las, dass Presley in der letzten Szene *Guadalajara* auf Spanisch singen musste und am Rand eines Abgrunds, wobei ihn alle Mariachis im Chor heuchlerisch anfeuerten. Aber das ist ein Kapitel für sich, und meine Schuld war das sprachliche Desaster nicht.

Dafür hatte man mich engagiert. Nicht nur, um es zu verhindern, nein, alles sollte schulmeisterlich perfekt sein. Ich lebte damals seit zwei Monaten in Hollywood, tat, was gerade anfiel, indem ich ein paar Empfehlungsschreiben von Edgar Neville vorzeigte, den ich in Madrid flüchtig kennengelernt hatte. Sie halfen nicht viel – fast alle seine Freunde waren tot oder pensioniert –, aber zumindest bekam ich ein paar Kontakte und musste zu Anfang nicht Hunger leiden. Man bot mir kleine Jobs an, für ein, zwei Wochen, bei einem Dreh oder in den Studios, als Statist oder als Laufbursche, einerlei, ich war zweiundzwanzig. Also traute ich meinen Ohren nicht, als mich Hal Pereira in sein Büro bestellte und sagte:

»Hör mal, Roy, du bist doch ein spanischer Spanier, nicht wahr?«

Mein Nachname, Ruibérriz, ist für Englischsprachige nicht leicht auszusprechen, so dass ich gleich zu Roy Berry wurde, die Leute nannten mich Roy, das war dort mein

Rufname, mein *first name*, wie sie sagen, und als Roy Berry tauche ich in winziger Schrift im Nachspann von ein paar Filmen aus den Jahren '62 und '63 auf, besser, ich verrate nicht, bei welchen.

»Ja, Herr Pereira, ich bin aus Madrid, Spanien«, entgegnete ich.

»Fabelhaft. Hör zu. Ich habe etwas Phantastisches für dich, und wir schaffen uns ein Problem der letzten Minute vom Hals. Sechs Wochen Acapulco, na ja, drei dort und drei hier. Ein Film mit Elvis Presley. *Holiday in Acapulco.*« So sollte er ursprünglich heißen, zu keinem Zeitpunkt wollten sie sich den Kopf zermartern. »Er ist Bademeister und Trapezkünstler, ich weiß nicht genau, ich stoße morgen zum Team. Elvis muss ein bisschen spanisch reden und singen, nun ja. Jetzt platzt er damit heraus, dass er keinen mexikanischen, sondern einen rein spanischen Akzent haben möchte, als hätte er es in Sevilla gelernt, er sagt, er habe erfahren, man spreche das *c* in Spanien anders aus und genau so wolle er es auch aussprechen, nun gut, du wirst Bescheid wissen. Also helfen uns die zehntausend Mexikaner nichts, die wir hier haben, er will einen spanischen Spanier bei den Dreharbeiten, der seinen vornehmen Akzent überwachen soll. Hier haben wir nicht viele davon, spanische Spanier, wozu auch, es ist absurd. Aber Elvis ist Elvis. Eine Weigerung ist unmöglich. Sein Team wird dich engagieren, du wirst ihm unterstehen, nicht uns. Dafür bezahlt dich aber die Paramount, Elvis ist Elvis. Also erwarte keinen besseren Lohn als den, den du in dieser Woche bekommen hast. Was sagst du? Morgen fahren wir.«

Ich hatte nichts zu sagen, oder vielmehr hatte es mir die Sprache verschlagen. Sechs Wochen einfacher Arbeit gesichert und an der Seite eines Idols, dazu noch in Acapulco. Ich glaube, zum ersten und letzten Mal pries ich meinen Geburtsort, der einem für gewöhnlich keine Vorteile bringt, und ich fuhr nach Mexiko, um kaum einen Finger zu rühren, da Herr Presley in dem Film nur sehr wenige spanische Sätze von sich geben musste, so etwas wie »muchas muchachas bonitas«, »amigo« und »gracias«. Das Schwierigste war das Lied *Guadalajara,* er musste den Originaltext in voller Länge singen, aber das stand für die dritte Drehwoche an, und wir würden Zeit zum Üben haben.

Herr Presley mochte mich auf Anhieb, er war ein lustiger, freundlicher Mensch und letztlich nur fünf, sechs Jahre älter als ich, was in dem Alter allerdings ausreicht, damit der Jüngere den Erfahreneren verehrt, insbesondere wenn der bereits Legende ist. Das mit dem Akzent war wirklich eine Laune von ihm, und außerdem war er völlig außerstande, das Madrider *c* auszusprechen, so dass wir bei dem von Sevilla blieben, ich versicherte ihm, das sei das berühmte spanische *c*, obwohl es ihm verdächtig vorkam, dass es so sehr dem mexikanischen glich, das er hatte vermeiden wollen. Also benutzte er mich mehr als Dolmetscher denn als Lehrer für spanische Aussprache.

Er war rastlos und musste immer auf Achse sein, von Acapulco fort, sobald der Drehtag beendet war, und wir nahmen seinen Privatjet und flogen in einem Grüppchen nach Mexiko-Stadt – fünf hatten mit Pilot darin Platz, es war ein Miniaturjet, the five amigos –, oder wir fuhren mit mehreren Wagen nach Petatlán oder Copala, Presley konnte es nicht ausstehen, den Tag und die Nacht am selben Ort zu verbringen, auch wenn er den neuen Ort sofort satthatte und wir immer nach ein paar Stunden wieder zurückkehrten, manchmal sogar nach ein paar Minuten, wenn das, was er sah, ihm missfiel, vielleicht interessierte ihn auch nur die Fahrt. Aber am nächsten Morgen musste wieder gearbeitet werden, und bei all dem Hin und Her schliefen wir von zwei oder drei bis sieben, und nach drei, vier Tagen waren wir Ausflügler fast alle am Ende, mit Ausnahme von Presley, seine Ausdauer war sagenhaft, jemand in ewiger Explosion, daran gewöhnt, Konzerte zu geben. Den ganzen Tag über sang oder trällerte er, auch wenn es gar nicht von ihm verlangt wurde, man merkte, dass es ihn begeisterte, eine Gesangsmaschine, er übte ohne Unterlass mit The Jordanaires oder mit den Mariachis, ja sogar mit The Four Amigos, und wenn im Flugzeug oder im Wagen das Gespräch zum Erliegen kam, fing er nach kurzer Strecke schon zu trällern an, und wir Übrigen mussten ihn begleiten, eine Ehre, mit Presley zu trällern, auch wenn ich schrecklich falsch sang, er lachte und trieb mich aus Spaß an: »Weiter, Roy, sing allein weiter, du hast eine große Laufbahn vor dir.« (Wir wechselten zwischen langsamen und schnellen Liedern, und ich habe über Mexikos Wolken zu einem meiner Lieblingssongs, *Don't*, oder zu *Teddy Bear* gesungen – papparappa, papparappa. So etwas vergisst man nicht.) Sein Gesangswahn hatte zur Folge, dass alle auf dem Set wie rasend waren, wie aufgezogen, Wallis' Team und Presleys Team, ein Leben mit fortwährender Musik erträgt keiner mit Gleichmut, ich meine, wenn man kein Musiker ist. Sogar der würdige Paul Lukas mit seinen achtzig Jahren und seinem gewaltigen Überdruss trällerte bisweilen, ohne es zu merken, vor sich hin, ich hörte ihn *Bossa Nova Baby* brummen, zu seiner Entlastung will ich anführen, dass es ein Ohrwurm ist, bestimmt merkte er es nicht einmal. Presley sang es mit Kerlen in grünem Bratenrock mit Schellentrommeln.

Aber am unerträglichsten waren die, die sich nicht nur von der Gesangsflut und dem unaufhörlichen Geträller mitreißen ließen, sondern es provozierten, Herrn Presley anstachelten, um sich ihm ebenbürtig zu fühlen oder ihm zu gefallen, more Elvis as Elvis can. Bei einer so riesigen Mannschaft gab es einige davon, aber am groteskesten war McGraw, der Provinzmagnat, ein Mann um die fünfundfünfzig – mein jetziges Alter, wie grauenvoll –, der sich während seines zweitägigen Besuchs auf dem Set aufführte, als wäre er nicht etwa siebenundzwanzig wie Presley oder zweiundzwanzig wie ich, sondern vierzehn und in vollem Wahn des Pubertierenden. George McGraw war eines dieser nutzlosen Individuen, die Presley aus unerfindlichem Grund mit sich schleifte, vielleicht Großanleger in seinem Laden oder jemand aus der Gegend, aus der er stammte, Leute, die er deshalb ertrug oder denen er frühere Gefälligkeiten schuldig war, wie bei Colonel Tom Parker womöglich. Soweit ich wusste, besaß George McGraw mehrere Unternehmen in Mississippi, vielleicht auch in Alabama und Tennessee, auf jeden Fall in Tupelo, wo Presley herstammte. Er war einer dieser hochmütigen Kerle, die unfähig sind, ihre despotischen Umgangsformen abzulegen, auch wenn sie sich weit entfernt von dem Fünfhundert-Meilen-Umkreis befinden, in dem ihre unmöglichen und gewiss betrügerischen Geschäfte greifen. Er war Besitzer einer Zeitung in Tuscaloosa oder Chattanooga oder auch in Tupelo selbst, ich weiß nicht mehr, all diese Orte trug er ständig im Mund. Angeblich hatte er versucht, den Namen der fraglichen Ortschaft zu ändern und sie in Georgeville umzutaufen, doch da seine Forderungen kein Gehör fanden, hatte er sich geweigert, den Namen der Stadt seiner Zeitung zu geben und sie nach seinem Vornamen getauft: *The George Herald*, sage und schreibe, seine tägliche, typographische Rache. So nannten ihn einige von uns zum Spaß, George Herald, und degradierten ihn zu einem Herold (ich habe Typen wie ihn kennengelernt: Verleger, Produzenten, Kulturmanager, die sofort dieses Substantiv für sich beanspruchen könnten). Ich weiß noch, dass ich Herrn Presley mit diesen Orten seiner Heimat aufzog, er fand es sehr lustig, was Tupelo auf Spanisch hieß, wenn man es auseinander schrieb (»Your Hair«, wiederholte er und kam um vor Lachen), und auch, dass es so sehr nach »Toupet« klang. »Diese Namen scheinen frei erfunden«, sagte ich ihm, »Tuscaloosa klingt nach einem Cocktail und Chattanooga nach einem Tanz, komm, trinken wir ein paar Tuscaloosas und tanzen wir den Chattanooga«, mit Herrn Presley lief alles wie am Schnürchen, wenn man mit ihm scherzte, er war ein lustiger Kerl, der leicht und schnell lachte, vielleicht allzu sehr, einer dieser wenig anspruchsvollen Menschen, die einfach jeden mögen, selbst die Nervensägen und Schwachköpfe. Das mag irritierend sein, aber so gutmütigen Seelen kann man nicht böse sein. Außerdem bekam ich meinen Lohn.

George Herald, ich meine McGraw, prahlte zweifellos mit seiner Freundschaft zu Presley und ahmte ihn erbärmlich nach: Sein Haar mit Toupet war eine jämmerliche Imitation, eine viel zu kompakte Masse, die von vorn wie eine Trappermütze à la Davy Crockett aussah und von der Seite – da sie kein Waschbärschwanz zierte – wie die eines Hotelpagen, allerdings ohne Kinnriemen. Er bewunderte oder beneidete Presley so sehr, dass er letztlich mehr als

Presley sein, ihm in nichts nachstehen wollte, eine Art paternalistischer Teilhaber, als wären sie zwei Sänger von vergleichbarem Erfolg, er der Erfahrenere, Führende. Nur sang McGraw nicht einmal (außer in unseren Flugzeugchören auf jenem unglückseligen Trip, für mich der letzte), und seine krankhafte Rivalität existierte nur in seiner Einbildung. Er bemächtigte sich ungeniert der Sätze des Sängers, und als dieser eines Nachmittags zu mir und dem Piloten sagte: »Los, Roy, Hank, fliegen wir zum FD«, wobei er in seiner Sprache Mexico City, Federal District meinte, und er fügte hinzu: »FD klingt wie eine Hommage an Fats Domino, fliegen wir zu Fats Domino« (diesen Musiker bewunderte er sehr), dann wiederholte McGraw den Einfall hundertmal, bis er ihn vollständig jedes möglichen Witzes beraubt hatte, »Los jetzt, wir fliegen zu Fats, zu Fats Domino fliegen wir«. Am Ende hasste man den Einfall. In seinem Eifer, zu schmeicheln und zu konkurrieren, verbrachte er die zwei Tage seines Besuchs damit, hampelnd herumzutanzen, wo auch immer er sein mochte (am Strand, im Hotel, im Restaurant, im Fahrstuhl, bei einem angeblichen Arbeitstreffen), sobald in der Nähe ein paar Akkorde erklangen, ja sogar in der Ferne, und irgendwo wurde immer etwas gespielt. Er tanzte ohne jede Scham, als spielte er den Verrückten, und nahm dazu ein Handtuch zur Hilfe, mit dem er sich in Höchstgeschwindigkeit über den Rücken oder den hinteren Schenkelbereich fuhr, als wäre er ein Flittchen, ein erniedrigender Anblick, da er ein massiger Kerl war, an der Grenze zur Fettheit, sich aber bewegte wie eine hysterische Teenagerin, indem er seinen Quadratschädel schüttelte, wobei sich kein einziges Trapper-Haar löste, und seine winzigen Füße wirbeln ließ wie ein Tornado. Und er war nicht abzustellen. Im Flugzeug, auf dem Hinflug (nun gut, für mich gab es keinen Rückflug), mussten wir Presley empfehlen, nichts allzu Schmissiges zu singen, denn sofort tobte der Besitzer des *George Herald* los – die Äuglein pervers blitzend – und brachte unser heikles Gleichgewicht in der Luft in Gefahr. McGraw mochte die langsamen nicht, bloß *Hound Dog*, *All Shook Up*, *Blue Suede Shoes* und dergleichen, bei denen er ausflippen und das Handtuch schwingen konnte oder eine Stola, ein Taschentuch, was immer er zur Hand hatte, seine Gesten waren obszön. Womöglich war er, was wir heute einen Kryptoschwulen oder einen verkappten Homosexuellen nennen würden, der sich sogar vor sich selbst versteckt, aber er prahlte ständig damit, keine vernaschbare Tussi – so drückte er sich aus – vorübergehen zu lassen, ohne hinzulangen oder ein ordinäres Kompliment zu produzieren.

An jenem Abend hatte er – außer Presley, den er krankhaft beobachtete – eine Schauspielerin im Visier, die einen Gastauftritt im Film hatte, eine junge Blondine, die an unserem Ausflug in den FD teilnahm, ich gehörte zur Stammbesetzung, um als Dolmetscher zu fungieren, Hank kam drum herum, wenn wir das Auto nahmen. Aber an jenem Abend flogen wir. Das Mädchen hieß Terry oder Sherry, der Name ist mir entfallen, wie seltsam oder auch wieder nicht, und McGraw wollte ebenso auf diesem Gebiet mit Presley konkurrieren, das heißt, er ging zum Angriff über, ohne abzuwarten, ob der King eigene Pläne hatte, und das war ein Fauxpas und dazu eine Naivität, denn es sprang ins Auge, dass das Mädchen sehr wohl Pläne hatte, die keineswegs den plumpen Magnaten einschlossen.

Die Schuld lag weder bei Presley noch bei mir, oder zumindest bloß in zweiter Instanz, denn in allererster war McGraw schuld, und nur deshalb habe ich den Trapperkopf überhaupt erwähnt. Wenn wir fünf ein Tanzlokal, eine Diskothek, eine Kneipe betraten – fünf, wenn wir nach Mexiko-Stadt flogen; zehn oder fünfzehn, wenn es in Acapulco, Petatlán oder Copala war –, dann kam es für gewöhnlich, wenn die Stammgäste Presley entdeckten, zu einem Aufruhr und nicht wenigen Ohnmachten. Sobald ihn der Besitzer oder Geschäftsführer des Lokals entdeckte, machte er dem Tumult gewaltsam ein Ende und warf die Ohnmächtigen hinaus, damit Presley ungestört blieb und nicht sofort wieder ging – ich habe Rausschmeißer gesehen, die harmlose junge Mädchen mit Faustschlägen verscheuchten, was uns ganz und gar nicht gefiel, aber es half nichts, wenn wir in aller Ruhe einen Tuscaloosa trinken oder einen Chattanooga hinlegen wollten. Wenn erst einmal die Ordnung wiederhergestellt war, zogen wir meist ausschließlich alle Blicke auf uns, verdarben den auftretenden Sängern die Show, und das war alles, abgesehen vom einen oder anderen Autogramm unter der Hand. Einmal passierte etwas, was uns als Warnung hätte dienen können, mit ein paar jungen Burschen ging der Neid durch, sie verlegten sich aufs Provozieren und ließen ein paar schwere Unverschämtheiten los. Ich zog es vor, sie Herrn Presley nicht zu übersetzen und ihn zum Weggehen zu bewegen, weiter passierte nichts. Die Typen hatten Messer dabei, und manche sehen ihren Vorarbeiter in jedem mit dicker Brieftasche.

Wir landeten in einem wenig einladenden Schuppen mit untätigem Wachpersonal, oder aber die Rausschmeißer waren bloß dazu da, die Besitzer zu schützen, nicht den Kunden, mochte er auch ein berühmter Gringo sein. Wir gingen immer in jede Kneipe, die uns gerade anlachte, je nachdem, wie das Lokal von außen aussah und was die Plakate verhießen, Fotos von Sängerinnern oder Tänzerinnen, fast immer mexikanische, eine Handvoll Brasilianerinnen, die nicht sehr echt wirkten. Es gab ordentlich Publikum, und das Ambiente hatte einen zähen, rauen Beigeschmack, aber es war unser dritter Halt an dem Abend, und wir hatten nicht gerade wenig Tequila geladen, also reihten wir uns an der Bar auf, verschafften uns Platz mit nicht gerade vornehmen Manieren, die an dem Ort wohl wenig verfangen hätten.

Jenseits der Tanzfläche fiel ein Tisch mit sieben, acht Leuten auf, die reich und zugleich ziemlich unkultiviert aussahen, fünf Männer und drei Frauen, Letztere vielleicht für die Nacht gemietet oder pro Tag engagiert, Frauen wie Männer fixierten uns, obwohl wir der Tanzfläche und somit ihrem Tisch den Rücken zukehrten. Vielleicht sahen sie anderen gern aus nächster Nähe beim Tanzen zu, die Frauen tanzten selbst, aber von den Männern nur einer, der Jüngste, ein biegsames Subjekt mit hohen Backenknochen und Gorillavisage, die er mit zwei anderen gemein hatte, die still sitzen blieben und ihre Chefs keine Minute lang allein ließen. Sie schienen nicht zum Lokal zu gehören, doch der Schein trog, einer der Bosse war auch der des Schuppens, ein Typ an die fünfunddreißig mit Schnurrbart und Kraushaar, der in Mexiko nicht weiter herausstach, den man jedoch in Hollywood sofort als den neuen Ricardo Montalbán, Gilbert Roland oder César Romero engagiert hätte, er war groß und gutaussehend, trug die Hemdsärmel säuberlich nach oben gekrempelt und stellte einen Bizeps zur Schau, den er andauernd spielen ließ. Sein Geschäftspartner oder was auch immer war ein Dickwanst mit kalkweißem Teint, eher europäischer Herkunft, das Haar wie ein Dandy nach hinten gegelt und im Nacken allzu lang, die grauen Strähnen waren allerdings nicht gefärbt. Heutzutage hätte ich sie als Mafiosi mit weißen Handschuhen bezeichnet, aber so sagte man damals noch nicht: verheerende Kerle, denen aber nichts nachzuweisen war, Restaurant-, Laden- oder Barbesitzer, ja sogar Rancher, Unternehmer mit Angestellten, die sie begleiteten, wohin immer sie gingen, und sie, wenn nötig, vor den Tagelöhnern beschützten, ja auch vor dem einen oder anderen irregeleiteten Vorarbeiter. Der Dickwanst hielt ein riesiges grünes Taschentuch in der Hand, mit dem er sich abwechselnd die Stirn trocknete und die Luft aufrührte, als wollte er Fliegen verscheuchen oder Zauberkräfte beschwören, wobei es für eine Sekunde die Grenze zur Tanzfläche verletzte.

Unser Eintreffen hatte wenig Aufruhr zur Folge, denn wir saßen mit dem Rücken zum Publikum an der Bar, und der Riese Hank hatte sich zwischen Herrn Presley und drei, vier Frauen geschoben, die sich uns zunächst genähert hatten, eine recht wirksame Barriere. Nach ein paar Minuten drehte sich Presley auf seinem Barhocker um und blickte auf die Tanzfläche, ein Raunen kam auf, er trank, als wäre niemand sonst da, und die Stimmen flauten ab. Mit seinem manchmal glasigen Blick konnte er Massen beruhigen, es war, als sähe er sie nicht oder als wischte er sie weg, gelegentlich deutete er auch eine Grimasse an, die für später etwas Lohnendes zu versprechen schien. Er selbst war damals ganz friedlich, trank aus seinem Glas und sah den *hermanos mexicanos* beim Tanzen zu, als befiele ihn von Zeit zu Zeit die Schwermut. Aber nie für lange.

Doch George McGraw war nicht zu halten, ein unerträglicher Kerl und selbstverständlich unermüdlich, wenn es darum ging, sich aufzuspielen, und sobald er sah, dass Presley ruhig blieb, tat er es ihm keinesfalls nach, sondern ergriff die Gelegenheit, noch heller zu glänzen, ihn zu überstrahlen: vergebliche Liebesmüh. Er wollte Sherry zum Tanzen auffordern, ja fast zwingen, doch sie ging nicht mit und machte eine unschöne Geste, hielt sich die Nase zu, als deutete sie an, dass es dort wie im Zoo stank, und ich sah, dass das dem Dickwanst mit der öligen Mähne nicht entgangen war, der die Stirn runzelte, ebenso wenig dem neuen César Montalbán oder Ricardo Roland, der seinen rechten Bizeps über Gebühr spielen ließ.

Also machte sich McGraw allein auf den Weg, mit wiegenden Trippelschritten und leuchtenden Knopfaugen, da gerade ein Trompeter zur Rumba aufspielte, und er verzichtete nicht darauf, sein Repertoire an grauenvollen Verrenkungen abzuspulen sowie unpassende spitze Schreie auszustoßen, die wie eine Parodie auf die Juchzer der Mexikaner wirkten. Hank und Presley sahen ihm amüsiert zu, brachen in Lachen aus, und die junge Sherry stimmte darin ein, flirtend und von den beiden angesteckt. Der Besitzer des *George Herald* tanzte so obszön, dass seine wilden Hüftschwünge eine Frau auf der Tanzfläche belästigten, und der Gorilla mit den hohen Backenknochen, der sich wie Gummi bewegte, bedachte ihn mit einem tödlichen Blick aus seinen Indioaugen, ließ sich aber nicht stören. Andere Tänzer waren sehr wohl gestört, sie wichen zur Seite, ich weiß nicht, ob aus Ekel, oder um McGraw bequemer zusehen zu können: Der schüttelte so frenetisch seine Trapper- oder Pagenmütze, dass man befürchtete, sie könnte davonsegeln und ein böses Ende nehmen, wenn man vergaß, dass sie ihm an der Kopfhaut klebte und keine Gefahr lief. Das Problem war, dass McGraw sein Handtuch nicht auf die Reise mitgenommen hatte und es wohl für ein unverzichtbares Utensil seines Tanzes hielt, so dass er, als der kalkweiße Dickwanst nichtsahnend sein Taschentuch wieder zum Befächeln der Luft auswarf, rücksichtslos danach schnappte und es sich sogleich um den Rücken wand, indem er es an zwei Ecken festhielt, und sich in der Geschwindigkeit, die wir zur Genüge kannten, damit rückauf, rückab rieb. Der Dickwanst ließ die Hand reglos in der Luft schweben, zog sie nicht gleich zurück, als glaubte er noch immer daran, sein geliebtes grünes Taschentuch – ein Fetisch vielleicht – im Moment nach seinem Verlust wieder zurückzuerobern. Tatsächlich griff er von seinem Platz aus danach, wenn McGraw ihm bei seinem Tanz nahe kam, der immer unanständiger wurde. Als er sich bei seiner Darbietung allzu sehr mit dem Stück Stoff aufhielt oder damit genüsslich am Hintern verweilte, verlor der Dickwanst endgültig die Geduld. Er erhob sich kurz – ich sah, es war ein äußerst großer Dickwanst – und entriss dem unbelehrbaren Tanzbär verärgert das Taschentuch. Doch der drehte sich flink, und bevor der Dickwanst sich wieder gesetzt hatte, nahm er es ihm mit herrischer Geste erneut ab, er war es gewohnt, Willen und Wünsche durchzusetzen, ob in Tupelo oder in Tuscaloosa. Das entbehrte nicht der Komik, und mir behagte gar nicht, dass Gilberto Romero und die Seinen das überhaupt nicht lustig fanden, denn lustig war es tatsächlich, wie sich da die große und die halbe Portion Dickwanst am Rand der Tanzfläche um die grüne Seide stritten. Noch weniger gefiel mir, was dann kam: Der Dickwanst mit dem steifen Haar wandelte seine Miene der Ungeduld in kalten Zorn und Hass und entriss McGraw mit einem Prankenschlag das Taschentuch, während der biegsame Gorilla dem Magnaten ein Knie in die Niere rammte und ihn vornüberkippen ließ, sein Tanz jäh unterbrochen. Als hätte er es geprobt – ein Ding der Unmöglichkeit –, bestand die nächste flinke Bewegung des Dickwansts darin, dem knienden McGraw das Taschentuch um den Hals zu winden und an den Enden zu ziehen, um ihn umgehend zu erwürgen. Der Stoff spannte sich zu unglaublicher Dünnheit, verlor im Nu all seine Luftigkeit und wurde zu einem feinen Seil, nun ohne jedes Grün, ein Seil, das presste. Der Dickwanst zog mit aller Gewalt an den Enden, sein Teint rot wie ein rohes Lendenstück, die Miene kaltblütig, als schnürte da jemand automatisch und in aller Hast ein unhandliches Paket. Ich dachte schon, dass er ihn an Ort und Stelle umbringen würde, wie ein Blitz und ohne ein Wort, vor hundert Zeugen am anderen Ende der Tanzfläche, die sich im Nu geleert hatte. Ich gestehe, dass ich unfähig war zu reagieren, vielleicht kam auch das Gefühl in mir auf, dass wir den Dorfmagnaten endlich los wären, jedenfalls beschränkte ich mich auf den Gedanken (oder dachte es später und schreibe es nur jenem Moment zu): »Er tötet ihn, er tötet ihn, er tötet ihn gerade, das konnte niemand vorhersehen, so idiotisch und unerwartet kann der Tod sein, wie man immer sagt, man betritt einen Schuppen und ahnt nicht im Geringsten, dass dort alles aufs Lächerlichste zu Ende geht, in einer Sekunde, eins zwei und drei und vier, und jede Sekunde, die verstreicht, ohne dass jemand eingreift, machen diesen endgültigen Tod unausweichlicher, den Tod, der sich da gerade vollzieht, hier, genau hier bringt ein jähzorniger Dickwanst in Mexiko-Stadt vor unseren Augen einen Geldsack aus Chattanooga um.«

Dann sah ich mich auf der Tanzfläche etwas auf Spanisch schreien, alle waren dort, Presley packte den Gummimann am Revers, der ihn mit einem bloßen Prankenhieb abschüttelte, Hank, mit dem Taschentuch in der Hand, hatte dem Dickwanst einen Stoß versetzt, der ihn auf seinen Stuhl zurückschickte, worauf die Gläser auf Rolands Tisch umkippten. Die Kerle trugen keine Messer, das heißt, nicht nur, sie waren längst erwachsen und keine Tagelöhner, sondern Vorarbeiter, ja Besitzer, und trugen Pistolen, das sah ich deutlich an den Bewegungen der anderen beiden Leibwächter, beim einen zur Brust, beim anderen an die Hüfte, obwohl Montalbán sie zurückhielt, indem er die gespreizte Hand vorstreckte, als meinte er: »Fünf.« Hank war am aufgeregtesten, auch er trug immer eine Pistole, hatte sie aber zum Glück nicht gezückt, wer eine Waffe trägt, regt sich mehr auf, wenn er vorhersieht, dass er sie womöglich gebrauchen wird. Er zerknüllte das Taschentuch, bewarf damit den jähzornigen Dickwanst und sagte auf Englisch zu ihm: »Sind Sie verrückt, oder was? Sie hätten ihn töten können.« Die Seide flatterte in ihrem Flug.

»Was hat der gesagt?«, fragte mich Romero sofort, denn er hatte bereits mitbekommen, dass ich als Einziger der Truppe seine Sprache sprach.

»Ob er verrückt ist, er hätte ihn töten können«, antwortete ich automatisch. »Alles nur halb so wild«, fügte ich hinzu, Letzteres mein eigener Beitrag.

Die Angelegenheit würde nicht eskalieren, jede Sekunde, die verstrich, jedes Keuchen würde die Spannung vermindern, ein Wortwechsel ohne Bedeutung, die Musik, die Hitze, der Tequila, ein Ausländer, der sich wie ein verwöhnter Bengel aufführte und der nun heftig hustete und mit Sherrys Hilfe wieder auf die Beine kam, er sah erschrocken aus, ohne zu begreifen, dass man ihm tatsächlich Schaden hatte zufügen wollen. Es ging ihm einigermaßen, in Wirklichkeit war es nur ein Moment, oder der Dickwanst weniger stark gewesen, als er zu sein schien.

»Die alte Mieze ist unserem Freund Julio mächtig auf die Nerven gegangen, und Julio verliert schnell die Geduld«, sagte Romero Ricardo. »Besser, ihr schafft ihn schnell weg. Raus mit euch, die Drinks gehen aufs Haus.«

»Was hat er gesagt?«, fragte mich Presley sofort. Auch er wollte unbedingt verstehen, wollte wissen, was los war, ich sah, wie er dem Streit entgegenschlitterte, der Geist von James Dean suchte ihn heim, und das gab mir ein ungutes Gefühl. Seine eigenen Filme waren zu soft, um diesen Geist zu befriedigen. Hank wies mit dem Kopf Richtung Tür, wir sollten gehen.

»Dass wir schnell gehen sollen. Er lädt uns auf die Drinks ein.«

»Und was noch? Er hat mehr gesagt.«

»Er hat Herrn McGraw beleidigt, das ist alles.«

Elvis Presley war ein wahrer Freund seiner Freunde, zumindest seiner alten, er besaß Sinn für Loyalität, einen gewaltigen Stolz, und seit vielen Jahren schon erteilte ihm niemand Befehle mehr. Von der Melancholie zum Streit ist es nur ein Schritt. Und da war seine Schwäche für das Boxen.

»Er hat ihn beschimpft. Der Kerl hat ihn beleidigt. Zuerst wollen sie ihn umbringen, dann beleidigen sie ihn. Was hat er gesagt? Was hat er gesagt, na los? Und wer ist der überhaupt, dass er uns rauswirft?«

»Was hat er gesagt?«, fragte nun seinerseits Roland César. Es machte sie wütend, einander nicht zu verstehen, das reizt beim Streiten die Nerven.

»Wer Sie sind, um uns rauszuwerfen.«

»Habt ihr das gehört, Julio, Jungs, der spanische *gachupin* fragt mich, wer ich bin, dass ich sie auf die Straße setze«, antwortete Montalbán, ohne mich anzusehen. Es wunderte mich (wenn zum Wundern überhaupt Zeit war), dass er sagte, ich hätte gefragt: Es war Herrn Presleys Frage gewesen, ich übersetzte nur, ein Warnzeichen, auf das ich nicht achtete oder das man erst nachher erkennt, wenn man das Erlebte Revue passieren lässt, es rekonstruiert. »Ich bin hier der Besitzer. Ich bin der Inhaber, egal, wie berühmt Ihr Chef ist«, wiederholte er mit einem leichten Zittern in seinem beweglichen Bizeps. Sie waren abweisend, mein Chef beeindruckte sie nicht, sie hatten ihn bei unserem Eintreffen nicht begrüßt, und jetzt warfen sie uns hinaus. »Ich sage, zieht ab und nehmt die Hupfdohle mit. Die soll mir aus den Augen, und ich warte nicht.«

»Was hat er gesagt?« Nun war wieder Presley dran.

Ich war das Kreuzfeuer, diese doppelte Belagerung leid. Ich sah zur Hupfdohle, wie Romero ihn genannt hatte, er atmete nun ohne Schwierigkeiten, war aber immer noch verängstigt – seine psychopathischen Äuglein waren trüb –, er zog Hank an der Jacke, damit wir gingen, Hank winkte Presley immer noch mit dem Kopf zur Tür, Sherry war schon dorthin unterwegs, McGraw stützte sich auf sie, nutzte es vielleicht aus und befummelte sie, er gehörte zu denen, die niemals klug werden. Der Dickwanst Julio hatte sich auf seinem Stuhl wieder gefasst, nach der Anstrengung überzog ihn nun erneut das Kalkweiß wie eine Maske, er folgte der gestückelten Unterhaltung mit verschränkten Händen (an denen Ringe glänzten), wie jemand, der es noch nicht ausgeschlossen hat, abermals in Aktion zu treten.

Bevor ich Presley antwortete, hielt ich es für angebracht, meinerseits etwas zu diesem Ricardo zu sagen:

»Er ist nicht der, für den Sie ihn halten. Er ist sein Double, wissen Sie, sein Doppelgänger, er spielt für ihn die gefährlichen Szenen im Kino, wir drehen hier einen Film in Acapulco. Er heißt Mike.«

»Die Ähnlichkeit ist umwerfend«, schaltete Julio sich spöttisch ein, »Mike war wohl beim Schönheitschirurgen unterm Messer, wie die eitlen Weiber.« Er fuhr sich mit dem Taschentuch über die Stirn, inzwischen ein Drecksfetzen.

»Was sagen die?«, beharrte Presley. »Was sagen die?«

Ich wandte mich zu ihm.

»Das sind die Besitzer. Besser, wir verziehen uns.«

»Und was noch? Ihr habt von einem Mike geredet? Wer ist Mike?«

»Mike sind Sie, ich habe ihnen gesagt, Sie heißen so, Sie sind Ihr Double und nicht Sie selbst, aber ich glaube, das glauben sie nicht.«

»Und was haben sie über George gesagt? Sie haben ihn doch beleidigt. Erzähl, was die Kerle über George gesagt haben, die können nicht einfach so rumpöbeln.«

Die letzte Bemerkung war nordamerikanische Naivität. Und hier liegt mein Teil der Schuld, Presley und ich waren nur in zweiter Instanz verantwortlich, McGraw zweifellos in erster, ja ich womöglich nur in dritter. Wie konnte ich in dem Moment Herrn Presley erklären, dass die Kerle McGraw ein Femininum verpasst hatten, die alte Mieze, die Hupfdohle, auf Englisch gibt es keine Genera, und ich würde ihm mitten auf der Tanzfläche keinen Sprachunterricht geben. Ich sah wieder zur alten Mieze oder Hupfdohle – ich bin heute so alt wie sie damals –, sie lächelte schwach, entfernte sich feige, fühlte sich allmählich außer Gefahr, zog an Hank, Hank ein wenig an Presley (»Gehen wir, Elvis, lass gut sein«), an mir zog niemand. Ich wies mit dem Kopf auf César Gilbert.

»Nun gut, er hat gesagt, Herr McGraw ist eine fette Schwuchtel«, sagte ich. Natürlich benutzte ich, soweit möglich, eine englische Entsprechung. Ich musste es so zusammenfassen, konnte nicht anders, ich wollte, dass der Besitzer des *Herald* es hörte und sich diesmal nicht als Despot gebärden, niemanden bestrafen oder sonst etwas tun konnte, als die Beleidigung zu schlucken. Auch die anderen sollten es hören. Reine Kinderei.

Ich hatte nicht mit Presleys Empfindlichkeit gerechnet, hatte für einen Augenblick den Geist, der ihn heimsuchte, vergessen. Wir hatten alle Tequila gebechert. Herr Presley hob einen Finger, zeigte theatralisch auf mich und sagte:

»Du wirst dem Schnauzbart Wort für Wort Folgendes sagen, Roy, Silbe für Silbe. Sag ihm das: Sie sind ein Schläger und ein Schwein, und die einzige fette Schwuchtel hier ist Ihre nette Herzensfreundin mit dem Taschentuch.« Das sagte er auf Englisch, mit verzerrtem Mund, wie er ihn öfter zeigte und der die Mütter seiner jüngsten Fans misstrauisch werden ließ. Das waren eher Schulhofbeleidigungen, nichts von wegen Scheißkerl oder Hurensohn, diese Wörter wogen in den Sechzigern schwerer. Für »fette Schwuchtel« gebrauchte er das entsprechende Wort, das ich vorgeschlagen hatte, das weibliche Genus blieb buchstäblich erhalten, denn er sagte »girlfriend«, also »Freundin«, nicht bloß »friend«. Er legte eine winzige Pause ein, den Finger noch immer erhoben, und fügte hinzu: »Sag ihm das.«

Und ich sagte es Ricardo César, sagte es ihm auf Spanisch (aber zögerlich):

»Sie sind ein Schläger und ein Schwein, und die einzige fette Schwuchtel hier ist Ihre nette Herzensfreundin mit dem Taschentuch.« Auf Spanisch sagte ich direkt »maricona gorda«, und kaum hatte ich das losgelassen, da merkte ich, dass diese konkreten Vokabeln nun zum ersten Mal wirklich im Raum standen, auch wenn sie nicht viel beleidigender waren als »Hupfdohle« oder »alte Mieze«.

Presley fuhr fort:

»Sag ihm auch Folgendes: Jetzt gehen wir, weil wir wollen und weil der Schuppen hier stinkt, und ich hoffe, er wird bald abgefackelt, mit ihnen allen drinnen. Sag ihm das, Roy.«

Ich wiederholte es auf Spanisch (aber in einem weniger verletzenden Ton und leiser):

»Jetzt gehen wir, weil wir wollen und weil der Schuppen hier stinkt, und ich hoffe, er wird bald abgefackelt, mit Ihnen allen drinnen.«

Ich sah Gilberto Ricardos Bizeps zittern wie Wackelpudding, und eine Schnurrbartecke kräuselte sich, ich sah, dass der Dickwanst Julio einen übertriebenen Fischmund machte und seine Ringe streichelte wie eine Waffe, ich sah, dass einer der beiden Schläger am Tisch ganz offen seine Jacke aufschlug und einen Pistolenknauf im Futteral zur Schau stellte wie ein Pancho-Villa-Anhänger aus dem Bilderbuch. Aber Ricardo Romero streckte wieder die Hand nach vorn, wieder, als meinte er: »Fünf«, und das war alles andere als beruhigend, denn wir waren genau fünf. Dann winkte er leicht mit derselben Hand in meine Richtung, den Zeigefinger ausgestreckt, als hielte er eine Pistole, und der Daumen wäre der gespannte Hahn.

Sherry stand bereits in der Tür, ebenso McGraw, der sich die lädierte Niere hielt, Hank zog mit einer Hand an Presley, seine andere steckte in der Tasche und blieb auch dort, als hielte sie etwas gepackt. An mir zog, wie gesagt, niemand.

Presley drehte sich um, sobald ich alles übersetzt hatte, und mit zwei langen Schritten war er bei den anderen an der Tür, die Hand in Hanks Jacke war eindeutig, auch für die Mexikaner, keine Frage. Ich folgte ihnen, die Tür stand bereits offen, ich war etwas zurückgefallen, alle beschleunigten den Schritt, waren bereits draußen, ich wollte gerade hinterher, da stellte sich der Gummimann zwischen Herrn Presley und mich, schob mir seinen Rücken vor die Nase, er war größer, so dass ich eine Sekunde lang die anderen aus dem Blick verlor, der Gummimann ging ebenfalls hinaus, dafür kam der Türsteher herein, der die Straße überwachte, und schloss die Tür, bevor ich hindurch war. Er baute sich vor mir auf und versperrte mir den Weg.

»Du bleibst hier, *gachupin.*«

Nie hätte ich es für möglich gehalten, dass man uns Spanier in Mexiko tatsächlich so nannte, genauso wenig wie das, was man uns in der Kindheit erzählt hatte, dass man in Mexiko, wenn man einen Anisschnaps mit den Worten »una copita de ojén« bestellte und dazu siebenmal auf die Theke klopfte – ja sogar, wenn man nur wortlos die sieben rhythmischen Taktschläge ausführte –, ohne Federlesens erschossen wurde, weil das eine schwere Beleidigung war. In dem Moment kam ich nicht auf den Gedanken, die Probe aufs Exempel zu machen, mir war nicht nach Anisschnaps oder dergleichen.

Diesmal rief mich nicht Gilbert Montalbán zu sich, sondern Julio, und der Dickwanst kam mir nun noch jähzorniger und unbeherrschter vor, er war wieder in Fahrt.

»Aber meine Freunde sind schon auf dem Weg«, sagte ich und drehte mich um, »ich muss mit ihnen gehen. Sie sprechen kein Spanisch, das haben Sie ja gesehen.«

»Mach dir deswegen keine Sorgen. Pacheco begleitet sie zum Hotel, die kommen gesund und munter an. Zurück kehren sie nicht, so viel ist sicher.«

»Sie werden mich holen kommen, wenn Sie mich nicht gehen lassen«, entgegnete ich und warf einen flüchtigen Blick über die Schulter, die Tür ging nicht auf.

»Nein, die kommen nicht zurück, das finden die doch gar nicht«, sagte César Roland. »Nicht einmal du würdest den Weg zurückfinden, nachdem du gegangen bist. Bestimmt hast du dir nicht mal gemerkt, in welcher Straße wir sind, ihr seid etwas vom Zentrum abgekommen, ohne es zu merken, das geht vielen so. Aber du bleibst hier, du musst uns heute Nacht Gesellschaft leisten, es ist noch früh, musst uns vom schönen Mutterland erzählen, uns vielleicht noch einmal beleidigen, dann können wir uns an deinem Akzent satthören.«

Das gefiel mir ganz und gar nicht.

»Hören Sie«, sagte ich, »ich habe Sie nicht beleidigt. Das war Mike, er hat mir gesagt, was ich Ihnen sagen soll, ich habe bloß übersetzt.«

»Aha, du hast bloß übersetzt«, schaltete sich der Dickwanst ein. »Schade, dass wir nicht wissen können, ob es so gewesen ist, wir verstehen kein Englisch. Was dieser Elvis gesagt hat, haben wir nicht verstanden, aber dich schon, du sprichst sehr deutlich, ein wenig abgehackt, wie ihr alle in Spanien, aber dich haben wir sehr gut gehört, und wie wir dich gehört haben. Ihn dagegen nicht, deinen Boss konnten wir nicht verstehen, er hat englisch gesprochen, nicht wahr, das haben wir nicht gelernt, wir sind keine studierten Leute. Hast du verstanden, was der Gringo gesagt hat, Ricardo?«, fragte er Gilbert oder César, der tatsächlich Ricardo hieß.

»Nein, ich habe ihn auch nicht verstanden, Julito. Aber den *gachupin* sehr wohl, den haben wir alle tadellos verstanden, stimmt's, Jungs?«

Die Jungs und Mädchen antworteten nie, sie schienen zu wissen, dass derlei Fragen rein rhetorisch waren.

Ich wandte den Kopf wieder zur Tür, dort stand immer noch der riesige Türsteher, fast so groß wie Hank, der mir mit dem Kinn zu verstehen gab, dass ich zurück ins Lokal gehen sollte, »O Elvis, jetzt hast du mir tatsächlich meine Jugend geraubt«, dachte ich. Bestimmt hatten sie versucht, wieder hereinzukommen, als sie sahen, dass ich nicht folgte, aber Pacheco hatte sie wohl nicht gelassen, ihnen womöglich die Waffe vorgehalten. Aber Hank trug eine Pistole, und auf der Straße waren es drei gegen einen, Sherry nicht mitgezählt, warum kamen sie mich nicht holen, ich klammerte mich noch immer an die Hoffnung, gab sie aber einen Moment später auf, als ich sah, dass der Pancho-Villa-Anhänger mit dem ausgestellten Knauf vom Tisch aufstand und auf mich zukam, aber nur, um an mir vorbeizugehen und auf die Straße zu treten, der Türsteher machte ihm den Weg frei und schloss gleich wieder hinter ihm, ließ eine Hand auf meine Schulter sinken, während er öffnete, eine Hand wie ein schweres Steak, die mich lähmte. Vielleicht würde der Schläger dem Gummi-Pacheco helfen, vielleicht würden sie meine Leute zu keinem Hotel begleiten – es gab kein Hotel, nur ein Flugzeug –, sondern mit ihnen abrechnen so wie die anderen jetzt mit mir, bloß außerhalb des Lokals, »eine Spazierfahrt machen,« nennt man das.

Ich wusste nicht, was mir lieber war, dass sie von ihnen an meiner Befreiung gehindert wurden oder dass sie mich im Stich gelassen hatten. Meine Befreiung. Der Einzige, der sich zuständig hätte fühlen können, war Herr Presley, und selbst das war fraglich: Wir hatten ein paar gemeinsame Tage verbracht, ich als Lohnempfänger oder Tagelöhner, das war alles, und schließlich sprach ich die Landessprache und würde schon zurechtkommen; Hank schien nicht der Kerl zu sein, der jemanden hängenließ, aber er war Vorarbeiter, und seine Hauptaufgabe bestand darin, über Herrn Presley zu wachen und ihn nach diesem üblen Zusammenstoß unversehrt zurückzubringen, alles andere war zweitrangig, man würde mich später holen, wenn der King in sicherer Entfernung wäre, was für ein Fiasko, wenn ihm etwas zustoßen würde, für so viele Leute. Ich dagegen war für niemanden ein Fiasko. Was McGraw und das Mädchen anging, McGraw hätte mich bis in alle Ewigkeit in der Hölle schmoren lassen, und man konnte es ihm nicht zum Vorwurf machen, ich hatte keinen Finger gerührt, als man ihn auf der Tanzfläche zu Rumbaklängen gewürgt hatte. Die Musik setzte nun wieder ein, das allgemeine Wortgefecht hatte sie unterbrochen, nicht der drohende Tod. Ich erhielt einen Stoß ins Kreuz – vom rohen Steak – und ging zu Ricardos Tisch, er hatte mich zum Hinsetzen gedrängt, indem er mit der Hand auf den Platz deutete, den der Pancho-Villa-Schläger geräumt hatte. Er tat es mit liebenswürdiger Geste, um den Hals trug er ein granatrotes Tuch, blitzend sauber und tadellos gebunden, ich musste nur erreichen, dass man mir die Worte vergab, die nicht von mir, aber von meinen

Lippen gekommen waren oder nur durch sie Wirklichkeit erlangt hatten, ich war es gewesen, der sie offenbart oder entschlüsselt hatte, unglaublich war das, wie konnte man mich für etwas verantwortlich machen, was weder meinem Kopf noch meinem Willen oder meiner Absicht entsprungen war. Aber meiner Zunge, meine Zunge hatte es möglich gemacht, von ihr hatten sie es empfangen, und hätte ich es den Männern nicht übersetzt, sie hätten sich nur an Presleys Tonfall halten können, und der Ton an sich hat keine Bedeutung, so sehr er eine darstellen, nachahmen oder andeuten mag. Ein Tonfall ist kein Grund zum Töten. Ich war der Bote, der Vermittler, der eigentliche Sender gewesen, der Dolmetscher, mich hatten sie verstanden, und vielleicht wollten sie auch keine ernsthaften Probleme mit jemandem so Bedeutenden, Berühmten wie Herrn Presley, das FBI selbst wäre über die Grenze gekommen, um sie zu jagen, wenn sie ihm auch nur einen Kratzer zugefügt hätten, kleine Mafiosi wissen von vornherein, mit wem sie sich anlegen können und mit wem nicht, mit wem sie abrechnen, wen sie aufschlitzen können, wie es die Vorarbeiter und Arbeitgeber wissen, die Tagelöhner nicht.

Ich leistete ihnen jene endlose Nacht lang Gesellschaft, der ganzen Gruppe, den Frauen und Männern, wir klapperten einen Haufen Lokale ab, setzten uns um einen Tisch, sahen Tänze, einen Sänger, einen Striptease, dann weiter zum nächsten. Ich weiß nicht, wo ich überall war, jeder Umzug fand in mehreren Wagen statt, ich kannte die Stadt kaum, sah die Schilder einiger Straßen oder Plätze, ein paar Namen sind mir im Gedächtnis geblieben, aber ich bin nicht mehr nach Mexiko-Stadt zurückgekehrt und weiß, dass ich niemals an diesen Ort zurückkehren werde, obwohl Ricardo jetzt um die siebzig sein wird und der Dickwanst Julio seit Ewigkeiten tot ist. (Die Schläger werden kaum überlebt haben, das ist ein Volk, das sein Leben verpulvert und nicht lange dauert.) Doctor Lucio, Plaza Morelia, Doctor Lavista, diese wenigen Namen prägten sich mir ein. Man wies mir als Partner für den Abend – womöglich seine Entscheidung – den Dickwanst zu, er war es, der ab und an Konversation mit mir betrieb, mich fragte, woher ich stamme, sich auf meine Antwort hin nach Madrid erkundigte, wie ich heiße und was ich in Amerika mache, fragte nach meinem Leben, meiner kurzen Geschichte, die damals womöglich gerade erst anfing, vielleicht musste er wissen, wen er später in der Nacht umbringen würde.

Ich weiß noch, dass er mich fragte:

»Was soll das mit Roy? So hat dein Boss dich genannt, stimmt's? So einen Namen gibt's bei uns nicht.«

»Das ist eine Abkürzung, ich heiße Rogelio«, log ich. Den echten würde ich ihnen nicht verraten.

»Rogelio wie?«

»Rogelio Torres.« Aber meist lügt man nie vollständig, mein voller Nachname lautet Ruibérriz de Torres.

»Ich bin einmal in Madrid gewesen, vor Jahren, habe im Hotel Castellana Hilton gewohnt, sehr schön. Die Abende dort sind angenehm, viele Leute, viele Toreros. Tagsüber hat es mir nicht gefallen, all der Dreck, all die Polizisten auf der Straße, sie scheinen ihre Bürger zu fürchten.«

»Die Bürger fürchten eher sie«, entgegnete ich. »Deshalb bin ich gegangen.«

»Na so was, Jungs, da haben wir einen Rebellen.«

Ich versuchte, so wenig wie möglich preiszugeben und zugleich höflich zu bleiben, sie gaben mir nicht viel Gelegenheit, mich von meiner netten Seite zu zeigen. Ich erzählte eine Anekdote, vielleicht fanden sie sie unterhaltsam oder lustig, aber sie waren nicht bereit, etwas Witziges an mir zu sehen. Wenn uns jemand aufs Korn genommen hat, ist nichts zu machen, niemals wird er uns irgendetwas als Verdienst anrechnen, wird sich lieber in die Backen und auf die Lippen beißen, bis das Blut kommt, bevor er über etwas lacht, was man sagt (sofern es keine Frau ist, die lacht in jedem Fall). Hin und wieder erinnerte einer an den Grund meiner Gegenwart, und zwar laut, um wieder Holz ins Feuer zu werfen:

»Ach, was hat der Junge bloß gegen uns«, sagte dann Ricardo auf einmal, nachdem er starr den Blick auf mich gerichtet hatte. »Hoffen wir, seine Wünsche haben sich während unserer Abwesenheit nicht erfüllt und wir finden *El Tato* bei unserer Rückkehr als einen Haufen Asche. Das wäre ein Jammer.«

Oder Julio sagte zu mir:

»Nun, du hast da ein sehr hässliches Wörtchen benutzt, mein rebellischer Rogelito, weshalb musstest du mich Schwuchtel nennen, hättest ja auch Tunte sagen können. Das hätte mich weniger verletzt. Da hast du's. Die Empfindlichkeiten sind ein Mysterium.«

Wenn sie damit kamen, versuchte ich jedes Mal mit ihnen zu diskutieren: Es sei nicht von mir gekommen, ich hätte es nur übermittelt; und sie hätten recht, McGraw habe es darauf angelegt und Mike beileibe nicht richtig gehandelt. Aber es nützte nichts, sie ließen nicht von dem absurden Gedanken, dass sie nur mich allein gehört und verstanden hatten, was wüssten sie denn, was der Sänger auf Englisch gesagt habe.

Auch die Frauen richteten das Wort an mich, doch sie

waren nur neugierig auf Elvis. Ich blieb unerschütterlich, widerrief nichts, das sei ein Double gewesen, den echten Elvis hätte ich bei den Dreharbeiten kaum zu Gesicht bekommen, er sei äußerst unzugänglich. Im dritten Lokal tauchte Pacheco auf, und ich erschrak sehr bei seinem Erscheinen. Er ging zu Ricardo und flüsterte ihm etwas ins Ohr, während seine Indioaugen mich fixierten, der Dickwanst Julio rückte seinen Stuhl heran und legte die Hand ans Ohr, um dem Bericht zu lauschen. Dann ging Pacheco auf die Tanzfläche, er tanzte gern. Ricardo und Julio sagten nichts, obwohl ich sie mit fragendem und gewiss besorgtem Blick ansah, oder vielleicht schwiegen sie gerade deshalb, um mich zu beunruhigen. Endlich wagte ich zu fragen:

»Verzeihen Sie bitte, wissen Sie, ob meine Freunde wohlbehalten angekommen sind? Der andere Herr dort hatte sie begleitet, nicht wahr?«

Ricardo blies mir den Rauch seiner Zigarette gegen die Stirn und pflückte sich eine Tabakfaser von der Zunge. Bei der Gelegenheit strich er seinen Schnurrbart und entgegnete, wobei er den Bizeps spannte (das war schon fast ein Tick):

»Das können wir nicht wissen. Anscheinend zieht heute Nacht ein Gewitter auf, hoffentlich stürzen sie ab.«

Demonstrativ blickte er weg, und ich hielt es nicht für ratsam weiterzubohren, außerdem hatte ich zur Genüge verstanden. Der Satz hatte keinen Sinn, wenn er sich nicht auf den Flug bezog, also musste Pacheco sie bis zum Landeplatz außerhalb der Stadt gefahren haben, wo wir angekommen waren, was er zweifellos eben Ricardo erzählt hatte: Nichts von wegen Hotel, ein kleines Flugzeug, anders hätte Ricardo nicht davon erfahren können, niemand hatte das Flugzeug im *El Tato* erwähnt, auch ich später nicht. Nun war ich wahrhaftig verloren, sollten Presley und die anderen Richtung Acapulco unterwegs sein, war das mein Abschied. Ein Schlag war es, ein Abgrund, war Verlassenheit und entsetzliche Ferne, der gefallene Vorhang, meine Freunde waren nicht mehr auf demselben Terrain. Dagegen wäre mir nie in den Sinn gekommen, weder damals noch während der fünf folgenden Tage, dass der Abgrund sogleich noch tiefer, ihr Terrain noch ferner werden würde oder bereits war, dass sie angesichts der Vorkommnisse sofort die Zelte abbrechen würden, beunruhigt durch McGraw, Sherry und Hank, überzeugt von der offenkundigen Gefährlichkeit dieses Landes für Presley; noch, dass in Acapulco, nachdem ich in übler Verfassung fünf Tage später – fünf – zurückkehrte, nur noch das zweite Drehteam vor Ort war, von dem die Begleithefte sprechen, zum einen, um lebloses Material zu filmen, zum anderen als Abteilung, die warten sollte, ob ich auftauchte; noch, dass von jenem Abend an Herr Presley Mexiko offiziell niemals betreten, sondern seine gesamte Rolle als Trapezkünstler Mike Windgren in einem Studio absolviert hatte, mein Einfall mit dem Double wurde übernommen; noch, dass ich nicht beim Höhepunkt zugegen sein würde, der Szene, in der er *Guadalajara* sang, weshalb sie zur absurdesten Darbietung des Spanischen wurde, die man je auf einer Platte gehört oder auf der Leinwand gesehen hat, Presley singt den kompletten Text, und man versteht kein Wort, eine völlig unartikulierte Sprache: Nachdem die Szene gedreht worden war, klopften ihm alle auf die Schulter und beglückwünschten ihn heuchlerisch, wie man mir erzählte (»Toll, Elvis«), er hielt seine unverständliche Aussprache für vollkommen, und niemand klärte ihn über seinen Irrtum auf, wer hätte das gewagt? Elvis war Elvis. Ich hakte kaum nach, aber anscheinend hatte man Herrn Presley gezwungen, mich hängenzulassen, zuerst Pacheco mit seinen Drohungen oder seiner Pistole, dann McGraw und Colonel Tom Parker sowie Wallis mit seinen gewaltigen Panikanfällen. Man denkt nicht gern, dass ein Idol einen enttäuscht hat.

Ich fühlte mich verloren, musste irgendwie wegkommen, entwischen, ich bat um Erlaubnis, auf die Toilette zu gehen, die bekam ich, aber der andere Gorilla begleitete mich, der mit der Pistole unter der Achsel, ein träger, feister Kerl, der mir nicht von der Seite wich, sowohl in den Lokalen wie auch im Auto auf der Fahrt von einem zum anderen. Tatsächlich hatten sie mich die ganze Nacht wie ein wohlbehütetes Paket hin und her geschleppt, ohne mir viel Beachtung zu schenken, als einen Teil ihres Gefolges, erschreckten mich hin und wieder zum Vergnügen, nicht einmal zu ihrer Hauptattraktion war ich geworden, die Truppe war etwas lustlos, wenig einfallsreich, bestimmt trafen sich fast jede Nacht dieselben Leute, und sie mussten es allmählich über haben. Ich war eine Neuheit, die jedoch gleich die Routine verschluckt hatte, gegen die war wohl kein Kraut gewachsen.

Im vierten Lokal, oder war es das fünfte (es fiel mir schwer, mitzuzählen), waren sie es vollends leid und erklärten den Abend für beendet.

Wir waren ein paar Kilometer aus der Stadt hinausgefahren, ich wusste nicht, ob in Richtung Süden, Norden, Osten oder Westen. Es war eine Raststätte an der Straße, bereits auf dem Land, diese Lokale erkennt man überall auf der Welt, man besucht sie nur, um es noch ein bisschen ausklingen zu lassen, lustlos, bereits auf dem Rückzug. Es waren wenig Leute dort, und nach ein paar Minuten noch weniger, ja wir blieben ganz allein zurück, zwei mehr als müde Mädchen, Pacheco, der Feistling, Ricardo und Julio, der Inhaber und ein Kellner, der uns bediente, alle schienen Freunde zu sein, Letztere sogar Untergebene, vielleicht gehörte Ricardo auch dieses Lokal oder vielleicht seinem Teilhaber, dem Dickwanst. Ricardo hatte viel getankt – wer nicht? –, er döste vor sich hin, war über den Ausschnitt einer der Frauen gesunken. Es waren kleine Gauner mit weißen Handschuhen, ihre Verbrechen nicht organisiert.

»Warum machst du nicht endlich Schluss, und wir gehen schlafen, was, Julito?«, sagte er mit einem Gähnen.

Mit was Schluss machen, dachte ich damals, sie hatten doch nichts begonnen. Vielleicht würde der Dickwanst mir einen Denkzettel verpassen, oder vielleicht ließen sie mich auch zurück. Aber sie hatten mich nicht die ganze Nacht für nichts und wieder nichts herumgeschleppt. Vielleicht würde mich der Dickwanst liquidieren, der Pessimismus gedeiht stets neben dem Optimismus, die Kühnheit neben der Ängstlichkeit und umgekehrt, nichts gibt es allein und unvermischt.

Der Dickwanst Julio hatte viele Schweißflecken auf dem hellen Jackett, so viel Schweiß produzierte er, dass er das Hemd durchdrungen und das Jackett erreicht hatte, das geplättete Haar sah nun grauer aus und hatte während der endlosen Nacht aufbegehrt, die kleine Mähne im Nacken kräuselte sich, ja drehte sich fast zu Korkenziehern. Sein weißer Teint war nun bleich, in seinen Augen lag Überdruss, ebenso böses Blut. Plötzlich erhob er sich zu voller Größe und sagte:

»Na gut, wie du willst.« Er legte mir eine Hand auf die Schulter (seine war eher wie ein Fisch, feucht und stinkig, ihre Berührung fast ein Plätschern) und fügte zu mir gewandt hinzu: »Na los, Junge, leiste mir ein bisschen Gesellschaft.« Er deutete auf eine Hintertür mit Luke, hinter der Pflanzen oder Laubwerk zu erkennen waren, sie schien auf einen kleinen Park oder einen Gemüsegarten hinauszugehen.

»Wohin? Wohin sollen wir gehen?«, rief ich beunruhigt aus, und man merkte mir die Furcht an. Ich konnte sie nicht unterdrücken, nervöse Erschöpfung hatte mich befallen, so nannte man diesen Zustand damals.

Der Dickwanst packte mich am Arm und zog mich mit einem gewaltsamen Ruck hoch. Er verdrehte meinen Ellbogen, klemmte ihn im Rücken fest. Er besaß Kraft, aber es hatte ihn Mühe gekostet, sie auszuüben, das merkt man immer.

»Da nach hinten, dort plaudern wir zwei noch ein Weilchen über Schwuchteleien, bevor wir ins Bett gehen. Du musst ja auch schlafen, das war sicher ein langer Tag für dich, und das Leben ist so kurz.«

Der Auftakt dieses Tages verlor sich in grauer Vorzeit. Am Morgen hatten wir Szenen in Acapulco gedreht, mit Paul Lukas und Ursula Andress, es schien nicht mehr wahr zu sein. Er wusste nicht, wie weit weg das war.

Die anderen rührten sich nicht, blickten sich nicht einmal um, das war privat und ging nur den Dickwanst an, bei derlei gibt es keine Zeugen. Mit der Linken stieß er mich zur Hintertür, mit der anderen verdrehte er mir den Arm, eine Schwingtür, die noch etwas pendelte, wir traten ins Freie, ja, ein Gewitter kündigte sich für die Nacht an, es blies bereits ein warmer Wind und schüttelte die Büsche und die Bäume eines Wäldchens weiter hinten, so empfand ich es, als ich aufs Gras trat und es sofort im Gesicht spürte, trockenes Gras, der Dickwanst hatte mich mit einem Faustschlag in die Seite ohne Umstände zu Boden geschickt, nun würde er kurzen Prozess machen. Ich spürte sein gewaltiges Gewicht rittlings auf meinem Rücken, und gleich darauf etwas um den Hals, den Gürtel oder das Taschentuch, es musste das grüne Taschentuch sein, das vor ein paar Stunden sein Werk hatte unterbrechen müssen und an meiner Kehle nun wieder daran anknüpfte, das Paket am Ende festgezurrt. Nicht nur seine Hand, der gesamte Dickwanst stank nach Fisch, und sein Schweiß troff, jetzt erklang keine Musik mehr, keine Rumba, keine Trompete, gar nichts, nur das Rauschen des Windes, der sich erhob oder vielleicht vor dem Sturm floh, und das Quietschen der schwingenden Tür, durch die wir auf die Bühne meines unvorhergesehenen Todes getreten waren, ein rückwärtiger Garten im Umland von Mexiko-Stadt, wie konnte das sein, da betritt man einen Schuppen und stellt sich nicht vor, dass dort das Ende beginnt und alles insgeheim und lächerlich unter dem Druck eines zerknautschten, fettigen, dreckigen Taschentuchs endet, das tausendmal zuvor über die Stirn, den Nacken, die Schläfen dessen gewischt hat, der einen tötet, der mich tötet, mich tötet, gerade jetzt, niemand hätte das am Morgen vorhersehen können, und alles ist in einer Sekunde vorbei, eins, zwei und drei und vier, niemand greift ein oder sieht zumindest, wie ich dieses sicheren Todes sterbe, der sich da gerade ereignet, ein Dickwanst tötet mich, den ich nicht kenne, ich weiß nur, dass er Julio heißt und Mexikaner ist, und ohne es zu wissen, hat er zweiundzwanzig Jahre auf mich gewartet, mein Leben ist kurz, und es endet auf dem dürren Gras eines Hintergartens in der Umgebung von Mexiko-Stadt, wie kann das nur sein, es kann nicht sein, und es ist auch nicht, denn auf einmal sehe ich mich mit dem Taschentuch in der Hand – die Seide flog –, ich zerriss es wütend, hatte den Dickwanst mit der ganzen Kraft meines dunklen Rückens und meiner verzweifelten Ellbogen abgeworfen, die sich, so gut sie konnten, in seine Schenkel gebohrt hatten, vielleicht hatte sich der Dickwanst zu lange damit aufgehalten, meine Kehle zu schnüren, und die Kräfte schwanden ihm, wie er auch zu lange gebraucht hatte, die von McGraw zu verschnüren, um ihn in die Hölle zu befördern, der erste Impuls reicht nicht aus, um jemanden zu erdrosseln, er muss über mehrere Sekunden aufrechterhalten werden, fünf, sechs, sieben, acht, mehr, mehr noch, denn jede einzelne Sekunde ist abgezählt und zählt, und da bin ich noch und atme, eins, zwei und drei und vier, und nun bin ich es, der eine Spitzhacke packt, erhebe sie und laufe, um sie dem Dickwanst in die Brust zu bohren, der am Boden liegt und sich so schnell nicht aufrappeln kann, wie ein Käfer, da ist Fleisch, da ist Leben, denen muss ich ein Ende machen. Und ich bohre die Spitzhacke ein, zwei, drei Mal mit einem Geräusch wie ein Plätschern hinein, ich töte ihn, töte ihn, töte ihn gerade, wie kann das sein, es geschieht jetzt, ist unwiderruflich, ich sehe ihn, dieser Dickwanst ist heute Morgen aufgestanden und hätte sich nicht träumen lassen, dass er das nie wieder tun wird, denn eine Spitzhacke tötet ihn, die seit tausend Jahren in einem Hintergarten dessen harrte, eine Spitzhacke, mit der man den Rasen auflockert und auch ein unvorhergesehenes Grab gräbt, eine Spitzhacke, die vielleicht noch niemals Blut gesehen hat, dieses Blut, das noch stärker nach Fisch riecht, immer feucht ist, hervorquillt und den Wind befleckt, der vor dem Sturm flieht.

Da ist auch die Erschöpfung zu Ende, es gibt keine Müdigkeit mehr, keine Mattheit, aber vielleicht auch kein Bewusstsein mehr, oder vielleicht doch, aber es wird nicht beherrscht, nicht kontrolliert, nicht geordnet, und während man die Flucht ergreift und zu zählen und sich umzusehen beginnt, denkt man: »Ich habe einen Mann getötet, ich habe einen Mann getötet, das ist unwiderruflich, und ich kannte ihn nicht.« Das Tempus, in dem man es denkt, ist zweifellos dieses, man sagt sich nicht »kenne«, sondern unerklärlicherweise schon »kannte«, und man denkt nicht daran, ob es gut oder schlecht, ob es gerechtfertigt war oder einen anderen Ausweg gegeben hätte, man denkt nur an die Tat: Ich habe einen Mann getötet, und ich kannte ihn nicht, weiß nur, dass er Julio hieß, sie nannten ihn Julito, und er war Mexikaner, er ist einmal in meiner Geburtsstadt gewesen, im Castellana Hilton abgestiegen und hatte ein grünes Taschentuch, das ist alles. An diesem Morgen wusste er nichts von mir, hat nie meinen wirklichen Namen erfahren, und mehr werde auch ich nie über ihn erfahren. Ich werde nichts über seine Kindheit wissen, nicht, wie er damals gewesen ist, nicht, ob er für seine geringe Bildung, die das Englische nicht einschloss, auf die Schule ging, werde nicht wissen, wer seine Mutter ist, ob sie noch lebt und man ihr die Nachricht vom unvorhergesehenen Tod ihres dicken Julio überbringen wird. Man denkt daran, auch wenn man nicht will, denn jetzt muss man fliehen und rennen, niemand weiß, was es bedeutet, verfolgt zu werden, wenn man es nicht am eigenen Leib erfahren hat, wenn die Verfolgung nicht beharrlich und unerbittlich war, ausgeführt mit Bedacht und Entschlossenheit, mit Eifer und ohne Rast, hartnäckig oder fanatisch, als hätten die Verfolger nichts anderes im Leben zu tun, als uns zu packen, um die Rechnung mit uns zu begleichen. Niemand weiß, was es bedeutet, fünf Nächte und fünf Tage so verfolgt zu werden, wenn er es nicht am eigenen Leib erfahren hat. Ich war zweiundzwanzig, und nie mehr werde ich nach Mexiko zurückfahren, mag Ricardo auch auf die siebzig zugehen, und der Dickwanst seit Ewigkeiten tot sein, ich habe es selbst gesehen. Noch heute strecke ich meine Hand nach vorn, schaue sie mir an und sage mir selbst: »Fünf.«

Ja, es war besser, dass ich nicht dachte, sondern rannte, dass ich rannte, ohne innezuhalten, mir die Seele aus dem Leib rannte, die nun weder benommen noch müde war, alle meine Sinne waren wach, als wäre ich von einem langen Schlaf aufgestanden, und während ich ins Wäldchen vordrang und darin untertauchte und die ersten Donner erklangen, hörte ich klar und deutlich durch den Wind hindurch die vergifteten Schritte, die sich mit der Dringlichkeit des Hasses auf den Weg machten, um mich zu zerstören, und Ricardos Stimme, die durch den Wind gellte:

»Jetzt, jetzt sofort, ich will ihn tot sehen, und ich warte nicht, bringt mir den Kopf dieses Hurensohns, zieht ihm das Fell über die Ohren, teert und federt ihn, das Fell über die Ohren und den Kopf gleich mit, ein Haufen Dreck, damit er niemand mehr ist und der Hass aufhört, der mich so quält.«

(1996)

Kameradschaftsgefühl

Ich ging hinaus, um eine Zigarette zu rauchen, der Pfarrer fand kein Ende. Ich trat an die Balustrade, vor mir das Umland von Ronda, ein weites Terrain, das sich aus nicht allzu großer Höhe überblicken ließ, ein Panorama in Cinemascope, mehr breit als hoch, wie ich es schon früher von dem berühmten Hotel aus betrachtet hatte, im Rücken die schwarze, schlecht getroffene Statue des Dichters Rilke, dessen nicht zu mietendes Zimmer man besichtigen kann, ein winziges Museum. Ich stellte den Fuß auf den unteren Rand der Balustrade, so dass er etwas höher stand, zündete problemlos die Zigarette an, trotz Gegenwind, vielleicht war es auch nur ein starkes Lüftchen, eher stimulierend als hinderlich, das Lüftchen eines klaren Tages Anfang März, dem Kalender nach noch Winter.

Als hätte ich ihn ermuntert oder angesteckt – fast nie verlässt bei öffentlichen Veranstaltungen nur ein Einziger den Raum; einer geht, und andere ahmen ihn ermutigt nach, selbst mitten in einem Konzert oder einem Vortrag; der Gelehrte oder der Musiker kommt einen Moment lang aus dem Takt, verzagt, seine Worte oder Noten geraten unwillkürlich ins Taumeln und versinken kurz –, folgte mir postwendend ein anderer Mann, er hatte nicht einmal zehn Sekunden gewartet. Ebenso wie ich stützte er einen kleinen Fuß auf den Rand, gut drei Schritte links von mir, zog ein glänzendes Feuerzeug hervor, das er gewiss immer wieder nachfüllte, und schützte mit der Hand die Flamme.

»Der Pfarrer findet kein Ende«, sagte er, »das kann noch dauern.« Sofort fiel mir sein andalusischer Akzent auf, nicht allzu stark, sondern abgeschwächt, kontrolliert, gewiss konnte er ihn fast unterdrücken, wenn er nicht in der Gegend war, und ihn bei der Rückkehr mühelos wiederaufnehmen, ein mimetischer, unentschlossener Mensch. »Ich weiß nicht, wozu all die Homilien.« Das war gewiss nicht das passende Wort für die vagen Exkurse über die Ehe, die der redselige Pfarrer auf die Brautleute losließ, aber ich gehe schon seit langem nicht mehr in die Kirche und kenne den genauen Begriff nicht, vielleicht Mahnungen, Gebote, nein, mir scheint, die erhalten die Brautleute vorher, egal, ich habe keinen Schimmer.

»Na ja«, sagte ich, »der Pfarrer muss die Gelegenheit beim Schopf packen. Wenn er schon mal die Kirche voll hat ...«

»Glauben Sie das nicht«, entgegnete der andere, »die ist hier im Süden nicht so verelendet wie anderswo. Ich heiße Baringo Roy. Gehören Sie zu Braut oder Bräutigam?«

Ich fragte mich, ob er sich versprochen und »verödet« hatte sagen wollen. Die beiden Nachnamen hatte er ganz beiläufig fallen lassen, ohne Nachdruck, als wäre er Schiedsrichter beim Fußball oder als würde er immer beide nennen, wie bei García Lorca oder Sánchez Ferlosio. Doch wenn schon der erste Nachname so ausgefallen war wie Baringo, leuchtete die Notwendigkeit eines zweiten nicht ein.

»Eigentlich zu keinem von beiden. Ich habe eine Freundin aus Madrid hergebracht, die nicht Auto fährt. Sie ist die Cousine des Bräutigams, ich dagegen sehe die beiden heute zum ersten Mal, ihn wie die Braut. Nun gut, nicht mal ins Gesicht habe ich ihnen blicken können, habe sie nur beim Gang durchs Kirchenschiff gesehen und später vor dem Altar, von hinten.«

Nun wandte er sich zu mir, während er bisher meine Haltung imitiert hatte, den Fuß auf dem Balustradenrand, den Blick aufs liebliche, weite Land gerichtet; seine Vorstellung hatte nur ein knappes Neigen des Halses begleitet, kein Drehen.

»Ah, das hübsche Ding, die Cousine aus Madrid, die habe ich schon gesehen«, sagte er. »Wie heißt sie noch, María, oder? Sie ist mir eben vorgestellt worden.«

»Ja, dieses hübsche Ding«, entgegnete ich und dachte, dass das »Ding« in ihren Ohren fatal geklungen hätte. Ich würde es ihr erzählen, um ein wenig auf meine Kosten zu kommen. »Und Sie also zur Braut«, fügte ich hinzu, was eher ein Vorschlag als eine Frage war. Eine bloße Erwiderung, mir war es einerlei, die Leute interessierten mich nicht, ich tat nur María einen Gefallen, die oft auf Hochzeiten geht, ich nie, wenn mich eine ereilt, mache ich mich dünn und schicke stattdessen ein schönes Geschenk.

»Nun ja«, antwortete Baringo, »zu beiden, ich bin mit beiden bekannt. Aber eigentlich mehr mit der Braut, ich kenne sie schon von früher. Ihn auch, aber noch nicht ganz so lange. Und sie habe ich auch früher kennengelernt, vor ihm, meine ich.«

Da ich kaum hinhörte, kam mir das reichlich konfus vor, aber ich wollte nichts erklärt bekommen, es war mir einerlei, die Leute geben viel zu oft Erklärungen ab, um die sie niemand gebeten hat, viele müssen vor Unbekannten auf Teufel komm raus alles erläutern und ihre Lappalien von allen Seiten beleuchten, Leute mit Zeit wie die Andalusier etwa, wenn sie penetrant sind, aber manche sind auch so schweigsam, dass man ihnen die Wörter aus der Nase ziehen muss, andere wiederum sind locker und schnell. Sicher gehört er zu den Penetranten, dachte ich, und drehte mich nun auch um, zum ersten Mal, und sah ihn mir genauer an. Er war von mittlerer Größe und etwas gedrungen, stämmig fast, aber nicht genug, um tägliches Fitnesstraining zu vermuten, vielleicht war es einfach seine Statur. Er trug eine helle Hornbrille, die seine stark kurzsichtigen Augen verkleinerte und ihm einen schulmeisterlichen Anstrich gab, der nicht zu seiner gebräunten Haut passen wollte, von derselben Farbe wie die dicken Lippen, als bildeten beide, Teint wie Lippen, der Tönung nach ein Kontinuum. Mir fiel auf, dass er sich selbst für eine Hochzeit allzu sehr herausgeputzt hatte, und rätselte, worin er übers Maß hinausgeschossen war. Die Lösung war leicht: Der Schnitt seines Anzugs (samt Krawatte), für den Winter in allzu blassem Grau, erinnerte unweigerlich an einen Cutaway, an einen falschen oder bloß angedeuteten, der ihm den Anschein eines Ersatz- oder Zweitbräutigams gab, nicht den eines Gastes.

»Aha«, sagte ich eigentlich nur, um seiner Pause etwas entgegenzusetzen und zu vermeiden, dass er mir das Kauderwelsch von eben erklärte.

Als ich ihm mein Gesicht zuwandte, drehte er sich erneut und blickte nun zur Kirche, die Ellbogen auf die Balustrade gestützt. Er nickte Richtung Kirche, als zeigte er mit den Augenbrauen auf sie. Zweimal wiederholte er die Geste, bevor er wieder das Wort ergriff, als wollte er damit Anlauf nehmen. Er sagte:

»Wissen Sie, die Braut, die habe ich gevögelt.«

Ich muss gestehen, dass er mir Spaß machte, und dachte vielleicht: Aha, ein verschmähter Liebhaber. In seiner Bemerkung schwang weniger Geringschätzung oder Prahlerei mit als etwas unbezähmbar Kindisches, das ich bei Männern allzu oft erlebt habe, auch bei mir selbst. Ich mag nicht, wenn jemand mit diesen oft erlogenen Heldentaten angibt, doch bei ihm klang es, prinzipiell zumindest, eher nach Besitzanspruch als nach bloßer Prahlerei. Ich dachte, eins von beiden: Entweder weiß niemand davon, und es überkam ihn, als er sie am Traualtar gesehen hat, er musste es bei irgendwem loswerden – gut gewählt: ein Ungefährlicher, ein Fremder –, während sie ihm entschlüpft; oder aber alle Welt weiß davon – sie waren verlobt oder ein Paar, zum Beispiel –, und er hat es nicht ertragen können, dass hier ein Gleichgültiger aus Madrid nichts von der ehemaligen Verbindung weiß. Und da mir seine Beteuerung Spaß machte, konnte ich es mir nicht verkneifen, mit einem witzigen Einfall zu antworten, einen Witz oder Einfall kann ich selten unterdrücken.

»Na ja«, sagte ich, »Sie werden nicht der Einzige gewesen sein.«

»Was meinen Sie?« Sofort war er auf der Hut. »Aber nein, verstehen Sie mich nicht falsch, bestimmt können nur wenige ein Gleiches behaupten.«

Ich hatte den Ruf der Braut beschmutzt, den er nach den Geboten längst vergangener Zeiten als Erster vor einem Wildfremden beschmutzt hatte, dazu noch während des Ehesakraments. Wie sich doch alles verändert, dachte ich. Da hat das 21. Jahrhundert kaum begonnen, und schon sind neunzig Prozent der spanischen Literatur des 20. alter Plunder, den Themen nach zumindest, so fern wie Calderón de la Barca. Ins Museum damit, Valle-Inclán, Lorca und all die vielen Nachfolger sind nur noch etwas für Archäologen.

»Nein, ich kenne sie ja gar nicht, wie gesagt, ich bin bloß eingesprungen. Aber kommen Sie, die Braut wird um die dreißig sein, da ist es doch, nun ja, normal, wie bei jeder anderen, ein paar Erfahrungen wird sie gemacht haben. Anwesende ausgenommen«, fügte ich hinzu, ohne mich beherrschen zu können. »Weiß es der Bräutigam?«

Baringo Roy schob sich mit dem linken Mittelfinger die Brille zurecht, während er mir mit der Rechten seine Zigarettenschachtel hinhielt. Ich nahm eine; er wartete mit der Antwort, bis wir uns beide die Zigarette mit seinem imposanten Feuerzeug angezündet hatten, dessen Flamme unsere vier Hände vor dem Ronda-Wind beschützten, der ungehindert wehte.

»Er weiß es und weiß es nicht«, sagte er, nachdem er die Ellbogen wieder auf die Balustrade gestützt hatte, den Rücken zur Landschaft. »Er ist ein Schwachkopf. Er weiß es, weiß Bescheid, und kann es sich doch nicht vorstellen. Seine Braut, die ihm da mit Schleier und Strauß Versprechungen macht«, und abermals wies er Richtung Kirche, diesmal vielleicht mit nur einer Augenbraue, nicht mit beiden, »die habe ich genommen, wie es mir nur passte, wissen Sie. Zu meinen Füßen, auf Knien, auf und unter ihr, von vorne, von hinten, von der Seite und im rechten Winkel. Eine Wildkatze. Bei mir eine Wildkatze.« Und in zwei Zügen hob er den Zeigefinger, als zeichnete er eine Spirale in die Luft.

Der Kerl war mir nicht unsympathisch, Baringo Roy. Vielleicht war er wirklich ein verschmähter Liebhaber und etwas großspurig dazu, doch mehr seinen Worten, nicht dem Ton nach. Aus ihm sprach weniger der Verschmähte, auch nicht das Verlangen, die Brautleute zu demütigen. Nicht das trieb ihn zum Reden, seine Indiskretion schien eher dem Wunsch zu entspringen, in einem entscheidenden, wenn auch unpassenden Moment eine Wahrheit auszusprechen, Tatsachen festzuhalten. Nicht, dass er leidenschaftslos gesprochen hätte (in den Worten »eine Wildkatze« hatte Heftigkeit, aber auch Hochachtung gelegen), doch sein Ton verriet keine Wut, keine Rachsucht oder das Verlangen, die Zeremonie herabzuwürdigen, die gerade stattfand, keinen Groll gegenüber der Braut, nicht einmal gegenüber dem Bräutigam. Für ihn war er einfach ein Schwachkopf, doch das war alles, er hatte ihn so betitelt, als wäre das wohlbekannt und offensichtlich, weniger eine eigene Meinung, eine persönliche Beleidigung, als eine allgemein anerkannte Ansicht. Und da mir dieser Baringo nicht unsympathisch war, gab ich wieder dem Drang zum Scherzen nach, der diesem Kameradschaftsgefühl entwächst, das sich umgehend zwischen Männern einstellt, die sich weder angreifen noch miteinander konkurrieren, ein Gefühl, das heute so gering geschätzt wird. Man weiß gewöhnlich sofort, wie die anderen sind, weil man sie das ganze Leben lang vor Augen hatte, von klein auf, in der Schule und auf der Straße. Oftmals missbilligt, ja, hasst man sie auf den ersten Blick, aber gerade deshalb, weil man sie fast immer »vor Augen« hat, versteht oder erkennt man sie oder erkennt sich selbst dabei und weiß, dass man ohne große Mühe wie der Schlimmste von ihnen sein könnte, im Gegenteil, es macht uns beständig Mühe, nicht wie die Schlimmsten zu sein. Also sagte ich:

»Nun gut, wenn sie das mit der Wildkatze übertrieben

hat, machen Sie vielleicht keinen schlechten Tausch, wenn der Bräutigam sie Ihnen jetzt abnimmt. Sonst wären Sie mir noch der Erschöpfung verfallen.«

Er sah auf mich herab wie auf einen Knirps, obwohl ich fünf Zentimeter größer war. Seine Miene war so unmissverständlich, dass ich schon glaubte, nun würde die Großspurigkeit endgültig mit ihm durchgehen: Von wegen, du Spinner, oder etwas in der Art. So weit ging er nicht, vielleicht, weil ihn nicht meine vermutliche Unverschämtheit verblüffte, sondern meine wohl naive Einschätzung des Bräutigams.

»Von wegen Bräutigam, so ein Schwachkopf. Der schläft mit Bettschühchen, Mann.«

»Weil er so unerfahren ist? Womöglich zieht Ihre Wildkatze sie ihm aus?«

Noch immer musterte er mich wie einen Wurm.

»Nein, weil er ein Schwachkopf ist, bei dem ist Hopfen und Malz verloren. Und aufgepasst: eine Wildkatze bei mir, wohlgemerkt. Bei mir. Ich bin sehr sexuell, Sie haben keine Vorstellung. Ich war schon mit Transvestiten zusammen.«

Ich sah da wenig Verbindung, versuchte, eine zu finden, eher aus Höflichkeit denn aus einem anderen Grund:

»Ach ja«, sagte ich. »Gerade Heterosexuelle sollen ja mit Transvestiten gehen ...«

»Zweifeln Sie nicht daran«, unterbrach er mich schroff.

Der merkwürdige Exkurs wurde mir peinlich, auf dem Gebiet hatte ich noch keine klaren Gedanken gefasst. Mit der Wildkatze allein war mir wohler, also kehrte ich zu Baringo und ihr zurück.

»Aber dann verstehe ich nicht, warum nicht Sie vor dem Altar stehen anstelle des Bettschühchenträgers. Oder sind Sie schon verheiratet? Ich will nicht indiskret sein, aber da Sie schon davon erzählen …«

Baringo Roy stieß ein Lachen aus, kurz und trocken, als sollte kein Zweifel aufkommen, dass es ein sarkastisches Lachen war, ein nachdrückliches. Dann blies er zweimal durch die dicken Lippen von der gleichen Farbe wie seine Haut.

»An der Stelle hat mich noch keiner gesehen und wird es auch nicht, das kann ich mir nicht erlauben, ich stehe immer auf der anderen Seite. Ich bin durch und durch sexuell, das sagte ich bereits, und eben darum ist es nicht gut für mich, stets griffbereit zu sein. Bei niemandem, verstehen Sie. Ich bin der, der nicht immer da ist, bin die Ausnahme und der Feiertag. Ich würde es nicht ertragen, wenn ich eines Tages merkte, dass anderswo gefeiert wird, und ich meine jetzt nicht nur den Sex, sondern alles, das Vergnügen, das Anregende, Unerwartete. Auch den Sex, versteht sich, dagegen lässt sich nichts machen, urteilen Sie selbst: Der Schwachkopf weiß nicht, dass ich vor zwei Wochen noch mit seiner Braut gevögelt habe, ja fast vor seinen Augen. Wir saßen in einem Restaurant in Sevilla im großen Freundeskreis zusammen, darunter er und sie. Beim Dessert bin ich aufgestanden und zur Toilette gegangen. Sie folgte zwei Minuten später, wir trafen im Gang aufeinander, sie kam, ich ging. Ebendort habe ich sie in null Komma nichts gevögelt, in der Herrentoilette, Riegel vor, gevögelt, fertig.«

»In null Komma nichts, zweifellos.« Auch diesen Kommentar konnte ich mir nicht verkneifen, diesmal wohl vor lauter Staunen.

Baringo Roy überging ihn, er hatte noch mehr mitzuteilen.

»Und ebenso wenig weiß er, dass in zwei Wochen, wenn sie von ihrer Hochzeitsreise zurück sind, das Gleiche geschehen wird. Natürlich nicht zwangsläufig in der Toilette. Dagegen kommt kein Wille an, das ist bewiesen. Mag sein, heute weiß das nicht einmal sie selbst, nein, ich sage nicht, dass sie ein Biest ist, auf keinen Fall. Das war vor zwei Wochen, aber vor einer habe ich sie angerufen, und sie wollte nichts mehr hören. Das reicht, es ist endgültig vorbei, hat sie gesagt; nun gut, das ist normal, der Schatten, die Vorboten von dem hier.« Und wieder deutete er mit den Brauen Richtung Kirche, wenn auch weniger deutlich, weniger schwungvoll, vielleicht wiesen nur seine Wimpern in die Richtung. »Ich verstehe das, man muss sich auf so eine Situation einstellen, sonst hat man schwer zu kämpfen. Aber in zwei Wochen hält sie es nicht mehr aus, Sie werden sehen.«

»Das bezweifle ich.« Wieder streute ich meinen Witz ein, unverbesserlich. »Wir fahren noch heute Nacht nach Madrid zurück, gleich nach dem ganzen Theater.«

Baringo Roy lachte, diesmal ganz natürlich.

»Natürlich, Sie nicht, das war nur so eine Redensart. Aber ich schon und sie ebenso. Dagegen kämpft man nicht an, das wissen Sie bestimmt. Aber sehen können Sie, wie sie mich beim Herauskommen gleich anblicken wird, so frisch verheiratet sie auch sein mag. Dagegen kämpft man nicht an, nicht einmal mit dem Blick. Nur weiß kaum einer sie zu lesen, die Blicke.«

Da schaute ich mir seinen genauer an. Er war nicht gerade beredt, ließ nicht einmal Interpretationen zu hinter der Brille, die ihm die Augen verkleinerte. Nun kam doch Neugier in mir auf, ich hatte das Bedürfnis, beiden ins Gesicht zu sehen, dem Schwachkopf und der Wildkatze, die fähig war, mit vorgeschobenem Riegel in null Komma nichts zu vögeln, Baringos Worten nach. Ich hatte sie nur flüchtig von der Seite gesehen, als die beiden jeder für sich zum Altar gegangen waren. Ansehnliche Erscheinungen, wie mir schien. María hatte gesagt, ihr Cousin sei der Hübscheste von ihnen, mit Abstand, und sie ist wirklich ein hübsches Ding, und was für eins, und schloss sich selbst mit ein. Aber das hatte nichts mit dem zu tun, was mein Nachbar gemeint hatte.

»Ich werde aufpassen, keine Sorge.« Das sagte ich.

Und als ich ihm das sagte, wusste ich, dass genau das Gegenteil geschehen, dass ich das Menschenmögliche tun würde, nicht aufzupassen, nicht auf das zu achten, was da vor sich ging. Ich wusste es, weil der Mann so verzweifelt überzeugt davon war, Baringo Roy hieß er. Er steckte sich eine weitere Zigarette an, erregter und ungeduldiger als die beiden vorhergehenden, ungeduldig mit sich selbst, ja, er vergaß sogar, mir eine anzubieten. Ich glaube, er vergaß es, weil wir in dem Augenblick das Murmeln nach der vollzogenen Zeremonie hörten, und sofort drangen Gäste aus dem Kirchentor, nach und nach, gestaffelt, bestimmt begrüßten sich viele noch drinnen oder schlurften müden Fußes dahin, zuerst musste der Stau sich auflösen, bevor das Brautpaar auftauchte und die Leute draußen vor dem Tor ihm zujubeln und Blumen zuwerfen konnten, ich hoffte, der Brauch mit dem prosaischen Reis war nicht bis in den Süden vorgedrungen.

Baringo Roy löste sich von der Balustrade und machte zwei Schritte vorwärts, sobald er die weniger gemächlichen Gäste auftauchen sah. Für mich hatte er keinen Blick mehr übrig, auch später nicht, er hatte mich vergessen, ebenso unser Gespräch, ein völlig übergangsloses Vergessen. Er machte zwei weitere Schritte auf die Kirche zu, und nun sah ich ihn in voller Gestalt von hinten. Der falsche Cutaway saß ihm nicht schlecht, wirkte nur unpassend. Er warf die Zigarette weg, die er eben angezündet hatte, fast ungeraucht, ging noch etwas näher, wenn auch nicht so nah, dass seine Bekannten sich umwandten, ihn in ihre Gruppe aufnahmen und mit ihrem Gespräch ablenkten. Er trat erst zu den Gruppen, als wir sahen, wie sich alle zugleich zum Kirchentor wandten, um endlich die Brautleute herauskommen zu sehen, Wildkatze und Schwachkopf oder Schwachkopf und Wildkatze. Ich bekam noch mit, wie Baringo Roy, kaum waren die beiden lächelnd Arm in Arm herausgetreten, zusammen mit den anderen Gästen in Beifall ausbrach, und seiner war besonders stark, Enthusiasmus konnte man ihm nicht absprechen, er wirkte echt, nicht aufgesetzt, vielleicht war es seine Schwäche für sie. Da drehte ich mich um und blickte wieder über das weite, liebliche Land und ließ den Wind ungehindert an meinem Gesicht zerren. Mit den Augen würde ich nicht einmal María suchen, von deren Seite ich vor einer Weile schon desertiert war. Ich wollte nicht das Risiko eingehen, bei der Braut hängenzubleiben und mit eigenen Augen festzustellen, dass die ihren kein einziges Mal zu Baringo wanderten. Ich wusste, dass sie unter Jubelrufen zu einem geschmückten Auto gelangen und samt Schwachkopf und langer Schleppe einsteigen würde, ohne sich auch nur daran zu erinnern, dass da unter den Gästen dieses Individuum stand, mit einem Mal so vergangen. Nicht, dass es ihm etwas ausgemacht hätte, wenn ich Zeuge dieses abwesenden weiblichen Blicks geworden wäre, der nicht bei ihm haltmachte, denn Baringo Roy hatte mich bereits vergessen. Doch mir machte es etwas aus, ich sah ihn lieber nicht, denn in dem Moment hatte es sich schon herausgebildet und in Bewegung gesetzt, mein Kameradschaftsgefühl.

(2000)

Ein riesiger Gefallen

Mein Kindheitsfreund Custardoy wird mit jedem Tag verrückter, und ich bin mir sicher, früher oder später nimmt es ein schlechtes Ende mit ihm. Als ich ihm von dem gewaltigen Ärger erzählte, den mir ein mächtiger Mann in der Stadt bereitet, der Unternehmer Jauralde, der es sich zur Aufgabe gemacht hat, mich und meine Angehörigen zu verfolgen, unterbrach er mich mitten in der Erzählung und sagte: »Kein Wort mehr. Die Geschichte an sich interessiert mich nicht, ich habe schlimmere gehört und angenehmere auch. Aber ich kenne den Mann, der das für dich regeln kann. Ich stelle ihn dir morgen vor, lass mich nur machen. Wenn er eingreift, ist Schluss mit Bedrängung und Verfolgung.«

Am nächsten Tag trafen wir uns wieder am selben Ort, in einer der Hotelbars des Palace in Madrid. Dort sind so viele Leute, die wichtige Geschäfte abschließen und Verträge und Geheimstrategien besprechen, dass niemand Zeit noch Lust hat, am Nachbartisch zu horchen; an dem, was am eigenen erörtert wird, haben alle mehr als genug. Als wir eintrafen, wartete der Mann, den er herbestellt hatte, schon auf uns. Custardoy hatte mir nichts erklären wollen – so ist er nun einmal –, aber bei seinen vielen und vielfältigen Kontakten rechnete ich mit einem Kollegen von Jauralde, der Einfluss besaß oder Macht über ihn. Der Mann hatte auf den Sitz neben sich einen gepanzerten Aktenkoffer gestellt und einen Sechsertisch gewählt, obwohl wir nur drei sein würden. Er war konventionell gekleidet, in Anzug und Krawatte – eine gelbe Krawatte voll kleiner Vögel, der einzige Farbtupfer –, er wirkte wohlhabend, aber nachlässig, Sakko wie Hose, beide von ausgezeichneter Qualität, zeigten Glanzstellen. Custardoy sprach ihn als Señor Garray an, gewiss nicht sein richtiger Name, nicht einmal sein Beiname. Er war um die vierzig und hatte schon tiefe Geheimratsecken, die er zu verbergen suchte, indem er sich das Haar toupierte, bestimmt benutzte er ein Volumenshampoo, so nennt man das doch, wie mir scheint. Er trug eine Brille mit transparenter Fassung, die beim Gespräch kontinuierlich abwärtsrutschte, als wären die Bügel zu kurz und hakten nicht richtig hinter den Ohren ein, aber vielleicht war das bei seiner stumpfen Nase unvermeidlich, eine Nase, die kaum geeignet schien, etwas zu halten, als hätte der Porträtist vergessen, sie zu Ende zu malen, abzuschließen; daher vielleicht die auffällige Krawatte, eine Art Ausgleich, der die Blicke der anderen von der kaum wahrnehmbaren Nase ablenken sollte. Das gelang nicht, denn immer wieder schob er die Brille mit dem Zeigefinger hoch, sogar, wenn sie noch richtig saß, ein Tick.

»Also los, erzähl ihm alles«, sagte mir Custardoy ohne Umschweife, nachdem er uns einander vorgestellt und Getränke geordert hatte. »Da ich die Geschichte kenne, mache ich eine kleine Runde durchs Hotel, mal sehen, was sich tut. Bin gleich wieder da.«

Er ging, ich sah ihn in Richtung der Läden verschwinden und war allein mit Señor Garray, der sein Panzerköfferchen kurz auf den Tisch legte, es mit sechs schnellen Bewegungen öffnete (schnell, doch sechs, ein Haufen Schlösser) und bloß ein weißes Blatt Papier hervorzog, als wollte er sich Notizen machen. Dann schloss er es sorgfältig, erneut mit sechs Bewegungen.

»Gut, ich höre«, sagte er. »Aber bevor Sie anfangen, muss ich Ihnen die unvermeidliche Frage stellen, die ich immer stelle. Sind Sie vollkommen sicher, dass es keine andere Lösung gibt?«

Sein Ton hatte etwas von einem Beamten, nicht ohne eine gewisse Feierlichkeit.

»Eine andere Lösung?«, fragte ich überrascht. »Was meinen Sie? Eine andere Lösung als was? Custardoy hatte mir gesagt, Sie wären der Mann, der die Lösung hat …«

Señor Garray unterbrach mich.

»Sagen wir, der kann ich sein, ich habe noch nicht angenommen. Deshalb frage ich Sie zuallererst, was ich als Erstes immer frage: Sind Sie vollkommen sicher, dass Sie Ihren Feind aus dem Weg räumen wollen, Ihren Konkurrenten, was auch immer? Sind Sie sicher, dass es keine andere Lösung gibt? Dass man es nicht erst mit einem Mittelweg versuchen könnte, mit einem ordentlichen Schrecken, einem Schwall Drohungen, der Entführung eines Angehörigen? Denn wenn Ihnen ein Mittelweg noch möglich erscheint, sollten Sie ihn besser gehen und sich dafür, versteht sich, jemand anderen suchen. Ich bin nur fürs Endgültige zuständig. Ich verprügele nicht, mache keine Anrufe, keine Entführungen, das ist nicht mein Ding, verstehen Sie. Und ich übernehme nur einen Auftrag, wenn der Kunde keinen anderen Ausweg mehr sieht, er muss sich völlig sicher sein. Mehr noch, selbst wenn er es ist, versuche ich immer, es ihm auszureden, bevor ich annehme, auch wenn ich mir dabei ins eigene Fleisch schneide. Der Ablauf ist also der folgende: Wenn Sie überzeugt sind, sagen Sie es mir. Dann höre ich Ihnen zu. Anschließend versuche ich, Sie von der Idee abzubringen und zu etwas weniger Endgültigem zu bewegen. Nur wenn mir das nicht gelingt und ich mit den Bedingungen einverstanden bin und mir die Durchführung einigermaßen unkompliziert erscheint, erst dann übernehme ich Ihren Auftrag. Aber zuallererst möchte ich den Grad Ihrer Überzeugung prüfen, das heißt, den Grad Ihrer Verzweiflung. Ist er nicht von vornherein der höchste, dann lohnt es nicht einmal, dass Sie Speichel verschwenden, um mir Ihre Geschichte zu erzählen. Ich weiß nicht, ob Ihnen das klar ist: Nicht ich werde Sie überreden, Ihr Vorhaben voranzutreiben, ganz im Gegenteil, ich werde versuchen, es Ihnen auszureden. Sie müssen mich überzeugen, und sind Sie nicht von vornherein völlig sicher, ist es sinnlos, dann werden Sie mich nie überzeugen. Ich weiß nicht, ob ich mich klar ausgedrückt habe.«

Zum Glück sprach Señor Garray sehr hastig, ließ einem keine Gelegenheit zum Einhaken und hatte sich die Zeit genommen, mir sein Vorgehen in aller Klarheit darzulegen. Das Ende seines Monologs ließ mich sprachlos zurück, doch mehr noch sein Anfang, als mir mit einem Schlag bewusst geworden war, mit was für einem Individuum Custardoy mich da zusammengebracht hatte. ›Er ist völlig durchgeknallt‹, dachte ich. ›Wie konnte er nur denken, dass ich Jauralde umbringen möchte, mag er auch noch so brutal gegen mich vorgehen.‹ Aber noch schlimmer war, was ich gleich im Anschluss dachte: ›In was hat sich Custardoy verwandelt. Was für Kenntnisse hat er erworben, mit welchen Leuten hat er Umgang, wenn ihm zur Lösung meiner Probleme nichts anderes einfällt, als mir einen Auftragskiller anzuschleppen, im Handumdrehen dazu, von heute auf morgen, als ließen sich derlei Subjekte so einfach aufgabeln. Für ihn anscheinend schon. Er ist verrückt geworden, er hat jegliches Gefühl dafür verloren, was man tun kann und was nicht.‹ Das Licht, in dem mir nun mein Kindheitsfreund Custardoy erschien, entsetzte mich fast mehr als die absurde Endeckung, die ich eben gemacht hatte: Ich saß vor einem Auftragskiller und war sein potentieller Kunde.

»Habe ich mich klar ausgedrückt?«, hakte Señor Garray ungeduldig nach und schob die Brille hoch, die nach seinem Monolog nun tatsächlich die unnütze Nase hinunterglitt.

Ich sah zur Tür, durch die Custardoy verschwunden war, vielleicht kam er zurück, aber ich wusste, er würde sich Zeit lassen, wir waren im Palace, und bestimmt hatte er einen Bekannten oder eine Unbekannte getroffen und stand mit einem Martini in der Hand in einer anderen Bar.

»Sehen Sie«, sagte ich schließlich zu Señor Garray, »mir scheint, das ist ein sehr bedauerlicher Irrtum. Nie habe ich an diese Art Lösung für meine Probleme gedacht, wenn ich Sie richtig verstehe, Señor Garray. Custardoy hat mich selbstredend missverstanden oder, sagen wir, meine Verzweiflung übertrieben ausgelegt. Ich weiß nicht, wie er auf den Gedanken kam ... Sie wissen gar nicht, wie leid es mir tut. Dass er Sie umsonst herbestellt hat. Wirklich, ich kann es mir nicht erklären. Nun ja, von Tag zu Tag wird er verrückter ...«

Garray öffnete erneut sein Köfferchen und packte das

Blatt wieder ein. Stattdessen zog er eine Zeitung hervor und legte sie auf einen der leeren Sitze am Sechsertisch. Vielleicht wollte er Zeit gewinnen, um seine Verblüffung zu verbergen.

»Ich verstehe«, entgegnete er ruhig, obwohl seine schnalzende Zunge Ärger verriet, vielleicht nicht einmal das, leichten Verdruss. Er machte eine Pause und fügte hinzu: »Ja, von Tag zu Tag ist er verrückter. Der bekommt von mir ein paar Takte zu hören. Das Problem ist allerdings nicht meine verlorene Zeit, ich habe hier noch eine Verabredung in …«, rasch blickte er auf die Uhr am rechten Handgelenk, vielleicht war er Linkshänder, »… in fünfunddreißig Minuten, und für die Wartezeit fehlt es mir nicht an Lesestoff.« Eines seiner Augen wanderte zur Zeitung. »Das Problem ist ein anderes, verstehen Sie mich recht.«

Er pflückte sich ein paar imaginäre Fusseln von dem Sakko mit den Glanzstellen und schaute mich dann starr durch Gläser und Fassung an, die so transparent war, dass sie mit dem Glas fast eine Einheit bildete. Seine Augen waren ausdrucksleer, wimpernlose Augen, die mich immer etwas nervös machen.

»Was ist das Problem?«, fragte ich leiser, als mir lieb gewesen wäre. Ich räusperte mich und fügte lauter hinzu: »Glauben Sie mir, ich bedauere das Missverständnis unendlich.«

»Daran zweifle ich nicht«, antwortete er. »Aber das löst nicht das Problem, das wir nun beide haben.« Er hielt inne, aber da ich nichts sagte, fuhr er fort: »Ich sehe, Sie verstehen es nicht oder wollen es nicht verstehen. Ich werde es Ihnen erklären. Sie wissen jetzt unnötigerweise, welcher Arbeit ich nachgehe. Eingangs hatte ich gesagt, dass ich einen Auftrag nicht immer annehme. Wenn jemand entschlossen ist, einen Feind aus dem Weg zu räumen oder die Eltern, einen Rivalen, seinen Mann, seine Frau oder einen Konkurrenten, dann versuche ich als Erstes, wie gesagt, ihn davon abzubringen. Wissen Sie, ich gehöre nicht zu denen, die sich um Kunden reißen, gehöre nicht zu denen, die sich nicht bewusst sind, was sie da tun, oder denen es nicht das Geringste ausmacht. Selbstverständlich halte ich mich nicht für schuldiger als der Abzug, den ich drücke. Ich selbst bin nur ein Abzug, werde ebenfalls nur gedrückt, mein Auftraggeber drückt mich, das bereitet mir keine Kopfschmerzen. Aber ich bin auch kein lockerer Abzug, mit dem man spielen kann, wissen Sie. Ich gestatte keinen Scherz, keine Unschlüssigkeit, keine Reue, unter anderem, weil mich gerade Unschlüssigkeit und Reue in Gefahr bringen können. Vorher, währenddessen und besonders danach. Wer mich abdrückt, der muss sich mehr als sicher sein, so sehr, dass meine Gegenargumente ihn unmöglich davon abbringen können. Wer mich abdrückt, der muss das unmissverständliche Gefühl haben, dass ich ihm durch mein Einlenken, mein Nachgeben einen riesigen Gefallen tue. Er muss Dankbarkeit empfinden, muss mich als seinen Retter ansehen.«

»Aber man wird Sie doch gut bezahlen«, rutschte mir heraus (das mit dem Gefallen überzeugte mich nicht besonders).

Señor Garray merkte wohl, worauf ich hinauswollte, denn er antwortete:

»Auch das müssen sie als einen riesigen Gefallen empfinden. Einen riesigen Gefallen tue ich ihnen, wenn ich ihr Geld und ihren Auftrag annehme. Ich brauche nicht viel, ich lebe gut. Ohne großen Luxus, aber gut. Ich habe keine ausgefallenen Bedürfnisse, nur die eines jeden Familienvaters, so viel braucht man nicht, um gut zu leben, die Leute sind anspruchsvoll geworden, nichts ist ihnen genug, nichts, was man ihnen anbietet, ist ihnen zu viel, immer wollen sie mehr. Mir reicht, was ich habe.« Er hielt inne, merkte, dass mein Kommentar ihn allzu weit von dem Problem abgelenkt hatte, das wir beide, er und ich, seiner Ansicht nach hatten. »Aber was ich sagen wollte«, fügte er hinzu, während er mit dem Handrücken die gelbe Krawatte vom Knoten bis zur Spitze gründlich glattstrich, »nur die Leute wissen Bescheid, welcher Arbeit ich nachgehe, die mich engagiert haben oder mich engagieren wollen, Leute, die mich um einen Gefallen gebeten haben und mir auf ewig dankbar sein werden. Leute also, die mir nicht auf der Nase herumtanzen, sich nicht verplappern werden, begreifen Sie?«

Allmählich begriff ich. Hatte vielleicht schon von Anfang an begriffen, ohne es mir einzugestehen, im Vertrauen darauf, dass ich mich irrte. Wenn dies unser Problem war, dann gab es keine einfache Lösung dafür, dachte ich beklommen. Und sagte:

»Aber Sie nehmen nicht immer an. Ich meine, es gibt bestimmt Leute, mit denen Sie ebenso offen oder noch offener sprechen als mit mir und die Sie dann doch nicht engagieren, sei es aus Mangel an Überzeugung oder weil Sie Ihnen die Sache ausreden, nicht wahr? Auch diese Leute wissen von Ihrer Arbeit, und dennoch kommt es zwischen Ihnen nie zu einer Beziehung, die beide Teile bindet, ich weiß nicht, ob Sie mir folgen.«

Garray glättete noch immer seine Krawatte, nun die hintere Seite, die man gewöhnlich nicht sieht. Dieses Glätten und Bügeln mit dem Handrücken gefiel mir gar nicht, er musste ein gründlicher Typ sein, bei der Arbeit ebenfalls, gewiss einer dieser Menschen, die immer mehr als nötig tun, alle nur möglichen Vorkehrungen treffen, nichts übersehen, nichts dem Zufall überlassen und kein Risiko eingehen. Woher ihn Custardoy wohl kannte? Bestimmt hatte er ihn engagiert, dachte ich auf einmal mit Schrecken, ein Gedanke, der mir erst jetzt kam. Aber vielleicht hatte ihn Garray mit etwas Glück davon abgebracht, und er hatte keinen Mord auf dem Gewissen, nur die Versuchung, einen in Auftrag zu geben, hoffentlich war es so.

»Ja, ich folge Ihnen«, antwortete Señor Garray. »Aber Ihr Fall unterscheidet sich von den anderen, deshalb haben wir ja dieses kleine Problem.« Es erleichterte mich, dass er es diesmal als »klein« bezeichnete. »Sehen Sie, die Leute, deren Aufträge ich nicht angenommen habe, kamen dennoch mit der Idee oder der ursprünglichen Absicht zu mir, dass ich jemanden für sie umbringe. Jeder, der einen Liquidator kontaktiert (so nennt man uns heutzutage, das ist das Modewort, Sie wissen, wie das ist), auch wenn es am Ende nicht zum Abschluss kommt und keinen Toten gibt, weiß jedoch etwas sehr Wichtiges: dass er seine Meinung ändern und seine Entscheidung rückgängig machen kann. Jeder, der mich kontaktiert hat, und mag er auch einen Rückzieher machen, weiß von da an, dass er wiederkommen kann. Unweigerlich denkt er, dass er womöglich nicht reif genug für den Schritt war, sich an den Gedanken vielleicht noch gewöhnen, sich länger damit tragen muss, bis er ihm akzeptabel erscheint, als etwas, womit er nachher weiterleben kann. Oder er denkt, dass er beim nächsten Mal auf diesen Abzug zurückgreifen wird, das heißt, beim nächsten Feind oder Konkurrenten. Wer zu mir kommt, schließt niemals aus zurückzukehren, und so fühle ich mich sicher, selbst wenn eine bindende Beziehung, wie Sie sagen, nicht zustande kam. Ihr Fall liegt völlig anders. Sie haben, wie sich zeigt, niemals daran gedacht, jemanden aus dem Weg zu räumen, alles beruht auf einem besonders schweren, undenkbaren Missverständnis, auf Custardoys unverzeihlicher Frivolität, dem werde ich einen schönen Schrecken einjagen, der bekommt etwas von mir zu hören, auch wenn ich selbst nicht ganz unschuldig bin. Sie jedoch müssen von mir entsetzt sein, jedoch nicht von sich selbst, wie jeder andere, der sich (im Nachhinein zum Beispiel) über mich entsetzt, nachdem er mich aus freien Stücken kennengelernt hat, in der Absicht, mich um einen riesigen Gefallen zu bitten. Der könnte mich, sagen wir, nicht verurteilen, ohne sich selbst zu verurteilen. Sie dagegen hindert nichts daran, mich zu verurteilen, nichts hindert Sie daran, von mir und meiner Existenz entsetzt zu sein. Ja, Sie sind in der Tat entsetzt, denken Sie, ich merke das nicht? Sie sind kein Mörder, haben nicht einmal versucht, einer zu sein, wie die anderen, die Bescheid über mich wissen. Sie haben mich nicht einmal in Erwägung gezogen, so schlecht Sie dran sein mögen, so übel Ihnen auch mitspielen mag, wer Ihnen mitspielt.«

Ich senkte den Blick. Seine wimpernlosen Augen mit Brille machten mich nervös, aber vor allem war es ein dummer Reflex, als könnte ich ihm durch das Wegsehen begreiflich machen, dass ich keine Absicht hatte, mich an sein Gesicht zu erinnern, an seinen Beinamen oder Pseudonym, Garray, das war der Name eines Fußballspielers, eines Dorfes, eines Schiffes vielleicht; dass ich keine Absicht hatte, ihn anzuzeigen oder einer Menschenseele davon zu erzählen.

»Was können wir tun?«, fragte ich. Obwohl ich ihn niemals hatte engagieren wollen, sah auch ich ihn allmählich als jemanden, dem man einen riesigen Gefallen schuldet, der die Dinge lösen kann und Dankbarkeit verdient. Ich wollte ihn bloß nicht mehr vor Augen haben, er sollte mich gehen lassen, mich vergessen. Ich wartete auf seine Antwort, muss jedoch zugeben, dass ich in keinem Augenblick mit dem Schlimmsten rechnete, mit dem die Überängstlichen, Furchtsamen, Schreckhaften, die Pessimisten und Fatalisten gerechnet hätten. Keinesfalls erwartete ich, dass er so etwas sagen würde wie: »Nun, so leid es mir tut, ich werde wohl eine Arbeit ohne Auftrag übernehmen müssen und ohne Honorar, oder nein, ich werde sie diesem durchgeknallten Schwachkopf Custardoy in Rechnung stellen.« Nein, diese Antwort fürchtete ich nicht.

Er blickte auf die Uhr am rechten Handgelenk, Linkshänder.

»Nichts«, entgegnete er. »Was sollen wir anderes tun, als ich bereits getan habe: Ich habe es Ihnen erklärt, habe Ihnen unser Problem auseinandergesetzt, das überflüssige, absurde Problem, das uns dieser durchgeknallte Custardoy, der Schwachkopf, eingebrockt hat. Wenn Sie ihn jetzt sehen, sagen Sie ihm, er soll nicht an den Tisch zurückkehren, sondern mich heute Abend anrufen, auf dem Handy, sagen Sie ihm das, jetzt soll er mir bloß nicht unter die Augen kommen. Ich glaube, Sie haben die Natur unseres Problems begriffen. Was sonst soll ich tun, ich sagte bereits, ich bin bloß ein Abzug, ein schwieriger dazu. Und Abzüge drücken sich nicht von allein, sie entscheiden nicht, haben keinen Willen. Ich vertraue auf Ihr Urteilsvermögen, auf Ihre Vernunft, das ist alles. Und jetzt gehen Sie, meine zweite Verabredung könnte sich verfrühen, und ich möchte nicht, dass Sie einander begegnen, da Sie wissen, was Sie wissen. Sobald ich aus Ihrem Blickfeld verschwinde, wissen Sie nichts mehr, nicht wahr? Ich glaube nicht, dass wir uns wiedersehen.«

Während der letzten Sätze stand er auf, nahm meinen Trenchcoat vom Sitz und warf ihn mir über den Arm. Ich war versucht, die Rechnung zu bezahlen, aber vielleicht, dachte ich, reize ich ihn noch mehr, wenn ich erst den Kellner rufe und auf das Wechselgeld warte, er will, dass ich sofort gehe, und bestimmt macht es ihm nichts aus, zwei Cola zu bezahlen. Er ist nicht anspruchsvoll, hat er gesagt, dann wird er auch nicht geizig sein, dachte ich.

»Keine Sorge«, antwortete ich. Zum Abschied wollte ich ihm die Hand geben, aber er hatte bereits die Zeitung aufgeschlagen und mir den Rücken zugewandt, hatte sich bereits verabschiedet. »Und danke«, fügte ich hinzu. Aber Señor Garray drehte sich nicht mehr um.

Ich ging, ohne mich umzublicken, verließ die Bar und suchte im Gang nach Custardoy, der würde etwas von mir zu hören bekommen, auch von mir. Ich fand ihn nicht. Ich schaute in die anderen Hotelbars, auch in einige Säle. Die Leute tranken ihren Aperitif, es war halb zwei. Zur ersten Bar wagte ich nicht zurückzukehren, obwohl mein unauffindbarer Kindheitsfreund während meiner Suche vielleicht dorthin zurückgegangen, durch eine andere Tür eingetreten war und wir uns verpasst hatten. Ich würde ihn später ausfindig machen, ich konnte nicht riskieren, Garray zu reizen, er hatte mir befohlen, sofort zu gehen. Also verließ ich das Hotel durch den Haupteingang, ging die

Eingangsstufen hinab und wandte mich nach links, wo die Taxis stehen. Als ich die Wagentür öffnete, blickte ich vor dem Einsteigen kurz auf, und da sah ich wenige Meter entfernt – von der Seite, aber unverkennbar mit seinem aufgebauschten weißen Haar und seinen unheilvollen Äuglein – den Unternehmer Jauralde, der hastig die Stufen des Palace hinaufstieg und drinnen verschwand. Ich sah auf die Uhr. Es waren fünfunddreißig Minuten vergangen, seit Garray zum ersten Mal auf die seine gesehen und gesagt hatte: »Ich habe hier noch eine Verabredung in fünfunddreißig Minuten, und für die Wartezeit fehlt es mir nicht an Lesestoff.«

»Steigen Sie nun ein oder nicht?«, fragte mich der Taxifahrer ungeduldig.

»Ja, Entschuldigung«, sagte ich, stieg ein und setzte mich.

Es mussten mehr Sekunden als nötig verstrichen sein, denn ich hörte ihn wieder fragen:

»Wohin?«

›Das kann nicht sein‹, dachte ich. ›Das kann nicht sein. Viele Leute verabreden sich im Palace, es ist immer voll Bekannter, voll wichtiger Leute, die Geschäfte abschließen und Strategien ausbrüten, ich selbst habe Jauralde schon früher dort gesehen. Das kann nicht sein, das wird und kann nicht sein.‹ Aber bevor ich dem Taxifahrer meine Adresse sagte, musste ich mich dennoch fragen, ob der gründliche Señor Garray jetzt nicht doch die Gelegenheit bekam, nichts dem Zufall überlassen und kein Risiko eingehen zu müssen, ob sich da nicht jemand anbot, ihn zu drücken, seinen schwierigen, willenlosen Abzug gegen mich zu drücken, und ob wir uns entgegen seiner Vermutung nicht doch noch einmal sehen würden, ein einziges

Mal. Und mir blieb nichts anderes übrig, als auf seine so oft beschworene, im Grunde jedoch ungewisse Gabe zu vertrauen: auf die Kunst des Abratens.

(2000)

In Ungnade gefallen

Man hatte mir Bescheid gesagt, damit ich gewarnt war:

»Die Lambeas sind in Ungnade gefallen.«

Das konnte mehrerlei bedeuten, wie ich mir einredete, nachdem ich übers Telefon diesen einsamen Satz gehört hatte, zunächst nur ein einziger, und ich wusste, dass ich nicht allzu tief nachbohren durfte. Aber mit Fragen wäre ich auch nicht weitergekommen, wenn man es mir persönlich gesagt hätte, von Angesicht zu Angesicht. Zweideutig waren sie eigentlich immer, von Anfang an und bis zum Schluss, als spielten sie Kriminelle, nur dass aus dem Spiel manchmal Ernst wurde und aus den falschen Kriminellen echte. Natürlich so selten wie möglich, und auch in diesen Fällen war die Sache nie ganz klar, sie entschieden sich lieber für einen Unfall, einen Selbstmord, ein spontanes Handgemenge, einen Streit auf der Straße statt für einen Mord, der nichts weiter sein konnte und keine andere Erklärung – so ein Pech – zuließ, keine andere Resignation – war nicht zu ändern –, keine andere Klage – so ein Unglück, so eine gnadenlose Tragödie. Aber der Verlust der Gnade stand immer am Anfang, zuerst muss man in Ungnade fallen, damit einen die Gnadenlosigkeit ereilt, man fällt in sie hinein wie in eine Verpackung, eine offene

Hand kündigt sie an, dann schließt sie sich, verschlingt uns, drückt vielleicht zu. Aber die Ankündigung hatte man mir gemacht, nicht den Gemeinten, den Eingeschlossenen, ich durfte sie ihnen nicht übermitteln.

Ich wagte eine einzige Frage, die allgemeinste, die mir einfiel, denn ich wusste, dass auf eine zweite keine Antwort folgen würde. Höchstens ein ungeduldiges Schnauben, ein nicht ausgesprochener Vorwurf, eine Mahnung wegen meines Ungeschicks, meiner Unverschämtheit.

»Und was bedeutet das genau?«

»Das bedeutet, wenn ihnen in den nächsten Tagen etwas zustößt, reiß dir kein Bein aus, um ihnen zu helfen.«

Dann wurde wortlos aufgelegt, ich konnte nicht mehr herausfinden, was ich in dem Moment am meisten fürchtete: ob zu allem Unglück ich dasjenige war, was ihnen zustoßen würde, ob ich mich selbst in die Verpackung verwandeln, mich über ihnen schließen musste. Das nahm ich nicht an, man hätte es mir deutlicher zu verstehen gegeben. Ich fühlte mich ein wenig erleichtert, trotz der bösen Nachricht. Man hatte mir Bescheid gegeben, nachdem der erste »dieser Tage« schon beinahe vorüber war, es waren nur zwei, während denen ich die Lambeas begleiten, ihnen als Kontakt, Dolmetscher, Unterhalter und Führer zur Verfügung stehen musste, ich sollte sie nur allein lassen, wenn sie es wünschten, und immer zur Stelle sein, jede Schwierigkeit, jedes Problem aus dem Weg räumen und Ärgernissen zuvorkommen, dafür sorgen, dass sie nicht erst zum Prado gelangten, wenn das Museum schloss, sie in angenehme Restaurants führen, zum Einkaufen oder in irgendeine Vorstellung, sollte verhindern, dass man sie übers Ohr haute oder gar im touristischen Zentrum überfiel, im Madrid de los Austrias. Sie also auch durch meine Gegenwart beschützen. Und nun entband man mich gerade von dieser Aufgabe, sie zu beschützen, befahl mir aber nicht, ihnen meine Gegenwart zu entziehen. Alles sollte weiterlaufen, und ich musste warten, abwarten, dass ihnen etwas zustieß, aller Wahrscheinlichkeit nach, während sie unter meinem Schutz, meiner Obhut standen, während sie in meiner Gesellschaft waren, ich würde Zeuge sein müssen, wäre gezwungen, zuzusehen und nicht einzugreifen, ihnen nicht beizustehen.

Die Warnung widerstrebte mir zutiefst und nicht nur ihr Inhalt. Die Lambeas würde vielleicht, sicher war es noch nicht, ein Unglück ereilen. Aber ich wusste davon, würde selbst die Angst durchleben müssen, den unfreiwilligen, permanenten Alarmzustand. Einen Augenblick lang wünschte ich, die Katastrophe möge sogleich Gestalt annehmen und geschehen, damit das Warten und die Angst ein Ende hätten. Aber gleich darauf befiel mich die Hoffnung, dass die Stunden schnell verstrichen und der Moment kommen würde, sie zum Flughafen zu bringen, mich zu verabschieden, ohne dass etwas geschehen wäre, ich meine, nichts Böses. Doch ich machte mir nichts vor, einen Teil dieser Hoffnung musste ich gleich wieder aufgeben: Nach dem Anruf würde die Zeit im Schneckentempo vergehen.

Giovanni und Sara, so hießen die Lambeas. Bald schon hatten sie mich aufgefordert, sie beim Vornamen zu nennen, und mich um Erlaubnis gebeten, ein Gleiches bei mir zu tun. Die gab ich ihnen und kam auch ihrer Aufforderung nach, blieb jedoch beim Sie, das Du hätte mich zu viel Überwindung gekostet, obwohl sie ungefähr in meinem Alter waren, er etwa zwei Jahre älter, sie zwei jünger, ab fünfunddreißig ist das kein Unterschied mehr. Er hatte sehr helle, wässrige Augen, als wippten dort immer Tränen am Rand, trug einen gepflegten rötlichen Bart und gab sich gern unberechenbar und witzig; ich fand ihn gar nicht lustig. Sie war eine elegante Frau von lässiger Anmut und grünem Blick, gedämpft von Wimpern, die denen alter Puppen glichen, zeigte häufig ein Lächeln, schüchtern oder zurückgedrängt, und folgte seinen Launen mit einer Mischung aus Hingabe und Überdruss. Als gingen ihr seine Dummheiten auf die Nerven und als täte sie zugleich alles für ihn, für seine Gesundheit, seine Laune, als hätte sie in ihrer Lebens- und Gefühlsgeschichte allzu viel in Giovanni investiert, an einem fernen Tag vielleicht, und es sich strikt untersagt, ihn zu verlieren, sei es durch Verlassen, Brüskieren, Krankheit oder Unfall, schon gar nicht durch den Tod. Ihr Eifer schien jedoch mehr mit dem Gewicht der vor langer Zeit getroffenen Entscheidung zu tun zu haben als mit der echten Anhänglichkeit gegenwärtiger Liebe. Im Grunde erinnerte Sara an eine Mutter, die gar nicht glücklich über ihre jugendlichen oder schon erwachsenen Söhne ist und rettungslos sture Dummköpfe in ihnen sieht, ihnen jedoch keinesfalls die Zuneigung entziehen kann und sich zwangsläufig um sie sorgen muss; ja immer setzt ihr Herz aus, wenn ihnen eine Gefahr oder Blamage droht, ein verärgerter, zorniger, ja sogar genervter Aussetzer, wenn es die x-te Blamage oder Gefahr ist, die sie provoziert oder heraufbeschworen haben, völlig überflüssig dazu, eine mehr als vermeidbare Dummheit. Giovanni erinnerte seinerseits an diesen geltungssüchtigen Sohn, der einen beunruhigten Zuschauer braucht, jemanden, der sich schämt oder über seine Einfälle erschrickt, über seine Übergriffe, seine Unbesonnenheit und Ungehörigkeit, der sie ihm vorwirft, ihn tadelt und sei es nur mit einem müden grünen Blick, das reicht ihm, dann weiß er, dass man auf ihn achtet und um seinetwillen ein wenig leidet, sich etwas aufregt oder ärgert. Giovanni provozierte bei Sara unablässig Zungenschnalzer und tiefe Seufzer, Beschleunigungen ihres flatterhaften Pulses.

Wir waren gerade beim Abendessen gewesen, als ich den Anruf auf dem Handy bekam, im Garten des Restaurants Iroco, der erbärmlich beleuchtet ist, man sieht dort die Hand nicht vor Augen, aber sie hatten unbedingt dorthin gehen wollen oder vielmehr er, Giovanni war nicht neugierig auf spanisches Essen, er zog einen gewöhnlichen Italiener vor, und ein Bekannter oder ein Prospekt hatten ihm für Spätfrühling und Sommer diesen begrünten Innenhof vorgeschlagen, obwohl es, da der Abend unfreundlich geworden war, sinnvoller gewesen wäre, drinnen zu bleiben, doch er ließ keine Gelegenheit verstreichen, im Kleinen seinen Kopf durchzusetzen oder sich den Umständen entsprechend neue Launen auszudenken, Sara einer möglichen Erkältung und vor allem der Sorge auszusetzen, dass er sich erkälten könnte. Die meisten der frühen Gäste hatten ihre Tische aufgegeben und waren ins Innere umgezogen, sobald Wind aufgekommen war, wir saßen nun fast allein im Halbdunkel, das Licht des Abends oder der noch matten Nacht war stärker als das elektrische, er fand es unsinnig, um zehn zu essen, fand den gesamten spanischen Tagesablauf unsinnig und konnte sich nicht erklären, warum wir alles nach hinten verschieben und in die Länge ziehen mussten.

Sobald ich aufgelegt hatte, kam mir alles gefährlich vor, die Gegenwart, das Kommende, ja rückblickend sogar die Vergangenheit. Auf einmal wirkte diese gemächliche, herabrieselnde Dunkelheit unheilverkündend auf mich, ebenso unsere momentane Einsamkeit unter freiem Himmel, die gelegentlichen Böen, die uns zwangen, einen Moment lang Tischtuch und Servietten festzuhalten; sogar der Kellner, der sich nur gelegentlich um uns kümmerte, kam mir fast unheilvoll vor. Anstatt zu Fuß zum Hotel Palace zurückzugehen, in dem sie untergebracht waren (ein angenehmer Abend für einen Spaziergang, nicht fürs lange Draußensitzen; sie hatten dort eine Suite, die Lambeas waren also vom Podest privilegierter Gäste übergangslos in Ungnade gefallen, was hatten sie wohl getan?), kam mir sofort der Gedanke, besser im Taxi zurückzufahren, obwohl ein Unfall im Auto gewöhnlich schwerer ist als zu Fuß, sofern man nicht gerade überfahren wird. Ohne weiteres konnte sie ein Bus oder ein Lastwagen überrollen und mich unversehrt lassen, während bei einem Zusammenstoß mit uns dreien an Bord auch ich betroffen gewesen wäre, und das würden sie, wie mir schien, nicht riskieren, ich bin ziemlich nützlich. Dann befielen mich Zweifel, ob ich das tatsächlich war, und die Überzeugung beschlich mich, dass niemand allzu nützlich ist.

Am morgigen Tag, sagte ich mir, bestand kein Grund, den Vormittagsplan zu ändern: Während Giovanni mit seinen Angelegenheiten, seinen politischen Sitzungen beschäftigt war, die neben dem touristischen Blitzprogramm der Grund ihrer Reise gewesen waren, würde ich Sara in den Prado begleiten und auch ins Thyssen, falls Giovanni sich länger aufhielt und sie Lust dazu hatte; inmitten von Bildern und Leuten sind Gefahren nur schwer vorstellbar. Dann würden wir zu dritt ein frühes Mittagessen einnehmen, im Hotel oder in einer nahen Brasserie, ohne das Viertel zu verlassen, das als Parlamentsviertel gut bewacht war, Zwischenfälle waren dort unwahrscheinlich, obwohl mir sogleich einfiel, dass im Sommer vor zwei, drei Jahren in einer engen Straße genau hinter dem Abgeordnetenhaus eine griechische Touristin um ihre Handtasche gerungen hatte und von den blutjungen Angreifern niedergestochen worden war, sie kehrte samt Geldbeutel und Lippenstift in ihr Land zurück, jedoch ohne Leben, sie hatte die Tasche nicht losgelassen, ein verhängnisvoller Fall. Alles war möglich und überall. Der Plan für den Nachmittag wurde aber doch besser geändert und El Escorial gestrichen – eine Stunde Landstraße hin, eine Stunde zurück, all das für nichts als massiven Stein – und auch der Spaziergang durch das Zentrum, das Madrid de los Austrias, weshalb ihnen der Palacio Real entgehen würde, die fürchterliche Almudena – besser so, scheußliche Kathedrale, neu eben – und die Plaza Mayor, heute kein allzu großer Verlust mehr, heruntergekommen, wie sie ist, ein neuer Cour des Miracles voller Bettler mit Pusteln oder ohne Arme, in den Buden dreiste Hausierer, dazu die trägen afrikanischen Vagabunden oder die aggressiveren slawischen, Letztere allzu oft mit griffbereiter Flasche, unsere habgierigen Bürgermeister haben den Platz in eine permanente Zirkusarena verwandelt. Wenn ich die Lambeas von all dem fernhielt, würde ihnen während ihres Aufenthalts, oder was davon übrig war, vielleicht nicht so leicht etwas zustoßen. Vielleicht würde ich sie wohlbehalten zu ihrem Nachtflug bringen können, und andere würden bei ihnen zu Hause für das Unglück sorgen, dazu blieb immer noch Zeit, und ich würde es nicht mit ansehen oder mich halb verantwortlich fühlen müssen oder sogar zu drei Vierteln.

Ich hatte mich an den Gedanken gewöhnt, dass ich sie beschützen sollte. Eigentlich vor nichts Besonderem, vor den kleinen Kalamitäten, die auf jeden Fremden lauern, der sich nicht auskennt, fast keiner hat so viel Pech wie die klammernde Griechin. Es machte mir Mühe, mich nun umzustellen, mich nicht mehr zu kümmern, die Warnung hatte mich erreicht, als ich schon viele Stunden an ihrer Seite verbracht hatte, man entwickelt für fast jeden Sympathie, wenn man weiß, dass es eine kurze Anwesenheit, ein flüchtiger Kontakt ist und man keinen künftigen Umgang mit ihm haben wird, gewiss nie mehr im Leben, als wären wir nach der kurzen Begegnung füreinander gestorben. Manchmal bekommen diese Begegnungen einen Hauch von künstlicher Intensität oder Vertrautheit, wie früher bei den unverhofften Gesprächen im Zug oder noch früher auf den Passagierschiffen. Wenn jemand bald auf immer verschwindet, ist nichts besonders folgenschwer.

Am engsten kam ich mit ihr, mit Sara, am nächsten Vormittag zusammen, als Lambea bei seinen Geschäften war, und ich fragte mich, ob er dort einen Fingerzeig erhalten, Verdacht schöpfen würde, dass er in Ungnade gefallen war. Ich ging mit ihr in den Prado, und da in dem Museum alle paar Monate willkürlich alles umgestellt wird und man sich nicht zielsicher und ohne Nachforschen auf etwas Bestimmtes beschränken kann, wanderten wir aufs Geratewohl umher und blieben vor den Gemälden stehen, die ihre Aufmerksamkeit erregten. Sie war vor einem Porträt stehen geblieben, auf dem in voller Größe ein widerlicher Prinz zu sehen war, ich trat zu dem Schild, *Carlos II*, ein Werk von Juan Carreño Miranda, das war also »der Verhexte«, mir schien, als gäbe es ein noch makabereres Bild von ihm, aus größerer Nähe, als er schon älter und bereits König oder Kronprinz war, ein Erwachsener, der

noch kränklicher aussah, wirklich wie ein Verhexter. Der, den wir vor uns hatten, zeichnete sich – im negativen Sinn – durch seine rachitischen Beinchen aus, die auf dem anderen Bild, das ich im Kopf hatte, nicht zu sehen waren; durch das lange, schlaffe Blondhaar auf den schwarzen Schultern; durch das völlig farblose Gesicht, abgesehen von einem bleichen Hauch Rot auf den wulstigen hässlichen Lippen über dem vorstehenden, fast gebogenen Kinn; durch die im frühen Alter schon gewaltigen Augenringe, die wässrigen Augen, glanzlos und etwas hervorspringend; durch die allzu dünnen Brauen, die kaum zu sehen waren. Der war, dachte ich, schon von Geburt an in Ungnade gefallen.

»Warum hat man ihn gemalt«, fragte Señora Lambea, »wenn er so aussah?« Auch sie war näher getreten, um zu sehen, wer da porträtiert war. *Carlos II* stand dort zu lesen, also musste er schon damals König gewesen sein. »Es hat wenig Sinn, jemand so Anormalen, Abstoßenden in einem Bild zu verewigen, selbst wenn er König gewesen ist.« Sie betrachtete ihn eher mit Staunen als mit Ekel oder Mitleid. »Als König hätte ihn doch niemand zwingen können, sich zu zeigen. Oder man hätte warten sollen, bis er gesünder aussah.«

»Ich weiß nicht«, sagte ich, um etwas zu sagen. »Ich kenne ein anderes Bild von ihm, da ist er älter und sieht genauso aus, ja schlimmer noch, gesund hat er bestimmt nie ausgesehen. Hätte man ihn nicht gemalt, hätte man damit vielleicht eingeräumt, dass der König furchtbar aussah. Solange man das nicht zugab, konnte man vielleicht die Illusion aufrechterhalten, dass es nicht so war. So zu tun, als gäbe es etwas nicht, schafft es manchmal aus der Welt. Zumindest eine Weile, solange die Dinge oder Menschen existieren, während ihrer Lebenszeit. Wenn es sie nicht mehr gibt und schon ein paar Monate ins Land gezogen sind, sagen alle die Wahrheit, aber vorher nicht, oder? Die Fiktion schreibt sich fort, solange es angebracht ist. Nehmen Sie nur Ihr eigenes Land: Der aktuelle Papst hat ein böses Gesicht, da sind fast alle einer Meinung und kommentieren das unter sich. Aber keine Zeitung würde das behaupten, kein Nachrichtensprecher, keiner vom Vatikan, denn jeder Papst hat gütig zu sein, und man kann nicht zulassen, dass einer, der es womöglich nicht ist, in den Augen der Öffentlichkeit, der Leute nicht als solcher wirkt. Der Eindruck dringt also nicht nach außen, so allgemein verbreitet er sein mag, und wer im Papst das augenscheinlich Böse sieht, tut nun so, als sähe er die allseits erwartete Güte, glaubt am Ende sogar selbst daran und denkt, er sei anfangs im Irrtum gewesen. Ich weiß nicht, ob ich mich klar ausgedrückt habe«, fügte ich zweifelnd hinzu. »Oft verheddere ich mich, ich bin kein großer Redner.«

Aber Sara hatte mir wohl gar nicht zugehört, hing eher ihren eigenen Gedanken nach, während sie missbilligend das Gemälde betrachtete.

»Als wäre es Giovanni, als ich ihn kennenlernte.« Auf den Gedanken mussten sie die wässrigen Augen und das rotblonde Haar gebracht haben, nichts weiter: Lambea sah gut aus, für einige Frauen zumindest; für mich war er ein Schwachkopf. »Er ist sehr krank gewesen, wissen Sie. Man könnte sagen, ich habe ihm das Leben gerettet. Damals sah er fast so deprimierend aus wie der junge Mann hier, der nun für immer so abgebildet ist. So hat man ihn damals gesehen, und so sehen ihn spätere Jahrhunderte. Heute sieht mein Mann gesund aus. In Form. Jetzt könnte man sein Porträt malen, aber damals nicht. Das wäre grausam gewesen, damals.«

»Sie haben ihm das Leben gerettet? Aber Sie sind keine Ärztin, nicht wahr? In welcher Hinsicht also?«

Mir schien, Sara errötete leicht, bereute womöglich, sich so unvermittelt und unverblümt ausgedrückt zu haben. Doch das hieß, dass sie tief im Innern daran glaubte, auch wenn sie es gewöhnlich nicht aussprach. Sie beeilte sich zu relativieren:

»Nun ja, natürlich nicht buchstäblich. Das waren die Ärzte. Aber ich habe ihn dazu gebracht, sie zu konsultieren, immer wieder andere, im Ausland, in drei Länder sind wir gereist, können Sie sich das vorstellen?, bis uns jemand Hoffnung machte. Ich gab ihm die Kraft zum Durchhalten, war in allen Phasen bei ihm, auch bei der Transplantation und später bei den langen Krankenhausaufenthalten, bei all den Tests, den Kontrolluntersuchungen; ich habe ihm Hoffnung gemacht, Kraft gegeben, ihn ermutigt, weiterzuleben. Und jetzt sorge ich dafür, dass er sich nicht übernimmt, sondern auf sich aufpasst. Er hört kaum auf mich, glaubt, das habe er nicht nötig, begibt sich oft grundlos in Gefahr. Aber wenn ich nicht wäre, er wäre vermutlich schon gestorben.«

Das also hatte Sara Lambea wohl mehr an Lebens- denn an Gefühlsgeschichte in ihn investiert. Tatsächlich ausreichend, dachte ich, um an der Seite ihres Mannes zu bleiben und ihn zu behandeln, als wäre er aus Porzellan. Sobald einer glaubt, jemandes Leben hänge von seiner Anwesenheit ab, verweigert er sie ihm nicht, fühlt sich nicht frei, jederzeit fortzugehen, so sehr er auch seine Gesellschaft und den Alltag mit ihm satthat. Das war die Mischung aus Hingabe und Überdruss, die ich von Anfang an bei ihr bemerkt hatte. Die Hingabe gehörte der Vergangenheit an, hatte sich ausgedehnt oder verlängert, über ihre Entstehung, ihr Wachsen, ihr Aufblühen, ihre Dauer, ihre Lebenszeit hinaus. Eigentlich hätte sie vor langem schon sterben und dem Überdruss weichen müssen, dem die Gegenwart entsprach und, aller Voraussicht nach, auch die Zukunft. Und doch spukte sie über ihr Ableben hinaus noch immer in Ketten umher, die verstorbene Hingabe, wie die alten Gemälde der Patriarchen, die auf unbestimmte Zeit die Wohnzimmer beherrschen, manchmal über Generationen hinweg, wie sie da ernst, fordernd oder streng auf alle Nachkommen blicken, auf die nächsten wie die fernen. Oder wie das Porträt eines Königs, das niemand abnimmt. In dem witzigen, launischen, nervtötenden Giovanni von heute wohnte immer noch der hilfsbedürftige und gefügige von früher, der krank gewesen war, sterbenskrank sogar, der um Mitleid und Hilfe gefleht und Sara überzeugt hatte, unentbehrlich für ihn zu sein, die Rettung, bis in alle Ewigkeit. Wer weiß, ob das weiterhin der Fall war oder schon nicht mehr, manchmal lässt man sich so gründlich überreden, dass nicht einmal der Überredende selbst es einem mehr austreiben kann.

»Wie lange ist das her?«, fragte ich. »Wie haben Sie sich kennengelernt, wegen der Transplantation? Was wurde transplantiert?«

»Demnächst sind es zwölf Jahre.« Das war die einzige Antwort.

Zeit genug, ihre damals begonnene Mission hinfällig zu machen. Aber auch Zeit genug, Sara den Verzicht auf sie zu verwehren. Verzichten konnte nun Giovanni, das schien wahrscheinlich. Gewiss fühlte er sich stark, geheilt, hatte jene fernen Sätze der Furcht, jene Pilgerfahrt der

Hoffnung wohl mit Bedacht vergessen und sich vielleicht nur die Gewohnheit bewahrt, Sara in Sorge zu stürzen, sie zu beunruhigen und in ewigem Schrecken zu halten. Sich innig von ihr geliebt zu fühlen, jemanden zu haben, der jedem seiner Schritte Aufmerksamkeit schenkte, jeder seiner Verfehlungen. Und ihre Investition nicht zu stornieren, auch das.

Als er von seinen Sitzungen zurückkehrte und sich in der Brasserie an unseren Tisch setzte, kam er mir etwas übellaunig, etwas gereizt vor, nicht so dumm-fröhlich wie sonst. Aber nicht niedergeschlagen, beklommen oder verängstigt. Die Dinge mochten sich nicht nach seinem Geschmack entwickelt haben, aber das hatte ihn nicht auf den Gedanken gebracht, dass er in Ungnade gefallen war oder ihm etwas zustoßen könnte, in seiner Gegenwart hatten sie sich bestimmt nichts anmerken lassen. Als ich das im Singular dachte, mich nur auf ihn bezog, fiel mir ein, dass die Warnung in einem unzweifelhaften Plural erfolgt war: »Die Lambeas«, hatten sie gesagt. »Die Lambeas sind in Ungnade gefallen.« Ich fragte mich, warum auch sie, die kaum mit den Angelegenheiten ihres Mannes zu tun hatte, wenn sie ihr auch nicht ganz unbekannt sein mochten: Über sie zu wachen war angesichts der Umstände von Beginn an ein Teil ihrer Aufgabe gewesen. ›Vielleicht wollen sie nicht, dass später jemand lästig wird und hartnäckig nachforscht‹, dachte ich; ›vielleicht soll keiner übrigbleiben, der Fragen stellt oder sich sonstwie ins Zeug legt.‹ Bestimmt hatten sie keine Kinder, sonst hätte Sara nicht so mütterlich mit Giovanni umgehen können, auf ihre ungeduldige Art oder wie eine Krankenschwester. ›Vielleicht will man sie auch nicht allein und ohne Mission zurücklassen, in einer allzu leeren Welt.‹

Aber derlei Betrachtungen stellten meine Auftraggeber wohl kaum an.

Die Vormittagstunden waren ohne Vorfälle oder Schrecken vergangen, tatsächlich schon eineinhalb Tage seit ihrer Landung in Madrid und fünfzehn Stunden seit der hässlichen Warnung, an die acht fehlten noch bis zu ihrem Aufbruch, man musste sie mit größter Vorsicht füllen und überbrücken. Die wenigen Schritte, die ich mit Sara durch die Straßen gemacht hatte – über den Paseo del Prado Richtung Museum und zurück, kaum mehr –, waren für mich eine kurze Qual gewesen. In jedem Menschen, auf den wir trafen, hatte ich einen Angreifer gesehen, in jedem Auto einen Ansturm, einen Zusammenstoß, in jeder Baustelle (von jeher unzählige in Madrid) ein Unglück, eine Falle; in den Museumswächtern, den Touristen und Kellnern die unterschiedlichsten Killer in spe. ›Ich kann nicht eingreifen‹, dachte ich angesichts dieser imaginären Gefahren, ›oder darf nicht. Wenn man sie umbringt, werde ich es nicht verhindern. Wenn etwas von einem Gerüst herabfällt, muss ich es geschehen und sein Ziel erreichen lassen.‹ Ich hatte die vage Hoffnung gehegt, dass Giovanni von seinen Sitzungen nicht zurückkehren, dass ihn das Unheil allein ereilen würde, in meiner Abwesenheit, dann würde sie vielleicht davonkommen. Ich hatte sogar erwogen, anzurufen und mich diskret für sie einzusetzen, nachzufragen, ob ich die Frau nicht retten dürfe, falls ihnen tatsächlich etwas zustoße während dieser Tage in meiner Obhut. Giovanni war mir unsympathisch, aber zu Sara hatte ich Zuneigung gefasst, mehr nicht, vielleicht wegen ihrer langen Aufopferung, vielleicht behagte mir auch ihr heiterer grüner Blick, der so schnell unruhig wurde. Aber ich wusste, dass eine solche Initiative weder erwünscht noch willkommen war. Mir fiel auf, dass meine Situation in den nächsten Stunden der von Sara im Leben ihres Mannes glich: Wenn ich ihnen meine Gegenwart verweigerte, würden sie noch größere Gefahr laufen, noch schutzloser sein. Die beste Art, mir »nicht die Beine für sie auszureißen«, wie der Befehl oder die Formulierung gelautet hatte, bestand darin, nicht einmal in die Versuchung, in die Lage zu kommen, also nicht mehr anwesend zu sein, wenn es passierte. Sobald einer glaubt, jemandes Leben hänge von seiner Anwesenheit ab, verweigert er sie ihm nicht, fühlt sich nicht frei, jederzeit fortzugehen, zumindest nicht endgültig. Wenn ich nicht von ihrer Seite wich, würde es vielleicht schwieriger werden, und sie würden wenigstens ihre Rückkehr nach Rom erleben.

Da klingelte das Handy, das fünfzehn Stunden lang seltsam still gewesen war, es verband mich mit einer einzigen Nummer, für die anderen gebrauchte ich mein eigenes. Und man befahl mir, von ihrer Seite zu weichen.

»Begleite sie nicht zum Flugplatz, wenn es so weit ist«, sagte mir die bekannte Stimme. »Setz sie in ein Taxi und erfinde eine Ausrede, aber fahr nicht mit. Und sag dem Taxifahrer, er soll nicht so schnell fahren, den Herrschaften wird leicht übel.«

Ich legte auf, oder sie legten auf – immer kurz angebunden –, und ich malte mir aus, was geschehen würde; sie würden auf die Peruaner zurückgreifen oder auf die Kolumbianer. Es gibt Banden dieser oder anderer Herkunft, die mit ihrem Auto oder ihren Autos Fahrenden den Weg blockieren, auf der Strecke vom oder zum Flughafen, oder sie hupen hartnäckig, bis der andere bremst; sie bevorzugen die An- oder Abreisenden und ihre vollen Koffer. Mit Hilfe eines Vorwands oder eines falschen Alarms nötigen sie sie zum Anhalten und gleich darauf zum Richtungswechsel, eskortieren oder geleiten sie zu einem freien Feld und plündern sie dort nach Belieben aus. Gewöhnlich bringen sie niemanden um, verlassen ihre Wagen aber erst, wenn sie sich ordentlich vermummt haben, selten gibt es Zeugenaussagen. Aber man weiß nie, wie so etwas ausgehen kann, solche halben, ultrakurzen Entführungen. Giovanni mit seiner angeborenen Unbesonnenheit wäre fähig, sich zu wehren oder so zu tun, ein Vorwand, ihn abzuknallen, wenn denn ein Vorwand nötig war; damit der Taxifahrer seine Version erzählte, würden sie ihn laufen lassen: ein Überfall, der aus dem Ruder lief.

Also entspannte ich mich erst einmal – nur eine Redensart – und hatte nichts dagegen, die Lambeas durchs Zentrum zu führen, ihnen den Palacio Real zu zeigen, die Sabatini-Gärten, den Campo-del-Moro-Park, die abscheuliche Kathedrale, die verheerte Plaza Mayor und die Straßen, in denen Calderón de la Barca, die Prinzessin von Eboli, Lope de Vega und Cervantes gewohnt hatten, und die, in der Escobedo umgebracht worden war. Sara zeigte sich interessiert, Giovanni war alles egal, er war noch immer schlecht gelaunt, noch immer verärgert. Ja, als es von neuem Abend oder eine noch matte Nacht geworden war und ich ihnen half, die leichten, nicht sehr vollen Koffer zum Taxistand des Hotel Palace zu bringen oder es vielmehr dem Pagen auftrug, freute ich mich für einen Augenblick, dass ich ihn nie mehr im Leben sehen musste. Es war nur ein Augenblick, denn ich war mir noch nicht sicher, ob ich sie nicht doch begleiten, mich am Ende doch entscheiden würde, mit ihnen ins Taxi zu steigen, trotz der Anweisungen der bekannten Stimme am Telefon. Ich hatte mich bereits entschuldigt, hatte sie von meiner zwingenden Verhinderung unterrichtet, etwas Unvorhergesehenes, nicht Aufschiebbares, am Flughafen würden sie keine Probleme haben, dort könne ihnen, falls nötig, jeder weiterhelfen, der Taxifahrer würde ihnen mit dem leichten Gepäck behilflich sein, dafür würde ich sorgen, die Fahrt auch im Voraus bezahlen und die Auto- und Lizenznummer notieren, keine Sorge. (Allerdings würde ich sie notieren, um sie sofort weiterzugeben; obwohl dafür bestimmt ein anderer sorgte, jemand würde alles beobachten.) Sara zeigte sich verständnisvoll (»wäre ja noch schöner, Sie haben schon zu viel für uns getan«, sagte sie), Giovanni schien es zu stören, er war daran gewöhnt, dass man ihn seine Wichtigkeit spüren ließ, vom Aufstehen bis zum Schlafengehen, vor allem wenn er zu Besuch war, ein geladener Gast im Ausland. Aber vielleicht sah er auch eine Logik darin, weil man zu keiner Einigung gekommen war oder weil sich seine Erwartungen oder Ansprüche nicht erfüllt hatten. Er glaubte nicht, in Ungnade gefallen zu sein, so viel war sicher, aber vielleicht doch, an Terrain, an Einfluss verloren zu haben. Gewiss glaubte er noch, beides zurückgewinnen zu können, in naher Zukunft. Er war Optimist wie alle Eingebildeten.

Das Gepäck war bereits verstaut, und ich schwankte noch immer. Sie verabschiedeten sich, dankten mir für alles, Giovanni rein mechanisch, Sara mit dieser einfachen Herzlichkeit, mit der man von so gut wie Unbekannten Abschied nimmt, von denen sozusagen, die es vor ein, zwei Tagen noch waren und es wieder sein werden, als hätten sie nie existiert. Würden wir uns in sechs Monaten in anderem Ambiente wiederbegegnen, auf einem Flughafen zum Beispiel, sie würde mich nicht erkennen, so ist es nun mal. Aber in dem Augenblick gab sie sich fast überschwänglich, küsste mich mit einer Herzlichkeit auf die Wange, die zu nichts verpflichtet und auf die man nichts geben darf. Ich bedauerte es, für immer ein solcher zu sein, ein so gut wie Unbekannter, so kurz das Immer in diesem Fall auch sein mochte.

Er stieg vor ihr ins Taxi, mit Rücksicht auf ihren engen Rock, aus Überdruss oder aus Eile. Mir blieb immer noch Zeit, mich neben den Fahrer zu setzen und auszurufen: »Ach, zum Teufel, ich begleite Sie; so lange wird es mich nicht aufhalten.« Aber ich sagte kein Wort, und eine winzige Hoffnung kam in mir auf: ›So leicht kann ihnen nichts zustoßen, es ist sogar unwahrscheinlich‹, sagte ich mir. ›Bei dem Verkehr auf dem Weg nach Barajas sind derlei Abfangmanöver schwierig, sie könnten zu einem sofortigen Stau führen oder zu einem Zusammenstoß, und dann wäre die Operation im Eimer, sie können sich nur in den Nebenstraßen heranwagen.‹ Aber mir kam auch der Gedanke, dass es womöglich weder Peruaner noch Kolumbianer waren und sie etwas anderes im Sinn hatten. Ich war schon im Begriff, noch in letzter Sekunde die Wagentür zu öffnen, ihnen meine Gegenwart nicht zu verweigern, kein völlig Unbekannter für sie zu bleiben. Meine Hand streckte sich nach ihr aus, unentschlossen, ohne sie zu erreichen, und ich sah das Taxi anfahren, sich allmählich entfernen, mit dem geheilten ehemaligen Kranken und seiner ewigen Krankenschwester an Bord. Ihre Nacken wurden kleiner, und ich dachte: ›Dass sie sich bloß nicht umdreht, bitte, dass sie sich nicht mit dem Blick verabschiedet.‹ Eine Ampel zwang sie zum Anhalten, als sie noch nicht weit entfernt waren. Und da sah ich es voller Angst, sah, wie sie kurz den Kopf wandte, sah zum vorletzten Mal im Leben ihren ergebenen grünen Glanz.

Ich konnte nicht zurückbleiben und hob den Arm, stieß einen Schrei aus, lief hastig zum Taxi, rannte fast, im Vertrauen, dass sie erst Grün bekommen würden, wenn ich sie erreicht hätte, dass sie aber auf jeden Fall warten würden, weil sie mich hatte winken sehen. Dann öffnete ich tatsächlich die Beifahrertür, setzte mich neben den Fahrer und sagte den Lambeas:

»Ach, zum Teufel, ich begleite Sie; so lange wird es mich nicht aufhalten.«

Der Wagen fuhr wieder an, kaum hatte ich die Tür geschlossen. Ich blickte nach vorn. Was geschehen sollte, würde geschehen, auch in meiner Gegenwart, vermutete ich. Neu oder fast sicher war hingegen, dass auch ich jetzt in Ungnade gefallen war.

(2005)

AKZEPTABLE ERZÄHLUNGEN

Leben und Tod des Marcelino Iturriaga

I

Am 22. November 1957 war es stark bewölkt. Die träge Wolkenmasse, kompakt und unerschütterlich, bedeckte den Horizont, und jeden Moment drohte der Sturm loszubrechen.

Der Tag war von besonderer Bedeutung für mich. Genau vor einem Jahr hatte ich die Meinen für immer verlassen. Es war der erste Jahrestag meines Todes. Am Morgen war Esperancita, meine Frau, mit einem Blumenstrauß gekommen, den sie mit größter Sorgfalt über mir arrangierte. Das behagte mir gar nicht, denn die Blumen störten und versperrten mir den Blick, aber an jedem 22. brachte sie mir neue und nahm jeden zweiten Monat die Kinder mit. Diesen Monat hätten sie eigentlich dabei sein müssen, doch am ersten Jahrestag war Esperancita wohl lieber allein gekommen. Aus demselben Grund war der Nelkenstrauß üppiger als üblich und verdeckte mir die Sicht mehr denn je. Dennoch konnte ich Esperancita eingehend mustern. Sie war eine Spur dicker als vor einem Monat, zweifellos nicht mehr das flinke, schlanke und anmutige Mädchen, das mir einst so gut gefallen hatte. Sie bewegte sich mit einer gewissen Schwerfälligkeit und Mühe, und die Trauerkleidung, die sie immer noch trug, stand ihr gar nicht. So gekleidet erinnerte sie mich fatal an meine Schwiegermutter, denn Esperancitas Haar hatte sein reines Schwarz verloren und ergraute schon über der Stirn und an den Schläfen. Da musste ich daran denken, wie sie gewesen war, als ich sie das letzte Mal mit offenen Augen betrachtet hatte, und deutlich kam mir die Szene in den Sinn, die sich vor einem Jahr in meiner Wohnung in der Barquillo abgespielt hatte, und mit ihr mein ganzes Leben.

II

Ich kam 1921 in Madrid auf die Welt, in einer kleinen Wohnung in der Calle de Narváez. Mein Vater war Inhaber einer Apotheke, die sich unter unserer Wohnung befand und deren Schild besagte: »ITURRIAGA, APOTHEKE«, darunter in kleinerer Schrift: »Auch Bonbons im Angebot«, weshalb mein Bruder und ich einen Großteil des Tages in dem Geschäft verbrachten. Den anderen Teil des Tages saßen wir eingesperrt in einem alten, dreckigen Klassenzimmer des nahen Gymnasiums, wo ein einziger Lehrer uns vierzehn Jungen unterrichtete und zwar in allen Fächern, die es damals gab. Es waren langweilige Stunden, in denen wir uns dem Dösen hingaben oder uns mit Papierkügelchen bewarfen.

Meine Mutter war eine mollige, sanfte Frau, die meinen Bruder und mich immer unterstützte, wenn wir ein Problem hatten oder wenn mein Vater nach einem schlechten Geschäftstag seine Wut an uns ausließ.

Mein Vater dagegen war jähzornig, vor allem wenn er schlecht gelaunt war, und immer hatte ich das Gefühl gehabt, es wäre passender gewesen, wenn er so etwas wie Fleischer geworden wäre anstatt Apotheker.

Bis fünfzehn besuchte ich die Schule in der Narváez, dann kam der Krieg, der über mich hinwegzog wie alles andere im Leben. Weder mir noch meiner Familie brachte er große Verluste. Mein Bruder war an der Front, kehrte aber unversehrt zurück, geschwellt vom Patriotismus und dem Stolz über den Sieg der Rechten, den ich nie habe teilen können. Ich fing ein Wirtschaftsstudium an, das ich erst nach acht Jahren abschloss, zum Missfallen meines Vaters, der mich ungern Semester wiederholen sah. Dennoch waren die acht Studienjahre, wie ich glaube, die glücklichsten und fröhlichsten meines kurzen Lebens. Ich vergnügte mich, studierte wenig und traf Esperancita. Jungen gegenüber war sie ziemlich schüchtern, erwies sich aber als liebevoll und gefällig. Wir gingen zusammen ins Kino, in den Zirkus oder spazieren, am Ende fast jeden Nachmittag. Zwei Jahre nach meinem Abschluss fragte ich Esperancita, ob sie mich heiraten wolle. Sie sagte Ja, und nach zwei Jahren kam mein erster Sohn, Miguel, auf die Welt und zwei Jahre später Gregorito, ein Name, der mir nicht gefiel, den ich aber hinnehmen musste, weil meine Schwiegermutter auf ihn bestand, die Gregoria hieß. Immer bin ich der Ansicht gewesen, dass der Name Gregorito Iturriaga Aguirre zu lang ist, ganz zu schweigen von den vielen r.

Wenn ich es recht bedenke, hatte ich Esperancita nicht aus Liebe oder derlei geheiratet, sondern weil ich glaubte, sie würde mir bei der Arbeit in der Bank tüchtig zur Hand gehen. Eine große Hilfe war sie dann nicht, denn sie nahm die Kinder allzu ernst und blieb den ganzen Tag bei ihnen. Obwohl ich nicht sehr glücklich mit ihr war, kann ich auch nicht behaupten, ich wäre unglücklich gewesen.

Bei uns wohnten meine Schwiegermutter und mein Vater, die einander nicht riechen konnten, aber in der kleinen Wohnung dazu gezwungen waren, und so zankten sie den lieben langen Tag und stritten über allen nur möglichen Blödsinn, über den sie gar nicht hätten streiten können – oder dürfen –, weil sie so gut wie nichts davon verstanden. Das machte mir, abgesehen von Esperancitas Geschrei gegenüber dem Hausmädchen Manuela und dem Geplärr der Kinder, meine Wohnung unerträglich; die Bank kam mir dagegen wie ein Paradies vor. Liebend gern machte ich Überstunden, denn ich musste nicht nur sieben Münder ernähren, sondern genoss die ruhigen Augenblicke dort.

Meine Mutter war vier Jahre nach Kriegsende gestorben, der einzige Mensch, wie mir scheint, für den ich eine große Zärtlichkeit empfunden habe. Ihr Tod traf mich weit mehr als der meines Vaters, dem ich niemals wahre Sohnesliebe entgegengebracht hatte.

III

Mein Tod kam für alle recht unerwartet. Im August 1956 verspürte ich zum ersten Mal starke, stechende Schmerzen in der Brust. Erschrocken zog ich meinen Bruder zu Rate, der Arzt war. Er beruhigte mich, ich hätte mir eine leichte Erkältung oder eine Angina geholt.

Er verschrieb mir Pillen, und der Schmerz verzog sich, bis er am 16. November noch wütender zupackte als im August. Wieder nahm ich die Pillen, die mir diesmal jedoch nicht die geringste Erleichterung verschafften, und am 21. lag ich mit hohem Fieber im Bett, mit Lungenkrebs und keinerlei Überlebenschancen.

Dieser Tag war ein wenig beklemmend. Die Schmerzen waren entsetzlich, und niemand konnte sie lindern. Wie hinter einem Schleier sah ich Esperancita, die weinend neben meinem Bett kniete, während meine Schwiegermutter, Doña Gregoria, ihr liebevoll tröstend auf den Rücken klopfte. Die Kinder waren still, begriffen nicht recht, was geschah. Mein Bruder und seine Frau saßen da und schienen auf den Augenblick meines Todes zu warten, um diesen langweiligen und melodramatischen Ort verlassen zu können. Mein Chef und ein paar Kollegen musterten mich mitleidig von der Tür aus, und wenn sie sahen, dass ich sie beobachtete, warfen sie mir ein gezwungenes freundschaftliches Lächeln zu. Am 22. um sechs Uhr abends, als das Fieber wieder stieg, versuchte ich aufzustehen und fiel aufs Kissen zurück, tot. Ich spürte, wie alle Schmerzen und Ängste sich in Luft auflösten, sobald ich meinen letzten Atemzug getan hatte, und wollte Familie und Freunden sagen, dass ich keinen Schmerz mehr empfand, dass ich lebendig war und es mir gut ging, aber ich konnte nicht. Ich konnte nicht sprechen, mich nicht bewegen, nicht die Augen öffnen, obwohl ich mühelos sah und hörte, was um mich herum geschah. Meine Schwiegermutter sagte:

»Er ist tot.«

»Gott hab ihn selig«, antworteten die anderen.

Ich sah, wie mein Bruder und seine Frau sich zurückzogen, nachdem sie Esperancita versichert hatten, sie würden sich um die Beerdigung kümmern, die am nächsten Tag stattfinden sollte. Nach und nach gingen die Leute, und ich blieb allein zurück. Ich wusste nicht, was tun. Ich dachte, sah und hörte, also existierte, also lebte ich, und am nächsten Tag würde man mich begraben. Mit aller Kraft versuchte ich, mich zu bewegen, konnte aber nicht. Da wurde mir klar, dass ich tot war, dass es nach dem Tod nichts gab und mir nichts übrigblieb, als auf ewig in meinem Grab zu ruhen, ohne zu atmen, aber lebendig; ohne Augen, aber sehend; ohne Ohren, aber hörend.

Am nächsten Tag steckte man mich in einen schwarzen Sarg, dann in einen Wagen, der mich zum Friedhof fuhr. Es kamen nur wenige zur Beerdigung. Sie dauerte nicht lange, und dann gingen alle. Ich blieb allein. Zu Anfang mochte ich den Ort nicht, aber jetzt habe ich mich daran gewöhnt, ich mag ihn, weil hier Stille herrscht. Jeden Monat sehe ich Esperancita, die Kinder jeden zweiten, das ist alles. Das ist mein Leben und mein Tod, in dem es nichts gibt.

(1968)

Der Spiegel des Märtyrers

Aspera militiae iuvenis certamina fugi,
Nec nisi lusura novimus arma manu.
Ovid

»In der Armee hat es schon regelrechte Dramen gegeben, das versichere ich Ihnen; das Ihre ist kein Sonderfall, wenn Sie auch in Ihrem verabscheuenswürdigen individualistischen Überschwang vielleicht das Gegenteil glauben. Es hat Betrügereien, Beleidigungen, Verleumdungen gegeben; Hinrichtungen rein diplomatischen Charakters, Fahnenflucht aus dem Hinterhalt, ganze Regimenter, die dezimiert wurden, um als abschreckendes Beispiel, als Lehre zu dienen; höchste Ränge vor dem Kriegsgericht, Verrat und Denunziation, interne Spionage, Meuterei, Verweigerung des Gehorsams und immer wieder Fälle von Anmaßung; Akte der Disziplinlosigkeit, die entscheidende Schlachten gekostet haben, Aufruhr, abartige Gefühlsregungen, Fälle von Homosexualität, Aufstand, Gewalttätigkeit; ... ja, Homosexualität, jede Art von fleischlicher Verirrung, Morbosität; und Panik, sehr viel Panik. Und, vor allen Dingen, Unversöhnlichkeit. Das unter uns: Die Armee ist immer ungerecht, sie muss ungerecht sein, um eine wahrhafte Armee zu sein. Kennen Sie nicht, zum Beispiel, den Fall von Hauptmann Louvet, während des Russlandfeldzuges von Napoleon? Den kennen Sie nicht? Wirklich? Louvet war tapfer (meinem Dafürhalten nach war er tapfer), und dennoch wurde er, alle Indizien sprechen dafür, von seinen eigenen Leuten erschossen. Warum? Aus einem ganz einfachen und gleichzeitig unanfechtbaren Grund: Die Armee duldet keinen Zweifel, sie erkennt ihn nicht an – und in letzter Instanz leugnet sie seine Existenz; und sein Fall war zweifelhaft, sehr zweifelhaft. Möglich, durchaus, dass die Tatsachen für ihn sprechen, aber in unseren Kreisen reicht ein derartiger Beweis nicht aus. Es hatte den Anschein, dass er die Wahrheit sprach, und die Tatsachen schienen seine Version zu bekräftigen, deshalb bestanden Zweifel; aber, und das war's!, es herrschte keine Gewissheit; mehr als das, es gab eine Unregelmäßigkeit, die hinzukam, die allein schon ausreichte, um ihn zu verurteilen. Man hätte ihn verbannen, seinen Namen aus den Aufzeichnungen und Archiven löschen können, wie man es praktischerweise mit Ihnen machen wird (Sie werden auf unbestimmte Zeit auf die Insel Bormes verbannt, bis es einen anderslautenden Befehl gibt, verstehen Sie?), aber, ach!, es blieb immer noch die Möglichkeit, dass er flüchtete, dass er zurückkehrte, dass er der Verbannung entginge, ja, dass er einen bewaffneten Aufstand gegen uns anzettelte (man weiß nie), indem er einige ihm treu ergebene, von Reuegefühlen erhitzte Kompanien mitriss. Heroismus findet Anhänger und macht blind; er ist bewundernswert, ja, aber wenn sich das Missgeschick hinzugesellt, ist das Ergebnis Fanatismus. Deshalb gibt es keine Einzelhelden mehr, weil sie einem maßlosen und schädlichen Enthusiasmus förderlich sind, das Bedürfnis nach Rivalität wecken, und die Truppen nur noch an unwahrscheinliche Heldentaten, herausragende Großtaten und den Ruhm im Allgemeinen denken lassen. Es musste sogar dem militärischen Genie, dem großen Strategen, der Garaus gemacht werden: Obwohl seine Anhängerschaft geringer ist (ausschließlich unter den Offizieren, wissen Sie?), auch diese Figur provozierte rasende Begeisterung und abgöttische Verehrung. Die Armee ist anonym, sie muss anonym sein …«

Der Oberst berührte mit einem Finger seine Zungenspitze (es war eine beiläufige Geste) und strich sich eine abstehende Augenbraue glatt.

»Anonym. So kennen Sie also den Fall des Hauptmann Louvet von der französischen Armee nicht … Aber Mann Gottes, der ist doch ganz berühmt! Ruhen Sie sich aus, ruhen Sie sich aus und stellen Sie sich Folgendes vor: Ein tadelloser Soldat, kühn, mit den allerbesten Voraussetzungen, ein Kämpfer, ein wenig naiv (er war Theoretiker), wahrscheinlich der Grund, warum er scheiterte. Überall erzählte man sich seine Geschichte, und später wurde sie totgeschwiegen, ganz genau weiß man es nicht … Aber das ist das Wesen der Armee! Man weiß es nicht; obschon sie aus Einzelpersonen besteht, ist die Armee keine Einheit; nicht einmal dann, wenn man diese Menge an Einzelpersonen, aus denen sie sich, immer den Umständen entsprechend, zusammensetzt, außer Acht lässt. Und da sie keine Einheit ist, weiß sie weder, noch lässt sie wissen, denn: Kann etwas, das keine Einheit ist, etwas erkennen oder erkannt werden? Kann etwas, das weder eine Einheit ist, noch in Einheiten aufgeteilt werden kann, vom Einzigen, das über die Fähigkeit zu wissen verfügt: die Einheit, erkannt werden? Sehen Sie, dass sie sich unserem Verständnis entzieht, wie so viele andere Dinge, die wir uns zu erkennen bemühen. Die Armee ist der menschlichen Kenntnis entzogen und ist dennoch keine Fata Morgana. Was also ist sie? Ach, ich weiß es nicht und behaupte nicht, es zu wissen; sie ist undefinierbar, darauf ruht ihre Größe, ihr Geheimnis. Nein, fragen Sie mich nicht, ich weiß nur, dass sie vielschichtig und anonym ist (vielschichtig kraft ihrer Fähigkeit, dass sie, obwohl keine Einheit, dennoch nicht auf Einzelteile reduziert und daher gezählt werden kann) und falsch verstanden wird. Sie wird für etwas gehalten, was sie nicht ist, weil man sie zu verstehen versucht (es gibt Kollegen, Kameraden, die sich damit brüsten ... ich würde raten, davon abzusehen!), und doch bleiben am Ende von solchen Unterfangen nichts als Chaos oder Irrtum ... Nun, keiner weiß genau, wie Louvet endete, denn seine Episode war in einer Weise verwoben mit dem, was wir die wesentlichen Voraussetzungen oder die Grundlagen der militärischen Zunft nennen könnten, und war auf eine Art Teil ihres intimsten und reinsten Geistes, dass man sich weigerte, die Umstände des Falles aufzudecken und sie für unzugänglich hielt; indem die Armee sie jedoch verschwieg, gab sie etwas eine fühlbare Gestalt und sanktionierte, mit ihrer vergänglichen Amtsgewalt, was von sich aus längst realer, wirklicher Zustand war, tiefgehend, einschneidend, unbestreitbar. Sie zog einen figurativen Schleier über den transzendenten Schleier, hinter dem sich der bereits verstaubte Glanz der Tatsachen verbarg; mit ihrer Entscheidung gab sie dem ewigen Diktat der Naturgesetze Fleisch und Blut. Wie kommt es, dass Sie den Fall Louvet nicht kennen? Wo er doch paradigamatisch ist! Er illustriert die Tragödie der Armee sehr gut (denn auch die Armee ist tragisch, wussten Sie das?; ihrer Struktur und Definition nach). Nicht jede Körperschaft hingegen ist von Natur aus tragisch, das ist ein Verdienst, das praktisch uns allein zukommt, und wir verdanken ihn unserem tiefen Gefühl für Hierarchien, das so verwurzelt und vollkommen ist, dass jede Verdrehung oder Störung desselben unweigerlich in die Tragödie mündet. Sie wissen, dass die Tragödie, damit sie sich ereignet, einen starren Körper von Gesetzen als Umfeld braucht, unumstößliche Regeln, deren Missachtung so schwere Folgen hat, dass der Konflikt, der durch Übertretung und Dazwischenschaltung eines zweiten Corpus doctrinalis ausgelöst wurde (wenn es ein solches gibt, wenn es es verdient, so genannt zu werden), das mit der alten Gesetzgebung unvereinbar ist (alt im Sinne, dass man sich an ihre Ursprünge nicht mehr erinnert: Sie werden es nicht glauben, ihre Rechtskraft ist verwunderlich und ewig), als Ausgang immer nur die Tragödie haben kann; so dass die ganze Geschichte der Armee, oder besser gesagt, ihr unsteter und stets rückwärts gerichteter Verlauf, nicht mehr als eine tosende und chaotische Einsäumung von unterschiedlichen und gleichzeitigen Protasen, Epitasen und Katastasen ist (oder vielleicht zeitlosen, wenn Sie mich zur Eile drängen: Sie wissen schon, Exposition, Verknüpfung und Höhepunkt), die in einem bestimmten Moment, an einem bestimmen Ort zusammentreffen, oder genauer gesagt, in einen Punkt münden und sich augenblicklich und ausnahmsweise in der Zeit manifestieren, eine flüchtige Ordnung und einen ephimeren Sinn annehmen, um im Anschluss daran zu einer allgemeinen Katastrophe zu werden. Diese Katastrophe kann die Form eines einzelnen und persönlichen Schicksals annehmen, wie im Fall von Louvet, oder sich unter einem verwickelten Anschein präsentieren ... was soll ich Ihnen sagen?, unter einer nicht vorhersehbaren und gewaltigen Truppenvernichtung, um nur zwei Beispiele unter den zahllosen zu nennen, die es im Verlauf aller Epochen gegeben hat und in der Zukunft geben wird. Oder beides zur selben Zeit, denn eines der Charakteristika der Armee auf dem Gebiet der Phänomenologie ist die Allgegenwart. Sehen Sie bitte, dass das immer wieder erneuerte Ziel der Armee (immer dasselbe und fern jeder auf Menschlichkeit gerichteten Absicht) darin besteht, ein Flussbett zu finden für die bedachtsamen Mäander, und das Netz der ausgeschwemmten, abweichenden und mit dem Strom vorwärtsgetriebenen Nebenarme ausfindig zu machen, um ihn im Anschluss in einem riesigen Meer aus Vergangenheit sich auflösen und inmitten feuchten Mülls, zusammengetragen von der ewig schöpferischen und destruktiv azephalen Aktivität der Zeiten, sich verlieren zu lassen. Ich sage Ihnen, dieser momentane Verlauf, wenn er sich erst in den Untiefen der Abfälle aufgelöst hat, bleibt für immer unkenntlich: Man muss die Unmöglichkeit, sich daran zu erinnern, hinnehmen.«

Der Oberst strich sich beiläufig (mit der Spitze des langen Taschenmessers, das er bislang wie eine Reitpeitsche oder einen Kommandostab unter die Achsel geklemmt hatte) eine widerspenstige Haarsträhne, die vor seinen Augen hin und her tanzte, aus dem Gesicht: Es war eine jugendlich anmutende und gänzlich funktionale Geste.

»Es ist das eine undankbare Aufgabe für die Unschuldigen, die wir eine Körperschaft bilden müssen, da es aber nicht in unseren Händen liegt, diesen Befehl aufzuheben oder zurückzuweisen – nichts wie ran! Andererseits (glücklicherweise, sollte ich hinzufügen) sind es wenige, die, obwohl sie ihn ausführen, über ihn Bescheid wissen. Vielleicht nur gestählte Mitglieder wie Sie, Louvet und ich, imstande, den Sporn in die Erde zu setzen und den Angriff zu erwarten; brutal wie Säbelhiebe, strahlend, unerschütterlich, Verstoßene ohne Heimat, die um ihre Vernichtung betteln; denn ich bin an Ihrem kleinen Drama beteiligt, verstehen Sie? Sie werden auf unbestimmte Zeit auf die Felsinsel Bormes verbannt, oder vielleicht nach Malvados, und ich bin es, der einen obskuren, hinterwälderischen (ja, einen bettelarmen) Militär aus Ihnen machen wird, zu einem Zeitpunkt, da Ihre Personalakte Ihnen die Position eines Befehlshabers und Ruhm in der ganzen Welt verkündet, was gewiss enorm dazu beigetragen hätte, Ihr Prestige zu vergrößern und Ihre Persönlichkeit aufzuwerten; ich bin es, der Sie der Vergessenheit und den Exkrementen überantworten wird, der Routine und Untätigkeit, oder um exakter zu sein: Ich bin Teil der fleischgewordenen Katastasis ... ich würde es nicht wagen, in Ihrem Fall bereits von einer Katastrophe zu sprechen, machen Sie sich nicht wichtig ... die Dramen, die sich in der Armee ereignet haben, sind zahllos und vielgestaltig und von solchen Größenordnungen, dass, würde man sie einfach grosso modo aufzählen, die Welt mit offenem Mund staunen und *usque ad nauseam* verblüfft sein würde. Das Ihrige enthüllt schon auf den ersten Blick seine Unzulänglichkeiten, es ist ... wie soll ich es ausdrücken? ... von einer Aura anekdotenhaften Charakters umgeben, der es verbietet, eindeutig zu bestimmen, ob es tatsächlich in unsere lückenlose, schicksalhafte Chronologie aufgenommen zu werden verdient (in diesem Fall ist es logisch, dass, je tiefer der Fall ist, um so nichtssagender seine sichtbaren Auswirkungen sind), oder ob es nur ein weiteres Beispiel für das ist, was wir den Heiligenkalender unserer Körperschaft nennen können: etwas, das uns erlaubt, die unverwundbare Stetigkeit der Armee zu fördern und in Erinnerung zu halten, etwas, das uns ermöglicht, unsere Konzepte auf ansprechende und vordergründige Weise Novizen und Laien vorzustellen und zu vermitteln. Ich sage Ihnen jetzt: Ich weiß es nicht, noch immer kenne ich weder die Kräfte noch die Notwendigkeit, denen sich Ihre Irrtümer und der darauf folgende Zusammenbruch verdanken; die Armee ist dabei, sich zu verändern, die Kriegskunst ist nicht das Einzige, das aus dem Gebrauch gekommen ist, es ist nicht das Einzige, das zu existieren aufgehört hat; und indem sich das aufgelöst hat (zumindest erloschen ist), was in einem beträchtlichen Maß die lebendige und materielle Darstellung unseres Wesens war, führen die Abkürzungen, deren sich unser Geist bedient, nur in die Irre: Sie verursachen einzig und allein Ratlosigkeit und Misstrauen, sogar unfreiwillige Mutlosigkeit (fehlender Glaube, mit anderen Worten), bei denen die, die, wie ich selbst, auf diesem Gebiet versiert sind, Überlegungen angestellt haben und die wundervolle Darstellung der Vergangenheit kennen. Sie sollen wissen, dass dieses trügerische Hin und Her unserer Tage etwas ganz Neues ist, dass eine der Besonderheiten dieser Konfiguration, dieses Entweichens von Magma, dieses Verlaufs oder dieser Kristallisation, über die ich mit Ihnen spreche, das Licht war, das kurze Aufleuchten, das leuchtende und blendende Strahlen, die glänzende Erleuchtung des Kulminationspunktes; mit einem Wort, der vergängliche Sternenhimmel zwischen der massiven und identischen Kondensation zweier Gewitter in der Nacht. Aber es scheint, dass dies ein bereits verstorbener Glanz ist, ausgelöscht, überflüssig; als ob im Ablauf der tödlichen und ewigen Tragödie der Armee schlussendlich ihr letzter Angriff in unsere Zeit verschoben worden sei, als ob die Materie, aus der die ersten drei Teile bestehen, den vierten verschluckt hätte und ihn in ihren Busen eingeschlossen hätte und ihn verwechselte; als würde ein Umfüllen vonstatten gehen, eine Umgestaltung, deren Effekt ein fortschreitender und gradueller Verlauf der Katastrophe ist. Ob ihr Verlauf oder ihr Verschwinden, fürchte ich, werden wir nie erfahren, nicht einmal erahnen. Vielleicht vermindert sich der klägliche und todbringende Zyklus der Armee von nun an (wenn es nicht schon geschehen ist) und verliert seine goldene beispielhafte Struktur. Können Sie sich das vorstellen? Eine so einzigartige und ununterbrochene Verkettung, die zur Auflösung ihrer Glieder führt; ein so undurchsichtiges und perfektes Nebeneinander, dass es schlussendlich nichts anderes ist als die Verschmelzung der Teile, ein formloses und kompaktes Kontinuum wie die nicht messbare Zeit des Verbrechers im Verlies oder des verschmähten Liebhabers; und all das geschieht in einem uns verbotenen Reich, auf dem unsichtbaren Feld gespenstischer Schlachten und gekaufter Feldzüge, auf einem Gelände, auf dem es sich nicht stirbt, auf dem es sich nicht weint, verstehen Sie? Wo man nicht stirbt, und wo man nicht weint! ...«

Der Oberst umfasste mit seinen Händen sein erhitztes und mit blauen Adern überzogenes Gesicht, was seinem gealterten, fleischigen, samtigen Kopf noch mehr die Form eines auf den Kopf gestellten Eis gab.

»Entsetzlich, nicht wahr? Aber stellen Sie sich vor, dass zur selben Zeit, wenn sich dieser Umschlag, an dem wir allem Anschein nach beteiligt sind, vollendet, das Resultat lediglich die absolute Erfüllung unserer wesenseigenen Unkenntlichkeit wäre. Und darüber sollten wir uns freuen. Bis jetzt war, obwohl von Erkenntnis keine Rede sein konnte, ein Trugbild im Bereich des Möglichen, auch das Trachten danach: die Spekulation, die Vermutung, die Hypothese … All das ist irrig von Anfang an, ja, ohne Möglichkeit, das Ziel zu treffen, aber in gewisser Weise einträglich, eine Erleichterung. Ein schwacher Trost, das ist richtig, aber stellen Sie sich vor, was sein Ausbleiben bedeuten kann. In diesem Fall würde uns nichts mehr bleiben als die undeutliche Erinnerung an diesen unbedeutenden Rest; beide Dinge werden nach und nach schwächer, bis der Tag anbricht, an dem sogar dieser schwache Reflex aufhört, uns noch zu erleuchten, und verlischt, erschöpft von zu viel Arbeit, der wir ihn ausgesetzt haben. Ein vergänglicher Glanz, der der Regeneration bedarf und Kraft beziehen muss von seinesgleichen; und wenn es diese Nachkommenschaft nicht gibt, erlischt er nach trägem Siechtum, nicht imstande, das Gewicht von Jahrhunderten zu ertragen, nicht einmal von Lustren unfruchtbarer Zeitlichkeit … Ich frage mich, ob der totale Mangel an Fällen, wie dem von Louvet, und das allmähliche Verblassen des dazugehörigen Kults und der Erinnerung an sie, der Mangel an Gipfeln zum tief Durchatmen nach den Mühen und Klagen des Aufstiegs, an Hügeln, um unsere einzige Illusion zu nähren, die wichtigste, um von ihnen aus, nur einen Augenblick lang, in freier Sicht die gesamte Windung des im Unwissen zurückgelegten Weges, das breite Tal, das früher unbemerkt war, und die Schwärze des Ozeans, aus dem wir kommen und wohin wir zurückkehren müssen, zu betrachten …, ich frage mich, ob das alles nicht in der Konsequenz die Auflösung der tragischen Natur der Armee mit sich bringt, der Armee als solcher, oder zumindest ihrer unmittelbarsten, unverzichtbaren, unwiderruflichen Repräsentation, mit einem Wort, von uns selbst, dem Körper als solchem. Und so weiß ich auch nicht, ob Ihr Fall die Strafe wirklich verdient, ob er sich in diese erniedrigende und graduelle Verwischung der Katastrophe einschreibt, in diese unaufhaltsame Nebelbildung, von der ich gesprochen habe (die deshalb und trotz allem zum Tiefsten, Innersten unseres Charakters gehört), oder ob Sie nichts weiter als ein neues Kapitel im Martyrologium sind. Ein weiterer Beweis von sehr relativer Bedeutung, von rein quantitativem Interesse. Ich weiß nicht, ob Sie sind wie Louvet, Lucan und andere (ein bewundernswertes Bindeglied, die Konfluenz, die Synthese) oder ob, im Gegenteil, Ihr Drama eine vulgäre Verkleidung ist, eine derbe Maske, mit der Sie versuchen, uns in der unbesonnenen und pragmatischen Zeitlichkeit, zu der wir verurteilt sind, zu täuschen. Denn Ihrer Geschichte, wissen Sie, fehlt Emotion und Größe, sie ist kein exemplarischer Gipfel, eindeutig umrissen, es fehlen ihr Pracht und Herrlichkeit, ich sehe in ihr nicht einmal die entsetzliche Spur oder Fährte der Katastasis, der Klimax, der Prämonition; in summa, Sie sind wahrscheinlich nichts als ein auffälliges Glied, das uns in den Irrtum führt: Und, um aufrichtig zu sein, ich hoffe, dass es so ist; das Gegenteil würde zweifellos bedeuten, was ich Ihnen als Hoffnung und Angst zugleich mitgeteilt habe (eher Letzeres, ich gestehe es ohne Umschweife und Zögern; noch bin ich nicht alt genug, um die Vergänglichkeit herbeizusehnen, obwohl alles vergehen wird): ein Untergang, so barbarisch, so unwiderruflich, so unerbittlich, dass wir ein für alle Mal sagen können: Mit uns ist es zu Ende. Können Sie sich vorstellen, was es bedeuten würde, das Ende der Louvets, der Pompeyos, der John Hume Ross'? Ja, das Ende auch der weniger glanzvollen Gestirne, der Maneras und der Moreaus, der Custardoys? Ein korporatives Hinscheiden, das wäre eine nicht tolerierbare Dysfunktion … Keine Louvets mehr, keine Louvets mehr! Sogar heute noch unvorstellbar, finden Sie nicht? Ich hätte alles dafür gegeben, an seiner Stelle zu sein, um in meinen eigenen entsetzten Venen den Rausch der Vollendung zu spüren, um alleine zu reiten wie er, um sein geniales Vorleben auszukosten, um wie er zu unterliegen. Louvet, stellen Sie sich vor, war bis ins kleinste Detail vom Glück gesegnet, er musste nicht einmal die unerlässlichen Täler der aufstrebenden und langsamen Karriere eines jeden Soldaten durchschreiten. Als Hauptmann trat er in die Armee ein, als Hauptmann verließ er sie, er nahm nur an einem einzigen Feldzug teil … eine Persönlichkeit, hell leuchtend und flüchtig wie sein Auftritt auf der militärischen Bühne. Als Napoleon den Marsch auf Russland plante, war seine erstaunliche Armee, trotz all der errungenen Siege, schon so ausgebrannt und kraftlos, dass er nicht nur wahllos und sinnlos Truppen rekrutieren, sondern auch Offiziere aus dem Ärmel schütteln musste, die sich ihren Rang nicht immer verdient hatten. Louvet war eine dieser späten Schöpfungen, aber in seinem Fall kann man weder von Missgriff noch von Improvisation sprechen. Seine profunden theoretischen Kenntnisse auf dem Gebiet der Kriegskunst, das gewaltige Werk, in dem er sie dargelegt hatte, die strategische Hellsichtigkeit, die durch diese Seiten schien, ließen seinen Eintritt in die Streitkräfte, auf einen verantwortlichen Posten, nur allzu logisch und dringlich erscheinen, aberwitzig, absurd und pervers hingegen die Umstände, die ihn bis dahin von den Schlachtfeldern ferngehalten und sein erdrückendes Wissen in staubige Bibliotheken unter die müden und schwachen Augen der Neugierigen und Gebildeten verbannt hatten. Aber wie der Liebhaber von

Landkarten selten den Wunsch oder die Notwendigkeit zu reisen verspürt, weil er weiß, dass die Karte nicht lügt und er am Ort, den er besucht, nicht mehr finden wird, als ihm diese ankündigt und beschreibt, ist es Louvet niemals in den Sinn gekommen (er hielt es für einfältig und entbehrlich), persönlich auf dem Feld den Wahrheitsgehalt der Theorien zu überprüfen, die er als Verfasser für notwendig und richtig hielt. Wer weiß, ob die Größe des Unternehmens ihn anzog, weil er, bereits fünfzigjährig, einer unverhofften und tiefen Gemütsbewegung patriotischen Charakters anheimfiel, weil er sich von Schmeicheleien und Komplimenten verführen ließ, weil er unter Androhung von Waffengewalt gezwungen wurde, weil er darin eine geeignete Ergänzung seines Werks erblickte, oder vielleicht weil er den Verstand verloren hatte – jedenfalls nahm der gelehrte Louvet sein erstes Bad aus Blut und Erschöpfung, als er im Range eines Hauptmanns Teil der nationalen Armee wurde. Und ich habe nicht den geringsten Zweifel, dass Louvet schon damals sein Schicksal ahnte und zu einem Gutteil akzeptierte, dass ihn dieses unvorhergesehene und hinfällige Intermezzo sein Leben kosten würde. Die Aufgabe, die er während des Feldzugs erfüllte, war die eines altgedienten, strategisch versierten Generals, aber der Fall Louvet war von Anfang an einzigartig: Obwohl befähigt, die wichtigsten Operationen so wie jeder andere Oberbefehlshaber des Kaisers zu leiten, wurde ihm ein so hoher Rang nicht verliehen, vielleicht um Eifersüchte, Beschwerden und Unzufriedenheit bei denjenigen zu vermeiden, denen ihr Rang aufgrund ihrer im 93er-Jahr gesammelten Meriten und Verwundungen verliehen worden war, vielleicht auf eigenen Wunsch hin, und mit der möglicherweise persönlichen Absicht, das ihm unbekannte, feindliche Ambiente an der Front kennenzulernen. Und so ergab sich der Widerspruch, dass, während Louvet de facto ein unbestimmter Offiziersrang zugeteilt wurde, den wir als den eines allgemeinen strategischen und taktischen Oberaufsehers bezeichnen könnten, er tatsächlich de jure und als Hauptmann, mit Eifer und eigenartigem Vergnügen am Gefecht teilnahm; ... am Kampf Mann gegen Mann, ja, an der eigentlichen Auseinandersetzung, wundert Sie das? Er dirigierte Kavallerieattacken und schlug Köpfe ab. Mit dem Säbel in der Hand, feurigem Blick, zusammengebissenem Kiefer, zweifellos besessen von Entfremdung und Angst. So sehr, dass er sich in den Auseinandersetzungen, die Borodino vorausgingen, mehr durch seine Unerschrockenheit auf dem Feld, pêle-mêle, als durch seine herausragenden Kenntnisse oder Fähigkeiten auf dem Gebiet der Taktik (er hegte großen Respekt für die Theorien und Truppenverschiebungen von General Phull) auszeichnete. Man kann nicht sagen, dass es sich bei ihm um selbstmörderische Unerschrockenheit handelte, sondern genauer gesagt um eine irrationale: Häufig erinnerte seine Handlungsweise an jenes Alles oder Nichts, das die Panik in der Regel im leicht zu beeindruckenden und kraftlosen Gemüt des Unerfahrenen auslöst; bedenken Sie jedoch, dass Louvet letztendlich, und das, obwohl sein Geist von Soldatentum erfüllt war, keineswegs Militär war, sondern Schriftsteller, ein Gelehrter, der sein Leben inmitten von Büchern, Landkarten und Stiften zugebracht hatte: meditierend, entwerfend, abwägend, argumentierend; kurzum: Er war kein Mann der Tat; das einzige Mittel, das ihm zur Verfügung stand, sich über den Schrecken und die Faszination, die die Schlacht nicht umhinkonnte, bei ihm auszulösen, hinwegzusetzen, bestand also darin, sich mit dem Enthusiasmus und der Hingabe desjenigen, der nichts zu verlieren hat, oder besser gesagt, desjenigen, der überzeugt ist, dass er alles verlieren wird, darauf einzulassen …«

Mit dem Teil der Handfläche, die am fleischigsten ist, strich sich der Oberst die dichte Augenbraue erneut gewissenhaft glatt, die ihm jetzt nach unten hing (eine Auswirkung der Feuchtigkeit und der Hitze), was seinem Gesicht einen leicht schwermütigen Ausdruck verlieh, düster, dumpf und verwelkt.

»Louvet wusste freilich sehr gut, worüber er verfügte und, vor allen Dingen, woran er beteiligt war. Es ist eine Sache, inmitten des Getöses der Waffen, der Mündungsfeuer, brutal, aus nächster Nähe, der reihenweise stürzenden Pferde, umherspritzenden Erde und des steten und kurzatmigen, anonymen Stimmengewirrs inmitten des richtungslosen Schlachtenlärms die Kontrolle über sich selbst zu verlieren und sich in einen tüchtigen Soldaten zu verwandeln, dessen blinder Eifer um so größere Aufmerksamkeit erregte, als er sich einerseits der unwahrscheinlichen Figur des friedfertigen, verschlossenen und misstrauischen Mannes bediente und andererseits mit dem Mangel an Spontaneität und zögernder Kampfeslust kontrastierte, was seine Kameraden und die Truppen im Allgemeinen betrübte, die in einigen Fällen seit neunzehn Jahren beinahe ohne Atempause und Waffenruhe im Feld standen. Auf einem ganz anderen Blatt steht, dass er keineswegs mit Einbruch der Dunkelheit, während der letzten erschöpften Schritte der nicht enden wollenden Märsche oder in der unheilverkündenden, tödlichen Kälte seines Zeltes, schlaflos über den Schleier, hinter dem sein Ungestüm lag, nachgrübelte. Und weil wir schon einmal darüber sprechen, sollen Sie auch wissen, dass sein persönliches Schicksal, abgesehen von der unlösbaren Verwobenheit mit dem unwandelbaren, erdumspannenden und stetigen Schicksal der Armee, ihm bereits vor Borodino sehr schmerzlich und bitter ironisch erschienen sein muss. Louvet verachtete, wie ich Ihnen schon sagte, den empirischen Beweis seiner Theorien, die er a priori für unfehlbar und richtig hielt, und nahm die Widerlegungen, die ihm die Erfahrung von anderen zufälligerweise vor Augen führte, nicht zur Kenntnis. Seine Vision der Kriegskunst war der Form nach fehlerlos, aber (ohne in die Extreme eines General Phull, seines berühmten Gegenspielers, zu verfallen) veraltet. Sein System war ganz und gar auf das achtzehnte Jahrhundert ausgerichtet und basierte auf taktischen und strategischen Konzepten, die wenig oder gar nichts der Macht des Zufalls überließen. Louvet war überzeugt (und darin war er unbeugsam), dass gute und wahrheitsgetreue Informationen über die eigenen Kräfte und die des Feindes, über die Aufstellung beider Armeen auf dem Schlachtfeld, über ihre respektiven Bewegungen bei früheren Konfrontationen und ihre Kriegstradition, über die Beschaffenheit des Geländes, auf dem der Kampf stattfinden sollte, und, wenn man denn unbedingt wollte (für ihn ein zweitrangiges Desiderat, Optativ, eine Frage des Stils), psychologische Erkenntnisse der gröbsten und oberflächlichsten Art betreffend, die wichtigsten gegnerischen Stabsmitglieder genügten, um so genaue und präzise Berechnungen anzustellen, dass der faktischen Entwicklung der Operationen keine andere Wahl bliebe, als sich in der simplen, rigorosen, exakten und sogar einschränkenden Weise des im Vorhinein beschlossenen Plans abzuspielen. Die kleinste Prämisse von all dem war ein eiserner und felsenfester

Sinn für Disziplin: Die Truppen mussten über die gleiche Willenskraft verfügen wie Schachfiguren. Ohne dass dies bedeutet, dass ich den kategorischen, scheinheiligen, ungeheuer einfältigen und wenig überzeugenden Behauptungen des Grafen Tolstoi in dieser Hinsicht überhaupt keinen Wert beimesse, sage ich, dass heute vielleicht so etwas wieder möglich ist, damals aber war es das nicht mehr. Auf eine annäherungsweise und sehr ungenügende Art war es das im achtzehnten Jahrhundert, aber es waren gerade die napoleonischen Feldzüge, die diese kriegerische Konzeption gänzlich unbrauchbar werden ließen und sie ersetzten durch eine andere, reichere und umfangreichere, die während einer bedauerlicherweise kurzen Zeitspanne, die längst zu Ende ist, der Armee die Macht einräumte, sich in Kriegszeiten in eine Art nationales Ganzes zu verwandeln (in ein Gefäß des Staates). Obwohl man nun behaupten könnte, dass Louvet die geometrischen Berechnungen militärischer Manöver auf die Spitze und zu einer Vollendung trieb, die ihr bis dahin gefehlt hatte (auf diesem Gebiet war er ein wahres Genie und als solches seiner Epoche weit voraus ..., nicht zu reden von dem heute unauflöslichen Nexus zwischen dem Vorher und dem Jetzt), muss trotzdem hinzugefügt werden, dass er (für seine Zeit, nicht für die unsrige) von einem gewaltigen, grundsätzlichen Fehler ausging, der seine gesamten Ausführungen nichtig machte. Dies zu erkennen, erhielt er erst Gelegenheit, als er sich persönlich an den Kämpfen beteiligte, und nicht so sehr aufgrund der kleineren Schlappen, die er als Taktiker während des Marsches auf Smolensk einfuhr; sein eigenes individuelles Verhalten vielmehr führte ihm die bedauerliche Erkenntnis vor Augen, dass er sich momentan im Irrtum befand und höchstens darauf vertrauen konnte, dass das Vergehen von Jahrhunderten eines Tages seine Überlegungen mit den Tatsachen wieder in Übereinstimmung brächte und das verwandelte, was sich ihm jetzt in Wahrheit als simples Desiderat darstellte. Denn es war in ihm selbst, wo er den Widerspruch vermutete. Von seinem Eifer und seiner Begeisterung mitgerissen, war er der Erste, der den Befehlen, die er selbst erteilt hatte, zuwiderhandelte und so die Verwirrung und die Apathie unter seinen Männern förderte; unverständlicherweise fühlte er sich während der Kämpfe isoliert, gespalten, einerseits klammerte er sich an seine ältesten und tiefsten Überzeugungen (die er immer ein paar Minuten vorher mit herrischer Stimme in exakte Befehle zu gießen und an seine Soldaten weiterzugeben meinte), andererseits war er versunken in den Taumel seiner eigenen Erregung, die ihn, wie ein Mauerbrecher gegen seine Schulter gestemmt, mit dem Rhythmus des gewaltsamen Pochens in seiner Halsschlagader antrieb und ihm ein ums andere Mal den heiklen Pfad der Entfremdung und der Angst, des Blutdursts und der Verwandlung zum Tier wies. Und so zeigte sich ihm das Schicksal, das tagsüber eine noch nicht spürbare Gestalt annahm, in der Nacht als etwas noch nicht Tragisches, sondern eher Rührendes und folglich doppelt Hoffnungsloses. Im Schein der Lagerfeuer, wo Abend für Abend die übel zugerichteten Illusionen mit Wacholderbranntwein vermischt wurden, dämmerten ihm während der späten Mußestunden eines jeden Tages die fatalen Rückschläge seiner verspäteten, beinah posthumen, unwirklichen und senilen kämpferischen Laufbahn. Gelang es ihm schließlich einzuschlafen, nach langen Stunden, nicht so sehr der Meditation, sondern der bestürzten Kontemplation über seinen absteigenden Lebensweg, durchdrang ein Geruch der Fäulnis seine Nasenhöhlen, wie ein Abschied, der ihm den einsetzenden Geruch von Betrug, Tod und Zersetzung brachte; einzig die Gewissheit, dass die Morgendämmerung hereinbrechen musste und mit ihr die Möglichkeit, seine Beklemmung in der zügellos ausgelebten Tollheit der Schlacht hinwegschwemmen zu können, erlaubte es ihm, den Kopf endlich zu betten und einzuschlafen: Er sehnte sich nach Feindseligkeiten, so extrem, dass er sich schon mit einem Geplänkel zufriedengab. Mit maßlos übertriebener Begeisterung reagierte er auf das gespenstische Auftauchen einer Gruppe versprengter Kosaken, um über sie herzufallen und ihnen den Weg abzuschneiden, ein Verhalten, das häufig dazu führte, dass er sich den vordersten Gruppen anschloss, den ganzen Tag lang in den vordersten Reihen marschierte, inmitten von Führern, Dolmetschern, Aufklärungstrupps und den waghalsigen neapolitanischen Spähtrupps; die schiere Größe der Grande Armee erleichterte es ihm, sich in den Reihen, die am ehesten in ein Kampfgeschehen verwickelt werden konnten, zu verlieren, ohne dass das Verlassen seines Postens bemerkt worden wäre; wurden seine Einmischungen an Plätzen ruchbar, die ihm von Stellung und Rang her verboten waren, so schwiegen seine Vorgesetzten (vielleicht weil sie es seiner Ungeduld zuschrieben, dass er die Weiten, die sich vor ihnen auftaten, überblickte und für kontinuierliche topographische Sondierung des Terrains sorgte, vielleicht weil sie ihn trotz seines niedrigeren Ranges bewunderten) und ließen ihn gewähren. Und so geschah es, dass während des dreizehn Wochen langen Marsches die Figur von Louvet ihren Nimbus der Weisheit ablegte, um ihn durch einen anderen zu ersetzen, der zu gleichen Teilen aus Extravaganz, Verwegenheit und Verblendung bestand. Die neu angeworbenen Soldaten begannen jetzt seinen Namen zu kennen, und obwohl sein Verhalten als Offizier und seine in Verruf geratene Arbeit als Stratege weder Vertrauen einflößten noch wünschenswert erschienen, begannen seine Männer, die ihn im Felde als energisch und verwegen kannten, erbittert, verschlossen und niedergeschlagen dagegen in seinem zweirädrigen Karren erblickten, für ihn die Verehrung zu empfinden, die bei diesen einfachen, einfältigen, geduckten und schlichten Menschen all das auslöst, was sie nicht zu verstehen imstande sind. Sie bewunderten ihn, ohne ihn zu lieben, sie imitierten ihn, ohne dass es ihnen bewusst war, und, darauf bedacht, ihm nicht in die Quere zu kommen, hielten sie ihn für unerreichbar und gefährlich wie ein Schiff in Quarantäne. Was Louvet hingegen nicht ahnte, war die Tatsache, dass er sich auf eine gigantische und ruhmreiche Mündung zubewegte, in der er sich am Ende verlieren musste; dass, während er sich auf Borodino und Moskau zubewegte und dabei lebenswichtige und von ihm nie vermutete Entdeckungen über die Kriegskunst, über seinen Beruf machte, eine andere Bewegung im Schattenreich, seiner Kenntnis und seinem blinden Blick entzogen, seinerseits die letzten Abschnitte seines eigenen Abgrunds durchlief, nachdem er selbst den ersehnten und zügigen Abstieg, wann und wo auch immer, angestoßen hatte. Wie die Flutwelle eines großen, eingerissenen Dammes, die in Windeseile Ortschaften und Felder verschluckt, ohne dass die Bewohner etwas merken, bevor der anwachsende und unheilschwangere Lärm ganz in der Nähe zu hören ist und sie nicht mehr flüchten können; wie der unvorhersehbare Tod, der den erwischt, der am wenigsten mit ihm rechnet, der sich der Jahre nicht bewusst ist, in denen er sich ihm auf unsichtbarem, dunklem Pfad, abseits unserer Wege, annäherte; wie jener unbekannte, stille Begleiter, geringschätzig und stets etwas zurückhaltend, den wir erst erahnen, wenn er uns beinahe schon berührt, in der Beschleunigung eines Herzschlags, den wir für den eigenen halten, der aber eher schon zu ihm gehört; wie dieser Tod, ja, wie dieser Tod, der seinen eigenen, seit Jahrhunderten vorgezeichneten Weg geht, und dem wir nur dann begegnen, wenn, ohne dass wir uns dessen gewahr werden, wir uns bis zu ihm hin verirren und uns so, indem wir in seine aschfahle und gefräßige und immer und zu jeder Zeit verschwommene und entfernte Dimension eindringen, aufnimmt, auflöst oder aber uns aus dem Weg geht; wie dieser taube, blinde, taktlose Alte, den wir nicht kennen, über den wir nicht sprechen können und dessen unauslöschliche Erinnerung uns den entsetzlichen Tribut abverlangt, alles Übrige zu vergessen, … genau so suchte die mühsam, schwerfällig und ungeschlacht ihre Glieder streckende Armee in Louvet ihren Abfluss, sie berechnete seine Ablaufrinne, sie erkor ihn, um ihre aufgeheizte Entladung über ihn auszuschütten, sie wählte ihn aus, um ihm das Zeichen ihrer immensen, beharrlichen und unerschütterlichen Macht auf die Stirn zu brennen.«

Als wäre er sich nicht sicher, ob die Wendung, die seine Ansprache genommen hatte, selbstgefällig und geschwollen, oder im Gegenteil erhaben und überwältigend klang, machte der Oberst eine Pause und artikulierte ein paar einzelne Silben (scharf betont) um sich anschließend auf seinen Absätzen leicht vor- und zurückzuwiegen (die rosa Hände auf den Tisch gestützt), wie als Pause oder Übergang.

»Ein fehlgeschlagener Angriff bildete den Rahmen dieser Lehre und seines damit einhergehenden Opfers. Ein Angriff gegen die Drei Pfeile, auf Befehl des großen Poniatowski mit dem wenig schmackhaften Ziel, jene imposante und gut getarnte Feldschanze gleichen Namens mit dem Gros der Kavallerie von hinten anzugreifen. Das große Risiko im Verein mit den Schwierigkeiten, die die Operation in sich barg, machten ihn vorsichtig, ja unentschlossen, und ließen ihn zweimal bereits gegebene Instruktionen annullieren, um sie durch andere zu ersetzen, fast entgegengesetzt bei der ersten Gelegenheit, unsicher, schlecht artikuliert und doppelsinnig bei der nächsten. Währenddessen entwickelte sich das Gefecht rasch an den anderen beiden Fronten, und die Reiter begannen ungeduldig zu werden, als sie sahen, dass der angekündigte Moment des Angriffs verstrich. Louvet, an der Spitze, wartete mit Erbitterung auf den Moment, um endlich in einer geballten, massiven Aktion einzugreifen, sein Pferd, von ihm aufgestachelt, drehte sich in vollblütigem Taumel um sich selbst, versuchte jäh loszupreschen und stieg wild empor, während es darauf wartete, dass man ihm endlich schonungslos und brutal jenen Stoß mit den Sporen versetzte, den es schon seit endlos verzögerten Minuten als unmittelbar bevorstehend erwartete. Poniatowski, der polnische Bayard, vom Fieber geschüttelt und schwankend, dachte nach. Die Reittiere, nervös und irritiert, sträubten sich und tänzelten. Gleichzeitig ließ die Anspannung der Männer nach und legte sich allmählich. Schließlich erklang durch Nebel und Dunst die Kette der resoluten, befehlenden Stimmen. Es gab eine spontane und improvisierte Neuordnung der Reihen, inzwischen viel zu versprengt, zu weit voneinander entfernt und in ihrem Kampfgeist geschwächt; heftig schlugen die jüngsten Herzen, die Offiziere rückten sich die Helme zurecht, rissen ihre Degen aus der Scheide, dass das Metall unnötig klirrte, die Reihen nahmen Haltung an; schrill, zerrissen ertönte der Befehl zum Angriff, und es erhob sich eine Wolke aus Staub und Hitze, die nach und nach von den Pferden und den Schenkeln der Reiter zu den Helmen aufstieg, einige Reihen, indem sie sich weiterbewegten, luden die nachfolgenden ein, sich vorwärtszubewegen und ihren Platz einzunehmen, und kraft des mühsamen, aber regelmäßigen Crescendo, eines anfänglich noch schlummernden Impulses, der sich mechanisch beschleunigte, verfiel die Abteilung in Trab. Wie der Staub, der die Morgenröte trübte, nahm auch der Widerhall zu und wurde von Sekunde zu Sekunde tiefer und gleichförmiger. Die kompakten Truppen marschierten im Trab und nahmen den Rhythmus eines Daktylus an, bedrohlich, eindringlich: Sie trabten, trabten, trabten, trabten. Louvet, der an der Spitze ritt, entfernte sich einige Meter vom Block, um gleich darauf innezuhalten, sich neuerlich vom bläulich schimmernden Tross seiner Kameraden einfangen zu lassen und sich wieder zu entfernen. Vorwärts drängte ihn seine Kraft, vorwärts, niemand konnte ihn mehr einholen, und während er den Baumstümpfen, die aus dem Boden ragten, wie die riesigen Köpfe von asiatischen Delinquenten, geschickt auswich, begannen einige Reittiere zu stolpern und rissen ihre Besitzer in wilden Stürzen und Massenabwürfen mit sich. Louvet im Gegensatz, gepackt von jener intensiven Konzentration, die die Sehnsucht auslöst, beschleunigte die Gangart noch; je schneller er ritt, desto virtuoser führte er die Zügel seines gesprenkelten Pferdes, mit der Leichtigkeit eines Zirkusartisten oder eines verwandelten Tänzers wich er den Hindernissen im verteufelten Gelände aus. Wieder tönte die einsilbige, raue Stimme, kaum hörbar inmitten der Atemgeräusche, mit denen beide, Pferd und Reiter, in Form von Schnauben das eine, von geheimen Verwünschungen der andere, nicht sparten; und Louvet ... Louvet trieb sein Pferd noch mehr an, er fiel, als Höhepunkt der weit ausgreifenden Attacke, in einen Galopp. Drei Längen trennten ihn bereits von den übrigen, als er sein transzendentales Wettrennen aufnahm, er verlangte jedem Sprung noch größere Schnelligkeit ab, vielleicht aber war er auch gar nicht mehr in der Lage, das Ungestüm seines durchgehenden Pferdes zu beherrschen. Erst als das Grün der gegnerischen Uniformen in der Nähe eindeutig hinter Rauch und Staubwolken auftauchte, zwang er das Pferd zum Stillstand und blickte sich um. Seine Kameraden, seine Untergebenen, von denen ihn jetzt eine größere Entfernung als die zu den Kosaken trennte, standen regungslos oder zogen sich auf ihre Positionen zurück. Jedenfalls war ihm niemand gefolgt, der Sturm war abgebrochen, aufgehoben, er allein hatte angegriffen. Der polnische Bayard hatte einen Rückzieher gemacht, überfallen von neuerlichen Zweifeln. Und Louvet, mit aus den Höhlen hervortretenden nassen Augen, man weiß nicht, ob vor Seligkeit oder Grauen, den Säbel in der Hand, nach unten gesenkt, zusammengesunken, den ganzen Rumpf verdreht, nach hinten gedreht und bei der plötzlichen Drehung aus dem Steigbügel gerutscht, Louvet ging in eine andere Zeit ein, verstehen Sie?, eine andere Zeit, die wir nicht kennen, die mit der unsrigen nichts zu tun hat. Ein Hauch von Nichtvergeben aus eigenem Mund muss ihn eingehüllt haben, während seine glasigen, aufgeplatzten Wangen einen wächsernen, giftigen Glanz verbreiteten; in diesem Moment vereinigte er sich mit dem geheimen, gleichgültigen, ewigen Schicksal unserer Körperschaft, die sich in ihm zum wievielten Mal auch immer kristallisierte, flüchtige, wortreiche (stellen Sie sich vor) und inbrünstige Funken spie, um sich danach wieder in seine Zone aus Immanenz und Schatten vor der Welt zurückzuziehen, zu ewig neuer Wiederkehr. Und er, Louvet, lenkte sein Pferd in gestecktem Galopp auf die russischen Kanonen zu. Aus der Ferne sah man ihn herankommen, den rechten Arm ausgestreckt, wie eine mit Bewegung und Leidenschaft ausgestattete Reiterstatue, ohne dass er gefallen, ohne dass auch nur ein einziges Mal auf ihn geschossen worden wäre; dann, flüchtig wie der Versuch, den unbegreiflichen Verlauf eines isolierten Augenblicks zu beobachten, konnte man nur das Pferd erkennen, und dann nichts mehr. Und als die aufgedunsenen Restbestände der russischen Armee, versprengt, fluchend, geschlagen, sich beim Sonnenuntergang trotzdem geordnet zurückzogen, wie ein unlösbares Rätsel, marschierte der gelehrte Louvet mit ihnen …«

Der Oberst setzte sich und gab der Weltkugel, die seinen Tisch schmückte, einen solchen Stoß, dass er sie beinahe umwarf.

»Ich bin der Ansicht, dass Louvet ein tapferer Mann war, ich bin der Ansicht, dass der polnische Bayard, fiebrig im Morgengrauen, den Befehl gegeben hatte, den Angriff abzublasen, als er sah, wie sich die Pferde in den Baumstümpfen und Holzstücken, mit denen das Feld übersät war, verfingen und zahllose überflüssige Stürze verursachten. Wissen Sie, der richtige Angriff fand einige Minuten später statt, ein kompliziertes Umgehungsmanöver, in dessen Verlauf die Feldschanze an der Flanke attackiert wurde (mit relativem Erfolg, nebenbei gesagt). Ja, ich bin absolut davon überzeugt, dass Louvet ein tapferer Mann und beispielhafter Militär war, und dennoch beurteilte ihn der Generalstab der Grande Armee anders, durch leidvolle Erfahrung vorsichtig geworden, empfindlich und verwirrt durch die Häufung von Schlappen und unglücklichen Zufällen, die sie, obwohl sie nicht genau hinsehen mochten, für möglicherweise berechtigt hielten. Die Tatsache, dass es aufseiten der Kosaken keine Schüsse gab, während er mit gestrecktem Säbel in der Hand, eine ausgezeichnete Zielscheibe, auf sie zuritt, im Verein mit Chambrays skandalös anklagendem Bericht über die gute Behandlung, die Louvet während seiner Gefangenschaft zuteil wurde (während der die übrigen Gefangenen ihn mit Wittgenstein, Phull, Clausewitz: Seinesgleichen!, Eindrücke austauschen, plaudern, sich verbrüdern und zusammenarbeiten sahen); diese beiden Unregelmäßigkeiten, zu denen die kleinen taktischen Irrtümer des Gelehrten aus der Zeit vor Borodino hinzukamen, die jetzt in einem tendenziösen, ungünstigen Licht gesehen wurden, all das ließ den unbegründeten, grotesken und kurzsichtigen Verdacht auf Verrat aufkommen, demzufolge er mitten in der Schlacht, und mit Vorsatz, zur feindlichen Partei übergelaufen sein könnte. Und als Louvet, wieder in Freiheit, in seine Heimat zurückkehrte, wurde er vors Kriegsgericht gestellt, und wir wissen nur, dass er verurteilt wurde. Es gibt keinerlei Angaben über die Art der Verurteilung, keine Beweise, dass er hingerichtet wurde, auch nicht, dass man ihn deportierte, wie wir es mit Ihnen machen werden (auf die Felsinsel Bormes, verstehen Sie? Auf Nimmerwiedersehen!). Wir wissen nichts, weil die Armee weder zweifelhafte Fälle duldet, noch Kenntnis über sie erlangt werden kann, und hier, wo ihre den Betrachter blendende

Essenz zum Vorschein kommt, darf nur noch Indifferenz herrschen, Verschleierung, Versäumnis, Schweigen, will man sie denn intakt und am Leben erhalten. Angesichts ihrer schrecklichen Natur ist es besser, nicht zu versuchen, sie zu erkennen, nichts von ihr zu wissen. Denn wir wissen nichts, tatsächlich wissen wir nichts, und dennoch, stellen Sie sich vor, dass es uns gerade deshalb gegeben ist, Vermutungen anzustellen, nachzugrübeln, sogar mit der größten Freiheit zu entscheiden, was aus Louvet geworden ist. Sehen Sie? Verstehen Sie? Fragen Sie nach, schauen Sie in die Bücher: Die werden Sie ebenso belügen, wie ich Sie belügen kann; wie ich selbst, so befindet sich auch die Geschichte im Irrtum auf diesem Gebiet, denn ihr Wissen ist idiotisch, lächerlich, lückenhaft, mit dem meinen blutsverwandt; erschwerend kommt hinzu, dass man weder widersprechen, noch verändern, sich verraten, selbst negieren oder sich erdolchen kann, wie ich mich ein ums andere mal und einmal mehr erdolche. Diese Bücher, die mit dem kräftigsten Pulsschlag dessen geschrieben wurden, der nichts weiß, und den Anspruch zu lehren erheben, wollen Ihnen weismachen, dass Bonaparte im August in Russland einmarschiert sei, nicht in klirrender Kälte, sondern unerträglicher Hitze; dass die Truppenbestände erdrückend und unermesslich waren, dass die Moral der Truppen alles andere als brüchig, müde oder willensschwach, sondern im Gegenteil gut oder besser war als im Jahre '93; dass es vor Borodino keine Zusammenstöße von Bedeutung und kaum Scharmützel gegeben habe, dass die französischen Soldaten nichts als Asche und ödes Land eroberten; sie werden Ihnen auch sagen, dass es nicht der große Poniatowski gewesen sei, der an jenem Morgen fiebrig war, sondern Napoleon selbst ..., und sie werden Ihnen nichts über Louvet berichten. Ein gelehrter Verräter, dessen mittelmäßige Werke der Vergessenheit anheimfallen, so erwähnt werden sie ihn irgendwo in einem archivierten Dokument finden. Und dennoch war es so, wie ich es Ihnen erzähle. Ich bin der Ansicht, dass Louvet in jenen der Ekstase vorausgegangenen Momenten die Stimmen, die Halt riefen, nicht ausmachen konnte und wollte, dass er glaubte, sich dem allerletzten Galopp anzuvertrauen; als er sich dann klar darüber wurde, was geschehen war (und ich weiß nicht, ob das von seinem Gipfel aus überhaupt möglich war), als ihn, verblendet und verwundert, Zweifel heimsuchten, ob der Akt der Disziplinlosigkeit, die Zuwiderhandlung, der Fehler, von den anderen begangen worden war, indem sie zurückwichen, oder von ihm selbst, weil er nicht angehalten hatte und weitergeritten war, und die wütende Attacke und den Tod (dreist, hinterlistig, schwülstig, der sich nicht suchen lässt, dreist, hinterlistig, schwülstig wie er ist) vorgezogen hatte. Zweifellos wusste er damals, nachdem die Entscheidung einmal gefallen war und er mit dem tragischen Wesen unserer Körperschaft verschmolz – dieses Wesen, die sich vor uns versteckt –, wie viel man wissen kann und wie viel es unmöglich ist zu wissen; und dennoch wollte er in ebenjenem Augenblick nichts mehr kosten von unserem erbärmlichen und lückenhaften Wissen. Von seiner Höhe herab verachtete er jeglichen Mangel an Vollendung und mochte sich nicht abfinden mit den Niederungen des Menschlichen. Ich bin mir nicht einmal sicher, ob er nicht letztendlich die unerträgliche und vollständige Ernüchterung in jener unvollständigen Welt, der er gerade den Rücken gekehrt hatte, fürchtete, oder ob es ihn nicht interessierte, sie vielleicht kennenzulernen. Nicht einmal lossagen musste er sich von ihr. Die Trennung der beiden erfolgte ganz spontan, leicht und natürlich, sie war kein willentlich, verstehen Sie?, in irgendeiner Weise willentlich herbeigeführtes Resultat …«

Der Oberst unterbrach sich und verharrte in nachdenklicher Haltung. Mit dem Daumen und dem Ballen der linken Hand auf den schwarzen Ringen um die Augen, schwarz wie Pech, blickte er mich starr an und fügte langsam hinzu:

»Ich weiß nicht, ob, als ich wusste, ich nichts mehr wissen wollte.«

(1979)

Begabung, ein Fluch

I

Der erste Eindruck war, versteht sich, katastrophal. Zwar hatte man mich vorgewarnt, aber so extrem hatte ich es mir nicht vorgestellt; und über seinen Charakter, den ich leider Gottes erahne, war mir gar nichts bekannt gewesen, ich wusste nicht, dass er ein Großmaul ist. Ich sehe es kommen, es liegt auf der Hand, dass er mir das Leben zur Hölle machen wird, und nicht etwa aus Veranlagung oder weil er nicht anders kann (was der Fall ist), sondern weil diese Absicht zweifellos in seinem Köpfchen steckt, diesem brachycephalen Schädel, der trotz allem zu denken imstande ist, zu funkelnden Ideen: Davon ist er fraglos bevölkert. Funkelnd, glänzend, anspruchsvoll, ein Wunderkind, eine Entdeckung. Zudem ist er eitel. Wäre er eine Frau, er hielte sich für eine Schönheit, und ich muss sagen, bei allem Verdruss, den mir das in der Zukunft bereiten würde: Mir wäre es lieber. Wer hat ihn wohl getäuscht? Oder besitzt er einen allmächtigen Willen, der alles in Sinn, Überzeugung, Gesetz verwandeln kann? So muss es sein, sonst hätte er seinem Leben längst ein Ende bereitet; er sollte begreifen, dass er aus dem Rahmen fällt, und das Durchschnittliche suchen, sich auf dieses Terrain begeben, auf dem alles eine Frage der Wortwahl ist, wo man ohne weiteres unauffällig bleiben kann und wo sich so ein Fluch sehr viel leichter tragen lässt. Ich erinnere mich nicht einmal mehr an seinen vollen Namen. Wozu auch? Ich werde ihm einen Spitznamen geben müssen, geschieht ihm recht. Das soll ihm eine Lehre sein, dann weiß er, wer hier die Entscheidungen trifft. Dennoch wird er mir das Leben zur Hölle machen, da bin ich mir vollkommen sicher. Das steckt ihm im Blut, in diesen Äuglein, die sich widerstands- und klaglos von den Lidern überfallen lassen, und ganz offen sagen es mir seine Wangen, so freundlich, ja kokett sie mich auch ansehen. Er muss seine Lektion gut gelernt haben, er weiß, welcher Gefahr er sich aussetzt, es mangelt ihm nicht an Erfahrung. Ausweichen, das Ausweichen ist seine Taktik, sein Charakter. Er ist nicht besorgniserregend, das ist nicht das passende Wort, hier taugen keine Halbtöne und Nuancen: er ist ein Phänomen, ein Irrer; außerdem ein Verräter, sein Lächeln spricht Bände, und so ungezwungen es daherkommt, es ist und bleibt prahlerisch. Wer hätte das vor dem Taufbecken gedacht, als ich seinen Paten gegeben habe. Sobald ich nicht aufpasse, verbrennt er mir noch bei erstbester Gelegenheit meine Papiere, knabbert an den Gardinen, sägt drei Tischbeine an, bringt mich zum Straucheln und lacht sich kaputt. Was kann ich tun?

II

Heute habe ich ihn im Garten seilspringen sehen. Er war denkbar ungeschickt dabei, nachgerade zum Lachen, und da er sich mir gegenüber eindeutig im Nachteil befand und ich keine seiner Frechheiten zu befürchten hatte (auch nicht seine Unverschämtheiten und Sarkasmen, mit denen er sich nicht etwa verteidigt, sondern immer nur angreift), habe ich es gewagt, ihn zur Rede zu stellen, und selbstsicher hat er, ohne zu zögern, geantwortet, er wolle Boxer werden. Anscheinend befindet sich unter seinen Sachen, die zum Großteil noch unterwegs sind, ein Sandsack. Ich habe gefragt, ob ihn so viel Training nicht ermüde, aber er verneinte, außerdem nehme er dabei ab. Wenigstens weiß er (wichtiger noch, er bestreitet es nicht, stellt sich nicht dumm), dass er dick ist, und nimmt es vielleicht nicht übel, wenn ich hin und wieder Witze über seinen grotesken Umfang mache; das gehört zu den wenigen Freuden, die mich gegenwärtig von meiner Strafe abzulenken vermögen. Ebenso habe ich beobachtet, dass er Unmengen von Flüssigkeit zu sich nimmt, entgegen meiner Annahme jedoch nichts Süßes mag. Seine Fettleibigkeit muss mit den Drüsen zu tun haben; der Arme, wenn ich darüber nachdenke, werde ich noch weich: Am Ende ist es vielleicht doch nicht seine Schuld. Aber sein Anblick provoziert mich, ich habe nicht übel Lust, ihn zu schütteln, zu ohrfeigen, ihm gegen die Schenkel zu treten. Sie sind so breit, dass sie beim Gehen ein Geräusch verursachen, als riebe da grober Stoff im Takt gegeneinander. Er sollte besser lange Hosen tragen. Aber die müsste ich mit ihm zusammen kaufen, und es ist mir peinlich, mich in der Öffentlichkeit mit ihm zu zeigen, auch wenn es eines Tages wohl sein muss, ich kann ihn nicht ewig in Haus und Garten einsperren. Ich sollte mich ein für alle Mal mit dem Gedanken abfinden, dass es nicht vorübergehend ist, nicht vorläufig, leider! Er wird mich nicht mehr verlassen, ich bin der Einzige, der ihm auf der Welt geblieben ist. Zugegeben: Alle seine Hoffnungen ruhen auf mir.

III

Schließlich (ich muss gestehen, nach langem Grübeln und Zaudern, eins schmerzlicher als das andere, jawohl) habe ich beschlossen, ihm auf seinen Spaziergängen durch die Umgebung zu folgen. Nun weiß ich, warum er immer schwarz, grau oder marineblau gekleidet geht: Er fällt hin, fällt entsetzlich häufig! Ungefähr alle fünfundzwanzig Schritte. Damit der Dreck auf der Kleidung nicht allzu sehr auffällt, muss er dunkle Töne wählen. Das war mir bisher entgangen, denn ich hatte ihn fast nur im Ruhezustand gesehen, meist hängt er auf dem Sofa herum, in seine abscheuliche Lektüre vertieft. Ich weiß nicht, was mit ihm ist, aber ihn scheint es nicht im Geringsten zu beunruhigen. Er hat es weder erwähnt noch mich gebeten, ihn zum Arzt zu bringen. Jeder Sturz war ein wahres Schauspiel; ich habe ihn höchst aufmerksam beobachtet, und er stolpert nicht etwa, nicht einmal über die eigenen Füße, er fällt bloß hin (oder lässt sich vielleicht fallen, erschöpft von der Anstrengung des Gehens, obwohl das kaum möglich ist, denn dann würde er nicht spazieren gehen; und in keinem Moment machte er einen ermüdeten Eindruck). Ja, er fällt hin, und wenn das Terrain uneben ist oder abschüssig, dann rollt er zwei Meter weit. Er steht nicht gleich wieder auf, wie zu erwarten gewesen wäre, sondern bleibt auf der Erde hingestreckt, als stelle er voll Freude die Unfehlbarkeit der Regel fest oder als betrachte er heiter die Erfüllung seines Schicksals; aber nach diesen ersten Sekunden beginnt er mit einer Reihe sterbensmatter Bewegungen, die sich niemals gleichen. In Anbetracht der großen Zahl von Stürzen wäre es nur natürlich, wenn er inzwischen eine einfache Methode entwickelt hätte, mit der er wieder auf die Beine kommt und die er immer anwenden kann; doch so ist es nicht, immer versucht er, auf eine andere Art aufzustehen. Einmal hat er es rücklings ohne Hilfe der Hände versucht, wie die Athleten; er musste schwer kämpfen, aber erstaunlicherweise hat er es am Ende geschafft. Ein andermal hatte er es sich in den Kopf gesetzt, auf dem Boden zu rotieren und den Drehimpuls zu nutzen, um sich dann schwungvoll zu erheben, das Gesicht gerötet, ich weiß nicht, ob vor Anstrengung oder Aufregung. Ich sollte ihm sagen, dass die einfachste Methode diese ist: sich auf den Bauch legen und die Hände auf den Boden stützen. Doch dann würde er merken, dass ich ihm hinterherspioniert habe, und könnte sich einbilden, ich interessierte mich für ihn. Und er ist bereits eitel, eitel genug. Mehr geht nicht.

IV

Ich habe entdeckt, dass er Biographien liest. Biographien! Was er wohl daran findet? Sein ganzes Zimmer ist buchstäblich vollgestopft mit Biographien, manche sogar in Romanform. Er hat mehrere von Metternich, mindestens zwei oder drei habe ich gesehen; und einige von ganz unbedeutenden, nebensächlichen Persönlichkeiten, von denen ich nicht einmal genau weiß, wer sie sind: Kaiser Jacques I. von Haiti, Carmen Sylva, Baron Jomini ... Vielleicht liest er sie gar nicht, sondern sammelt sie nur; das könnte die abscheuliche Willkür der Auswahl erklären. Er hat auch Bücher mit Theaterstücken, aber alle grottenschlecht und in so miserablen Ausgaben, dass es einem doch zu denken gibt. Er muss Kunde beim Zeitungskiosk sein. Zur Probe habe ich ihm gestern ein Gedichtbändchen von Querubin und ein weiteres von Valéry angeboten, und er hat sie beide verschmäht. Er sagte, die interessierten ihn nicht im Geringsten, und als ich ihn nach dem Grund fragte, wandte er mir den Rücken zu und fuhr wortlos in seiner Lektüre fort. Während einiger Sekunden der Verblüffung schwankte ich, ob ich ihn auf den Teppich zerren und eine Antwort aus ihm herausprügeln oder kommentarlos gehen sollte. Am Ende entschied ich mich für Letzteres, und ich muss sagen, ich bedauere meine vorschnelle Entscheidung. Jetzt wird er sich ermutigt fühlen und mir die Antwort schuldig bleiben, wenn ihm danach ist. Damit ihm diese Haltung nicht zur Gewohnheit wird, bleibt mir nur, ihm keine Fragen mehr zu stellen, nicht mehr das Wort an ihn zu richten, ihn zu ignorieren. Ich wage die Vermutung, dass ihn eine solche Maßnahme am Ende zermürben und zu einem entgegengesetzten Verhalten führen wird, obwohl ihm Einsamkeit und Schweigen nicht allzu viel auszumachen scheinen. Er kommt sehr gut mit sich allein zurecht. Ein Hohlkopf ist er, jawohl, auch wenn die Aufzeichnungen, die er mir Monat für Monat partout zeigen muss, als würden sie mich interessieren, für das Gegenteil sprechen; er scheint sehr fleißig sein. Und ich muss zugeben, dass er mich nie um Hilfe bittet.

V

Das Schlimmste sind die Mahlzeiten. Und nun sind sie, sofern möglich, noch unerträglicher geworden. Er hat gemerkt, dass ich mich um jeden Preis erst dann an den Tisch setzen will, wenn er fertig ist, doch jetzt schlägt er nach dem Dessert die Zeitung auf, blättert lustlos darin herum und legt sie erst wieder weg, wenn ich mein Mittagessen beendet habe und mir eine Zigarette anzünde (um ihn einzuräuchern und zu verscheuchen, er erträgt den Geruch nicht). Während er also alleine isst und diesen für seine Körpersäfte zweifellos bedeutsamen Akt in aller Intimität vollziehen kann und von niemandem belästigt wird, muss ich seine trüben Blicke über mich ergehen lassen, desto ärgerlicher, da sie nichts offenbaren. Er folgt weit aufmerksamer meinen Bewegungen als der Zeitung, die seine Wachshändchen mit enormer Gewandtheit handhaben; das weiß ich sehr gut, denn wenn kein Wein mehr in meinem Glas ist, schiebt er manchmal unauffällig die Flasche in meine Reichweite, oder wenn ich mit dem ersten Gang fertig bin, bewegt er das Tablett mit dem zweiten, bis es an meinen Ellbogen stößt. Und er spielt mit meinem Serviettenring. Er wirkt ungeduldig, als wartete er auf den freien Tisch, um ihn selbst benutzen zu können; aber nein, wenn ich fertig gegessen habe, räumt er bloß in aller Gemächlichkeit ab und streift dann müßig um mich herum, als hätte er nichts anderes zu tun, als meine Verdauung zu überwachen. Ich werde meine Gewohnheiten ändern müssen. Von jetzt an werde ich zur selben Zeit essen, besser, er isst gemeinsam mit mir, trotz seines banalen Geschwätzes. So herrschen zumindest gleiche Bedingungen, und ich fühle mich nicht mehr so gehemmt durch seine Anwesenheit, denn gewiss wird die Meinung, die man während dieser heiklen Momente der Nahrungsaufnahme vom anderen hat, auch bei ihm gemildert werden: Beiderlei Meinungen werden sich die Schwebe halten, da sie sich vom Urteil des anderen Tischgastes bedroht sehen. Die Zeitung, die er liest, ist eine Sportzeitung.

VI

Heute ist er aus dem Sommerurlaub zurückgekehrt, stark gebräunt von der Sonne des Südens, und trägt nun helle Kleidung, die ihm und den anderen offensichtlich die Chorleiter geschenkt haben, seine Freunde und Beschützer. Er hat mir ein Fossil mitgebracht, eingewickelt in ein sündhaft teures Taschentuch aus Madapolam, und mir ist nichts Besseres eingefallen, als es auf meinen Schreibtisch zu legen, als Briefbeschwerer. Vor dem Abendessen bin ich zu ihm ins Zimmer gegangen, um ihm das Taschentuch zurückzugeben, und nach seinen Worten, er habe keinen Appetit, ich solle so nett sein und nicht auf ihn warten, hat er mich finster angeblickt, in seinem eigenen Interesse möchte ich nicht denken: mit Verachtung. Ihm missfiel wohl der Zweck, den ich seinem Stück Stein zugedacht habe, aber was hätte ich sonst damit anfangen können? Was soll ich mit einem Fossil? Ja, wozu muss er mir überhaupt Geschenke machen? Habe ich ihm etwa welche gemacht? Niemals. Ich habe ihm nie mehr als das unbedingt Nötige gegeben, zu dem ich mich verpflichtet hatte; nun stehe ich wohl in seiner Schuld und werde ihm etwas schenken müssen. Ich weiß schon, ich schenke ihm eine Biographie von Ponce de León oder ein Etui mit Reißzeug, damit er sich konstruktiv beschäftigt. Oder vielleicht eine Langspielplatte? Einen Insektenkasten? Eine Uniform? Ein Torerokostüm? Oder etwas Nützlicheres, einen Bademantel zum Beispiel? Aller Wahrscheinlichkeit nach wird nichts, was von mir kommt, ihm auch nur im Geringsten gefallen. Ich ahne, dass er imstande ist (heimlich und nachdem er das Geschenk gleichgültig entgegengenommen hat), sich noch einmal das Gleiche zu kaufen, um mir später, wenn die Umtauschfrist verstrichen ist, mitzuteilen, er habe vergessen, dass er so etwas schon lange besitze, so lange, dass er es vergessen habe. Diese Befürchtung zwingt mich, mir grundlos das Hirn zu zermartern, damit mir etwas Einzigartiges einfällt, was er trotz all seiner Fertigkeiten weder imitieren noch wiederholen kann.

VII

Ich wusste, dass er eine Überraschung für mich bereithielt; seit einer Woche schon ist er unruhig und rastlos, ging mir aus dem Weg, um nicht der Versuchung zu verfallen, die Bitte in Worte zu fassen, die er vorbringen wollte; er schob den Augenblick hinaus, den ersten Schritt zu tun, sein Anliegen aufzudecken und endlich offen einzugestehen, dass er ganz und gar, sosehr der äußere Anschein auch dagegen sprechen mag, meinen Absichten und Befehlen unterworfen ist. Heute hat er die Aussprache nicht mehr aufschieben können, vielleicht weil man ihn von außen unter Druck setzt, ungehalten über die grundlose Verzögerung, die Nichteinhaltung des Versprochenen. Entgegen meinen Vorhersagen, ja meinen Prophezeiungen und Wünschen machen offensichtlich nicht alle einen Bogen um ihn. Womöglich besitzt er einen Charme oder Reiz, den ich weder schätzen noch entschlüsseln kann, denn um ihm auf die Spur zu kommen, braucht man zweifellos eine mathematische Auffassung von der Welt, die alles in Module und Kongruenzen verwandelt. Er mag schwer zu vereinende Voraussetzungen erfüllen, aber die erforderliche Kombination, auf die ausgerechnet er gekommen ist, bleibt mir verborgen. Ich habe ihm die Erlaubnis gegeben und schätze, dass ich gut daran getan habe. Er wird mir für meine Großzügigkeit dankbar sein und sich moralisch verpflichtet fühlen, mir seine Dankbarkeit auf eine Art zu beweisen, die ich ihm schon noch nahelegen werde und die mir vielleicht einen kleinen Teil meiner Energie zurückgeben kann. Ja, so widersprüchlich es klingt, ich habe ihm das Ersehnte gewährt, und äußerst listig dazu, mit gehöriger Eleganz, als wunderte es mich im Grunde ungemein, dass er mich wegen einer solchen Bagatelle um Erlaubnis fragt. Und doch, wehe ihm, wenn er mich nicht gefragt hätte!

VIII

Seit fast drei Jahren, eigentlich seit seiner Ankunft, hatte niemand mehr dieses Haus betreten. Ein Rückzug auf ganzer Linie, ohne erfreuliche Ausnahmen. Sie kamen alle gemeinsam, hatten sich wohl vorher an einer Ecke verabredet oder (wer weiß) in einem Café; sie klingelten stürmischer als nötig, und hastig öffnete ich, um einen Blick auf sie zu werfen, wobei ich mir einen Sturz des Irren zunutze machte, der bereits jubelnd Richtung Tür rannte. Ich habe gut daran getan, denn später konnte ich rein gar nichts mehr erspähen oder erlauschen. Ja, obwohl ich auf der Lauer lag, das muss ich gestehen, habe ich nicht einmal mitbekommen, wann sie wieder gegangen sind, so leise verschwanden sie. Es waren drei, und sie wirkten normal, ein wenig ungepflegt, aber im Großen und Ganzen normal für ihr undankbares Alter. Einer von ihnen, das war mir aufgefallen, trug einen Schnurrbart, und alle drei hatten Kästen unter dem Arm, auch wenn ich nicht erkennen konnte, welcher Art und Form. Anfangs dachte ich an Instrumente, mit denen sie ihn bei seinen Proben begleiten würden, aber nein, keine einzige Note erklang im Haus; also weiß ich nicht, was sie getrieben haben. Und ich komme um vor Neugier. Heute Abend beim Essen frage ich ihn, und da er mir den Gefallen schuldig ist, wird er es nicht wagen, die Antwort zu verweigern. Und wenn er sich weigert, werde ich strenge Maßnahmen ergreifen und diesmal Sorge tragen, dass er ihnen nicht entkommt. Wenn ich es mir recht überlege, hat er die Strafe mehr als verdient: Er hätte … ja, er hätte mich vorstellen müssen!

IX

Ich weiß nicht mehr, was tun. Eine Party jagt die andere, sie gehen fast nahtlos ineinander über, mein gegenwärtiges Leben verläuft inmitten einer Feier, zu der ich nicht einmal eingeladen bin, oder eher: *neben* einer Feier; ich komme mir vor, als wohnte ich neben einem unersättlichen Gastgeber, wie der Mieter nebenan, der gleichermaßen unter Schlaflosigkeit wie unter Neid leidet; manchmal auch oder meistens wie ein Nachbar, den weder Verdienste noch persönlicher Charme, sondern seine bloße Nähe zufällig in den Eingangsflur, bis ins Vorzimmer der Party geführt hat, auf deren Höhepunkt ihn vermutlich irgendein Subjekt zum Eintreten ermuntert, ihn spontan und eigenmächtig auf die Schnelle hereingebeten hat; wie dieser Nachbar, der nicht weiterzugehen wagt: er drückt sich auf der Schwelle herum, sinniert über sein Los, wartet auf eine wiederholte Aufforderung, die ihm in diesem Kreis eine Identität verliehe, um dann am Ende doch abzulehnen. Am meisten empört mich, dass diese Partys trotz der untrüglichen Vorbereitungen eigentlich keine sind; auf (oder neben) ihnen kann man nicht unbemerkt bleiben, die spärlichen, seltenen Gespräche finden sehr leise statt und nie zwischen mehr als zwei Personen. Wenn jemand spricht, hören die anderen aufmerksam zu und greifen nicht ein, bis ein neues Thema vorgeschlagen wird und die Rollen neu verteilt sind. Ein Seminar, könnte man meinen. All das schließe ich aus dem Tonfall der Sitzungen, das Einzige, was zu mir dringt. Die Tür bleibt unweigerlich verriegelt, und wenn ich klopfe, tritt gemessenes Schweigen ein: Sofort brechen Dialog oder Rede ab und weichen einem Gemurmel, das mir aufgesetzt vorkommt, worauf sich schließlich *allein* seine Stimme erhebt (auf eine Weise, die das vorherige Räuspern, die Künstlichkeit verrät) und er fragt: Wer ist da?, wo er doch genau weiß, dass nur ich *allein* es sein kann. Neulich gab ich nicht die übliche Antwort, fügte keine überflüssige, vorgeschobene Anfrage oder Bitte hinzu, die nie ihr Ziel erreicht, mein Vorgehen zu rechtfertigen, sondern ich schwieg einfach und klopfte erneut mit dem Knöchel an die Tür, um ihn zum Öffnen zu zwingen. Das tat er, aber so argwöhnisch und minimal, dass sich meinem Blick nur ein sepiafarbenes Auge und eine beträchtliche Fleischmasse bot, die zu seiner rechten Wange gehören musste. Etwas jedoch wurde mir klar: Bei all seiner üblichen Stumpfheit zeigte sein Blick teils Hochmut, teils Angst. Nur das zweite dieser Gefühle kann mich noch retten, als ich schon meiner Skepsis ins Netz gegangen war und dessen Vorhandensein bereits verworfen hatte.

X

Sollte es sich *allein* um ein alltägliches Problem handeln, wäre ich rettungslos verloren, denn durch nichts ließe es sich lösen; dagegen hoffe ich, dass es sich allein von höchster Warte aus lösen lässt, durch einen gewaltigen Sprung (ins Leere, ja, aber mathematisch genau berechnet), der mich zu ihm befördert, und da ich dann sein eigenes Terrain besetzen würde und er jemand ist, der nur sein Gegenteil zulassen kann, wird er sich gezwungen sehen, an den einzigen anderen Ort zu wechseln, an dem er sich aufrecht halten, sich noch in vollem Staat zeigen und seinen Neigungen nachgehen könnte, als wäre nichts geschehen. Doch wenn an diesem Ort, den ich momentan einnehme und der mir nach Gesetz und Tradition zusteht, alles nur so weiterginge, *als wäre* nichts geschehen, wäre dann wirklich etwas geschehen? Hätte dieser mühsame, gewagte Wechsel einen Nutzen gehabt, da ich nicht einmal heute weiß, wer die günstigere, die privilegiertere Position innehat? Ob sein Unbehagen, um nicht zu sagen, seine unglaubliche Qual größer ist als meine oder geringer? Und ob er als Bewohner meiner Wohnstatt nicht versucht (mehr noch: gedrängt) sein könnte, später die gleiche, die identische Operation durchzuführen und so die ohnehin zweifelhafte Wirkung meines riskanten Manövers zunichte zu machen? All diese Fragen enthalten in ihrer Formulierung schon die Antwort; die Unkenntnis der Umstände ist nur dem Anschein nach eine solche, und ich versuche als Unwissen zu verkleiden, was gerade deshalb, weil ich es als solches identifizieren kann, keines mehr ist. Somit sind diese Absätze überflüssig.

XI

Die Bravour, mit der er den Wettbewerb gewonnen hat, gibt mir zu denken. Nicht, dass ich an seiner Eignung zweifelte, schon gar nicht an seiner guten, gewissenhaften Vorbereitung; und auch wenn ich ihm das Adjektiv ›hervorragend‹ keineswegs zugestehen möchte, muss ich einräumen, dass seine Stimme nicht schlecht ist. In Anbetracht der Umstände und der Art unserer Beziehung wäre es nur konsequent gewesen, wenn ich seine eifrigen Übungen nicht hätte ertragen können, die sich hartnäckig und monoton über den ganzen Tag erstrecken, fast ohne Pause oder Unterbrechung; und doch muss ich sagen, dass sie mich zwar nie zum Lauschen anregen, jedoch Teil der natürlichen Geräusche im Haus geworden sind, wie das Ticktack der Uhr, die wechselnden Launen des Kühlschranks oder das Klingeln der Fahrräder in der Nachbarschaft, das heißt, ich schenke ihnen keine Beachtung. Nur wenn er ein Tremolo oder ein Vibrato allzu kühn und streng angeht, kann er meine Gedanken, von dem Geschrei beunruhigt, ablenken und durcheinanderbringen. Diese Toleranz gegenüber seinen so disziplinierten Übungen schwand jedoch, als sich mir eines Tages zufällig die Gelegenheit bot, ihn inmitten seines Überschwangs zu sehen. Ich spazierte gerade durch den Garten, nutzte die herrliche Sonne, um im Freien ein Dokument durchzugehen, als ich an seinem Zimmerfenster vorbeikam und seine Stimme, die ich bis dahin wie gewöhnlich ignoriert hatte, so beharrlich sie auch auf sich aufmerksam machen wollte, die Scheiben erzittern und mich zusammenfahren ließ. Ich blieb stehen und spähte heimlich ins Innere. Als Erstes fiel mir die gewaltige Unordnung auf; die Bücher türmten sich zu hohen Stapeln, einige lagen auf dem Boden verstreut, ein Stuhl war umgefallen, und alle Bilder hingen schief; auf dem Teppich war verschüttete Milch zu sehen. Und da war er, gewaltig, provokant, ins Reich der Prahlerei versunken und im Begriff, die Tragweite seiner Fähigkeiten auszuloten: halbnackt, bloß in einem T-Shirt, das kaum bis zur Taille reichte, die Arme nach vorn gestreckt, die kurzen feisten Hände unfähig, die ganze Ekstase seiner Darbietung zum Ausdruck zu bringen; seine Leidenschaft, ein Knie auf den Teppich gestützt, stand im Kontrast zu den unnötigen und abenteuerlichen Anstrengungen, von dieser geduckten Stellung aus die Partitur umzublättern, ohne das Gleichgewicht zu verlieren (das Notenpult befand sich auf Brusthöhe einer stehenden Person). Sein gelblicher wabbeliger Leib schwankte schwerfällig hin und her und begleitete die Eindringlichkeit der Notenfolgen, die er mit unerschöpflichem Gefühl hervorbrachte, jedoch ohne jedes Maß. Es war der Inbegriff von Hemmungslosigkeit und Verschwendung, von Entfremdung und Schrecken. Wie er sich da schwitzend die Seele aus dem Leib schrie, ohne Rücksicht auf Verluste, hatte er gewiss sogar sich selbst vergessen, und schuld daran war weniger die Musik, die er interpretierte, als die Mühsal der Darstellung, die er sich auferlegt hatte. Die Stimme (bisher stets von Korridoren, Türen und Zimmern gedämpft und verschleiert) besaß eine Kraft, die meinen Begriff überstieg, nicht aus seiner Kehle zu kommen schien und einen Betrug nahelegte; doch die Gewissheit, dass es tatsächlich die seine war, versetzte mich ins Reich des Absurden, als schlüge mir der Wahnwitz mit einem Holzhammer auf den Kopf. Sein weiches, üppiges Fleisch, unfähig zu den angestrebten Verkrümmungen, begnügte sich mit dem sanften Geschaukel, das Einzige, was die beabsichtigte Erregung zustande brachte. Das Toben in der Stimme übertrug sich nicht auf das Schwammige seiner Gestalt, dick und merkwürdig, ohne Alter oder Geschlecht, allem Begreifen fremd. Hätte er in dem Augenblick meine Gegenwart bemerkt, sie nur erraten oder erahnt, ich weiß nicht, was mit mir geschehen wäre. Vielleicht wäre meine Person inmitten der Trance für seine Wahrnehmung unerreichbar gewesen, und hätte er meine Anwesenheit erahnt, wäre ihm bestenfalls nur eingefallen, in Ohnmacht zu sinken, erschrocken über die unerwartete Entdeckung einer objektiven Instanz, mit der er nicht gerechnet hatte. Vielleicht auch nicht, vielleicht hätte er sich auf mich gestürzt und mich zerfetzt, ohne dabei im Singen innezuhalten. Ja, seine vernichtenden Bewegungen hätten sich der Melodie angepasst, und ich wäre Teil der Darbietung geworden, dem einzigen Terrain, auf dem er mir eine Bedeutung hätte zuweisen können. Nach dieser Vision wäre es nur natürlich gewesen, wenn ich sein Gellen, seine schwindelerregenden Vibrati nicht mehr hätte ertragen können: weil sie mir das Bild seiner entsetzlichen Verwandlung vor Augen führten. Dem ist nur deshalb nicht so, weil die Szene einen Wandel erfuhr und ein Ende fand, das sie in meiner Erinnerung in ein gnädigeres Licht taucht. Inmitten der großspurigen Herauszögerung eines Crescendo, als der Höhepunkt noch fern war, klappte sein Knie um wie ein Messer, das man schief ins Holz gerammt hat, er donnerte zu Boden und riss Pult, Partitur, einen Stuhl und die Matratze mit sich. Verblüfft blieb er liegen, der erhobene Kopf mühte sich, einen rechten Winkel zum Rumpf zu bilden, im vergeblichen Versuch, eine äußere Ursache zu entdecken, die den pompösen Sturz hätte beschleunigt haben können, diesmal offensichtlich unerwartet. Die Partitur war beim Fallen zugeschlagen. Da stand er auf, von blindem Groll gepackt, fand sich mit dem Chaos um ihn herum ab und hob erneut zur schwülstigen, bedrohlichen Darbietung an, allerdings, da wütend und ohne Überzeugung, mit weniger Kraft, Elan und Präzision.

XII

Ich komme noch immer nicht aus dem Staunen heraus, obwohl mich nach all den Jahren nichts mehr überraschen dürfte, umso mehr, da sich sein gewöhnlicher Zustand stets als wirklichkeitsfremd erwiesen hat. Zwar befand sich die Möglichkeit einer echten, direkten Konfrontation durchaus im Kreis meiner Vermutungen, doch als die unwahrscheinlichste von ihnen. Die langen Jahre der Schweigsamkeit, unser Zusammenleben auf der (zwar unausgesprochenen) Grundlage der gegenseitigen Einschätzung und der willkürlichen Vorhersagen, die das Vorhergesagte zugleich verwerfen, das Abstecken unserer Gebiete, zwar aufgezwungen, aber deshalb nicht weniger unantastbar, all das hatte diese Vermutung auf den hintersten Platz verdrängt. Hätte ich mich streng an die Gesetze gehalten, die die Zukunft regieren, nichts anderes wäre mir wahrscheinlicher vorgekommen und diese Möglichkeit wäre an die erste Stelle getreten, das zu Erwartende eine unanfechtbare Gewissheit geworden; aber wie soll man diese unfehlbaren Regeln befolgen, ohne dabei ihren Inhalt zu widerrufen? Am meisten schmerzt mich, dass mir die Ungläubigkeit die Sprache verschlug und ich keine Antwort wusste auf seine Verlogenheit und Frechheit. Man könnte es für mangelnde Erfahrung halten, aber es war eher nichtsahnende Verblüffung, die immer verzeihlich ist, nicht wahr? Am Vortag hatte er mir mitgeteilt, er wolle mit mir sprechen, ein Wort mit mir reden, weigerte sich jedoch, das Thema zu nennen, bis er sich, wie er es selbst ausdrückte, eingehend überlegt habe, was genau er sagen wolle. Vierundzwanzig Stunden später begriff ich, dass er in der Zeit nicht überlegt, sondern auswendig gelernt hatte. Mit dem strahlenden Aussehen dessen, der auf seine erste Party geht, so ordentlich gekämmt, gepflegt und hergerichtet, wie ich ihn nie zuvor gesehen hatte, stellte er sich zur vereinbarten Zeit in meinem Arbeitszimmer ein, und auf mein provokantes Also? antwortete er ohne Umschweife mit einer entschlossenen, herausfordernden, kühnen, perfekt ausgearbeiteten Rede, die die akademische Zeichensetzung des Schriftlichen verriet und in deren fünfzehn Minuten er mich beharrlich, mit dieser Pedanterie, die allein schon seine Wortwahl offenbarte, der Iniquität, der Renitenz, der Perfidie und der Pflichtverletzung anklagte. Dieser vier Dinge, mit diesen Substantiven. Er legte die Gründe dar, die ihn zu diesem gewagten Schritt getrieben hatten, und klagte über meine Unzugänglichkeit gegenüber all seinen Aufmerksamkeiten und seiner offensichtlichen Bereitschaft, das Misstrauen und die Spannungen abzubauen, die unsere Feindschaft inzwischen unerträglich machten. Der aufgesagte Text, hier und da mit allzu durchsichtigen Metaphern gespickt, war jedoch arrogant und hart und hatte keinerlei bittenden Ton, sondern zeigte eine fordernde Handschrift. Die Argumentation war ordentlich geführt, nicht ohne den einen oder anderen Syllogismus billiger Machart. Sieht man von der Übertreibung ab, die an Schwindel grenzte, waren die Klagen aus seiner Sicht nicht ungerechtfertigt oder unsinnig; aber er weiß nicht, dass sie aus meiner bloß unangemessen und unverschämt sind. Er ist noch nicht alt genug, um zu begreifen, dass er mir das Leben zur Hölle gemacht hat, dass mir seine bloße Gegenwart eine Qual ist, dass er meine glänzende, vielversprechende Karriere ruiniert hat, dass er mit seinem Plädoyer die Sache nur verschlimmert hat und es nun unvermeidlich ist, dass ich ihn zu gegebener Zeit erledigen werde, dass ich durch seine Schuld dem Mittelmaß und der Entmutigung erlegen bin und sehr wohl weiß, dass sich hinter seinen Vorwürfen nur Verrat und Groll verbergen. Er merkt auch nicht, dass ihn seine Kühnheit schwächer und verletzlicher macht, dass er in meinen Augen seinen Nimbus für immer verloren hat; an dessen Stelle ist nun Unterwerfung und Tyrannei getreten, Unzugänglichkeit, Despotismus, Sturheit, Tücke und Erbarmungslosigkeit. Ah, der Tag, an dem ich die ganze Strenge des ungeschriebenen Gesetzes auf dich niedersausen lassen kann, an dem Tag wirst du stöhnend vor mir auf dem Boden kriechen und jedes Wort bereuen, das du in deinem frühreifen Wahn ausgesprochen hast!

XIII

Unerwartet hat mein Verhalten einen hässlichen Anstrich bekommen. Es war bloß eine schüchterne, durchaus respektvolle Andeutung, aber sie hat den blassen, dünnen Schleier der Verstellung zerfetzt und die verborgene Absicht ans Licht gezerrt; mein Verhalten ihm gegenüber hat einen hässlichen Anstrich bekommen, und das geschieht mir recht, weil ich eine letztlich Unbekannte in mein Haus und meine Intimität gelassen und ihr rückhaltlos und offen mein Vertrauen geschenkt habe, das ich ihr nun wieder entziehen muss: Indem ich taub bleibe gegenüber ihren mildernden Umständen, ihrem Flehen, trotz ihrer Unerfahrenheit. Ich kann nicht nachgiebig sein, ihre Besuche müssen sofort aufhören, ein für alle Mal, bevor ihm ihre wahnwitzigen Vorschläge zu Ohren kommen und dort ein Echo finden, das zwar schwach, aber nicht ganz harmlos sein mag. Es gibt kein größeres Risiko als Nachsichtigkeit. Als ich ihr meine Geschichte erzählte, hatte ich sie nicht um ihre Interpretation, ihre Meinung, ja nicht einmal um ihr Verständnis gebeten. Es ging mir höchstens um ein Interesse an meiner Person, das sie in bestimmten Bereichen schon mehr als deutlich gezeigt hatte; eben diese Hartnäckigkeit war es, mehr nicht, die ihr in Wirklichkeit den Weg in mein Schlafzimmer geebnet hatte, das sie (und ich bin dankbar dafür) mit Duft und Glanz erfüllt hat. Aber jedes Wohlbefinden kennt ein Übermaß, das es in Unwohlsein verwandelt, und wer gefahrlos und präzise den Weg abstecken will, den man in die eine oder andere Richtung gehen kann, bevor man den Morast erreicht, in dem die Schienen versinken, der braucht eine gehörige Portion Talent und Taktgefühl, weitaus größer als meine reizende Bewunderin im Laufe ihres kurzen und gesunden Lebens (bedauerlicherweise) hat zusammenkratzen können. Nur weiß ich noch nicht, wie ich es ihr sagen soll. Ihr beizubringen, dass unsere Zusammenkünfte weder unterbrochen werden noch in größeren Abständen stattfinden sollen (ein geringeres Übel), sondern für immer gestrichen werden, ist eine heikle Aufgabe, und ich frage mich, ob es nicht klüger wäre, meine abrupte Entscheidung (ja, ungerechterweise) überhaupt nicht zu erwähnen oder zu erklären, selbst wenn ich im Gegenzug eine umso fadere Belagerung werde erdulden müssen, die von der Kurzsichtigkeit der Bestürzung geleitet ist. Wenn ich fähig wäre, jede Zuneigung zu verbannen und mich dem Spott zu widmen, könnte die Prozedur sogar unterhaltsam sein. Ich sehe schon, wie sie einen Anruf an den anderen reiht, die der Irre, mit kategorischen Befehlen ausgestattet, äußerst zweideutig beantworten wird; wie sie Billetdoux schickt, die ich ihm zeigen könnte, falls er bei der Komödie mitspielt (was ich bezweifele), damit er meine Freude und Heiterkeit teilt; wie sie unermüdlich gegen die Tür hämmert, das Haar zerzaust, wobei ihr Unterrock berechnend nachlässig zum Vorschein kommt. Später dann die entgegengesetzte Haltung: Drohungen endgültigen Abschieds, da sie nicht weiß (oder so tut, als wüsste sie es nicht, sich selbst täuscht, in ihre Illusionen verrennt), dass sie bereits verabschiedet ist; abstruse Flüche, die am Ende jeden Unsinn übertreffen, so komische Dimensionen nehmen sie an; gewaltige Anstrengungen und verwickelte Manöver, damit ich von ihren harmlosen Abenteuern erfahre, nicht vom Verlangen, sondern von der Taktik diktiert; und auf all das würde ich nur mit Schweigen antworten, mit Schweigen, das sie anfangs für das Trugbild des Nachgebens halten wird! So weit würde ich in meiner Grausamkeit gehen, dass sie am Ende voll Überdruss und Langeweile nach Veränderung lechzen und von der Bühne gehen wird; aber auch mit der ewigen Bitterkeit des Nichtverstehens, ohne die Gründe oder Umstände meiner Abkehr zu kennen, voll Scham und in der Gewissheit, dass sie ebenso ihre Zeit wie ihre Würde verloren hat. Allzu viele Schikanen für mein gutmütiges Herz. Ich würde es nicht wagen, hätte nicht den Mut zu einer solchen Gemeinheit. Nein, nein, nein, kommt nicht in Frage.

XIV

Er steht oben auf der Bühne in einem Kostüm des 18. Jahrhunderts, im Gesicht eine lange, gebogene Pappnase, mit der er wie ein alter Griesgram aussieht. Nun nimmt er sie ab und präsentiert sich dem Publikum (das ihm zujubelt) mit einer Verbeugung, die trotz seiner Fettleibigkeit nicht ohne Anmut ist. Beim Abnehmen der Maske verstärkt das Publikum die Ovationen. Das ist nun doch übertrieben. Er blickt nach rechts, wo im Hintergrund die blutjunge Sopranistin steht, die wie er ihr offizielles Debüt feiert, und nimmt sie bei der Hand, damit sie sich mit ihm zusammen verbeugt. Bisher hatten sie sich am Bühnenrand abgewechselt. Sie ist hässlich, aber aus der Entfernung kann ich unmöglich bestimmen, worin ihre Hässlichkeit besteht. Auch sie hat Häubchen und Schürze abgenommen, sich der Accessoires entledigt und steht nun im roten Samtkleid da, unpassend für ein Dienstmädchen (kein Glanzstück der Requisite); sie verbeugt sich kurz und schnell hintereinander, als würde sie vor dem Theater erwartet und wollte schnell fertig werden. Außerdem verstellt er, mein Patensohn, den Blick auf sie. Er füllt die enge Bühne mit seiner massigen Gestalt, und die farbenfrohe Schminke, zweifellos um der Aufmerksamkeit willen so dick aufgetragen (vermutlich erschien er aus demselben Grund bei seinem letzten Auftritt im lächerlichen Narrenkostüm anstatt in den üblichen Kniehosen, die er bis dahin getragen hatte), lenkt alle Blicke auf ihn und lässt sie nicht mehr los. Neben mir sitzt seine Verlobte, die eifrig klatscht; ihre Augen glänzen voll Bewunderung, und voll Stolz klatscht sie in einem anderen Rhythmus als das restliche Publikum. Ein Handschuh fällt ihr zu Boden, ohne dass sie es merkt, ich bücke mich nach ihm und reiche ihn ihr, doch sie, begeistert, erhitzt, merkt rein gar nichts, weder von dem Verlust noch von meinem Aufheben. Ich halte beharrlich die Rechte ausgestreckt, doch es ist sinnlos, ihre Verzückung spielt mir einen bösen Streich: Einige Zuschauer werfen missbilligende Seitenblicke auf mich, als sie sehen, dass ich nicht applaudiere, so dass ich schließlich den Handschuh unter den Arm klemme und meinen Beifall wiederaufnehme, während ich ein »Bravo« ausstoße, das meine Haltung deutlich machen soll. Ich befinde mich in der dritten Parkettreihe und muss mich umdrehen, wenn ich in den Gesichtern des Publikums lesen will. Es zeigt sich jubelnd und zufrieden mit der Vorstellung, obwohl ich beobachte, dass die Kenner bereits nicht mehr klatschen, sondern ihre Eindrücke austauschen. Wie gern würde ich sie hören! Als ich den Blick erneut der Bühne zuwende, sind die drei verschwunden, kommen aber nach ein paar Sekunden wieder, jetzt nur er und der Sopran, ohne den Stummen; mehrmals wiederholen sie das Spiel, und ich frage mich, ob am Ende nur noch einer herauskommen wird oder als Zeichen der Gleichberechtigung immer beide. Schließlich erhalte ich die Antwort, nach der ich mich im Grunde gesehnt hatte: Nur noch er tritt heraus. Er hat die Perücke abgenommen und zeigt sich nun in seiner gewöhnlichen Erscheinung, kurzgeschoren, der Scheitel rechts. Vor lauter Seligkeit werden seine Verbeugungen vor dem Saal immer überschwänglicher, wie alle Anfänger schickt er Küsse zu den Logen und richtet nie, nicht ein einziges Mal, seinen Blick dorthin, wo ich mich mit seiner Verlobten befinde; ich hoffe, dass ihr dieses Detail nicht entgangen ist und sie es mir gegenüber erwähnt, mir ein wenig Aufmerksamkeit schenkt. Dann werde ich Gelegenheit haben, ihr den Handschuh zu reichen, der gerade unter meinem Arm zerknittert; aber ich kann ihn nicht hervorziehen, wenn ich der Letzte sein will, der zu klatschen aufhört; und das muss ich tun, sonst denkt sie noch (ich weiß nicht, was er ihr über mich erzählt hat, doch große Sympathie bringt sie mir offensichtlich nicht entgegen), dass der Neid an mir nagt und ich seinen maßlosen Triumph nicht anerkenne und gutheiße. Ich bin überzeugt, dass nicht einmal sie selbst allzu sehr an seinen Erfolg geglaubt hatte. Meine Güte! Ich fürchte, es gibt eine Zugabe. Nein, zum Glück war das nicht vorgesehen. Die Ovationen lassen nach, und er scheint sich zurückzuziehen. Noch drückt er dem Dirigenten die Hand, nun den Geigern, dem Mann am Klavichord, den beiden Trompetern, die bereits nach hinten abgingen, er selbst hat sie aufgehalten, damit sie sich alle zusammen verbeugen können. Jetzt ist er aber wirklich der Letzte, und ohne dem Publikum auch nur einen Moment den Rücken zuzuwenden, tastet er sich schrittweise zum Ausgang. Vorsicht, Vorsicht! Ich sehe es kommen! Er hat sich in einem Notenpult verhakt, stolpert, gerät in Bedrängnis, kommt ins Straucheln, schwankt nach hinten, versucht das Gleichgewicht zu halten, indem er sich am Becken in der Ecke festhält, du lieber Himmel!, er wird es beim Stürzen mit sich reißen ... und fällt! Das Publikum, das schon auf dem Weg nach draußen war, dreht sich bei dem Getöse überrascht um. Seine Verlobte stößt vor Erregung einen erstickten Schrei aus und schlägt die Hände vors Gesicht: Nun ist der andere Handschuh heruntergefallen.

XV

Endlich bin ich wieder allein, er ist fort und wird nicht wiederkommen, höchstens vielleicht zu Besuch und niemals allein. Wahrscheinlich werden unsere Unterredungen sogar eine Freude sein, friedlich und interessant. Ein Paar liebevoller, unvernünftiger weiblicher Hände hatten ihn mir in die Arme gelegt, und nun nehmen ihn mir andere, ebenfalls zärtliche, wieder ab, entfernen ihn aus meinem Leben, geben mir die Freiheit zurück und beweisen dadurch ihre unglaubliche Dehnbarkeit. Aber in beiden Fällen war der Zeitpunkt nicht gut gewählt, im Gegenteil, das eine wie das andere war ein nicht wiedergutzumachender Fehler; gequält hatte er mich früher, nicht jetzt. Mehr noch, diese Wendung, dieser Ausgang hat mir keineswegs Erleichterung und Trost gebracht, mir nicht die Energie zurückgegeben und die endlose Klammer des ausbleibenden Talents geschlossen, sondern hat mein letztes Werk ruiniert, das mir heute, da er fort ist, keinen Sinn mehr zu haben scheint, von vornherein zum Scheitern verurteilt durch meinen dummen Mangel an Voraussicht; all meine Mühen, spärlich und unauffällig, darum aber nicht weniger kühn, waren umsonst und vergeudet; wieder wurden meine Absichten durchkreuzt und betrogen. Als die Fesseln, die mich banden, sich gelockert hatten, als sie sich sanfter, weniger schmerzhaft und drückend anfühlten, als meine Unerschütterlichkeit zu bröckeln begann (misshandelt vom anhaltenden Unglück, erschöpft von der unablässigen Verachtung all der Jahre), als die Aussicht weniger düster wurde, gerade da gewährt mir ein jäher Schnitt ganz umsonst das Ersehnte; das Plötzliche und Kaltblütige daran raubt ihm jeden Reiz, würdigt es herab, und jetzt, gerade jetzt bekomme ich es geschenkt, ohne etwas dafür geben zu müssen: Jetzt, da mein Verderben nicht mehr aufzuhalten ist, während er sich unaufhaltbar in seiner schnellen Karriere nach oben schraubt, da die Zeit schwindet und mir als Stütze nur noch bleibt, auf meine Art von der Enttäuschung zu berichten und Zeugnis abzulegen, wie ungerecht die Rollen verteilt waren.

(1978)

Isaacs Reise

Sein ganzes Leben brachte er damit zu, ein Rätsel zu lösen: Dem Vater seines besten Freundes, Isaac Custardoy, wurde in seiner Jugend eine Verwünschung, ein Fluch, eine Prophezeiung zugerufen. Er lebte in Havanna, besaß Grund und Boden, war Militär; stolz war er auf seine Karriere und seinen Konquistadorenruhm, und er dachte nicht daran zu heiraten, nicht bevor er fünfzig wäre. Eines Morgens, als er auf dem Pferd unterwegs war, kreuzte ein armseliger Mulatte seinen Weg und bat ihn um ein Almosen, das er ihm verweigerte. Er wollte seinen Weg fortsetzen und gab seinem Pferd die Sporen, aber der Bettler konnte es noch aufhalten, indem er es an den Zügeln zu fassen bekam, und rief ihm zu: »Du und Dein ältester Sohn und der älteste Sohn Deines Sohnes, ihr werdet alle drei während einer Reise fern von Eurer Heimat sterben; Ihr werdet keine fünfzig Jahre alt werden, noch werdet Ihr die Ruhe des Grabes finden.« Der Vater seines Freundes schenkte dem Ganzen nicht viel Beachtung, kehrte mit seinem Reitpferd heim, erzählte die Anekdote beim Essen und vergaß sie anschließend. Das geschah 1873, als der Vater seines Freundes gerade zweiundzwanzig Jahre alt war.

* * *

Im Jahre 1898, inzwischen war er verheiratet, Vater von sieben Kindern und bereits Oberstleutnant, als er sah, dass Kommodore Schley den Sieg davontragen würde, und erkannte, dass Kuba kurz davorstand, in die Hände einer fremden Macht zu fallen, weigerte er sich, eine andere Fahne als die spanische im Hafen von Havanna flattern zu sehen. Überstürzt verschleuderte er seinen Besitz und freundete sich mit der Idee an, das Land, in dem er geboren war, auf immer zu verlassen, und obwohl er die Insel noch nie verlassen hatte und obwohl er unter der Menière-Krankheit litt, schiffte er sich mit seiner ganzen Familie mit Kurs auf Spanien ein. Nach nur einer Woche Überfahrt beendete ein fürchterlicher Anfall dieser Krankheit sein Leben: Er lehnte, in Gedanken versunken, an der Reling des Passagierdecks und dachte nach über das Land (er gestattete sich sogar eine gewisse Vorfreude), dessen Name ihm so vertraut klang, als er plötzlich, ohne Zweifel hörte er schreckliche Geräusche und gleich darauf schon nichts mehr, so hatte es aufgrund seiner schrecklichen Schreie, zunächst vor Schmerz und dann vor Überraschung, den Anschein, wie vom Blitz getroffen tot umfiel. Seine sterblichen Überreste wurden, begleitet von einer Kanonensalve, dem Meer übergeben. Er wäre bald fünfzig geworden.

* * *

Sein Erstgeborener, der wie er Isaac Custardoy hieß, verfolgte in Spanien seine militärische Laufbahn weiter, die er in Kuba unter der Schirmherrschaft seines Vaters begonnen hatte. Da seine Berufung echt war oder nicht in Zweifel gezogen wurde und es ihm nicht an Ehrgeiz fehlte, stieg er sehr schnell in den Rang eines Oberst auf und wurde

Adjutant von Fernández Silvestre. Er lebte in Madrid und fühlte sich seit seiner Jugend für seine jüngeren Brüder und Schwestern verantwortlich, stets trug er für sie Sorge, und er versuchte, es so einzurichten, dass er die Hauptstadt nach Möglichkeit nie verlassen musste. 1921 jedoch kam er nicht umhin, nach Marokko aufzubrechen, um seinen Freund und Vorgesetzten zu begleiten. Inmitten der Katastrophe von Annual, als die spanischen Truppen in alle Winde zerstreut und von den Berbern des Abdel-Krim geschlagen waren, wurden der General, Custardoy und des ersteren Sohn Opfer des allgemeinen Durcheinanders, der schweren Panik und der Verwirrung, vom Rest des Gros abgeschnitten, hilflos, aber mit einem Lastwagen zu ihrer Verfügung. Silvestre weigerte sich, das Feld zu verlassen, und Custardoy weigerte sich, seinen Vorgesetzten zu verlassen: Zu zweit gelang es ihnen, den Sohn zu überzeugen, dass er versuchen solle, sein Leben zu retten und mit dem Lastwagen zu fliehen. Die beiden Offiziere blieben in der allgemeinen Auflösung allein zurück, und ihre Leichen wurden nie gefunden. Von Custardoy fand man lediglich den Feldstecher und seine Rangabzeichen. Vermutlich wurden sie gepfählt. Isaac Custardoy war fünfundvierzig Jahre alt. Als einzige Hinterbliebene hinterließ er seine Frau.

* * *

Sein bester Freund brachte sein ganzes Leben damit zu, das Rätsel zu lösen: Warum hatte sich die Prophezeiung des armseligen Mulatten in ihren beiden ersten Teilen vollkommen und absolut exakt erfüllt, und im dritten nicht? Es hatte nie einen ältesten Sohn des ältesten Sohnes gegeben. An einen unehelichen Sohn zu denken, war zu banal. Wenn sich nichts erfüllt hätte ... Wenn sich alles erfüllt hätte ... In jedem der beiden Fälle, was für eine Erleichterung! Er brachte sein ganzes Leben damit zu, das Rätsel zu lösen.

* * *

Als er schon alt und von Tatenlosigkeit gelangweilt war, fand er seinen einzigen Gefallen darin, die Bibel zu lesen. Und eines Tages, als er zum hundertsten Mal darin las, hielt er an der Stelle inne, wo es heißt: Abraham war sechsundachtzig Jahre alt, als ihm Agar Ismael gebar. Und etwas weiter hielt er neuerlich inne: Abraham war hundert Jahre alt, als ihm Isaac, sein Sohn, geboren wurde. Und er dachte, dass Jehova die Geburt von Isaac schon lange Zeit, bevor Ismael, der Sohn von Agar, geboren wurde, der schon dreizehn Jahre alt war, als Sara niederkam, prophezeit hätte. Das brachte ihn dazu, sich die Frage zu stellen und zu überlegen: »Wo war Isaac während dieser ganzen Zeit, von seiner Prophezeiung bis zu seiner Geburt, von seiner Ankündigung bis zu seiner Empfängnis? Denn irgendwo musste er ja gewesen sein, da man schon seit damals von ihm wusste: Nicht nur Jehova; auch Abraham und Sara wussten von ihm.« Und das ließ ihn noch tiefer in sein Problem eindringen; es brachte ihn auf den Gedanken: »Der Enkel von Isaac Custardoy war auch angekündigt, ist aber nie geboren, wurde weder geboren noch gezeugt. Aber der armselige Mulatte sowie der eigentliche Custardoy wussten bereits seit 1873 von ihm. Wo ist er seit damals gewesen? An irgendeinem Ort musste er sein.«

* * *

Er grübelte weiter und entschloss sich, den Rest seines Lebens damit zu verbringen, das Rätsel zu lösen. Und kurz vor seinem Tod schrieb er seine Gedanken auf ein Blatt Papier: »Ich prophezeie, dass ich sterben werde, ich werde mich auf meine letzte Reise begeben. Was wird aus mir werden? Wohin werde ich gehen? Werde ich irgendwohin gehen? Wohin werde ich gehen? Ich erblicke den Tod, weil ich gelebt habe und weil ich gezeugt worden bin, weil ich noch am Leben bin; der Tod, als solcher, ist unzulänglich, er schließt nicht alles in sich ein, er kann nicht verhindern, dass außer ihm noch etwas anderes existiert, von wo aus man ihn erwartet, von wo aus man ihn sich ausdenkt: Damit muss er sich abfinden. Nur der gehört zum Ganzen, der nicht geboren wurde; mehr noch, der weder gezeugt noch empfangen wurde. Der, der nicht empfangen wird, ist derjenige, der mehr stirbt. Der ohne Unterbrechung auf dem verworrensten und unwegsamsten aller Pfade gewandelt ist: auf dem Pfad der Eventualität. Es ist der Einzige, der niemals weder Heimat noch Grab haben wird. Es ist Isaac Custardoy. Ich, hingegen, ich bin es nicht.«

(1978)

Das Ende des Landesadels

»Gottloser!«, sagte der Adlige zum Juden in einem Anfall übler Laune.

»Gottloser!«, wiederholte die Frau des Adligen, die sich nur zu Wort meldete, wenn die Stoßrichtung feststand und sie wusste, in welche Kerbe sie zu hauen hatte.

»Mehr als Gottloser!«, unterstrich und verstärkte der Sohn des Adligen, der solche Angst vor der Mutter hatte, dass er nur ab und an zu präzisieren wagte.

»Gottloser bis ins Mark!«, steuerte die Tochter des Adligen bei, die Grammatik studiert hatte und bei Diskussionen gerne ihre Überlegenheit hervorkehrte.

Der offenkundige Jude strich sich das Lätzchen glatt und protestierte mit vollem Mund und erhobener Gabel:

»Ich bin Christ, seit kurzem erst, mag sein, seit gestern; aber weder Ihr, mein Herr, noch Eure Gattin und auch nicht Eure Sprösslinge, trotz ihres zarten Alters, können mich der Gottlosigkeit bezichtigen, weil ich von diesem Schinken esse.«

»Dann eben Apostat!«, rief der adlige Großgrundbesitzer aus, den Zeigefinger anklagend gereckt.

»Mehr als Apostat!«, rief seine Frau, bereits erhitzt, im Zustand höchster Erregung.

»Apostat bis ins Mark!«, brüllte der Sohn des Großgrundbesitzers, der sich seines Textes beraubt sah und nicht anders zu helfen wusste, als den seiner Schwester zu rauben.

Eine kurze Pause trat ein, alle erwarteten, dass die Tochter, die Grammatik und zudem Latein studiert hatte, in der Lage sein würde, ihre eigene Formulierung zu übertreffen, die man ihr so anstandslos gestohlen hatte.

»Apostel der Apostaten!«, sagte sie schließlich, das Gesicht rot vor Anstrengung und Konzentration.

»Bravo, jawohl, richtig!«, lobten die anderen drei.

»In dem Fall«, sagte der allbekannte Jude, während er den Schinken kaute, »muss ich Euch ebenfalls widersprechen: Der einzige Apostel der Apostaten war Judas Ischariot, von dem man sagen könnte, dass er seinen Herrn im Wissen verriet, dass es sein Gott war, und somit unbewusst von seinem Glauben abfiel, da er es nicht ausdrücklich tat, jawohl, nicht nach den Gesetzen herkömmlicher Apostasie. Also …«

Die Verblüffung hatte ihren Auftritt.

Der adlige Großgrundbesitzer bildete mit Frau, Sohn und Tochter einen Kreis, sie legten einander die Arme auf die Schultern und beredeten sich leise. Nach dem Getuschel trat Schweigen ein, und mit dem befriedigten Lächeln derer, die jedes Rätsel lösen, wenn sie nur genügend Zeit zum Überlegen haben, rief der Großgrundbesitzer aus:

»Wie ist es damit?! Verderber!« Und er deutete auf den alten, seiner Haltung nach augenscheinlich jüdischen Mann in einer Ecke.

»Ja, Verderbnis!«, sagte die Frau so enthusiastisch, dass sie ungewollt improvisierte, was ihr Gatte und Gebieter ganz und gar nicht gerne sah.

»Höchste Verderbnis!«, sagte der Sohn, ein wenig benommen von der Unordnung, die um sich griff, wobei er verstärkte, anstatt zu präzisieren.

»Derber der Derbnis!«, rief erschrocken die Tochter aus, die die Angeberei von eben wiederholen wollte, scheiterte und Unfug von sich gab.

»Ooooh, ganz daneben, schlecht, schlecht!«, riefen die anderen drei enttäuscht.

»Das ist Unsinn«, sagte der Jude, während er den Schinken aufaß, »und auf Unsinniges gebe ich keine sinnvolle Antwort. Dennoch will ich Euch sagen (und diesmal eine Ausnahme machen), was das Verderben angeht, dessen Ihr mich anklagt, so macht mich die diskrete Anwesenheit meines guten Vaters in der Ecke dort, der noch kein Christ ist und es (aus Altersgründen) auch nie werden wird, noch lange nicht zum Verderber. Denn wie Ihr leicht feststellen könnt, wenn Ihr zu ihm tretet«, und er stand auf, ging zu dem alten Mann, der dem Gebaren und der Haltung nach eindeutig jüdisch war, und streichelte seinen fließenden Bart, »ist er taub und blind und weiß nicht einmal, dass ich kein Jude mehr bin und Schweinefleisch mit Namen Schinken esse. Ein schlechtes Beispiel kann ich ihm also nicht geben, könnte ihn kaum zu etwas anstiften. Und möchte es auch gar nicht, denn er ist ein guter Vater.«

Der Adlige, seine Frau und ihre Kinder wandten sich Richtung Ecke und berieten dann von neuem. Nach ein paar Sekunden schlug der Großgrundbesitzer kräftig auf den Tisch und rief:

»Wollen wir mal sehen, mein Herr!«

Und er bot dem (unzweideutigen) Juden die Stirn und sagte:

»Als frischgebackener Neuchrist werdet Ihr wohl noch

keine Gelegenheit gehabt haben, Linsen mit Speck zu essen, äußerst schmackhaft.«

»Das ist wahr, warum erwähnt Ihr das?«

»Vortreffliche haben wir heute in der Küche«, entgegnete der Großgrundbesitzer. »Ganz ausgezeichnete. Wollt Ihr sie probieren?«

Sofort erschien ein Dienstbote mit der Schüssel und tat allen fünf davon auf. Der unbestreitbare Jude packte schon den Löffel und wollte beginnen, als der Adlige ihn zurückhielt:

»Halt!«

»Was ist? Habe ich etwas getan?«

»Was bezahlt Ihr mir?«

»Bezahlen? Was immer Ihr verlangt, mein Herr. Ich habe gutes Wuchergeld, und Ihr seid gewiss ein gerechter, ehrenwerter Mann. Was verlangt Ihr?«

»Das Erstgeburtsrecht! Nicht weniger, mein Herr!«, schrie der Großgrundbesitzer triumphierend.

»Das müsst Ihr von Eurem älteren Bruder verlangen«, entgegnete der buchstäbliche Jude gutmütig.

»Aah! Seid Ihr nicht älter als ich? Und sind wir nicht in Gottes Augen alle Brüder?«

»Missratener Christ!«, rief die Frau des Adligen, die sich schon eine Weile ungeduldig hatte zurückhalten müssen und nun merkte, dass die List gelungen war.

Als der Großgrundbesitzer sah, dass seine Frau ihm zuvorgekommen war (obwohl sie weder Grammatik noch Latein studiert hatte), zögerte er und brachte nur hervor:

»Misslicher, misslicher Christ!«

»Misslicher als misslich!«, sagte sein Sohn hastig.

Die Tochter verhedderte sich trotz ihrer Grammatikstudien und konnte nur stammeln:

»Pessimistischer Christ!«

»Misslichster, misslichster!«, korrigierten die anderen drei im Chor.

»Das ist blasphemischer Unfug, für den Ihr noch bezahlen werdet«, gab der Jude seelenruhig zurück. »Aber ich wage dennoch zu behaupten, dass der Pessimismus nicht misslich, sondern dem Gegenteil vorzuziehen ist, wenn es darum geht, Gott unseren Herrn zu fürchten, der da ist im Himmel und dessen Zorn erschrecklich ist, auch wenn zu seiner Rechten«, fügte er hinzu, »sein Sohn Jesus Christus sitzt, der höchst barmherzig ist.«

Die Tochter des Adligen, die durch ihr Ungeschick die Angelegenheit und den Plan erneut zu Fall gebracht hatte, wollte sich schnell hervortun:

»Und der Heilige Geist, wo sitzt der? Antwortet, antwortet, wenn Ihr ein guter Christ seid, mein Herr!«

»Der Heilige Geist, meine Tochter, kann sich nicht setzen«, antwortete der untrügliche Jude, »er wurde nicht zu Fleisch wie der Sohn; er ist und war nie Leib, sondern nur Geist und hat nicht einmal eine Darstellung: Wie gesagt, man kann ihn nirgendwohin setzen.«

Der adlige Großgrundbesitzer und seine Familie bildeten wieder einen Kreis, und nach ein paar Sekunden erhob die Frau (die sehr leidenschaftlich war) ihre Stimme:

»Mohr!«, schrie sie den Juden an. »Und die Taube, na? Was ist mit der Taube? Stellt die nicht den Heiligen Geist dar? Ihr begreift die Darstellung des Geistes nicht, weil ihr ein Mohr im Geiste seid.« Und sie riss Text an sich, der Ihr nicht zustand: »Mohr und mehr als Mohr!«

»Obermohr!«, sagte der Sohn schnell, bevor ihm jemand den Ausdruck wegnahm.

»Sarazene, Mohammedaner, Moslem, Tunesier, Ungläubiger, Muselmann, Hund, Heide, Wilder, Wildkraut, Eingeborener, Abgetriebener!«, schrie die Tochter und versuchte mit ihren Synonymen die Scharte auszuwetzen und durchblicken zu lassen, dass sie Grammatik und Latein beherrschte.

Diesmal saß der Vater in der Patsche und konnte nur hervorbringen:

»Abgetriebener Mohrenspross!«

»Wäre ich abgetrieben worden, mein Herr«, antwortete der Jude, »dann wäre ich nicht auf der Welt. Und wie könnte ich Mohr sein, wenn ich nicht einmal geboren wurde?«

Von neuem trat der Familienrat zusammen:

»Pss, pss.«

Schließlich sagte der Großgrundbesitzer:

»Noch ist die Sache mit Euren Linsen nicht geklärt, mein Herr. Gebt Ihr mir nun das Erstgeburtsrecht oder nicht? Gebt es her, wenn Ihr essen wollt!«

»In Ordnung, edler Herr«, antwortet der (absolute) Jude, »da habt Ihr es, wenn Ihr so darauf besteht.«

»Esau!«, kam jubelnd die Frau allen zuvor, die nicht zurückstehen konnte und wusste, in welche Kerbe sie hauen musste (oder wie schwer man hier eins draufsetzen konnte).

»Bruder von Jakob!«, präzisierte der Sohn mit gellender Stimme.

»Sohn des Isaak, räudiger Enkel Abrahams!«, steuerte die Tochter als Bildungshöhenflug bei.

»Du Hebräer, Jude, Israelit!«, schrie der Adlige überschwänglich.

Der Neuchrist gab nach reiflicher Überlegung zurück:

»Seid nur vorsichtig, mein Herr, denn der Erstgeborene

des alten Juden dort in der Ecke seid nun kein anderer als Ihr.«

Verblüfft und zornig wandten sich die drei zu ihrem Gatten, Vater und Erzeuger um.

»Der da ist gottlos!«

»Und Apostat!«

»So gut wie ein Mohr!«

»Missratener Christ!«, trug der bei, der nun kein Jude mehr war.

Und sie blickten sich an und riefen im Chor:

»Und außerdem ein Verderber!«

(1978)

Am Hof von König Jorges

Für Enrique Murillo

[Die Geschichte spielt im Kreis eines modernen europäischen Hofs (die Figuren sind also keine Dutzendware). Allerdings, und so muss es ein, entwickelt sie sich nicht, schreitet nicht voran, steigert sich nicht und macht keine Fortschritte, da es eine fast statische Situation ist, keine echte Geschichte. Der Stoff ist billig, und auch das muss sein.]

Die königliche Familie besteht aus König Jorges und Königin Eulalias und ihren fünf Sprösslingen, Laureanos, Ramiros, Adelaidas, Ramonas und Leandros, allesamt im Pluralis Majestatis und alle, milde gesagt, mit einem Schlag seitwärts.

König Jorges hasst es, sich um die Krone zu kümmern, er ist es leid, den Ministerpräsidenten zu empfangen, die Staatschefs bei ihren Staatsbesuchen, die endlose Reihe von Botschaftern und alle Arten von Sportlern, obwohl seine persönliche Leidenschaft fast als olympische Disziplin daherkommt: Nichts liebt er mehr als Schuss- und Stichwaffen, als Scheibenschießen, Messerwerfen und Krummsäbelschwingen. In seinem vorgerückten Alter geht das öfter als nötig daneben, zwei seiner vernarbten Finger sind stets verbunden und schmerzen vor lauter Abzugdrücken und Säbelstemmen. Königin Eulalias, der vor Gewalt grundsätzlich graut, hat ihm schon seit langem ihr Schlafzimmer verboten, zur Erleichterung des Monarchen. Ihr Interesse an Seelenwanderung und dergleichen Esoterik hat sie dem schädlichen Einfluss des intriganten Scharlatans und falschen Professors Alma-Martello verfallen lassen, ein Mann mit abstoßendem Mund, einem Kopf wie ein umgekehrtes Ei und einer zischenden Stimme, gar nicht zu reden von seinem spärlichen Grips.

Der Kronprinz Laureanos weiß, dass er über alle jungen Frauen im Königreich verfügen kann, und da die Regierung ihn drängt, sich endlich zu vermählen (er ist fünfundvierzig), verbringt er den Großteil seiner freien Stunden (also aller) damit, in seinen Gemächern Frauen zu inspizieren. Es genügt ihm nicht, dem Vorbild der alten Broadway- und Hollywoodproduzenten zu folgen und von ihnen zu verlangen, den Rock zu heben, sondern er empfängt sie in einer Art Operationssaal, immer noch im Bann seiner Kindheitsspiele, im grünen Chirurgenkittel, mit Latexhandschuhen und Stirnspiegel, mit allem möglichen Gerät in den Fingern, mit dem er seine umfassenden ärztlichen Untersuchungen durchführt. Mehr als einmal ist ihm die Hand mit dem Skalpell ausgerutscht, und man musste infamen Familien Adelstitel gewähren, um sie für ihren unwiederbringlichen Verlust zu entschädigen. Sein jüngerer Bruder, der zweitgeborene Ramiros, spröde und mürrisch, versucht von klein auf erfolglos, nach Laureanos' Leben zu trachten: ein Schubs auf der Marmortreppe, Gift in den Bonbons, kleine Zeitbomben im Fahrradsattel. Inzwischen muss er unauffälliger vorgehen und sich auf die klassischen Varianten beschränken: Fehlschüsse bei der Jagd und bestochene Leibwächter, die sich im Eifer des Gefechts im Ziel irren.

Adelaidas, die von klein auf dem Vaterhaus hatte entfliehen wollen, hat überstürzt einen reichen Mexikaner mit Namen Marrón geehelicht, der damit zu Marrones wurde. Sie hat seinen Akzent angenommen, was dem Volk missfällt, und zwingt ihren armen Mann, womöglich aus sexuellen Gründen (es ist ein Rätsel), stets bis an die Zähne bewaffnet durchs Haus zu gehen, gekreuzte Patronengurte über der Brust. In einer Szene, eine Spur sentimental, wird sie es wagen, ihrem Vater Jorges davon zu beichten, denn insgeheim rechnet sie mit seiner Billigung, da Waffen im Spiel sind. Ramonas, die jüngere Prinzessin, lebt eingesperrt und ist ein Mysterium. Sie bekommt ihr Essen durch ein Loch in der Tür, und niemand erinnert sich an ihr Gesicht, von dem es keine offiziellen Porträts gibt (sollte sie je erscheinen, ist alles möglich: eine Schönheit oder ein Monster). Der Benjamin Leandros schließlich verkehrt nach Don Jorges Meinung in übler Gesellschaft (oft geht er zu Homosexuellen) und ist in den Drogen- und Mädchenhandel verwickelt. Mit weniger Eifer als Ramiros bei Laureanos trachtet er ab und an nach dem mürrischen Leben des Ersteren, allerdings nur halbherzig. Er hat eine abnorme Leidenschaft für den Ministerpräsidenten entwickelt, den gutaussehenden Herrn Marcantonio, den er permanent belagert, sobald er den Palast betritt. Der Präsident, der sich anfangs sträubt und es als Scherz auffasst, lässt sich jedoch einmal am Fuß der Freitreppe küssen. Das sehen zufällig (neben zahlreichen Bediensteten, Sekretären, Türstehern, Köchen, Tischdienern und Kammerherren, die pausenlos spionieren) die Königin und Ramiros. Während Eulalias schweigt, macht Ramiros sich daran, den gutaussehenden Präsidenten zu erpressen, und verlangt von ihm, Laureanos mit direkter Hilfe des Innenministeriums aus dem Weg zu räumen. Tatsächlich beseitigt ihn die Polizei bei Schießübungen, zu denen der enthusiastische Vater Laureanos anscheinend mitgenommen hatte, und Ramiros wird zum Kronprinzen. Aber der angestaute Groll vergällt ihm jede Freude, und er muss sich eingestehen, dass sich sein Faible für das Töten nicht auf den hinderlichen Bruder beschränkt: Er fühlt sich als Terminator. Marcantonio, der für den jungen Leandros eine nicht allzu unnatürliche Bruderliebe empfindet, sieht voraus, dass dieser das nächste Opfer des mürrischen Ramiros sein wird, weiß aber nicht, wie er ihn aus dem Weg räumen soll (zwei Tote in der Königsfamilie, die aufs Konto der Polizei gehen, würden Verdacht erregen). Um Leandros zu retten, versucht er ihn zum Verlassen des Landes zu drängen, unter der Drohung, ihn sonst wegen Drogen- und Mädchenhandel anzuzeigen, doch der Bankier Prometeo Noia, der König Jorges mit Waffen versorgt und ebenso als *Capo* die Verbrecherorganisation leitet, mit der Leandros zusammenarbeitet, ist nicht bereit, seine Trumpfkarte zu verlieren, und beschließt, dass Herr Marcantonio abgesetzt oder besser noch umgebracht werden muss. Herr Marcantonio ist in Gefahr …

(1991)

Nennen wir es Sehnsucht

Gut möglich, dass Gespenster, sollten sie noch existieren, die Wünsche der sterblichen Hausbewohner mit Bedacht durchkreuzen und nur erscheinen, wenn sie nicht willkommen sind, und sich verbergen, wenn man auf sie hofft und sie erwartet. Doch manchmal kommt es zu einer Art Pakt, wie man dank der Unterlagen weiß, die Lord Halifax und Lord Rymer in England gesammelt haben, ebenso Don Alejandro de la Cruz in Mexiko.

Einen besonders bescheidenen und rührenden Fall hat Letzterer verzeichnet, den einer alten Frau aus Veracruz, der auf das Jahr 1920 zurückgeht, als sie noch nicht alt war, sondern blutjung und nichts über die Existenz – sofern dieser Begriff überhaupt zulässig ist – solcher Besuche, solcher Erwartungen wusste, oder nennen wir es Sehnsucht. Die alte Frau war in ihrer Jugend Gesellschaftsfräulein bei einer äußerst wohlhabenden älteren Dame gewesen, der sie, neben anderen Gefälligkeiten, Romane vorlas, um ihr die Langeweile zu vertreiben, die dem Mangel an Bedürfnissen und ersichtlichen Sorgen entsprang sowie einer frühen Witwenschaft, der niemand hatte abhelfen wollen. Die Señora Suárez Alday hatte nach ihrer kurzen Ehe, wie man sich in der Hafenstadt erzählte, eine unstatthafte Enttäuschung erlebt, und das hatte sie – mehr als der Tod ihres kaum gedenkenswerten Gatten – spröde und verschlossen gemacht, in einem Alter, in dem diese Eigenschaften bei einer Frau nicht mehr für aufregend und noch nicht für amüsant und somit rührend gehalten werden. Ihr Überdruss führte zur Trägheit, so dass sie kaum mehr fähig war, selbst zu lesen, allein und still für sich, und so verlangte sie von ihrer Gesellschafterin, ihr all die Abenteuer und Gefühle vorzutragen, die sich mit jedem verstrichenen Tag – und die Tage verstrichen in schneller, monotoner Folge – weiter von dem Haus zu entfernen schienen. Die Señora lauschte stets schweigend und versunken und bat nur ab und an das Mädchen (Elena Vera hieß sie), ihr einen Absatz oder einen Dialog zu wiederholen, von dem sie sich nicht für immer verabschieden wollte, ohne den schwachen Versuch, ihn zu behalten. Am Ende lautete ihr einziger Kommentar gewöhnlich: »Du hast eine schöne Stimme, Elena. Mit ihr werden dir die Männerherzen zufliegen.«

Während dieser Lesestunden zeigte sich das Gespenst des Hauses. Jeden Nachmittag, wenn Elena die Worte von Cervantes, Dumas oder Conan Doyle vortrug oder Verse von Darío oder Martí, sah sie verschwommen die Gestalt eines noch jungen Mannes von leicht bäurischem Aussehen, ein Mann knapp über dreißig, der höflich den breitkrempigen Hut abnahm und dessen Kleider keineswegs verschlissen waren, jedoch voller Löcher, als hätte man ihn mit Kugeln durchsiebt oder vielmehr die kurze Jacke, das weiße Hemd und die enge Hose, nicht den Leib, denn der war unversehrt, und das gegerbte Gesicht, das sich hinter einem buschigen Schnurrbart verschanzte, hatte eine frische Farbe. Als sie ihn zum ersten Mal sah, wie er hinter dem Sessel stand, in dem die Señora saß, die Ellbogen auf die Rücklehne stützte und ab und an den Hut in der Hand schwenkte, als lauschte er aufmerksam ihrem Vortrag, da hätte sie beinahe erschrocken aufgeschrien, denn auch wenn er keine Waffen zur Schau stellte, trug er doch einen Patronengurt quer über der Brust oder dem Rücken. Aber sofort führte der Mann den Zeigefinger an die Lippen und gab Elena Vera beschwichtigend zu verstehen, sie solle fortfahren und seine Gegenwart nicht verraten. Sein Gesicht wirkte nicht bedrohlich, in den spöttischen Augen ein ewiges schüchternes Lächeln, das nur in den bedeutungsschweren Augenblicken der Lektüre – oder vielleicht seiner Gedanken oder Erinnerungen – einem besorgten, naiven Ernst wich, wie er denen eigen ist, die nicht zwischen Vorgefallenem und Vorgestelltem unterscheiden. Das junge Mädchen gehorchte, obwohl es an dem Tag nicht umhinkonnte, allzu oft aufzublicken, über den Dutt der Señora Suárez Alday hinweg, die ihrerseits unruhig aufblickte, als säße ein hypothetischer Hut schief auf dem Kopf oder als flackerte ihre Aureole. »Was ist los, Kind?«, fragte sie erregt. »Was gibt es da oben zu sehen?« »Nichts«, entgegnete Elena Vera, »ich ruhe nur die Augen aus, bevor ich sie wieder auf die Seite richte, Señora. So lange am Stück zu lesen, ermüdet sie.« Der Mann, ein Tuch um den Hals, nickte und lüpfte billigend und dankbar den Hut, und die Erklärung erlaubte es dem Mädchen, den Brauch in Zukunft beizubehalten und ihre Neugier wenigstens mit den Augen zu befriedigen. Denn von da an las sie Nachmittag für Nachmittag, mit nur wenigen Ausnahmen, auch für ihn, nicht nur für die Señora, die sich niemals umdrehte oder den Eindringling bemerkte.

Der Mann spukte nicht umher, noch erschien er zu anderer Zeit, weshalb Elena Vera im Laufe der Jahre niemals die Gelegenheit bekam, mit ihm zu reden oder ihn zu fragen, wer er war oder gewesen war und warum er ihr zuhörte. Ihr kam der Gedanke, dass er womöglich der Urheber der unstatthaften Enttäuschung war, die die Señora in der Vergangenheit erlitten hatte, aber deren Lippen war niemals Vertrauliches entschlüpft, so viele gefühlvolle oder tragische Buchseiten auch darauf anspielen mochten oder Elena selbst bei ihren gemächlichen Gesprächen zur Nacht, ein halbes Leben lang. Vielleicht war es nur ein Gerücht gewesen, und die Señora hatte in Wirklichkeit nichts Erzählenswertes zu berichten und verlangte deshalb nach fernen, fremden, phantastischeren Geschichten. Mehr als einmal war Elena versucht, sich barmherzig zu zeigen und ihr zu sagen, was sich jeden Nachmittag hinter ihrem Rücken abspielte, wollte sie an ihrer kleinen täglichen Emotion teilhaben lassen, ihr die Existenz eines Mannes in diesen Wänden offenbaren, die immer geschlechtsloser und schweigsamer wurden und in denen manchmal tage- und nächtelang nichts widerhallte als die beiden Frauenstimmen, die der Señora mit jedem Mal älter und undeutlicher und die von Elena Vera mit jedem Morgen eine Spur weniger schön, dafür schwächer und zaghafter, eine Stimme, die ihr entgegen der Voraussagen keine Männerherzen gebracht hatte, zumindest keine bleibenden, die man hätte berühren können. Aber immer wenn sie der Versuchung nachgeben wollte, fiel ihr die diskrete und gebieterische Geste des Mannes ein – der Zeigefinger an den Lippen, manchmal mit leicht amüsierten Augen wiederholt –, und sie schwieg. Keinesfalls wollte sie ihn verärgern. Vielleicht langweilten sich die Gespenster ebenso wie die Witwen.

Eines Tages bemerkte Elena einen plötzlichen Wandel in der Miene des Mannes, der halb Bauer, halb Soldat war und dem sie die Löcher in der Kleidung am liebsten gestopft hätte, damit die Kühle der Meeresnächte nicht hindurchdrang. Die Gesundheit der Señora Suárez Alday verschlechterte sich, und einige Tage vor ihrem Tod (was man damals noch nicht wusste) bat sie Elena, ihr statt Romanen oder Versen lieber aus den Evangelien vorzulesen. Das tat Elena und sah, dass der Mann jedes Mal, wenn sie den Namen »Jesus« aussprach – und das geschah oft –, das Gesicht vor Schmerz oder Leid verzog, als verletzte es ihn. Beim zehnten oder elften Mal musste es ihm unerträglich geworden sein, denn seine Gestalt, von jeher etwas verschwommen, doch klar erkennbar, wurde immer dünner und verschwand schließlich ganz, lange bevor die Lektürestunde beendet war. Elena fragte sich, ob der Mann Atheist gewesen war, ein erklärter Feind der Religion. Um das herauszufinden, bestand sie zwei Tage später darauf, der Señora einen Roman vorzulesen, über den sie viel Gutes gehört hatte, *Enriquillo* des dominikanischen Autors Manuel de Jesús Galván. Bevor sie zum Text überging, erzählte sie der Señora ein wenig über den Romancier und nannte ihn dabei immer beim vollen Namen, niemals nur beim Nachnamen; und sie sah, dass sich der Besucher jedes Mal krümmte, wenn sie den Namen »Jesús« aussprach, und in seinen Augen so etwas wie Wut und Angst blitzten. So vermutete Elena schließlich, was sie sich bisher nicht hatte träumen lassen, und als sie aus dem Buch vorlas, flocht sie einen kurzen, von ihr erfundenen Dialog ein, in dem Enriquillo sich mit folgenden Worten an einen Untergebenen wendet: »He, Jesús, du Bauer, du *guajiro*.« Das Gespenst hielt sich einen Moment entsetzt die Ohren zu, das Gesicht verzerrt. Dabei ließ sie es bewenden, und der Mann entspannte sich.

Drei Tage später machte Elena die entscheidende Probe. Die Señora siechte dahin, wollte sich jedoch nicht ins Bett legen, blieb in ihrem Sessel, als bewiese das ihre Gesundheit oder feite sie gegen den Tod. Elena Vera wollte ihr Marco Polos *Die Wunder der Welt* vorlesen, wie sie zumindest behauptete, denn sie kam nur bis zum Prolog und der kurzen Biographie des Reisenden, was zweifellos ihren Plänen entsprach. Als sie laut über Leben und Taten von Marco Polo vortrug, mischte sie ebenfalls etwas aus eigener Ernte unter: »Der große Abenteurer reiste unter anderem nach China und Mekka.« Sie hielt inne, täuschte Staunen vor und fügte hinzu: »Stellen Sie sich vor, Señora, wie weit weg, China und Mekka.« Das gegerbte, gebräunte Gesicht des Mannes erbleichte mit einem Schlag, und im gleichen Atemzug oder Schwung – sozusagen – und ohne Übergang verschwand blitzschnell die ganze Gestalt, als hätte die plötzliche Blässe sie aus der Luft fortgewischt, sie durchsichtig gemacht, zu einem Nichts, selbst für sie unsichtbar. Da war sie sicher, dass der Mann Emiliano Zapata gewesen war, den man ungefähr im Alter von dreißig umgebracht hatte, nachdem er von dem falschen Zapatisten Jesús Guajardo verraten worden war, an einem Ort mit Namen Chinameca, wie die Legende besagt. Und sie fühlte sich sehr geehrt, als sie begriff, dass sie, mitsamt den Löchern der verräterischen Kugeln, das Gespenst von Zapata besuchte.

Doch die Señora starb am nächsten Morgen. Elena blieb weiterhin im Haus und stellte, nun ohne den üblichen Anlass, einige Tage lang betrübt und verwirrt das Lesen ein. Der Mann zeigte sich nicht. Sie war überzeugt, dass Zapata die Bildung erwerben wollte, an der es ihm in seiner Geschichte oder seinem Leben gewiss gemangelt hatte, und nahm an, dass er früher von einem Übermaß an Realität erdrückt worden war und nach dem Tod deshalb im Fiktiven ausruhen wollte, fürchtete jedoch auch, dass es nicht so war und seine Gegenwart auf mysteriöse Weise allein mit der Señora zu tun gehabt hatte – eine Liebschaft mit Zapata erforderte mehr Geheimhaltung als jede andere, ja Schweigen bis zum Ende –, und so beschloss sie, wieder laut vorzulesen, um ihn herbeizurufen, und diesmal nicht nur Romane und Gedichte, sondern auch historische und wissenschaftliche Abhandlungen. Der Mann zögerte einige Tage – wer weiß, ob Gespenster mehr Grund zum Trauern haben als sonst jemand; oder ob sie immer noch misstrauisch sind, ob man sie noch mit Worten verletzen kann –, aber schließlich erschien er doch, vielleicht angelockt von den neuen Themen, denen er mit der gleichen Aufmerksamkeit lauschte, nun aber nicht mehr im Stehen und auf die Lehne gestützt, sondern bequem im leeren Sessel sitzend, der Hut baumelnd, die Beine manchmal übereinandergeschlagen, eine angezündete Zigarre in der Hand, wie der Patriarch, der er in seinen zählbaren Tagen nicht hatte sein können.

Das junge Mädchen, das nun älter wurde, bewahrte das Geheimnis eifersüchtig und sprach immer vertraulicher zu ihm, ohne je eine Antwort zu erhalten. Gespenster können oder wollen nicht immer sprechen. Über diesem stets wachsenden und einseitigen Vertrauen vergingen die Jahre, und sie hütete sich nun, den Namen »Jesús« zu erwähnen und jedes Wort, das wie »guajiro« oder »Guajardo« klang, und verbannte aus ihren Lektüren auf ewig China und Mekka. Doch eines Tages stellte sich der Mann nicht ein, ebenso wenig während der folgenden Tage und Wochen. Das junge Mädchen, das nun fast eine alte Frau geworden war, sorgte sich anfangs wie eine Mutter, fürchtete, ihm könne ein schweres Missgeschick oder ein Unglück zugestoßen sein, ohne sich bewusst zu werden, dass dieses Verb, zustoßen, nur unter den Sterblichen möglich ist; die es nicht sind, kann es nicht schrecken. Bei diesem Gedanken wich ihre Sorge der Verzweiflung. Nachmittag für Nachmittag betrachtete sie den leeren Sessel und schimpfte mit der Stille, richtete schmerzvolle Fragen an das Nichts, warf Vorwürfe in die leere Luft und verwünschte die Vergangenheit, in die er, wie sie befürchtete, zurückgekehrt war. Sie fragte sich, worin ihr Fehler oder Irrtum bestanden hatte, und suchte eifrig nach neuen Texten, die die Neugier eines Guerrilleros wecken und ihn zurückbringen konnten, nach neuen Fachgebieten, neuen Romanen, forschte nach neuen Abenteuern von Sherlock Holmes, auf deren Raffinesse und lyrischen Stil sie mehr vertraute als auf jeden anderen wissenschaftlichen oder literarischen Köder. Und tagtäglich las sie weiter laut vor. Vielleicht kam er ja.

Eines Nachmittags entdeckte sie nach Monaten der Trostlosigkeit, dass sich das Lesezeichen im Dickens-Buch, das sie ihm gerade geduldig in Abwesenheit vorlas, nicht mehr an dem Ort befand, an dem sie es zurückgelassen hatte, sondern viele Seiten weiter hinten. Sie las aufmerksam die Stelle, an die er es verschoben hatte, und da überfiel sie die bittere Erkenntnis, die Enttäuschung, die jedes Leben ereilt, so zurückgezogen und geruhsam es auch sein mag. Ein Satz auf der Seite besagte: »Sie wurde alt, bekam Falten, und ihre brüchige Stimme war ihm nicht mehr angenehm.« Don Alejandro de la Cruz berichtet, dass die alte Frau sich wie eine verschmähte Gattin empörte und, weit davon entfernt, sich in ihr Schicksal zu fügen und zu schweigen, vorwurfsvoll ins Leere rief: »Du bist ungerecht, dabei hast du immer ein gerechter Mann sein wollen, zumindest erzählt man sich das heute. Du wirst nicht alt und willst angenehme, jugendliche Stimmen hören, willst glatte, leuchtende Gesichter betrachten. Glaub nicht, dass ich das nicht verstehe, du bist noch jung und wirst es immer bleiben und hattest vielleicht nicht die Zeit für vielerlei, was dir entgangen ist. Doch ich habe dich jahrelang unterrichtet und unterhalten, so viele Dinge hast du durch mich gelernt, vielleicht sogar das Lesen, aber nicht, damit du mir jetzt beleidigende Botschaften in den Texten hinterlässt, die ich stets mit dir geteilt habe. Bedenke, dass ich nach dem Tod der Señora auch still hätte weiterlesen können, und habe es nicht getan. Ich hätte Veracruz verlassen können und habe es nicht getan. Ich verstehe, dass du nach anderen Stimmen suchst, nichts bindet dich an mich, tatsächlich hast du mich nie um etwas gebeten, bist mir also auch nichts schuldig. Aber wenn du weißt, was Dankbarkeit ist, Emiliano«, und zum ersten Mal nannte sie ihn bei seinem Namen, ohne zu wissen, ob ihr jemand zuhörte, »komm doch bitte wenigstens einmal in der Woche, um mir zuzuhören, und hab Geduld mit meiner Stimme, die nicht mehr schön und angenehm ist, weil sie mir keine Männerherzen mehr bringen wird. Ich werde mich bemühen und so gut wie möglich vorlesen. Aber komm, denn jetzt, da ich alt bin, brauche ich deine Zerstreuung und Gegenwart. Es wäre schwer für mich, auf deine durchlöcherten Kleider zu verzichten. Armer Emiliano«, fügte sie ruhiger hinzu, »wie man dich zerschossen hat.«

Nach Aussagen des fleißigen Don Alejandro de la Cruz war das Gespenst des Bauern und ewigen Soldaten, das vielleicht Zapata gewesen war, nicht völlig gewissenlos, ließ mit sich reden oder wusste, was Dankbarkeit war. Von da an bis zu ihrem Tod erwartete Elena Vera voll Freude und Ungeduld den erwählten Wochentag, an dem der ungreifbare stumme Geliebte sich bereit erklärt hatte, aus der Vergangenheit seiner Zeit zurückzukehren, in der es in Wirklichkeit weder Vergangenheit noch Zeit mehr gab, jeden Mittwoch, an dem er vielleicht jedes Mal aus Chinameca zurückkehrte, ermordet, traurig, erschöpft. Und man vermutet, dass gerade diese Besuche, dieser Zuhörer, dieser Pakt sie dazu ermunterten, dort am Meer zu bleiben, noch eine stattliche Anzahl von Jahren zu leben, das heißt, noch mit Gegenwart, Vergangenheit und Zukunft, oder nennen wir es Sehnsucht.

(1998)

Trotz aller Bemühungen konnten wir die Rechteinhaber der deutschen Übersetzung leider nicht ausfindig machen. Wir bitten sie, sich an den Verlag zu wenden.

Javier Marías
So fängt das Schlimme an
Roman
Aus dem Spanischen von Susanne Lange
640 Seiten. Gebunden

Spaniens Demokratie ist jung. Die unerwartete Freiheit füllt der lebenshungrige Juan mit Sex und Drogen. Als ihm der berühmte Filmregisseur Eduardo Muriel eine Assistenz anbietet, scheint sein Leben perfekt. Doch schon bald wird Juan Zeuge der unglücklichen Ehe von Eduardo und Beatriz. Und als Juan ein Verhältnis mit Beatriz eingeht, überschlagen sich erschütternde Ereignisse. Jahre später schaut er auf die Zeit der Turbulenzen zurück und erkennt: Wenn wir uns der Vergangenheit nicht stellen, wird alles Leben aus der Lüge kommen.

Javier Marías ist ein erbarmungsloser Detektiv menschlicher Abgründe – ›So fängt das Schlimme an‹ ein überwältigendes Meisterwerk.

»Hypnotisch und faszinierend«
Fugas

Das gesamte Programm gibt es unter
www.fischerverlage.de

fi 1-002429 / 1

Javier Marías
Die sterblich Verliebten
Roman
Aus dem Spanischen von Susanne Lange
Band 19477

Keiner kennt so gut die verborgenen Winkel der Herzen. Dies hat Javeir Marías berühmt gemacht. Madrid, ein Café: Jeden Morgen beobachtet María das perfekte Paar Luisa und Miguel. Sie ist gefangen von der zärtlichen Aufmerksamkeit der Liebenden. Doch dann geschieht etwas Schreckliches … María gerät in einen Irrgarten aus Ahnungen und Verdächtigungen. Sie kennt die Liebe, sie kennt den Tod, aber kennt sie auch die Wahrheit?

»Trifft ins Herz – ein Meisterwerk!«
Cosmopolitan

»Spannend wie ein Thriller.«
Brigitte

Fischer Taschenbuch Verlag

fi 19477 / 1